U0533624

新平家物语

[日] 吉川英治 著

陆求实 译

历史·经典·文学 **超值典藏本**

壹

重庆出版集团
重庆出版社

《SHINHEIKEMONOGATARI（1-2）》
Copyright © Eimei Yoshikawa 2013
All rights reserved.
Original Japanese edition published by KODANSHA LTD.
Publication rights for Simplified Chinese character edition arranged with
KODANSHA LTD. through KODANSHA BEIJING CULTURE LTD. Beijing,China.

版贸核渝字（2010）第126、127号
图书在版编目（CIP）数据

新平家物语. 1 /（日）吉川英治 著；陆求实 译. —重庆：
重庆出版社，2013.9
ISBN 978-7-229-06839-4

Ⅰ.①新… Ⅱ.①吉… ②陆… Ⅲ.①长篇历史小说—日本—现代
Ⅳ.①I313.45

中国版本图书馆CIP数据核字（2013）第177683号

新平家物语·壹
XIN PINGJIA WUYU YI

［日］吉川英治　著
陆求实　译

出　版　人：罗小卫
策　　　划：华章同人
出版监制：陈建军
责任编辑：陈　丽
特约编辑：何彦彦
责任印制：杨　宁
封面插图：夏吉安
封面制作：朱　雨

重庆出版集团
重庆出版社　出版
（重庆长江二路205号）

投稿邮箱：bjhztr@vip.163.com
北京中印联印务有限公司　印刷
重庆出版集团图书发行有限公司　发行
邮购电话：010-85869375/76/77转810
重庆出版社天猫旗舰店
cqcbs.tmall.com
全国新华书店经销

开本：787mm×1092mm　1/16　印张：26.5　字数：434千
2013年11月第1版　2013年11月第1次印刷
定价：42.00元

如有印装质量问题，请致电023-68706683

版权所有，侵权必究

代序

  祇园精舍[1]钟声响，诉说世事本无常；娑罗双树[2]花失色，盛者必衰若沧桑。骄奢人主不长久，恰如春夜梦一场；强梁霸道终殄灭，偏似风前尘土扬。

  远察异国史实，秦之赵高，汉之王莽，梁之朱异，唐之安禄山，皆因不守先王法度，穷极奢华，不听诤谏，不悟天下将乱之征兆，不恤民间疾苦，故不久而亡矣。

  近观本朝事例，承平之平将门，天庆之藤原纯友，康和之源义亲，平治之藤原信赖等[3]，各有骄奢之心、强梁之行；至于近世的六波罗入道[4]前太政大臣平清盛公，其所作所为，梓传流闻，实难想象，亦非言语所能形容。

——摘抄自《平家物语·序文》

---

1 祇园精舍：古印度舍卫国的著名寺院。——译者注，下同。
2 娑罗双树：传说释迦牟尼涅槃时，四周各有两株娑罗树忽然由绿变白。
3 承平、天庆是朱雀天皇的年号，康和是堀河天皇的年号，平治是二条天皇的年号。
4 六波罗是京都东山区六波罗蜜寺附近一带的地名，平家府邸建在此处；平清盛晚年出家，号入道。按日本古代习俗，地名、官职和号等都可以代指其人。

新平家物语

地下草之卷◎

穷困草芥

"平太哟，千万不要又去盐小路那种地方闲逛，记得早早回家！"

清盛刚要跨出门去，父亲忠盛在背后朝他唤道。回应这唤声的，是清盛急不可待的步履，仿佛有人在后面追他似的。

不管怎样说，父亲是那样的可怕。前年，也就是保延元年[1]，清盛第一次跟随父亲游遍了四国和九州，那是父亲忠盛率领京师之兵平定海贼之乱的一次远征。春天四月出京，八月，将海贼大小首领共三十余人像数珠似的绑成一串，意气扬扬地班师还朝。那盛大隆重的场面，还有父亲的赫赫威势，清盛怎么也忘不掉。

——爹爹是个了不起的人。真的，很了不起。

清盛自那以后，对父亲有了新的认识，而他对父亲的畏惮也和过去有所不同了。

从少年时代起，通过家庭反映在清盛脑海中的父亲形象，是个嫌麻烦、不喜社交的懒汉，既没有出人头地的热情，又欠缺做生意的头脑，只是个一根筋地甘于固守贫困的骁勇武士而已。

然而，这并非是用童心点描出来的父亲形象，更多的恐怕是母亲日复一日的牢骚和家庭环境拼凑而成的父亲形象。自懂事以来，在清盛的记忆中，远离皇都中心，位于郊外今出川边的这座破败不堪的老屋，十余年来即使漏

---

[1] 保延元年：1135年。保延是日本第七十五代天皇崇德天皇的年号。

雨也无人修缮，庭院里的野草也无人割除，父亲和母亲似乎只知道争吵不息。这说起来实在好笑，尽管如此，孩子却一个接一个地降生，最长的是乳名平太的平清盛，下面有次子经盛和三子、四子。

父亲向来厌嫌出仕，不管是鸟羽上皇[1]的院廷武者所[2]，还是崇德天皇的朝廷卫府[3]，只要不下诏传召，便一处也不去，家计则全靠伊势封地的稻作收成，这也是家中唯一的收入来源，宫中的年节赏赐和仕官的额外好处等，一切皆无。

清盛近来总算明白了，父母争吵的原因似乎就在于此。母亲是个伶牙俐齿、口若悬河的人，用父亲的话来说，就像点着了的油纸一样，噼里啪啦的总是炸个不停。

这个女人朝忠盛啰唣不休所发的牢骚无外乎是："你一开口总是说我摆出一副可怕的面孔冲着你，但我简直就想象不出这个家的男主人什么时候有过好脸色。你本来就是伊势乡下出身，像这种肮脏、贫苦的生活也许合你胃口，我可是出身京城，我的近亲姻戚全都是藤原一门的公卿、殿上人[4]。住的是到处漏雨的屋子，一年四季嚼的是稗米饭、喝的是红薯粥。秋天，赏月的御宴一次都没参加过；春天，丰乐殿赏花也从来没份儿，每天过着这种自己都弄不清楚到底是人还是狗獾的日子……我做梦也没想到自己的未来竟然会是这样子。啊，我是个不幸的女人，我真是太不幸了！要不是因为有了孩子，我早就不想过这种日子了！"

这还仅仅是序曲。只要丈夫忠盛不作声，这个女人的牢骚和悲叹就会一直持续下去，不知什么时候才肯作罢。

作为儿子，清盛早已听得不耐烦了。这个女人究竟想说什么？是什么事情让她不停地向天哭泣、向地倾诉？概而言之，大概就是以下的事情吧：

首先，丈夫平忠盛生性懒惰，全然不顾家计，多少年来，除了一直待在家里坐吃山空之外，身无长物。

其次，也是这个女人最愤愤不平的——同亲戚藤原一门几乎彻底断绝了

---

[1] 上皇：天皇让位后被尊为上皇，即太上皇。鸟羽天皇是日本第七十四代天皇，1107—1123年在位。
[2] 院廷武者所：负责守卫院御所（上皇宫）的警卫机构。
[3] 卫府：古代日本的皇家警卫机构，负责守卫皇宫和京城。
[4] 殿上人：获准进朝房登清凉殿的官宦，地位在公卿之下。与之相对的是不允许登殿的四五品以下的低级官吏，称之为"地下人"。

往来，每逢宫中五节会[1]以及一年四季的时令集会等，她总是自惭形秽，羞于赴席，暗自叹息原本是可享荣华富贵之身，花样的人生如今却变得如此悲惨……让她怎能不痛心疾首。

除了这些，这个女人争吵之际动辄便挂在嘴上的话是："要不是因为有了孩子……"

母亲最后这句口头禅深深刺痛了清盛年幼的心，每次他总会莫名其妙地难受、悲伤和呜咽。等到十六七岁，他开始以一种与年龄不相称的眼光去揣测母亲的胸臆。

——假如没有孩子的话，母亲会打算怎样呢？

母亲一定在为嫁给父亲而后悔。倘使真是这样，那么她现在心里一定想着尽快离开父亲，离开这个家，然后，就可以像她口中经常念叨的藤原一门公卿士大夫的女人那样，簪着花，骑宝马，乘牛车，同这个将军、那个朝臣，总之与那些轻佻浮薄的男人们琴歌酒赋，纵情放浪，过起宛如《源氏物语》中的女人们一样的生活，哪怕极为短暂、只有一瞬，这个美梦现在仍来得及去完成。若非如此，则枉为女人一世，死不瞑目啊！

对于不能像天底下所有孩子那样无条件地信任母亲，成天用心观察母亲、揣测母亲，无需讳言，这样的孩子是极为不幸的。

——哼，我们几个孩子就这么碍眼吗？要是觉得碍眼，那就走人好了！离开我们就不会碍眼了嘛。唉，爹爹也真是，为什么这么多年来一味忍让呢？真替他着急啊……畜生，藤原算什么东西！因为跟藤原沾点亲带点故，竟然就趾高气扬地爬到爹爹头上了。爹爹呀，你是怎么了？怎么就没有一丁点儿自尊心哩？你知道世人是怎么议论你的吗？——瞧啊，那个伊势的斜眼武士，讨了个美女老婆，竟然全没了男子气概，成了受气包！

清盛长到二十岁时，心中渐渐生出这样的义愤来。按照世间一般常例，孩子总是跟母亲更亲一些，可在这个家里却完全相反，除了最小的孩子尚在吃奶、三子及四子还懵懵懂懂之外，长子清盛和次子经盛已懂事，每当母亲河东狮吼、大发雷霆的时候，他们多数时候会带着厌憎的心情，恨恨地投以冷眼。

对这兄弟二人来说，最觉得遗憾和悲悯的是父亲的反应。父亲仿佛生来

---

[1] 五节会：日本平安时代宫中的五个盛大聚会，原为节庆日的集会活动，因天皇设宴款待群臣，还有乐舞表演等，故演变为欢宴聚会，尤以元日、白马会、踏歌会、端午、丰明五节会最为隆重。

就是为了让这个女人贬斥似的，总是一声不吭，任由她呵斥、嘲笑、咆哮。父亲那被世人取笑眼皮吊梢的一双斜眼低垂着，默默地看着自己膝上紧握的拳头。

四十好几，正是男人年壮气锐之时，可父亲的形象实在不敢恭维，脸上是麻子，眼睛是斜眼，说老实话，即使作为儿子，清盛也不得不承认这是事实。

但容貌出众的大美女，竟然是四个孩子的母亲？世人如此诧异也不无道理，她看上去仍只有二十来岁的模样。不管家计如何捉襟见肘，她却化妆打扮从来不曾懈怠过；年幼的孩子满身尘土，一面挂着鼻涕一面哇哇哭泣，她也不闻不问。家中的仆人们不仅要干活儿，还得帮主人张罗钱款，筹措食料，以至于篱笆墙上的老竹和屋子里的地板都被拆下来当柴火烧。她自己有间粉刷一新的起居室，连丈夫都不允许进入。每天早晨起床后，便坐在镜子前，打开描金的梳妆匣，怡然自得地描眉扑粉起来；天黑以后则香汤沐浴，将肌肤保养得细腻嫩滑。有时，她还穿上华美的衣裳以飘然若仙般的姿态步出老屋："我去拜访一下中御门大人家，久疏往来了，得去向人家赔个礼呀。"然后就像贵夫人外出一样，袅袅婷婷地走到附近的脚行，雇一辆牛车，径直出发。

那华美的服饰和那高贵矜持的架势，令仆人们个个惊叹不已。

"狐狸精！瞧那妖媚劲……"仆人们私底下这样议论道。就连从小抱养进家门、如今已长出花白银发的老家臣木工助家贞[1]也忍不住用悻悻的眼神盯着女主人的背影。白天，家贞经常抱着啼哭不止的幼儿，目送孩子的母亲外出；夜晚，家里上上下下也时常听到他在马厩附近一面转悠一面哼唱着摇篮曲哄年幼的孩子入睡。

即使在这种时候，忠盛照旧倚靠着黑色的柱子，眼皮低垂，默默不语，仿佛在想着什么。

次子经盛则是个用功读书的孩子，几乎任何时候都能看到他伏在书桌前，埋头看书，好像一切都与他无关似的。

哥哥清盛和弟弟经盛早就进了劝学院[2]，不过清盛却不知什么时候退了

---

[1] 木工助家贞：木工助原为官职名，为宫内省木工寮的次官。家贞的祖父贞光曾任木工助，因官职而得姓氏，又因与平氏本为同族，故又名平家贞。

[2] 劝学院：日本平安时代大学寮（依据律令制设立的式部省直辖的官僚养成机构，相当于唐的国子学、太学）的附属机构（大学别曹）。

学。"你也该进学校长点学问！"父亲不止一次劝诫他，可清盛却觉得，看看如今这世道，再看看这个家，读书长学问简直就是愚不可及的事情，还有谁会把孔老夫子的教诲当真？于是，他时常仿效懒惰的父亲，挺起胸板，端着架子，来到弟弟的书桌旁，要么扯扯关于加茂赛马的事，要么议论议论附近哪个女人。如果弟弟不理会他，他便独自盯着天花板出神，一根手指则不停地在两只鼻孔中抠挖着。再不然，就干脆跑到屋子后面的射箭场，心血来潮地拈弓搭箭，忽而又跑到马厩，牵出一匹马来，猛抽一鞭，过一会儿又大汗淋漓地跑回来。总之，他是个不肯循规蹈矩的人。

母亲是个怪人，父亲也是个怪人，只有次子经盛稍稍正常。可身为继承人的长子清盛却是这副德行，怎么看都让人觉得性与人殊，古里古怪的。真是不幸的家庭啊！倘若想感慨一番，那么确实可以说这真是个各色怪人会集之家。然而有一点是毫无疑问的，包容了种种个性的伊势平氏家族，在当时的武人士林中，却仍是为数不多的声名显赫之家。在京城郊外，平家算得上是世代传承下来的中流之家，并且今后，就像田里的青芋一样，这户人家定会枝蔓繁衍，子孙不息，流布四方，代代传承下去。不过，自己生长于命运的哪条枝蔓上，究竟属于什么样的青芋，清盛还丝毫没有意识到，他只知道，自己的青春、自己的生命是自由的、无忧无虑的、健康的。

今天父亲叫自己出门的目的他很清楚，又是到亲戚家去借钱，这已经不是稀罕事儿了。去的人家，照例是父亲唯一的弟弟，身为兵部省北面之侍[1]的平忠正家。

日月如梭，开年便已是保延三年了。正月刚过，母亲就患了重感冒，伏卧于病榻上。

"快去请典医[2]来！还不快去买些昂贵的好药来！哎哟，这被褥怎么这么重？这种东西哪里是病人吃的！"——这女人一如既往，任性、骄横，成天大呼小叫的，弄得全家上下非常为难，却也对她束手无策。

前年，因平定海贼有功，忠盛破例从朝廷领到了一封金子和若干宝物的赏赐，可是这些东西早已被妻子挥霍得所剩无几，如今再加上看病，便花销殆尽了。昨日和今日，家中连米粥也喝不上了。

---

[1] 北面之侍：负责守卫上皇御所的武士。
[2] 典医：御典医，也称御殿医，日本古时专门奉仕将军、大名的医生。

没法子，忠盛只得又十分艰难地落笔写了封信，随后很不好意思地向清盛盼咐道："平太，难为你了，又要劳烦你去叔父家走一趟了。"

这便是清盛今天出门的缘由。

如此倒也罢了，临出门时父亲却又叮嘱道："平太哟，千万不要又去盐小路那种地方闲逛，记得早早回家！"

这话惹得清盛很不快。对于一个孩子来讲，难道不应该有一点点快乐吗？更何况，到今年春天我就满二十了，大好青春呀！老大不小的了，还叫我上叔父那儿去借钱……

他不禁自怜起来。他一面走一面心里嘀咕，即使自己有这样的念头，但并不意味着真会做出什么不轨的行为。

"又来了？！平太呀……"叔父忠正读过信后，脸上露出很不高兴的神色。虽然还是应信中所求把钱拿给了清盛，不过婶母随后从里屋走出来：

"为什么不叫孩子去他母亲的亲戚家去借？她那些亲戚，又是什么藤原大人啦，又是什么中御门大人啦，不都是些群星璀璨般的显贵人家吗？你们不是还有一个这样值得自豪的母亲吗？——清盛，回去告诉忠盛大人去！"

由此，当着清盛的面，二人开始不留情面地对他的父母进行了一通挑剔和声讨。对一个孩子来说，最难堪伤心的莫过于此了，清盛的眼泪忍不住扑簌簌地落下来。

然而忠正家里日子也并不宽裕，这一点清盛十分清楚。朝廷也好，院廷也好，虽说各自设立了卫府和武者所之制，蓄养了大量武士，但他们被看重的仅仅是勇武及野性，藤原等贵族首领甚至视他们为看家狗，就如同纪州犬或土佐犬一样。换句话说，所谓武士只不过是朝廷和贵族们蓄养的公共仆人罢了。理所当然的，他们是不允许与殿上人同席的，即使领有封地，也大多是山野或是未开垦的荒蛮之地，给田[1]瘠薄，又没有外快收入，因而武士的清苦贫寒是公认的事实。就以当时两大武士门族平氏家族和源氏家族而言，也无非如此，统统被称作"地下人"，也就是一般的庶民。

---

1 给田：庄园制社会中赐予庄官等的免除岁贡及租、庸、调、杂役的田地。

喧闹的市场

春二月的寒风称作初东风。或许是以为春天已经到来,感觉就会格外寒冷。

——啊,肚子真饿。我还空着肚子哩。

叔父婶母也真是的,竟然不让人填饱肚子再走。不过这样更好,幸亏没吃,因为清盛根本没心思吃饭,他一心只想快快逃出那扇门。唉,这样的差事以后再也不想干了,宁愿当乞丐也不干!

——像我这样的人,竟然眼泪扑簌簌地掉下来,真是有失体面呐!叔父婶母一定会以为我是因为看到钱而掉眼泪的,太可恶了!

眼皮犹自肿胀着——每遇过往的路人停步回首,清盛就会觉得,他们一定知道自己刚刚哭过。其实,引起路人们注意的并不是清盛挂着泪痕的容颜,而是他的穿戴装束。皱皱巴巴的直垂[1]便服,里面是一件满是垢渍的和服单衣,麇集在罗生门[2]的那些流浪儿也不至于腌臜到如此地步,若是没有腰间那柄长刀,天晓得人们会把他当成什么人!草鞋和短布袜上粘满污泥,像是刚从稻田里走出来的;黑漆帽歪歪斜斜地顶在头上,上面的油漆已经褪得差不多了。五短的身材,倒是出落得敦实武猛。

身材不高,头却出奇的大。耳朵、鼻子、嘴,脑袋上所有的器官都长得大模大样的,这便是这张脸的主要特征。眉黑毛重,眼睛细长,眼角则稍稍向下垂弯,这一反差使得脸上总算有了点"可爱",同时也略微减轻了一点满脸的凶残。

脸上却是白净净的,硕大的耳垂也因为血行畅通而显得红润润的。这算得上是这个青年异样相貌的唯一优点吧。

——是谁家的小公子呢?

——瞧小武士这副德行,打算干什么?这个黄毛小儿!

路人纷纷向他投来疑忌的眼光。

---

[1] 直垂:日本古时一种对襟有袖扎的衣服,平安时代为室内便服,后来演变成为武士的便服和礼服。

[2] 罗生门,即罗城门,日本平城京、平安京都城的大门,后荒芜成为堆尸场和盗贼、流浪者的居所。

说起来，清盛还有一个坏习惯，走路时喜欢两手揣在怀里，这在有教养的良家子弟身上是看不到的。清盛在父亲面前绝对不敢这样，可是一出门，便不由自主地恶癖毕现。毫无疑问，都是受了那些麇集于盐小路一带的下等人的影响。

——今天可不能上那儿去转悠，身上揣着钱哩！这钱可是借来的啊……

清盛对自己感到有点害怕。盐小路市场一带的魅力，已经不可抗拒地钻进他心头，一股欲念油然而生。清盛深知自己的禀性：生来意志力薄弱，抵御不住诱惑，战胜不了烦恼。

然而来到十字路口，他的克制和抵抗便彻底败下阵来。从狭小的路口那边，那官能所贪嗜的温柔暖煦的和风扑面而来，仿佛正在嘲笑他的忧郁逡巡。

——好热闹啊！还是往常那个样子……

一名老妇在叫卖野鸡腿、串烤麻雀；在她旁边，另一名男子站在路边，手里握着只大酒瓶，自饮自乐，摇摇晃晃，嘴里犹自哼唱着小调……这是叫卖酒的小贩；还有年轻姑娘坐在市场的树荫下，将笸箩搁在膝盖上贩着柑橘，兴许是生意不佳，她显得有点垂头丧气；有一对父子是卖木屐的，还兼修理各种鞋子；还有叫卖鱼干、旧衣服的……各式各样的日常用品一字儿排开摊在地上，临时支起的棚架、帐篷至少有百来顶。

不管怎样，他们都是被压在社会底层像杂草一样的平民，聚集在这里贩贸营商只是养活自己的生计而已。

然而杂草一旦在这样泥泞的环境中扎下根来，对于生存在一起的生命群体来说，其间却充满了可怕的生存争斗，各色人等一方面以智谋顽强地求得自身的生存空间，另一方面又互相干扰、欺诈，各种勾当由此而生，在这里，袅袅升腾的炊烟里似乎也包裹着某种黑色的秘密。

此刻，路边博弈的吆喝声、淫荡女人的娇媚笑声、婴儿的啼哭声、杂耍艺人的锣鼓声，还有各种难以辨别的嘈杂声音，连绵不断地传入耳中，噪声中还混杂着难闻的臭气。换句话说，这里是地下人即平民们唯一可以引以为豪、与其身份正相吻合的乐园，不啻是他们梦中的花都，他们以此来同宫中公卿大人们耳濡目染的贵族文化相对抗。正因如此，清盛的父亲时时提醒他：那种地方做梦都不可以亲近。

可清盛由衷地喜欢这儿，对这里的人们有一股发自内心的亲近感。市场西侧那棵巨大的朴树下，时不时地还会摆出所谓的"杂草市场"，其实是专门交换偷盗来的东西的赃物市场，然而在清盛的眼中，甚至这儿也能让他感到快活。

——搞什么呀，人们老说他们是强盗山贼，可这样才能够填饱肚子活下去，并且相处得很和睦嘛，里面不可能有真正的坏人恶党，要说有，简直是穷尽天地也不可能的事情。睿山啦、圆城寺啦、奈良啦，那些地方倒是有不少裹着金线袈裟的恶僧哩。

不知不觉的，清盛已经钻进了盐小路的人群中，他东张张，西望望，钻进来钻出去，兴致勃勃地闲逛，直到天色将晚也未察觉。

杂草市场里，一个人影儿也没有。

眼看赛日[1]越来越近，朴树四周悬挂着红色灯笼，花束的香气和熏香的烟霏，在暮色中摇曳荡漾。

像是白拍子[2]的艺伎，以及看上去档次更低级的女人，一拨儿接着一拨儿，络绎不绝地结伴朝朴树走来。

古代传说中有个名叫袴垂保辅的江洋大盗，其爱妾曾居住在这一带，而这棵朴树竟然就是她居所的旧址。因为这个缘由，不知从什么时候开始产生了一种迷信，认为只要对着朴树许愿，就能托梦给心有他属、在外寻花问柳的男人，或对情敌进行蛊祝，使其灾祸缠身。人们将袴垂保辅死于狱中的永延二年[3]六月七日这天当作赛日，每逢这天，从杂草市场的宵小偷儿到各种各样的女人，便会蜂拥着来这里对朴树顶礼膜拜，好不热闹。

生于一门四朝臣之家，却杀人放火、偷盗掳掠，无恶不作，给后世留下万世臭名的这个男人，在死后一百多年的今天，居然还在市井坊间留有一席之地。

说起来，那还是藤原一门专横跋扈的巅峰期——藤原道长[4]擅权的时候

---

1 赛日：古代贵族的家臣或武士的侍从者放假回家，原为祭祀祖先的日子，后演变成假日，日本正式的赛日分别指一月及七月的十六日这两天。

2 白拍子：日本平安末期一种由艺伎女扮男装跳的舞蹈，后也称跳这种舞的艺伎为白拍子。

3 永延二年：988年。永延为日本第六十六代天皇一条天皇的年号。

4 藤原道长：平安中期官至太政大臣（相当于唐的大相国、太师）、摄政、关白（辅佐天皇处理政务的最高官职），三个女儿分别为一条天皇、三条天皇、后一条天皇的皇后。

所发生的事件，曾经在一次祝宴上得意扬扬地吟出"今世即吾世，如月满无缺"之句的道长，其权倾天下、登峰造极自是不言而喻，可是却无法消除庶民对他的厌恶和反抗，袴垂保辅挺身而出，以他的特殊方式代表庶民反抗权贵，由此，当时的庶民们非但对他没有谴责，反而赞扬有加。可以预见，只要专横跋扈的藤原一门尚存，这里的香火就不会熄灭。庶民的迷信，可以说是一种扭曲了的祈愿，是其情感的真实反映。

——没错，我的身体里好像也有跟袴垂保辅相似的血……

清盛觉得朴树下的红灯笼，似乎在暗示着自己的未来，说不清为什么，他有点害怕了。于是"腾"地一转身，便准备离去。

就在此时，有个人劈头将他喝住："喂！伊势的平太哟，你从先前起便一直在东张西望，看什么呢？莫非是在偷看对着朴树许愿的女人？"

幽暗的暮色中，看不清楚是谁。正在愣怔的时候，对方舒展双臂，不由分说地捉住清盛的双肩，拼命摇晃起来，晃得清盛的脖子几乎要断了。

"哦，是盛远啊。"

"不是我还有谁啊？你难道忘记我远藤盛远了吗？哎，你这是怎么了，什么事情这么兴奋啊？"

"呃，是嘛，我的眼皮是不是还肿着？"

"是啊。莫非美貌无比的母亲和斜眼父亲又吵嘴了，害你在家里待不下去了？"

"嗯，母亲卧床不起哩。"

"病了？"盛远冷笑了一声。

两人原是劝学院的同窗。清盛只比盛远小一岁，不过从学生时代起，盛远就显得更加少年老成，读书方面清盛更是望尘莫及，连劝学院的先生文章博士[1]等也异口同声地称赞盛远是"才俊"，将来一准是国家栋梁，前途似乎一片光明。

"呵呵，也许我说这话有点失礼：不用问，她的病一定是闹脾气病、任性病。平太，你用不着这样忧心忡忡地想不开，你我接下来上哪儿一块儿喝几杯吧。"

"呃，喝酒……"

"是呀，喝酒！祇园女御哟，不管现在是几个孩子的母亲，都还是以前

---

[1] 文章博士：博士是对大学察教官的称呼，文章博士是指教授诗文和历史科的教官。

的祇园女御啊，难道不是吗？"

"盛远，谁？你在说谁？祇园女御是谁啊？"

"你不知道吗？就是你母亲以前的身份呐。"

"不知道……你的意思是你知道？"

"啊。你要是想听，我可以告诉你，你就跟我来吧！斜眼大人哟，你自己落到如此宿命倒也罢了，可是你让年纪轻轻的平太青春也凋谢啦。我可不能把这当作是与自己无关的事情。喂，别哭丧着脸呀，像个女人似的！"

盛远在清盛的背上使劲拍了一记，催促着，随后自己打头往黑黢黢的小巷内走去。

谁的子胤

这间屋子里连堵墙都没有。

屋子正中央，用木板相隔，出入口则以一块旧布做帘帷，旁侧还垂悬着一席草帘，算是旁门。

任是怎样嗜睡的人，在隔壁的一片嘈杂声中也不可能安然入眠。一板之隔的外面，又是打鼓，又是敲钵，还夹杂着猥亵淫荡的歌声。一会儿，像是有人一屁股摔倒了，屋子震动的声响和阵阵男女的哄笑声，简直炸开了锅。

——呀，我这是……糟糕！现在是什么时候了？

睁开眼睛，清盛吓了一大跳，身旁睡着一个女人。原来此地是六条洞院的妓馆，不知不觉中他被远藤盛远带到这里来了。

——真要命，再不回去可就……

回到家里对父亲编派一个什么样的理由？清盛仿佛看到了父亲的脸，还有，他仿佛听到了母亲絮絮叨叨的申斥。所幸，向叔父借来的钱没有全部花尽。对了，趁现在赶快走！他蓦地一下子腾身而起。

——盛远还在嬉闹着吧！

为了不踩到女人披散的头发，他从她身上跨了过去。透过漏光的节孔，朝喧闹的隔壁偷眼看去，空无一物、只铺着木地板的屋子里，一个网状铁盘上烧着松明，三四个相貌凶恶的僧人模样的人（也不知是来自何处的花和尚）将几个妓女或抱在腿上，或搂在怀中狎戏，身边歪倒着好几个喝干的空酒壶。

——噢，盛远把我撇下，居然自己一个人先走了！

清盛不禁慌了神。他手忙脚乱地穿好脏兮兮的直垂便服，长刀挂在腰间，穿过狭窄的铺板走廊，寻找着出口。

眼前漆黑一片，心中又有点不知所措，脚下似乎踢到什么金属制的东西，清盛没有理会，仓皇逃跑似的冲出了门。

"等等！"随着金属的声响，隔壁的几个僧人一下子跳起来，在清盛背后嚷嚷道，"踢倒别人的长刀还摆什么架子，招呼也不打一声！哪里来的臭小子！喂，前面那小子，你就等着瞧好吧！"

清盛回头一瞥，说时迟那时快，迎着他霍然而至的已经不再是言语，而是一道银晃晃的寒光，出手极为迅疾，仿佛死神降临一般。看这架势，想必是睿山或是其他什么山寺下来的强悍而暴戾的恶僧。清盛一下子酒意顿消，先前的快活劲儿还有纠缠着他的烦恼，统统被赶到了九霄云外，他现在只知道飞一样地在夜风中狂奔。

长满枯草眼看就要坍塌的夯土墙，支撑门廊挑檐的椽条，早已歪歪斜斜、因而显得模样怪异的人门，蓦然出现在眼前。清盛方才意识到已经到家了，他的身子猛地哆嗦了一下。

"麻烦了！怎么说？怎么……"

这也难怪。今夜，他不想看到母亲，甚至比见到可怕的父亲更加令他感到畏惧，看到她就抑制不住气愤，连那声音都不愿听到。按理说，这种时候孩子应该希冀母亲同自己一起到父亲面前认错，求得原谅，像这样对母亲如此反叛的孩子哪曾见过？

望着即将坍塌的夯土墙，清盛不禁感到一种孤独。

多愁善感近乎是他的天性。太阳穴两侧时常会滑稽地痉挛，大脑中多血质而非单质的热血奔涌不息，使得灵感不断地若隐若现。

——关于母亲的出身家世，也许还是不知道的好……要是今天没碰到盛远，没听说那些事情就好了。

虽隐隐有些懊丧，可是同盛远还有妓女一起喝得酩酊大醉以及交欢的情景，此时开始历历在目。不，更令他难忘的是被他撇在龌龊妓馆里那一室散乱的黑发，还有那臃肿的肉块和任人摆布的四肢。她是个美女，还是丑女？

问题的关键不在于此。二十岁的清盛第一次体验到一种不可思议的忘我，一种生命的恍惚，这些令他感到十分震撼。这便是所谓的初识男女之道吗？他的脑子里塞满了甘甜的回忆，蓦然感觉到，自己的身体仿佛"腾"地变成了灰烬似的，轻飘飘的。

——不好，身上会不会有女人的味道啊？

这种恐惧又令他在门口徘徊了许久，最终，他还是腾起一跳，越过了夯土墙。

为何今夜会感觉特别的心虚胆怯？为什么会有一种罪恶感？假若只是普通的玩乐，即使玩得再晚，他也能轻轻松松地越过夯土墙。

腾起的双脚照例落在马厩后面的空地上。

"是清盛公子吗？是平太吗？"

"哦，是老爹呀……"

清盛吃了一惊，呆若木鸡地站在原地，双手揪住自己的头发。

老爹是对木工助家贞的称呼。除了父亲忠盛，另一个让他感到发怵的便是这位忠心耿耿的老家臣。自己还未来到这个世上，家贞就已经在这个家里侍奉主人了，如今虽已到门齿掉落两三颗的年纪，但不管世人如何揶揄其主人无能，如何嘲笑平家贫寒，他却依旧谨遵武士本分和武家家训，从主从礼仪到接应答对，始终不曾疏懒弛懈，一点儿也不马虎。

"您回来了？这深更半夜的，街上的灯早已经熄灭了……"

家贞拾起落在地上的黑漆帽，递还到清盛手上，随后又将他上上下下打量了一遍，仿佛要从他身上嗅出什么东西来似的。

"大人对我说，或许您又在哪儿跟人打架了也说不定，用不着过分担心，先睡吧，可我怎么睡得着啊……不过，回来就好，回来就好。"

家贞眯起眼睛，脸上露出安心的神态。但即便如此，清盛仍然无法正视他的眼睛。

父亲睡下了吗？还是仍在等自己回来？母亲怎么样了？清盛所担心的无非是这个吧，家贞不等他开口问起，抢先安慰道："好了，什么都不要问了，赶快上床休息吧，快去寝屋！"

"老爹，不要紧吗？不去父亲房间省视问安吗？"

"明早再说吧！先看看大人的情绪怎么样，视情形我陪您一同去向大人请罪。"

"可是，父亲一定生气了吧，我回家这么晚？"

"本来呢，好像是很生气，傍晚的时候我看大人脸色全变了样，吩咐我道：这混账小厮又在哪里玩昏头了？你到盐小路一带看看去！不过老爹我有经验，三言两语总算替公子您把事情圆了过去。"

"是吗，你怎么说的？"

"我木工助对大人说谎，实在也是有苦衷的呀，请公子您明察。我就说在堀川的叔父家，公子忽然腹痛难忍，不得不躺下暂作休息，等腹痛过去，瞧天色也差不多了，公子一定就会回来的……"

"多谢多谢！老爹真是想得巧妙啊。"

马厩旁白梅枯瘦的枝干朝天伸展，枝头好似冰晶一样，在夜空中洇开一团莹润。白梅的冷香幽幽地扑入鼻孔，清盛忍不住皱起了眉头，接着，两行眼泪滴洒到家贞的肩头。

不知不觉，清盛已被家贞紧紧搂在怀中。主人之子蓦地动起情来，一时令家贞惊得浑身僵硬，不敢动弹，不过家贞枯木似的老瘦筋骨下，很快激涌起一股强烈的情感，平日里一向强自压抑、裹了一层又一层藏在这副老瘦筋骨深处的东西，在生就多愁善感爱哭鼻子的清盛的催发下，终于冲破了理性的藩篱。家贞和清盛一同泪滚呜咽，声音越来越响，很快两人互相抱扶着，瘫坐在地上。

"公子，我虽然已是一把老骨头了，有什么可以为您效力的吗？"

"好温暖啊，木工助老爹，只有你，对我来说才最温暖呀，我就像是只孤独的寒鸦。母亲那副模样，父亲也是个怪人！我不是平忠盛的亲儿子呀！"

"啊！公子，这种事情您……您是听谁说的？"

"我现在才知道父亲的秘密。武士远藤盛远今晚第一次告诉了我真相啊。"

"噢，是那个盛远呢。"

"没错。是盛远明白无误地对我讲的：你听好喽，伊势的平太，你真正的父亲不是那个斜眼大人，先前驾崩的白河院白河上皇[1]才是你的生身父

---

[1] 白河上皇（1053—1129）：日本第七十二代天皇，1072—1086年在位时称白河天皇，让位后称白河上皇。

亲！你身为上皇之子怎么竟沦落到这般田地，饿着肚子，身穿布便服，脚蹬破破烂烂的草鞋……"

"嘘，不、不要说这种事情！"

家贞慌忙道，似乎要堵住清盛的嘴巴似的，还拼命地摇手。

清盛举手抓住在眼前晃动的手腕将它反拧回去，继续说道："还不止这些。老爹，你明明知道这些事情，为什么一直对我保密不告诉我？"

清盛睁大眼睛瞪视着家贞。

手腕的疼痛，加上清盛犀利的目光，使家贞不禁连全身的骨头都哆嗦起来。他好不容易挤出一丝声音来：

"罢罢罢，公子请息怒。这件事情我木工助可以一五一十地对您细说，不过，我可不知道那个盛远是怎么对您说的……"

"盛远还说，假如你的生父不是白河上皇，便是八坂的哪个可恶的花和尚，反正你要么是上皇之子，要么是和尚的种儿，一句话，你绝对不是平忠盛的儿子！"

"什、什么？！盛远这个黄口小儿，他知道个什么呀！稍稍有一点学问，就自以为了不起，把别人全都当成傻子了，他就跟地痞无赖没什么两样！我就把一切全都告诉您吧……可是公子，那种自以为是、目中无人之徒的话您居然也会轻信，您也真是……"

"既然这样，老爹，你就拿出证据来说说看，我平太究竟是上皇之子还是和尚的种儿？到底是哪个？你说呀！"

"若是不知道我当然不会说的，知道事情真相的人，除了我还会有谁？"正直诚实的木工助家贞脸上明明白白地这样写着。

祇园女御

平清盛出生于元永元年[1]。其时，忠盛二十三岁。

这些年来，似乎"斜眼大人"这个称呼已然成了穷困不振的平家以及所有下等人的代名词，甚至连同族的亲戚也瞧不起平忠盛，然而，稍稍往前追溯的话，事情显然并不是这样的。

---

[1] 元永元年：1118年。元永为日本第七十四代天皇鸟羽天皇的年号。

祖父平正盛曾历经白河、堀河、鸟羽三朝出仕为官，而且深得天皇和上皇的信任，被称誉为"既知武家本分，又有能有为"之侍。其子忠盛也伴随着平氏一族的显赫和辉煌而成长，曾经大受朝廷重用的源氏一门自源义家时起便开始衰落，取而代之的平氏一门武士从全国各地纷纷入朝为官，而奠定下这一基础的，正是正盛、忠盛父子两代。

　　白河天皇瞧源氏一门的官僚不顺眼，于是起用正盛父子作为宫廷争斗的道具，暗中对藤原一门进行掣肘，同时也有使之与僧团的武装势力相抗衡的目的。让位以后，白河上皇通过设置院廷继续参与政务，处理国事，开创了"院政"这样一种政治形态。然而这种畸形的两极政治新制度加上白河上皇直接裁定人事的做法，很快便致使朝廷与院廷对立起来。在这双重原因之下，当时全国各地方的武士之间也产生了明显的对抗，或是源氏，或是平家，武士必须在两者之中做出抉择，若非如此，就会被认为赶不上时代潮流，自然也不可能出人头地。

　　"倘无理由，不得或凭源氏或依平家而擅逞威……"据说还出现了类似的结党禁令，但几乎是丝毫不起作用。

　　正盛死后，忠盛子袭父职。白河上皇对于向来声气相通的忠盛比对其父亲更加倚重，视其为至宝。下面这个例子便可说明一切。

　　上皇宫位于三条西洞院，但白河上皇时不时地——当然照例一定是夜晚——会走出上皇宫，越过加茂川，悄悄潜入祇园。

　　随从只有两个人，一个便是武士忠盛，另一个是其家臣木工助家贞。不消说，前往之处是一个女人的居所。上皇虽已年近六十，但在这方面仍旧显示出旺盛的精力，且不是一般的好色。不服输、不服老的精神，同样也表现在政治上，上皇在政治方面也堪称精力旺盛。

　　按当时的社会风俗，上皇在宫外匿藏外妾、时不时地幽会行幸是常有的事情，时人并不将这看作是件出格的事。男人潜入女人的居所，可以说是上古流传下来的风习，奈良朝以及平安朝的宫人们几乎全都热衷于此道，不管是亲王，或是关白，又或者是一般朝臣，这种事情无关人格，几乎从来不会被关注，也同名誉等扯不上任何关系。

　　白河上皇的出宫幽会之所以会招致议论纷纷，完全是个例外。原因不是别的，而是因为其宠姬据说原是个身份卑微的女人。

白拍子的名称如今渐渐传播开来了。所谓白拍子是指被贵族招至府内，以伎乐、丝竹管弦等献艺助兴的一类歌姬，世间早已有之，只不过近来演变为身穿白色古代礼服，头戴硬式黑漆帽，腰挎长刀，女扮男装，一面吟咏雅乐一面跳男舞的新式歌舞形式，从事这种歌舞表演的歌姬就叫作"白拍子"，属于妓女的一派，渐渐也成了社会中的一个阶层。上皇的宠姬就是一名白拍子。

上皇什么时候开始与这名女子相识、亲近的不得而知，不过上皇宫内有四五个近侍却一早就得知了此事，知道上皇在八坂附近置了一处居所，四周围着用丝柏扎成的雅致篱栅，里面匿藏了一名据称是中御门家女儿的佳人。

这些人私下将这名女子称为"祇园女御"。女御[1]、更衣[2]等原是宫中女官的称呼，加上地名，是想掩人耳目，让人以为是业已从宫中退官的旧时宠姬。

祇园女御，这名女子便是后来的清盛的生母。她确确实实诞下了清盛，这一点是毋庸置疑的。

不过……父亲是谁呢？

关于这个问题是一个谜，也许除了她本人，谁也解不开。

为什么一桩很简单的事情，非得变成一个难解的谜呢？为什么二十年后的今天，依旧会使得清盛烦恼和痛苦呢？可以这样说，这件事本身就充满了不可思议的诡异。

种下这暧昧祸胎的基础，则是那个时代，被掩盖在以追求优雅和细腻到极致而著称的平安朝艺术的光鲜外衣下的贵族生活，其自身天然寄生着一个被称为"深度美"的毒瘤，正是这毒瘤惹出来的祸。因此，几个世纪以来，贵族生活中的种种荒淫奢靡的风习以及性伦理，会被视为理所当然，不足为奇的。

阵阵寒风中，初冬时节的细雨夹带着数片落叶淅淅沥沥下个不停，吧嗒吧嗒地，飘落在泥泞的小路、河川和树林上空。

这样的夜晚，上皇照例带着贴身的随从平忠盛及其家臣木工助家贞，前

---

[1] 女御：日本平安时代在天皇寝宫陪侍的地位较高的女官，仅次于皇后和正宫皇妃。

[2] 更衣：日本平安时代宫中的女官，原为天皇贴身侍女，负责服侍天皇起居及衣物穿戴更替等，后成为侍寝妃嫔，位在女御之下。

往祇园女御的居所。

忽然，林间有团红色的火光幽幽晃动，还有个人影蓦地闪过。上皇立即停住脚步，叫了声："啊！是恶鬼！"

眼前是一只大头怪物，仿佛刺猬一般全身插满了长长的针刺，正"嗵嗵"地一步步向这里走来，隐隐约约似乎还看见它张着大口。

"忠盛，忠盛！快上去斩鬼！"

上皇用极度恐惧的声音催促道。家贞抢先一步已经有了反应，忠盛也立即将长刀紧贴身旁，主仆二人同时向前冲了过去。

不一会儿，君臣三人却留下一阵"呵呵"的笑声，闪身进入女御的居所。原来所谓的鬼怪，不过是个用麦秆编织的蓑衣披在身上代替蓑笠的八坂神社的和尚，正准备去给灯笼添灯油。

风神、雷神、妖怪、恶鬼等，那个时代的贵族和普通百姓都相信它们是真实存在的。后来，上皇也觉得当晚自己的失态以及和尚的滑稽模样太可笑了，于是当作笑谈主动讲给身边的人听。

每每提到此事，上皇自然不忘将忠盛大大夸赞一番：假使忠盛胆小害怕，手忙脚乱的，必定会失手将无辜的法师斩了，忠盛果然是名真正的武士啊——大胆、勇猛又不失沉着。

然而闲得无聊的朝廷公卿们却又使出他们擅长的本事，在私底下窃窃私语起来："哎呀呀，上皇的话究竟有几分是真的？实在不敢当真啊。"

至于理由，归纳起来有这样几条："第一，自那晚以后，上皇突然间就再也不去祇园女御的居所了；第二，作为对那晚立功的忠盛的赏赐，将祇园女御赐予忠盛为妻，这说起来也有点奇怪；第三，获御赐的忠盛本人自从那时起，便整天一副快快不乐的样子，况且关于雨夜和尚的事情他从来都没有说起过……"

"哦，怪不得呀。"

谁都觉得事情蹊跷。并且，随后又加入了能够证实这种怀疑的所谓事实：由上皇赐予忠盛为妻、乘了软辇来到位于今出川畔的平家的祇园女御，和忠盛成婚不足十个月，便产下一个男婴。

"雨夜和尚的事情果然是上皇编造的啊，那只是个表面假象……"

"那么真相又是什么呢？"

再好奇的人，也只得相互对视一眼，不敢往深处探究下去。他们的判断力告诉自己，穷根究底的话，一准会遇到什么重大的事情，于是出于明哲保身，还是眯起眼睛，暗自偷笑着静观为妙，这是作为殿上人的公卿最为明智的做法。

同在院武者所，有一个名叫远藤光远的武士。他是同姓武士远藤盛远的叔父。

"伊势忠盛的长子、那个叫平太的，是你的同窗吧？"某天，他先是说了段开场白，随后向侄子透露了一个秘密。

"好多年前从上皇那里获得恩赐，将祇园女御娶回家做妻子的忠盛，一直到现在，还毫不怀疑地把那个女人不足月就生下来的儿子平清盛当作上皇的子胤吗？要是那样，真可悲啊！其实呀，我前些时候刚好碰到一个以前自称和祇园女御私通过的男人，八坂神社里的觉然，也算有点名气，他就是那个花和尚。这人现在年纪也不轻了，大概快五十了吧。据他自己说，他才是清盛真正的父亲！"

"啊？真的？"

一方面清盛是自己的亲密同窗，另一方面坊间传闻他是白河上皇的遗胤，所以关于清盛的生身秘密，盛远自然是兴致盎然，赶忙问道。

"叔父是从那个叫什么觉然的男人口中亲耳听到的吗？"

"可不是嘛，在某个场所，一块儿喝酒的时候……那个觉然好像得意得很呢，于是就酒后吐真言了，我是亲耳听到的，千真万确。"

"这可真是出乎意料啊。"

"我也吓了一跳，可虽说他是个臭名远扬的花和尚，但是这种事情可不敢胡说八道啊……再说事情的条理、逻辑都不差呢。"

光远从雨夜和尚觉然那里听到的事情经过更为详尽。

八坂神社的觉然自从无意间窥见了祇园女御的身影后，便燃起了邪恶的欲念。然而，对方是上皇的意中人，怎么可能轻易地接近和得手？于是以此处围着丝柏篱栅的居所为中心，上皇深爱着一个下女，而觉然则妄执于一个上宫。在觉然的紧盯不舍下，且发挥出他的狞恶本性，最终竟被他采用暴力如愿以偿了。

上皇毕竟不可能夜夜临幸，而觉然的寺院则近在咫尺，加之上皇年近六十，而觉然当时才三十多岁，且又是个美貌和尚。祇园女御起先在心灵与肉体两大本能之间犹豫彷徨，随着夜复一夜的狎近，她的感情会倒向哪一边呢？自然是不言而喻的了。

　　这一夜，风雨交加。这样的风雨之夜，上皇不可能行幸到此的——觉然心里暗暗盘算，来到祇园女御门前击出暗号，正要闪身进入的当口儿，却被上皇撞见了，随从的武士扑将上来，差点将他一刀劈为两半，觉然好不容易捡回条命，得以虎口逃生。

　　假如这一切并非觉然的杜撰，那么日后忠盛家未足月便产下的长子应该就是他的种儿了吧。

　　光远将这一切转述给侄子听，之后又反复叮嘱道："这是秘密。这件事绝不能随便对别人讲哦！"

　　到今天为止，盛远确实没有向任何人说起过。谁料却在盐小路路口与平清盛不期而遇，看到清盛衣衫褴褛的模样，秘密再也藏不住了，另一方面，也想好好激励一下清盛，于是邀他一起小酌，酒酣耳热之际，便咬着清盛的耳朵说出了他所知道的秘密。

　　"老爹，这件事……木工助，你也知道的，对吧？怎么掩藏也没用的！二十年前，那个风雨之夜，你是亲眼看见的，盛远讲的到底是真还是假？我到底是谁的子胤？快告诉我，木工助老爹！把整个事情一五一十地全都告诉我吧！我必须要知道自己身体内到底流淌着谁的血，才能决定我的人生啊……求你了，你看，我这就两手拄地求你了，求你告诉我！"马厩的暗处传出清盛的声音。

　　可是，待这声音停息下来，却只听见几声抽鼻涕的声响，木工助家贞的说话声半句也听不到。

　　从檐头梅花那幽微的香气中，已经可以觉察到东旭的躁动了，黎明到来之前的阵阵寒意，深深刺入两个人的身骨里。

夜来风雨急

　　低垂着头，仿佛变作了一块化石似的木工助家贞。瞪大眼睛盯着他的清盛。两个人身上都起了鸡皮疙瘩。拂晓前的大地冰凉冰凉的，可两人冷冷的肌肤下面却同样是沸腾的热血。

"我全都告诉您吧,假如公子您一定要我说的话。不过,您先容我把心静下来。"

终于,家贞像是下决心要将肚子里的苦水一吐为快似的说道。不,毋宁说是呻吟道。看起来要追溯那件往事,确实有着难言的苦楚。

清盛责怪家贞也不无道理,不可否认,二十年前,他出生的那年,在漆黑的风雨之夜,祇园居所前发生的那件事,家贞应该是亲眼目睹了的呀。

那夜,家贞和主人忠盛一道随从上皇微服出行,对于那个偶然事件,他理应是亲历者,是现场目击者。

可是,就世间万般诸事而言,第三者亲眼所见的记忆究竟有多少真实性呢?又有多少是在事过境迁之后依旧能够断言其真实性的?尤其是,事情已经过去了二十年,况且又是在黑漆漆的风雨之夜。

家贞此刻就陷入同样的迷惘之中。当年亲眼所见的事情,一旦回想起来,他便情不自禁地想对其赋予新的解释。

这也情有可原。传闻中,大约有一半左右的真实掺杂在其间。不过,那个多嘴多舌的远藤盛远口中所说的秘闻以及坊间流传的故事——雨夜的添油和尚和忠盛的沉着冷静——却与家贞的所见大相径庭。在他的记忆中,那晚他所目睹的只不过是上皇行幸至门前时,恰好撞见一个怪僧翻身越过祇园女御居所的篱栅,慌慌张张地向雨幕中逃去,仅此而已。

接下去,那一夜上皇同女御的欢睦似乎很不寻常,家贞听到女御的哭泣声传出屋外,后来上皇召忠盛入内,又传来上皇盛怒的声音,不等天亮,上皇便起驾回宫去了——这样异乎惯常的举动,要说可疑,确实显得很可疑。

可是……坊间流传的雨夜和尚怪谈,虽说对事实加以若干展开和润色,但对于事情的真相来说,并没有添加任何有用的积极因素。当年祇园女御嫁入平家,在忠盛的老屋里诞下的男孩,究竟是谁的子胤?对于这个难解的谜来说,谁也没有给出一把能够解开谜底的钥匙。

归根结蒂,孩子是从祇园女御腹中产下的,唯有这一点千真万确。如今她的孩子清盛执着地想要破解自己的身世,不管怎样斥责木工助家贞,却都无法从家贞嘴里得到有关其身世之谜的只言片语。在家贞看来,主人家血脉的秘密,只要超出事实半分无论如何都不能去妄加臆测,假如多跨出去半步探究秘密,甚至仅是将它视作一个谜,他都觉得是对主人家的背叛,是非常可怕的行为。

像个脾气暴戾的孩子似的，清盛终于停止了抽抽搭搭的啜泣，被家贞拥着走进寝屋。

"赶快睡吧。大人那儿等天一亮我自会有办法的，公子不用担心……"

就像对待自己的孩子一样，家贞替清盛摆好木枕，盖上被褥，并在清盛躺下后还跪在他旁边不停地安慰道："好了好了，把刚才的烦恼彻底忘记在睡梦中吧，不管生身父亲到底是谁，您都照样是一个男子汉，不是吗？不少胳膊不少腿的，把心放宽一点儿，就当天是爹亲地是娘亲好了。这么想不是很好吗？"

"木工助老爹，你真啰唆。你快走吧，我什么都不想，我要睡了。"

"哦，那好，那好，这样子我也就放心了。公子，晚安！"

家贞朝着清盛行了个礼，向后退出去，到了帐子外，将帐子轻轻放下，才走出屋子。

不知睡了多长时间。

清盛睡得很熟。他只要一躺下，必定睡得死沉死沉的。

"哥哥！哥哥！"有人将他摇醒。清盛奋力睁开沉重的眼皮，日光透过小窗照射在帐前，估摸着已将近中午了。

弟弟经盛站在面前。与哥哥的懒散、吊儿郎当不一样，颇具有几分公卿之子模样却有点神经质的弟弟，眉头紧锁，神情凝重地说道："哥哥快来一下！爹爹和母亲又吵起来了，好像是因为哥哥的事……"

"什么，我的事情？他们怎么了？"

"从早晨起就开始吵了，一直吵在现在，中午用餐的事也丢到一边，不知道又要到什么时候才完！"

"哦，又是夫妻拌嘴呀，这有什么稀奇的。"清盛故意满不在乎地打了个大大的哈欠，双臂使劲伸展，然后对弟弟说道："不管它！反正这是常有的事情，我可不管哦。"

"不行啊，哥哥，是因你而起的呀。还有，三个小弟弟刚才肚子饿了，饿得直叫唤，一直哭着闹着要吃哩。"

"木工助呢？"

"木工助老爹刚才被叫进去,不知为了什么,被母亲狠狠地训斥了一顿呢。"

"那好吧,我去看看!"

清盛霍地跳起来,一面用嘲笑的眼神看着谨小慎微的弟弟,一面抬了抬下巴吩咐道:"给我把衣服拿过来,衣服!"

"穿在身上呢,你的衣服。"

"啊,我穿着衣服睡的?"

清盛从腰带里面取出昨晚花剩下的钱,举到弟弟面前,说:"用这个钱去买点什么东西来给弟弟们吃,叫小侍从平六跑一趟就行了。"

"出去买东西吃,过后母亲大人知道了,不知要被她怎么骂呢。"

"没关系,就说是我吩咐的。"

"虽然哥哥这么说……"

"浑球,我平太可是未来的一家之主哦!我说话,你敢不听?听我的吧,不会错的。"

清盛将钱扔到弟弟的脚下,便迈着重重的步子,"嗵嗵"地穿过走廊,来到厨房旁的井台边,双手掬水,"咕嘟咕嘟"灌下肚,又掬起一捧水洗了把脸,用肮脏的布便服的衣袖左右一抹,然后斜穿过庭院。

父亲住的屋子,称呼它为破败的佛堂倒蛮贴切,它位于像是片荒野似的庭院的斜对面。清盛踩上老旧的走廊,轻手轻脚地厌步溜进屋子。

"昨天回来晚了,深感惶惶不安。吩咐儿子去办的事情已经办妥……"

他的身影一出现,屋子里沉默不语的三人的视线立即一齐向他投过来,六道视线中含着三种不同的眼神。

家贞急急地低下头去。不约而同地,清盛也将视线从家贞脸上移开了。两人心中都掠过一个念头,此刻在这儿相见实在太尴尬了。

清盛强迫自己在父母面前假装出镇定、淡然的样子,跪着的双膝向前移了移,不以为意地说道:"这是从堀川叔父家借来的钱,稍稍差了一些,是因为昨晚正巧碰到好友花掉了一些,还有看年幼的弟弟们饿得发慌,所以拿了一些给经盛,剩下就这些了……"

没等他说完,父亲忠盛已经骤然变色,仿佛是受到巨大的羞辱,又像是被人怜悯,同时,内心难以克制的怒火不知如何掩藏似的,只见他望着那少得可怜的钱，眼皮吊得更加厉害，一双斜眼噙满了泪水，不停地眨巴着。

"平太！你这算什么，刚一坐下就把钱搁在这儿？！"

泰子依旧保持着同丈夫怒气冲冲对峙的姿势，用鄙视的眼神从眼角瞥着儿子清盛，厉声呵斥道。

祇园女御这个名字，只是嫁给忠盛之前用的名字，如今她是作为中御门家的女儿泰子，在平家正式入了籍[1]的。

一看到母亲的侧脸，清盛从昨晚起就生出的那股无名火，便在身体内开始熊熊燃起。

"什么意思，母亲大人？既然不需要钱，为什么还要让我到堀川的叔父家去借来，像个乞丐似的？"

"闭嘴！母亲什么时候叫你去过了？那是你父亲让你去的吧？"

"可是……可是，这些钱是用于我们这个贫穷的家过日子的，不是吗？再说，母亲大人不也一样得到帮助了吗？"

"不！"泰子非常坚定地摇着头。她的容颜无论如何也看不出将近四十，依旧是那么水润娇嫩。"不！我绝不会接受这种可怜的帮助！"

"那母亲大人您不用吃饭了吗？明天起您就不吃饭了，是吗？"清盛硕大的耳垂因激动而充血，变成红润润的，眼神似乎要跟人打架似的，两只拳头在膝上哆嗦着抖个不停。

"没错，不吃！你听好了清盛……哦，经盛也来了，你们两个一块儿听着：对你们来说也许有点残忍，你们的母亲已经向忠盛大人提出解婚了，从今日起我与忠盛大人不再是夫妻了！依照惯习，男孩随男家，所以我与你们的母子情分也就到此为止了。呵呵，反正你们连一丁点儿的悲伤也感觉不到，对吧，平常就一直站在你们父亲那一边……"

母亲解婚

清盛此时方才注意到母亲的装扮：母亲泰子分明是个病人，可不知什么时候已经痊愈，又或者根本是无病呻吟，此时此刻竟然盛装裹身。与往常一样，脸上抹着高价的香粉，而且毫不吝啬地抹了厚厚一层，头发上喷洒着香

---

1 入籍：指因结婚等原因发生亲族法意义上的身份变化而变更户籍登记，进入他人家户籍中。

25

水，两道眉毛描得又粗又重，衣服则是通常只有二十几岁女子才穿的那种鲜艳夺目的衣服。

——瞧这架势，问题好像很严重哩，跟平常的吵架不一样呢。

母亲经常挂在嘴上的话——我要离婚，离开这个家——几乎每次吵到最后总会掷出来，作为一种胁迫手段，丈夫和孩子们已经习以为常，安之若素了。可是像今天这样，穿戴得整整齐齐，盛装装扮，上来便将"解婚"二字说在头里的事情却从来没有过。

非但如此，再看父亲忠盛的样子，似乎已经允诺了她的要求。

清盛忽然感觉狼狈起来。尽管对母亲充满了厌烦、憎恨，但这个可憎的母亲毕竟曾与自己同为一体——他的血液中，有一个声音在提醒他。

"父、父亲大人……"清盛将惊慌不安的眼神从母亲身上移开，慢慢转向父亲，"这是真的？母亲大人刚才所说是真的吗？"

"不错！让你们几个这么多年也跟着受苦悲伤……如今都结束了，不是很好吗？"

"为、为什么？"清盛的鼻子一酸，停住了。跟进来跪在自己身后的弟弟经盛喉咙里发出一声奇怪的声响，是硬生生将哭声吞咽下去的声音。"不要啊，父亲大人！现在这么多兄弟都有了……"清盛对父亲说出了自己的意见。

忠盛情不自禁地笑出来。儿子的问题多少有点可笑，并且仍旧未脱孩子气，充满了幼稚。

"哈哈，平太……有什么不好吗？这样很好嘛！"

"有什么好的啊？往后怎么办？"

"泰子一定会找到她的幸福，对你们来说也是件好事呀，用不着大惊小怪，不要担心。"

"可是听经盛说，今天这件事情都是因我而起，假如平太做错了什么，平太在这里向母亲大人赔不是。母亲大人，几个弟弟还小，他们太可怜了呀，今后平太也会时常提醒他们的……母亲大人，请您重新考虑考虑吧！"

清盛不由自主地哀求起来。这样一个母亲，竟然会令他如此眷恋不舍，实在让人不忍目睹，同时也让人感到不可思议。然而此刻清盛的心头，不仅仅是眷恋，还有别的东西在驾驭着他，使他变得几近疯狂。

老家臣木工助家贞忍不住恸哭起来。经盛早已恸哭流涕。清盛也在啜泣。而声色不变的只有这对冷冰冰的夫妇。

"不要哭，烦死人了！"忠盛对三人呵斥道，"到今天为止，为了几个孩子，什么事我都忍了，可是如今我终于意识到自己的愚蠢。可悲啊，我平忠盛竟然让一个女人骑在头上压了整整二十年，使我的心不堪其扰，不堪其辱。我真是个混账啊！平太，你虽然浑，可我不想责骂你。哈哈，哈哈……"

天生持缨整襟、刻意润饰其举动容止，之前仍强作镇定的泰子，此刻听到忠盛自嘲的大笑，一下子气血上攻，立刻反击起来："什么意思，您那样的笑？是在嘲弄我吧？那您就敞怀大笑吧，想怎么嘲弄人都行！倘若上皇陛下还在人世，想必您无论如何也不敢如此嘲弄我吧？可是您不要忘了：当年上皇在世时，曾经御赐我中御门这个姓氏，中御门大人府就是我娘家！您记好了！"

"哈哈……"忠盛仍旧大笑不止，"我一定会上门去问候中御门大人的，我要谢谢他让我能娶到一位这么好的女御为妻，而且这么多年……"

"好，说得好！"

泰子眼睛里闪现出可怕的光，斜睨着忠盛，仿佛要留给他最后一点憎恨的烙印。

"您呢？您就知道不停地让我生孩子，可是这二十年来可曾让身为妻子的我过过一天快活幸福的日子吗？我每天都生活在痛苦和叹息中，只因对孩子们的爱牵扯着，我才强忍着留在这座破旧的老屋子里。可是……可是不知从哪里听来的流言蜚语，平太和家臣木工助竟然天不亮就躲在马厩的暗处悄悄说我坏话！万万不该的是，竟还牵扯到已经仙逝的上皇陛下！什么当年有个男人三天两头夜里潜入祇园女御的居所私通啦，什么那人是八坂神社的某个花和尚啦，好像是他们亲眼所见的一样。木工助这么说，连平太也这么说，说到后来，竟然还问出清盛生身父亲到底是谁这样的话来！简直是疯了，精神正常的人会说出这样的话吗？我是自己亲眼看见、亲耳听见，才做出这样的决定的。这个家我一天也待不下去了！连孩子都背叛自己，我怎么还能够再待下去呢？"

"不要说了！不要再说了好不好？这件事情从早上起已经说过不知道多少遍了，还把木工助叫来对质，吵得胸口都发痛了。真是没完没了。告诉你不要再说了！"

"那就拿出证据来呀！"

"所以嘛，刚才不是已经说过了吗？没错，清盛就是我跟你两个人的孩子！"

"平太！听见了吗？"泰子锐利的目光扫向两旁，"还有你木工助，你也听见了吗？"

"你们竟然学会了无中生有说别人的坏话！我曾经深受白河上皇的宠爱，这一点我根本无需隐瞒，可是说什么我跟八坂神社的和尚暗中有勾当，而且是二十年前的陈年旧账，这种混账话到底是谁说的？忠盛大人说不知道，木工助也一口咬定说不知道。平太，你不会这样造你母亲的谣吧？说说看，罪魁祸首到底是谁？"

"是我，要说这件事，不是别人，就是我说的。"

"哼，是你说的？不不，儿子说自己生身母亲的坏话，不可能！是木工助吧？"

"不！真的是我……母亲大人！"

"嗬，你这算什么？用这样的眼神看我？"

"这件事，我想要探究清楚不可以吗？假如我是畜生的后代，自然不会去想，只可怜我清盛是个人啊。我无论如何想要弄清楚，真、真正的父亲到底是谁？"

"忠盛大人刚才不是明明白白告诉你了吗？"

"求您了，发发慈悲吧，快告诉我吧！即使我知道自己的生身父亲是谁，清盛也绝不会把坐在这儿的父亲当作父亲以外的任何其他人。但是，我现在就非要探究清楚不可！"

清盛忽然出其不意地抓住了泰子的衣袖，昨夜被泪水浸得通红的眼睛，瞪得大大的，像要睁裂似的，狠狠盯住泰子。

"快告诉我！你明明知道的——我到底是谁的儿子？！"

"啊，这孩子疯了！"

"也许是疯了。父亲大人被世间耻笑，长年累月一直窝在家里，这一切全都因为你！是你夺走了父亲最宝贵的青春岁月，你这个狐狸精！"

"什么？你敢这样对母亲说话？"

"就因为是母亲，所以我才更加对你感到生气。你这个腌臜的女人！可恶的女人！"

"啊！你想把我怎么样？"

"我想要教训教训你！因为父亲大人不会动手打你，二十年来，他一根手指头都没动过你。"

"平太，你会有报应的！"

"什么报应？"

"要是以前，我泰子好歹也算是白河上皇陛下的意中之人，假如入宫的话，说不定还要被尊为皇后、更衣呢。你想想，要不是上皇御赐，我怎么会下嫁到这座破屋子里来呢？你对我百般侮辱甚至动手，就是对上皇的不敬！太无礼了。即使是我的孩子，也决不能容忍！"

"混账！上皇又怎么了？"

蓦然，从全身迸发出的一记响声，震得在场所有人的耳朵都发麻了。不仅仅是声响，清盛使出全身气力，手掌"啪"地重重扇在了母亲的脸上，将她击倒在地。

"平太公子疯了！"

"公子大概是被什么妖魔附体了吧，闯大祸了！竟然那样……快，快去看看！"

老屋里顿时像水煮沸了似的，一片骚然。

尽管家境贫困，但忠盛毕竟曾为一方之长[1]，并且又是院武者所在册的武士，所以不管肚子吃得饱吃不饱，家里上上下下还是蓄养着二三十名家臣、仆人和杂役等。

这其中，还有木工助家贞的儿子平六家长。平六的父亲一大早就被召入后屋直到现在也不见人影，于是他一直蹲守在院墙外，担忧父亲的安危。此时他振臂一呼，召唤同辈的家臣、仆人们，同时一口气抢先奔至庭院后，那里已经炸开了锅，惊叫声、斥责声、器物的碰撞声混作一团。

然而，喧闹似乎仅仅只是一瞬间的事。

从屋内滚落至门口的泰子，红面紫里的衬衣、白色和青色的外衣，还有黑色的头发，全都散乱得一塌糊涂，她狼狈地趴伏在地上，并没有急着起身。而在离她稍远一点的地方，清盛双肩起伏不停，手腕被父亲忠盛紧紧攥着，神色看上去十分凶残，好像一尊阿修罗像似的伫立在那里。

---

[1] 平忠盛于大治二年（1127）被授予从四品下，任备前守，即备前国的最高地方长官。

经盛和家贞两人呆呆地跪于中间，脸上一片茫然。

听到下人们杂乱的脚步声，知道有人往屋子这边赶过来，泰子那张苍白的脸立即从地面抬了起来，并且连声叫道："噢！谁去给我叫辆牛车来！还有，再去一个人，到我娘家中御门大人府上，把这里发生的事情通报一声！快去！罪过呀，罪过！"

很快，一名仆人向附近的脚行跑去，另一名仆人则朝位于六条坊的中御门府上疾步而往。忠盛一声不吭，默许了这一切。

很快，牛车来到门前。泰子像个病人似的，被仆人背着，出了夯土墙。夹着眼泪的高声怒叫，和比经盛还小的几个孩子的哭声，一阵阵地传入耳中。

忠盛竭力控制着自己，他的手紧紧抓着清盛的手腕，越抓越紧，两人像两截圆木似的，站在那里一动也不动。

天空中，夕月早早露出了半边脸。

牛车沿着夯土墙旁的土路，缓慢地、沉重地向远方行去，渐渐的，轮声消失了，一点儿也听不见了。

"平太……"忠盛终于松开了手。感觉快麻木了的手腕突然被松开，动脉里的血液一下子又奔流起来。清盛额角暴着青筋，哭了，就像个孩子似的毫无顾忌地放声大哭。

忠盛将那张哭花了的脸搂入怀中，在他头上使劲蹭了又蹭。

"胜了！今天我终于战胜了我自己的愚蠢。平太呀，不要怪父亲，我是个没有勇气的父亲，不敢像你一样打她，我真是个没用的父亲……不过，今后再也不会有从前那种悲哀了，伊势忠盛一定要重新振作起来给人们看看。你不要怪我，不要哭着怪我哦。"

"父亲大人，我、我明白您的心情。"

"即使经过这样的事，你还愿意把我平忠盛称作父亲吗？"

"愿意！请您允许我这样称呼您：父亲大人！父亲！"

"噢，我的儿呀！"

"父亲！"

晶莹明亮的夕月之下，晚霞是蔚蓝蔚蓝的。远处传来了摇篮曲，像是木工助老爹在哼唱。

赛马

三条川以东这片宽阔的地方，一般人简单地称之为"仙洞"，正式的名称应该是"上皇宫"，即鸟羽上皇的御居所。

原本，所谓"上皇"是对已经退位或让位的天皇的称呼，换句话说，上皇宫理应是上皇隐居之所。可自从白河上皇开创了院政体制，上皇院也建立类似朝廷的一套组织机构，进入本朝以来其政厅化的色彩愈加浓厚。通俗地讲，在这个促狭的帝都，同时并存着两个朝廷或两个政府。

早春三月，柳树绽芽，连泥土的气息也都焕然一新。满京城一派繁华，一派喧腾，让人怀疑这儿究竟是不是政治之都，它更像是个宴乐之都，时尚之都，爱情之都——这样说一点儿都不过分。

上皇宫百官兴高采烈，早把政务抛到了脑后。自然，这并非春季才有的现象，夏、秋、冬季同样是懒得做事，得过且过，只不过春风扑面而来，就会让人格外耽于享乐。当时享乐风气盛行，春天到来，若是不吟咏一两阕诗句，就会被视为公卿也就是文人的耻辱。

一场春雨从昨夜下到今晨，春阳一出，从加茂川中渐渐露出水面的小石子到东山脚下平缓的原野，到处都充盈着春的气息，洋溢着春的浪漫。

此刻，一队出宫御幸的上皇车驾，穿过樱御门的垂樱林，三三两两、晃晃悠悠地朝大路一端驶去，腾起阵阵尘烟。

随行的扈从蔚为大观，排成长长的队列。引牵着御驾的牛，慢悠悠地踱步向前，整支队列都与牛的步调一致迈步向前。

"上皇陛下还真是爱游玩哩。"这是市井庶民的一致看法。

"五月快到了，这是去视察加茂赛马吧，各国的骏马来了好多呀。"

花牛牵引的御驾，特意把帘子卷得高高的。一位年约三十六七岁、肤色微黑、双颊瘦削、眼窝凹陷的贵人，嘴唇紧闭，身子塞在车内。这就是鸟羽上皇。

街上的男男女女不时可以看到上皇的尊容，但对上皇来说，每次御幸出宫，街道两旁的景物都是那么的惹人好奇，以至两眼不停地左顾右盼，应接不暇。时不时地，上皇的视线停留在某处不忍移去，并呵呵地自顾自笑起来，路上的行人见此情形便也会顺着上皇的视线向前望去，随后皆相视一笑。将此种亲近的感觉视为不逊，强迫庶民必须跪于道路两旁，这是后世的做法了，是武士集团擅权以后的事情。当武士们向人们暴露出武家统治下世相人心的欹危——武士的威仪和戒惧片刻也不敢懈怠弛紊之时，规定这样的制度也就是必然的了。从当时朝廷和院政这种奇特的二元政治来看，可以说世间已经显露了僭越紊乱的端倪，不过此时的街巷坊间却仍然显得世风平和，就像这三月的春风一样。

右近卫府[1]马场的樱花同样从今早起便开始吐绽，开得那个艳丽哟，瞧这怒放的架势，大概到傍晚就要渐次凋谢了。午间，整个马场春草萌香，花草的芬芳夹带着一股让人几欲透不过气来的撩动感官的诱惑，随着阵阵微风扑面而来。

"呵呵，原来你的眼睛也在盯着它呀。今春从诸国牧场送来四五十匹骏马，可都不及那匹铁青色的四岁骏马，在这儿看着，心里都痒得不行啊，真想骑一骑。"

源渡似乎有了大发现似的，嘴里不停地念叨。从刚才起，他的视线就没有从马场栅栏移开过。

栅栏内拴着许多年轻力壮的马。

"真想骑一骑呀，真的，要是能骑一骑多好啊！骑上它的感觉一定非常棒，真是让人一眼就爱上的好马啊。从后腿一直到马背，瞧那线条多棒，肌肉多健壮啊！"说着说着便变成了自言自语。

两个人双手交臂，站在栅栏外一棵巨大的樱花树下。另一个人——佐藤义清对马的热衷似乎不及源渡，他对源渡只报以微笑。

"义清，你不想吗？"

"嗯？你指什么？"

"加茂赛马之日，骑在那匹铁青马背上，举起得胜的马鞭，被淹没在一片凯歌声中……"

"不，不想，那种事情……"

"不想？"

"我知道那是一匹好马，不过我也跟它没有缘分啊。马虽好，但是骑手

---

[1] 右近卫府：与左近卫府皆为宫中负责警备护卫、御幸随行等的机构，由中卫府改组而来。

不行。"

"你这话与其说是谦逊，倒不如说更像是虚伪。你怎么可能驯服不了它？你我同为鸟羽上皇陛下的随从，又都是武者所的侍卫嘛。"

"呵呵，渡君，这可不一样呀。"

"有什么不一样？"

"你说的是赛马吧？五月的加茂赛马大会？"

"当然啦，这些骏马不就是为了那一天的比赛才从各地送来的嘛。"

"可我讨厌赛马，不过，作为随从跟随上皇的车驾御幸出宫又是另一回事。"

"那比赛那天……"

"但愿不会来看。近来，我真有点后悔成了一名武士啊。"

"嗯？"源渡用疑惑的眼神扫了好友一眼，"从北面之侍中尤以勇猛而著称的兵卫尉佐藤义清你的口中竟然会说出这样的话？可是从来没听说过。喂，你不是有什么事吧？"

"什么事也没有啊。"

"莫非恋爱了？"

"恋爱倒不是不想，不过也就只有跟我妻子了，有这个妻子我再不会感觉有什么不足了……其实是这样，几天前刚刚入春时，妻子给我生了一个漂亮的儿子，我当父亲了！"

"我们身为武士，也像常人一样拥有家庭，生儿育女，这有什么奇怪的。"

"是啊。我已经有几个孩子了，不过却从来没有觉得生存其实是件悲哀的事情，这才让我感觉有点不可思议呀。"

"哈哈，你今天是怎么了嘛。"

源渡笑了，笑得很开怀。他的视线又转向了栅栏方向，蓦地，他看到正从栅栏朝这边走过来的平清盛和远藤盛远两人。平清盛似乎也注意到了他们，红扑扑的脸上露出了笑容。源渡赶紧扬手招呼起来，因为他觉得对方应该是个爱马之人。

很快来到面前的却只有清盛一人。

"哟，你们在这儿呢。"清盛打着招呼插进两人中间，随即一同随意地在草地上席地而坐。

三个人都是劝学院的好友，对清盛来说，源渡是高他五级的学长，佐藤义清也比他高两级，此刻不在这里的远藤盛远则介乎中间。在武者所，这些二十多岁的年轻人萃聚在一起，除了同窗兼同僚之谊，他们还有一个共同点，那便是体魄健壮，梦想远大，内心深处都怀着一种对于未来的使命感。

劝学院原是专为藤原一门子弟而设立的官僚养成机构，后来则不论门第，只要是四品以上官宦之家的子弟，包括武家子弟，全都可以入学。不过即使入了学，贵族公卿的子弟与一般地下人的子弟在学习科目以及毕业后的待遇方面都有差别，一般而言，这两者就如同水与油一样，难以交融。前者若是学习成绩不及后者，便会恨恨不平地嘀咕一句：哼！神气什么呀？并且投之以轻蔑的眼光；而后者也往往暗地里憋足了劲儿卧薪尝胆：咱们走着瞧！将希望寄托于未来。这种情形也可以说是上一辈的缩影：其父辈们就是这样暗中抱团结派，相互倾轧的。

这其中，清盛等几个意气相投的人既出身贫寒，又粗野狂放，加之学习成绩差，身上几乎集中了地下人子弟的所有特征，因而经常被公卿子弟瞧不起，然而他们在自己的圈子里却很受敬重。

从劝学院毕业之后，还有更高的学府淳和院，但因为是武家子弟，"只需学习武艺便足矣"，未被允许进学，于是清盛和几个同窗一同在兵部落了籍，之后被配属到院武者所，套用今日的话，便算是找好了份差事。父亲忠盛长期蛰居在家，母亲又是那副德行，因此对天生懒惰的清盛来说，这里不啻是个理想的温床。

自从母亲的事情了结后，父亲忠盛幡然悔悟，打算开始新的生活和人生了。

——我不过才四十多岁，至少还有二十年可活，世间也不会总是现在这个样子，我要振作起来，重展我的人生！

没过多久，忠盛又开始在上皇院出仕为官了。所以近段时期，父子二人像是完全变了个人似的，性格变得开朗起来，与其他人也相处甚睦。

"盛远没过来吗？我明明看见了盛远呀。"

"嗯，好像往那边去了。去把他叫过来吧？"

"哦，不用了，不用了。不知道为什么，盛远这家伙近来一看到我就躲着我。对了平太，你看到了吗？"源渡朝拴马的栅栏方向手一指，滔滔不绝地发表起他的看法,"你觉得怎么样,那匹四岁的铁青色马?是匹难得的良驹吧?"

清盛从鼻孔里往外"哼"了一声,撇着嘴摇了摇头:"那匹铁青色的呀?不行,那匹绝对不行!"

"哎,怎么?为什么?那么漂亮的马……"

"再漂亮也没用,可惜哪,它是匹'四白'呀!相马经上讲,四白可是凶马之相哦。"

论骑乘也好,论相马之术也好,源渡都自以为绝对不逊于人。此时被清盛提醒一句"四白",他却忍不住吃了一惊。

所谓"四白"是指,不管马身上的毛色是茶褐色还是栗色或是其他什么颜色,马腿毛色从胫至蹄全都是白色的,长有这种奇特毛色的马极为罕见,自古以来被视为不祥之相。

——呀,这个我怎么没注意到?

源渡有点动摇了。清盛非但比自己年轻,再说,天晓得他打哪儿学过相马之术。还有你佐藤义清,似笑非笑地在一旁听着,你也不懂得什么是相马!

"什么?你说四白不行?哈哈,哈哈!那作为一名武士,斜眼、麻脸、红鼻头……也全都不行了?"

"喂喂!再怎么说,把我父亲拉出来论证相马之事,也太过分了吧!"

"谁叫你也像那些黄毛公子哥一样讲迷信。只有那些见不得阳光的贵族公卿们才动不动就说什么避秽啦,什么鬼魂啦,什么吉瑞凶兆啦,终日在提心吊胆中过日子,像我们生活在朗朗青天白日下的年轻武士,根本不需要相信迷信!什么祥不祥的,肯定是古时候养马的公卿被马啃了下巴,或者踢伤了腰骨什么的,才开始这么说起来的吧。"

源渡变本加厉地反驳清盛,最后还煞有介事地说道:"我给你举两个好的例子吧:现在已经辞官、从前曾担任过检非违使[1]的源为义大人,知道吗?大治五年[2],源为义大人出征镇压延历寺僧众时的坐骑就是一匹栗色的四白马,号称'相模栗毛',众所周知,那是他的爱马;还有前年,鸟羽上

---

[1] 检非违使:日本平安时代负责掌管京城治安、司法的官职。
[2] 大治五年:即1130年。大治为日本第七十五代天皇崇德天皇的年号。

皇和待贤门院[1]御临神泉苑赛马，那次比赛来自下野国的兼近夺得优胜，他骑的也是一匹褐色的四白马。"

"好了，好了，我明白了，你是想说不能用迷信的说法来评价良马，对不对？"

"我还暗怀着野心，想骑着那匹铁青马在五月的加茂赛马大会上名垂青史哩。"

"噢，怪不得发怒呢。"

"我不是发怒，我只是嘲笑迷信。对了，讲究迷信也是件好事，说不定就没人愿意骑那匹马了。"

清盛没有回答。他本是个神经迟钝粗枝大叶的人，对细微的琐事缺少关注的热情。源渡见他没有反应，于是又转向佐藤义清，义清则对他二人的对话似乎没有兴致，只顾出神地张望着袅袅飘拂的樱花的枝头。

"上皇的御驾过来了！"

"哦，上皇也临御了。"

四处顿时喧腾起来。三人立即急急地从地上起身，同在场的所有人一道奔向右近卫府马场的终端，恭迎上皇驾临。

袈裟御前

和歌雅集、嗅香会、蹴鞠、散乐[2]、双六[3]、赛蛤壳[4]、投扇[5]……此外，还有一年四季的禊游行乐啦、斗鸡啦、比箭啦，等等，各种游戏和博戏从来没有像现在这样繁荣过。

飞鸟时代和奈良时代，一年中也有多种娱乐方式，譬如筵宴、歌咏之

---

1 待贤门院（1101—1145）：平安时代鸟羽天皇的皇后，崇德天皇及后白河天皇的生母。院是对上皇和法皇以及天皇的母亲、皇后、后宫、女御、皇女等的尊称。

2 散乐：指由中国唐代传入日本的各种民间曲艺。

3 双六：自中国传入日本的一种博戏，中国古代称"双陆"。

4 赛蛤壳：又称"合贝"，始于日本平安时代的一种游戏，将三百六十个蛤壳分为底贝和出贝，取出全部底贝，以出贝一一嵌合，相合多者为胜。

5 投扇：向靶子投掷扇子，将靶子被撞倒以及扇子打开的造型比作"百人一首和歌选"及《源氏物语》五四帖来打分，以竞优劣。

类，但那时候人们似乎只将它们当作上天赐予的一种自然生活而已，绝不会将这一切全都游戏化。

而举凡宗教仪式、国事政治……生活中的所有活动几乎全都被游戏化，唯一没有被游戏化的大概只剩武家人的武门之事——这恐怕便是当代的时风吧。

说到战乱，上至天皇下至庶民皆内心汹汹，深感不安。而战争火种似乎无处不在，强大而凶暴的僧团武人杀人放火、东西各地周期性爆发的豪族叛乱、海贼滋扰……然而更加近在眼前、迫在眉睫的却是朝廷与院廷两个政府的并存对立；再往近了说，眼下经常被人议论的事情便是源氏系与平家系两大武士势力集体的急速扩张，就像自然界中的植物一样，不知不觉中，两大势力集团的根系到处延伸，在全国各地培植起一股潜在势力。

——危险啊，世间！人人都这么认为，并且这种危险不知什么时候就会一触即发。

与这种担忧成正比的，却是世间越来越追求享乐，整个社会被装饰成一个欢娱的大舞台。从近年观看加茂赛马大会观众人山人海的景象中，似乎也可以得到印证。

赛马之娱古已有之。史书记载，早在文武天皇大宝元年[1]便出现了，当时仅在宫中左右卫府的衙兵之间进行，是每年五月才进行的一种节庆活动。

近年来盛行赛马，除了五月的加茂赛马大会，各地的神社也不时举行赛马活动，逢天皇、上皇、宫中嫔妃行幸外出时在离宫或公卿大臣的邸宅也会进行。私人赛马也时有进行，还有热衷此道的人在路上进行的赛马活动，此类赛马称为"路上赛马"。至于御驾行幸途中兴之所至，冷不丁的一声令下，就地进行赛马的情况也绝非罕有。

十列赛马是指每组十匹马的争逐较量，十番赛马则是指每组两匹马之间对抗争逐，共比赛十轮，然后决出最终优胜者。依照惯例，马场的跑道皆为直道，从起点直至终点，赛马笔直疾驰，最后分出胜负。所以说，只需两端设置封闭，阻断行人，即便在大路上也照样可以进行赛马。

先皇堀河天皇[2]非常热衷赛马，宫内的马舍中饲养着从各地选送来的良驹骏马。左马头、右马头配属下的人员大幅增加，其权限也随之有增无减。

---

1 大宝元年：即701年。大宝是日本第四十二代天皇文武天皇（683—707）的年号。
2 堀河天皇（1079—1107）：日本第七十三代天皇，1086—1107年在位。

尤其是自堀河天皇以后，先后有二十处皇家御庄园颁赐给各地作为赛马的专用场所。

其后的白河天皇和当今的鸟羽天皇在这方面也毫不逊色。为迎接五月即将举行的加茂赛马大会，从能登、加贺、出云、伯耆、伊予、播磨、下野、武藏等各地的御庄园牧场送来了大批骏马，今日御驾亲临右近卫府马场，就是为了亲自从中挑选几匹出色的马，收入上皇宫内的马舍。

"忠盛！忠盛！"上皇专心致志地查看每一匹马，然后视线从众公卿的头顶越过，寻找随身侍从平忠盛的身影。

"今年好像没有特别让人刮目相看的马嘛，你觉得怎么样？"

忠盛平伏在地，将头稍稍抬起，回答道："臣却不以为然，有一匹马看上去非常优秀。"

"你说有一匹……哦，莫非是下野送来的那匹铁青马？"

"陛下明鉴，正是。"

"那匹啊，朕也在拴马桩子前盯着它看了许久，可是相马士和公卿们异口同声地全都说不行，说是什么四白不吉利。"

"俗人之见，不足为戒……"忠盛一开口，立刻有点后悔，心想为何就不能将自己的心思藏起来，顺着别人的话说呢？尽管如此，他还是照直说出了自己的想法："这么多的马中，臣发现没一匹能够胜过它，相貌、眼神、尾长等，均具名马之相，真的是匹好马呀！"

上皇有些犹豫。他心想，一定要在五月的加茂赛马大会上战胜朝廷方面，本也想以这匹四白铁青马出战的，可是忌讳和迷信乃贵族的共有心理，作为上皇的他同样也无法免俗。

"若是说弃之太可惜的话，这匹铁青马就不要送进上皇宫，容忠盛将它带回家，在马厩里先养几天，待到比赛那日再牵出。臣对那些愚昧的俗说一点儿也不介意。"既照顾到公卿们的面子，又表示对自己刚才说的话负责，于是忠盛提出了自己的想法。

"这个主意不错，这样就不会有任何妨害了。先收在忠盛家，加茂赛马大会到来之日前，先练练腿脚。"上皇打定主意，便吩咐还驾。

关于铁青马的小道消息，翌日就传遍了上皇宫。平素对忠盛心怀不满的公卿大有人在，因为他是当时唯一一个被恩准登殿的武士。即使只有忠盛一个人获此殊遇，但作为下等出身的武士得以登殿，站在离上皇最近的地方，这足以使他们愤怒不已，觉得自己高高在上的特权被打破了，于是出于狭隘之心和排斥心理，很自然地便心生抵触，尤其是这个出身伊势的斜眼武士特别会取悦上皇，就更不容小觑了。

事实上，上皇对忠盛的信赖一直未曾改变。

虽然有很长一段时间忠盛闭门不仕，除了上皇宣召之外，宫里各类聚会活动一概不参加。最近总算又出仕效力了，上皇仍像从前一样对他恩宠有加，而忠盛的建议也时常被上皇采纳。

即便早已忘记了登殿之事，但昨日在右近卫府马场发生的事情，又使公卿们对忠盛燃起了嫉恨的怒火。

"唉，这些专好谗言佞语的小人啊！不管朝廷也好上皇院也好，就像一方公卿之蛙们燕居的古池，无论再过多少年，恐怕永远都难以改变啊。"忠盛回到今出川畔的老屋，站在昨日牵回来的铁青马前面，摸着自己的鼻头，自言自语似的对着马叹息道。

"父亲大人，那帮家伙的坏话何必往心里去。如果往心里去，这京城就没法儿待下去了。对他们只能嗤之以鼻，当他们是傻瓜就行了。"

"哟，是平太呀，什么时候回来的？"

"看到父亲回家，心想反正也不用值夜，所以也就跟着溜回来了。"

"你也不要把不满都露在脸上哦。"

"我全藏在心里，只在心里暗暗跟他们较着劲哩。父亲大人振作精神重新出仕的心情我不会忘记的。最近这段日子，家里好像明快多了。"

"唉，你肯定觉得有些凄凉吧，离开了母亲……"

"不是讲定了不提这件事情的吗？父亲大人，不说了吧。对了，这匹铁青马……"

"是匹好马啊。你骑上它多多适应适应吧！"

"嗯，我也这么想。不过，同僚源渡君却希望我把铁青马让给他由他来调教，他打算在五月的加茂赛马大会那天，让这匹铁青马参加十列赛马。他让我跟父亲大人商量，向上皇奏请一下……一个劲儿地死缠着我哩。"

"源渡君？"忠盛沉思了片刻，"平太，你难道没有这个愿望？别人这么想你就不想吗？"

39

"终归是匹四白呀，要不是四白的话……"

忠盛略显得有些惊讶，清盛粗重的眉毛下，却有道与之截然相反的纤细的神经。这个大大咧咧粗线条的儿子在父亲还未察觉时，已经养成了一种独特的性格。

"明白了。源渡君当然会有这股热切劲头，不知道上皇究竟会怎么想，不过我会当面奏请上皇的，反正你没有这个意思。"忠盛稍感失望地说道。

随后，他吩咐家臣们精选饲料，好生照看铁青马。吩咐罢，便走进后面自己独居的屋子，在灯下同年幼的儿子戏耍起来——这儿已然没有了妻子的吵闹。

数日后，忠盛得到了上皇的恩准，同意将铁青马转至源渡家里喂养和调教。

按照父亲的吩咐，这天清盛早早返回家，从马厩里牵出年轻的铁青马，往九条菖蒲小路源渡的家走去。

"真是匹漂亮的小马驹呀！不知道是上皇宫的还是朝廷大内的？"路上行人无不驻足打量，对马儿赞不绝口，清盛则感觉自己像是在被除厄运似的。

源渡早已翘首以待，他亲自将马厩打扫了一遍，随后便情急心焦地等候清盛的到来，清盛从来没见过他如此满心欢喜的样子。

"不凑巧，我妻子刚好外出了，不过天就快黑了，你还是留下吃了饭再走吧，不管怎么样得喝两杯呀！"

一番热情款待，清盛出门时已经是万家灯火了。他喝得醉醺醺的，仿佛十根手指都渗透着酒气。

同自家比起来，源渡的家里收拾得整整齐齐，叫人心情愉悦。虽然柱子也是黑的，家里没有显眼的装饰，但就是让人觉得似乎吐泽流光，或许是他那新娶的妻子勤俭持家的缘故——源渡去年年底刚结婚。清盛怀着羡慕之情，听源渡滔滔不绝地大赞了妻子一通，方才告辞离去。

源渡将他送至几乎所有武士之家都相似的冠木门[1]外矮栅栏旁，正巧碰上外出归来的妻子。

---

1 冠木门：日本住宅大门样式的一种，有两个门扇，无顶，靠近门柱顶端处横贯着一根横木（冠木），旧时多用于武士住宅。

见到客人，源渡的妻子立即摘下斗篷，向清盛行礼。乌黑的长发，还有大概是从袖兜里散发出的香气，令清盛霎时间心猿意马，结结巴巴的连回礼都不利落了。

源渡在一旁给他们介绍道："哦，你回来得正好。平太，快来认识一下：这就是我妻子，以前是上西门院[1]的杂役，名叫袈裟御前。"

接着，源渡又急不可耐地向妻子讲述起铁青马获上皇御准，寄养在自己家里的事，将满心的喜悦和妻子一同分享。因为是别人的妻子，清盛显得有些腼腆，不好意思插嘴。

脑海里装满了袈裟御前的那张脸，清盛只觉得双颊发烫，他晃晃悠悠地穿过菖蒲小路来到木辻道。那张俏丽的脸总也拂不走，啊，世上竟有如此美貌的女人！他二十岁青春的夜空里，仿佛出现了一颗耀眼的星星。

忽然，有人一声不响从背后猛地一把将他抱住。

——是强盗！

听说木辻道几乎每晚都有强盗出没。清盛想到此，立即伸手握住了刀柄。

"平太！不要发怒嘛，是我啊。上次的地方去不去呀？"

耳旁传来几声阴阳怪气的笑。一听便知道，是远藤盛远。可是清盛心里还是有几分不高兴，他怎么会在这人影稀疏黑灯瞎火的城郊闲逛？

"不去吗？六条的妓馆？"盛远又问道。

当然想去。有个声音在清盛胸腔内回荡。可是立刻又有一个声音在提醒：不知道这家伙心里在打什么主意。

"来吧！傍晚的时候，看到你牵着铁青马往源渡家的方向去了，我就一直在这儿等你着呢。"

说着，盛远的脸上露出不容拒绝的神色。唉，这个男人身上竟有一种让人不知不觉被拖拽过去的魅力。不，这魅力或许不在盛远身上，而在那个木板和草帘子背后的妓女身上。于是清盛暗自庆幸，幸好盛远等在这儿哩。

来到六条洞院后面的妓馆，跟上次一样，盛远和清盛又是举杯畅饮，又是和淫荡的女人嬉笑作乐。进入各自的房间，只有自己与妓女两人的时候，清盛似乎胆子也大起来了，和妓女说起话来也远比上次流利多了。

---

[1] 上西门院（1126—1189）：鸟羽天皇的二皇女，母亲是待贤门院藤原璋子，其同母弟弟雅仁亲王即后来的后白河天皇。

"同伴……和我一起来的同伴睡在哪儿?"

"他?"女人吃吃地笑了,"他呀,从来都没在这里睡过。"

"哎?那、那他走了?"

"一直都是这个样子。真弄不懂,他到底来干什么的……"女人似乎想睡了,懒得再回答,她猛地一把搂紧了清盛的脖颈。

"我得走了!盛远这家伙好像在试探我什么。"清盛逃也似的冲出屋子。弥漫在夜色中的美丽的幻影伴侣,并没有紧随他而来。

第二天,院武者所中没有看到远藤盛远的身影。第三天,依旧不见他的踪影。清盛有点担心。自那以后,每天抬头不见低头见、总是主动上前来打招呼的人,取而代之成了满脸掩饰不住幸福的源渡,袈裟御前的丈夫。

寄食的女御

公卿贵族的邸宅中大多豢养着不少"平礼",这座邸宅内也不例外。

所谓平礼,就是杂役、仆人等普通下等人所戴的质地粗劣的四角黑漆帽。黑漆帽是一个人的等级标志,公卿贵族、六品七品的布衣、士农工商各色人等,日常都得戴着它,说句不雅的话,连上厕所也头不离帽。

这对于位阶高的人来说是种特权,不管其头脑多么愚笨,头顶的帽子决定了其可以享有优越的地位,从一出生起,便保证其能够过上一种上流的生活。

而对平礼阶级来说,头上这顶帽子显然毫无光彩,因而并非什么了不得的玩意儿。然而作为主人豢养的奴隶之身,在主人面前,却时刻不敢摘下来。只有外出到了街上,才立即将它摘下,塞进怀里,若无其事地走在人群中。可是他们身上的白色木棉服及其言谈举止却登时被路人识破:"哦,是个平礼呀!"明知这样,这类人在街道中依旧对这顶帽子耿耿于怀,避之唯恐不及。而时人偏偏恶作剧地将他们与杂役、仆役、舍人等其他的下等人区分开来,单独称之为"平礼"。

"平礼哥!平礼哥!买点什么吧,花、绳带……"

六条坊门中御门府的后门外,一片喧闹,各色小贩扯开嗓子起劲地吆喝着。有叫卖绳带的,有叫卖鲜花的,有叫卖粽子的……他们将贩卖的物品装在竹篓或竹笼内,顶在头上。女人们将东西顶在头上走路,是当时常见的一种习俗。

"跟你说了不要不要!真烦人!"

"那买几个粽子怎么样?今天是端午,五月的节庆日啊。"

"什么节庆不节庆的,这儿都忙不过来了……好了好了,晚上再来,晚上再来!"

"笨蛋!真是不讨人喜欢的平礼哥!哈哈……"

这时候,从府内走出来一个管事模样的人,冲着几个平礼的后背大声喝道:"喂!又在跟卖东西的小姑娘嬉闹啊?今天早上负责澡堂的人是谁?澡堂的水总也热不起来,泰子夫人正在里面发怒,还不快进去烧火去!"

一声怒喝,有两名平礼应声慌里慌张地跑进门,朝东边的配殿疾步跑去。

果然,澡堂烧火口的火早已熄灭。二人急忙添柴加禾,重新燃起火来。

这时,几名泰子身边的侍女出现在廊檐下,望着升腾的浓烟,皱起了眉头,随后恶狠狠地骂道:"你们这是在做什么?主人要是受凉感冒了怎么办?一对蠢蛋!"

不招人待见的平礼,在这儿又被侍女们一通训斥,就像两只可怜的猫狗似的。

澡堂内像只箱子一样,黑乎乎的,低矮的屋顶,地下铺着竹箅子。两个肌肤白皙的女人偎靠在一起,一动不动地泡在热水中,身上汗水淋漓。

当时的澡堂都是室内蒸汽澡堂,从屋外的烧火口将柴火烧旺,屋内就会飘满白色的水汽,室温也随之不断上升。

"琉璃子,你的乳头真可爱呢,就像两颗樱桃一样。"

"哎呀,叔母,您怎么尽盯着我的身体看呀!"

"哦不,想我泰子以前也像你一样有过水润光滑的肌肤呢,我是羡慕你,所以才情不自禁地看呀。"

"可是叔母,您现在的肌肤仍旧很好啊!"

"是吗?"泰子低头凝视着自己的乳头。不管是脖颈的线条,还是全身泛出的润泽,琉璃子所说并不是恭维话。——然而她自己却不这么想,自己的乳房按上去已经缺乏弹性,两只乳头像杏仁似的稍显褐色,最要命的是乳房的皮肤，毕竟生育了几个孩子，皮肤好像泉水干枯了似的，尤其是脾性暴躁的清盛两三岁时噬咬的牙印，现在还残留有白斑。

她心中忽然生出一股怨气，是这两个乳头勾起了她同忠盛解婚、离开平家那天的回忆。真是岂有此理，竟然将自己的脸颊扇得像火燎一般疼痛，而出手的人不是别人，正是自己这对乳房养育大的亲生儿子清盛！男孩对母亲难道就是这样一种感情吗？如果真是这样，那作为母亲不是太可悲了吗？男孩一旦成人，似乎会以为自己是独力成长起来似的。想着想着，泰子眼睛里似乎都流露出遗憾和愤懑，两手将乳房握得紧紧的。

"叔母，我先上去了……"琉璃子说着拉开澡堂的拉门，走到隔壁房间继续冲洗去了。

这姑娘是现今中御门家的户主家成妻子的侄女。当时一般有早婚习俗，女子长到十三四岁便出嫁的不在少数，她拥有出色的容貌，可如今已是妙龄十六，不知为什么却仍未出阁，一直寄住在叔父叔母府里。

琉璃子的生父名叫藤原为业，时任伊贺守，作为一名地方官，他依例只身前往任所。但父亲与京城之间的疏隔还不止是路途遥远，音信两隔，据说为业时常不听从中央的政令，因此连关白藤原忠通[1]、左大臣藤原赖长[2]等权势人物也视他为同族中的异类，虽互为亲戚，但关系其实并不密切。

而琉璃子自己对于婚嫁之事似乎一点儿也不着急，照样每天过着无忧无虑的生活。自从泰子回到娘家，东配殿的一间屋子成了其闺房之后，琉璃子便时不时地从自己居住的西配殿跑到泰子的屋子去串门，有时晚上就睡在泰子屋里，两人合用一床被褥。泰子给她讲了许多她不知道的外面世界的新鲜事，什么新式的化妆法啦，什么男女恋爱啦，有时候甚至把男人从头至脚地评点一番，对琉璃子来说，泰子是不可多得的良师益友，她从心底对泰子充满了爱慕。

户主中御门家成五十岁上下，给人感觉是个好脾性的男人。家成曾官至右大弁[3]，如今退官在家，只热衷于斗鸡。

家成膝下无子，所以对侄女琉璃子特别宠爱，似乎颇有将她过继给自己

---

[1] 藤原忠通（1097—1164）：藤原忠实之子，历任摄政、关白、太政大臣，在保元之乱中为后白河天皇保驾。

[2] 藤原赖长（1120—1156）：藤原忠实之子、忠通之弟，保元之乱中与崇德上皇结盟，失败而死。左大臣是太政官长官之一，位在太政大臣之下、右大臣之上，负责总理政务。

[3] 右大弁：太政官下属的弁官（判官，负责文书事务、官司等）之长。相当于中国唐的尚书。

当女儿的意思。然而今春二月，却凭空出现一个麻烦人物，就是跑回娘家来的泰子。和她交换过一两次意见，但终究没法说出让她返回今出川畔那栋老屋这样的话来。

"你怎么舍得四个孩子？"家成试图用母性打动她，可泰子似乎根本不为母子离散而烦恼和痛苦。

——以你来说，已经三十八岁了，虽说姿色未减，但是要再嫁恐怕也没那么容易吧……

狠狠心打击一下她的自信心，可泰子依旧不为所动。

非但如此，泰子好像下定决心要在娘家就此终老一生似的，一个人占了好几间舒适的屋子，早晨兰汤香浴，晚上梳妆打扮，随心所欲地过起了自由自在的贵妇人生活。

想要什么，便将仆人呼来唤去；心里痒痒想要外出，则随意呼喝牛车出入。那些平礼——仆人们甚至私底下津津有味地哄传着，几乎每夜都有男人蹑手蹑脚地潜入她的房间。

家成假如稍微语气严厉地责怪她几句，泰子立即会勃然发怒，反过来将家成狠狠地数落一通，曾经蒙受白河上皇的宠幸这一引以为豪的经历成了她强大的精神支柱，于是动辄将"白河上皇如何如何"挂在嘴边，好似女王训斥近前的臣下一样，将家成驳得体无完肤，哑口无言。家成再也不敢做这种傻事了，近来他恪守着闭口不说为妙的原则。

当泰子还是琉璃子这般年纪的时候，得知上皇好色，将泰子进献给上皇成为祇园女御的人，正是自己。上皇为此乐不可支，对自己委以重要的官职，庄园也得以扩张了好多，并且时不时还会得到不少珍宝赏赐。泰子当然不会忘记这些，她将这些当作了自己的无形财产，嫁给平忠盛之后仍经常强硬索取。

这真是自作自受。家成近来仿佛背负了一个巨大的祸胎，彻底失去了往日的欢乐。相反，泰子住的东配殿里则是日日访客不断，夜夜欢声笑语，又是双六啦，又是香会啦，又是管弦丝竹啦……经常来往的人当中竟然还有和自己玩斗鸡的赌友，天晓得他们是怎么和泰子认识的，又是如何亲近上的。

最让家成感到头痛的，是泰子不断对琉璃子所施加的潜移默化的影响。

不知不觉中，琉璃子也成了泰子的拥趸和俘虏，她很少待在西配殿自己的屋子里，一得空便往泰子的屋子跑。

中御门家的府邸中央是宽敞的正屋，称为寝殿，沿着长长的被称为穿廊的回廊，分别通向东西配殿。此外，邸宅内还有带人工细流的亭阁水榭等，所有建筑都环绕着中央的寝殿分布开来。

举凡公卿贵族之家都是这种寝殿式建筑，从家人居住的西配殿至东配殿，距离十分远。

"琉璃子，东配殿还是少去去吧，去了没什么好处啊。"

家成不厌其烦地叮嘱道。可是不知从什么时候开始，琉璃子不仅照去不误而且还夜宿在那儿。家里变得乱哄哄的一团糟。家成吩咐家人和仆人们睁大眼睛好生看管，结果依旧毫无效果。因为此时家里的仆人们小心翼翼服侍的主人，不是这家的一家之主家成，而是泰子。

——怪不得刚猛的武士平忠盛之所以青春过早凋谢，也是有缘由的啊。长期以来，忠盛给人的感觉好像很乖僻，无法接近，如今我总算理解了。仙逝的白河上皇也真是的，留下这样棘手的遗产。

家成强忍了约两个月，发觉自己头上平添了许多白发，他情不自禁地感叹忠盛不愧是个铮铮汉子，摊上这么个妻子，一忍便是二十年，着实不容易啊！

昨晚，琉璃子又是在东配殿里过的夜。

早上一听到这个讯息，家成登时觉得心里不快。

屋里摆着菖蒲插花，案桌上放着插有蔓草饰物的头冠——今天是端午节，为表庆贺，连素陶酒具都准备好了，家成吩咐仆人去唤琉璃子过来，回复说却是和泰子从早上起就一直在香汤沐浴。

"瞧着吧，所谓近朱者赤近墨者黑，琉璃子这姑娘将来肯定也会变成那样的女人啊！"

家成转身向妻子不满地说道，仿佛要将责任全都推给妻子似的。

抬头看到左壁厢外湛蓝的天、灿烂的春阳，家成这才转愠怒为忻然："今日是节庆，不想这些不痛快的事了。快给我拿装束来，差不多得出门了。"说罢，有气无力地站起身来。

今天是加茂赛马的日子，街巷处一定早被熙熙攘攘的人群挤得闹哄哄的。

每年的加茂赛马大会，家成照例作为赛马结束后的仪式官之一，站在队列中。本想装病不出席的,但转念一想不妥,于是换好朝服,戴上朝冠,衣冠束带完毕,他抬起下巴,一面让妻子为他系紧冠带,一面吩咐仆人:"去牵牛车!是新的那辆哦!"

仆人答应了一声,立即到杂役住的屋子,传令其速速做好准备。

可是不凑巧得很,新的那辆漂亮牛车刚刚被泰子和琉璃子两人乘坐着出门了。

"啊,胡闹!"家成将平礼们痛骂一通——为什么将新的牛车安排给她用?为什么只言片语都没有向自己报告?

唉,琉璃子也真叫人生气,如今她似乎将叔父叔母都忘到脑后了,竟不顾养父母家的恩情,同那个寄食的女人搅在一起,被其虚假的友爱彻底欺骗了!

家成一肚子的不高兴,但没办法,他只得乘上旧牛车,将车帘放下,遮住自己怒气冲冲的样子,从旁门离开了家。

远处尘烟滚滚,只见林木茂密,嫩绿的树叶织出一片浓荫,还有红色白色的长条旗、镶着金银丝的锦缎旌旛、绑在杨桐树枝上表示赛马起点的竹竿……人山人海的会场入口也渐入眼帘。

家成的旧牛车和众多的车架比肩接踵、挤作一团,缓缓地往前行。前后左右都是车,有槟榔车[1]、彩旒车[2],啊,想不到京城里竟有这么多的车——家成心底暗暗吃惊。与此同时,他咂了咂舌头,心里愤愤地骂道:

——啊,那辆车跟我的新车一样。瞧它得意洋洋的样子,特地跑到我前面显摆。喊,这个贱女人,发春的母马,也不晓得系上鞍子嚼子管束管束!

好色法皇

参加比赛的马的名册呈上仪式刚刚结束。

天皇端坐御座,身边是藤原圣子[3]妃子,两人脸上露着灿烂的笑容。

---

1 槟榔车:日本古代牛车的一种,顶棚和车身以槟榔叶覆盖装饰,是除了上皇、亲王、摄政、关白等之外上级公卿乘坐的车。
2 彩旒车:顶棚前后用缥彩垂络装饰、帘子用彩色丝线包裹的竹篾编就的牛车,多为女性使用,按不同身份地位有蓝色、紫色、红色等。
3 藤原圣子(1121—1182):日本第七十五代天皇崇德天皇的正宫皇妃,藤原忠通之女。

天皇号崇德，年方十九，正是青春盎然的年纪。

鸟羽上皇也移驾光临。除了天皇、上皇和女御，亲王和诸卿群臣全都俨雅地列队而立，待仪式结束后方才各自落座，开始热烈地议论起骑手们的风采以及猜测比赛的结果。

除此以外，会场里临时搭建了许多幄帐、帷幔，左马寮、右马寮的官员和雅乐部的伶人们聚集其中，为了应对坠马事故以及突发疾病等的安生及典医寮的典医和药师也到场了。

春风拂过，郁郁葱葱的新绿枝头便翻卷起一阵阵浮光。

伶人们的演奏和着清凉的风，飘过万余观众的头顶。

马场栅栏飘扬的彩旗附近，众多参加比赛的骏马威风凛凛，剽悍无比，正跃跃欲试地期待着奔突的号令。马儿原本就喜好音乐，此刻听到悠扬的乐声，自然有点按捺不住了。

时不时的，骏马和骑手轮流上演着趣事：骑手被从马鞍上甩了出去，吃了个屁墩儿，或者在场地上试走的马儿冷不丁蹿到至高无上的御座正面，嗖——嗖——地撒上一泡尿。看到这样的场面，天皇也只得微笑以对，妃子、女官们脸上也都漾满了笑意。

眼前这光景真可谓百花缭乱，仿佛天上飘浮着一大团锦簇的云彩，映照得所有人都神采奕奕——这样说一点也不夸张。尤其是围在鸟羽上皇御座旁的那些公卿大臣，个个锦衣华服，粉饰亮丽。

不知道是因为上皇的嗜好使然，还是身边诸臣自发形成了这样一种风格，以鸟羽院为中心，近年来嫔妃和公卿们的服饰越来越奢华，越来越奇异。不论是黑漆帽的形状还是服装的色彩，出现了一种被称为"夸张装束"的服饰之风：朝袍和便服刷上重重的糨糊，帽子涂上厚厚的黑漆，使其折痕见棱见角，非常醒目，这是从鸟羽院开始流行开来的时尚。此外，鸟羽院还引领了一种化妆样式——男性面施粉黛，袖笼内秘藏香粉。

不过说起来，虽然这种流行始于鸟羽院，但追求这种浓妆重彩的效果在当时却是潮流所趋，不只是上皇院，朝廷方面也不甘落后，年轻的公卿们描眉抹脂的大有人在。

更不消说，今天是隆重的加茂赛马大会的日子，风和日丽，正是争奇斗艳的好机会。于是乎人们看到的是到处的鬓插藤花，闻到的则是香熏和风，宛若一片花的海洋。

从另一个角度来说，时尚与流行的竞争也可以看作朝廷和院廷意识对立的体现。

今天的赛马，真正令人兴味盎然的毫无疑问正是两方的暗中较量，但还隐含着一个更为深刻的原因，一个很难用三言两语简单概括的秘密。

这个秘密自然深藏在天皇与上皇的心中。

虽然御座并排而坐，上皇父亲与天皇儿子之间的感情显然不那么和睦，互相很少说话，让人立刻联想到关系紧张的两个并存的政府，前者正是后者的极好写照。

事情若是往前追溯起来，少不得翻开宫闱秘事，搜奇猎怪一番，以满足看客的好奇心，这里只举一件不得不说的不幸事。

鸟羽上皇与崇德天皇父子间的冷淡由来已久，并且最终酿成保元之乱和平治之乱，进一步讲，这也是给庶民百姓带来长期战祸的根源所在。非但如此，崇德天皇一直到死都生活在孤寂和担惊受怕之中，其悲惨的命运似乎从那时候起就已经被注定了。

崇德天皇名显仁，是鸟羽天皇的第一皇子，母亲是大纳言藤原公实[1]之女藤原璋子。

叙述至此，又不得不提及那个将祇园女御赐予平忠盛为妻的白河上皇（出家皈依佛祖之后便称为白河法皇）。

话说璋子自幼由白河法皇抚养，法皇对璋子的宠爱绝对超出了常人所能想象的程度。在人们眼中，其宠爱不止是父亲对女儿的怜爱，加上法皇又是个尽人皆知的好色之徒，于是二人的关系就成了风流韵事，院廷内外无所顾忌。

永久五年[2]，璋子成为鸟羽天皇的女御，元永元年晋为正宫皇妃。但是在此之后，法皇似乎仍未收敛对璋子的宠爱，经常瞒着鸟羽天皇与璋子幽会，宫内宫外对此议论纷纷，鸟羽天皇心里自然埋下了一个难解的疙瘩。后来，璋子诞下皇子显仁，听到从产殿帐子中传出的呱呱的婴儿哭声，鸟羽天皇却面无表情。

"显仁不是朕的皇子，一定是白河的儿子吧。"他心中暗自思忖道。

---

[1] 藤原公实（1053—1107）：其伯母茂子为白河天皇之母，妹苡子为鸟羽天皇之母，妻光子则为堀河、鸟羽两代天皇的乳母。大纳言是太政官的次官，参与政务审议，太政大臣不在时代行其职。

[2] 永久五年：即1117年。永久是日本第七十四代天皇鸟羽天皇的年号。

其后不论是在位为天皇时，还是让位成为上皇之后，鸟羽也曾不止一次地对身旁近侍公然说过这样的话。

尽管白河先皇已经故去，但他种下的这个祸根却给鸟羽天皇的青年时代笼罩上了一片阴云，使鸟羽天皇内心充满了愤懑之情。即使到了现在，每遇不顺心的烦恼事，心中那块旧伤便会隐隐作痛，立马脱口而出道："崇德是白河的儿子，不是吾子呀！"

这充满怨恨的口头禅自然很快就传入天皇耳中，崇德也很生气，一报还一报，于是用更为夸张的话语变本加厉地予以反击，朝廷与院廷之间不断地相互刺激。

刺激促成了对立。因为有对立，故而使得一部分人看到此中似乎存在一条自己的成功之道，而朝廷和院廷也刻意培育这样的人为己方效力。

那些被朝廷疏远、不受重用的自然投向上皇身边，在上皇面前挨了训斥的则跑到天皇面前去诉苦、哀求，博取同情和爱护——这般情形，就如同火星交互飞进一般，充满了危险。

然而这一切自然都被包裹在一件极为优雅的外衣之下，让人简直诧异得不敢相信，居然还有这样的事情。今天的赛马大会也是如此。会场里彩霞一般云集的公卿大臣，帽子上插着插头花，袖笼中藏着香薰，像女人一样脸上涂着脂粉，唧唧喳喳，闹闹哄哄。有谁知道，其中几分之一的人正是日后乱世不可或缺的风云人物，但是他们却还未意识到自己便是极具摧毁力的火星，仅仅出于生存的本能和追求出人头地的需要，在那里苦苦蝇营而已。

"哦，上皇看上去好像很开心嘛。"

"哦，陛下站起身了，似乎兴致勃勃哩。"

公卿百官一面观看赛马，一面却不敢放松，时刻留意观察着天皇和上皇的神色，试图完整无缺地理解天皇和上皇的内心世界。那个长久以来无法解开的非父非子的父子感情死结，自然更逃不过每个人敏感的神经。

赛马按照比赛进程顺利地进行着。

到了中午，马场场地干燥，扬起了巨大的尘土。

"源渡君，瞧你愣愣怔怔的，在发什么呆哪？"清盛在武士聚集的幄帐旁，不经意地发现了源渡，于是发问道。

源渡是多么期待今天这样的机会啊，可是不知为什么，武藏青毛——那匹四岁的四白铁青骏马却没有出现在比赛的名册中。

一大早清盛就迫不及待地找到源渡想问问他，可是源渡似乎有说不出的苦涩和难受，低声回答道："今天早上，应该是天还没亮，拂晓吧，为了今天能取胜，我想趁人不备，悄悄把马从马厩里拉出来进行大强度的适应性训练……都怪我。唉，真是倒霉透了！"

"出什么事了？"

"大概是前一天工匠们搭幄帐的时候掉在地上的钉子，结果马踩到了，被戳穿了马掌，还不如让我踩到呢。马的右后蹄……"

"啊，是这么回事呀？"清盛立刻想到了凶马之相，可是不能对源渡说呀，又要被他耻笑说是迷信了。清盛只好不痛不痒地安慰说："不要这样懊恼啦，秋天还有神泉苑赛马、仁和寺赛马，等等，肯定还有不少机会，只要那时出场照样能赢，还是一匹好马。功名可急不得呀。"

"哼，除了秋天，再也没有一雪此恨的机会了！"

"哈哈哈！一雪此恨……千万不要这样想，有什么恨不恨的。你是不是跟人打赌了？"

"没有，我就是憋着一口气，因为每个人都说四白是凶马之相。"

"请法师祈祷过了吗？"

"祈祷？那种滑稽透顶的迷信事我才不做哩。真弄不懂，那些请和尚对着马鞭合掌祈祷，就以为能够赢得比赛的骑手们到底是怎么想的？恨不得让他们赶快睁开愚昧的眼睛……"

源渡说着，清盛的目光却已经情不自禁地转向远处。此刻，随着鼓声响起，从栅栏里冲出两匹骏马，踏着一阵尘烟奔向终点的木桩——清盛的目光却不是扫向那里，而是相反的方向，观众席的一角。

无数男女人丛中，蓦地看到了母亲的身影。和她身旁无数美丽高贵的女性比较起来，母亲泰子既美丽，化妆又浓艳，显得格外突出。

众人的视线全都被吸引在长长的赛道那一端，唯独母亲泰子的视线却投向自己，两个人的视线相交了。母亲在用眼神呼唤自己。清盛回以怒视，用母亲离开今出川老屋那天的那种不可遏制的怒目。

泰子的眼睛在笑。她的眼睛里充溢着母性，仿佛在嗔怪孩子撒娇任性似的，依旧用眼神在呼唤着。与此同时，还俯首与身旁的琉璃子交谈着什么。

哞——哞——

会场响起一片呼喊声。代表胜负的木桩下,随着急促的鼓点,一面红旗骄傲地舞动。院廷所在的红组得胜了。上皇这边立即响起喧闹的凯歌。

"呃,那么,回见了!"

清盛借着这个时机,与源渡道别,拨开人群,起身往观众席中挤过去。泰子的视线仿佛一根线在牵扯着他,可是清盛并没有走到她身边。

——平太,过来呀!

泰子的眼神分明在这样呼唤。本能,在渴慕母亲的亲情,可是情感,却裹挟着反抗和憎恨对母亲怒目相向,这就是她的孩子。清盛的双眸中突然露出了羞赧,脸颊还有硕大的耳垂一下子变得通红。这是他面对异性时不由自主的特有的一种反应。可是,母亲决非异性,母亲的美丽和妩媚对他来说是毫无价值的,因为心中藏有憎恨,所以是无价值的。

祝杯

"真是个古怪的孩子……"母亲泰子看着清盛忸忸怩怩的样子笑了。

"有什么好害羞的?我是你的母亲不是吗?过来呀,再走近些呀!"泰子脸上露出只有母亲才有的怜爱。

紧接着,清盛好像终于克服了某种障碍似的,朝母亲走来。一旦越过某道坎,便感觉母子间的感情没有任何不自然——不过,他的视线依旧有点躲躲闪闪,似乎不大沉得住气。

泰子看他这副模样,立即意识到身旁的琉璃子。到了一定年龄的女性,对于年轻男女的羞赧已善于从各种角度进行观察,并饶有兴趣地去捕捉其心理。

她用眼角余光瞟着清盛,低头在琉璃子耳旁轻声说道:"这是我儿子,我曾跟你提起过的,他就是平太平清盛。"

随后又转向清盛道:"你三四岁的时候也被中御门家抚养过呢,就像如今的小姐这样子。"

两人虽近在咫尺却无缘说上话,清盛心里悸动不已,脸涨得通红,琉璃子见了也情不自禁地双颊飞起两朵红晕,一种对于深闺少女来说强烈得让人受不了的诱惑让她目眩,她不禁轻叹一声,将视线移开了。

清盛此刻又想起那件事情来。只要一看到她的美貌和她那假惺惺的态度，他就忍不住想上前逼问——究竟是上皇的子胤，还是哪个花和尚之子？我的生身父亲到底是谁？！

与其说这是出于想知道自己生父是谁这样的一种本能，不如说更加令清盛抛不开的是对于母亲的贞操所持的极为不快的态度，他甚至觉得，母亲腌臜的程度远远超出了世上众多的妓女淫妇。

以世间的习俗来看，贵族社会也好平民社会也罢，女性的贞操仅仅是为男性存在的，而不是为了女性自身。一夫多妻是天经地义的，作为某种特殊物品，女人包括妻子都可以被送给其他男人，或者为了显示隆重待客，未婚女性可以被要求陪客人同床共寝，这些都被认为是再自然不过的。另一方面，女性也充分利用其女人之身，恣意地享受性爱、享受快乐，一生自由地驰骋在性爱的原野中，而不需理会是否忠实于某一个恋人、丈夫或襁褓中的乳儿。自然，这一切看上去都像是男性使得她们这样做的，换言之，女性有时候也会将时代的自由风气自觉地为己所用。

既然如此，清盛为什么会对母亲怀有那样严格的贞操要求，以至对她充满厌嫌憎恨呢？这在当时是极为少见的例子，虽然只是对母亲才如此，连清盛自己也说不清楚个中原因。其实，从孩子的角度来说，母亲是净洁、高贵、纯情的爱的化身，儿时嘴里含着母亲的乳头、目不转睛盯着母亲怜爱的眼神长大，在他眼中，母亲确实就是这样的化身。即使渐渐大长、懂事，也没有人告诉他母亲是腌臜的，直到某一天突然发现母亲不过是一个荡妇，清盛心中自然充满了愤怒，母亲的不洁即是自己的不洁，之前坚信自己身体内流淌着的是伊势平氏和母亲净洁的血，就这样自信一下子被彻底击碎，变得七零八落，不堪收拾。

从远藤盛远那里第一次听到母亲身世的那一晚，清盛毫不顾惜地将二十岁的童贞扔给了妓馆的女人。鄙视自己等于鄙视不洁的母亲，摧毁自己也就等同于摧毁母亲。自那以后，清盛便对自己的血肉之躯产生了极度的轻蔑。

面对青春的放纵，不是父亲的忠盛的爱时时刻刻支撑着他，成为他强大的精神支柱。一想到那个伊势斜眼男人无私的大爱和长年的坚忍，清盛就觉得自己必须报答他，把他当作生身父亲。

可是见到母亲，清盛的心情即刻发生了逆转：自己昂然挺立的胖墩墩的身躯内流淌着的异样血统，毫无疑问，正是从母亲身上获得的唯一继承。

泰子稍觉有些不满。儿子看上去似乎没有一丁点儿伤感，本以为见到自己清盛应该会涌出几许眼泪，或是为之前的疯狂无礼向自己道歉。谁料想，他却一个劲儿地将视线投向加茂赛马的观众，对琉璃子也不甚热情。

"平太！你干嘛这么拘束，在介意谁？难道怕忠盛大人知道了会怪罪不成？"

"呃，是啊，父亲大人也来了，万一父亲大人看见我在您这儿的话……"

"不必介意。即使母亲和忠盛大人解了婚，你仍旧是我的孩子呀。自从母亲离开今出川那座老屋，想必你和底下几个年幼的弟弟每天都过得非常冷清凄惨吧！"

"不！"清盛摇了摇头，"底下几个弟弟和马厩里的马全都过得欢蹦乱跳的，健康舒心着呢！谁也没有提起母亲……"

泰子的脸色骤变，笑容从脸上消失了。她一把抓住了清盛的手腕，絮絮叨叨地说道："莫非你也……自从和母亲分别后，你从来就没想过和母亲再会吗？"

"是的，放开我，父亲大人从对面观众席中在朝这边看呢，好像发现我了。快放手吧！"

"平太！"

泰子用慈爱的目光凝视着清盛说道："忠盛大人不是你生身父亲，可母亲是你货真价实的母亲啊，为什么你只爱你的父亲？"

"平太，记得要常来玩啊，母亲也想见到你呢。到母亲这儿来玩吧，相信你跟琉璃子也一定会成为好朋友的。"

清盛的手腕在她袖子下使劲挣扎。他朝上皇所坐的观赏席方向望去，果然，父亲忠盛正在向这边张望。

在一片喧嚣和尘土飞扬中，日头渐西，赛马大会终告结束。

天皇和上皇从御座上站起身，众嫔妃和百官也相继离席，前往加茂神前。

音乐奏起，奉币[1]仪式行过，接下来便是在幄帐内举行盛大的赐餐。

---

1 奉币：在神前献币帛表示虔敬。

当日十番赛马和十列赛马的优胜骑手，每人获得一尊祝捷的奖杯和热情洋溢的祝辞。

不过最为隆重的仪式则要等到秋天在宫廷举行的赛马大会，这已成为多年来的惯例。其时最热闹的仪式要数"败者纳贡式"，参加比赛的人捉对进行打赌，败者必须殷勤地向胜者送上沙金、织锦、香料等贵重物品，纳贡式之后，在胜者的凯歌声中共进酒宴。因为这种仪式意在淡化对抗和胜负意识，所有人皆大可不拘礼仪，在伶人们奏乐助兴中，当着天皇上皇陛下的面，既可以即兴献歌，也可以表演各种杂耍手艺。尽管如此，对那些器量小的人来说，像这样竭力和平化的仪式和酒宴仍然无法消除其愤愤不平，除了发一通酒疯之外，甚至发生过个别人跑到皇宫后庭，举刀切腹的悲剧。

荣枯盛衰乃宇宙之常，花无百日红，世无常盛景，胜利或许是衰败的开始，衰败或许是胜利的启行——殿上人的这种轮回观念显然深受佛教思想的影响。所以即使输了，大多数骑手并不会特别当回事，发生切腹的事情也淡然视之，毫不惊奇，甚至有人捧腹而笑。

对某些人来说，做梦也不认为佛教的宇宙观和轮回哲理会降临在自己头上。他们作为藤原一族的子孙或门生，以宫廷为中心已经荣盛了三个世纪，时至今日依旧是华冠薰袖，怒马鲜衣，这已属上天厚待。即使这样，他们甚至还觉得似有不足。他们自然不会蹈袭失败的命运，既不懂得胜负之惨烈，更不知晓失败者的懊恼、自责、不可宽恕的心情——除了概念上的，实际却从未感受过。因而他们眼中的胜负只不过是一种游戏，胜利者的狂喜和失败者的眼泪都像是一场泡沫，全都在觥筹交错之间灰飞烟灭。人生如戏，不乐何为——自然必须时刻记得，自己始终应坐在旁观席上。

今日也不例外。参加酒宴的人个个畅怀尽欢，直到加茂的樱花树枝头升起一轮明月，天皇的圣驾和上皇的御辇方才辚辚而返，公卿大臣的车马也相继踏上归途。

忠盛在鸟羽院待到很晚才告辞回家。依照以往的习惯，忠盛快要到家的时候，家臣木工助家贞必定牵着马儿，在半路上迎接主人回府。所以此刻，忠盛吩咐武者院的随从返回，自己勒住马停在原地。

"木工助呢？"

"来了。不过今晚平太想为父亲大人牵马，所以叫他先回去了。"清盛回答着，一磕马镫，朝父亲面前行了几步。

"是吗？你也累了，一直在这儿等着我吗？"

忠盛骑坐在马上，清盛则下马牵着父亲所乘之马的缰绳，缓步向前。想必是上皇今日心情大好，所以忠盛的脸色看上去显得很是舒爽。清盛望着星空下父亲的身影，说不出为什么，心里就是感觉安心。

要不要说？还是不说吧。一路上，清盛犹豫不决。

早晚要说的事情不如早点说出来好。不就是为了告诉父亲这件事，消除父亲心里的不快，才打发家臣回家，以便能和父亲单独相处的吗？

虽这么想，可是另一个念头又不住地劝诱他：假如父亲白天没有看见的话，倒还不如不说的好。

哦不，没错的，父亲一定是从远处看见了。依照父亲的性格，假如什么也不说，反倒令他内心的悲寂和不快比常人多一倍，决不能让父亲再陷入凄惨之中了。

清盛一面想着，脚下迟疑起来。原本是牵着马儿走，却成了被马儿牵拽着往前走。快到今出川老屋跟前的时候，清盛终于豁了出去，他抬头望着马上的父亲说道："父亲大人！您知道吗，今天加茂赛马大会，以前的母亲也去了会场。"

"嗯，好像是啊。"

"我本来不想见她，可是经不住她一个劲儿地招呼我过去，我只好到母亲跟前去和她说了几句话。"

"是吗？"忠盛眯起那双斜眼，朝下看着清盛。脸上的表情似乎一点儿也不生气。

清盛像是辩解似的继续说道："还是老样子，看上去非常年轻，装扮得跟宫里的贵夫人或更衣一样。不过，平太见了她掉不出眼泪来，因为我根本不觉得她是我母亲！"

"嗯，这样可是不太好啊，平太！"

"父亲大人，这是为什么？"

"世上没有比没了娘的孩子更悲哀的了，而你硬是不把自己的母亲当作母亲看待，你也太残忍了。"

"不！我只是父亲您的孩子！至于什么母亲，对我来说，没有也罢！"

"你错了，平太！"马背上的父亲平静却坚定地摇了摇头，"是我使得你的心畸形了，错在我。多少年来，这个家一直冷冰冰的，让你看到的尽是父母吵架……让身为孩子的你把自己的母亲看作腌臜不堪的，这是大人的罪过。正常人家的孩子绝不应该是这样的！平太，千万不要勉强自己，想见母亲的话，什么时候都可以去见她。"

"可是，那样的女人我无论如何也不会把她看作伟大的母亲。对丈夫不忠，对孩子不爱，只顾自己，只想着自己……"

"不要学我的口气说话！你没有资格那样说她！你和她，不管到哪里，也不管到什么时候，终归是母子啊。听着，当感情超越任何理由成为纯粹的感情的时候，它才真正具有美丽动人的一面，它也会让感情冷淡的母子变成感情深厚的母子的。"

清盛闭口不言。父亲的心情，对于他这个儿子来说，要想彻底咀嚼透，实在是太困难了。是因为太深厚了，还是因为至今仍然难以割舍，清盛似乎隐隐约约有点理解，但是又觉得自己其实根本不了解。

渐渐的，来了家门前。木工助家贞、平六家长以及其余家臣仆人，打开破旧的大门，将玄关前的台阶地板以及疏芜的小院打扫得干干净净，点起明晃晃的油灯，迎接主人归来。

如此温馨的家庭，和谐、整洁，一百天前是根本看不到的，不由得让人为离去的母亲感到惋惜。这个家一点儿也不清寂。为什么父亲就是不信呢？清盛暗暗思忖着。

月下新妻

入秋，时届八月。

源渡给武者所内十来个同辈且关系特别亲近的同僚发了封书信，邀请大伙儿到自己家做客。信中写道："没有肴馔纵横，唯备薄酒些许欲与诸位共饮，权充赏月而已。"

话是如此说，可同僚心里都明白：宫中业已悄悄传开了，今秋天皇与上皇双双行幸前往仁和寺，同日将于寺内举行秋季赛马大会，时日定在九月二十三日。而此前原本打算骑乘那匹四白铁青马参加加茂赛马人会一举扬名、却因突发事故不得不饮恨退出比赛的源渡，对于今番秋季的仁和寺赛马早已摩拳擦掌，志在必得。

"想必是提前祝贺吧。"有同僚说。也有人猜测道："我想他是不想让人觉得他吝啬吧。一般来说，在盛大比赛中出场的骑手都会到平时所笃信的僧家，请名僧法师为自己做祈祷，然后热热闹闹地请亲朋好友来家里聚一顿……可是，源渡他不信佛啊，又志在必得，所以我看他是想借神佛之力一举夺得优胜，也好在院内同僚中昂首挺胸，神气神气，假借赏月之名，实际上做的却是类似祈祷的事吧……"

更有好起哄的人这样说道："依我看都不是。你们都知道他媳妇啦，以前给上西门院当杂役的袈裟御前，像源渡那样不中用的家伙居然能一箭射落美人，讨来做妻子，喊，说归说，不过他对媳妇的感情那真叫不一般啊，每次轮到值夜，他是人在院里魂却在家里。曾经有一次有人跟他开玩笑说，'哎，让我们也见识见识你妻子吧。'他只是美滋滋地笑答，'她可是我家的宝贝，得秘藏在家，哪能随便给你们看？'但其实他特别想让人看看他引以为荣的媳妇啊！"

再说源渡家，早早地洒水降尘，厨房也打扫干净，做好了迎接客人的准备。不久，访客们闹闹哄哄地来了，一路上还放肆地在议论源渡。

这些年轻的同僚进得门落座后，才变得安静下来，面对端上来的盛放食物的托盘、描金高脚木盘、酒壶等，却有些拘谨。

平太清盛也在受邀之列，还有佐藤义清。清盛脑子里突然想到一个本应该出现的，此刻却不在的人——远藤盛远。

为什么盛远没有来？清盛想问，可是却没问出口。平时在武者院的一堆同僚中，源渡和盛远之间似乎有点芥蒂。或许别的人不曾留意，可是清盛却看在眼里。

远藤盛远知道自己的身世秘密，基于这一点，清盛对于盛远的一举一动观察得更加细致入微，盛远集粗暴且过激的性情以及过人的学识于一身，往往连他自己都无法驾驭自己，而这一切全都没逃过清盛的眼睛。

盛远与源渡在同一场合出现时，不知为什么，平日一向刚愎骄狂的盛远眼睛里总会闪过一种卑屈、胆怯的眼神，令清盛感到十分不可思议。再以盛远这段日子来眼睛枯涩无神、双颊瘦削的形容来猜测，也许是他近日学习过度，以致变得神经质，再不就是饮酒过度造成的——清盛只能自问自答，自己找个理由。大概是出于这方面的原因，主人源渡觉得他也许不怎么受欢迎，所以便没有邀请他。

总而言之，清盛劝慰自己不要多想。

酒过三巡，各人的性情逐渐显露出来。尽管性情各异，但都有着一个共同点：都是自叹生不逢时的充满野性的地下人，一群找不到发泄胸中不平渠道的淘气小子。

"喂，主人，是不是也差不多该让我们见识见识了啊？别让人等得心焦嘛！"

"什么？"主人源渡坐在佐藤义清对面，一面端着酒壶斟酒，一面装聋作哑地回答道，随即继续和义清亲昵地交谈起来。

来客中唯独一人面前杯盏整齐，神志清醒，他就是佐藤义清。只见他将酒杯凑近唇边，呷了一口，不紧不慢地对源渡说道："以前在上西门院的歌会上曾有过一面之识，袈裟姑娘的歌还入选了和歌集呢，所以就和歌而言，我老早就知道袈裟御前的芳名了。可自打嫁给你为妻之后，好像就跟和歌之道彻底没了关系，真是可惜了她的才华呀！其实叫我说啊，像歌会这种活动你就让她参加嘛，有什么不可以的。我们在座的都是一介武夫，武人最欠缺的并不是对文事一窍不通，而是重武轻文、对文人心存歧视。从这个意义上讲，武大文妻就像松树添上秋菊一样富有画趣，是值得庆贺的佳偶良缘呐。真叫人羡慕啊！大伙儿嫉妒你也是情有可原的嘛，哈哈……"

义清一本正经之中又夹着酒意，显得比平时更平易近人。

众人越发起哄怪叫起来："义清一说起来就又是和歌。这家伙说话的时候怎么老是这样清醒啊，喝不醉啊？"

"主人家，主人家！不要跟他们啰唆，快将本尊请出来让我们开开眼呐！"

"快干掉这一杯！我等作为你的好朋友，你好歹也得把妻子给我们介绍介绍啊！"

"哎呀，实在不好意思，要不叫几个白拍子上我这破屋子里来给大伙儿助助兴？"源渡装傻道。

"你说什么？！都说这满京城的白拍子，还有江口、神崎的歌伎，没有一个能跟袈裟御前相比！反正我们今天见不到袈裟御前就不罢休！跟你说，那样可不行啊，哪怕只让我们稍稍看上一两眼也好啊。"

"噢，你是怪我不愿意让妻子露面？哈哈……见谅，见谅！拙荆性情腼腆，老是躲在厨房里，又是洗刷碗筷，又是烫酒什么的，只要客人喝得高兴她也就心满意足了。她生来就是这样的性格，不会在客人跟前落座的……"

"哎，比起秋夜的月亮，我们更加想看的是厨房里的月亮！主人家，你若不想去叫也罢，谁、谁去一下厨房，转达全体客人的心愿，把夫人给请出来呀！"

"好咧！"席间一人半开玩笑半当真地站起身，晃晃悠悠，朝通往厨房的游廊走去。源渡只得上前将他追了回来，并连声道："好啦，好啦，我去叫就是了！"

众人这下子来了兴致，擦亮了眼睛，就看源渡会不会真的去叫。

源渡停歇片刻，对众人道："我是个武人，妻子也不是白拍子或歌伎，既然大家伙想见她，我这就进去叫了来，请诸位少安毋躁。"

说罢，源渡转身朝厨房走去。

不一会儿，源渡返回来了，他往廊檐下一坐，对众人说道："诸位想必都知道来自武藏的四岁铁青马，我自今春以来，精心驯养，自觉颇有成就，等到秋天诸位就可以一睹它矫捷奋疾的风采了。仁和寺行幸这天，我一定全力以赴，勇夺优胜，一扫加茂赛马时的郁闷，与诸位共享奔逐驰骛的快意。今天，先让诸位赏鉴一下那铁青马的英姿，也算给大伙儿助助酒兴！"

客人们静了下来。每个人心里都非常清楚，对于源渡来说，这可是关系到其努力和名誉的极具挑战的大事啊！因而谁也没有怪罪他为何没有叫妻子出来，而是异口同声地附和道："啊，务必一饱眼福！"接着，所有人也像源渡一样，移步来到面对庭院的廊檐边坐下。

今夜正是赏马的好时光。秋夜的月色像白昼一样明亮、澄静，银光一片。

源渡朝着远处的马厩方向一声呼喝："将铁青马牵出来！"

"嘚嘚、嘚嘚……"

仿佛串珠断了线撒落在地似的轻灵清脆的马蹄声由远而近。秋虫停止了低鸣，篱笆墙边的胡枝子在颤动。前方的竹扉打开，一名女性牵着马嚼子走进庭院。

只见她走到庭院中央，然后静静地立定，将马停下。

客人们全都屏息静气，连一声"哦！啊！"都发不出来，唯有诧异、惊叹和心旷神怡。

月光下，铁青马的被毛泛出隐隐的光泽。那不是一般的漆黑，也不是像被淋湿的乌鸦那般的乌黑，而是亮晶晶的黑。

匀称的四肢，健硕的肌肉，马背看上去似乎比春天时又高了一大截，长长的马尾低垂近地。那身躯，那气势，果然是匹名驹，不过四只雪白的马蹄也格外醒目，这便是遭人忌讳的"四白"，然而此时却好似飞马踏雪一般，看上去倒越发显得隽美秀逸。

可是——客人的视线全不在马身上，几乎看也不怎么看。

鸦雀无声的客人们的视线，不约而同地投向了站在马侧前方、朝着廊檐方向注目行礼的女性身上。她就是源渡新婚不久的妻子，袈裟御前。

她不像源渡所称的腼腆内向。只见她向客人们行过礼后，便面露微笑，与骏马四目相对，并不朝客人扫视。眼睛直视着骏马一双明珠似的眸子，两手轻轻按住马嚼子，一身悍气的铁青马服服帖帖地立定在那里，纹丝不动。

兴许是明月泻光的缘故，袈裟御前的侧面线条让人联想到梦殿[1]中那尊飞鸟时代[2]的观音像：一双雪白的纤手。长长的柔顺的黑发，似乎比铁青马的黑毛更加富有光泽。一袭普通的衣裳稍稍提高一点在腰间扎住，白色和紫色的绳带，垂荡在衣裳下摆处。难道就在刚才，她真的与仆人杂役们一起在厨房里煮菜洗碗吗？

"啊，我也想有个妻子啊！哪里还能再找到一个这样美丽的姑娘呀？"清盛听见了自己吞咽唾液的声音，与此同时，脸颊不由自主腾地一下子红了。他脑海中倏地掠过琉璃子的那张脸。紧接着，又闪过六条洞院小巷后面妓女睡眼惺忪的脸来。

唉，让人突发奇念想恋爱或者想嫁娶的，常常只是一个偶然的机会而已。

"只要能早点娶上妻子，哪怕是琉璃子也好，六条洞院的妓女也好，或者随便哪个女人都行啊。"清盛胡思乱想道。

1　梦殿：奈良县法隆寺东院的正堂。
2　飞鸟时代：日本学术界称从第三十三代天皇推古天皇592年即位起至第四十三代天皇元明天皇710年迁都平城京为止的百余年为飞鸟时代。

松鼠之梦

连续多日都是清朗的月夜。山野中，春情萌动的鹿、在野葡萄枝叶间跳来跳去的松鼠，似乎被这怡人的月夜搅得有些躁动不安。

不知怎么搞的，清盛也感觉在家里有点坐不稳躺不住似的。望着弟弟经盛，清盛忽然忍不住想数落几句、嘲弄几句。离家的母亲留下的一张旧桌子旁边点着一盏小油灯，经盛成天窝在这儿埋头读书。——这家伙煞有介事的嘛，今年都十八了，还不解男女之事，难道一丁点儿都没想过？真是个无趣得叫人头痛的弟弟啊！清盛心里暗自喟叹。

经盛之辈读的书，清盛不用想大致都能够猜出来。

劝学院和大学寮的书架上，醍醐[1]朝以前从中国带回来的宋版儒家著作，好久没有人翻读，以致不少已被蠹虫蛀蚀。而现今，在年轻的地下人中渐渐形成一股风潮，即将这些古籍书带出学院，或独自研读，或众人轮流讲解，父亲忠盛就曾经说起过。弟弟经盛肯定也受此影响，时常带出来读。

里面会有什么呢？《论语》？《四书》？

我这个做哥哥的也曾在劝学院读了几年书，却老是觉得孔老夫子的所谓学问实际上是对主君有益，对地下人来说，则只是证明自己永无出头之日、只能俯首帖耳甘当奴仆的学问，因此读书时老是假装听讲，其实却一直在打瞌睡。

到底孔子有什么资格来规定这个世间、规定每个人的处世为人呢？孔子自己又如何称得上修身齐家了呢？假如那个什么鲁国呀齐国呀都干戈载戢、不见一滴流血，宇内没有了盗贼偷儿，奴隶也不复存在，百姓都学会了不撒谎，他那套学说还叫人能够接受，可惜他老人家不是遇见一个叫盗跖的人，经不住一通质问，被剥掉了伪君子的外衣，无言以对，只得狼狈地夺路逃回家了吗？

——哦，弟弟呀，你可不要叫我脑袋犯痛啊。

这样的月夜多么美啊。

还有一件事情令清盛感觉不舒服。皇宫紫宸殿中的圣贤阁好像有一道拉

---

[1] 醍醐（885—930）：名敦仁，日本第六十代天皇，897—930年在位。

门做间隔，据说谁只要在圣贤阁内坐上一坐，就会变得像圣人贤者一样聪明无比，到底是怎么回事啊？瞧经盛这副德行，就跟在大脑里描画了圣贤们没什么两样嘛。

——不要犯傻啦，那种无聊透顶的事情想都别去想，弟弟！

我们家不是公卿，而是被公卿贵族豢养的武士之家。公卿们得了诏旨，向我等传达上谕，你我便遵旨执行，哪怕是并无一点点公仇私恨的对手，也即刻成为敌人，面对敌人，就必须搭箭上弓、拔刀出鞘，生死相向，这就是我们身为武士的生存之道，我们就是作为这样的人而被天皇、上皇以及公卿们豢养的。

——算了吧，读圣贤书有何用呀。

此刻清盛正仰面朝天躺着，两只脚伸出门外，只有上半身躺在屋子里面。

秋夜的蚊子嗡嗡叫个不停。经盛侧对着当隔墙用的木制大隔扇，凑近昏暗的油灯，专心一意地伏在桌上读书。清盛望着他的身影，一阵阵的怒火忍不住在肚里翻腾。

父亲已经睡了，家臣仆人们也都已睡下，整栋老屋里只有经盛一个人还撑着不肯睡觉。诱惑他一同出去玩，不用问经盛肯定不是那号人；强迫他快点睡觉，他一定会生气反抗。唉，别看他人虽小，却是个招人讨厌的主儿。这种性情上的巨大差异，莫非就是因为两人虽为一母所生，却流淌着不一样的父亲的血的缘故？

清盛无聊地躺着，脑子里开始胡思乱想起来，就像屋顶漏雨似的一滴一滴无声地渗透到心里，但他随即提醒自己不要去想。对父亲心怀忌惮，弟弟又实在气恼，唉……

"好咧，我去去就来，月色真好呀。"

他若无其事地伸了个极其夸张的懒腰，自言自语地说道。话音才落下，一只脚已经迈出廊檐，摸索着伸进沾满露水的平底竹皮草鞋。

"哦，哥哥，你要出去吗？"
"本来我还在犹豫要不要去……我很快就会回来的。"
"这么晚了是要上哪儿？"
"前些时候源渡邀了几个同僚上他家喝酒赏月，后来约好说，要趁这月夜把那匹四白铁青马拉出去试试脚力，叫我们都去看呢。"

"哦？半夜三更的调教马？"

"骑手要尽量将马的性情、还有脚力隐藏起来，不让别人知晓，这也是赛马的一种策略，没什么好大惊小怪的。"

"骗人，是在骗人对吧，哥哥？"

"什么？！"清盛狠狠地盯着屋内小油灯的光晕。

弟弟经盛仿佛要跃入清盛那凶狠狠的眼睛里似的，从桌旁跳起来，腾地冲到清盛面前，望着哥哥低声说道："哥哥，也替我向母亲大人问候一声吧。还有，帮我把这个交给她好吗？"

"这、这是什么？"

清盛一下子显得狼狈不堪。他把手伸向怀中，摸了摸经盛塞进去的东西，好像是一封信。

"哥哥是要到母亲大人那里去见她，对吧？经盛也好想见一见母亲呀，虽说父亲和她解了婚，可母子之情是没法割开的啊！我好想见她一面，我也想去呢，可是……不过，我想一定会等到这一天的。这些话我写在信中了，也请哥哥当面转告母亲大人。"经盛说着，几滴晶莹的泪水顺着鼻尖吧嗒吧嗒掉下来。

这可真是滑了天下之大稽，看来经盛完全领会错了——这样的母亲，谁跟她割舍不断，还偷偷跑去见她？清盛本想毫不客气地这么说，可是看到经盛抽抽噎噎的样子，不禁差点被他感动了。

"不是的，经盛，我是跟源渡约好的去他那儿呀。"

"哥哥不用隐瞒了。有人在中御门家附近看到过哥哥的身影，那位客人还跟父亲大人也说起过。"

"啊，跟父亲大人……是谁？是谁说这样不着边的话？"

"是时信大人。父亲大人曾经说过，那些轻薄虚伪的堂上公卿之中，唯有藤原时信大人算得上是个正派人，所以父亲大人才同他关系特别亲近。时信大人说的话，我想不会有假。"

"哼，那个老爷子啊，他近来又登殿了？"

"好像是上皇院里有什么事情同他商量呢。"

——这老家伙，竟出乎意料地伏击在这儿等着我呢。

清盛立马放弃坚持，顺势打起了小九九。

"喔,既然都知道了,那我也没办法,我也不瞒你了,全都跟你实说了吧。经盛,你的信我一定帮你转交给母亲。其实父亲大人曾经对我说过,如果想见母亲的话,随便什么时候都可以去见。"

"哥哥,那我跟你一起去吧!"

"混账!"清盛顿时紧张起来,威胁道,"你也想想父亲大人的心情嘛!父亲说是这样说,但他心里能好受吗?可不能因为父亲大人的慈悲我们就一点都不顾忌了,懂了吗?还有,我不想我半夜出门弄得家里上上下下都知道了,所以你不必告诉父亲,也用不着跟木工助说。"

清盛翻过夯土墙,来到外面。走出去百十来步,经盛啜泣的面孔依旧在他眼前闪现,所幸很快便忘记了。二十岁青春炽热的身体,任凭夜晚的寒风吹拂着,清盛迈开步子向前走去。

嘴巴一张一合,大口地吞吸着秋夜的爽人空气,活像出了水的鱼在翕动嘴巴似的。上哪儿去呢?清盛没有目标。究竟想要什么,或者究竟有什么事情令他不满,从傍晚起就变得心浮气躁、坐立不安,可到底是什么原因,清盛自己也说不清楚。

其实令他罔知所措的东西,不在身外,而在他自己体内。正是这不明身形的东西,让他时而妄想,时而狂暴,时而脆弱得落泪,时而辗转难眠……这一切让清盛不知道怎么办才好。往前追溯的话,世间的佛啦神啦都提倡人性本善,可又是谁将这狂乱的本性植入到人的血液中的?

——啊,我快要发疯了!这一定是原本潜藏在白河上皇或者母亲身上的东西,是上皇或母亲把它传给我的,所以我的一切行为不能说只归结为我自己的责任——清盛的心底里有一个声音在强辩。

可是,清盛独自一人却缺乏去六条妓馆发泄的勇气。唉,要是这当口儿那个该死的远藤盛远出现就好了,由他带领就敢跑去六条逍遥一下了。再不然,路上碰上个什么女人也行啊。不不,最好是月夜之狐幻化成人来与自己亲热,那就再好不过啦。既然体内栖息着这样躁狂不安、痛苦呻吟的东西,只要能给其快慰、令其安静下来,管她是谁呢,哪怕只是瞬间的幻觉也好啊。

好想有个女人啊。好想邂逅一个女人啊。

满脑袋爆满了白日梦的可怜的身影,自夏天以来直到秋天,好几次在中御门家后门一带徘徊，这事情果然不假。

今夜，清盛又悄悄来到这儿。高高的夯土墙上，映着他心中炎炀而不知所措的身影。

"唉，不行啊……我没这个胆量。"

今出川畔自家的夯土墙不知翻过多少回，可是这段墙怎么看着那样高啊？

夯土墙内，东配殿里自己的母亲泰子住在里面。上次加茂赛马大会的时候母亲曾说：什么时候都可以，来玩呀，跟琉璃子姑娘也会成为好朋友的……

加茂赛马时见到的琉璃子非常漂亮，又是公卿贵族之家的小姐，作为清盛白日梦的对象似乎高不可攀，但用母亲作借口，偷偷翻墙进去找她也绝非不可能的……他脑子里装的不是恋爱，而是无法自拔的痴梦。

然而一旦来到这里，接下去的勇气就荡然无存了。因为自卑，他心里明白。皱皱巴巴的布制粗服，掉了后跟的破草鞋，浑身上下散发着穷困气味的身份卑下的地下人——每当汲汲顾影，他就会情不自禁地自惭形秽，紧张万分。

公卿之辈的公子哥儿们，时常瞄准了穷极无聊的达官贵族甚至是摄关门第的公主小姐，将其扛在肩上悄悄带到荒山野地，在沾满露水的草地上狎戏缠绵，尽情享乐，直到东方现出鱼肚白，方才神不知鬼不觉地将其偷偷送回；有时闲来无事，在皇宫典侍[1]和命妇[2]们经过的宫廊故意掉下一纸情书，晚上就会有黏湿的黑发、滚烫的嘴唇在充满了勾人魂魄的沉香的闺房迎候他。胆小的男人不等拂晓鸡鸣便匆匆逃走……诸如此类的猥谈艳事，清盛听得不算少了，为什么自己就偏偏遇不到这样的惬意美事呢？

——自卑！只要把这自卑一脚踢开……

他仿佛获得了战胜自己的勇气。此刻就站在夯土墙前，要想美梦成真就趁今夜，拿出盗贼一般的勇气来！

可是，这只不过是内心的搏斗而已，待到真正付诸行动时——清盛已经跃到夯土墙的顶上，他感到体内的欲念在呼呼燃烧，手掌心因出汗而湿津津

---

[1] 典侍：日本古代皇宫中内侍司所属的高级女官，仅次于尚侍，官位初为从六品，后改为从四品。
[2] 命妇：日本古代拥有较高身份的女性的统称，五品以上的女官称内命妇，五品以上男官的妻子称外命妇。

的——全身的毛孔被风一吹仿佛突然一下子酒醒了似的。

——等等！

另一个与整日的妄想共栖心府的念头升上心头，似乎在对他说道：

——木工助老爹曾经坐在床头，谆谆叮咛道：不管是上皇的子嗣也好还是别的哪个混蛋的后代也好，平太公子是个不折不扣的男儿！不缺胳膊不缺脚的，要做个正正堂堂的男子汉！木工助老爹说得没错，我就是天地之子，我要做个顶天立地的男儿，怎么可以偷偷摸摸、慌里慌张干这种事情？想要像盗贼似的做这种事情的，不过是我心里那个卑劣的欲念而已……

清盛情不自禁感到好笑，自己竟然到了如此荒唐滑稽的地步。

满天的星星在头顶上闪闪烁烁，此刻自己的身影就好像画在墙上的一幅荡秋千图，模样可笑，不过像这样独自一人尽情地呼吸秋夜的空气也不坏。

"啊哟，又来了！"

远处发生了火灾。清盛的视线投向城内的一处宅子。

京城内发生火灾一点儿也不稀奇，而且几乎全都是人为的放火。封建统治下的贵族繁荣，将民意弄得稀里糊涂的二院政治，还有动辄挟武力实施暴行的武装僧团……少数人统治之下的多数饥馑穷困的民众点燃的炎炎赤焰，恰似饥民无声的齿舌——他们虽然无权发声，但放火却是他们的舆论。美福门的火灾、西坊城的火灾、鸟羽院别当门的火灾、关白藤原忠通家别墅的火灾……近年来的多起火灾都不是普通火灾，焰雨之下，黑烟背后，活跃并高兴着的是那些苦苦挣扎在社会底层的贫民，真可谓前世之因，今世之果啊。

清盛从夯土墙顶上纵身跃下。不是朝内，而是跃向外面。他跨着迅疾的步子，将街道上的喧噪声抛在身后，飞快地跑走了。

鬼影

秋雨淅淅沥沥下个不停，让人的心情变得像天气一样阴郁，不过今年加茂川和桂川都没出现河水上涨的情况。九月的北山，已看得到漫山遍野的红叶了。

距天皇和上皇行幸仁和寺，还有十日。院武者所开始忙着为这一天做各种准备。今年，清盛首次被授予布衣[1]，官位六品，并且任命为御驾随从。清盛既感到一种莫名其妙的自责，另一方面，说实话心里又感觉特别高兴。御驾随从可是从众多武士中挑选出来的骑马将校呀。

公家的执役因职事不同落差的时间也自然不一，但清盛这段时间回到家里每每都已是夜深人静了。身体疲乏，肚子空空，连妄想做梦的时间都没有。然而清盛却觉得似乎得救了一样，头一落到木枕上，很快便进入了沉沉的黑甜乡。

九月十四日。

说是夜半三更不太切当。准确地说，应该是近四更时分。

一阵急促的脚步声朝着清盛的寝屋方向奔去，是家臣平六家长。老屋内人声此起彼伏，家中豢养的武士家丁此刻也早已跃起，奔走呼号。似乎发生了什么事，而且是重大事情——值夜的武士快马驰向庭院，将众人唤醒，一个劲儿地催促着赶快操上兵器家伙，到庭院中会合。

"哦，莫非是上皇突然内召？"听到脚步声还有院内的嘈杂声，清盛立刻跳了起来，他倒并不显得惊慌，可弟弟经盛却惊得嘴巴合不拢，慌里慌张地问道："怎、怎么回事？是不是跟谁交战？"

"谁知道。反正常常会发生点什么事情的。"

"会不会又是睿山兴福寺的武装僧众冲进京城来了？"

清盛从武器柜中取出胸铠、腿铠、护胫等，一面迅速穿戴上身，一面吩咐经盛："你赶快到父亲大人房间去，母亲不在了，你去看看父亲大人有什么需要帮忙的！"

"不！父亲大人那里有木工助，让我也穿上铠甲跟你一起去吧！"

"你？"清盛忍不住嘴然一笑，"你给我待在家里！看着弟弟们，不要让他们哭闹。"

屋子四周的动静沸天震地，家臣武士们从马厩牵出马来，从土仓拿出武器、火把等，叫骂着、互相招呼着，个个显得精神抖擞，跃跃欲试。

庭院里有一大块空地，武士之家随处可见这种建筑格局。忠盛已经昂首高坐于马上，看见清盛到来，立即喝令木工助家贞打开大门，自己一马当先冲了出去。清盛的马紧随其后，家贞家长父子以及徒步的武士家丁共十六七

---

[1] 布衣：狩衣的别称。狩衣原为日本古代一种民间实用服装，用于狩猎等场合，后成为武官的朝服。布制狩衣故称为布衣，后成为穿这种官服、身份在六品以下的官员的称呼。

人，都腰间斜挎着长刀，争先恐后地蜂拥而出。

沿途发现几处火事，但街道各处几乎没什么异常，家家户户院门紧闭，似乎没有必要披坚执锐、如临大敌似的。不过来到仙洞跟前，却只见武者所敞着一扇大门，武士侍从房里灯火通明，透过林木的缝隙可以看到寝殿里也亮着灯光——这一切都透出一种不寻常的气氛。

上皇院的执事一声召唤，忠盛立即从中门进入院内。清盛看见武者所前黑压压地挤满了人，既有同僚，还有其他武士的家臣，于是往前凑去，想从他们嘴里打听到半夜三更内召究竟为的是何事。

"真是世事无常啊，好像就在上个月，源渡不是还邀请我们去菖蒲小路他的家中赏月嘛，当时去了不少人。"

人人脸上露出昂奋的神色，抢着话头议论不停："是啊，那天晚上我也在呀。客人们喝得大醉，一个劲地嚷嚷着要源渡让大伙儿一睹厨房里的月亮，比观赏天上的月亮还起劲哩！"

"说起来也是啊，那天源渡把他的新婚妻子介绍给我们这些朋友认识时的做派真是没得说！"

"是啊，是啊，我现在还感觉仿佛就在眼前呢——长着胡枝子的小院里，四白的铁青马牵出来，稳稳地立在袈裟御前面前的英姿……"

"她还朝我们微笑致意哩，那笑容像月光一样炫目，可惜只是礼节性地打了个招呼，随后就一直侧对着我们……"

"虽然看也不看我们一眼，可是真的是风情万种呢！"

"她那样美丽，可为了我们客人，站在厨房里洗菜刷碗的样子，想象一下，简直就是一朵出水白芙蓉！"

"像春天的梨花一枝……"

"唉，可惜呀可惜！"一人以武士少有的伤感口吻长叹道，"虽然已经嫁做人妇，可依旧美艳动人呢！谁能想到这袈裟御前会被人杀死……"

清盛不敢相信自己的耳朵——袈裟御前死了！袈裟御前被人杀死了！虽说是言之凿凿，自己听得分明，但驻留他心底的那个形象似乎仍在顽强抗拒一般，又栩栩如生地活动起来。实在叫人不愿相信。对清盛来说，袈裟御前究竟有多美，众人的所有称赞都远远不足以形容，距离他心目中的形象何止十万八千里。

别人的妻子，清盛觉得自己过多念挂似乎是种罪恶，可现在当听说袈裟御前遭遇凶事，她的名字在众人口中被争相赞美，他也撇开虚幻的眷恋，觉得就是自己的事，于是不由分说往人群中挤进去。

"这是真的？没有弄错吧？杀她的人是谁？凶手在哪里？凶手在哪里？"

"平太大人，那边忠盛大人有请！"

听到招呼，清盛立即跑向中门。父亲平忠盛站在那里等他。

"你即刻带人封锁鞍马口、一条大街一带！"忠盛厉声向清盛下命令，完全不像是父亲在跟儿子说话。"留意所有来往的人，发现可疑人物务必严加盘查，不要放他出京城！不管凶手怎样乔装改扮，千万不要被他蒙混过去！"

"是、是谁？我要捉的凶手到底是谁？"清盛不等父亲吩咐完就迫不及待地问道。

"是武士远藤盛远。"

"啊！盛远？盛远杀死了袈裟御前？"

"没错，"忠盛显得心情很沉重，"给武者所抹上了一个大污点。真是岂有此理，居然对别人的妻子想入非非……"

这时候，从中门走出了盛远的叔父远藤光远，只见他神情紧张，铁青着脸，逃似的避开众人的目光匆匆离去。

由于和凶手关系亲近，无数双眼睛都不约而同地扫向他的背影。忠盛父子身旁不知什么时候聚集起了许多人，其他武士及其家臣全都围拢过来。

忠盛同上皇院执事的磋谈已经结束，于是向包括清盛在内的所有人详细介绍了事件的经过。

袈裟御前死于今日戌时（晚上九点钟）左右，菖蒲小路的家中，当时源渡刚好因公事不在家。

袈裟的母亲名叫衣川老妪，同远藤盛远不算相熟，不过也有过数面之识。

老妪的女儿即袈裟御前辞去上西门院的杂役嫁给源渡之前——也许是之后，盛远便爱恋上了她。

在劝学院，盛远素来被一致看好，都认为他将来应该是拿着朝廷的学俸进入大学寮深造，成为一名文章得业生[1]，但是他近来的行为举止却令前辈和同僚无不皱眉："盛远最近是怎么了？"

他的性格向来执拗狷傲，不达目的绝不罢休，他的博学、刚毅、雄辩、视同辈众人为群小等特点，无不源于其自负。对于感情，他尤其执着，激情上来就将理性抛到一边去了——这种血性加上强健的体魄，有时候就宛如疯子一般。

对袈裟御前而言，这不啻是一场灾难。当盛远向她表白的时候，她情不自禁打了个冷战。简直不可理喻。只知一个劲地向前冲，却完全不顾及旁人的感受，横刀夺爱嘛。

或许执拗的盛远以死相迫，而袈裟御前不用说听到对方的胁迫暗示一定也做好了以死相抗的准备。

当盛远瞪着疯狂的眼睛威逼袈裟御前做出最后答复时，袈裟御前早已思虑再三，平静地给了他这样一个回答："没办法，只能这样了：十四日晚戌时，你预先潜入良人房内隐藏起来，我会服侍良人洗浴、濯发，然后备好酒菜让他吃饱喝足后躺下……不管怎么说，他只要活在世上一天，我就一天无法接受你的爱恋。我躲在远处的房间，假装什么也不知道，什么也没看见，等你把一切办妥。良人虽然说武猛善战，但只要趁他酒醉悄悄靠近枕旁，摸到湿漉漉的头发，一刀便可以砍下他的头颅来，千万不要错失良机呀。"

"好，就这么办！"盛远眼中充血，使劲点了点头。

当天夜里，盛远依计潜入源渡家中实施了这一罪行——不出所料，轻轻松松就砍下了那颗湿漉漉的头颅。他顾不得多想，跑出小院对面铺着竹笆子的廊檐，借着月光一看，猛地吃了一惊：呀！糟了！

他手上提着的是日夜思慕的恋人的头颅。

有生以来从来没有像这样悲伤过，惭愧、懊恼和痛失性命一样宝贵的恋人的呻吟，统统化作一声撕心裂肺的号哭，他无力地瘫坐在地上。

牲畜也会感到悲伤吧！也会为人类的愚蠢而怒吼吧！

恰好在此时，马厩中那匹四白铁青马突然发出异样的嘶鸣，同时扬起前

---

[1] 得业生：日本古代大学寮优秀毕业生所获得的称号，为一种身份标志，可以担任专门的官职。一般在文章生中仅选取两名。

蹄，拼命地嘶叫不停。

盛远蓦地站起身，一面哭泣一面似乎在呼叫什么，朝着黑漆漆的屋子狂奔而去。他抱起床上那浸在血泊中已经发凉的身体，紧紧抱住，随即腾地跳起来，越过胡枝子丛，翻过篱笆，像鬼影似的不知所踪。

忠盛将迄今已经查明的经过告诉众人，接着说道："这不止是一个女人、一个地下人的事情，它败坏了上皇院的圣德，也关系到我们武者所的名誉。假如被刑部省的人抢先拿住，交由朝廷制裁的话，我们还有什么脸面？所以，务必将京城十二门路、九条道口各处封锁住，一定要把那个疯子盛远捉拿归案！"

黑压压的人群无声地点头附和。清盛一面点头，一面却不经意看见了从自己那双盲目爱恋的眼睑之间落下的泪水。与此同时，他还看到了有别于袈裟御前美丽身影的另一个倩影，假如一步走错，自己踏上菖蒲小路的话，难保不会做出跟盛远一样的事情来。蠢蛋，疯子，自己属于哪个，盛远又属于哪个呢？清盛忽然觉得自己没有自信去抓捕盛远。可是，看到其他武士家臣等趁着天将微明分头奔向各路口，又激起他不甘落后于他人的勇气，于是赶快冲破朝雾，向鞍马口飞驰而去，眼睛里闪着野性的光。

贞操百花图

袈裟御前的死成为京城一大话题，人们带着各种理解，从各种角度不断地议论品评。

不论知道她还是不知道她的人，都会难掩痛惜之情："啊，真是个刚直有血性的人啊……"

而对于凶手远藤盛远则无不扼腕痛骂：

"是恶鬼，还是色鬼啊。"

"听说是个很有才的人，就更加可恨了，这个色胆包天的恶魔！要说恨，可他分明就是个不值得一恨的畜生！"

人们往往对美钦赞到了无以复加的地步，而对于恶的诛贬，同样达到一个极致的境地。

然而，超出对于事件本身的好奇和对当事者的爱憎，袈裟御前的死却无意中使得人们对于这个时代男男女女已经漠然的贞操观念又重新关注起来。

以死捍卫自己的贞操——这种"妇道"之悲哀，一方面令人为之惊愕，赞叹其清冽，另一方面也令人不得不感到沉重。

总起来说，不以为然的只是宫廷的男女、公卿权贵们。相反的，一般庶民无不为袈裟御前的死而悲伤、动容，众口一词赞誉她的死是"美丽的牺牲"，从喧闹的市场到六条的妓女们莫不如此。那些夜夜向男人出卖肉体的妓女哭得稀里哗啦，厚厚的香粉和花哨的衣袖上沾满一道道泪痕，甚至有人提议："出殡那天，我们捧着花儿一起到鸟边野[1]去送送她吧。"这一现象令世间大感意外，诧异不已。

本以为或许只是一时的动情，事实上不是这样。袈裟御前葬礼那天，果真有不少女子披着头巾、戴着蓑笠，夹杂在送葬的人群中，到鸟边野的焚化场献上无数的花束之后才离开。

想起来，她们也是在向自己的贞操献上鲜花，她们心里一定在暗暗期盼着，哪怕能够沾得一许清香，也算是对自己的一种慰藉吧。

生存在六条小巷后面的女人，有谁甘愿把自己变成没有贞操的人？在她们内心深处，其实仍残存着一丝贞操之念，尽管它早已被侵凌逼迫得奄奄一息，但依旧顽强地存在着，她们不会向男人出卖贞操。她们没有听过深奥的教诲，也没有读过书本上的妇训，但她们天生懂得女人身体的本质，因为生活所迫，她们有时会不得不将肉体和真心一分为二，兼容并存。

不知道是幸运还是不幸，同她们相比，有人却似乎从未认真思考过这个问题，她们就是后宫中的多数女性，还有生活在高墙深苑里的贵族之家的那些娇艳的花儿。

"今世即吾世，如月满无缺。"绽放于藤原一门的女人，长达数个世纪来她们一直受到庇荫，无须费心生存、饮食等，以至生长不出粗壮的根茎，无法按照自己的意志独立地走出一条属于自己的女人之路。贵族阶层为了维持其荣盛长久不衰，将女性的美貌作为政治斗争和买官的工具，像赠送插化礼物一样送来赠往，待到女性醒悟之时，她们已然被牢牢束缚在制度、位阶以及众多的侍从之中，渐渐丧失了女性的本质，而纯粹成为一件权谋工具。女性的自由、恋爱、香泪、魔性等，所以这一切似乎都是为了让男人更好地

---

[1] 鸟边野：又称鸟边山，平安时代曾为坟地。

享受快乐而存在。男人们即使用从贯之[1]和道风[2]那里学来的万叶假名[3]缀成恋歌，其中真正如文字一般绮美婉丽的爱情，在多如星辰的殿上人的猎艳故事中，又能找到几何呢？男人即便和女性同劳作、同饮食、同生存，但真正实现灵肉合一的爱情生活是不存在的，甚至想都不曾想过。

袈裟御前的死所提示的贞操尊严，或许也给了这些春苑之中的女性一些警示，她仿佛在以死向她们低低诉说，意在唤醒她们心目中最珍贵的关于女性本质的定义。

不。袈裟御前之死和她坚守贞操的做法并不值得同情。那只不过是女性共有的狭隘心理在作祟，使她变得固执、颟顸，从而导致了偏激的后果，将自己逼上了绝路——殿上人中竟然试图将沸沸扬扬的舆论草草归作这样的结论。

一部分公卿进而将批评的矛头指向别处："这的确是一起性质严重的事件。一介布衣的妻子李代桃僵，以身替死，死于恶徒的刀刃之下，但至多只是市井小事一桩，不值得倾全力查办，闹得沸沸扬扬。问题在于武者所，事件暴露出武者所纪律涣散，管理混乱……"

"真是可怕，这些担负着上皇宫警备任务，京城内一旦有事即刻前往平息纷扰，时常还负责向天皇、上皇转奏重任的北面之侍们，近来的所作所为实在不像话，类似远藤盛远那样的家伙肯定不止一个！"

"是啊，就像这次的事情，如今的北面之侍太做得出来了！"

"至今好几天过去了，袈裟御前的葬礼也已经办完，可凶手远藤盛远仍没有被抓捕归案，真是荒谬之极！连一个变态狂都抓捕不到，如此无能的武士，一旦有什么重大事情怎么能靠得住？"

种种非议中让人一窥堂上政治斗争的端倪。

这些议论先是嘀嘀咕咕、窃窃私语，以眼神相互传达会意，但声势渐壮，议论者开始毫无忌惮了。

"此事的责任应该在平忠盛身上，可忠盛还恬不知耻地在上皇面前假献殷勤，到底想怎么样啊？"

---

[1] 贯之（约872—946）：纪贯之，日本平安时代歌人，《古今和歌集》主要编选者。
[2] 小野道风（894—967）：平安中期书法家，日本式书体的始祖。
[3] 万叶假名：古代日本为标记国语而作为表音文字借鉴使用的汉字，后由此发展成为现今的平假名、片假名，因大多曾用于《万叶集》故称"万叶假名"。

"他还是武者所的所司[1]呢……"

"尤其不可饶恕的是，今春诸国牧场献来赛马的骏马时，居然把那凶相的四白马弄入上皇宫，让袈裟御前的丈夫源渡饲养，也是忠盛之过，真是太过分了，是可忍孰不可忍呀？！"

"禁忌是不可触犯的，这是堂上大是大非的大原则，其神圣性不亚于法令！"

于是众口嚣嚣，群情激愤，公卿们的非议终于堂而皇之地摆到了上皇面前。

上皇陷入了为难之中。这些公卿们将平忠盛视为眼中钉，动辄对其群起声讨的根本原因其实还是之前的登殿问题，所以尽管忠盛对功名灾祸避之唯恐不及，但灾祸还是落到他头上，其始作俑者不是别人，正是上皇自己。

然而，唯有对忠心耿耿且诚实不二的人才能产生出爱和信赖，这是天经地义的事情，也是为君为臣之道——上皇还是坚信这一点。特别是近年来，天下纷乱，国祚阽危，也只有忠盛这样的武士才是上皇可以信赖的人。上皇甚至还直言不讳地对身旁侍从说过，只要在上皇宫院庭看不到忠盛的身影，心里就觉得不踏实。

"呃，再有不多日便是行幸仁和寺的日子了……"上皇故意将公卿们咄咄逼人的议论朝其他方向引开，"朕意追捕盛远之事日后再议，先到此为止，停止追捕，众卿以为如何呀？凶相之马交由源渡饲养的确是忠盛之过，可最终同意这样做的是朕，所以众卿之言似有'山科道理'的味道，朕甚觉不妥，这件事情就不要再追究了！"

上皇满脸堆着笑，却语带嗔怪地将公卿们消责了一通。

"山科道理"是当时的流行语，因为位于山科地方的睿山兴福寺常常以种种不实之词为借口，纠集数以千计的僧众蜂拥至朝廷禁门或上皇院御所结伙喊"冤"，以势压人，令天皇和上皇都头痛不已，人们于是将无中生有、寻衅滋事称之为"山科道理"。先前的白河上皇曾颇感无奈地喟叹道："天下绝难遂朕之意者，惟加茂之水，双陆之骰子，睿山之无理和尚。"一如上皇的斥责，"山科道理"不仅是睿山僧众的仗恃，也是堂上公卿们横行无忌的一大法宝。

---

[1] 所司：日本古代官职名，专门伺候院、亲王及三品以上公卿贵族的武士衙府的次官，正职称为别当。

上皇的一言，总算将公卿们的非议压了下去，可暗中玩阴谋却是他们无法改变的本性，对于忠盛而言，事情绝不会如此轻易平息。

不过，一道"对远藤盛远的围堵抓捕自翌日起停止"的上皇院诏令却下达至京城各处的武士屯所。

接连七天七夜把守京城各处道口、一心准备缉拿远藤盛远的武士们，得到这道诏令，既畏于上命不得不执行，又难掩失望之情，只得叹息："那个无耻的盛远，揣着袈裟御前的头颅跑到哪里躲起来了？难道钻进地下了不成！会不会已经畏罪自戕了？"

马上吟

盛远仿佛突然之间杳然无踪了。

自行凶那夜以来，没有人看见过他的人影。

当夜便实行了道口封锁，甚至动用了检非违使的人手以及刑部属下的放免[1]（耳目、眼线一类人物）等，沿途安插一直到京城以外各山野部落，使尽各种解数打探凶手的下落，但有用的线索却一无所获。

今天是封锁道口的最后一夜，明天起将撤除封锁。傍晚时分，有人来到清盛面前报告说："上西门院内非常可疑，盛远既有亲戚在里面当差供职，还有不少之前便心气相通的腻友。"

清盛正率领十七八名家丁在西洞院一条大街以北的大峰十字路口把守，睁大了眼睛仔细检问来往行人，并且命家丁带着放免往附近各处嗅探动静，听了这话，登时恍然醒悟："啊呀不好，我怎么偏偏忽略了鼻子尖下面！盛远原本就是上西门的青年武士，后来才转至鸟羽院的，完全有可能！上西门院距离这儿这么近……"

这可是建立奇功的绝好机会啊。想到这里，心中禁不住兴奋和紧张，他从腰间拔出长刀："噢咿！木工助，你过来！"

清盛转过身招呼着远处的家贞。

"我得去上西门院走一趟。布设抓捕网今晚也就最后一夜了，这段时间这儿就拜托老爹了！"

---

[1] 放免：日本旧时因轻罪被赦免而在刑部服役的人。

"去上西门院？公子去那里做什么？"

"老爹，那里面太可疑了。"

"不要去！"木工助家贞皱起了眉头，摇头劝阻道，"那地方过于敏感了呀，那可是内亲王的府邸，要是传到宫内说你居然敢搜查……"

"放心吧，我不是怀疑内亲王有什么事情。"

"不管有什么事情，上皇院与朝廷之间一点点小事弄不好的话，也可能酿成意想不到的大祸，你知道吗？记住这一点，还是不要妄动为好啊。"

"不，我一定要去！我听说卫府之辈在嘲笑我们，说我们无能，还说得靠他们才能抓到远藤盛远，还说要让我们见识见识。我就咽不下这口气，我想亲手抓住盛远给他们瞧瞧，如果最终能抓到盛远，那就一定是我亲手抓住他！"

清盛毫不介意木工助的担心，他已经被成功的幻觉激得浑身发热，一对硕大的耳垂像血袋似的，因充血而变得通红。

"没错，要是盛远意识到自己跑不脱的话，他也一定会想到我的。我感觉他在等我。木工助，假如父亲大人到此巡视，麻烦你转告他一声。"兴许想抚慰一下不让木工助担心，清盛特意将手中的长刀交给木工助拿着，马也不骑，徒步朝上西门院方向走去。

宫城外郭共有十二座正门，此外还有上东门、上西门等掖门，即边门。宫城内绿树浓荫的北侧，距离殷富门不远有一处边门，紧邻其旁有一座大宅子，便是上西门院府邸，这里是鸟羽上皇的第二皇女统子内亲王的居所，袈裟御前原先就是这里的侍女，盛远也曾在这儿的侍所服役过，那时他又叫远藤三郎。

有充分的理由怀疑盛远可能藏身其中，藏身者和藏匿者肯定觉得有所依仗而有恃无恐，但不能因为皇女居住在此而有所例外。清盛走着，只感觉脚下越来越充满了劲头。

忽然有人从夹道两旁的一排松树背后探出身子，朝清盛喝道："停下停下！——喂，前面那个伢崽，叫你停下！"

清盛停下脚步，板着脸接口道："是叫我吗？"

原来卫府的武士在此处设下埋伏，严格盘查来往过路的人。卫府的侍卫与武者所的武士之间关系素来不睦，这正是天皇与上皇关系冷淡甚至互相对立的具体体现。清盛瞪着一双大眼，怒视着围拢上来的一大群武士。

对方可不管清盛是谁，也不理会他有什么事情，就是不让他过去。

"原先在这儿服役的武士在外面犯了事，却无端地将怀疑的矛头指向毫无瓜葛的上西门院，指向内亲王，是何道理？赶快离开！滚回去！"卫府的侍卫们不由分说打断了清盛的话，根本不想听什么解释。

"让我过去！"清盛不是轻易可以打发的人，他仍在竭力争取，"我有十万火急的事情，必须到前面的侍所去！"说到这里，他双眉一扬："不说想必你们也知道，我是鸟羽院的侍臣，我怎么会无端怀疑内亲王，给内亲王添乱子呢……"

生就笨嘴拙舌的他硬生生地试图同对方掰起理来，倒弄得自己面红耳赤、青筋暴突，加上一副彪壮粗悍的样子，很容易被误解成没事找事的愣头儿青。

纠纷自然而起——清盛独自一人与对方十四五个武士对峙起来。

正在这时，一名看上去官拜将军的年长武士巡街至此，先是驻足看了一会儿，随后站到清盛身后朝他铠甲背上拍了一记，一张口，那语气较先前称呼他伢崽的侍卫们更加不屑："哟，这不是平太嘛？在口吐什么狂言呢？不知道天高地厚！"

"啊！"清盛一看此人，登时青筋也消退了。他的脑海里，立刻浮现出早春二月顶着寒冷的北风、饥肠辘辘、腆着脸皮去借钱的情景。

"是叔父大人呀，呃，怪不得……这些都是叔父大人手下的武士吧？这么说起来，有几个当真看着挺眼熟的。"

清盛表面上恭恭敬敬，可是心里却越发恨得咬牙切齿：这帮家伙明明知道是我，却故意刁难、阻拦，哼！真是旧恨又添新仇啊。

来者是在兵部省供职做事的平忠正。只要一想起他还有叔母，清盛便情不自禁地联想到那两张鄙夷的面孔，无论什么时候总是栩栩如生地映现在脑际，自己已记不清多少次奉父亲之命前往堀川的叔父家去借钱，当然还有同样次数对父母亲的贬损、讥讽和不满，总而言之，自己在叔父心目中无异于一个穷困潦倒的饿鬼。真是老天作弄人，偏偏让自己在这里碰上叔父，而且当着众人的面，叔父对待自己仍旧像对待一个人渣似的。

"什么怪不得？说什么呀，平太？最近好像突然不来堀川了嘛，当然啦，你到堀川从来就没有过什么好事。你不来倒是好事，值得庆贺啊。"

清盛只觉得羞愧难当。自己身为鸟羽院武者所的武士，堂堂男子汉……

唉，真想找个地洞钻进去。

"真的不能过去吗？无论如何都不行？"清盛顾不得面子，也抛掉了意气和倔强，而是以侄儿的身份试着恳求道。忠正从下属那儿听了个大概，立即看破了清盛恳求的用意。

"不行！无论如何都不行！你为什么非但不听劝阻还要反抗呢？忠盛大人就好固执己见，意气用事，你可不能学他这种穷酸的臭脾气啊，马上给我回去！"

说到这里，忠正似乎看到有什么贵人的车朝这边驰来，于是赶紧三步并作两步大踏步跑向上西门院，站在大门外，朝着里面出来的一辆牛车恭恭敬敬地施礼。

不得已，清盛掉转头，准备返身离去，但听到身后传来阵阵嗤笑声。
——这会儿从上西门院出来的是谁的牛车呀？

清盛回头看去，恰好牛车从他身边驰过。扁柏木编就的顶棚，涂得油光锃亮的轿厢，车辕和车轮点缀着金银，反射出夕阳暗红色的耀光。原来是辆光彩夺目的妇人车。

可是既非内亲王乘用的彩幨车，也看不到有随从跟车，只有一个牧童手里拿着一根细竹条挥舞着，驱赶秋天的苍蝇。于是清盛站在杉树的林荫下，毫不顾忌地朝行近身边的车内窥伺。

"咦？"

只听得从车上发出惊讶的声音。接着帘子卷起，牛车停了下来。一个意想不到的人从车内向外一面张望一面招呼："平太！"

"啊，是母亲大人……"清盛无意识地一个箭步蹿至牛车跟前，"刚刚从上西门院府邸出来的是这辆车吗？是母亲大人您吗？"

"平太，你干吗这样猴急地问东问西的呀？每次见到我，你对我都看不到一点点母子之情。"

泰子身穿五重衬褂[1]，像以往一样浓妆艳抹。比在家里的时候，也比在加茂见到的时候看上去更加花枝招展，更加年轻。

"我刚才在门旁同忠正大人打过招呼了呢，不过他一点儿也没有提到

---

[1] 五重衬褂：日本古代源自中国唐朝的女官正式装束十二单的一种，平安末期逐渐定型为五层衬褂重叠穿着，后又改为单层衬褂，仅衣襟和袖口处做成五层，分别为不同颜色。

你，你也碰见他和他聊过了吧？"

"叔父近来对母亲大人如此礼敬、如此亲近了吗？"

"哦……你真是个怪人，"清盛心急口快地发问，令泰子不禁发笑，"你瞧，我问你的问题你还没回答，就一个劲儿地对我问这问那的。忠正大人如今不同于以前，对我伺候得可好呢。"

"可是，叔父叔母两人曾经那样挖苦、贬损母亲大人……"

"所以说嘛，穷困就是让人讨厌呀，明白了吗，平太？我最近很受内亲王的爱宠，经常被叫来陪她跳舞呢，所以忠正大人就像是我的家臣一样，对我可恭敬了。要是我对他不满意的话，他还想出人头地？对他今后为官没有任何好处呀！"

"哼，原来是这样？！"

清盛朝着牛的脚下吐了口唾沫，暗暗恨道：叔父可真是个人物啊。

至于母亲之所以能够进入上西门院，无非是中御门大人或者其身边的人说合，才得以在内亲王面前献艺助兴，正好可以发挥她原先的白拍子技艺，跟叔父倒是很相像。清盛越发感觉到，自己同不是生身父亲的忠盛之间似乎更有骨肉之情——看到生身的母亲，却不禁让他生出这样的感受。

真叫人难受、伤感和悲凄。清盛每每见到母亲，就会有一种不幸的感受。

牛背上的苍蝇嗡嗡地直朝脸上扑来，袭扰得清盛不胜其烦，于是便想借此离开，从母亲身旁逃开。

泰子急忙叫住他："平太！"

身为母亲，射向儿子清盛的目光却显得那样娇媚妖艳。

"你肯定还有什么话想问我，是不是？"

清盛猛然怔住了，心在怦怦乱跳——母亲的身影之中，还有一个人！仿佛小心翼翼潜藏在暗处似的，是琉璃子。

"平太！真的没什么话要说的？呵呵，琉璃子小姐，把这个送给平太可以吗？"

琉璃子点点头，随即又将脸埋进泰子肩膀后面。

泰子从一捧菊花中抽出一枝，递到清盛面前："这是内亲王赏赐的花，琉璃子小姐说把它送给你。你不妨对花寄情，吟咏几句，然后带着这些歌到中御门大人府上的配殿来玩，把你的歌献给琉璃子小姐欣赏，让琉璃子小姐留下深刻印象的歌……"

牛车缓缓离去，清盛愣愣地立在原地，一直目送着它走出很远很远。他从母亲刚才的话中听出了别的含义——母亲似乎想让已经解婚的丈夫更加不幸，她要将自己从父亲身旁夺走，以此来报复父亲，用琉璃子作诱饵。

清盛不知不觉地将手中的菊花一瓣一瓣摘下抛掉，弄成光秃秃的枝条，活像根细细的马鞭，捏在手掌心，闷闷不乐地回到先前封路盘查的大峰路口。

这里只有孤零零的两匹马，一个人影，立在昏暗的路口。清盛显得垂头丧气，留守在此的木工助家贞同样没精打采的。

"其他人呢？已经解散回去了吗？"

"奉上皇院之命，把守各个道口的武士今晚全部撤离了。对了，去上西门院打探的情况怎么样？"

"白跑一趟！早知道这样，真不如不去了……老爹，父亲呢？"

"路上再详细地说给你听吧。来，上马！"

家贞催促清盛骑上马，随即自己也跃身上马。

"返回上皇院吗？"

"不是，回今出川的家里。"

清盛的心里咯噔一下。

照常理，今晚所有家臣武士应该先集合在一起，由忠盛向大家说上几句，然后奉召前往上皇院，即便没有犒劳，至少也亲耳聆听上皇或是上皇院的执事一番勉励，最后才解散回府。可是，他心里总觉得有点儿不对劲。

"老爹，是不是父亲出了什么事情？"

"说是从明天起，不用去仙洞了。"

"这、这是真的？是因为没有抓到盛远？"

"上皇并没有因为这件事情而责怪大人的意思，还不是那些堂上公卿们对大人的种种不满集中爆发的缘故。他们平日就一直有事没事找茬指责攻击大人，好像上皇也被他们弄得烦不胜烦，终于拗不过他们……老爹我伤心得都哭了，也没顾得上详细地问问大人。"

"那么说，又要像以前一样窝在家里了？"

清盛心里想说：又要过穷困潦倒的日子了？想到这里，顿觉身上的铠甲沉重了许多。

木工助在一旁嘟嘟囔囔道："唉，为什么总是碰不上好运呢？叫我们这些做家臣的、做下人的心都要碎了！到底是时运太差，还是这世道太坏了？好运啊，你到底在哪里啊？"

蓦地，清盛以自己也没有料到、放歌一般的声音骑在马上朗声说道："还有我啊！老爹，我在这里呢！你不是曾经说过吗，天是爹亲地是娘亲吗？既不缺胳膊也不少腿的天地一男儿，我就是！我要做堂堂天地一男儿，我偏不信什么运！"

地下人欢宴

听说大哥回来，几个弟弟早就迎候在门前了。

看到那熟悉的破旧院门，清盛翻身从马上跳下。

经盛身上背着刚刚三岁的四子家盛，同三子教盛一起站在门外。

"哥哥，您可到家了！父亲大人已经回来了。"

"嗯。这七天里大伙儿都出去了，小家伙们一定憋屈得要命吧？"

"是啊，教盛常常哭着闹着要去母亲大人那儿，真叫人吃不消呢。"经盛刚说到这里，忽然觉察到清盛似乎心有不悦，赶紧将话岔开了，"对了，父亲大人一直在等您呢，关照我一看到哥哥回来就请您到后屋去。"

"哦？我这就去。我的马也拜托你啦！"

清盛将马缰绳递到家贞手上，迈开步子朝亮着灯的正屋走去。

先前回来的一众家臣还没来得及卸下铠甲。在这个缺少女主人、又没有几个平礼仆人之类的贫俭之家，下级武士们平日既是普通百姓，又是饲养员、厨房伙计，今晚也不例外，回到家的武士们顾不上解铠卸甲便忙个不停，有的添柴生火、淘米炊饭，有的从地里采摘蔬菜芋头——炊烟袅袅，一大家子的晚饭正在准备当中。

"父亲大人，平太和木工助回来了！"

"哦，是平太回来啦，辛苦了！"

"不，倒是父亲大人忙碌奔波了七天七夜，想必身心俱疲。倘使捉住远藤盛远倒也罢了，可是现在……真遗憾！"

"已经尽了最大努力，没什么好遗憾的，再说盛远也不是个傻瓜，怎么肯自投罗网束手就擒呢？"

"会不会真的跑到哪里自我了结了？"

"嗯，我想大概还没有死吧，你想想看，这可不是一般的轻罪，怎么可能就这么轻易让他死了呢？对了，有件事还得劳烦你去办一下。"

"哦，是什么急事？"

"很急。你马上从马厩里牵一匹马出来，到街市上卖了它，然后买些酒回来，能买多少买多少。"

"卖马？"

"是的。够买多少酒？"

"多了去啦！家里所有家丁喝上三天也未必喝得完。可是，这件差事太为难平太了呀，作为一名武士，没有什么事情比卖掉自己的马更加可耻了！"

"所以这件事才让你去办。战胜自己的羞耻心，快去快回吧！不要管多少价钱，早点回家。"

"好吧，那我去了。"

清盛走出父亲的屋子，来到马厩。七匹马中，三匹是自己最疼爱的，实在舍不得，剩下四匹左瞧右瞧，却挑不出一匹不喜爱的。

呜呼！虽然已是老衰的驽马，可这些马跟随父亲和自己多年，就跟伙伴一样了，前年去西国远征剿灭海盗时，它们也生死相随。朝夕相处这些年来，无论哪匹马的脸，清盛都记不得抚摸过多少遍了。

清盛知道自己常去的市场附近有一个马市。他终于走进那里一户马贩子的家，将马卖了，然后买了酒。大大的酒瓮一共三瓮，装上手推车，清盛与酒贩一同推着，不久便回到今出川的家里。

晚饭虽说是很晚了，但秋夜漫长，时间有的是。

对于这个家来说，今晚算得上一顿极其隆重和热闹的晚餐。

"想喝多少，喝多少！"

忠盛将所有家臣武士全部召集至大厅，打开酒瓮，并将平日储藏着以备不时之需的咸鱼和腌菜等统统取出，对大家说道："七天七夜不分昼夜地守候，各位一定疲惫不堪。今晚，大家本应在御所庭院一同痛饮上皇赏赐的御酒，可是因为我忠盛的过失，大家连仙洞的御门都不得入，就这样灰头土脸地回来了。我忠盛在此向各位赔礼了！总有一天，各位的忠心和辛劳定会有所酬偿，今夜这些酒就算是忠盛的谢罪酒，大家尽情喝个通宵，喝他个痛快！想喝就喝，想唱就唱，亮出武士的胆气血性来吧！"

片刻的沉默。在场的人个个低垂着头，谁也不作声。

想必在宫廷或者公卿贵族的府邸，没有一晚不是在管弦和欢醉中度过的，然而地下人甚至更加下级的奴仆等人，几乎没有人见识过筵宴之类的场面，所以此刻每个人都显得十分端严，不敢造次，可是肚子却不买账，酒香扑鼻而入，便情不自禁咕噜咕噜地叫起来。

自然的生理欲望加上忠盛情真意切的褒慰，家臣们心底的感情顿时化作了眼角热乎乎的湿泪。和着快慰的热泪喝酒别有一番情趣。晚秋的夜风温柔地吹拂着烛火。

"唉，你们看哪，不嫌弃我辈贫困的大概只有庭院里的风情，只知道一个劲儿往上长的秋天的野草，跟我们的风骨一模一样呢。来，喝！大家一起干杯！"

忠盛在上皇院御所也是出了名的好酒量。听见他一声倡议，众人都举起酒杯。清盛也将手里的酒杯高高举起："父亲大人！"

"干什么？"

"今天晚上平太喝父亲一半的酒没问题吧？"

"嗯？唔……对了，平太！"

"是？"

"喝酒是没问题，不过六条后面的小巷子还是少去为妙！"

"啊！这话真出乎意料……"

清盛狠劲搔了搔头，满脸涨得通红，在场所有的人都敞怀大笑起来。忠盛也难得笑出了声来。

——呀呀，这是谁什么时候告到父亲耳朵里去的？

清盛双眼张皇失措，羞得赶紧低下了头。这么多家臣下人，天知道是谁偷偷跑到六条的妓馆街一带窥探个中风情，保不准恰巧看到过自己，狡辩抵赖绝对是没用的。

"平六，平六！唱支歌吧，最近街头好像流行一些有意思的歌，唱来给大伙儿听听！"

"还是请公子唱吧，就唱您在六条学会的歌吧！"

"什么?!你也学父亲来取笑我!"

到了这个分上,现场很快就变得无拘无束、没大没小了。所谓无拘无束,也就是人与人之间坦诚相见、互相亮出赤裸裸的自己。

末座有人站起来说道:"我来给大家唱支最近京城流行的……"接着便唱起时下最新的歌,满座一齐合唱起来,敲着盆碗,打着拍子,清盛也跟着在唱,忠盛也跟着哼唱起来。

跳舞、唱歌,是那个时代人们极其平常的举动,并没有刻意表现自我的特别意识。即使在殿上,在陛下的眼皮底下,高兴起来照样会即兴歌舞。田间耕作的间隙,百姓们也喜欢这样子,好像就跟肚子饿了想吃饭,口渴了想喝水一样。据说田乐舞[1]就是这样产生的。

此处插段闲话。

《新猿乐记》[2]中收录了一首当时和着谐谑舞蹈唱咏的歌谣,题为《捞虾人之脚下滑稽动作》:

> 捞虾人要去向何方?
> 此江无虾只得顺流而行
> 捞些杂鱼又何妨哟

从"脚下滑稽动作"以及歌词的内容来看,近世风靡一时、时常在酒宴上作为助兴节目表演的动作滑稽的"捞泥鳅舞"自那个时候起就逐渐成形了。

众人中有的跳起舞,有的唱起歌,也有的躲在酒席角落,满脸怒气地借酒发牢骚……人间百态,在酒酣耳热之际往往最能够真实地展现出来。

"我懂我懂!大人虽然什么也没说,可是他不说,我也能够揣度得到。今夜这酒啊,你说叫我怎么不伴着苦涩的眼泪喝呢?"

"唉,又是那些无耻的堂上公卿臭味相投,说白道绿,胡诌乱编的,硬是借着没有捉到远藤盛远这件事情离间上皇和咱家大人的关系……"

"啊!什么借着这件事,什么呀?大人的心情你知道吗?咱家大人早就不想跟他们同流合污,正好回家待着!"

---

1 田乐舞:日本于初春举行祈祷五谷丰登的神事活动时表演的一种舞蹈。
2 《新猿乐记》:日本平安后期记录古老猿乐的汉文体类作品,记述猿乐(散乐、曲艺杂耍)的种类、剧名、艺人的表演情况等。

"大人分明没有过错，为什么非要受这样的窝囊气呢？我真气不过，简直肺都要气炸了！这帮坏婆婆、坏小姑子一样的公卿，整日乱七八糟的，可上皇却眼睁睁看着不制止，上皇也真是……"

"哎哎，请加上'陛下'两字，'上皇陛下'！"

"什么陛下呀！上皇如果相信咱家大人是正直的，没有错，对咱家大人有心爱护的话，为什么不对身旁那些专喜欢诽谤和离间的公卿横眉怒对？非但如此，咱家大人只要去御所出仕，稍微蒙受一点恩宠，公卿之辈就开始嫉妒、玩阴谋整大人，上皇却摆出一副与己无关的样子，这不是明摆着要把咱家大人生生玩死嘛！"

"好啦好啦，各位都不必多说了。天下的政治就是一场游戏，朝廷和上皇院虽然到处都有佞官，但也不是什么事情都能够任由他们随心所欲的……大人肯定是不想因为自己而让上皇陷入为难的境地。"

"就因为这样，所以大人才会被人抓住软肋呢！"

"大人自己也说过，虽然上皇准他登殿，可感觉依旧是地下人的身份，这话大人跟我们也说起过。"

"既然这样，那为什么还要恩准咱家大人登殿呢？我倒要问问鸟羽上皇。要是风从这儿能一直吹到上皇院的枕头旁，我就在这儿朝上皇怒吼两声，我要怒吼啦！"

"哈哈，疯子！"

清盛闭口不语，将脸朝向另一边——他故意装作没听见众人无所顾忌的议论。隔了一会儿，他才端着酒杯起身挤到他们中间坐下，声音高亢地说道："嗨！你们这些卑贱的地下人，啰里啰唆地发什么牢骚呢？难道我们像井底的青蛙、草丛里的蛇一样是群缺少才智的人吗？不！你们好好想一想，我们就像春天到来之前地下的草根一样，等春天一到，就会生长出千姿百态的青草来！我们是地下草！"

他伸展开双臂，将身旁的四五颗脑袋使劲一搂，揽在怀间，紧紧抱在一起。

"我们不能灰心丧气。地下草啊，虽然现在还没有发芽、还看不见郁郁葱葱的一片青草地，我们地下草……嗨，不服吗？"

随着双臂用力，抱在他怀中的脑袋撞在一块儿，发出"咣咣"的震响，每颗脑袋都被撞得眼冒金星，几乎炸裂一般，可是没有一个人喊疼，更没有一颗脑袋退缩。

男人味、酒味、异样的汗臭味……直扑清盛的鼻腔，他仿佛老母鸡羽翼双翅下的雏鸡似的，高昂着头，将酒杯举起，一口干掉。

鸟兽戏画

假如放生原野，即便是只家畜，很快也会重新变成野兽。姹紫嫣红煞是美丽动人的篱中的植物、田间的农作物，也同样如此。

人间的场合，这种返朴尤为遄速，就武士远藤盛远来说，便是如此。不管曾经是多么出类拔萃的优秀人物，一夜之间却变回半兽半人的状态，他的肉躯仍是之前的肉躯，但栖宿其中的却已经不再是从前的那个生命了。

——我究竟是活下去好，还是一死了之好？唉，我自己也不知道。眼下连容我好好想一想的时间都没有，身后总有人在嗅闻、追逐我的行踪，好想歇息一下啊，要是能找个落脚的地方喘口气多好啊……

盛远左一个"我"右一个"我"地思虑着，可是他意识中的"我"也就是之前栖宿在他躯体中的那个生命，此刻已经不复存在了。

那一夜。从菖蒲小路的民宅跳出来后，他仿佛鬼魅一样，蹑影潜踪，慌不择路。藏身木洞中，睡在土埂上，只能找些不用生火烧煮的东西充饥果腹，衣衫褴褛，双腿沾满泥巴，眼睛里射出野兽一般的凶光——满腹学问和才识的优秀青年，曾经被寄予重望、人人以为理所当然将成为文章得业生的远藤盛远，竟落到了这般田地。

如今满腹的学问和才识都如尘芥，对他来说已没有任何用处，曾经的秀才的影子在心里也杳然逝去，不留一点儿痕迹。向来自视甚高、视众人若群愚的他，做梦也想不到会是这样的结局啊。

唯一实实在在的是，好歹自己还活着，只要两脚向前边进，身子便会随之移动，证明自己还是个生物。

"叽叽——叽叽——"，小鸟的鸣叫声不绝于耳，林间野兔和小鹿的身影映入眼帘，也让他感觉格外亲切。盛远越来越觉得自己与山野间的鸟兽们属于同类，而与此同时，只要稍微听闻一点点人的声息，他浑身的汗毛就会像针一样地竖起来。

"有人来了！"

他不时将怀里揣的东西重新抱紧，然后被一阵难以抵挡的睡意袭倒。

他身上便服的一只袖子用作了包袱布，里面包裹着一个圆形的东西——不消说，是自那天夜里以来一刻不曾离身的袈裟御前的头颅。风吹露侵，加之沾上了龌龊的泥土，和着污腻腻的血渍，已经风干了，倒似一件漆器物什。但过了十多天，散发着难闻的异臭是自不待言的。

但是盛远却依旧不肯丢弃，他白天也揣着它，夜晚也揣着它，每当迷迷糊糊沉入梦乡的时候，他就会看见活灵活现的袈裟御前的容颜。

在他面前，袈裟御前丝毫未改，不论是轻声低语时衣裳发出的摩挲声，还是她身上透出来的香氛以及体温，盛远都能够真切地感受到，有时候在梦中袈裟御前还会依偎在他身上。他的枕畔，蜘蛛用枯枝腐叶筑起巢、吐着丝，各种寄生菌妖冶地生长、滋蔓，不过这一切都只是虚幻，在梦中他拥有的唯有仙窟灵境，他可以随心所欲地将其召唤至梦中，也可以随心所欲地往来于现实和梦境。

当主人尚幼、他自己也还是英气勃勃的少年时，两人就像一对婚宴时酒壶上挂着的可爱的纸折蝴蝶，时常在上西门院的花园里相会，正值青春年华的美少年为伊人憔悴，为爱如痴如狂，只期盼着主人能够洞察少年的隐曲，将他解救出无边的苦海，谁料想主人竟将袈裟御前许给源渡为妻。为了能与朝思暮想的恋人谙尝哪怕一夕的同枕共衾，他竟起了偷香窃玉、霸占别人新婚妻子的邪念，即使犯下十恶不赦的罪孽、堕入无间地狱他也在所不惜。——在他心里，任何膺惩都不能和他所遭受的痛苦相比。他几乎时时刻刻被一种噩梦魇住了。

像焰火一样通红一片的梦境中，他用手轻轻合上袈裟御前的眼睛，用舌轻轻掀开袈裟御前紧闭的双唇，然后怔怔地盯着从她凌乱的衣裳里露出的白皙的胳膊、大腿和丰满的胸部。可是，无论他怎样着急忙慌，就是无法快心逞意，盛远急切地捉住她的黑发——梦就在此时戛然而止。每次总是因为急切的展挣而惊醒，虽然懊丧不已，可还是醒了。

盛远泪潸潸地哭泣起来。深夜中的万象和着他的哭泣声，仿佛一同为他悲伤，为他哭泣。

这一夜，盛远又因为那诡异的梦惊醒，醒来后困惫不堪，一直哭泣到天明。

天色熹微，盛远站起身，踉踉跄跄漫无目的地在山林间走着。忽然，他感觉周遭有些异样，爽籁翛飒，一股冰凉的冷风吹拂在脸上，与此同时，耳朵里、大脑中枢里灌进一阵暴雨般的凄厉声响。

——啊，这儿是鸣泷川，通往高雄道的……啊，红叶！

他放眼向山上望去，只见满山的红叶竞相绽放，虽然还是清晨，月亮尚未隐去、太阳还未朗照，但是他从来没有看到过像这样艳丽的红叶。眼前的红叶似乎唤醒了他心底的自我。

九月十四日那个夜晚又突然闪现在脑海里，他仿佛又再次置身于那个场景：衣川老妪的悲叹、源渡咬牙切齿的痛恨、武者所同僚们的嘲笑、世人的非难，等等，映现出一张张令人可怖的脸，汇合成一个声音，向自己同声斥责起来——鸣泷川湍流的溅沫发出的涛声，在他听来，分明就是这样一曲大合唱。

"让我去死吧！我还有什么脸面活在这世上？"盛远向着河川的方向哀号一声，随即猛地奔向那里，冲上一块岩石，俯首向下方看了一眼。恰好这时候，河对岸有一群采石的男子跳下河，向这边涉水走来。盛远立即闪身而逃，一口气逃到山上——这已经成了他的习惯。

他将怀里揣着的东西往身前挪了一下，一屁股坐到地上，用手擦拭了一下身上的汗，张着大嘴深深地吸了几口空气。

他依旧没有放弃赴死的念头，仿佛正义终于回归了意识。他用手掌摩挲着眼前的人，心里默默地祷念：我的爱人，请你原谅我吧！他又念叨起所有能够记忆起来的人的名字，一一祈求他们原谅。

接着，他解开了包袱，捧起袈裟御前的头颅。

"你看着呀，请你看我最后一眼啊，我将以死得你的原谅！现在，你我同是空骸之身，一起再最后看一看这世界吧！"

仿佛一件漆器似的，袈裟御前的黑发紧紧沾在那骷髅上，像海藻攀爬在礁岩上一样，一句话也不回答。

盛远目不转睛地盯着她，眼睛一眨也不眨。不知道为什么，他一滴眼泪也流不出来。啊，这就是自己刻骨铭心的恋人吗？

此刻，袈裟御前看上去宛如一颗圆形的土块，随着天色渐明，黑发下面的骨头也开始一点点发生变化：耳朵就像一枚干贝，眼窝周围仿佛是蜡雕刻出来似的，脸上也像发霉的纸一样渗出数个斑点……此番光景，怎么看也不可能再将它看作一张脸了。

"啊……大日如来[1]！大日如来……"

蓦地，盛远的双眸像被什么牵引着似的将视线从骷髅投向远处的天空，前方，一轮红彤彤的太阳在他面前升起。京城的华屋桼椽、东山的连峰、山寺的塔尖等全都隐没在一片云海之中，视野中唯见一轮巨大的光焰之车在冉冉腾翔。

盛远忽然想起来。

早在弘仁年间，那时佛教尚未如今日这样遍及世间，嵯峨天皇[2]的皇后橘嘉智子曾经是一位绝世丽人，被誉为"人间不可能有第二人"，然而世事之常无人可违，终于香消玉殒。她在遗旨中说道：将我的尸骸弃之京城西郊，让世间沉湎于情色的饿鬼瞧瞧，相信他们从我的尸骸中能悟出点什么道理吧。

于是，天皇尽管于心不忍，但还是为她举行了前所未有的野葬，也就是将尸骸抛于山野，弃林饲兽，让飞鸟和群兽作为吊客前来谒奠。

在盛远的脑海里，橘嘉智子皇后与袈裟御前没什么两样。他重新吸了一大口气，情不自禁地发出一丝冷笑。在拥有万世不灭的美和光的日轮面前，什么惶惑，什么烦恼，什么痛苦，全都不值一提了。

然而，人却不同。宇宙是无情的，天地是无情的，一言以蔽之，在浩瀚无边的宇宙之中人只是微不足道的一粒尘芥，至少在人的范畴之中，发现生存的价值、创造生存的价值，或许这才是生命如此短暂而无常的人应该追求的吧。

想到这里，他打定主意要做一个发现人间价值的人。较之生存的颟顸，死亡却是更大的颟顸。

这里与其说是草庵，称之为简朴的山庄似乎更加贴切。

跨过鸣泷川上游与清泷川交汇处的溪川桥，通往高雄道八丁目途中的栂尾山山腰处，觉猷[3]僧正[4]时常会来这里。

---

1 大日如来：梵文Mahavairocana摩诃毗卢遮那之译名，佛教密宗至高无上的本尊，为佛教密宗所尊奉的最高神明，释迦牟尼为其化身。摩诃毗卢遮那意为光明遍照。

2 嵯峨天皇（786—842）：日本第五十二代天皇，809—823年在位。

3 觉猷（1053—1140）：日本平安后期天台宗僧人，大僧正，因担任鸟羽上皇离宫内证金刚院的住持，俗称鸟羽僧正。

4 僧正：僧官的最高级别，自上而下分为大僧正、僧正、权僧正三级。

平常住在鸟羽上皇的离宫，时不时来栂尾山小住，世间都称呼他为鸟羽僧正。他曾经在三井寺出家，现在虽为天台座主，但挥舞长刀、火攻夜袭之类武人的身手功夫，对他来说犹如俯拾草芥。他曾颇为矜夸地对人说过："休要在我面前动手。若不是脱胎转世的主儿，便没有做和尚的资格！"

山庄里没有和尚，只有一名年轻的武士和三名仆人为他操持杂务。

"到底过的是俗人的生活，还是法师的生活，真叫人弄不明白啊。"

每当有人对其稍露微词，僧正就会一本正经地澄清道："唉，他们可不是我的仆人哦，只是从京城来的在这儿暂住而已。"

如此看来，僧正完全修炼到了随心所欲、歪理也成理的境界，又或者可以说其实他就是天生一个厚脸皮的无赖。

僧正已经年届七旬，因此毋庸讳言他的父亲早已赴了他界。要问他父亲是谁？原来是曾担任过皇后宫大夫、人称宇治[1]亚相[2]的大纳言源隆国。源隆国身上具有不同于一般公卿的气派，连关白忠通的府邸他都敢骑在马上进出，从这一点上就可见一斑。但因体弱多病，他不久便辞了官，夏天住进忠通的别墅宇治平等院，一面避暑一面致力于《今昔物语》的编著。据说他每日坐在书桌前，敞开葛布单褂，露着肚脐，看到来往旅人或是当地身份卑微的贱民便叫住："快跟我说说！有什么不同寻常的奇事异事，什么都可以，快点告诉我！"

一旦听到有趣的故事，他便命一名童子在旁举着把大蒲扇为他扇风消汗，自己伏案记录。总之是个不拘一格的古怪之人。

这僧正是源隆国的第几个儿子不得而知，反正生下来便衣食无忧，即使穿上法衣，他也并不喜欢做和尚，唯一热衷的是绘画，常常挥笔作画，乐在其中。他作的画熔古铸今，一时无二。由于长时居住在鸟羽院，故人们称之为"鸟羽绘"。

当时流传着这样一个故事。白河上皇传召他至御前，命他当面运笔作画。画中有许多米袋子，被一阵狂风吹向空中，众多童子和仆人则手忙脚乱地抢夺着米袋子。

"嗯……画得倒是有趣，只是不知是什么含义？"众公卿疑惑不解地问道。

---

1 宇治：日本旧时山城国宇治郡及久世郡一带地名，地域相当于今京都府南部的宇治市。
2 亚相：对御史大夫的称呼，官位次于大臣（宰相），为大纳言的异称。

于是僧正解释说："近来供米的征缴实在过于严苛，平民们不得不在米袋子上动脑筋想各种主意，以完成征缴任务，现在好了，米袋子变轻了，一阵风吹来就能把它吹上天了……"说罢，扬长而去。

据说僧正还绘有一幅题为《鸟兽戏画》的长卷，将南郡、睿山等地无赖和尚的泼悍行状，公卿贵族的骄淫奢糜，后宫的迷信荒唐，官僚们的蜗角斗争、互相倾轧等人间愚弊众相尽展于图卷之上。或许因为讥讽得太过激烈，这幅图卷平时藏在屋里，秘不示人，有人上门乞见，方能一睹真容。

既有狐狸与兔子"赛马"，也有狗獾僧人祈祷，还有衣冠楚楚的癞蛤蟆争斗示威的场面——将人拟化为鸟兽，如此贬斥批评，无疑是一种愤世嫉俗的表现，是对现实社会的讽刺刻画。

这天，僧正又兴致极高地在挥毫作画，忽然来报，说是有客人求见，只得将画到半途的画和笔砚等扔在一边。

来客是武者所的北面之侍佐藤义清，跟僧正站在一起，就像爷孙俩一样。

"哎呀，法师的生活真叫人羡慕呢，我每次来到这里都会有此感。假如能够像法师一样生活，和大自然融为一体，那才叫真正的人生。"

"若真羡慕，你也可以做到的呀，自由自在、想怎么样就怎么样地生活好了，何苦一面羡慕别人，一面自己却不肯那样做呢？"

"法师您这话可说重了啊。"

"是吗？居山林则慕都邑，居都邑则思山林。哈哈，哈哈，这说起来可就无休无止了，对吧？"

"啊！法师，您的画给风吹跑了！"

"哦，是画到一半的废纸，不要管它。客官今天到此，是去山上看红叶，还是吟诗作歌呀？"

"刚刚去参拜过仁和寺，顺道过来的。一早随上皇御幸，之后就跟着去了仁和寺。"

"哦？经常随上皇观赏赛马吧？这世道但愿不会变成人间各种恶行的比赛才好啊。说到底，武者所也好朝廷各官署也好，那可是各种悍马、奔马、烈马、泼马麇聚的地方呀，想想真可怕。"

说到这里，僧正转身朝着书房外喊道："噢咿！昐咐你摘的柿子怎么还没摘来？客人在此，一点儿都不懂得待客之道！"

书童没有回答。从山庄后面的方向，却传来一阵嘈杂的人声。

不一会儿，一名青年武士穿过院子奔至书房外廊檐下，跪下报告道："刚才住在附近的采石工神色慌张地跑来说，从一早起就有一个装束古怪的男人在这附近山林里转悠，衣裳少了一只袖子，身体裸露，动作可疑，采石工本想仔细观察他的举止，却只看到他跑进密林中，把怀里揣着的一个东西埋在地下，大概是发现有人，于是像飞鸟一样窜入高雄方向的深山中，一下子就没了踪影……"

"喊，我还以为什么事。"僧正的脸上露出毫无兴趣的表情，"这种鸡毛蒜皮的小事情还用管它吗？难道你打算去追那个人？"

"哦……那倒没有。不过，采石工们觉得可能是强盗或是山贼，正嚷嚷着要捉住他呢。"

"行了行了！世人都说，米袋子不让风刮跑也吃不饱肚子，山贼要是被捉住至少会在牢狱中吃上一口饭，可是他的妻儿们就断了生计，要饿肚子了……你说对不对啊，客官？"

义清忽然陷入了沉思，刹那间，仿佛思绪越过檐端，飞向高雄方向的群峰。

僧正的发问，恰好使他有个借口，为久坐淹留道了声歉，随即告辞离开了山庄。

被鸟啃剩的山柿，在晚秋的天空中透着诱人的酡红。山顶的云雾中，回响着采石工匠们凿山采石的"叮叮当当"声。

斗鸡

黄的菊，白的菊，在京城来说只不过是路旁的野花杂草而已。

降霜之后，随着伯劳鸟的鸣叫声，菊花丛开始凋枯，整个京城也显得有些荒凉。

"哎呀，这荒僻地方哪会有什么朝臣的家呀？不管往哪边走，眼中尽是下等人的破败屋子嘛。"

十月的一天，天气如春天般晴暖。清盛揣着一封父亲写的亲笔信，在丹波口西七条一带徘徊。

行前父亲吩咐他："藤原时信大人在谷仓院任职，你可以到那里去拜访他。"

可是到了谷仓院，那里的一名书记员却告诉他："先前还在，后来因为要查阅些资料到大学寮去了，您上大学寮的书库去找找看吧。"

劝学院、大学寮、谷仓院都位于壬生町，相距不远，然而转了一圈，却哪儿都找不见要找的人。

——最近公务不是很忙，也许回家了吧。

从谷仓院的书记员那儿打听到，时信大人的家在西七条。可是跑到这里一瞧，并没有发现一所看上去像是公卿居住的房子。这一带道路的恶劣、住家的肮脏龌龊就不用说了。

都城是模仿中国唐朝的样式建造起来的，从皇居宫院、离宫到官厅楼门，举凡有公卿贵族居住的地方，经过数个世纪的累积沉淀，无不充满了人文和谐的氛围，才成就了这个国度的平安京。但假如在京城内一处不漏地转上一圈就会发现，坊市街巷背后以及稍稍远离城中的偏僻地方，至今仍残存着不少贫穷落后的一面，既有未开垦的地区，也有凿穴而居的平民部落。

制作木屐的作坊、锻铸农具的作坊、抄纸浆的作坊、鞣革作坊……染坊主人双手一刻不停地忙活着。

因为每年秋季洪水暴发，这一带满是小河沼泽，被忙于生计的父母视为累赘的孩子们肚子饿了，便在水鸟脖子上拴根绳子捕鱼，或者手举一根钓竿在岸边钓鱼。由于家中有得了痢疾患者的妇人将病人的污物随意倾倒在水中，鲫鱼等淡水鱼倒是条条长得个大肉肥。

"唉，只能找个人问问了。"清盛停住脚步，朝四下里张望。

附近一群人围成一个圈子，不知道为什么事情在吵吵嚷嚷，"咯咯咯——咯——咯！"间或还传来几声气势汹汹的鸡鸣声。

"哦，原来是在斗鸡啊！"不知不觉的，清盛也成了这群人中的一员。

旁边一个小院大概是斗鸡人的住家吧，妻子、老母和孩子全都走到屋外，兴冲冲地挤在人群中看热闹。在现场所有看客的见证下，斗鸡人和他的徒弟将鸡笼藏在身后，正满脸严峻地同一个挑战的小伢崽开价谈条件。

"拿钱出来！若是拿些没用的东西来赌，只会白白伤了我的鸡，太不值了。假如赌钱的话我愿意奉陪。小伢崽，身上带钱了吗？"

"好啊，赌钱就赌钱！"

小伢崽看上去大概十四五岁，不过却是一副老油条的腔调，与其年龄极不相称，那眼神跟手里捉着的斗鸡的眼神倒有几分相似。只见他满脸似笑非笑，好像在存心逗弄似的。

"多少？大叔，赌多少？"

"好吧，就赌这些！"斗鸡人数了数笸箩里的硬币，下决心地说道。

小伢崽也从身上取出一堆钱，放在地上。

朝廷里也玩斗鸡，皇宫的庭院里就时常摆开战场，一决雌雄，连陛下有时候也来观看。不过这毕竟是一种血淋淋的博戏，每逢朝廷举行斗鸡比赛，若是春天，便搭建一个高台，用藤花或者牡丹花装饰得花枝招展，观看的公卿们个个衣冠楚楚，在中门廊内排列成队，进入会场的时候笙、琴、篳篥等齐奏，然后才是雄赳赳气昂昂的斗鸡登台，比赛正式开始时司会、裁判等一应俱全，为了尽量减少血淋淋的场面，司会者会在双方啄得鸡飞毛散时敲响羯鼓，将其分开。几番胜负之间，观客饮酒品肴，一旁乐伎歌舞助兴，欢宴终日，兴尽而散。倘若是在秋天，则看客每人还可以得到桔梗等赏赐。

可是平民百姓似乎更加讲究实际，如果不玩赌博便断断无缘看到斗鸡游戏。斗鸡双方溅射出来的血，仿佛就是自己身上流淌的血一样，令每个看客亢奋，顾不上吞咽唾沫，紧张而聚精会神地注视着眼前的一来一往。当两只鸡互相扑斗、怒叫、用爪子和鸡啄跳出惊心动魄的舞蹈时，看客们脸上露出的凄厉杀气比斗鸡更加有过之而无不及。

> 吾家有子年二十，
> 不羡功名上景钟；
> 天佑博徒应无恨，
> 王子住吉西之宫。

这是当时京城中流行的通俗歌曲中的一节。合贝、双六、斗鸡等博戏之风盛行，上至公卿下至平民皆无例外，这就是当时的流行时尚。尽管有的阴阳师指出，市民热衷于斗鸡之类，必定离战祸不远了，将博戏流行视为一种凶兆，但由于朝廷堂上公然盛行，所以即便检非违使几次三番加以取缔，终归收效不大。甚至有种传说，连检非违使的官厅中也传出来斗鸡互相搏打的叫声。

"准备好了吗，大叔？"小伢崽抱起精神抖擞的鸡，跟对方的鸡扯开一定距离，然后蹲下身来。

"等一下！看客们还没有押完注，先不要露给人看！"斗鸡人果然很有经验，这一招意在开斗前尽量拖延时间，目的是要挫一挫对方鸡的士气。

接着斗鸡人扫了周围的看客一眼，又镇定地用故作轻松的语气喊道："噢咿！光是站着看没意思，来赌一把吧！不管押多少都行。"

登时响起钱币的叮当声，庄家、裁判也分别站了出来。多数看客都赌斗鸡人赢，押在小伢崽身上的少得可怜。

"让一让！让一让！让我押注！"清盛忽然亢奋起来，高声嚷嚷着往中间挤，自己也被这声音吓了一跳。一面挤，一面将怀里揣着的钱确认一番。先前卖马得的钱，买酒余下的部分父亲忠盛没有让他交出来，就一直揣在身上。

"好啦！"随着裁判一声大喝，众人登时睁圆了眼睛，脸上不由自主地露出可怕的神情，所有视线全都集中到一个点上，仿佛要将地面掘出一个洞来。

"小伢崽，你的鸡叫什么名字？"

"'狮子丸'，你的呢？"

"没听说过吗？'黑金刚'！好啦，开始啦！"

"慢！开始得由裁判来发口令。"

"小鬼头，不知天高地厚，真是讨厌！"

两只鸡这厢已经抻长了脖子，互相怒目而视——如果是人的话，已经眼睛充血，脑壳上青筋暴起了。只见裁判举起了手，"嗖"地往下猛一砍，刹那间砂土飞扬，鸡毛翻飘，还夹着数点血滴朝四周迸射。或生或死，或争胜或败北⋯⋯

一位老人眼睛不看鸡的争斗场面，反倒兴致勃勃地观察着看客们的眼神和表情。这位老人身披袈裟，随身带着一名童仆，脚蹬草鞋，将下巴挂在拐杖头上，看得正带劲。

"哟，是鸟羽僧正！"清盛一下子慌了神。在他脑子里，街头赌博毕竟不是件光彩的事情。今天在这样的场合，被之前曾经蒙先代上皇内召过、并且同样在鸟羽殿伺候上皇的人撞见，总归有些难为情。

可是，两只鸡斗得正酣，结果未料，也不可能就此溜走。于是，清盛尽量往旁边的男人身后躲。正在这时候，人群中发出"哇——"的一阵呼叫，胜负已定，只见那名小伢崽将得胜的"狮子丸"和赢来的钱抱在胸前，从清盛身旁掠过，像只插了翅膀的天狗[1]一般，一溜烟儿地跑了个无影无踪。

"伊势大人家的小公子！伊势大人家的小公子！这是要上哪儿去呀？"

"啊！这不是僧正吗？"清盛正想趁乱假装没看见似的溜开，不料被僧正叫住了，顿时显得很狼狈，好在觉猷僧正不是那种说起话来让晚辈小生面红耳赤的人。

"看得很过瘾吧？我也觉得应该是那个小伢崽赢呢，结果还真是他的小鸡赢了。"

清盛方才松了口气，于是借势得意忘形地问道："僧正平常不玩赌戏什么的吗？"

"哈哈，哈哈！玩赌戏我不行。"

"可是你的猜测不是中了吗？"

"不不，刚才不过是瞎猫捉死老鼠，撞上的，不是每次都能碰巧啊。那个斗鸡人的鸡好比我这样的老鸡，小伢崽的鸡好比公子你这样的小鸡，如果打斗起来结果可想而知啊。不过，公子你赢的钱都被那个庄家偷走了！"

"唉，都是僧正害我亏了本，要不是你在这儿，我就要跟他打一架了！"

"使不得，使不得，如果真打架输的必定是公子你，那男人跟斗鸡人他们都是一伙的呀，不明白吗？你不明白就算了。对了，听说你父亲伊势大人不去上皇院出仕，又待在家了？他身体还好吧？"

"是的，他很好，他就是这么个不愿意出去做事的人嘛。"

"他的心情我能够理解，请公子回去转告他，就说鸟羽画僧希望他好好保重身体！"

"多谢了！"刚要分手，清盛忽然想起来一件事情："向你打听一件事，谷仓院的庵主时信大人的家可是在这附近？"

"哦，是先前的兵部权大夫藤原时信大人吧？喂，你知道吗？"僧正转身向随从的童仆问道。

童仆恰好知道。

---

[1] 天狗：日本传说中的似人怪物，赤面、高鼻、有翼、善飞翔。

沿七条这条直道一直往前走，西面有座据说建于延喜年间的水药师神社，紧邻神社的竹林隔壁就是时信大人的家。只因为与平氏关系甚近，时信大人可谓仕途不顺，他原是个学究型的忠厚之人，出仕兵部与他的性格又不合，如今屈居谷仓院仍是一个公认的怪人，家境贫困，所以他的家破旧得让人根本不敢相信——童仆的指引非常详尽。

"哈哈，说起来他与公子的父亲伊势大人非常相像啊，长袖者[1]中也有像忠盛大人这样的人啊。小公子，请你告诉忠盛大人，天气渐近深秋，栂尾山也开始转凉了，我这就搬回鸟羽庵去住了，冬天就窝在庵里作画什么的，请他有空过来坐坐。"觉猷僧正丢下这句话，便与清盛分手，往另一条路走去。

过了一会儿，清盛已经穿过水药师神社内竹林夹道的小路，站在一垛长长的夯土墙外面。

——难怪僧正刚才那样说，这家果然是破败不堪呀，比较起来，我家虽然窄小了点，总还算是像模像样。这里面真的有人住着吗？

门扉看上去轻轻一拍就会被打破似的。好在用不着拍打，因为两扇门敞开着约两尺宽的一道缝。不过出于礼貌，清盛没有直接进入，还是规规矩矩地站在门外叫了两声："有人吗？有人吗？"

从里面传出脚步声。一个少年将这扇多余的门扉向上提了提，打开，然后露出脸来向外张望。

"哦？"瞪圆了眼睛的少年不是别人，正是刚才斗鸡的那个小伢崽。

"啊！你就是……"

这真出乎意料，不过奇遇总能够让人突然一下子拉近距离，清盛脸上露出了笑容。哪知少年却不知道为什么手忙脚乱起来，撇下清盛，自己跑进里面躲起来了。

染纱线

从水药师神社境内的泉眼冒出来的清水，穿过夯土墙，流进院子，仿佛一条白练抛向空中弯曲复杂的曲线一样，小溪从院中的水榭下逶迤穿过，其

---

[1] 长袖者：相对武士而言穿长袖衣裳的人，借指公卿、僧人、神官、学者等。

末流从东配殿的前庭再经过一片小树丛，绕着竹子的根潺湲流淌，最后流向院外。

这里昔日或许曾是一处别墅，自然景致无可挑剔，然而正殿和水榭等建筑都已破旧老朽，在京城郊外也不多见。不过，兴许是主人的品位雅逸，虽然古旧，倒也最大限度地利用了其自然情趣，并且拾掇得干干净净，颇显得清雅。

——喔，那边有人。

清盛的视线向水榭投去，不见平礼出来，却看见两个姑娘——像是姊妹俩——挽着衣裳，捋起袖子，露出白皙的腿，在小溪边浣洗着什么。

——是这户人家的小姐吧，嗯，看着像。

清盛忽然觉得今天这件差事令他很愉快。

假如两人是姊妹，那么刚才的少年一定介于她们中间——姐姐看上去有那么一点年纪，而妹妹则挽着髫髻，显然还是个女童。

——噢，她们是在染纱线呢，瞧旁边就有染桶，从栏杆一直到红叶满枝的树上晾晒着洗染好的五色纱线。嗯，让我上去跟她们打个招呼吧，不过要是惊吓到她们可不好。

没等他出声，年幼的妹妹已经发现了他，她对姐姐咬耳朵说着什么话。这么想着，两人突然急急地站起身，朝配殿方向一溜小跑走得没影儿了，只剩下几只水禽兀自凫泛在绿波上。

清盛并不生气，他利用这个间隙在小溪边洗了洗手，将歪斜的帽子正了正。

"啊哟，是平太公子来啦，有何贵干呀？快请进屋，请进，请进！"

从穿廊上传来一个熟悉的声音。正是藤原时信，清盛在家里也曾见过作为访客的时信大人数次。他立刻殷勤地向时信致礼。

时信将清盛引至一间客屋，里面陈设装饰十分简单，但却非常整洁。

清盛被请坐于圆蒲团上，他拿出父亲的信交给时信大人。

"哦……劳烦公子你了。公子是第一次来寒舍吧？"时信大人并不急于阅信，而是热情地同清盛寒暄起来，似乎对信中所写内容早就已经知晓似的。

清盛应答了各种各样的问题，好像参加寮试[1]一样拘谨和诚惶诚恐，他

---

1 寮试：根据日本平安时代的学制所举行的大学寮考试，合格者方可成为拟文章生，即预备文章生。

心想，这或许是时信大人是位学者的缘故吧。事实上，时信此时的心理更加复杂一些。两个女儿中年幼的妹妹不必说了，年纪稍长的姐姐是他一块心病，在她眼睛里，父亲懒散不修边幅，又清高自傲，因而巴望着早点离开这个家，不知不觉她心里已经春情萌动。

　　清盛不明白，为什么对自己这个送信的如此殷勤招待，又是敬酒又是上菜的，看着桌上丰盛的佳肴，他有种预感，这里面似乎不那么单纯。

　　他虽性情粗莽，平日有些吊儿郎当，但另一方面却有着一根纤细的神经，仿佛竖琴的弦，哪怕微风拂动即铮铮作响一般，对于父亲近来的心思以及此刻时信大人的烦恼，他不可能一点儿也觉察不出。

　　——哦……

　　清盛显出一副似明白又不明白的样子，这倒不是出于狡黠，而是他不拘小节的天性使然。他只是在圆蒲团上重新坐端正，挺直身体，不卑不亢地饮酒，将自己的人品充分展现出来，同时暗暗拿定主意，要伺机好好看一看对方到底是不是个美女。

　　这时候姐姐刚好进来，可是好像故意吊人胃口似的马上又离去了。隔了一会儿，她安静地侍立在父亲身旁，清盛这才得以偷偷观察了几眼。虽称不上美人，却是风韵动人，上窄下宽的脸蛋，肌肤雪白，尤其值得称道的是，她的鼻子不像她父亲那样过于尖挺。

　　不管怎样，毫无疑问对时信来说她就是个秘藏的佳人。

　　"想必先前在水榭那里已经见过了吧？这是大女儿，名叫时子。哦，小女儿嘛，叫滋子，滋子实在太年幼，叫她过来她也不会来的，算了还是不叫了吧。"时信给两人作了介绍。

　　大概是心理作用吧，清盛觉得时信大人的一双醉眼里，对自己似乎流露出老父般的眼神。

　　借着醉意，这位父亲向清盛讲述起自己——两个女儿的母亲已经不在人世，一个大男人拉扯孩子的艰辛劳苦你家忠盛大人应该也有体会吧。由于自己不肯与世间妥协的性格，两个女儿基本上没有享受到同龄人所拥有的快乐……

　　时信说着说着，眼睛不时下意识地朝时子那边瞥去。

　　"十九啦，马上就快要二十了，可还是在客人面前羞怯得什么话也说不出。"

——十九？

清盛心里"咯噔"一下。依照当时的世间常识，十九岁仍待字未嫁确实是相当迟的了。当然，正像时信所说，责任全在老父身上，并不是女儿容貌品行之故。

——哦不，我家老父忠盛大人至少也得负上一半的责任吧。

清盛不禁想到最近赋闲蜗居在家的父亲。时信大人所谓的责任，其实还是祸起那个老问题，即忠盛登殿之事。

事情已经过去了多年，然而，在朝廷和上皇院诸公卿"早晚有一天必欲除之而后快"的排他主义黑名单中，平忠盛的名字始终没有被忘记过。就以眼前这次抓捕远藤盛远的事来说，只不过是借着一个新的火种，将积蓄已久的宿怨旧恨一并倾倒出来而已。

直到最近父亲才告诉清盛，登殿问题背后还牵涉到时信大人。从时信的角度来看，这殃祸甚至连累了两个女儿时子和滋子，换个说法，也算是一种因果吧。回首自己的成长过程，清盛对此深有体会。

——真是荒唐，简直是岂有此理！父亲忠盛的仕途甚或后半生难道就要毁于这么件破鸟事？登殿问题到底是怎么回事嘛？真正的祸根子又是什么？

他心里一直藏着这样的疑问。

此事虽说是陈年旧事，但并未结束，因为它分明依旧在影响着今日的平家一族。

话说三十三间堂[1]的营建，乃是鸟羽上皇的夙愿[2]。殿内供奉着一千零一尊佛像，其建成自然是京城一大盛事，天承元年[3]三月十三日落成之日整个京城为之沸腾。

因为这件功绩，平忠盛[4]不仅封地有所增加，而且被特许享有了登殿资格。

"上皇未免也太偏心了吧？竟然恩允一个粗鄙的地下人登殿，真乃前所

---

[1] 三十三间堂：位于京都东山区天台宗莲华王院正殿的通称，因殿内共有三十三间故得名。
[2] 此处似原作有误。据日本历史典籍记载，三十三间堂应为后白河法皇敕命建造于长宽二年（1164年）。
[3] 天承元年：即1131年。天承为日本第七十五代天皇崇德天皇的年号。
[4] 三十三间堂应为平清盛敕造之功。

未闻的破格呀！独独让他一个浑身土气的武夫登云上之座，与我等平起平坐，不要说前无古例，就是将来也定无来者啊！等着瞧吧。即将到来的丰明会便是绝好的机会，且看我等杀了平忠盛那个斜眼！"

公卿们纷嚣腾辨，发泄着心中的不满，甚至谋划起刺杀的勾当。

武士本是贵族公卿们为了保住自己一族一门朋党集团的地位及荣光而豢养的爪牙，可是当爪牙一朝得宠，直接与上皇接近时，他们立即心生猜忌，以为从此会威胁到藤原一门，这真是极其阴暗的心理。

然而，就在十一月二十三日丰明会即将到来之前，有人偷偷给忠盛递了一个纸条，告知他院内一小撮人的阴谋："丰明之夜乃仇忌之夜，祈殿上察及是祷，切勿疏忽大意。"

"我也料到一定会那样。既然如此，忠盛只管尽我忠勇之职，不去掺和公卿们的事情才是武人本分。然而我如今的一举一动关系到武人的名誉，我不会让武人蒙受耻辱的！"

他似乎心有所期，笑得不以为然。

丰明会当晚，忠盛在束带下面佩一把带鞘的长刀，一点儿也不避人耳目，大摇大摆地上殿来了。

"嗨，来了来了！"

"瞧他那副死皮赖脸的样子，真是无耻之极！"

"自以为是的样子真讨厌……"

"一看就是个土里土气的地下人！"

"他还不晓得自己就像风前的残烛一样，没多少时辰了！"

……

公卿们窃窃议论着，忠盛却只当是耳旁风，他用眼角斜视着他们，故意挑衅似的亮出腰间的长刀，举起刀贴近自己的鬓边。

深殿幽暗的灯烛下，那长刀就像寒冰一样射着冷光，众人立时瞪大了眼睛，个个凝视不语。

恰好这时，一名大臣从廊下经过，猛然间发现在庭院的暗处蹲着两个形迹可疑的人影。

"衣服之下藏着刀具，蹲着藏在空柱子旁的布衣蠢货，你们是什么人?!"闻讯赶来的六品侍卫大声呵斥道。

庭院里的人影这样答道："我二人是平忠盛大人家的仆人，木工助家贞和平六家长。外面到处在传今夜我家主人忠盛大人恐有不测之祸,所以我二人守候在此,随时准备以自己的性命保护我家主人。即便赶我们离开,我们也不会移动半步!"

殿上的公卿们闻说此事,惊愕得唯有面面相觑而已。

殿上酒宴方酣,众人起舞弄影,遣兴悦性。之后,忠盛也在上皇御前献舞一曲。

公卿们敲起小鼓,伴上笛声,边舞边唱:"草木绽放浪花津,伊势滨荻入江芦。伊势瓶子不堪用,歪脖斜眼充酒瓿。"愤愤地表达了他们对忠盛的嘲讽和妒忌,以致根本不加掩饰。

似这类用刻毒的即兴诗歌来攻击对手,是堂上贵族公卿们擅长的本领,自古至今,这样的例子举不胜举。村上帝[1]的时候,有位朝臣名叫中将兼家,因为娶有三个妻子,被公卿们送了个"三女锥中将"的外号。某日,三个妻子恰巧相遇在同一个地方,出于女人的嫉妒,竟当街吵起来,最后互相揪住头发,扯碎衣裳,扭打成一团,惹来众多看热闹的围观者。可怜的中将惨叫一声道:"天哪,这可怎么办!"只得脚底抹油开溜。

后来在五节会的酒宴上,在座的公卿们自然不肯放过这件事情,他们敲鼓奏笛唱道:"三个女人一台戏,三角锥子起勃豀。捣摇扑抶扯窟窿,无人拔锥真滑稽。"堂上一片狂笑喧哗,因为是当着陛下的面这样戏谑,中将兼家不好发火,只得忍气吞声,后来垂头丧气地退席了。

这类笑谈实在太多了。"瓶子"与"平氏"发音相近,又据说伊势的酒瓮造型奇特,斜颈歪口,所以前面这首打油诗明显是讥讽平忠盛的。但就忠盛来说,口头上的讥讽嘲笑他根本就不放在心上。

可是第二天,院内的大臣公卿们却联合起来向上皇劾奏道:"不知礼节的野人,竟然佩带刀剑登殿,并且指使甲胄之士埋伏于庭院中,太不合法度了,简直是岂有此理!恳请上皇严加处罚,以正典刑。"

上皇也吃了一惊,立即唤来忠盛诘问道:"公卿们所言之事如何解释?"

忠盛拜伏在地,拔出前一晚所佩之刀呈给上皇过目。上皇一看,原来只是一柄贴着银箔的竹制刀。

至于家臣所为乃是武士从人的习惯而已,也是武人忠勇之心的体现,值

---

[1] 村上(926—967):日本第六十二代天皇,946—967年在位,第六十代天皇醍醐天皇之子、第六十一代天皇朱雀天皇之弟。

得赞赏，再说即便说有什么不妥也非忠盛的过失。——忠盛平静地辩解道，这番话让上皇十分认同。

上皇让公卿们失望了，他非但没有处分忠盛，还对他大加嘉许，夸赞他是个有勇有谋、虑事周到的武士。

然而公卿们仍不罢休。上皇对忠盛的信任越是笃固，他们就越感觉到似乎有一种危惧，并且这种危惧越来越厉害。

后来，他们不知怎么得知了事前向忠盛透露丰明会之夜密计的人是权大夫藤原时信，于是决定连时信也不放过。

对时信的倾轧迫害从此开始了，当然他并非此时才交上霉运的，世间的奇才往往天生就伴有某些性格欠缺，时信便是这样的人，可怜这棵老树从此以后愈加困顿，陷入了四面是敌、八方无援的境地。

忠盛对其友谊一直铭记在心，对他的人品极为赞赏，时常对儿子们提起："……不可以忘记的人呀！"

"哟，危险！瞧，前面又是水坑……"

时忠手里举着松明火把，往清盛的脚下照过来。二人沿着长满竹丛的道路向前走着，一路上时忠不停地提醒清盛注意脚下。

清盛醉了，真的醉了。

"不要紧的，不用送！"清盛执意谢辞，可是时信大人放心不下，再说更主要的是身为姐姐的时子坚持要送。

"弟弟！时忠！你送客人到西七条的大路那儿去吧！"

清盛仍固辞不肯，时子则一个劲地问"为什么？为什么？"此刻她的表情好像探出深窗凝露敛艳的花儿一样，别有风情。不光如此，清盛觉得她看自己的眼神似乎满含娇羞，大概是心理作用吧。

——她已经十九了。

说不清为什么，清盛对年龄特别在意，在自己面前她总好像有种姐姐般的感觉，兴许是自己脑子里残留着琉璃子的印象的缘故？不管怎样，明天早晨向父亲复命时该怎么说，清盛却已经想得明明白白。

时子的姿色和性格即使只有八分，清盛也给了她十分的满分。之所以令他留下如此愉快的记忆，是因为她们姐妹中间那个男孩时忠，也就是先前斗鸡的小伢崽。

"喂，狮子丸！"清盛故意这么叫他。

一边举着松明照路，一边觉得好玩似的将松明晃来晃去的小伢崽，听到清盛含混不清的醉腔立即回应道："做什么，平礼？"

"噢，我可是个布衣哟！跟平礼不一样哦，你仔细看清楚我的便服！"

"布衣大不了也就是比平礼多点皮毛而已。做什么，布衣大哥？"

"你真是个滑头，是不是总在街上跟人斗鸡啊？"

"大哥你不也赌了吗？你跟我同罪不是吗？喂，你跟我家老爹谈了些什么呀？"

"呵呵，想不到这儿还有个我的幼苗啊。嗯，你真的很有意思。"

"什么幼苗？"

"青蛙的幼苗。"

"那不是圆汤勺[1]吗？我抱起狮子丸把你汤勺里的汤全都喝干了！"

"好好好，算我错了，算我错了。来，把你的手伸出来，这儿就是西七条的大路了，我们握握手吧，作为你我此生永结友谊的信誓！"

从北山一带裹挟着冬天寒气呼啸而至的冷风，毫无同情心地摧切着树枝，扑向白天所见到的老旧破败的人家。清盛被风吹得左摇右摆的，渐渐向远处而去。在他身后的路口，那簇明亮的火焰一直在黑暗中闪着。

有谁能想到，日后六波罗平氏一门中，论智谋甚至不在入道清盛之下、世人皆畏惧不已的"缙绅之侠"大纳言平时忠，当初原是良家人家的一个不良少年——也就是此日的"圆汤勺"呢！

篝火龙门阵

早晨，兄弟们相继来到忠盛的房间向父亲请安。

即使是对最年幼的家盛，父亲也郑重其事地受礼，然后说句激励鼓劲的话，使他振作起精气神来。这既是武人之家的日常教育，而对于缺少母亲的孩子们来说，这又如同早晨的太阳一样，使得这个家里充满了温暖，顿时朗敞起来。

清盛将昨日的差使经过一五一十地报告给了父亲。

---

[1] 日语中青蛙幼苗即蝌蚪的发音与圆汤勺相同，故有此谐音双关说法。

"时信大人没有回信要带给您。在谷仓院没有遇见时信大人，一直找到位于丹波口附近的家里才当面将信交给大人……那个地方真是不好找，我向人打听了才好不容易找到的。大人非要款留我，一直喝到晚上，还再三要我带口信回来问候您。"

接下来，又说起在路上偶遇鸟羽僧正，将僧正的问候一并转达。

"僧正看起来还是沉浸在独自作画之乐中啊……生在权贵之家，只要他愿意的话，什么都能得到呀。"

忠盛听罢自言自语道，同时似乎在与自己蜗居在家的心境相比较，不禁流露出自惭形秽的神情。

"他似乎看上去天性就与众不同呢。"清盛简短附和道。

父亲的自言自语偏离了要点嘛。清盛心里在暗暗期待，父亲为何不打听一下时信的家庭情况，特别是有关时子的，甚至还会谈及结婚的事。可是跟清盛的期待相反，父亲并没有往这个方向再问下去。

"对了，听说上皇最近又要御幸前往安乐寿院？"

"是，十月十五日起辇，这次是金堂的落成仪式，所以听说要在伏见离宫驻跸两三晚。"

"武者所也很忙的啊，忠盛退院之后尚不敢懈怠，你也要拿出十足的精气神来，好好侍奉上皇！"

"知道了，孩儿正是这样做的。不过说起来，北面之侍们的心里一直很不平呢，父亲大人便是一个很好的例子。往前说，源义家奉命前往奥羽平叛乱，数年远征，可是凯旋之后堂上竟然将其定为私斗，一分一毫的恩赏都不给——想必源义家是将自家封地的物产以及家财全都卖了，才够论功行赏，犒劳部下吧。父亲大人也是如此，征讨西国海贼归京之时是何等的威风，可是要说恩赏却远远不够兵士们分的，如今家中所剩的，依旧只有贫困……"

"武士的本分就是如此嘛，没什么可说的。"

"恐怕是公卿们的本分吧？如今身为北面之侍，眼见父亲大人的例子，都越来越清楚明白公卿们的政治策略，那就是让武士永远都贫穷，永远只能做地下人。为了各自的将来，北面之侍们不得不有所考虑呀。"

"算了，反正我们又不是侍奉公卿们的。"

"可是公卿们却掌管着我们的生杀之权，假借着我们所侍奉的上皇的名义，做他们想做的事情，而我们与所侍奉的上皇却根本说不上话，这不是一点辙都没了？所以，近来特别显眼的是武者所内外充满了惰气。父亲大人，孩儿觉得您还是重新出仕好，不然这样下去真不行啊！"

"现在不是时机，哦不，假使有我在，事情反而会更糟的。"

"好像退仕已久的六条判官源为义又要出仕为官了，听说是左大臣赖长大人向上皇策进的结果，这也是孩儿希望父亲大人重新出仕的原因之一。"

"噢，平太！时间不早了，该去武者所了。早晨神清气朗地入院才好，何况马上就有重要的御幸……"

"假如我的话让父亲大人不悦的话，还请原谅！那我就告辞入院去了！"

清盛出了家门。自从父亲退仕之后，每天早上只有他独自一人往来于家和武者所之间。父亲即使蜗居在家，心境与以往也大不相同，这次返家，看得出他脸上有种不屈的神采。清盛踩着坚实的步伐，心里对父亲充满了这样的坚信。

京城以南的伏见竹田，是上皇特别中意的离宫所在。桂川和加茂川二水之景集于一庭，鸟鸣声也十分悦耳，各种草木依序秀异，可以尽享造物的自然之美。加上四季不同景，四时不同色，着实是个绝好的地方。

上皇命人在此地新造了一处精舍，正殿中供奉着上皇的护身佛阿弥陀如来像，佛像的胸前雕刻着万字符"卍"。上皇建造安乐寿院的初衷，为的是今生与众生结缘，来世觉悟证得佛果。

先代白河上皇醉心于佛，以致世间有所谓"白河佞佛政治"一说。据说白河上皇沉湎佛事，在位之年曾四次御幸高野、八次御幸熊野，并接连不断地建造伽蓝，向各寺院捐赠佛像佛画、七宝塔等不计其数。不仅如此，他还下令禁止杀生，将渔民捕鱼的网具统统烧毁，引得庶民怨声载道，而山寺僧人的势力得以日渐壮大，以至有了今日几乎毫无约束的嚣威，这也得归因于白河上皇的庇护。

在这一点上，鸟羽上皇倒是非常戒慎。但尽管如此，近年来除了建造三十三间堂和法金刚院三重塔、北斗堂等，鸟羽上皇对诸寺的营造修缮以及御幸，也随着年纪渐老而逐年增多。和白河时代相同，佛教的昌盛繁荣更加助长了山门的骄横，四畿[1]之内宛如佛教之国度。

---

1 四畿：中国古代以每五百里为一畿，四畿指王畿以外五百里的周围地方，是天子直接管辖的范围。

此番御幸为安乐寿院的金堂落成式，接下去上皇还打算营造一座三层的多宝塔。许久以来一直执役闲职的中御门家成被上皇召见，命他参与设计和督造等。

伏见御幸堪称空前的热闹。

百姓为了争睹这一仪式，纷纷从四面八方拥来。此外，还有数不清的饥民则是冲着法事的施舍品而来。

贵绅的车马、僧人的队列，蜿蜒伸展，不绝于目。沿途的道路上、河岸边，尤其是接近竹田的各个大小路口，全都由武者所的武士把守，入夜则在各处点起篝火。

皇辇在此停留了两晚。

第二晚，从傍晚起天空下起了小雨，人山人海万众瞩目的盛事霎时间安静下来，人潮退去，场面登时萧索冷清，只剩下焕然一新的威严的金堂在远处篝火的映照下，仿佛幻境似的，忽明忽灭地闪烁着耀眼的金光。

"这下好了！总算可以歇下来啦。"

武士们在临时搭建的小屋里吃着晚饭。虽然上皇赐有美酒，但是从昨天起他们就根本没有空闲沾一滴酒。湿了衣裳的武士脱下布衣在篝火旁烤干，身披铠甲的武士解开铠甲，举起素陶酒器互相碰杯，还有的兴许早就饿坏了，低着头默默嚼着饭粒。

"哎，有个传言不知是真是假，说源渡好像离开了扈从……"

"源渡？哦，就是那个袈裟御前的良人哪。源渡他怎么了？"

"嗯，据说就在上皇御幸之前，他去向花园殿左大臣源有仁大人告假外出，左大臣没有准许，谁想他给院别当递交了一份辞呈，就此离开京城，不知所踪了。"

"哦，他到底有什么打算啊？"

"那还用说，准是心中一段恩怨难以放下，浪迹天涯也要找到杀妻仇人远藤盛远复仇嘛。平日里走在街上，被人指指点点地说他就是那个妻子被杀的男人呀，他心里肯定不是滋味呀。"

"盛远也不知要到什么时候才能抓到，想想他这样做也是可以理解的。这个盛远也真是罪孽深重呢，难道他还活着吗？叫我说呀，还不如死了好受！"

"有说他隐藏在高雄深山里，也有说在熊野的小路上看到过他，传言各种各样，不过他肯定还活着，这一点似乎是确定无疑的。"

武士们吃着饭喝着酒，闲聊起来，谈论着各种世间俗事。

透过林叶从远处射出缕缕烛光，那是上皇和公卿、僧人、女眷们在围炉唱和吧？可是离宫大殿似乎没有半点管弦丝竹之声。在这漆黑的夜色中，唯有白花花的雨丝飘飘洒洒。

"喂，义清在不在这堆人当中呀？有谁看见佐藤义清没有？"

众人正在闲聊，清盛的脸从外面探进来，左瞧右看地询问道。

大伙儿都知道他好喝上几口，于是纷纷招呼他加入进来一块儿喝酒，谁料想清盛摇摇头一口回绝了："不不，现在真没心情喝酒。不知道究竟是怎么回事，我刚刚听说，今天中午左右在城内城外交界处，负责警卫罗生门的检非违使手下的人和佐藤义清的一个随从发生争执，佐藤义清的随从被抓走了！我想义清肯定还不知道呢，所以我正在找他，可是到处找不见。你们有谁知道他的去处劳驾赶快告诉我一声！"

清盛真的很担心，把这完全当作是自己的事情一样。

这大概也算得上是友情吧，清盛虽有时显得吊儿郎当的，但是在院里各个部门都颇有人缘，同僚们一口一个"平太"亲昵地称呼他，都把他看作自己人。此时，他的一双圆眼瞪得更圆更大，看得出为朋友的事他动了真格了。看到他这副模样，其他人也被调动起来了。

"什么？在罗生门被抓走了？那可不妙，得赶快告诉义清！"

受他真情感染，人们也立即喧嚷起来，很快便有四五个人飞身骑上马，按照想得到的线索冒雨四下分头去寻找义清。

诗歌武士

众人没有找见佐藤义清的人影。武士们聚集之处全都问遍了找遍了，哪儿都没有义清。有人忽然想到：若这样，他一定是在德大寺大人府上。

为什么这样说呢？从义清的父亲左卫门尉佐藤康清开始，佐藤家与德大寺家便成为主从关系，即使是现在，义清还从内大臣德大寺实能[1]那里领取

---

1 德大寺实能（1096—1157）：又名藤原实能，权大纳言藤原公实之子，白河、鸟羽、崇德等三代天皇的外戚，其母为堀河、鸟羽两天皇的乳母。

俸米（也称为扶持米）。

身为大臣、显官的家臣，同时又在上皇院的北面之侍名册之中，这种现象称为双重奉公。这是因为武者所的编成原本就不是清一色的，以武士的出身而论，可谓是个"混成旅"。

二院政治开始之初，由于时局不安和出于对抗山门势力的需要，上皇院建立了类似朝廷兵部的武装组织体系，其中大部分人员都是从各地方武士中招募而来的，包括源氏集团和平氏集团的武士，此外也有不少原先属于从前卫府的武士以及诸公卿、武士的随从。

源渡与花山院左大臣源有仁的关系便是公卿与武士的主从关系，佐藤义清也是如此，既是内大臣德大寺实能的家臣，同时又是鸟羽院的北面之侍。

此刻有人想到了这层关系，立即着人带消息前往，果然义清是被德大寺召去府上了，正叨陪末座，参加今晚府里举办的诗歌大会呢。

自万叶时代以来，在吟诗作歌方面历来是不分贵贱的。义清虽身为一介布衣，但因为对文学情有独钟，加上主人德大寺实能大人的提携，不论是院内的赛诗大会，还是仁和寺法亲王的御咏会，都时常有他一席之地。

再说义清，听到自家随从遇到了麻烦，并没有马上起身赶回来。

清盛等同僚则等在那里一个劲儿地着急："怎么还没来啊？到底怎么回事嘛！"

"确确实实把消息传进义清耳朵里了吧？难道说义清会眼睁睁看着自己的随从被杀不成？"

"派人再去告知一声如何？"

借着酒劲，有人开始忍不住怒气冲冲起来——旁人尚且如此担心着急，当事人的义清怎么这样一点儿都不当回事呢？！

众人如此着急绝不是平白无故的。每次天皇、上皇等御辇行幸出京城，负责警卫罗生门的都是专司警察、司法之责的检非违使厅所属兵士。检非违使厅的最高官员称为别当，其下设置有次官称为佐，再往下还有左卫门、右卫门和尉三级官职，其中最低一级三等官尉又被人呼为"判官"。此次上皇御幸，在京城洛内外交界处罗生门负责警卫的正是判官——检非违使尉，名叫源为义。提起这个源为义，可谓京城无人不晓。他的部下中既有经历过数次奥州战乱的老兵油子，又有出身关东、以凶蛮难驭著称的"坂东武士"，他的几个儿子义朝、赖贤、赖仲等更是令庶民百姓一提到名字便色变的主儿。

最让人发怵的是，由于职务的关系，检非违使厅下面还配属有被称为"放免"、"走仆"的臭名远扬的地痞流氓，专门干些卑鄙龌龊的勾当。其实所谓的放免，原本是有罪之身，却被官家使唤来做包打听，到处嗅探个人隐私，谁若稍有不慎就会被他们捕捉到蛛丝马迹，惹祸上身。百姓中只要一听到"放免"二字，便禁不住浑身起鸡皮疙瘩。

动刑、拷问，是检非违使们每日的家常便饭，即便打死人上面也不会过问，这样的例子举不胜举。因为这个缘故，位于六条堀川的判官府衙，每年都举办结缘法事，这已经成了惯例。

"搞不清楚到底什么地方出了纰漏，可是一旦落入那个源为义手中，决不会对他手下留情的！唉，佐藤义清到底在做什么呀？"

他人之事毕竟是他人之事。众人说得累了，等得不耐烦了，甚至有人困得打起盹儿来了。酒也喝足饭也吃饱，众人都有点儿泄劲气馁了。

佐藤义清终于出现了。

"哎呀，各位各位，让大家担心真不好意思。我这就前去一探究竟，估计天亮之前就能返回来，最晚一定赶在上皇还辇之前返回，尽厥从之职，各位请不必为我担心。"

众人向外看去，只见义清身着武士便服，牵着马，随身只跟着一名小童，手举松明等候在帐外。

众人都被义清不紧不慢的样子激怒了。

身为武士却又颇具文才、醉心于诗歌的人，是不是遇到大事都像这个样子，完全搞不清状况，不知轻重？——众人脸上明显流露出蔑视的神情。

"什么？天亮之前把人带回来？义清，你知道对方是谁吗？"

不光心里觉得他举止莽撞、无谋，并且毫不掩饰地说出来劝阻的，只有清盛一人。

——对方是六条判官源为义，那可绝不是个对我们存有半点好感的人物，相反的，倒是个每每遇到什么事情，巴不得找出点我们的过失来，好把我们往死里整的家伙。你想想看，以前出身坂东的源氏一族的武士借着白河上皇的恩宠，那是何等的威风啊。后来又遭白河上皇猜忌，被排挤出上皇院，贬为外官，一直到现在，而正是我们取代了他们以往的位置，所以源为义对我们恨不打一处来是再明白不过的了，不管是公务还是私事，每件事情

111

都与我们针锋相对，难以调和，这些你都看到了，难道还不清楚吗？无论如何，对方是这样的人，谁知道会有什么样的陷阱在等着你呢？你孤身一人闯判官府衙去跟他理论，实在太危险了！假如你非要去，那就我们大伙儿跟你一块儿去，也好向对方展示一下武者所的威名和实力！"

说到这里，清盛转身振臂高呼："大家听好了，我们和义清一同去找六条判官，去把义清的随从救回来！"

"好啊！"立即有人响应道。

"这可太有意思了！"也有人手按着长刀，摩拳擦掌地准备去干架。

众人呼啦一下子冲到帐外。

其实，清盛对源为义的心情众人又何尝没有？只是平素里一直强压着以血还血、以牙还牙的念头而已。此刻二十多人将义清围在中间，一个劲儿地催促他："快走吧！快走吧！"

"慢、慢着！大家等等！"

义清非但没有挪步，反而摊开双手，像要阻拦众人似的："不要去！如此兴师动众的反而欠考虑。再说上皇御幸的道路沿途埋伏众多，到处有危险。惹祸的人是义清的随从，作为主人我独自一人去理论就足够了。各位职责在身，那才是最最重要的，你们就当不知道这件事情吧。"

说罢，他按住跃跃欲试的清盛，又摆手示意众人不要冲动，然后命小童举起松明，随自己朝漆黑的雨中孤身飞驰而去。

源氏父子·平氏父子

这天，佐藤义清派他的亲信随从源五兵卫季正怀揣和歌稿，前往待贤门院女眷们住的居室。

待贤门院即崇德天皇的母亲藤原璋子，也就是鸟羽上皇的皇后。

与天皇之间越来越冷淡、关系紧张的上皇，对皇后也渐渐疏远，另将中纳言藤原长实的女儿藤原得子（美福门院）充为中宫，对其宠爱有加，整日形影不离。

不消说，此番御幸陪伴在身边的也是美福门院，她在离宫内独享上皇的恩宠。

作为扈从，义清这两天亲眼目睹了张袂成荫、连衽成帷的喧繁景象，不禁想到如今门前冷落车马稀的待贤门院，眼下正逢冬日，那儿更显得冷清凄楚吧。

因为诗歌唱和的缘故，义清同待贤门院不少女眷关系亲密。

于是他草就和歌几阕，将思怀之情寄托其中，命源五兵卫季正送去。

大概是归途中，在什么地方走岔道，出了纰漏。

此刻，义清像离弦的箭一样，风驰电掣似的赶往六条堀川。虽然在清盛等人面前他显得那样不慌不忙，但此刻要去晤见的对方是个什么样的人，他心里其实非常清楚。

何况源五兵卫季正是义清最亲密的随从，对自己忠贞不贰，绝对找不出第二个像他那样的人，因此义清即使把自己搭进去，也决心要把他救出来。义清不停地挥鞭策马，心中只期盼着在自己赶到之前，源五兵卫季正不要出什么差池。

就像说到坂东男，就是源氏一门武士的代名词一样，人们说起堀川男，指的就是检非违使尉手下那些凶狠的鹰犬。

然而，义清见到的六条判官源为义木人，却与传闻中令人生畏的形象大相径庭。

却说这源为义本是八幡太郎源义家的养孙，继承了河内源氏的正支，成为一族之长，河内源氏一族如今背运不顺，名声也不佳，不过源为义本人看上去颇有品位，待人和善，也蛮容易说话的。

"哦，我明白了，我这就命人仔细查一下。平时无缘无故的，上皇院武者所与检非违使厅的武士就心存芥蒂，使得世间物议沸腾，假如今番确是不问事由便将佐藤武士的随从投狱，这绝对是擅职枉纵，我决不会放任不问的。噢咿，义朝！"

源为义隔着连廊朝里面一间屋子大声喊道。那里应该就是源为义的长子源义朝的执事室。

此时已近深夜，雨脚收起，但见判官公廨以及六条牢房的屋顶上隐隐约约地挂着一弯冬夜的月亮，透过薄云，或明或灭，若隐若现，让人感觉不寒而栗。不巧得很，判官源为义刚刚走进寝屋睡下，却听到有人拍门，还有门房与之争吵的嘈杂声，于是亲自披衣出来探个究竟，这才有了上面与佐藤义清在面朝内院的一间木板房里会晤的这一幕。他顾不上生火，只在灯盏里点起一根松明照明，以打听这位不速之客的来意。

很快，长子义朝来到连廊门口，不敢直视父亲和客人，恭恭敬敬地请示道："父亲有何吩咐？"

"这个儿子不赖嘛。"义清在心里暗想。

听了父亲的一番吩咐，义朝即刻转身离去，叫来了负责看管监狱的武士和杂役，仔细究诘起事情原委来。

不多一会儿工夫，义朝返回至连廊一头，单膝下跪着向源为义禀报："我把两人都带来了，一个是佐藤大人的随从，还有一个是同他争吵的武士，名叫由井五郎。"

没错，其中一人正是义清的随从源五兵卫季正。

大概是饱受了毒拳痛打，源五兵卫季正的脸又青又肿。没想到在此地能够见到自己的主人，源五兵卫季正忍不住流泪啜泣起来。

"由井五郎，你是谁的部下？"为义发问道。

"回大人，小人是二公子义贤大人的手下。"这名武士抬起脸答道。

"争吵到底是怎么回事？"源为义继续问。

义朝将调查的结果一五一十向源为义做了报告。

原来在今天正午时分，源五兵卫季正路过罗生门的时候，被守卫在那里的义贤的部下拦住了，见他小心谨慎地抱着一包奉书[1]似的东西，便命令打开来，源五兵卫季正坚决不肯打开。于是双方起了冲突，守卫武士怒气冲冲地诘问他为何不肯打开接受检查，源五兵卫季正则解释说这是回赠给自家主人的唱和诗歌，作为武人即使看了也不明白。

"接下来怎么样了？"

"由井五郎怒不可遏，上前一把夺过来用脚踩在地上，佐藤大人的随从也发怒了，因为这是待贤门院的纪伊局[2]女官回赠给他主人义清的唱和诗歌，说这样重要的礼物沾了泥土叫我怎么向主人交代？他这一发怒，守卫罗生门的武士们一拥而上，拳打脚踢，将他痛打了一顿，然后投入监牢……"

"原来如此。把义贤给我叫来！"

---

1 奉书：日本古文书的一种，书状的特殊样式，由中国隋唐时期的启和状演变而来。
2 局：原为宫中的独立房间，后指宫中拥有独立居室的女官，也可用作对侍奉宫中或是将军等地位较高的女官的敬称。

应声赶来的次子源义贤是个尚不满二十的毛头小子。为义对他怒斥道："部下有如此乱行全是你的罪过！"从座位上起身上前，猛地飞起一脚将其从屋门口踹落到院子里。

随后，他转身对义清道："这个由井五郎还有次子义贤如何处置悉听尊便。纪伊局女官那里我自会专程前往请罪，此事的责任最终还在于我。至于大人的随从，这真是一场无妄之灾，还请千万不要记恨在心！"

对于义清来说，这自然是个出乎意料的结果，当着源为义的面，他一个劲儿地为自己随从的鲁莽冲动致歉，当然也是替源义贤和他的手下求情。

佐藤义清本来已经设想好了最坏的结果，没曾想竟然顺顺当当地带着随从脱离了这个危险之地。而源五兵卫对于主人不顾危险深入虎穴解救自己的一片深情厚谊，心里是如何的感激自然不必细说。

冬日的夜晚寒气逼人，可是主从二人心里都暖烘烘的。

——毕竟是有来历的门第，刚才所见那教养绝非一般粗俗武人家所能有的啊。

义清心中暗暗对源为义这个人物产生了新的认识，不过另一方面，先前那种令人畏惧的印象却仍无法彻底拂去。

源为义一族显然是在卧薪尝胆。其祖父义家曾经饱受公卿们的排挤和羞辱，那种屈辱他们是不会忘记的。换句话说，他们就像是潜于池底的困龙，时刻引颈期盼着风云突起，好再施身手，重新呼风唤雨。从刚才他们父子过于严苛的自律上也可得窥一斑。

京洛的深夜不闻悲歌声，月亮也如进入沉沉的黑甜梦乡的人们一样，静静地横挂在云间。哦，这便是已有数十年积淀的都城吗？义清实在看不出来。

平清盛与时子结婚，是在这一年的十二月。

"怎么样，你想娶她吗？"

当父亲忠盛终于开口挑明的时候，清盛登时满脸涨得通红，伸手搔了搔头皮，简短地回答道："是。"

仅仅一个字。不过就这对父子而言，这已经足够了，两人的心已经有了充分的交流沟通。

接连三天，新婿每晚要悄悄潜入将娶入门的未来的妻子家走婚，这是当时的风俗，做父母的，总是明明知道也装作毫不知情，这也成为一种习惯。

清盛照例也连续三个晚上，踏着暗黑的小路，前往位于水药师的时信大人府上。

阴凄的严寒，糟糕难行的道路，还有从丹波山刮来的啸鸣的落山风，几乎要将耳朵冻掉似的——然而，清盛却感觉很幸福，一种无法取代的快乐。或许这还称不上是爱情，但黑沉沉的夜幕下，相连在一起的主屋与对屋都已静静地融入夜色，唯有她的寝屋点着一盏灯，通过屋角的旁门透出一缕微光，仿佛在宣示天地间这无与伦比的爱情。清盛看到这灯光，除了恋爱的滋味，他感觉更像是堕入了梦幻一般。

欢爱之后，清晨的别离既像是爱情，又似乎比爱情还要来得甜蜜醺浓。对这二人来说，鸟儿的啾啾鸣叫，挂满冰霜的树枝，仿佛都成了这世上独一无二的诗画。

三天之后，清盛修书一封寄往时信大人府上，女人也郑重其事地返书。男女间如果不情愿，自然也可不必如此繁琐复杂，假如男方不修书一诉衷肠，或者女方毫无返信，就表示没有秦晋之缘。

清盛当然没有不情愿，而女方也确确实实有书信返回，并且书信中还夹着焚香。

依照常理，时子应该嫁到今出川的平家老屋来，不过比较起来，水药师的时信大人府邸虽然破旧，却更加宽敞，而且还有配殿，这可是一般武士家所没有的。于是，新夫妇决定将家安在七条水药师神社的藤原时信府内。

"真是非常般配的一对呀！"两家的亲友都异口同声赞道。

是在祝福这对新人，还是感叹贫穷武士和贫困朝臣的联姻？又或者是在为平忠盛和藤原时信二人同为声气相投的异类而叹息？总之，人们对这段婚姻的祝颂里也包含着各种各样的复杂含义。

且不管众人怎样想，时信府上摆开喜宴，邀请一众亲朋好友共饮同乐。

这时候，时子的弟弟时忠心中暗想：我得向姐姐的夫君献上一份厚礼呀，也算是好好招待一下今天来道贺的各位客人吧！

他这样想着，竟把平日瞒着父亲偷偷饲养并十分爱惜的那只斗鸡——也就是经常在街上与人玩斗鸡赢钱的"狮子丸"——毫不吝惜地拧断脖子，提到清盛面前。

"啊！这不是……'狮子丸'吗？你为了今天的酒宴，把它杀了？你、你……"

"没错。"时忠咧嘴一笑。

清盛登时惊得目瞪口呆。这小伢崽虽然才十六岁，但清盛还是被他震住了。之前除了父亲忠盛，清盛根本不知道世间还有什么可怕的，此刻他却着实吓得不轻。因为他是刚刚成为自己妻子的女人的弟弟，一个毛头小子竟然有这份胆气，而那个今后将日日陪伴自己的女人，天知道又会逐渐显露出怎样的自己不了解的本性来呢？一想到这里，便不禁觉得前景堪忧。

乳母之恋

结婚后第二年——保延四年，时子便有了身孕，身形一天天突显出来。

妻子向他诉说身上的不适时，清盛并没有立即回以喜悦的反应，相反倒是露出些许张皇失措的神色。对他来说，因为同六条后面小巷中的妓女有过一夜之欢，从而给他留下了不堪回首的心理阴影，如今年方二十一岁突然听说自己要当父亲了，难免有一种无声的自责涌上心头。

"您不高兴吗？"

"当然高兴！只是，平家乃武士之门，所以我希望如果是个男孩那就更高兴了。"

清盛慌忙答道，他觉得多少有点对不住妻子。

> 后宫佳丽三千人，
> 三千宠爱在一身。
> 金屋妆成娇侍夜，
> 玉楼宴罢醉和春。
> 姊妹弟兄皆列土，
> 可怜光彩生门户。
> 遂令天下父母心，
> 不重生男重生女。
> ……

白乐天以玄宗皇帝与杨贵妃的爱情故事咏成的《长恨歌》中这一节，可以说也完全道出了平安时代贵族公卿们的心声。

以藤原一族为例，族中如有生育女孩，等到女孩长大并且具有美姿天质的话，就有机会成为天皇、上皇的皇后或者妃嫔，虽身为臣子但毕竟是皇室外舅，从此一族位列三公，享尽荣华富贵，这似乎已经成为惯例。因此每逢夫人进入产殿临产之际，供奉氏神的春日大社便有藤原一族人络绎不绝地前来祈祷，唯愿生个像杨贵妃一样举世无双的美人。

对此清盛自然也曾耳闻目睹，不过他却毫无这样的期盼。

冬天到来了。十一月，屋外降了厚厚的大雪。清晨，从遮得严严实实的时子的产殿帐子中传出新生婴儿呱呱坠地的哭声。

这天清晨出生的婴儿，就是日后被人尊为平相国的嫡子平重盛，而此时的父亲年仅二十一岁。

团团围在产房外的人们纷纷向年轻的父亲道喜："是个男孩！像玉石一样白净。"

清盛在内客厅和产房之间来回转悠，一副坐立不安的样子。

"老爹！备马！快备马！"

平家的家臣中，木工助家贞等几名家臣也随清盛一同搬来了水药师的时信府邸。

此时家贞立即牵出马匹，来到清盛面前："公子！高兴吧？"

"总算松了一口气！不知道为什么，就像一块石头落了地一样。"

"赶快去参拜守护神吧！"

"不！我得先去一趟今出川。老爹，外面这么大的雪，你就留守在家吧！"清盛翻身上马，冲出了大门。

就在此时，忽听得长满竹丛的小道上，有人口口声声叫道："兄长！兄长！等一等！"原来是妻弟时忠。

"我送你一程吧！路不好走，好多竹子都倒了。"时忠自说自话地说罢，抢在头里策马先行而去。

重重的积雪压垮了许多竹子，七歪八倒地横在路上。时忠拔出长刀，斩断竹枝，丢向一旁，随后继续斩，继续丢，行得像兔子一样快，中间还得意扬扬地回头朝清盛瞥来几眼。

"多谢啦！好了，这就可以啦！"

清盛从这个身材矮小却令人心存戒惧的小伢崽身上看到了他的灵机与巧敏，不禁联想到刚刚出生的婴儿，隐约涌出一股父亲的感觉。

——没错，这个婴儿就是我和时子所生的孩子，没错，他就是我的儿……

举目远望，远处屋宇上，还有环绕京城的北山东山上，到处都是一片白茫茫的雪。堆满了积雪的道路上，只有清盛单骑疾驰如飞，惹得路人都在用奇怪的眼神表示疑惑：出什么事了，为何这个人如此匆忙？

没多久，清盛已来到今出川那栋老屋的门前。他下马进门，站在父亲忠盛面前，气喘吁吁地说道："生……了！是个男孩！"

"生了？"忠盛的眼眶明显湿润了。

看到这一幕，清盛登时觉得自己的眼底也有点热乎乎的。虽说不是生身的父亲，却比生身父亲还要让他爱慕，这真是不可思议的宿缘啊。在这个清晨，父子二人视线模糊地对望着，预示着一个坚定不变的事实：两人无间无尽的亲情——比血脉更加牢固——将绵延不断地继续下去，从过去走向未来。

近两三年，天下照例并不太平，而重大的社会事件几乎毫无例外，全都是宫门火灾、武装僧人的暴乱等。这里仅从年表中摘出几起影响较大的事件以奉读者：

保延三年	二月	九日	兴福寺僧徒七千余人执春日神木入洛暴动，洛内大骚乱三日。
保延四年	二月二十三日		加茂社神馆、神宫寺西塔等焚毁。
	二月二十四日		二条东洞院御所起火。
	四月二十九日		圆城寺僧徒放火焚烧别当禅房，争斗长期化。
	十一月二十四日		土御门临时御所起火。
保延五年	三月	九日	兴福寺僧徒放火烧毁别当隆觉禅房。
	十一月	九日	兴福寺僧徒再与别当隆觉械斗。
	十二月	二日	遣检非违使尉源为义赴奈良抓捕隆觉及其党羽。

保延六年　正月二十三日　石清水宫大火，宝器悉数焚毁。
　　　　　五月　　　五日　大山、香椎、筥崎之僧徒神人等放火焚毁太宰府及民宅数千家。
　　　　　五月二十五日　延历寺僧徒放火焚烧圆城寺。

而类似的小规模事件及各地的盗贼作乱等，更是不计其数，从以上年表的记载中想必也可想象得到了。自然的，百姓人心惶惶，难以安宁。

僧团在战斗。武装僧人们不仅以暴力冲击禁门御所、摄关大臣的府邸，相互之间也争斗不止，他们毫不顾惜地烧毁山寺、堂塔、僧房等。

然而，就在被山寺等刚刚被焚毁之后，鸟羽三重塔又兴建起来，胜光明院、成胜寺等也一一建成，天皇临幸、上皇御幸也前后不绝，而与此同时国家的财宝则随着一次又一次的散花[1]仪式化作了空幻虚无，却没有一个人会怀疑这个世界已经到了末法[2]浊世。相反，佛教的繁荣昌盛通过大唐大陆从遍植菩提树的南方国度蔓延到日本各地，这个四季之国、和歌之国如今正日益显现出一派净土天国的景象。

与此同时，皇室喜庆之事也颇多。皇太子重仁诞生，年轻的崇德天皇也做了父亲。另外，天皇之父鸟羽上皇与宠妾藤原得子（美福门院）之间也诞下了皇子体仁。

遵照上皇的意思，皇太子重仁被封为亲王，而体仁亲王则被立为皇太子。

不消说，崇德天皇心里自然很不是滋味。而心里更加复杂不是滋味、左右为难的应该是皇太后待贤门院藤原璋子。

总之，不光是社会情势复杂多事，宫中诸多事情也非常复杂微妙。

由于社会不安定，骚乱不断，鸟羽上皇于是不止一次悄悄地派人前往今出川平忠盛府邸，命他重新出仕。

忠盛再度出仕，是在孙子重盛出生的那一年。翌年，忠盛被擢升为五品，官至刑部少辅[3]，其子清盛也传出内旨将获擢升。清贫如洗的平家如今终于又要迎来喜事了。

1　散花：佛事仪式之一，撒花或撒纸制的彩色莲花花瓣。
2　末法：佛教三时之一。佛教认为释迦牟尼死后三法时期中最后一期，被认为是最糟糕的时期，是既无修行又无悟道的浊世。
3　少辅：日本律令制时代的官职名，相当于各省的次官，位在大辅之下。

自然，这一切全都出自上皇的裁断。

这回公卿们表面上看起来似乎安静了许多。然而，这只不过是暗地里进行阴险动作的短暂间歇而已。果然没过多久，公卿便揪住忠盛的私行，将他的隐私之事彻底暴露了出来。

这便是忠盛的爱恋。于是一个前所未闻的传言霎时间流传开来：平忠盛居然藏着一个秘密妻子！

本来，公卿贵族们夜夜笙歌、日日买醉，个个都有情人或秘密妻子，却偏偏拿忠盛来说事，实在是没有道理。不过问题似乎不在于爱恋本身，而在于那位女性。以公卿们的立场看来，兹事体大，绝非小事一桩，必定会触犯上皇逆鳞，换句话说，利用这件事情就可以扼住忠盛的命门，将其置于死地。

"难道世上没有男人了吗，怎么偏偏看上这个斜眼武士？"

"古怪的女人也是有的呀。"

"不不，忠盛也算是个会咏几句歪诗的男人，只不过他那副尊容，不知道面对一个女人时会咏出什么样的爱情歪诗呐！"

"俗话说得好，人不可貌相嘛，可不能那样说呀。"

如此说来，无论是从哪个角度来看，众人对这桩情事确实兴味盎然。

"呵呵，这斜眼武士的秘密妻子到底是个怎样的女人啊？"

人们当然忍不住想一问究竟。

很快，女人的姓名便被打听出来了，是大夫藤宗兼的女儿，名叫有子。

说到有子，几乎无人不晓，她原先是鸟羽院的一名宫女。如今人们似乎猛然间想起来了，就在因抓捕远藤盛远一事忠盛受谤咎退隐之后，有子也不知什么时候辞去女官，下落不明了。

然而最近，有子忽然受诏入宫当了一宫殿下的乳母。

一宫殿下即崇德天皇的第一个皇子重仁，原本理应立其为皇太子，却被上皇与美福门院所生的体仁挤掉了春宫（皇太子）之位，如今只落了个亲王的身份。无论是崇德天皇还是宫廷方面的其他臣官，无不替一宫亲王感到愤愤不平，这个幼小的生命从一降生即面临不公的待遇，实在叫人心生可怜。太过分了！众人表面上对上皇院没吐露一句不满，但是心里分明恨得不行，个个脸上像挂着春霜似的，横眉冷对。

121

"这可是了不得！忠盛的秘密妻子竟然是一宫殿下的乳母，这早晚会被院中和朝里知悉的！"

这样的传闻不可能传不到上皇耳朵里。然而事情颇为微妙复杂，因为院中与朝廷平时就已积藏着许多一触即发的矛盾。

上皇似乎数年前就知道了二人的恋情。

"这件事情啊，"上皇回想起了过去的往事，"卿等难道现在才知道忠盛的风流之举，才开始到处哄传吗？"他反倒哂笑左右迂腐。

这下子大大出乎众人意料。

其实上皇知悉个中的隐情是理所当然的，上皇经常进出院中各女官的房间，那里发生的事情岂有不知晓之理？

数年前，宫女中曾发生过这样一件趣事——

某天清晨。

排成一排的女官居室门口，一柄男人用的扇子掉落在地。扇面上画着一轮大大的月亮。拾到扇子的宫女们觉得好玩，于是拿到各个房间示众，最后来到扇子掉落的屋子门口，向那名年轻的宫女调笑道："这是从哪儿钻进来的月影呀？那个月亮跑到哪里去了呢？"

此话换成直白的说法就是：哈哈，瞧呀，露馅了不是？赶快招吧，这把扇子的主人是谁？

年轻宫女羞红了脸，俯下身子，用衣袖遮住脸孔，忸怩不答。无奈宫女们追问个不停，她只得在怀纸[1]上写了一阕短歌给众人看：

云居胧月间，
闻得钟声[2]入梦来，
静夜起幽怀。

这个年轻宫女便是有子。上皇前往院内后宫御幸时，不经意间听说了这个故事。其时上皇命众女官不得声张："此事甚是费难，月亮究竟是何人不便究诘。好了，都不要再询问探究了！"

随后，将有子写有短歌的怀纸揣了回去。

---

1 怀纸：用来书写诗、和歌的和纸，有固定样式和尺寸，分为檀纸、奉书纸和杉原纸等。
2 钟声：此处是以同音字谐指忠盛。

长恨宫

人很容易依据一个人的外表来评判他人。忠盛因为其容貌以及他的地方武士出身，使得院中公卿们轻视了他的智力。而上皇则持相反的看法，他认为忠盛既懂得武士的本分，又具有文雅的内涵，其知性是完全不能用外在的容貌来进行判断的。

在这之前还曾发生过这样一件事。

忠盛受院中派遣前往备后国，自备后归洛后，在聊了四方各地的旅途见闻之后，上皇忽然问道："朕听说乘船可至明石之浦，不知明石是何样的地方？"

若是一般人，一定会不假思索地据实回答，叙述当地风土人情如何如何，忠盛却是当场咏了一首短歌呈给上皇：

夜风摧残月，
晓来伫看明石浦，
波头绽浪花。

据说当时的歌人俊赖、基俊、显辅等人都激赏这首短歌，认为此歌不仅具有汉诗遗韵，并且意境深远，引人遐想无限。后来，敕撰和歌集《金叶集》也将这首短歌收入其中，可见上皇对其也是极为赏识的。

因为有着这样的记忆，所以上皇从没将忠盛仅仅看作是一介武夫，即使在知悉了他与一宫的乳母之间的关系之后，对于忠盛的信赖也依旧丝毫未改。

然而这次——

在这段恋情被公开化之后的大约两个月，上皇将忠盛召至身边问道："在夫妻爱情方面，你也是个不幸的男人哪，单身一人生活，总会有些不便和孤寂冷清吧，听说一宫殿下身边名唤有子的乳母有意嫁与你，恰好一宫殿下也差不多可以离乳了。你就娶了她做妻子，你觉得怎么样啊？"

上皇脸上露着微笑，并没有触及其他的事情。

忠盛心里"咯噔"被重重击了一记，一瞬间语塞了，不知道到底该怎么回答才好。上皇所说的"在夫妻爱情方面，你也是个不幸的男人"这句话在他耳畔回响了许久，忠盛从"你也是"这几个字中仿佛读到了上皇满含血泪的肺腑之语，"你也是"显然是包含了上皇自身在内的一种说法。

可是，语意中暗含"我这样，你也是这样"之意的上皇究竟想告诉他什么呢？

忠盛心里自然明白。但他一想到这里，便忍不住溢出了两行热泪。

当上皇还作为鸟羽天皇在位的时候，中宫正妃是藤原璋子，也即是现在的待贤门院。一如所知的，璋子是白河法皇的养女，后来在养父的安排下，璋子被鸟羽天皇立为皇后。

当时的鸟羽天皇年方十五。璋子比他大两岁，十七岁。

不用说，貌如天仙的璋子背后，是一举打破长期以来的摄关政治、独断独行树立了崭新的院政制度的白河法皇在给她撑腰，而年轻的天皇根本无法按照自己的意志行事。

仅仅是如此的话，还不至于完全决裂。

白河法皇对于璋子的宠爱，早已超出了一般养父女的界限，即使是在被立为中宫当上皇后之后，璋子依旧时常自由进出法皇的寝宫。根据《古事谈》记载，璋子留宿累日，与白河法皇并榻而卧，并接受近臣的各类奏报。

尤为出格的，是皇子一降生便立即被册立为皇太子，而仅仅四年之后，法皇完全剥夺了鸟羽天皇的意志，硬逼其退位，让皇位于皇太子，这个乳臭未干的天皇就是如今的崇德天皇。

尽管如此，白河法皇在世的时候，鸟羽上皇没有流露出一丝一毫的不满和懊恼，与待贤门院夫妻之间倒也相敬如宾，和和睦睦地过来了。但是大治四年法皇御崩之后情形就即刻大变，国中万事不分巨细全部集中由院中裁断，而将崇德天皇视若摆设，竭尽刁难，百般仇视，甚至公然对左右近臣表示：那不是吾子，只是吾祖父的孩子罢了；至于待贤门院，如今上皇的御辇是从来不往顾的。

如此未免也太冷酷、太残忍了吧？——想必上皇自身也在时时反省，时时自问自责。但每每这种时候，上皇心里就会有另一个声音说道："想想朕当年是何样的遭遇呀，青春就像一株正在发芽的幼树，空怀大志却一无所成，白河与璋子给予朕的却是那样不忍回顾的记忆，像冰刃一样刺在心头，令朕日夜挣扎在嫉妒的痛苦中。如今这一点点报应，实在算不上什么！"

现在上皇就像当年白河法皇宠爱璋子一样，将全部心思都放在了美福门院身上。

鸟羽离宫的翠帐深处，春风桃李之夜，又或是秋雨梧桐叶落之时，形影相对、孑然一身的上皇回想起悲凄的青春少年，禁不住双颊挂起两行泪水。这种时候，大概也唯有美福门院可以陪伴在侧，听着上皇的叙说，同唏嘘、共沾巾吧？

说起来，上皇的前半生无疑是非常的不幸，幼小无知之时便身不由己登上皇位，十五岁时被迫进入婚姻，娶的是自己并不想娶的妻子，弱冠二十又迫于他人的淫威不得不退位禅让，法皇在世之日他毫无发言权，一句话也不敢妄言。自年轻的时候起上皇对佛教便情有独钟，也是事出有因的。如今独执权柄，集国中威棱于一身，其中的是非善恶实在难以评说，大概也算得上是人间的自然情理吧，不论位高位卑、身贵身贱恐怕莫不如此。

回头再说忠盛。

忠盛也是白河法皇御赐将祇园女御许配给自己做妻子，并且因为这个妻子的缘故，使得他的大好青春被葬送在无尽的痛苦中，差不多整整二十年全家一直处于烦嚣不宁的阴影之下。

此刻上皇一句"你也是"，其实既是对眼前这个患难与共的忠臣的体恤，同时无疑也将自己半生难以平复的积愤不经意地吐露了出来。

没过多久，忠盛续娶了后妻。

不用说，这个后妻就是一宫殿下的乳母有子。其时，在娘家大夫源宗兼家里，有子已经寄养了三个年幼的孩子。对清盛来说，这三个孩子便是同父异母的弟弟，即四弟家盛、五弟赖盛和六弟忠重。

七弟忠度的出生则是再后来的事情，并且又是另外一位母亲了。

这里顺便一叙，有子与先前的祇园女御的性格截然不同，是个极富母性的女人，对于忠盛来说，她又是个给予自己巨大幸福感的良妻。因为是贤妻良母，所以日后清盛对她非常尊敬，一直到忠盛去世，在她面前都没有红过脸粗过脖子。

晚年，有子出家被称为池禅尼姑。当薄命少年源赖朝为平清盛所俘，池禅尼姑见他一副令人怜悯之相，便替源赖朝乞命，恳劝清盛饶他一命。这位慈悲心肠的老尼，原来便是年轻时恋上斜眼武士平忠盛的有子啊。

出家

保延六年秋天，将人间世相比作鸟兽游戏一般，随兴拈入画作，同时自己也以游戏人生的心态自得其乐的鸟羽僧正忽然去世了。享年据传八十有余。

"我自己就是僧侣，死后就不用僧侣替我念经超度了。法衣下面露出尾巴来的大僧正啦、大法师啦、小法师什么的济济一堂，比谁装模作样装得更像，这番光景我平日里描画得够多的了。葬礼参加多了，自己把自己也画进画里了……"

据说死前几日，鸟羽僧正还说过这样的话。

真是个特立独行的人啊。想必飘落在顿失主人的鸟羽草庵上的落叶也会作如此感叹吧。

九条家的施主为僧正举行了一场简朴的法事。朝廷的敕使也到场，院廷也派人特意前来祭奠，此外还有疏近贵贱丛杂的一众人等，从京城至偏僻乡间的鸟羽草庵，一路上车马杂沓，人群如织。

"哟，这不是六条判官大人的公子吗？真是没想到呢。"佐藤义清和随行的男子一同返身，情不自禁地脱口而出道。

原来此人是源为义的长子源义朝。

三人一同走到路边的树荫下，源义朝重新郑重地行揖礼："自前次别后没有见过佐藤大人，我还生怕认错人，不敢上前招呼呢。"

"前次因为家奴源五兵卫季正之事深夜前往打扰，实在不好意思啊，自那以后便没有再见到令尊大人。"

"哪里哪里，前次的事全因我等溺职，没有管教好手下，佐藤大人这么说真是叫我无地自容呀！佐藤大人今天也来同僧正做最后一别？"

"说起来，我虽与僧正缘会不深，但他绝对是我仰慕的人，倘若来世有幸能再遇见他，我还想追随他出家事佛呢。"义清说到这里，忽然停了一下，转头看了看身旁的同行男子，向源义朝介绍道，"这位是平清盛大人。"

你们是初次相见吧？"

"应该是吧，又或者可能在哪里曾有缘得见也说不定呢。"义朝与清盛二人相视而笑。

彼此都是年轻人，都有着一副健壮的体魄，但除此而外，两人的笑容背后并没有更深一层的含义。

然而，一个是院中武者所的武士，一个是朝廷的外官检非违使尉，从二人所处的立场来看，一个是平氏的长男，一个是源氏的长男，看似相似却又对比鲜明的境遇——在立于一旁冷眼旁观的义清眼中，这次偶然的邂逅对二人的人生生涯来说似乎并不那么简单。

"我可能马上要去东国，在镰仓住一段日子。我家在相模、武藏一带有少许封地，族中亲友也有很多居住在那一带。假如二位有机会前去东国，千万请往镰仓见访！"

义朝说完这番话，便与义清及清盛二人道别。

佐藤义清是个寡言少语的人。平时是如此，今天也照例如此。清盛不太喜欢这样的性格。虽然同路一起走着，可是将至城南朱雀门外，两人之间却依旧没有什么话题好说。

"那么，你我就在此处道别吧。"来到一个岔路口，清盛便打算与义清各行其路。

临到分手，义清这才主动开口问道："你这是回水药师的府邸吗？"

"是呀。那儿一到晚上夜深人静，尤显荒僻，妻子和孩子都盼望着我早点回家。近来，我只要一看到孩子那张脸就会感觉十分幸福。"

"公子几岁了？"

"三岁。"

"那正是最可爱的年纪呀。对父母来说，孩子的可爱是不需要任何理由的……好了，你快点回去吧！"

灯火初明的朱雀门外十字路口，清励与佐藤义清就这样挥手道别了。可谁能想到，就在一个月后的十月十五日，义清便出家为僧了。听到这个突如其来的消息，清盛吃惊不小。

"怎么回事？有什么缘由吗？"

清盛到处向人打听。对义清出家的动机，一如丈二高的和尚，他是一点

127

儿也摸不着头脑。

义清有个堂兄，稍长他一两岁，名叫宪康。

某日，兄弟二人从鸟羽院同路回家，一路上闲聊家常，感叹世事的无常，最后约好次日再前往堂兄家叙谈才分手。

第二天，义清依约前往位于大宫的堂兄家，哪曾想到，昨天还在一起欢谈的同侣，因突然发病竟于昨夜不治而亡了。从屋子里传出年轻的妻子、老母还有孩子们悲伤的啼哭声，可对于茫然呆立门边的义清来说，这哭声却并没有引得他一同悲戚落泪，相反，他觉得这是世上每天都在上演的再平凡不过的人间本戏，这本是造物与人之间的一场约定，所以必定会相互守约，今天只不过是自己亲眼目睹了身边上演的这出戏而已。——义清冷眼旁观，心中忽然证悟出这样一个道理。

当下，义清直奔鸟羽院，奏请辞官，也没有向同僚好友交代任何理由，然后便径直回家了。

出什么事了？他为什么辞官回家？事情来得突然，院中所有的人都大感困惑，谁也说不清他究竟是怎么想的。

——他呀，虽然说是个武士，可骨子里天生还是个歌人。

正如上皇所评骘的，佐藤义清脑子灵活，通达聪慧，敏悟过人，极富文才，与经信、基俊、俊赖等当时的知名歌人可以一日十咏，院中的屏风隔扇上还书有他写的和歌呢，上皇甚至亲手赐给他一柄长刀，名曰"朝日"，作为武士这可谓是一种莫大的荣耀。就在前不久，义清升任左兵卫尉，院中上上下下还传闻说，上皇有意将来推举他出任检非违使呢。正因为这样，才更加让人莫名其妙，个个脸上都是一副不解的神情。

再说义清一回到家，一反常态地显得有些兴奋，而年轻的夫人则在屋子里嘤嘤啜泣不止。仆人们躲在屋外竖起了耳朵，想知道到底发生了什么事情。

隔了一会儿，义清努力克制着自己装作平静，从屋子里走出来。四岁的可爱女儿紧跟在他身后跑出屋子，抱住父亲的膝盖不肯撒手。义清的脸色忽然变得十分可怕，猛地甩开女儿的手，并将她一把推倒在台阶下。无辜的孩童哇哇大哭起来，恨恨地望着父亲。

——倘使连这点哭声都不能以若无其事的平常之心置若罔闻，还谈什么明心见性，岂不是自欺欺人吗？

义清暗示着自己，从腰间拔出刀，抓住发髻一刀便割下来，将之投入佛堂，便不理全家人的悲叹和哭号，义无反顾地离家而去。

以上就是将所有人的风闻汇合在一起而得到的一个大致原委。

过了十多日。

据说有人曾在东山的双林寺附近见过他，又有人在奥嵯峨一带的山间小道上看到过他。佐藤义清已经换了一身法衣装束，如今改名唤作西行。

　　世人言弃身，
　　安知其为真。
　　唯有眷生人，
　　诚有意绝尘。

"义清年纪轻轻就咏出这样的诗句，由此看来他不是一时兴起的决意，他并不是遁世，而是为了更好、更强地活着才出家的。"

这番话是岳丈时信大人对清盛的疑惑不解所给出的答案。

清盛却越发不明白了，他心想还是有机会时问问父亲忠盛吧，不过这个念头不知怎么的便被打消了，或者说被忘记了。与一个个消失而去的好友比起来，现实生活中，更能激励起他巨大梦想的时代巨变正在他面前层见叠出地上演着。

女院与西行

保延七年夏七月十日，朝廷宣布改元，改年号为永治元年。按照旧例，每逢辛酉年或甲子年都要改年号，此次也是依例而行。

然而，改元永治还不到半年，却又不得不再次改元。

这年十二月。

虽然老早便有了这样的预感，但事情还是来得太突然：崇德天皇被迫退位，皇太子体仁受禅即位。同月二十七日，举行了盛大的即位仪式。

新帝号近卫天皇，这一年只有三岁，还是个乳臭未干的毛头小孩，于是朝廷发布告示以关白为摄政。

就这样，氏族内的长者，太政大臣、关白藤原忠通便成为摄政。

而退位的崇德年仅二十二岁，虽然满心的不乐意，但也毫无办法，就像一棵正茁壮成长的树被人无情地拔起一样，不得不让位于一个三岁小儿，虽说不会对他人轻敞心扉，但心中的愤懑以及万念俱灰的无助感，想必旁人也都能猜到。号称万世一系的天子、万人之上的国君竟然如此容易就被外力推倒，实在是不可思议，然而事实却就是如此。

幼帝近卫为美福门院所生，因此美福门院不但深受鸟羽上皇宠幸，如今又成为天皇的母亲，即皇太后。

女人的生命中，至高的尊贵、国母的身份，加之窈窕之美，当所有这些集于一身时，无异于已经将人世间的所有荣华全都攥在了手中。

人们很自然地想，这一切应该是美福门院在鸟羽上皇耳畔吹风的结果。不消说，鸟羽对这种出于人之常情的猜测也十分敏感。

然而，识者自知之，其实这完全是出自上皇自身的澄思渺虑，假设用一句话来概括上皇的内心，无疑就是如此：

——昔日朕年轻之时，白河法皇强加给朕的种种不公，今天也要让崇德尝一尝其中的滋味！

且不管怎么说，这次又改元了，改为康治元年。

正月，已经过去了大半个月。

这天傍晚，在夕照下，东山的枯树林中走来一位年轻的僧人。一路走，一路捡拾被雪压断掉下的树枝。

他便是先前的左兵卫尉佐藤义清，如今已是法衣在身的僧人西行。

这一带的群峰山坳之间，到处是朱门楼阁以及高耸的堂塔，不禁让人联想到所谓的"祇园精舍钟声响"，然而这名年轻僧人身上却是朴实无华，没有少许佛光宝气。

拿在手上的不是娑罗树的花，而是普普通通的枯枝。

"哟，法师原来您在这儿啊。"

听到招呼声，西行转身望去。

"是源五兵卫呀。"

"草庵内寻不见您，双林寺的僧人们也说不知道您在哪儿，我还在想，您会不会去了京城，所以正一路走一路寻。法师您在这儿做什么？"

"哦，我出来拾点柴火。"西行笑了，随后又解释道，"当然，比起手上拾到的这些柴火，这寂静的山谷更让我心情舒爽，不知不觉的，天色就暗下来了。"

"拾柴火？您瞧您在做什么啊。"

随从源五兵卫蓦地回忆起之前的主人义清来。他赶快抢上前几步，将西行手上的柴火抱在自己手里。

"差不多可以回去了吧？"

"有什么要紧的事吗？"

"没有没有。您家公主也好，还有您夫人也好，都挺好的，至于家里后事的处置，从下人女仆到马厩里的马，都处理得差不多了。庄园地券的返还也没有耽搁……"

"我对不起他们啊！我只能说对不起了……"

"估计您的族亲们终于明白无法让您改变主意，所以应该不会再来打扰您的，想必夫人不久也会带着孩子返回娘家去的吧。"

"是吗？他们终于也想通了啊。嗯，太好了！真叫人高兴！"

妻子女儿是唯一令西行牵挂的，如今总算能够安心，他不禁舒展双眉。

二人回到临时的居所　　双林寺后面　座破旧的小屋。

西行将小桌四周堆放的诗歌方面的书籍和砚台等一一收好，然后用小刀开始切削松枝，这是用作长宵的照明灯火。源五兵卫则将带回的食物拿到屋后的小溪中淘漉，接着在炉子上支起粥锅，张罗晚饭。

——别来！千万不要来。西行不止一次命他不要来照顾自己。

——不管您怎样呵斥我，不让我来照顾您我做不到啊！这个从前的随从也倔强得很，非来不可。

从前的主从二人此刻就像道友似的，围坐在炉边，一起喝着刚熬好的粥。吃完简单的晚饭，二人又唠起家常闲话，甚至忘了时间。

源五兵卫自从主人出家之后，便也对武门彻底断了念想，虽尚未剃发，但是已经向西行得度的寺院提出了申请，并且乞得"西住"的法名，现在只是一心想着早日来到西行身边，尊他为师。

但是西行却不肯轻易点头。"你还是先帮我照顾一下妻子和年幼的女儿吧，出家的事情以后再说。"也许是在考验源五兵卫的道心究竟有多虔诚吧。

"哦，差点忘记了，"源五兵卫取出一封书信，递给西行，"这是待贤门院的堀川局女官叫手下随从送来的，让有机会面交给您。"

女官的书信非常难读。

是用绘画体的草假名形式写成的。内容既有宫院内的各种消息，也有关于咏诗的话题，琐琐碎碎，东拉西扯。西行将书信凑近明亮的炉火，锁着眉，一面阅看一面思索解读着其中的含义。

阅看完毕，西行似乎若有所思，他盯着炉膛里碎木片燃起的火焰，与源五兵卫相对无语。

沉默不语或是因为身体的劳累，或是因为精神的空虚，然而二人这两者都不是。

西行同待贤门院关系一向密切，那里的女官中有不少他的诗友，堀川局、二位局、帅局、中纳言局、纪伊局……这些女官闻听他出家为僧，纷纷寄思于诗歌，传递书信给他，堀川局的书信便是其中之一。

然而，透过对日常起居的平淡无奇的白描，书信中也隐隐透露出一缕她们的主人即待贤门院的淡淡孤寂和伤感，甚至还有这样的话语：闻听您已出家为僧，女院似有所动，好像也很想遁入佛门呢。

"是这样啊……"西行心里暗想。

不远的将来，不管女院想与不想，恐怕这样的事情都将会发生。

自少女时代起，待贤门院便深受白河法皇宠爱，后来被立为鸟羽帝的中宫，而她诞下的崇德天皇却被鸟羽上皇冷冷地说成"非吾子"。待贤门院的心境本就已十分复杂凄冷，加上此次的废帝事件，不用说是更加的空寂了。

何况被誉为绝世美貌的一代容姿，竟也如此短暂。西行隐约记得，待贤门院的年纪已经四十多了。

然而更为可悲的，应该是那些侍奉待贤门院的一众女官们，假如女院出家，她们也许不得不跟着成为女尼，这些弱女子身不由己，命运只能随波逐流，不知将会漂至何处。

"盛远的传闻您听到了吗？"

源五兵卫忽然唐突地说起这个话题。

西行正在望着白色的灰烬和通红的火苗交相辉映而出神，他抬起头，茫然地反问了一句："盛远……是谁？"

"就是五年前杀死袈裟御前，后来下落不明的武士远藤盛远啊，去年年末的大赦令他被从追捕的名簿中去掉了。据最近从纪州来此地的人说，他如今也入了佛门,法名文觉,去年秋天向熊野权现[1]立下百日苦修的誓愿,现在每天前往那智瀑布任由飞瀑奔荡冲涤。"

"哦,是那个盛远呢。没错,像他那样的性根德行,如果以飞瀑冲也只有那智瀑布呀,换作其他地方都不顶事呢,靠他自己的心力更是难以做到啊!"

"告诉我这个消息的人还说,他想看看那个叫文觉的法师到底是个怎样罪孽深重的和尚,于是到瀑布那儿去看了,只见文觉将粗绳子绑在腰间,使劲摇着铃铛,在瀑布中一声不出地默诵经文,那样子简直让人寒毛直竖。听说好几次昏厥过去,被水冲走了,负责看管那智瀑布的人救起过他好几回。救上来后被他的模样吓了一大跳,想起来浑身直打哆嗦呢。那个文觉头发胡须把整张脸都遮住了,眼窝凹陷,看上去一点儿也不像这个世上的人呢!"

"哦,是吗?"

西行用燃尽的树枝在炉灰里比画着,好像在描什么字。

曾经对玷污武士之名的文觉大加叱骂的源五兵卫,此时听闻文觉幡然悔悟之状,也不知不觉地改换成同情的口吻了。

然而西行却不这么觉得。盛远的所作所为、他的出发点是可以理解的,但是像此刻这样在春寒之夜,偎坐炉边,伴着呼呼燃烧的炉火,让自己年轻的肉体平静地、凝稳地保持住生命的最自然状态,这种坚忍比起忍受千尺飞瀑的激撼,不知道要艰辛多少倍,困难多少倍。而对此缺乏深刻认识的源五兵卫,作为自己今后人生的同路人,还是让人有点不安的。——西行默默想道。

自从在这东山草庵起居,西行已经养成了每天夜半睁眼醒来的习惯。而之所以会这样,是因为出家那天,猛力甩开纠缠住自己的女儿,将她一把推倒在台阶下,那一刻女儿无辜、凄惨的哭声每每总是在夜深人静时分将他从黑甜梦乡唤醒。

白昼独自一人汲水、劈柴,又或俄然吟咏一两句诗句,然而山谷间的枝头、双林寺的松叶,阵阵风过,怎么听都像被自己抛却的年轻妻子发出的叹息,声声贯耳,令他夜夜无法入眠。

生生扯断与血亲姻眷之间的关联,作为对此的惩罚和报应,自己的心也将永无休止地被撕扯、被掏挖。这种烦恼和哀茕此生此世都无法摆脱掉,然

---

[1] 权现:佛教概念,指佛或菩萨为普度众生而所化现的佛形。

而这烦恼和哀荣正是人生最好的同侣——西行平静地接受下来，既不为之心绪烦乱，也不会将它忘却。

　　武士盛远，也就是文觉，将大自然加于人身上的烦恼和痛苦，通过那智飞瀑来彻底冲涤掉，希冀能从清澈的水底诞生出一个全新的自我。

　　——这的确是个值得尊敬的举动。盛远所选择的道路没有错，然而，却与自己的选择截然不同，虽然同样是为了将自我从人类的种种烦恼中解脱出来。盛远选择的道路毕竟是盛远的道路，而自己选择的道路则是只属于自己一个人的道路……

　　西行在灰烬中接连画了好几个"哀"字。

　　自己将以人的姿态，背负着无尽的缺憾和哀愁，去完成一场人生之旅，只是为了更加热爱生命。

　　人倘使想更好地善待生命，莫如本本分分做一个顺乎天地自然的人，而家庭只能成为生命的羁绊，乃烟尘斗乱之场，因此必须抛却妻儿家小。

　　换句话说，西行的出家只是出于一己的理由，绝无为了世间千万生灵这样的宏愿，更没有半点升入法灯明灭的殿堂，乞释迦牟尼降宠于己，有朝一日金线织花的锦缎加身，登上高贵的僧位的念头——西行从来没有这样想过。他只想珍惜这可贵的生命，向大自然学习人的生存之道；他要与大自然为伍，顺从天命，尽情感受生命的快感。

　　倘使世间真有那较真得可爱的法师，或许会忍不住向他发出诘责：试问，出家之道乃在于净化浊世、拯救众生，而你只为了一己之身的行世之举，却高自标树，这样似是而非的出家哪有什么资格披袈裟穿法衣？简直岂有此理，你是一个伪法师！

　　若是这样，西行一定会坦然接受，任人唾弃。假如对方依旧呶呶不休、不肯放过的话，那么西行或许会以这样的话来回敬对方：

　　——不错，佛法的教义和僧侣之道确如您所说，但是，假如连一己的生命都不爱惜的人，又如何能够爱惜他人，拯救众生呢？我只不过是个刚刚出家的小和尚，既无救助众生的佛知，也不具神异的奇才，所以我必须先从热爱自己的生命做起，一步一步修行才是啊。我小心翼翼、勉勉强强地生存着，为的只是不让自己成为世间的累赘和妨碍。山谷之间翩飞的蝴蝶也好，群峰之巅翱翔的鸟儿也罢，恳请你们眼睛里不要充满了仇视，放过我吧！

正月十九日。

这天清晨，西行出了东山，来到四条的河滩边，不巧的是，天空又飘起了雪花。他犹豫了片刻，心里寻思要不要返回草庵。蓦地，想起了昨夜源五兵卫带来的消息。

——哎呀呀，好久没有交通音信了，也不知道世间什么时候又有了何样巨大的变化……

他踏上积着薄雪的小桥，跨过河去，心里想好了要去待贤门院的女官那儿拜访一下。

来到京城内一处十字路口，却看到那里聚集了许多人，连天上开始飘落雪花也无人在乎。

"流放犯人就要过来了！听说是一对夫妇……"

"夫妇二人一同被流放？到底是谁呀？犯了什么罪行竟遭流放？"

人们一面翘首张望一面议论着。

西行转而朝其他方向走去，想绕开人群，不想那边也是一样，摩肩接踵的，人马都无法通行。

看到有检非违使的武士把守在各个路口，以防有不测之事发生，西行心想，犯人一定是个身份地位不低并且拥有家臣武士的人。

"啊！瞧那边不带鞍子的马，那不是平日里待人和善的御台所[1]大人吗？哦，还有散位[2]大人……真是可怜啊！"

几个妇人——大约是平常出入其府邸的仆人——发出惊愕的喊声，同时在人群里挤来挤去，伸长了脖颈拼命从人群上方往前看，还有几个则情不自禁掩面啜泣起来。

这时，一队手持竹篾的六条的爪牙小吏以及放免，往来路口街边，一面叱喝着："往后退！往后退！让出道来！""还不往后退？！"一面使劲将人群向后推搡。

就在一片混乱中，从公衙门内拉出两匹没上鞍子的裸马，马背上绑着一对犯人夫妇，前后都有武士小吏吆五喝六地拥着，一名官吏手里举着书有科罪律文的罪文牌子走在最前面。

---

[1] 御台所：日本古代对于朝臣、将军以及大名等的夫人的敬称。
[2] 散位：日本律令制时代只有位阶而无实际官职的人。

官吏大声念出罪文,其中写道:

依其奉待贤门院之旨诅咒国母皇后宫(美福门院)之罪,处散位源盛行并其妻津守岛子发配土佐国……

太政官执行。

盛行及妻子岛子夫妇二人曾是侍奉女院多年的家仆,如今看上去已是白发苍苍的老者。

西行很早就认识他们,因此目睹其不成人形的模样,不禁悲愤起来。看到有人猛地从路旁冲向两匹裸马,他也随着那些人拥上前去,不顾一切地对着二人叫道:

"散位大人!盛行大人!今日送别,情意难舍……千万保重身体呀!"

叫着叫着,仿佛想向挚友临别馈歌一阕似的,西行竟追随着裸马踉踉跄跄前行了数十步。

而那些武士和放免们立即驰至眼前,不停地挥舞着手中的竹篾,朝送行的人们头上、身上狠狠抽打,嘴里还一个劲儿地叫骂道:"这些卑贱的地下人,还敢往前来!还不快散开!"

西行本来可不是那种会轻易被竹篾子抽到的人,但因为这突如其来的事情令他心头悲怆不已,多少有些心乱如麻,一不小心脚下一滑,竟跌倒在骑马小吏的马蹄前,一阵晕眩,后来的事情就不知道了。

……

待他苏醒过来,发现自己匍匐在路边的雪泥中,身旁早已不见一人一马,唯有依旧飘落的雪花,像静夜的黑幕一样,悄悄地将所发生的事情藏形匿影,擦拭得干干净净。

这日,西行自然没去成待贤门院。

所谓诅咒,也可以理解为是无中生有的欲加之罪——这样的猜测应该八九不离十,显然是某些人的暗中策谋,而其后种种真假难辨的飞短流长,只能让人心里更加疑窦重重。表面上看起来,京城安定平静,然而地下潜藏的暗流却汹涌激荡,非同小可。

一时间,人们纷纷猜测到底发生了什么事情。但似乎什么也没有发生,只是传出消息，说是鸟羽上皇不久前举行了剃度式，出家为僧，所以如今应该称呼其为鸟羽法皇了。又过一年，翌年二月二十六日，待贤门院也入了仁和寺，在仁和寺的法金刚院内深居不出，没多久便正式出家了。

待贤门院年方四十二，一头秀发依旧乌黑透着光泽，当剃度的剃刀割向黑发时，该是怎样的一种悲凄啊，甚至有人推测待贤门院心中烈焰腾腾，然而待贤门院的心境却像秋水一样沁凉，平静地完成了剃度式。这一切，西行是日后从女官们的书信中得知的。他和着小鸟无邪的鸣叫声，独自举目远眺，将人世间的春天与大自然的春天做着比况。

六波罗拓地

五条的大桥新近才建成。

自数年前起，有位名叫觉誉的法师时常伫立在这儿的十字路口。他听到百姓的议论，于是化缘乞财，积少成多，下决心自己来建造一座桥。白天他亲自挑石担土，夜晚就睡在河滩旁的破屋里，经年累月桥终于竣工建成。

"世上既有只知道寺院与寺院间打斗不停的野蛮和尚，也有像他这样行为奇特的法师。"人们纷纷赞誉道。

自从五条上架起了桥，庶民的生活空间也向南拓展了许多。转眼间，清水寺脚下、音羽川两岸、鸟边野一带都开始聚集起人家来。

以前只是杂草丛生、乱石交错的荒地的六波罗一带也建造起了一座宽敞的武士宅邸。

"这是谁家的宅邸呀？"

路过的百姓都忍不住相互打听，可是没有一个人知道宅邸里住的究竟是谁。

久安元年[1]夏初，新屋墙壁上刷的粉还未完全干透，屋子的主人便携带着一大家子搬来这儿居住了，新屋的主人就是最近刚刚升为中务大辅[2]的平清盛和他的妻子、家仆等。

---

[1] 久安元年：1145年。久安是日本第七十六代天皇近卫天皇的年号。
[2] 中务大辅：中务省中阶位次于中务卿的辅佐官吏。中务省为太政官属下分掌国务的八省之一，侍从天皇，主要负责诏敕审署、上表受纳、国史监修、考叙、位记等，相当于中国唐代的中书省。

"怎么样？虽然这儿不能跟水药师的老宅子相比……"

清盛得意洋洋地向妻子夸耀着。已经是三个孩子母亲的时子，她打心底里和良人一样高兴，此刻正领着八岁的长子重盛一间一间地端量散发着木头清香的屋子。

"你父亲比我父亲还要倔。这样的新家，他硬是说没有水药师的老宅子舒适，不肯搬过来一起住。唉，真是好东西看不上眼啊，我可是花了八年工夫才置办起来的。"清盛感叹道。

不过，对于清盛和时子来说，婚后仅仅八年便能住进这样的新宅，两人真是做梦也不曾想到啊。

回想过去，之前的贫苦生活简直不堪回首。如今家臣武士的人数比以前增加了十倍，使唤上了侍女，马厩里也蓄养了十几匹健壮的马。

——我到底有什么功劳？

清盛时不时反躬自省，仍是怎么也找不出自己曾立下过与此匹配的了不起的功绩。

其实不仅是清盛一个人如此。

现在父亲忠盛已升为刑部卿，在但马、备前、播磨等三国领有给田。源氏的六条判官为义也是如此，近来都内冒出来许多陌生面孔，一望便知是东国兵士，原来这些都是六条配属下的坂东武士，族内一众人先后加官晋爵，门下兵营也随之增员，俨然已是京城一大豪族。

不消说，地下人的地位待遇突然间大大提高，武人干政的表面化，这种倾向不是贵族公卿们所乐意见到的，因为它几乎颠覆了一贯以来的国策方针。贵族公卿们缺少武力依倚，于是很自然地产生猜忌和不安。世道变得越来越险恶。

旧院（鸟羽院）与新院（崇德院）父子间原本冰冷紧张的气氛，随着其间唯一的缓冲地带待贤门院的出家，一下子变得势不两立，仿佛两座峨然对立的山峰一样。

群臣便是夹于两峰之间的低谷。他们也处在极度的不安之中，即使攀附其中一峰的人也同样迷惘惶恐，因为谁也猜不透明天局势会怎么样，他们开始惴惴不安地谋划和行动，以确保自身平安。

而雪上加霜的是，近年睿山、三井、奈良等地的武装僧团暴乱也愈演愈烈，针对他们却没有一个统一的朝令，致使僧团烧杀混战不止，看来若是不依靠武力，官厅就拿他们没办法。

这些年来，忠盛、清盛父子，以及六条源为义的手下等，要说建立什么功勋的话，恐怕也就数与僧团的抗衡了。武士集团纷纷行动起来，担负着对武装僧人的守备和镇压，至少保得禁门之内平安无事。从武士的本职来说，功绩虽是功绩，但终归只是消极的功绩。

不过，当武装僧人数以千计、数以万计像骤雨般向都城进攻的时候，武士们却无法与之正面交战，毕竟守备才是他们的首要任务，更何况睿山、南都等地的僧众拥有超越政令的法权，而僧人所象征的天威远远超过朝廷之威，故而僧众每次袭来时总是抬着万众崇仰的神轿打头阵，以夸示其无敌之神威。

"近来每晚都看到扫帚星呢。"

"西北方的天空中，这么大的彗星！"

坊间飞短流长，黎民百姓个个脸上露出不安的神情，纷纷举头仰望星空。

大旱持续的七月，几乎每至夜晚就可以看到这样的场景。

"定有什么事——反正不会是好事。"

正值兴福寺的僧众与大和金峰山的僧众因摩擦发生械斗，兴福寺吃了败仗之后，复又大举兴兵，一把火烧了大和金峰山——这个消息正传得沸沸扬扬。还有人看到有快马自奈良入京，六条为义手下的兵士为防万一，星夜赶往宇治方面。于是每晚出现的彗星，看上去似乎更加在预示着什么。

不只是坊间百姓，百官的朝议中自然也少不了关于彗星奇象的话题，究竟是什么先兆？是凶还是吉？掌历学、善占巫的诸博士凑在一起探讨了半天，最后还是老一套，手忙脚乱地进行保佑祈祷，以求消灾除祸。

"到底是……"

堂上人面面相觑，都希望在别人脸上找出答案。

八月二十五日，待贤门院藤原璋子于仁和寺仙逝，终年四十五岁。

翌年，圆城寺的僧徒与延历寺的僧徒又蜂起决斗，混乱整整持续了一个多月。

清水寺则蹊跷地发生火灾，原因不明。

清盛又被擢升为安艺守，父亲忠盛之前便已是播磨守，父子二人如今同为国守[1]。位阶为四品，职级则为四等官，虽然在国司[2]中属于下级职级，但毕竟贵为一国知事，而且不用前去赴任，只待在京城领俸禄就可以了。

时势开始朝有利于武人的方向倾斜，而与此同时这些地下人在与人交往的过程中，他们原本的天性和欲望也渐渐觉醒，他们知道有某种东西在等着他们攫拏，如今只是在静候时机。

清盛终于迎来了这样的机会。

久安三年，他年满三十岁。

这年夏天，过去曾令白河法皇也头痛不已、发出无奈喟叹的睿山僧徒，清盛却敢于与之迎面较量，面对武装僧团的滋扰和凶暴，他做了一件破天荒的惊天动地的大事，这对当时从朝廷贵族一直到庶民百姓头脑中存在的冥顽不化的迷信思想无疑是当头一击。

"哎呀呀，平清盛是不是擢升安艺守之后自以为了不起啦？简直是疯了，只有疯子才会做出这样的事情来！"

人们纷纷向他投去怀疑的目光。

且不说世人脑子里的顽迷在作祟，事实上，大凡敢于打破世人常识的界限、勇敢向前迈出一步的先行者，无不像清盛一样，都是饱受置疑甚至嘲笑的。

---

[1] 国守：日本古代律令制下的国司长官，即地方长官。
[2] 国司：日本古代律令制下的地方官员，统掌一国行政、司法、警察和军事等，由守（长官）、介（副长官）、掾（三等官）、目（四等官）及史生（书记员）等组成，均由中央任命，一般任期4—6年。

新平家物语

九重之卷◎

大比睿

世人都称呼它为"佛法之山"。

这儿位于加茂川的上游，距离都城既不算远，也不算近。一年四季，对俗世的喧嚣生活已然厌倦了的人们眺望着它，会情不自禁地浮想联翩："啊，那群峰之间想必不会有人世的这般苦患和种种丑恶吧……"

人们明知睿山跳不出人间，同样是人居住的地方，却仍难以自抑地做这样的遐想。

春花秋月，朝朝暮暮，僧徒们相互犄牾、相互欺骗、相互谄媚、相互构陷——这般饿鬼道似的丑恶较之俗世更有过之而无不及，比人们所能想象的还要严重，倘使俗世的人们得知其向往的极乐世界竟是这样的光景，则这世上人们还有什么可以信赖的？又可以在哪里寻求到心灵的安宁呢？

"不不，唯有那儿的真理之灯长明不熄呢。"芸芸众生至少还是这么看的。

越是尘世寰宇演化成了人欲横流的修罗场，人们就越是希望佛门是大正、至善之所在，是大正和至善的化身——人们愿意这样相信。或许这只是一种无知的愿望，又或许这是一种可怜的迷惘，然而善良的众生还是给自己这样一个寄托，因为如果没有精神的寄托，他们便难以在这样的世道中生存下去。

只能说这是一种悲哀。

不仅仅是朴素、无知的人们才会这样。但凡人类，总是无意识中凭依某种寄托而生存。——不！我一无凭依。没有任何空虚缥缈的寄托，我照样可以一个人生存！敢于如此自我宣称的唯物主义者，恰好说明他是一个彻头彻尾的唯物论的信徒；假使是对唯物论、唯心论统统嗤之以鼻的虚无主义者，那么，其对于虚无的笃信，与遁入佛门整日正襟危坐自得其乐的行者相比，两者在某些方面的蕉萃孤虚何其相似啊。

芸芸众生不会去理会什么深奥的理念，他们只是出于生存的渴盼，出于浑朴而不懂得虚矫的心理，去追求这世上最美好的至美至善，他们将心愿寄托在佛陀身上，来到伽蓝堂塔这样的庄严宝地合起双掌，诚心诚意地祈祷："菩萨慈悲，救救我吧！"除此以外，他们不知道还有什么可以拯救自己。

春紫秋金。大比睿、小比睿的群峰诸岭，在这样的众生眼里，是远在那方的。

阴历八月二日晚，一弯细月斜挂星空。

四明岳的崎岖山道上，一个人影像条病弱无力的独狼似的，踉踉跄跄地向前走去。

只见他手拄拐杖，一步一蹒跚。原来是位年迈的佛门硕学法师。

人影越过了山口。眼下是黑黢黢的万丈深谷，抬头则是无垠的缥缈夜空，老法师绵软无力地坐在地上。

"南无阿弥陀佛……"

老法师双手合十，口中念念有词地唱道，蓦地潸然泪下，最后竟像个小孩似的"呜呜"地大哭起来。

在平安时代，不论男人还是女人，大都爱笑、爱哭，喜形于色，怒形于色，毫不掩饰自己内心的情感。至于以神色自若为美，视"喜怒不形于色"为修养深厚，这是后世日本人所崇尚的风气，是受到儒家思想和武士道精神的影响而形成的。而在此之前，日本民族的固有性格十分自恣苟简，高兴了唱歌，兴奋了跳舞，笑则大笑，悲则流泪，即使当着他人的面也不会在意。人们相互之间承认和理解对方七情六欲的凡愚，在此前提下交往和共存。

当理性失去作用，人们变得无法驾驭自己世俗的本性，物欲的烦恼、官能的折磨使得人们变得悲天悯人，不可收拾，但毕竟乃宿命之子，故而对于大自然的神谕以及佛祖的教诲，人们还是谦恭并顺从地接受。

东大寺的金刚遍照如来佛和法隆寺的诸菩萨像等无不如此，建造并雕琢的是造佛师，但其所呈现的却是这种信仰的结晶，佛祖那庄严神圣的三十二相[1]所表达的正是芸芸众生不带半点尘杂的纯粹的信仰理想。

此刻，在四明岳的一隅，独自抬头仰望夜空的举止古怪的老法师，涕泪俱下、口中念念有词地唱诵着"南无阿弥陀佛、南无阿弥陀佛"，毫无疑问，他一定目睹了周身光环的释迦、普贤、文殊三尊以及二十五菩萨等驾着仙云出现在他眼前，于是他伏地叩首，向佛陀和诸菩萨泣告：

"请诸位菩萨宽宥！老朽不谙自身凡愚，居然痴心妄想拯救众生，结果却连自己都无法拯救，如今不光是心中困惑难解，曾经的智慧现在也越来越晦盲，多年钻研的学问却成为迷悖真理的邪魅之物。回头来看，迄今大半生全都是徒劳虚掷。佛法之山倒成了罪恶之山，让人活在这世上不由地感到害怕，老朽再也无法在这儿待下去了。呜呼，假如诸位菩萨所宣昭显扬的教谕是真的，那么请明示老朽，真正的净土到底在哪里？莫非是人间根本无法企及的浮幻？如果连这个也弄不明白，老朽死不瞑目啊！"

老法师断断续续、啰里啰唆地自言自语，叹息着。

老法师年轻的时候眼见世间苦难，众生生活在水深火热之中，于是便发誓要成为一名高僧，救度众生，为百姓消除烦恼，这才将自己的一生全都托身于睿山。

为此，老法师四十余年（几乎是人的一生）来破衣素食，谨守着佛门的清规戒律。他曾经历时七年，日夜都在客途，赤足遍访各地伽蓝堂塔，足迹踏遍日本的险山峻岭，直走到脚板血肉模糊；也曾经一头钻入大藏经宝库心无旁骛地苦读佛典经籍，数年不见日月。老法师抛弃了世人的凡俗欲念，以生命为代价自力修道，终于获得开悟，同时他在遍访诸州的旅途中，与其他各宗的饱学之士谈道论法，成就了一代硕学之名，被尊为高僧，晚年还纳受僧位，担任了一院的长老。

如今，虽说在睿山有学问的名僧智识者不少，但是若论到对开山祖师传授的台密[2]禅戒四理开悟最深、知识最渊博的，则谁也比不上这位老法师。

然而可悲的是，法师眼下已经垂垂老矣，前往他所居住的山间寺院求教

1　三十二相：佛陀所具有的三十二种庄严德相，由长劫修习善行而感得。
2　台密：指日本天台宗所传的密教，台密综合了台、密、禅、律四宗思想而成，以睿山延历寺、园城寺为中心，在日本流传甚广。

的信徒一个人也没有。

睿山各处堂塔年复一年越来越美轮美奂，中堂里法灯熠熠生辉，谷仓内堆满来自全国各地的田作富藏，方丈以下名僧、学侣、堂众、童仆、杂役等生活在此的衣食者据说不下数万，呈现出一派繁荣景象，可是对他来说，所有这一切都毫无留恋，他似乎彻底绝望了。

"昔日开山之祖最澄法师临终前曾经说过：'久劳心形穷此一生。'老朽如今也夹在自以为是的学问和现实之间，迷惘烦恼，心神难宁，已经丧失了活下去的气力。呜呼，老朽死后，不敢劳烦诸位菩萨相迎。漫山的乌鸦啊，将老朽这肉身化作你们一天的饱餐吧！"

老法师颤巍巍地立起身，用衰弱的声音喊出这样一句。蓦地，他猛然奋身跃起，跳下了千仞山谷。

神轿游行

居住在三塔十六谷的睿山僧人们，还顾不上诵经念佛，凌晨的美梦便被惊醒了。

"大讲堂的钟敲响了！赶快到大讲堂去集合！"不知道是谁，扯开响遏行云般的大嗓门叫道。

咣！咣！咣！……

钟声一直响个不停，僧人们听到钟声立即披上铠甲，外面再罩一件法衣，腰挂长刀，手里握着大刀——年迈的老和尚则是手拄竹制的登堂山杖，争先恐后地从各山谷向山顶奔去，仿佛片片散云飘往一处集聚似的。

时节刚过六月中，虽说夜短昼长，但此时天空仍旧黑黢黢的，只有稀疏的星星在闪着微光。

僧人们一路跑着，一路用手卷成喇叭朝两旁的各个堂舍院落四处大声喊道："赶快到大讲堂去集合！大讲堂的钟敲响了，在通告所有人赶快集合呢！"一路叫一路跑。

他们都有一个奇特的习俗：不分老幼全都实行"裹头"，即用长绢或破旧的袈裟裹头覆面，童子、奴仆等则以对襟袖扎的便服衣袖遮住脸孔。

平时，僧人们脚上或穿木屐或穿草鞋，大讲堂的紧急钟声响起，召唤所有人集合的场合则每人都只穿草鞋，以备万一堂上合议的结果需要立即下山，方便行走。

这会儿，所有人急急地赶往大讲堂集合。

"商议什么事情啊？"

"哎呀，不好了，死人啦！"

在通往四明岳的山道上，一名僧人站在草丛中。

"哦，是个老僧啊，是哪儿的法师？"

死者大约是脑袋猛烈撞击在岩石上，尸骸全身血肉模糊，脸孔已经根本无法辨认了。

一名僧人探身向前，仔细查看了尸骸手腕上的数珠，忽然惊呼道："呀！这不是西塔常行堂那位病魔缠身的实镜法师吗？没错，肯定是实镜法师！"

"啊，是那位老法师？"

"是啊，不信你们仔细瞧瞧。"

"嗯，他怎么会死了呢？大概是脚下踩滑了，从四明岳上跌落下来的吧？"

"也许不是。老法师长年为中风所苦，也可能是实在不堪病魔折磨，忽然间想到去死的吧。"

"看来不止是为病魔所苦。听说近来老法师只要碰见人，总要跟人絮叨一番，说什么如今佛门腐败堕落，愤愤地数落个不停呢。"

"对了，这么一说倒想起来了，听说他还给方丈写过什么弹劾书。"

"平时他一直怏怏不悦，从来没看见他露出过笑容。估计长年的病魔使得他这样的人也意志消沉，终于落了这样一个结果，罪过，罪过，阿弥陀佛！"

"对了，集合的钟声敲响到底是什么事情呀？"

"早晚是个要死的病人——哦不，他已经死了，现在只是具尸骸，不值得我们理会。关乎一山大事的商议即刻就要开始了，也不可能让大伙儿下山来吊唁老法师，反正吊唁什么时候都可以，眼下还是赶快前去商议大事吧！快点到大讲堂去！"

于是僧人们丢下死尸，匆匆离去。

又有一群人经过，穿着同样的服饰，明显同是山上的僧人，他们只是侧目扫了几眼，便若无其事地从尸体旁扬长而去。

又一群僧人、再一群僧人从这儿经过，结局全都一样。

夜幕降临，老法师的脸旁，沾满朝露的鸭跖草在微风中瑟瑟摇曳。

老法师微张的口中，咬在嘴里的一段屐齿松开了，看上去就好像咧嘴笑了一样，望着这满山的景象。

山门内为某件事情进行全体商议是常有的。

从钟楼发出的敲击声分为梵音的连击和缓击，是否紧急，僧人们一听便知。

这天拂晓，大讲堂的前院里，挤满了手持登堂山杖或大刀、黑衣覆面的老法师和青壮年僧人，黑压压地聚集了两千来人。

他们各自从路边带来一块石头，来到堂前，便弯腰坐在石头上，面朝讲堂正面。

讲堂正面长长的回廊，光横梁就有一百十一尺长。回廊台阶下，坐着一名大法师，只见他头上披着大五条袈裟，法衣下面裹着粗编的铠甲，坐在雨淋过的石头上，手里攥着一杆菖蒲形的长矛，瞪圆了眼睛，注视着聚集在面前的法师僧人们，样子看上去威猛无比。

另有八九名形似赳赳武夫，架势跟他不相上下的老法师也站立在堂上。

"……事情看似小事一桩，却绝非小事，它关系到我睿山山门的声威，进一步讲，倘若其他山门借机谤毁我们，作为国家镇护之山的睿山延历寺的法灯也将面临存亡续绝的大危机！各位尊意如何？今日召集大家来商议的目的就是，我们到底是以武力前去讨个说法，还是忍气吞声息事宁人？只有这两个选择，各位法师不必忌惮，尽管发表各自己的意见——到底是去，还是不去？"

端坐中央的大法师舞弄三寸利舌，声色俱厉地鼓动了一番。

其实今天拿来商议的议题起因于这样一件事。

当月也就是六月初。依照往年惯例，盛大而隆重地举行了祇园祭。祇园神社原先是奈良兴福寺下属的一个旁寺，后因与睿山争斗失利，兴福寺拱手让出了所有权，祇园包括古老的莲华寺、感神院以及神社外的祇陀林等大片山林遂统统归属睿山支配。

祇园祭之际，睿山延历寺派出许多僧人前往祇园，与神社的人员共同负责活动。某日，延历寺的僧人与两名武士发生了争执。由于是祭祀活动，僧人们不消说个个是酒醉迷离，而对方的武士也是浑身散发着酒气。

所以说，争执的原因本不足为奇。

然而，结局却堪称十分难看，两名武士不仅将与之起争执的僧人及神社杂役痛打了一顿，还把赶去增援的数名睿山僧人也打伤了，随后逃之夭夭。

这场斗殴不仅发生在大庭广众的眼皮子底下，被人围观，而且血溅祇陀林的灵地，这自然极大地损伤了山门的名誉，使得睿山延历寺的僧人脸上无光，觉得受到了污辱，睿山众僧绝对是不肯轻易善罢甘休的，他们定要向卑贱的地下人讨回公道。

睿山方面一面立即向刑部省和检非违使厅提出正式控诉，一面派人四处打探两名武士的身份，很快探回了消息：一个是鸟羽院的北面之侍、新近在六波罗建造起新居的安艺守平清盛的家臣，另一个则是平清盛的妻弟藤原时忠。

——把时忠和家臣平六二人交出来！

祇园神社数度交涉，要求清盛交人，可每次清盛都是一笑了之，对这个要求根本不予理会。

祇园神社方面又向刑部省陈诉，可刑部省的刑部卿乃是清盛之父忠盛，此举自然又是白费事，事情根本没有进展。于是，祇园神社便派出使者以睿山的名义直接向关白藤原忠通甚至鸟羽院抗议申诉，要求严厉查处清盛父子二人，然而使者赴京数次，几经交涉，得到的仍旧是顾左右而言他的回复，瞧那意思完全没有把山门放在眼里。

岂有此理！睿山的一众法师僧人终于再也按捺不住了。

近来，朝廷也好，鸟羽院也好，似乎都渐渐将睿山的神圣地位忘记了似的。——不管怎么说，我睿山北岭的大比睿、小比睿乃是皇城鬼门的镇护之神，也是天皇的道场，开山传教大师曾经奉桓武大帝[1]的敕令，率山王二十一社向诸天祈祷，根本中堂[2]内则供放着长年不熄的法灯，遍照众生。

由于这一层缘由，只要睿山僧众抬着日吉山王的神轿游行进入京城，天皇都得朝服冕冠，遥拜神轿，亲自迎接其入京——这已是多少年来的惯例了。

---

1 桓武大帝（737—806）：日本第五十代天皇桓武天皇，781—806年在位。在位期间迁都平安京，从而开创了日本古代最为繁盛的平安时代，曾大力保护新佛教。
2 根本中堂：睿山延历寺的中心建筑物。

天子尚且如此恭敬，何况公卿百官呢？

"像忠盛、清盛那样的武士败类，将我灵山的威严肆意践踏破坏，我等岂能答应他们胡来？而对其不闻不问的鸟羽院的态度，还有关白家的反应，同样不能容忍！想必他们都忘了古例，轻视小瞧我睿山北岭众僧啊。各位法师怎么样，想清楚了吗？！"

大法师用狮子怒吼一般的大嗓门将事件经过叙说一遍，最后挥舞拳头，半征询半煽动地问在场的所有人。

大讲堂前的僧众黑压压一片，个个脸上现出剧烈的表情——有的兴奋，有的激愤，很快现场像沸腾了似的，发出了轰轰的吼声：

"下山！下山！"

"武力示威！暴动！给他们点颜色看！"

僧众们由于裹着头覆着面，所以叫喊的时候用手遮住鼻子，发出的声音显得怪怪的，而这却是山上这群尚武法师的惯习。

这天，下山的钟声再次敲响。

山王二十一社的僧人杂役们抬着神轿来到根本中堂前，举行祀奉仪式。

表面看来，似乎是将神佛混淆在一起了，但在当时那个时代，依据古来的本地垂迹理论[1]，佛教无所不包，神社则披上了佛教的外衣。

在本尊药师如来、日光月光二菩萨、梵天、帝释、十二神将诸佛之前，焚起巨大的护摩[2]木，三纲[3]落座之后，百僧诵经，随后便是入京示威的决起仪式，还高声宣读了一篇檄文。

檄文立即传遍附近的山寺，毗沙门堂、大师堂、戒坛院等各处的僧人、学侣、杂役也纷纷操起武器，合成僧兵武装，加入到示威队伍中来，并且人数越来越多，几乎漫山遍野都是武装的僧兵。

"好久没有入京啦，我们也去觐见觐见鸟羽院和天皇啊。假使他们不来拜迎神轿游行，那摆明了就是对我们的轻侮，先前那桩犯我山门声威的事情正好是个绝好的借口，干脆一并把那些狂妄自大的武者之辈的胆子取出来，捏个粉碎才好！"

1　本地垂迹理论：认为佛和菩萨为普救众生而现身为日本神教中的神，神教的神即是取俗世之形出现的佛和菩萨的本体，从而形成"神佛同体"。

2　护摩：梵文Homa的音译，意为焚烧，佛教密宗修法之一。

3　三纲：佛寺内统辖僧尼、处理各种事务的高级僧职，包括上座、寺主和维那（或称典座）三种。

一众僧徒各持家伙，大放豪言，大吐壮语，准备朝京城开拔。

六月的烈日，将天空烤得通红、滚烫。僧徒们抬着神轿行进在路上，而满山的蝉鸣仿佛就是他们的军歌，好似山洪一样，僧徒们朝山下滚滚而泻。

人间处处

时人所谓的山门示威，其实指的是山寺的僧人们恃借武力，冲入城市打砸烧掠的一种无理行为。他们往往纠集起数千人的寺院僧人和神社杂役，组成武装僧兵，蜂拥入京，为了达成自己的要求目的，恣意冲击朝廷以及摄关府邸。而他们最惯常的手法，南都（奈良）僧兵是抬着号称"春日神木"的粗大神木冲在最前头，而睿山僧兵则是抬着供有神灵牌位的日吉山王神轿打头阵。

南都的僧徒将这称为"神木游行"，而睿山的僧徒也把这个称为"神轿游行"。

两者都是最受崇仰奉祀的神物，只要抬入禁门，哪怕是天皇也只得趋步下阶，就地遥拜，公卿百官们自然不得不整理衣冠，平伏于地行跪拜之礼。身份卑微的武士就更不消说了，在此神物面前，弓不敢张，箭不敢发——到底是神物，这神木和神轿就应具有如此绝对神圣的地位。

自圆融天皇[1]在位的天元年间一直到后奈良天皇[2]在位的约六百年间，这样的山门示威总共发生了不下两百次，由此也可想见其效果立现的威力了。尽管如此，可以说没有一次是为了庶民百姓而进行的，都无非只是为了实现小部分僧人神社人员的意志，为了山门的声威。

有天皇有朝廷，为什么还会有这等超越皇权的特权存在？对于当时的庶民百姓来说，这无疑是一个找不到答案的难题，而后世的人们更是难以理解，成为一种不可思议的奇特世象。

那是基督纪元前的事了，即公元前558年。

乔达摩·悉达多[3]王子凝望着青空衬出的喜马拉雅雪峰，独自沉思：

---

1 圆融天皇（959—991）：日本第六十四代天皇，969—984年在位，天元是圆融天皇的年号。
2 后奈良天皇（1497—1557）：日本第一百零五代天皇，1526—1557年在位。
3 乔达摩·悉达多：即释迦牟尼。

人们啊，为什么如此不幸？为什么总是内心纷扰、惴惴不安？

想着想着，他情不自禁地流下了两行泪。

生活在拥有圣河恒河的这片广袤热土上的住民，全都是被征服者的子孙，他们毫无自觉的人权意识，相反已经习惯于卑屈和懒惰。

——可怜的人们啊！

王子时时刻刻以平等、博爱的目光注视着这些庶民，并时常思忖：无论他们怎样可怜、怎样贫穷，难道就不能互相友爱，幸福地生存吗？这片热土难道就不能成为爱的乐园吗？

夜半，王子也会独自一个人沉思，啜泣。

绮罗华美的太子宝衣，荣华富贵的王城生活，对于他来说却是一种幽忧。

为了一己的生存，人们互相欺诈、互相诬陷、互相杀戮，生存下来的不知何时又会被别人杀戮消灭，转瞬化作白骨，令人目不忍睹；而淫猥男女只知道为满足无耻的肉欲而消耗着他们泡沫一般的生命……余毒和余害永无休止，使得不幸仿佛人间的俦侣，如影随形地相伴人间。

——人间不幸的根源在于人们内心欲情的邪魔，必须寻找到新的消解欲情的方法，假如能够成功的话……

于是，王子抛弃宫廷生活，遁入深山，开始了千辛万苦的悟道修行。

自然不是空想的哲学，他将自己年轻的肉体当作了解决这个难题的祭品。经过人类官能所能承受的极限的苦行，当他走下山来时，他带来的是对抗旧有婆罗门教的全新光明，站在了人间的十字路口。

这便是佛教的发祥。

公元550年，日本钦明天皇[1]时代，人们第一次接触到了宇外传入的新宗教，在此之前素朴的天孙民族[2]只知道祀奉天地，而如今他们也学会从人间自身察观佛，除了观日月天象还懂得了因果轮回，他们被教谕如何在现世之外的未来时空中寻求智慧之道。

斗转星移，时光流逝。

---

[1] 钦明天皇（？—571）：日本第二十九代天皇，539—571年在位。
[2] 天孙民族：日本人相信自己的先祖是从高天原降临的神的子孙，尤指天照大神之孙琼琼杵尊，故称自己为天孙民族。

圣武帝[1]光明[2]后的天平胜宝[3]年间，日本迎来了空前的佛教兴盛，东大寺建成、大佛开眼等具有划时代意义的事件都发生于这一时期。自那以后，从大唐先后传入佛教方面的经典、美术、音乐、文化等，奈良、平安两朝直至现在的近卫天皇，前后不过五百多年，而在这短短的五百余年间，日本的教团却已经发展到极盛，开始出现了衰败腐朽的迹象。

佛教经常说无常，未曾想，佛教自身也逃避不过无常的命运。

释迦牟尼佛祖早有预见，他在经典中将此种佛法衰颓时期称之为"末法时"。由此看来，年轻的悉达多王子所冥思苦想的让佛教正法在和平幸福的人间显现这一理想，仅仅只在人世间逗留了极其短暂的一段时光。

不过尽管短暂，佛祖的爱也确确实实曾在日本这片土地上放射出灿烂的光芒，遍照人间，使人们不论贫富，相互以敬助之心和平共处。渡唐归来的空海，还有在睿山点燃长明法灯的最澄等人即是如此，他们向世人宣示了佛教在日本发展的最盛期。

然而，这些学识渊博、德高望重的高僧又何曾会预料到，自己点燃法灯的同时，却已经在山门与山门之间、佛门与凡尘之间也播下了武力斗争的火种。而更加令人战栗不安的，是将灾祸撒向了人间。

"如此微妙之法朕实未尝闻之。"

根据《日本书记》记载，初次接触到佛教的钦明天皇曾这样欣喜地说道。尔后的朝廷也好，贵族也好，庶民也好，对于他们来说这无疑都是一种心灵的革命。

自那以后，历朝历代无不举全国之财力和劳力，在日本各地大肆兴建寺院伽蓝堂塔，或是造佛凿像，打磨庄严而精美的工艺品。

自然，入唐求法的僧人被视为智识超人的大师，皇室、贵族不知不觉地对僧侣本身也产生出一种幻觉，仿佛他们身上蕴藏着某些不可思议的佛力。由于日本从来就是具有祭政一体风俗的国度，于是取代神话传说而风靡一时的佛教与政治"联姻"，演变为佛政一体就是水到渠成的结果了。

祈祷也是一种政治。

1　圣武（701—755）：文武天皇之子，日本第四十五代天皇，724—749年在位。

2　光明：圣武天皇的皇后。

3　天平胜宝是圣武天皇的年号。

僧人的一句话，有时候可以改变朝政。

身为孝谦女帝[1]侧近的道镜和尚甚至组建内阁，自称太政大臣禅师，掌各省之首班，统辖政务。

佛门也仿照朝廷之制订定了僧位、僧官之制，敕受四品、五品、大僧正、权僧正等，并分僧都、律师、法印等权贵阶级，僧人、法师们为了攀上权贵阶级，互竞名利荣华之风日盛，与凡俗之人几无两样。

而最致命的祸胎莫过于寺院拥有莫大的财富，所有寺院都有广袤的私有田地。每当新建寺院，朝廷必定嘉赏有加，或是赐予僧纲[2]，或是赠与庄园，钱财货物不计其数。

贵族权门也争相建立私寺，并将自己的弟子送入寺院，通过这些弟子僧人，寺院与政权之间便建立起了特殊的利害关系。

各地寺院都设有管理人，他们与地方上的土豪、国司、郡司等未必关系融洽，特别是国家的土地政策一片混乱，因而寺院方面不得不通过武力来守护寺院。

土地开垦、土木营造、新知识的汲取和活用，在这些方面，当时还没有人能够比得上僧侣。僧人们热心地与来自中国大唐的人士或是入唐留学的人士接触，对于引进大陆文化可以说是竭尽全力，同时又十分注重将之与日本的国情结合，使它在日本生根开花。

对于在中央怀才不遇或退职的地方官员来说寺院就是最好的燕居之所，故而他们全都集中到了寺院来。有皇亲国戚、堂上公卿、权倾一时的门阀做背景，得入法门，简直就是荣光显达之至了，既无俗界的种种扰烦，却能够尽享俗界所有的一切物事。

　　此地思真道

　　喜有渡世桥

对照解脱上人吟唱的和歌，你便会恍然领悟其中的含义。

财富泛滥之处，必然就要有守卫财富的人手，而蓄养守卫人手则势必会产生出众多僧侣以外的人员，他们外表跟僧人没什么两样，其实骨子里却不

---

[1] 孝谦女帝（718—770）：即日本第四十六代天皇，749—758年在位，日本古代最后一位女天皇。
[2] 僧纲：日本统辖全国僧尼的僧人官职。

是僧人，故此时人称之为"滥僧"，这些人构成复杂，而且各个山寺几乎满山都是。

睿山也不例外，其时睿山的人口几乎饱和，单单学习佛法的僧学生与被称为堂众的下级和尚就达到了数千人，此外，还有大量服侍众法师的杂役童仆等，总之人丁兴旺。大部分杂役是从各地庄园给田辗转而来的奴隶，其中既有本分老实的，也有厌恶劳作、不愿意踏踏实实流汗挣租税的，还有因有犯罪前科在当地混不下去的流民，总之对这些人不能简单地一概而论。

事实上，不管睿山也好，三井也好，奈良也好，各地的僧团如今为了死死保住之前延续下来的特权，不得不蓄养数量庞大的一群人，为此几乎落入捉襟见肘、焦头烂额的境地。

法城就如同一国的都城乃权力之城一样，是不容侵犯的，一旦被视为敌人，即使同为法门的僧团，照样诉诸武力，烧毁民家、阻断道路，为了攻下敌方的堂塔不惜战个尸山尸海，血流漂杵。僧阀之间假使发生无礼的行为，不论对方是谁绝不肯轻饶。即便是朝廷的政令，若是对他们有稍稍不利的地方，也会群起而攻袭禁门，大闹京城。

这种特性一旦爆发出来，每每总是以集团为单位而行动的，各个集团都拥有一件绝对神圣的宝物，那是上至天皇公卿，下至庶民百姓，任何人不得对其指手画脚的至高无上的神物，例如神轿、神木等。

那么其至高无上性究竟是什么呢？

神轿是天皇的祖灵，是信仰的如来。倘使对代表天皇祖灵的神轿有所不敬，或是违背祀奉神轿的山门的意志，便意味着天皇对自己祖灵的背叛——这是睿山僧人所说。正因如此，他们才会肆无忌惮。

萤火虫

"虽说忠盛、清盛父子之辈不足为惧，但是近来武士之流无法无天的做法，其原因之一就是他们借了鸟羽院的虎威。若是不趁着这回将他们这群杂草连根剪除，将来必为后患啊！"

"哎——依我看，鸟羽院最近对我睿山的态度似乎也冷冷的……"

"噢，你是说加贺白山庄园那件事吧？"

"就是啊！一直拖到现在，我们的诉状仍旧没有下文呢。"

"加贺白山庄园当然应该归属睿山的支配之下，只要先把那里住的僧侣统统赶尽，让它成为一座废寺，再由朝廷宣布没收充公不就行了！"

"不会是鸟羽院自己想着霸占它吧？"

"不管他！先攻袭了鸟羽院再说！"

"还有，院御所的那些侧近要是不让他们拜一拜神轿，以后他们就不晓得天高地厚了！"

久安三年夏，六月的一天。

正午。

数千睿山僧众将日吉山王的神轿和神社人员围在中间，似傍晚的疾风骤雨一般，从东塔翻越山口，沿云母坂山道呼啦啦地涌下山来。

在云母寺稍事停留，略作准备，黄昏时分便沿着大谷川一路开拔至京城郊外。

日暮刚至，僧兵们每人手举一支松明火把，口中念念有词地唱诵着经文，就像念咒文一样，怒号着黑压压地冲入京城。

"呀——嚯！神轿游行啦！神轿游行！神轿来了！"

"关上门窗！统统不许出门！"

仿佛台风来袭一般，这群僧众呼啸着冲过街道，霎时间人人屏声敛息，所有街道、集落全都变得空空荡荡，不见一个人影，整个就是天魔地鬼狼突豕窜时的景象。

如此至高无上的神物，天皇和百官见了都必须伏拜于地，何况庶民百姓，他们怎么敢直面相对呢？

于是他们只得躲在徒有四壁的板屋内，手中抱着婴儿，闭上眼睛，塞住耳朵，静静地等待天魔地鬼赶快过去。

然而僧众即使面对这样毫无抵抗的百姓仍然不肯放过，只要挑出一丁点儿疏忽，便大肆放火，有时候还要杀伤、劫掠，毫无忌惮地一路行走一路骚闹过去。

这些本不应该是一山僧主的所作所为，但当他们聚集起浩浩荡荡的僧众，利用大众之力意欲达到自己的目的时，恣意妄为、为非作歹就变成再自然不过的事了。况且还有武器在手，早已无视佛教的各种戒律了，在法衣之下穿戴着铠甲、护腿的僧兵暴徒，来势汹汹地拥入都城，正所谓"恶向胆边生",什么坏事情都做得出来。

神轿终于行至祇园。

僧兵们先将神轿抬进祇陀林的感神院祀奉起来,安排护卫通宵不寐地守护着神轿,并在院内多处点起大堆的篝火,映照得东山一带的夜空通红,在濡湿的夜雾中看上去很是令人毛骨悚然。

大概是年纪轻轻的缘故,清盛天性喜欢建筑活儿,这是一种很古怪的嗜好。

即使在六波罗建起了新居,并且一家人搬进去住了,清盛仍然不停歇地请工匠来家中,东凿凿西弄弄的,闲不下来,不找点事做便觉得心里不踏实似的。

宅地附近有条小河音羽川,是从清水寺所在的山上流淌下来的。清盛看到它,想起了妻子娘家水药师府邸里的曲水亭榭。

"我想把那条河引入到咱家院子里来……"

他这么一说,妻子时子有些惊喜:"啊,将那条河引入到院子里?要是那样,那我又可以和滋子一道染丝线,再雇上几个纺织娘,创制各种各样世间没有的布料和纹样,给您还有孩子们做几身漂亮衣裳了!"

时子少女时代曾在宫中做过很长一段时间的更衣,后又在缝殿寮[1]做过一阵,时常经手贵人们的衣裳缝纫,因此对于刺绣啦染色啦等颇有兴趣和心得,并且很擅长自己动手。

"很好啊。对了,你和滋子两个人在水榭旁染丝线的景象,好想在这个新家也能看到啊!"

清盛说到这里,立即兴致盎然,于是马上找来土木工人,开始进行改造工事。夏天,工事便告完工。

时子如今已是三个孩子的母亲,突发奇想倒是容易,但要付诸实际行动,真的去做些家庭手工艺什么的活儿,却哪里容得她抽出时间来呢。至于清盛,则早就把这件事忘到脑后了。

"嗯,不错不错,水引进来了,萤火虫也会被吸引着飞来哦。对了,什么时候让父亲大人也一同来欣赏欣赏。"

这天晚上,正巧是大批僧众抬着神轿游行进入京城那一晚。

---

[1] 缝殿寮:日本古代中务省属下的机构,负责天皇和宫中贵人的衣裳裁缝以及对女官的考课。

忠盛携后妻有子受邀来到儿子的新居。

有子见了时子，好像姐妹一般亲热。

被团团围在孙辈中间，又看到有子和时子她们二人如此和睦，忠盛心头洋溢起一股幸福的滋味。曾经吊儿郎当的游散人清盛，如今既得上皇信任，擢升为安艺守，而且居然还开荒拓地建造起了属于自己的宅第，真是今非昔比啊！

杯盏交错，很快就微醺了。一面啜着酒，忠盛一面情不自禁地沉浸在对往日的回顾之中。

"如果弟弟经盛一块儿来就好啦，要是他在，就可以让他吹一曲笛子助助兴了。"清盛也有点飘飘欲仙的感觉，他很舒快，他觉得现在才是人生最最幸福的时刻。

"你喜欢听笛子吗？"后母有子问道，"假如你这儿有笛子的话，我来给你们吹一曲吧？"

"哎哟，这可是想都不敢想啊！时子，快把笛子拿出来！"

望着水边的萤火虫，口中呡着美酒，耳畔听着有子吹奏的笛声，忠盛倚在栏边，渐渐打起了瞌睡。

仿佛特意要袭扰这甜蜜的瞌睡似的，大门外忽然传来一阵嘈杂的声响，不知是什么人朝门外矮栅栏这边疾驰而来。与此同时，从下人屋子里也传出一阵响动，似乎是家臣武士们全都动了起来。

"姐夫！不好了！"

妻弟时忠纵身跃向这边，语气急促地向清盛报告睿山僧众入京示威的消息。

时忠身后的家臣平六也跟着一块儿来了，不过却没有站直身子，而是蹲在地上。两人全都脸色煞白，似乎感觉到自己责任重大。

"这么高兴的夜晚……"清盛嘟囔道。他抬头望着收起笛子的有子还有忠盛，表情自然地笑着道："终于来了！那些令人生畏的家伙。"

忠盛尽管不完全清醒，但一点儿也没显得惊慌，他重新端正了一下身姿，仍像往常一样，眯觑着一双平静的斜眼。"来了？看来又得起来防风了。南都北岭那些讨厌的和尚就像夏天里的雷阵雨、秋天里的暴风雨一样，没什么好大惊小怪的。不过清盛，这次说不定你这新建造的家要被风刮得片瓦不剩！"

"我早就做好准备了。倘若是上天的旨意，我自然没啥好反抗的，但要是世人企图做什么勾当，那我就对不起了。至于宅子嘛，大不了重新再造就是了。"

"哈哈哈，既然你有这份心理准备，我忠盛不会阻拦你。你对宅子不在乎，而我也已下定决心，就算献出儿子也不会在乎的！万一你有个长短，还有经盛，还有孙子重盛！放心吧！"

"父亲大人不必担心。其实我正巴望着这帮和尚来这里，假如他们去攻袭上皇院的话，倒是桩麻烦的事情啊！"

"哦不，冲击上皇院已经是他们的习惯了，上皇院早就有充分准备。之前他们自说自话地提出要将加贺白山的寺院领地加封给延历寺，上皇一直拖着置之不理呢。"

"这样说来，这可能也是睿山那帮秃和尚的目的之一，是想迫使上皇同意他们的要求呢。祇园祭的时候时忠与法师的斗殴那不过是常有之事，犯不着出动神轿游行这么兴师动众啊！"

话音刚落，坐在廊檐一角的时忠和家臣平六忍不住探身向前道："不，姐夫！祇园祭的时候，我是把七八个睿山恶法师狠狠地揍了一顿，因为他们故意挑跟我一起走的平六的刺，命令他跪在地上，还问你家主人是谁，并且骂了一大堆脏话，作为武人谁也听不下去，我实在忍不住了才下手的。所以，只要把我时忠交由他们处置，就不会引发大祸，事情也就过去了。我这就去向祇园神社自首。请他们原谅！"

"等等！时忠，你要上哪儿去？你个混账！"

"可是，不能因为我一个人惹出大祸啊。"

"我不是跟你说了吗，一切都交由我来应付！既然同意了交由我来应付，你还着急忙慌地做什么？平六！"

"是！"

"你也一样，我不是告诉你了这件事情全部由我来兜着吗？——不止是我，父亲大人也下决心和我一同承担责任。听好了：如果我是那种把时忠和你推出去做牺牲品，自己逃避灾祸的人，那是另外一回事，但我清盛绝对不会那样做！我要以我的身躯面对面地去迎接这场大难。我耳朵里听到无数个声音在对我说：必须这么做！一定要好好干一场呀！就好像市场里那喧闹的声音一样。我觉得不管怎样，这不光关系到我一个人的命运，而是关系到一直被鄙视为地下人的所有武士的命运，我们的命运能不能就此打开一片天地，大展身手，全在此一搏了！所以你们都不要再吵了，好不容易盼到这样一个机会，你们可不能让我失去它呀！"

一阵令人心碎般的寂静。

而与此同时，家丁们已经不等清盛发话便迅速地拿好武器，将宅邸内外严严实实地警戒起来了。

"父亲大人还在吧？"

正巧，经盛率领六七个骑从者，也从今出川老宅赶到这里。

听到声音，忠盛站起身来说道："呀，真是个凉爽的夜晚呐！不过清盛，为防万一，我看还是趁天黑把女人孩子们转移到竹田的安乐寿院去避一避吧！"

说罢，忠盛缓缓跨出矮栅，翻身上马。有子则乘上了轿子。

这边清盛也跃上马，和经盛并辔而立，对父亲说道："我送父亲大人一程吧！"

一行人前呼后拥出了大门。

马鞍上、马镫旁，萤火虫在飞舞，闪烁着荧荧的光亮。音羽川河滩边，成群的萤火虫被夜风吹拂着，围成了一个大圈，光影流动，好像旋涡打着卷似的，又仿佛在投入一场战斗似的。

清盛带着家丁武士们一共二十余人，来到了五条桥边。

回头望去，祇陀林一带的熊熊篝火就近在眼前。不过它却与将万籁俱寂的夜晚妆点得美丽浪漫的萤火虫不同，它是世人为了淫侵明日的太阳而自己点燃的一团劫火。

山雨欲来

清晨。

街道的模样陡然变了——没有一户人家打开户门，往常熙来攘往的人潮也不见了，虽然已经是清晨来临，街道却依旧像夜晚一样空空荡荡。

眼睛看得到的尽是武士。有的十骑、二十骑成群结队，有的则是两三骑

159

后面跟着一帮家丁，从朱雀门向皇居十二门的方向匆匆驰去。而急急地驰往三条西洞院方向的，则应是赶去谒见鸟羽上皇的。

"我是平忠正，我要见安艺守平清盛。清盛这会儿在哪里？"

鸟羽院门口挤满了披铠挂甲的武士。他们中间，忠正是悄悄从禁门守卫的岗位上溜出来的，他只身一骑，正在向侍卫讯问。

一名武士告诉他："安艺大人应该不在这里。现在外面到处都在传，说睿山僧众会先去安艺守的府邸，把那儿踏平之后才会来攻袭上皇院呢。"

"噢，原来他自己的家比上皇院还要危险呢，嗯，应该是这么回事，我这就赶往六波罗去！"

于是忠正又策马从松原向五条方向飞驰而去。

半途上，却与对面一队好似正在散步的武士不期而遇。再看这队人马，马上的人不慌不忙慢悠悠的，连胯下的马儿也优哉游哉，懒洋洋地甩着尾巴。

"哟，叔父大人！您这是上哪儿去？"

双方相向而行，忠正刚要像支箭一样疾飞而过，清盛叫住了他。

忠正急忙勒住缰绳，待两马贴近，他劈头便道："噢，是清盛啊。你还问我上哪儿去，你心里真的不明白啊？睿山两千多法师抬着日吉山王的神轿入京游行示威，我一听到这个消息就在想，你家好不容易走出贫穷，你最近还刚刚建造了新家，难不成又要毁于一旦了？我心里这个痛啊，你我到底有叔侄情谊在啊！想来助你一臂之力，所以就不顾一切地跑来了！"

"噢，那真得感谢啦。"

清盛好像一副事不关己的样子，轻松地笑着，非常有礼貌地低头致谢。

"叔父大人，对方可是睿山的僧兵哟，而且抬着神轿气势汹汹而来，即使是天子或上皇面对神轿也不敢无礼，就算叔父大人前来助一臂之力又于事何补呢？如果说是来参观一下被踏平或被烧毁的清盛的家，我倒还能够理解，总之叔父大人刚才的话实在滑稽啊，哈哈哈……不过清盛还是要感谢您的关心！"

"嗯，明白了。天刚透亮我赶到刑部省，见到忠盛大人，忠盛大人的口吻和你现在的态度简直一模一样。真是父子一个德行，就这么自暴自弃了？"

"父亲是父亲，我是我。这不过是作为一个武士拿定决心罢了，没有别的意思。倒是叔父大人您是不是有点反应过度了？僧众的游行示威算不上什么稀罕事呀。"

"不许胡说！越是口吐狂言，越是暴露出你父子二人的丧魂失魄！"

忠正打心眼里不愿意承认这个侄子的成就。他一直心怀顽固的成见，在他脑子里，清盛的形象永远都是十年前穿着一身破破烂烂直垂便服的样子。

而清盛对这个叔父也是没有一丝好感，总觉得还从来没见过这样让他倒胃口的人，只不过想到忠正是父亲的亲弟弟，才什么事情都强忍着。尤其让他瞧不顺眼的是，近几年父亲担任了刑部卿，自己也一步步擢升为安艺守，叔父本应替他们高兴，但这个叔父却好像心里特别不舒服，有点沉不住气似的。

话虽这样说，其实因为近年来武士大受重用，忠正如今也被任命为禁门的左卫门尉，根本谈不上怀才不遇，被弃在一边坐冷板凳，可就是不知道为什么他并不替清盛父子二人感到高兴。

"哎，清盛，下马！下马来我有事跟你说。"

"不行啊，我正要赶去守护上皇院，要是在路上耽搁了我可吃不了兜着走喽！"

"本应比谁都赶在前头的人，眼下却晃晃悠悠好像走不动路似的在路上磨蹭，还装模作样地说什么啊?！"

忠正先跳下马来，随后冲到清盛跟前，抓住清盛的铠甲拼命扯。

"到底是什么事啊？"

清盛用有点不耐烦的口吻问道。没办法，他只好老大不情愿地下得马来，和忠正一道来到路边松树下席地而坐。

"你好好听一听我的意见，若是不肯听，我只有同你断绝叔侄关系了！"忠正先是狠狠地撂下一句话。

"那我就洗耳恭听叔父大人的意见了！"

"我看你是输在对妻子的爱上了，你对时子一定是言听计从吧？"

"您是说我家里那位？"

"说的时子嘛，还会是别人？被妻子的枕边风吹得晕头转向，惹出这么大一桩事来，要说蠢男人，你也愚蠢得够可以了！真是个蠢货、浑蛋！你为什么不把时忠交给睿山方面去处置呢？"

"等一等！叔父大人，您说的话我听不太懂，不知道是什么意思。您是说，因为时忠是我的妻弟，妻子哭着闹着才使得清盛惹出这样的事来吗？"

"不是吗？你不用多解释，这点事叔父还是看得懂的。"

"是吗？真的看得出这种迹象？"

"把时忠还有平六用绳子捆上，交到睿山那帮僧众的手上，然后你老老实实地待在家里，静候处置。只要你在这儿向我起誓你会这样做，我这就驱马到祇园去，告诉那些僧众，这样一来，他们就没有了游行示威的借口，事情也就不会闹大了。"

"不！"

"什么？！"

"哪怕日后我清盛被五马分尸、大卸八块，被剁成肉泥，我也不会交出时忠和平六！"

"为什么不肯交出去？两条人命与让朝廷和上皇院劳心劳神不得安宁之罪比起来，孰轻孰重？如果一步走错，就会酿成京城大骚乱，不知道还要牺牲多少条性命！"

"可并不全都是时忠和平六的过错啊。如果朝廷有什么灾祸，只能说是朝廷长久以来积罪的暴显，而院廷如果说有难的话，正是其自身多年恶政的现世报应，这些不应该由我清盛来担责呀。"

"清盛！你当真吗，竟敢如此出言不逊？"

"出言不逊的应该是叔父大人刚才那番话吧。没错，我的确是很爱我家那位，可一事当前，自然应由男人来做好准备去应付，何必扯上女人呢？"

"罢罢，不跟你说了。我记得你刚才说过的话！你说不管朝廷和院廷发生什么灾祸都与你无关……"

"是的，我是说了。"

"你这个不忠之臣！大不忠！"

"呵呵，是吗？"

"瞧你那张自以为是的脸，你等着吧，天罚马上就会降临的！呜呼，我怎么竟然会有你这么个可怕的侄子！哼，我可不能因为莫名其妙受你的牵连而失去官位，我现在就和你断绝关系，清盛！"

"哟嗬，叔父大人生这么大气呀。"

"忠盛大人是这样，你也是这样，都将我的好心当了驴肝肺，还存心愚弄我！亏你还笑得出来，马上就会让你有一副哭丧的脸皮！好，反正跟我无关，是他人的事情，我就只管在一旁瞧好了！你转告你父亲，从今往后，我忠正断绝与你一族的关系！"

断绝关系——这理应是句极为郑重、字字重如千钧的话，但在这令京城大大小小的街道和集市变得像死一般寂静的大事件来临之际，忠正却极为轻巧、随意地说了出来，而清盛也只是像面对家常便饭般的些许琐事一样，心情轻松地付之一笑。

目送着忠正的马卷起一阵烟尘，驰向远方，清盛也不紧不慢地解开马的缰绳，跃身上了马鞍。

这时候，从路旁的树林中冲出来两个武士，奔至马前，两人一边一个扯住了马嚼子。

"少主！"其中一人带着哭腔叫道。

"姐夫！"另一个也眼含着感激的泪花望着清盛。

"噢，是时忠和平六来了呀。你们两个怎么这么慢，我还特意在路上放慢了速度，让你们先跑在头里呢。怎么样，时子和孩子们呢？"

"按照您的吩咐，一路马不停蹄把他们全都平安地送至安乐寿院，不用担心了！"

"嗯，只要把女人孩子转移走了，六波罗的家有木工助家贞留守，这下我便没有什么可担心的了。辛苦你们了！"

"对不起！实在是对不起……"说着，时忠与平六二人一下子哽咽了，抬起胳膊，用手抹着眼睛，耷拉着脑袋，脚下怎么也迈不开步子。

原来刚才叔侄二人的对话他们在树林中全都听到了。因为自己在祇园祭时的一点点纠纷争执，竟然惹出这么大的麻烦，甚至还弄得这一家人亲族离反，这可是他们无论如何也没想到的。事到如今，怎么样才能表达自己的悔恨呢？真的忏悔，肯定又要遭清盛斥责，此刻二人的心里，不要说死，其实他们受到的自责甚至比死还要难受。

"喂，怎么了？两个人都这么个德行，拜托你们，不要一副哭丧啜泣的样子，千万不要哦！好了，快点走吧！"清盛故意将马拍得飞快。

于是时忠和平六两个人也一抖马缰，向前驰去。懊悔也好，悲壮也罢，全都随着马蹄的"嘚嘚"声和扬起的尘烟一蹴抛开，只顾去追前面的清盛。

太阳已经升起老高，天空万里无云，大地在一片蝉声中开始迎来赤煦煦的太阳的炙烤。

稻草人

每每总是出现在僧众游行示威最前列的有名的睿山大法师——止观院（东塔）的如空坊法师、横川的实相坊法师和西塔的乘圆坊法师，正愤愤然地从鸟羽院向外走。

"哎呀，瞧这样子使僧的请愿被拒绝，交涉破裂了呀。"僧众们从三位大法师气呼呼的脸上读到了答案。

三位法师从院御所的侍卫室取过寄存的长刀，插入胁下，面带着可怕的僵硬表情走出大门，等候在外的十二名随行僧众立即紧随其后，仿佛对等国的使节谈判不欢而散扬长而去似的。

大法师们的眉宇之间挤出几许冷冷的笑意，分明还暗藏着一种威吓：还会再来的！该尝尝我们的厉害了！

这是睿山僧人一贯的招数，神轿抬上街游行示威之前，照例先派出所谓的请愿使者前来摊牌较量。

然而尽管事态已经紧迫至此，朝廷和院廷在表面上仍然不会屈服于威吓。

因此，请愿被拒绝，谈判不成是板上钉钉的事。

僧人们基于多年的经验，无论是交涉还是交涉破裂之后所采取的行径步骤，已然形成了一套稔熟的程式，多少年来可以说是屡试不爽：数千僧众抬着神轿浩浩荡荡涌向京城，一路上巧舌如簧地向人们诉说自己的要求如何正当而朝廷或院廷的处置如何不妥，等等，在都内的大街小巷聒噪一通之后，最后才拥至目的地。

此时，面对风樯阵马般来势汹汹的僧众，武士们自然也列好队阵，摆开迎战的架势，不过他们却不能凭武力阻挡僧众，所以充其量就像是用来吓唬鸟雀的稻草人一样。

僧众到这里少不了又是聒噪一阵，无非表白自己行为的正当性，如果朝廷或院廷不予理会，则采取"占据御所"的方式，即一众僧人法师席地而坐，使政府的正常工作陷入瘫痪状态，到最后撂下神轿堵住禁门或院门，然后扬长而去。

这神轿乃是任何人都绝对触碰不得的。到了这般地步，朝廷或者院廷也只得妥协。迄今为止，朝廷朝令夕改的例子数不胜数。

这天，一开始睿山僧众的要求是：把安艺守平清盛的妻弟时忠和他的家臣平六交由睿山处置！

随后，又把那个老问题端了出来：将前述的加贺白山废寺和庄园裁决归睿山所有。

鸟羽法皇自然看穿了其用心，坚决不肯答应。

从清晨开始，法皇与摄政关白藤原忠通、左大臣藤原赖长、右大臣源雅定等人紧急协商，气氛十分紧张，最后法皇看破睿山方面只是抓住祇园祭时发生的一件小事，夸大上纲，其真正目的是想攫取庄园，于是断然喝道："不用理他们！"法皇很少流露出如此激烈的震怒。

——睿山那帮和尚马上要来袭了吧！

武士们的心情十分复杂。身背着不可放箭的弓囊箭袋，腰里佩着不可拔出的大刀，身披铠甲，全副武装，暴晒在炎炎烈日之下，却只能站成摆摆样子的队列而无法施展身手，万一僧众们粗暴地动起手来，也只能自保而不得还击。唉，但愿对方只是抬来神轿示示威罢了，那就谢天谢地，随他们去了。

"哟，安艺大人来了！安艺大人……"

恰好此时，看到清盛也来到现场，人群中不由地一阵骚动，因为从清盛那张一直无忧无虑的脸上，人们似乎找到了一个宣泄的出口，可以将心头难以形容的郁闷和屈辱统统发泄出去。在高声的喊叫声中，掺杂了些许紧张的气息。

这紧张代表着什么，清盛心里十分清楚。他满脸挂着汗珠子，微笑着从甲胄阵列中间穿过，两只硕大的耳朵看上去仿佛也挂满笑意。而紧随其后的时忠和平六二人则是一副垂头丧气的样子，正好形成了鲜明的对比。

"你二人在内院的廊下等着！"清盛将两人留下，自己独自一人从院所司的中门走了进去。在院内他的资格为"近卫将曹"，因此不待里头传召便可以直接进入。

院司[1]、别当以及公卿们全都聚集在此，个个脸上显出山雨欲来前的紧

---

[1] 院司：日本古代在法皇、太上皇、皇后等院署中负责掌管事务的职员。

张气息。隔着珠帘，清盛谒见了法皇，他伏拜在地，将自己的想法直截了当地面奏给了法皇。

法皇允准了他的奏请。

清盛的想法很简单：睿山僧众的真正目的，应是加贺白山的庄园。点起这把火的是自己的家人，责任理应由清盛一人承担，故而恳请法皇授予自己全权来收拾残局。

如何才能说服睿山的僧众顺从地将神轿抬回山里去？采用何种手段？给予对方什么条件？等等，众人很想问个明白，知道究竟，可是事态如燃眉般紧急，容不得众人发问，惊恐万状的公卿们只是一个劲地叮嘱清盛，忧心忡忡、啰里啰唆地叮嘱道："安艺守，不要紧吗？你独自一人前去和僧众交涉，不会有事吧？"

"不要再给院廷惹出更大的麻烦来呀！"

"千万不可错上加错，对方正在气头上，可不要火上浇油啊！忍为上，记住以此作为消灾符！"

……

法皇的察允是他得到的唯一鼓励。清盛微笑着，朝殿上施礼，随后申禀道："请法皇安心。清盛即使拼上性命，也一定完成守护御所之责！"

"安艺大人进去向法皇告禀了，像是正在商量解决之策。"守备的武士们凑在一起，交头接耳地议论起来。

"公卿们靠不住，倒是安艺大人大概有什么计策吧？况且这件事又是安艺大人的家人引起的……"

此时此刻，清盛的一举一动成为了众武士注目的焦点。他情愿将事情揽在自己一人身上，也不肯把家人时忠和家臣平六交给睿山方面的态度，无疑深深地赢得了全体武士的好感和赞许。

这件事发生之前，清盛便广受武士们的爱戴，大家都觉得他是个可以交心的人，这倒并不是因为清盛武艺超群或者特别会笼络人心的缘故，而是因为他时时刻刻心中装着地下人，遇到事情愿意为这些同样身份卑微的地下人出头和扛下来。

而在殿上的眼中，像他这样直言不讳、敢于说出自己想法的武士找不出第二个。当今的法皇亲眼目睹了正盛、忠盛两代人是如何忠心耿耿，勤勉尽职的，因而对于清盛多少有点另眼相待。清盛还有一个最大的特点，就是不论他到哪里，哪里必定会被他的话语、他的氛围、他的热情和朝气所感染。

两道像毛毛虫一样粗重的眉毛，眼角由上往下耷拉的眼睛，硕大的鼻子，宽厚的嘴唇……总之整个就是一张工艺粗糙、制作不精良的"次品"脸孔，永远通红通红的脸颊，外加一对肥耷耷的大耳朵，笑的时候耳垂不由自主地晃动起来。当人们围着这个男人的时候，便会情不自禁地彻底忘记生活的苦恼和忧烦，变得舒爽开心起来。

这张脸的主人现在出了中门，向大厅走来，众人立即上前将他团团围住。

"伊势大人，怎么样，御前商议有结果吗？院廷会不会降宣？哎呀，瞧你的样子，到底是怎么回事嘛？"一连串的问题像疾速的箭矢一样，异口同声从众武士嘴里飞出来。

清盛将背在背后的兜鍪戴在头上，将头盔带在下巴下面系紧。

"呀，大家都不必担心。清盛这就前往祇园，让对方即刻停止抬神轿来袭院廷！"

"停止来袭？"

"是啊，各位将此事交给安艺来处置吧！"

"可是，那些和尚原本就不好惹，而且从昨夜起就显出一副杀气腾腾的样子，根本没有把我们武士放在眼睛里！安艺大人若是去了那里，他们绝不会放过你的！"

"他们当然不会放过我，所以我带了时忠和平六二人一块儿去——委屈他们二人了，我准备将二人交给他们，然后把事情谈妥了。"

"啊？！那……还是得把人交给睿山去处置吗？"

"没别的办法。"

"喊！这算怎么回事？那不还是说明院廷屈服了吗，用牺牲我们武士作代价？"

"这种毫无帮助的牢骚不必说了。这个解决办法是我清盛提出的来，并不是院廷的旨意，所以决不代表院廷的屈服。好了，我得先告辞了，要是让他们抢先从祇园出发，事情就糟了。如果运气好我还能活着回来的话，到时候冉将见闻跟你们细说吧。各位好自为之，千万不可放松戒备啊！"

清盛带着时忠和平六家长二人上了马，朝大路驰去。

道路上白乎乎，干巴巴的。太阳照晒得正厉害，树叶草丛全都垂头丧气，显得无精打采。人们像是注视着白昼里的死影似的，目送着三人渐渐远去，谁也不说一句话，就像喑哑无声的蝉一样。

箭鸣

"看不到院廷有一丝一毫的诚意，请愿的两个要求全都被拒绝了，尤其是加贺白山之事看来绝无准许的可能。既然如此，我们只有抬着神轿去游行示威，给法皇开开窍了！"

刚刚从鸟羽院归来的横川实相坊法师、止观院如空坊法师站在祇园感神院的石台阶上，向等候交涉结果的两千余僧众宣布交涉破裂的情况。

僧众们立刻群情激愤地炸开了，"走！给他们点颜色瞧瞧！"僧众们一面嚷着，一面就有人收束法袍，准备去抬神轿。

移轿之前，照例先要点燃法灯，上百盏法灯齐明，疑似群星闪烁。接着焚燃护摩木，顿时神社周围的树林里都弥漫起一股股烟气。转读咏经，歌赞梵音，磬声袅袅，宛若将士出征的钲鼓。一种令人惶惶不安、魂飞魄散的骇异氛围笼罩了整个祇园。

终于，数名身着白糯布衣的僧人抬起了日吉山王神轿，在阳光照耀下放射着金灿灿的光芒，在僧众的一片吆喝声中，慢悠悠地上了大路。

突然——

"前面这帮凶徒，停下！"

一名武士稳稳地站立在神轿面前，大喝一声，挡住了行进的道路。

武士全身没有华丽的装束，头戴铁盔，身披铠甲，脚下是一双破旧的草鞋，手里握着一张粗弓。

稍隔几步，时忠与平六家长二人直挺挺地站立在武士身后，手无寸铁，两人都像假面人似的，脸上毫无表情，冷冷地望着前方。

"我是侍奉鸟羽院的北面武士、安艺守平清盛。睿山如果有人的话，站出来听听人话！想必凶徒中也有懂人话的吧？"清盛仿佛一尊等身大的黑漆漆的阿修罗雕像，只见他张开大口，朝僧众怒吼道。

眼前这个胆大包天的武士，他的态度、他的话语，顿时令所有的僧众勃然大怒。

"啊！他就是清盛！"

"杀了他！拿他来血祭！"

僧众们乱哄哄地咆哮着。

大法师如空坊、实相坊和乘圆坊等人一点儿也没有露出慌乱的神情，他们将被激怒的僧众制止住，说道："且慢！让他说下去，看看他嘴巴里究竟能吐出什么来！先都不要动手，让他把话说出来再说！"

与此同时，身着白衣的神社人员则一个劲地将前拥后挤的人群往后推："不要冲撞了神轿！注意神轿！"

天地一男儿。清盛屹立在大路中央，用嘶哑的声音喝道："你们想要什么，尽管拿去！妻弟时忠和平六两个人我带来了，你们如果想要也可以拿去，不过我可告诉你们，这可是两个大活人，要拿去就凭本事上来拿吧！"

对面的如空坊大法师等人听了脸上露出几许苦笑。清盛本应是不得已前来妥协的，可是看起来却完全没有服输的样子。

清盛换了口气继续说道："事情的起因是在祇园神社的争执，况且双方都是酒后斗殴。请天神看好了，佛祖也张大耳朵听好了：不管什么理由，我只知道自古以来就有这样的惯习——有理十三，无理十四，斗殴双方各打五十大板。清盛现在既然忍痛将我所爱的两个家人交给你们，我也就不客气了，对睿山之主日吉山王的神轿有几句话要讲！"

"哈哈哈……瞧呀，安艺守清盛是不是疯了？我看你就是疯了！"

"闭嘴，臭法师！你给我老老实实听着！"

清盛提高了嗓门，浑身颤抖，仿佛滚烫的铁板一样，脸颊、下巴和耳朵后面全都热得渗出汗水来。

"到底是疯了还是没疯，你静下心来听我把话说完了再做判断，日吉山王的神轿也一块儿听着！——我不知道你到底是神还是佛，总之你是个让人纠葛、让人害怕、让人痛苦的神或者佛，如果是这样，那你就不过是个被歪教邪道利用的工具而已，睿山的凶徒们抬着你到处游行，威吓天下，简直岂有此理！你一直迷惑哄骗了众人几百年，但是却诓骗不了我清盛！你这个邪恶之神，你准备好了，各打五十大板咯！"

啊？僧众们脸上掠过狼狈惊慌的神色，可不等他们反应过来，清盛已经弯弓搭箭，"吱——"地拉满了弓，将箭头瞄准神轿。

横川的实相坊大法师腾地跳起来，仿佛从头顶蹿出一股火来，他厉声对清盛叱责道："你这个无法无天的疯子，小心挨罚！谁敢亵渎神轿，就会吐血而死，知道吗？"

"吐血而死？哈哈，我倒想试试看！"

说时迟那时快，随着一声凄厉的箭鸣从空中划过，只见那箭头"嗖"的一声射中神轿的正中央。

霎时间，无数惊狂的叫声从两千多名僧众口中同时喷吐出来。身着白衣的抬轿人张皇失措地四处乱窜，口中念念有词也不知道在咕噜什么。号哭声、怒骂声、叹息声、悲戚声、惶惑声、恍惚的失声、野兽一般的狂吠声……声音，各种各样的声音，每个声音中都迸射出一股生物的强烈的情感。

自古以来，不管曾发生过什么样的事情，箭矢射中神轿的事情从来也没有过，也从没有一个浑蛋敢于冒犯神轿的威德以箭矢相对；假如说有的话，那毫无疑问，一定会箭矢落地而折，射手当即吐血毙命——多少年来，人们都是这样坚信不疑的。

然而，箭头确确实实钉在了神轿上。

射出这一箭的清盛也没有口吐鲜血，仍旧好端端地站在眼前。

迷信终于在昭昭白昼之下被击破了。

这等于将浑浑噩噩生存在迷信之中、并且拥有了莫大的传统特权的山门僧人剥了个赤裸裸，给了他们当头一棒，此时此刻，他们狼狈不堪，被击落至惊恐的万丈深渊。

较之任何人更清楚地知道祈祷之无稽的，是祈祷者自己。操纵僧众的大法师们眼看僧众信仰破灭，立即将其怒气引向清盛身上："呀！真是闻所未闻的疯子！不要放歪教邪道之徒跑了！"

"哗啦啦——"僧众们登时扑上前去，清盛的身影立即被裹入长刃大刀的寒光、雨点一般的棍棒以及扬起的团团尘土中，无处辨认了。

暴桀之行还在其他地方同样进行着。时忠和平六二人也被僧众隔开围在中间，受到来自四面八方的袭击。

石雨

　　手中挥舞的只有一张弓。弓弦早已断了。

　　清盛左抡右扫，瞬间将三四个僧人打倒在地。接下来的行动，便是无意识的阿修罗般的凶拳恶脚了。

　　然而，面对多到数不清的红了眼的僧众，这样的抵抗似乎显得很可笑，何况对方手中还握有长刀、大宽刀等有利的武器。

　　"不要杀死他！捉活的！"

　　僧众们将孤身一人被围在中间作困兽斗的清盛视作狩猎场上的野猪，毫不客气地争相猛击。

　　"把他打倒在地，留着性命，带回睿山去！"

　　"捉活的！一定要活的！"

　　不知是实相坊大法师还是如空坊大法师，扯着嗓子拼命在叫唤。

　　这群僧众的主脑之所以要留下清盛的性命，并不是出于慈悲，而是想把他当作日后与鸟羽院交涉的砝码，而且，他们准备将清盛作为信仰的叛逆者在大庭广众面前处以极刑，以最大限度昭示睿山的威德。

　　事情的发展却并不这么如意。狂暴的僧众与不肯束手被擒的清盛打得难解难分，相持不下。清盛顺手夺过敌人一柄长刀，这下子越发武勇难当，虽然他胳膊上、腿上都挂着鲜血，但是地上已然倒毙了六七个死伤的僧众。

　　而稍稍离开清盛一点儿的地方，同样深陷敌阵的时忠和平六也愈战愈勇，两个人像股小旋风似的，且战且向清盛这边靠拢过来，口中还断断续续地叫着，像是在担心清盛的安危："少主！""姐夫！"

　　清盛也回以鼓励的话："时忠！平六！不要生怯，不要被他们的气势吓倒！我们头顶上也有一轮太阳！"最后半句话清盛当然也是说给自己听的。

　　事情在一瞬之间突然发生了大逆转。

　　附近的村民百姓闻听骚动都赶来看热闹，不知不觉竟围了黑压压的一大片，一面看，一面口中不停地议论。

　　忽然有一个人叫道："不要让睿山这群狼逞凶杀人！"叫罢，随手从地上拾起一块石子。

171

其余人见了，也纷纷叫起来："这帮歪教邪道之徒！""臭和尚！""无法无天的秃和尚，瞧好喽！"个个将平日里的憎恶情感全都发泄出来了。

紧接着，大伙儿争先恐后地从地上捡起石块，开始朝僧众们掷去，这可不只是看热闹的心理使然，看得出每个人心中都充满了愤懑之情。于是乎，仿佛从天而降的天谴石雨一般，大大小小的石块密集地砸向僧众身上。

与此同时，祇园境内的树林中升腾起一股股黑烟。除了感神院，还有八坂、小松谷、黑谷等处也全都黑烟弥漫。

法师及众僧人登时心慌意急，阵脚大乱——有伏兵！敌人伏兵来了！僧众们口口相告，随即慌不择路地四下逃窜开去。

一旦溃逃，即使是神轿也失去了以往的威风：僧众们身撞脚踩的，加上沙土飞扬，神轿立马变得灰头土脸，轿顶歪斜了，金色的凤凰也折断掉落在地，看上去狼狈不堪，在僧众的簇拥下狼狈地往栗田口方向逃窜而去。

"哈哈哈，终于灰溜溜逃回去了！真是妙不可言啊！"清盛立在东山的一隅，望着远方，开怀大笑。铠甲的护胸甲被解下扔在一旁，半裸着身子，大汗淋漓。

真是妙不可言，实在让人不能不大笑。因为跟两千余僧众相比，无疑应该是清盛他们更早逃跑。

从一开始，清盛心里就算计好了，射出那一箭之后立即像脱兔一样逃离。

"千万不要白白送死！不要去想什么面子不面子的，先逃出去然后再会合！"

时忠和平六原本是打算赴死谢罪的，但清盛已事先再三叮嘱过他们，并约好了会合的地点，在清水寺后面的灵山一块突出的大岩石旁。

谁会想到，那群凶残傲慢的僧众竟然心慌意乱地先逃走了。

无情的石雨自然搅乱了他们的方寸，不过多处腾起的黑烟，无疑使得他们疑心生暗鬼。

"可是，这黑烟是怎么回事呢？"清盛实在想不明白。

余烟仍旧遮蔽着太阳，将太阳染成了铁锈红色。

清盛睁大眼睛，朝远处望去，时忠正在爬上山来。

"姐夫您没事吧？"

"噢，时忠你来了？平六呢？平六怎么样？"

"平六也杀出一条血路逃出来了。"

"那应该马上就赶到了吧。"

"在名震桥下碰到他了，可他看到四处是黑烟，心想一定是父亲木工助家贞的计谋，所以就往八坂方向跑去了，说是要去看一看。用不了多久肯定就会赶过来的。"

"是吗？这样说来，木工助老爹没有留守在六波罗的家里，而是跑到敌人背后去放火烧神社了。"

这个猜测没有错。

木工助家贞因为年长，被命令留在府邸照看家，和其余二十来名家丁一起留在了六波罗府邸。然而他心里却想：

主人并没有责备鲁莽儿子的过失，而是将事情揽在自己身上，今天冒死前往阻拦僧众，我怎么能像没事人似的只在一旁作壁上观呢？

于是，他暗地里筹划了一个秘密的行动。

天刚发白，送走了前往竹田的安乐寿院避难的夫人时子和孩子们，然后送走赶往院廷去的主人清盛，他立即召集起余下的所有家丁，悄悄地潜往东山的山坳里。

家贞自然做梦也预料不到清盛竟然想出那样大胆的举动，他只是算计着，万一睿山的暴徒僧人前往鸟羽院骚乱，或是袭扰烧劫六波罗的新家，那么自己就可以乘虚在祇园神社放一把火，烧了僧众们的根据地，从背后予敌以一记痛击。

谁知事情的发展出乎家贞的预想，一件偶然的突发事件却让他的计谋发挥了预想不到的奇功。

没隔多久，得知清盛平安无事，木工助家贞和平六家长父子一起登上山来。主从相见，看到彼此都有惊无险地生还了，不由肃然，对冥冥之中如有神助表示感谢。

先前还对神轿施箭的清盛，此时也和其他人一起，眼里噙着泪花，朝着红彤彤的太阳双手合十，虔诚地祷拜。

究竟哪一个他，才是真正的清盛？抑或说，两者都是他的本来面目。清盛自己倒对此一点儿也不觉得矛盾。

"真是天地垂佑呀！先祖也可怜我这个鲁莽轻率的清盛，在暗中荫庇我呢。"清盛喃喃道。

自己做得没错——他引以为自负的这一点，正是他心灵唯一可以凭靠的地方。

清盛依旧半裸着身子，坐到岩石上，对几个人说道："今天，这场灾难总算是过去了。可是，还有明天、后天、大后天……还会来的，一定还会再来的。"

"是啊，余震可不是轻易就平息的呀。"说着，木工助低下了头。

"让他千灾百难统统都来吧！我一定要和他斗一斗！我有两个坚强的后盾。"

"公子指的是……"

"第一是住在今出川老宅的父亲大人的理解，第二就是石雨。老爹你也看到了吧？不知道从什么地方，一下子就拥出来那么多人，用石块向那帮秃和尚扔去……"

这时候，从山脚下传来阵阵人声，声音越来越近。时忠迅速站起身来，从岩石一角往幽暗的山道下窥察，其余人也立刻做好迎敌的准备。

木工助急忙摆手，对大伙儿说："公子不必担心，好像是留在山脚下的自家人，一定是上山来迎接我们的吧。"

果然，没多久便看清了来人的装束和脸孔，全都是自家家丁。他们依照木工助的指示，在祇园各处点火，并假装成伏兵。家贞的目的在于吓一吓睿山僧众，而并不是真的放火烧毁神社寺院，因此所有建筑几乎没有受到什么损失，烧的只是山路旁的野草以及山中的破旧小屋，从而腾起一股股黑烟而已，普通百姓也没有受到惊吓。

清盛对此大为赞赏道："老爹，这可真是姜还是老的辣呀！要是换作我，今天恐怕会把感神院还有莲华寺，等等，全都烧个精光。你想得真周到，后面的事情全都考虑到了。"

家贞连连摇头："没什么！没什么！这还不是因为以前忠盛大人被恩准登殿，结果被其他殿上人嫉妒，丰明会的时候差点遭人暗算，大人特意佩一柄竹制的长刀登殿，这才躲过一劫。今日之计并非家贞足智善谋，只不过是仿效忠盛大人的用心而已。"

"是啊，父亲就曾像这样子忍辱负重忍了好长一段日子呢。"

清盛一面回答家贞，一面脑海里浮现出父亲——斜眼大人的身影，慢慢俯下了头。像是忽然想到了什么，他又抬起头来说道：

"老爹，我们返回六波罗，静候院廷宣旨吧！我已经按照自己的想法做了自己想做的事情，心情总算舒畅了，再没什么遗憾了，接下来就在家闭门思过，等候处置吧。听到了吗，时忠？"

他呼地起身，披上护胸甲，带领众家臣沿着音羽川的溪流，朝六波罗方向下山去。

恶左府

"这个人可不得了哇，当着睿山臭和尚们的面，他居然将箭射在了日吉山王的神轿上！"

这可是百年来未曾有过的大事件。这无非是一个人的行为，或者说是市井的一个事件而已，可是像这样令世间发生动摇的事情却前所未有过。

换句话说，清盛那一箭也射中了人们的愚昧。

连天子都不由自主地下殿伏地而拜——这种视神轿为至高无上权威的观念开始慢慢动摇了。

"真行啊！"人们瞠目结舌，争相传播这个消息，顷刻间便像暴风雨似的遍达各个角落。

"那人是斜眼刑部卿的儿子安艺守平清盛。真的干了件了不起的事情呢！"

人们一面为其鲁莽摇头，一面却由衷地感到万分的痛快，当然谁也不会公然说出口。

虽然保持着沉默，但那些从心底里讨厌武士的堂上公卿们，这次总算没有对清盛的行为说三道四，挑不是。令人讶异的是，除了睿山，其他地方如圆城寺、南都的兴福寺等宗派的法师僧众也以打油歌的形式幸灾乐祸地传唱开来："神轿出行，游行哇噢，歪斜金顶，金顶跌地，的笃的笃，嘚儿开路……"

可以说，没有一个不对睿山反感的。

——睿山会不会再次大举袭扰京城？对安艺守清盛大人，朝廷和院廷会怎么处置他？

世人的注意力开始集中到这两点疑问上。

鸟羽院几乎每天都在为此事进行商讨，睿山方面自然也是一而再、再而三地向院廷表示抗议，措辞越来越激烈，并且提出了新的要求，通过院司上奏至法皇。

法皇对此也深感震惊，但是对清盛却并不起怒生厌，当然也不会直截了当地夸赞说"干得好呀"！法皇的心情十分复杂，在诸公卿的商讨会议上，法皇总是紧锁双眉，仔细地听取每个人的意见。

参加商议的重臣有：摄政关白藤原忠通、左大臣藤原赖长、右大臣德大寺实行、内大臣源雅定、少纳言藤原信西、院司权大纳言为房、权中纳言中御门家成等，除此以外还有诸参议，总之一时间肩负重职的朝臣几乎全都到场。

这些人当中，关白忠通数年稳坐其位不动，而左右大臣、内府等官职则是经常更迭，变动之频繁像走马灯似的，让人眼花缭乱。

眼下，先帝崇德退位成为上皇，与鸟羽法皇相对被称为"新院"，当今天皇尚年幼不更事，虽然有朝廷、有摄政，但实际的国家大权可以说统统被独揽在法皇一人手中。

"对安艺守清盛必须处以极刑！这样才能让世人知晓应当敬畏神威，而且才可以绥抚和平息睿山方面的激愤。"商议一开始，左大臣藤原赖长就坚决主张应当严厉处置。

藤原赖长在世间素有"恶左府"的外号，堂上公卿们也大多对他心存畏忌。虽说他长得相貌堂堂一表人才，颇具贵人的凛凛威风，但是骨子里却暗藏着一种狷介孤高的气质，倨傲不恭，向来目中无人，即使平常处理政务，只要稍稍不如意，不管是在朝廷还是在院廷，立刻毫不顾忌地大叫大嚷，骂人的脏话随处乱飞，弄得人人都避之唯恐不及。

就是这个恶左府赖长，自始至终坚持"对清盛当斩"，一点儿也不肯松口。

谁叫他还是极富才学的饱学之士呢，博识多见，精通汉书和典籍，加上口才超众，雄辩起来叫人根本无从反驳。

"睿山僧人的无理行径虽说历来已久，但并不意味着清盛之罪就可以与它相抵。向神轿施射箭矢等于是向皇祖的尊灵吐唾沫，乃是对皇祖的大不敬，是可忍孰不可忍！只有藐视神威、无法无天的不轨之徒才做得出来，像这样的大恶人如果不对其绳之以法，日后势必成为灾患的根源——睿山那些僧众绝不会就此罢休的。是不是有人希望天下大乱我不敢说，但我赖长为了确保国家安稳，实在无法赞同替清盛说情，试图留他一命的做法！"

在场公卿也有零星提出异议的，但对赖长来说，犹如大汉与稚儿掰手腕似的，轻易地就将对方驳倒了：

"大人所说的不合道理呀。再说一遍来听听！再说一遍！"

他带着刁难的语气，半步不让，咄咄逼人，一直驳到对方体无完肤才肯罢休，于是很快在场的公卿重臣们全都噤声不语了。

这时候，法皇的一双眼睛不停地在每个人的脸上来回扫视，显露出他内心的焦虑。尽管众人心里明白，但赖长的气场实在太强了。

然而就在此时，却有一人挺身而出，毫不畏怯，针锋相对地表示反对赖长的意见。

他就是少纳言藤原信西。

信西前年刚刚剃发入道，入道之前的俗名叫通宪。祖上是奈良时期的左大臣藤原武智麻吕，属于藤原南家的后裔。由于朝廷里北家势力处于全盛，故一直不受重用，长期只担任日向守的官职，在公卿阶层里只能算是比较低的。

信西的才学在公卿中是数一数二的，一时无人可与之比肩，并且早有定评，声名在外。即使是赖长，也曾拜在他的门下聆听过教诲。

但毕竟身为一介儒生，所以仕途并不顺利，好不容易得到鸟羽院的拔擢在少纳言局熬到一个官职，已是年近六旬的老者了。况且有不少人私底下议论，信西的妻子是待贤门院的侍女纪伊局女官，多半是靠了妻子的关系才得到拔擢的。

不管怎样说，他绝非碌碌之辈。少纳言虽说比起大纳言和中纳言来说官位低下，但职责却十分重要，主要负责掌管诏书、敕令的起草，内印外印的保管，大小诸事的奏宣，等等，若非能力超群和德行端正的人，是绝对担当不起这份职责的。此人能够被任用在少纳言局，足以显示出他的分量。

说起信西剃度出家，据说是因为有个阴阳师曾忠告过他："我观你面有剑难之相，宜速速入道啊！"对此信西本人加以否认，他说只是为了永生不忘待贤门院生前之恩的缘故。

这个信西，在商议最后时刻针对赖长的主张站起来反驳道：

"左府大人所说极是，不过听上去也有点像是在为睿山方面辩护开脱的意思。抓住良机，对僧众的暴行予以坚决制止，让他们也有所觉醒——这是白河、堀河、鸟羽三朝以来一直想做但是却没能做到的，因为这毕竟是件非常棘手的事情。现在不是说清盛终于做到了，但应当看到，这次真的是一次让山门僧众脑子清醒一下的绝好机会，并且经过这次事件也可以让他们知道，院廷的决议不会因为他们的示威或暴行就轻易改变！"

信西的论点以维护院廷的尊严为中心来展开，因为他显然琢磨透了法皇的心思。

此外，堂上诸公卿的心情也好，世间普通百姓的舆论也好，无不暗中对清盛的行动寄予了同情，而对于睿山一贯的行为断无好感——这一点信西也没有视若无睹。

接下来，针对清盛的行为，信西说道：

"他的行为乍看起来确实称得上鲁莽灭裂，但那日他的的确确是来向院廷请示，并当着诸公卿的面得到恩允，领受全权而去制止神轿游行示威的，所以绝不是抗命所为，也根本谈不上滥用职权。假如对其处以极刑的话，那么同意赋予清盛大任的在场诸位公卿是不是也得除去冠佩，接受严厉的处罚呢？"

说到这里，他又紧逼一步说道："即便对狂暴的僧众扛抬的神轿放箭射矢，但倘使真正的神佛是不可能被箭射中的，如果说因为这样就使得神威落地、佛力丧失，岂不滑稽可笑？我倒觉得，清盛此举正好拂去了邪云，让人们擦亮眼睛，重新唤起对真信仰的尊崇和追求，实在是一件大大的好事啊！左府大人，难道你认为他的行为真的使神佛威信扫地，使整个世界变得黑暗了吗？"

说罢，信西朝赖长望去，对他也捎带着揶揄了一通。

一阵无声的冷笑从座中蔓延开来。赖长自己也微微笑了起来，他一句话也没有反驳，只是将原本就又长又厚的嘴唇咧得更长了。法皇的眼睛里流露出对信西的话十分赞许的神情，可没有逃过赖长的观察。

商议前前后后一共进行了七次，这天这个难题终于迎刃而解了。

法皇立即通过少纳言局发布院宣——

安艺守平清盛因罪科以赎铜[1]。

仅此而已，而对时忠和平六二人则根本没有提及。

作为一种刑罚，赎铜规定受罚者必须在一定期限内向国库缴纳一定数量的铜，相比流放或褫夺官位等来说，只是极轻的财产处分而已。

听到院宣下达，武者所里顿时欢呼雀跃，仿佛大战凯旋一般。

"怎么样，一块儿去六波罗给清盛庆祝庆祝吧？"

"今晚得好好喝一顿！安艺大人想必召集全家人，高兴得又是哭又是笑，一直喝到酩酊大醉吧！"

不仅仅是一个北面或西面人的问题，几乎所有的京城地下武士都把这件事当作自己的事情，急切地等待着院廷的裁决。他们对这一事件的关心和对清盛的支持，远远出乎人们想象。

当然，也有例外。同样作为武士阶层，以六条判官源为义为代表的源氏一门武士，听到这个结果却是面无表情。

而在睿山内部则充满了牢骚和失望。

"真是个不好对付的对手……"

"看来将清盛的事情作为抗议理由失策了，早知如此，不如一开始就只谈加贺白山的事，或许还有一线希望。"

"事到如今再讲也没有意义了。不过话说回来，这个清盛也算是个人物啊，我睿山山门的僧众当中还找不出一个这样的人！"

这是后来的事情了。横川实相坊、止观院如空坊和西塔乘圆坊三人每次碰到一起，总是不知不觉就会谈到清盛。

那支箭不光射中了神轿，应该也深深射中了大法师们的心肺。这个可恶的敌人！安艺守清盛对他们来说，简直就疾之如仇敌，恶之如鸥枭。

然而不知为什么，那日清盛的姿影却给他们留下了截然相反的印象。一众僧人都用恨恨的目光遥望着京城的天空，唯独这三人，似乎早已超越了仇恨，只是苦笑着相互道：

"清盛是我山门今后值得重视的对手啊！"

1　赎铜：日本律令制时代的一种赎罪制度，有罪之人可通过缴纳铜来充抵实刑，一般适用于地位高贵者、老人、病人及过失杀伤者等。

当祈祷者意识到自己的祈祷即将在百姓面前失去灵验的时候，不禁气急败坏。在接下来的山门商讨中，睿山僧众群情激愤，满场怒号齐飞，纷纷要求再次出动神轿入京，直接到鸟羽院门前去游行示威。

"如此做对山门百害而无一利！还是等待时机吧！"

将众僧竭力劝阻住的还是这三名大法师。

对世事敏感的山门主脑们从石雨中已然看到了庶民对自己的反感。加上近来圆城寺、兴福寺等其他山门势力对民众的渗透越来越厉害，主脑们也不得不加以防备，因而只得将攻势转为警戒，静观院廷的处断。

然而，对清盛的处置实在过轻了，可以说只是走个形式而已，如此一来，山门的面子着实挂不住了。就在僧众们余愤再燃之际，在少纳言信西的斡旋操作下，果然院廷下达了诏命：

加贺白山之废寺庄园，特听许请愿所望，移管于睿山之下……

"鸟羽院里真有做事巧妙利落的政治家！"

睿山山门方面总算咽下了一口气，没有再闹事。

不过，仍然有人心中不满，于是蠢蠢欲动计划着要将山上的住持行玄大法师逐出山门，而与拥戴行玄的一派起了内讧，于是僧众们好斗的矛头暂时由外部转向了山门内部。

东三条的啸月亭是前太政大臣藤原忠实[1]的别墅，它不光集聚了莫大的财力，也堪称是一处集风雅之大成的馆舍。

不过忠实现今却不居住在此，他隐遁在宇治。

忠实的次子，也就是被人冠以响当当"恶左府"外号的赖长眼下是这儿的主人。

"为义，今夜还没有喝尽兴嘛。嗯，这次就给信西一个面子，让他露一把脸，只要时机到了，好风还是会向我们吹来的。至于你嘛，只好再忍一忍了，这也是没办法呀，其实法皇从一开始就站在清盛那一边了。"

---

1 藤原忠实（1078—1162）：藤原忠通、藤原赖长之父。曾任右大臣、摄政、太政大臣，并先后担任堀河和鸟羽两代天皇的关白。

倚河卧波的水榭中，主人赖长伸手牵拉着客人，他比客人先醉倒了——胸中悒郁，仿佛心头压了一块巨大的石头一般。

六条判官源为义很早便深得恶左府的赏识。其实要追溯起来，从赖长的父亲藤原忠实那一代起，源家就是藤原家的下人，从藤原家领受着扶持米。自那以来，藤原家对源家多多少少有点偏爱和袒护，一直继承下来成为了家风。而自白河院以后，由于源氏一族的武士多背时不顺，这其中又多了一层同情之心，当然，像源为义这样朴直的老武士人品，也是赖长所欣赏的。

"法皇似乎对忠盛父子稍稍偏心了点，没多长时间，父亲升任刑部卿，儿子拔擢为安艺守，跟他们比起来，你却还只是个低微的检非违使判官。唉，耐心等待吧，总有一天源氏子弟也会盼到天晴气朗的时候！"

赖长时常这样叮嘱为义。

原本清盛的这次事件，赖长觉得是为义出头的绝好机会，从个人情感上讲，他对忠盛父子没有半点好感，如今正好借此给法皇对清盛的宠爱泼点冷水，抑制一下平氏子弟的抬升势头，所以每次商议时他都竭力主张要对清盛施以极刑。

但最终仍没能如愿，他心里别提有多懊丧了。因此招来为义，款以酒菜，本想劝慰为义一番，却几乎成了他自己的痛饮。

"这件事情，大人就不必记挂在心了。如果能够蒙受恩准担任陆奥守，为义立刻高高兴兴地拜受，再没有任何奢望了。"

为义也时常这样说。受到赏识自然心里高兴，但有的时候，恶左府过于热心了，反倒会成为累赘，令为义颇觉得麻烦。

为义之所以执着于陆奥守这个官职，是因为自祖父八幡太郎义家以来，东北地方聚居着许多与源氏一族有关系的人士。而朝议的时候，也因为这一点，认为将这样的地方划给为义管辖十分危险，故而一直未予准请。畜养在眼皮子底下，顶多就是只家禽，而如果放归山野，就会变成猛兽——这一政策至今也没有改变。

狡兽亲情浓

清盛每天过着百无聊赖的日子。因罪被处以赎铜，禁止上院出仕一年，所以他现在是个在家闭门反省的戴罪之人。

曾经令世间舆论为之沸腾的"神轿事件"，到了第二年，话题渐渐平息，整个久安四年，事件的主角每天都将自己关闭在六波罗的新居，从夏至秋，饱食终日，却无所事事。

虽属于轻罪，但依旧牵连到亲族，这是当时的惯习。父亲忠盛也受到百日闭门不得外出的处分，甚至连妻子时子的父亲权大夫时信也被处以"逐氏之罚"。

所谓"逐氏之罚"是指藤原氏同族对于犯罪之人，经决议将其驱逐出藤原姓氏的一种惩罚制度，换句话说，就是被褫夺了使用藤原这个姓氏的权利，有的仅限于一段时期，有的则是终生剥夺姓氏。

"刚好，以后岳丈大人和你都改称平姓！难道说世间就只有藤原一个姓？！"

本来即使是科以重罪清盛也不会不服，但是藤原氏的这个决议却极大地刺激了清盛，他好几次向妻弟时忠倾吐心中的愤怒。

"那些胆小怕事的人一心只想保住自己门阀贵族的地位，我算看透了他们的小心眼！他们这是在向我发出警告：像我这样无法无天的蛮人，如果跟藤原这个姓氏沾上了边，将来不知道会给他们带来什么样的灾祸呢！可是，当我给睿山僧众们一个下马威的时候，他们不是也在暗暗叫好喝彩吗？这就是贵族公卿的丑恶嘴脸。比起我所受的赎铜刑罚和闭门刑罚来，这种屈辱的刑罚更加让人不好受，时忠，千万要牢记呀！"

时忠的开朗性格使得清盛的幽居生活变得轻松和明快起来。虽说有时候时忠无法无天起来，与自己相比有过之而无不及，但是他的好学劲头却是自己所不具备的，并且记忆力出奇的强，敏慧、博识，这些都让清盛常常不禁咂舌赞叹。

这天，他依旧闲散似神仙。无聊之余，来到马厩，望着眼前这些毫无心事的马儿出神。

此时，忽然听到"嗖"的一声响，是箭疾飞的声音。

——又在玩弓箭呢。

于是往射箭场方向慢慢踱去，正好瞧见一支箭在空中划着直线，平稳地飞向箭靶，"咚"的一声扎入靶心。

"射得好！"清盛不由得击掌叫好。

听到叫声，射箭场上并排站立、腰挎箭袋的一个青年和一个少年两人同时转过身来，朝清盛投来微笑。少年是今年刚满十岁的清盛的长子重盛，青年则是一直指导重盛射箭的时忠。

"哦，姐夫！"

"重盛的箭术怎么样？"

"您也看见了，弓嘛拉得还不赖。不过说老实话，要说射出劲疾的箭恐怕还差不少，大概是气质的缘故吧。"

"他还小嘛，再说这弓也不强啊。"

"可是，射箭是最能体现出一个人气质的武艺呢。六条判官源为义的末子、号称'八郎'的为朝您知道吗？"

"嗯，倒是听说过。"

"那小子的淘气劲儿可以说天下找不出第二个来，连他父亲为义还有几个哥哥们也全拿他束手无策。这八郎为朝如今好像托付给西国源氏某人照管着，他十一岁的时候，我曾亲眼目睹他参加今宫社的射箭比赛，真的让我大吃一惊。一张强弓拉得满满的，射出去的箭深深地扎在硬土垒成的圆坛里，一个大人两只手愣是拔不出来！如今他老爹整天为他头痛不已，根本不敢把他放在京城里……"

"哈哈，哈哈！"清盛忽然忍俊不禁大笑起来，"时忠，这听起来就像是在说你自己啊。"

"您是指叫老爹头痛不已？嘿嘿，其实我现在既不玩斗鸡，也不跟人吵嘴打架，自从去年祇园神社那件事之后，现在再也不想打架了。"

"这倒没有必要吧？打那以后，睿山的僧徒是稍稍老实了点，不过近来南都兴福寺等地的僧徒好像又开始闹事了。看来单靠去年那一箭，还不足以让那帮秃和尚们脑子彻底清醒啊。"

"说到这个呀，听说八月末兴福寺的数千僧徒打算冲入京城捣乱，被六条判官为义率领手下从宇治出京，将其从半路上赶回去了。近来外面都在传，说为义名声大噪，百姓交口称赞，连上皇也开始对他印象深刻了。"时忠越说越起劲，他稍稍带了点酸溜溜的嫉妒口吻继续说道，"坊间还风传，说是恶左府赖长公一个劲儿地力挺拔擢源家，想乘着刑部大人和姐夫您受处分闭门不得外出的机会，设法将为义扶为武士的头领，今后还要彻底压制和封杀平氏子弟的升进……类似的传闻我听过不止两三回呢。"

清盛的脸上露出一丝不悦。是时忠这番话引起了他的共鸣，还是相反引起了他的反感？这就不得而知了。不过有一点却是毫无疑问的：幽居生活磨就了他平静的心境，然而现在却像被一颗石子投入池中一样，水面漾起了层层的波纹。

这时候，家臣平六前来禀告，说制铠师押麻吕老翁来了，正在客殿等候。每日平淡无聊的生活让他对任何人仿佛都产生出一股亲热劲儿，听说有客人来到，清盛赶紧直奔客殿而去。

"老夫今日是特为大人定制铠甲之事而来。"制铠师一副气鼓鼓的样子，慢吞吞地对清盛说道。他弯腰佝背，一看就知道是那种居家为业，专门从事手工活的老匠人。

押麻吕亲手制作的铠甲，在武士中间被视为极品。他的作品，从串缀铠甲片的细绳的搓捻，到每一片铠甲的鞣皮，每一个细节都费尽心思下大工夫精制细作而成，非常结实耐用，相应的其工钱也贵得惊人，而且据说老翁脾气倨傲，不是任谁请他制作都答应的。清盛闻听他的乖僻，特地备好一套樱花色的绫绳缀命人前往恳请，这才得偿所愿，约好不久之后完成交货。

"大人中意的硝皮已准备妥当，串缀用的镀金小什件儿、绳缀、菱形铠甲片、护腿甲片，等等，全都备好了，唯独一件：大人答应送来的生狐皮却迟迟不见送来，不知道这究竟是怎么回事啊？"

原来押麻吕是来催促狐皮的。

在铠甲的要害部位使用生狐皮来串缀，这是押麻吕独具的特殊工艺之一。清盛定制的时候，他便提出要两整张生狐皮，并且一定要在指定的时日送到，这就是他答应制作的条件。

两张狐皮据说用于肩带的打褶、铠甲护腿的里衬以及左右两腋护板处，要将没有经过脱脂处理的生狐皮黏合上去，首先得使用家畜、鲸和鱼类的皮、腱和骨头等熬制成黏着力极强的明胶，需要非常复杂和高超的技术不说，最紧要的是，连续几十个小时炭火不停烧煮的时候，如果生狐皮用罄接不上的话，好不容易熬制成的明胶就报废了，必须一气呵成。

"约好送来的日子，老夫左等右等不见大人答应的生狐皮送到，明胶熬煮了几遍也全都白白扔了！"老翁显然真的生气了，他叱责道，"如果使用普通的皮事情当然就简单了，不过，那样做出来的铠甲如果大人中意的话，那世间制铠师就多到数也数不清了，大人另请高明吧！"

"不不！是我不好，是我不好。老爹，您别生气呀！"清盛知道他的脾性，想想自己确实理短，于是连忙赔不是。"我叫下人去狩猎过几次，每次打回来的都是些野鸡啦、兔子什么的，可要命的狐狸就是一次也没碰上过。下回我自己亲自去——对了，约定个时间吧！"

"还叫老夫干等不成？"

"哎——说到做到！"

"不是老夫故弄玄虚，烧煮明胶是有一套祖传秘技的，不是随随便便交给徒弟或者内人可以完成的哦。炭的火候、添加水、熬炼、起沫子等，连续两晚紧盯着，不敢有一点分心呢。可是，生狐皮就是等不来啊，明胶就报废了！白白糟蹋了！老夫扔掉明胶时那种痛心和气愤简直没法形容呢！"

"不，这回绝不会再失信！后天黄昏时分怎么样？日落点灯之前，清盛一定亲自送到老爹家去。"

"大人亲自送来？"

"如果吩咐别人去，清盛怕又靠不住。"

"要是这次再违约的话怎么办？"

"赔付罚金也好，或是其他惩罚也好，清盛都甘愿领受。"

"哈哈哈！哈哈，哈哈！"押麻吕伸展了一下猫腰，拍了记大腿叫道："好！对日吉山王的神轿都敢射上一箭的安艺守大人嘛，老夫就信您一回！老夫这就回家准备熬煮明胶，后天黄昏时分，可就等大人的生狐皮啦！"

押麻吕到访的翌日，清盛解开弓袋拿出弓，拉开他熟悉的弓。

"时子在哪儿？"他沿着走廊走到妻子的房间门口，朝里面张望着。

侍女答道："夫人今天又把自己关在庭院的织布作坊里，全神贯注地在织布呢。我去请夫人过来吧？"

"在织布作坊的话就不用叫了。你帮我把狩猎装束拿出来！"

清盛穿戴上遮护腰至腿部的野外狩猎行头，背起箭囊，拿上弓。出门之前，特意到庭院里的织布作坊转了一遭。

作坊是按照时子的希望建造的，大约有十五坪，一半放置着两台织布机，另一半则堆放着染色瓮以及蜡染的工具等，另外还有一个刺绣台。

时子在家里一面照管小孩，一面利用少女时期在宫中缝殿寮习得的缝纫工艺，闲来便摆弄一阵。看起来她特别喜欢这份手艺活儿，不仅新置了几名纺织娘，还叫了妹妹一起，热心地在各种质地的布料上尝试一些自己喜欢的颜色和纹样。每当做出一件坊间尚没有的新的纹样、新的样式的衣裳，穿在自己身上或是孩子身上，或者分送给别人，听到别人的夸赞她便高兴得不得了。

"时子，我狩猎去了。给信西大人的信写好了，放在屋里的小桌上了。"

"哦，瞧您冷不防的，"时子从纺车旁站起身，睁大了眼睛，"谁跟随您一起去呀？"

"不，我自己一个人去。现在闭门反省中，举止不可招摇啊。"

"那——至少带个侍童一起去吧？"

"不用了，反正不会进到山里很深的，傍晚时分就回来。对了，送给信西大人夫人的织物你都弄好了？"

"嗯，染色和刺绣全都完成了，您要不要看一眼？"

"我就不用看了，看也看不懂。"清盛说罢，走出织布作坊，然后独自从边门走出家门。

去年，院廷商议对策之际，针对左府赖长大人要对自己科以重刑的提议，唯独藤原信西一人拼命为自己进行辩护，事后得知由委，清盛便觉得信西大人品性端厚，于是暗暗将他引为知己。

时子打算将自己精工细作亲手制成的织物赠送给信西大人的夫人纪伊局女官，不消说这也得到了清盛的同意，此刻出门之前写就搁在桌子上的信，就是赠送织物时要附上的书信。

"嗯，到哪里去呢？"

京城内外时常可以看到狐狸的踪迹，虽然经常听人说起，但真正拿了弓箭出门却发现，秋末的野外，到处只是芒草一片，根本不见狐狸的影子，也毫无踪迹可寻。

这天，清盛一路寻踪至深草一带，直到日暮，拖着疲惫的双腿，无功而返。

第二天，天色看上去时晴时雨，一副深秋时节特有的多变模样，正午时分方才彻底安定，雨霁天澄。

听说今日清盛又要独自一人悄悄出门狩猎，时忠便劝道："姐夫不必亲自去，今天我和平六一道前往山科一带猎狐好了。"说着便准备动身。

"不不，前天看见你和重盛弯弓射箭的样子，我突然间也很想重新握弓了，这大概就是髀肉之叹吧！"

时忠和平六出门不久，清盛穿着和昨天一样的一身野外狩猎装束，也出了门，独自来到都城北面的莲台野一带，一直转悠到天黑。

早上阵雨的水珠尚未干，清盛从脚上到膝上的护腿全被芒草濡湿了。脚下深一脚浅一脚的，一不小心就趟到积水，或是踏入坑穴或踢到凸起的土包，水珠全都隐没在胡枝子、桔梗等草丛中，在夕阳的映照下，到处是白茫茫的，根本看不清楚。

远方西边的天空依旧挂着一道彩虹，而眼前深绀青色的一片天空上竟然已经升起了一弯细月。

"根本没有！连个狐狸影子也没看到，掠过眼前的，尽是些野鸟。看来所谓秋天的傍晚若是从莲台野经过时常可以听到狐狸叫声的传言，纯粹是口口相传的无稽之言。"

远处一户看护山林人家的小灯隐隐约约映入眼帘。清盛眼前不禁出现了制铠师的脸孔和老匠人支起锅子"咕嘟咕嘟"炼煮明胶的情景。一想到那个押麻吕又要叱责自己失约，清盛内心真不是滋味。说好日暮点灯时分亲自送去生狐皮的，唉！看来自己不该说如此不着边的大话，真是后悔莫及呀。

四野夕阳笼罩，现出青色的微亮。清盛搜寻着道路，准备返回。就在这时候，"嗖"的一声似乎有什么东西跳起来，穿过芒草丛，又隐蔽起来。清盛拉开弓，凝视着前方的细小动静。紧接着，又一个黑影从眼前一掠而过，须臾之间只看到一条狐狸尾巴。清盛立即抢步上前，从一片草丛跃向另一片草丛，穷追不舍。

追到一个坑穴前，只见狐狸弓起身子躲在坑穴暗处，一动不动，两眼射出人被逼到绝境时的那种眼神，一对眸子似乎睨视着清盛手中的箭。

"来吧！"清盛口中喃喃说道，张臂拉弓，绷紧了箭。

随着几声低吼，一股难闻的腥气飘了过来。

咦，清盛这时才发现，原来眼前不止一只狐狸，而是两只，不，是三只，挤成一堆。

两眼射出锐利的视线，勇敢地直视敌人，充满不屈斗志的是一只毛色发灰的老狐狸，想必是只公狐。雌狐则在丈夫的掩护下，前腿撑在地上，和公狐一同发出异样的低吼声，但是眼睛里却闪过一丝恐惧。

雌狐比起老公狐来，身形明显消瘦许多，削尖的肩胛骨，乍看就像只狼似的，身上毛色毫无光泽，腹部的毛卷曲着。仔细看去，雌狐腹部还紧紧拥着一只刚出生不久的仔狐狸。

——哦，是狐狸一家子啊。

看来这是被追赶得无处藏身才不得不停下来的狐狸一家子。

——三只狐狸倒是叫人喜出望外。先射哪只呢？

清盛用力拉满了弓，弓弦发出"吱吱"的响声。

两只成年狐狸知道难逃一死，在临死之际，将生命之火燃得旺旺的，不停地发出奇特的呻吟声，仿佛在诅咒对手似的。公狐面对死亡展示出了不惧死神的勇敢精神，雌狐也竖起全身毛发，迎接那最后一刻，然而，大概是出于本能，它临死前深深弯下身体，将怀中的仔狐狸搂得更紧了。

——啊，可怜，真可怜！不过，真是美丽家族呢，比起世间的有些人来……

连日吉山王神轿也照射不误的箭矢，终于没有勇气朝着这美丽的狐狸一家子射出去。

——我的箭镞到底是为了什么要拼命追赶这美丽的生命呢？

——铠甲？比别人更加结实耐用的铠甲？

——真混！

——难道是怕弓腰的铠甲师傅因为违约而再次叱责我吗？顾虑自己的面子？

——愚蠢呢，真是愚蠢！

——押麻吕想笑话我就让他笑话吧。跟别人一样的铠甲有什么丢脸的？凭一领铠甲就能成就一个英雄吗？凭一领铠甲就能创建丰功伟绩吗？

"劣性难改……"他自嘲着，渐渐产生了动摇。

——虽说是野兽，可也称得上死得有尊严了，简直就是慈悲、爱情、和睦友好等美德的物化。假如我是老狐狸，时子和重盛是狐狸母子，我又会怎么做？野兽尚且能体现出如此的美德，我能不能做到呢？

"嗖——"清盛将箭朝别的方向射去。是向夜空中的某颗星星射出的吧？

"沙沙，沙沙……"随着一阵足音，掠过一股风，随后又消失了。他定睛再看，狐狸一家子已经跑得无影无踪了。

夜晚，清盛回家途中拐到制铠师押麻吕家。他从屋后的断垣口翻墙跳入院子，朝屋子里的灯影和人影大声喊道："老爹！老爹！我不要用生狐皮了，随便用什么皮都成啊！具体的容我当面向你赔礼道歉。明天你来我家，嘲笑清盛也好，问清盛讨要罚金也好，随你便啦！"

烧制明胶特有的气味飘到屋外。随着弯驼的背在灯影下缓缓移动，老匠人高声喝问道："什么？又要再等？"

冷不丁地老人走出屋子，只见他端着煮胶大釜，来到廊檐下，气鼓鼓地说道：

"难道是约好了请您来老夫这里做辩解的吗？从前天到今天一直到现在，老夫全神贯注地煮炼明胶，连枕着胳膊打个盹都不敢，傻兮兮地一直等着。当初大人您箭射日吉山王神轿，搞出那么大的动静，难道只是为了博人眼球，做做样子的啊？看来世人太高看您啦，安艺守大人！真叫人生气！有谁会为一个看走眼的人制作铠甲？反正老夫是难以从命，老夫不接这活了！这些明胶，就让外面的流浪狗吃了吧！"

押麻吕猛地将手中的大釜朝院子里一摔，热烟和异臭直向清盛迎面扑来。他默默无语，转身走出了院子。

野风

清盛与铠甲的故事还有后续呢。

那年十一月。

一年的幽居期满，再说又向国库缴纳了一大笔赎铜，清盛终于又成了无罪之身，于是再次登院出仕。

而就在四五天前，门前的上马石上坐着个人，哭丧着脸，说是想求见清盛。

原来此人是押麻吕。被引进正堂后，他将背弯得更低了，布满皱纹的额头上淌下大粒大粒的汗珠，一个劲地赔礼道："先前的失礼请大人务必不要放在心上，匠人脾气古怪，尽说蠢话，大人大量，就权当没听见吧！"

"老爹，你这是怎么了呀？"清盛笑了。

经问询才知道，原来那日老头生气地将炼胶大釜扔向清盛，并且狠狠地骂了一通，可是后来从清盛家臣那里听说了事情的原委，方才知道清盛心地善良，因而他为自己的鲁莽无礼深感疚惭。

对畜类尚且心怀慈悲，这样德行高尚的人，作为制铠师就是主动恳求也想为其制作铠甲，武士不光需要过人的膂力和武艺，更需要一颗像安艺守这样的同情心。只有邂逅德艺兼备的真正的武士，制铠师才能激发起强烈的创造欲，凭借一份良心和精湛的手艺，制作出最精良的铠甲。

"其实，老夫今日带来一领制好的铠甲，恳请大人准许老夫将它进献于座侧……"

押麻吕展开一领精美的铠甲，像供奉于氏神前一样，捧到清盛面前，他没有洋洋得意的自夸自赞，也没有固执的乖迕，看到清盛露出满意的笑容他便觉得满足了。最后押麻吕高高兴兴地回去了。

幽闭反省解除了，自然令人心情舒畅，又得到一领做工精致的铠甲，同样令人高兴，而清盛的妻子时子也有一件值得高兴的事情。

这天傍晚，清盛退院返回家，来到妻子房间，忽然看到屋子里多了一张从未见过的琵琶。是谁送的礼物？一问时子才知道，之前时子将自己亲手制作的织物赠送给少纳言信西的夫人纪伊局女官，这琵琶是信西大人的回礼。

原来今天，信西遣一名僧人为使者来访，同时子聊了一会儿，忽然说道："夫人有这样一位良人，真是值得羡慕啊！"

"哎呀，什么呀，怎么冷不丁地这样说？"时子微笑着不知说什么好。

僧人一本正经地说："哦，拙僧没有开玩笑。所谓名实相副的武士，应该就是像安艺守大人这样的武士吧，既勇敢，又有人情味……"

"为什么这样说？"时子忍不住问道。

原来在莲台野放还狐狸一家子的事情，经制铠甲师押麻吕之口也传到了信西的耳朵里，于是信西便将自己秘藏的琵琶令僧人送到清盛府邸。

"在给死去的母亲做法事时，请人制作了八张琵琶赠送给母亲的亲朋好友，现在手头剩下的只有这一张了。安艺大人不惜放弃定制精美铠甲的念头，在莲台野放狐狸一家子逃生的爱心，就跟父亲的大爱和母亲的悼爱一样令我感动，即使父母已双双亡故，但我一想起他们的爱心便会情不自禁落泪……"

信西让僧人使者将这张琵琶的来历以及自己的心境转告给时子。随后僧人又以第三者的立场讲了一段："传说狐狸乃神仙的使者、妙音天女[1]的化身。慈悲之神、爱情之神、音乐之神、智福之神——这就是妙音天女，想不到安艺大人身上竟然有这么令人钦佩的品性啊，将来一定大有作为，荣宗显祖。一直以来看好安艺守清盛大人的信西也坚信自己没有看错人，内心十分欣慰，所以才将其秘藏的琵琶命贫僧特来赠送给夫人呐。贫僧也为夫人找到了这样一位佳婿而感到高兴啊！不好意思，请恕我说了这么多。祝你们和和睦睦，白头偕老！"

清盛将琵琶置于膝上，左抚右看，喃喃地道："不错，真是张好琵琶啊！"

"上面还有铭记呢。"

"什么铭记？"

"好像叫'野风'吧。"

"野风？"

果然，琵琶上镌有一幅泥金画，绘的是荒原上的河川和芒草，图案中还用绘画体的草假名形式抄写着信西写的一首缅怀亡母的和歌。

"时子，会弹吗？"

"琵琶的话还是时忠弹得好。"

"哦，时忠还有这份雅致？那好，我也来弹弹试试吧。别看我这副粗人模样，八岁的时候，祇园祭我还登上戏台子跳过童子舞呢。母亲祇园女御最最喜欢看那种歌舞表演，每次总是瞪大了眼睛。"

说到这里，在清盛的内心深处忍不住抽噎起来，就像儿时那样。

——母亲那个狐狸精怎么样了？这样说可能有点儿过分，可她真的是不逊于野外的狐狸啊！只要她平安无事便好，可她如今已美丽不再，也不知道被哪里的哪个男人射中之后又抛弃了吧？

他自己也莫名其妙，心中的情感就像地下的泉水一般滔滔地涌出，将他的心溺没了，登时思绪纷乱，冷不防，胸腔深处感觉到阵阵痛楚，令他无法忍受。为了掩饰，清盛抱起琵琶，一面微吟，一面用右手五指胡乱拨动起四根琴弦。

"呵呵，呵呵，这是什么曲子呀？"

"不知道吗？这……这是人间万世不易的人子之歌呀。"

清盛故意假装一本正经地开玩笑道，可是他的睫毛却在不知不觉中微微

---

[1] 妙音天女：又名辩才天女，是手弹琵琶的财福天女，日本民俗中的七福神之一。

濡湿了。

童女像

"葫芦花三位[1]",是世人对三品官藤原经宗[2]的称呼,因为他的府邸在高辻大街葫芦花小路的缘故。

这是个年轻气盛、爱耍小聪明的公卿。

说到公卿,不能以旧时的形象一概而论。事实上,公卿阶层占据了一国的政治、经济、文化等各领域的中心地位,公卿社会可以说是积聚了社会最优秀的知识分子,称之为"抱玉怀珠、鸾翔凤集"绝不为过,正所谓人才荟萃。

而像经宗这样的年轻官僚则是公卿阶层中典型的新生力量,他们博学多才,和歌、蹴鞠、音乐等无不精通,待人接物礼貌得体,在服饰方面倾注了极大精力,并且感觉敏锐,对时局演进变迁的动向一丝一毫都不会轻易放过。

这日,经宗受侍从大纳言藤原成通之邀,参加蹴鞠大会。

众多宾客齐聚在园内临时搭建的看台上,观看蹴鞠高手同场竞技。这时候,摄政家的一名随从来到经宗身旁,对他悄悄耳语道:"对不起,可否请大人往那边的亭子去?我家主人忠通大人想请教大人一些问题。"

"哦?我……那好,我这就去。"经宗于是离席,跟随随从而去。

摄政关白藤原忠通身材微胖,一副大度宽容之相,一望便知是个贵人。同弟弟赖长比起来,两人简直是一龙一猪,全然找不出一点点相似的地方。人们常开玩笑道,如此截然不同的兄弟二人真是打着灯笼也难找呀。时人说到忠通的温良和善,必定拿它与赖长的傲慢乖戾相比,而说起恶左府的男子汉阳刚之气,则必定拿它与忠通的女性化阴柔气质一较短长。

此刻,看到经宗的身影,忠通立即先行招呼道:"哦,恕我失礼,"他从倚靠着的柱子上欠起身来,"想必正玩到兴头上……"

---

[1] 三位:位阶的第三位,包括正三品和从三品,也指受此位阶的公卿官员。
[2] 藤原经宗(1119—1189):大纳言藤原经实之子。因其妹懿子为二条天皇的生母而深得天皇信任,成为天皇亲政的主要近臣。

忠通随意地示意经宗在圆蒲团上坐下，就像往常一样，没有半点以势压人的官架子。

"恕在下失礼，平常疏于问候，"经宗离着老远拜伏在地，在宽厚的长者面前，他并没有放肆，"今日得见摄政关白大人尊容，已是三生之幸，幸蒙大人召见，真是不敢奢求的望外之喜呀。不知大人有何吩咐？"

"嗯，其实呢，是有件事情要特别恳求于你呢。葫芦花大人，此地不是宫中，请放松些，再向前靠近点吧！"

忠通说着，朝身旁的家臣们扫视一眼。家臣们会意，立即离席，将穿廊的双开板门关上，悄然而去。

这里是位于水池中央的离亭，四周绝无耳目。

水面上，睡莲花静静地开放。

这是久安五年夏六月的某一天。

近卫帝去年刚刚举行元服[1]仪式，今年满十一岁。

很快，左右侍从便开始考虑起立后以及女御代[2]的选定等近在眼前的事情来。

眼下最急迫的是，必须赶快定下女御代的人选。按照典制礼仪，大尝祭临河被禊[3]之际，是不可以没有女御的，但由于天皇尚年少，所以便由女御代暂代，依照惯例，天皇长大成人后，女御代便成为女御进入宫内，最后成为皇后的也不在少数。正因为如此，女御代的甄选非常严格，必须考虑到长远的将来。

对女御代的甄选，法皇自然也非常关心，不过从实际操作来讲，则是摄政的职责。

拥有入选为女御代资格的藤原一族，但凡家中有妙龄佳姬的，无不憧憬着将来一门荣华腾达，因而都开始了暗地里的活动，一时间蝇飞蚋动，乌烟瘴气。

---

1 元服：日本古代男子的成人仪式，改梳成人发型，改穿成人服饰，戴冠（地下人、武家子弟戴黑漆帽），并改幼名。一般于11—16岁之间举行。

2 女御代：日本天皇即位后举行的第一次新尝祭，即大尝祭，将当年新谷献给天神时代替女御进行被禊仪式的女官。

3 被禊：古代习俗，即濯于水滨，以祓除不祥，去病消灾。一般在春秋两季进行，阴历三月三日上巳修禊尤为盛行。

帝系代代，没有比立后及选女御更加如履春冰的事了，稍有差池，就极易引发贵族公卿间的对立，登时宫廷化作阴谋、暗斗的纷乱舞台，其间不知道有多少不为世间人知的秘史、鬼戏。而所有的登场人物都将自己的私心掩饰起来，口口声声为了国家和皇室着想，于是乎固执己见，互不相让，最终挑起大乱，危及社稷——这样的例子历史上比比皆是。

忠通从来没有像现在这般觉得摄政之责如此沉重。他慎重又慎重，小心又小心地花了数个月，反复斟酌考虑，最后总算得出了结论。

从公正且尽量客观的立场看，他的心里俨然有了一个不二人选。

——再没有其他公主比得上她了。

他意中的人选便是多子，右大臣德大寺公能的女儿。

美女世上有的是。但是一个世纪中，神或许只会让人间诞生一两个仿佛天神的手工工艺品似的美女，而令世人产生无限的想象：这样美玉一般的美女在人间将会面临怎样的命运呢？难道是神在进行盲目的尝试吗？能够让人伴有这样想象的美女，才称得上是"绝世美女"。多子就属于这样的美玉。

然而，她只有十二岁，还是个童女。

作为女人来讲，她尚未成熟，只是深窗里的花苞，不过却早早地显露出了美玉一般的天成玉质。性情聪慧，喜爱绘画，写得一手漂亮的假名文字，在音乐方面极具天赋，尤其是弹得一手好琴和一手好琵琶。

——简直就是神造的天女，天生气度超俗，如果是她，将来即使成为国母也无可挑剔呀！

忠通甚至梦中都在描绘着多子的童女像。他公正地相信，除了她，没有更合适的了。

然而却有一件事情令他颇感头痛。这多子是他胞弟——恶左府赖长的养女。

赖长的妻子幸子是德大寺公能的妹妹，因而公能的女儿过继给赖长夫妻为女，养在东三条亭的深苑中也是顺理成章的事情。

如果忠通的设想得以实现，自然是再好不过的了。

不过，忠通与赖长却是一对死对头，甚至不避朝野，尽人皆知。兄弟二人同时担任着朝廷的要职，执三公[1]枢机，但在政治上却从来没有一次意见

---

[1] 三公：太政大臣、左大臣和右大臣的合称。

相同过。

忠通当然不是那种奸佞小人，不会因为这一层关系，在甄选女御代的问题上发生动摇，有损公正性。自己所看中的人选，事先必定会向法皇报告，并且征询陛下的亲属们，征得同意才会进行下去。不过，这件事情该如何向弟弟赖长开口交涉呢？他头痛的便是这件事。

——那个好闹别扭、故意找茬的赖长，作为兄长的自己若直接同他商量，他即使知道是好事，肚子里暗暗高兴，也一定会扯东道西，正话反说，给自己出难题，让自己一筹莫展的。

忠通怕这个。于是他想出了一个主意：让"葫芦花三位"经宗当使者前去游说。经宗机敏伶俐，最重要的，是他深得兄弟二人的父亲忠实的信任，宇治的忠实别墅以及东三条的赖长府邸他都经常出入，关系亲密，居间游说唯有他最合适了。

心中暗暗拿定了主意，恰好今日就有蹴鞠大会这个机会。

微风轻轻拂过睡莲的红白两色小花。池亭上一个扰人心绪的人影也没有。

忠通将自己的想法向经宗和盘托出："这件事情只有葫芦花大人最合适，所以才冒昧地恳求大人。我想请大人向左府大人夫妻传句话：希望他们顺顺当当地同意将多子献给当今陛下为女御代——本来嘛，从公家这方面来说，事先得到左府大人的允诺，事情才好进行下去啊。"

"明白了。"经宗高高兴兴地接受了这件差事。他倒不是因为凭自己的才干即可轻易完成此事，而是意识到自己将来的飞黄腾达似乎多了一份保证。

"在下马上就前往东三条拜访左府大人，听听他的口风，如果有必要，我还会前去宇治争取支持。这绝对是大吉之事，相信左府大人不会有异议的。"

"唔，要知道他可是个难对付的对手哦。千万不要一副天降吉事的面孔去呀，左府大人专门跟人反着来。"

"左府大人的性情在下十分了解，另一方面，他又是个极其磊落的人，领会事理，只要把话说透了，他一定会爽爽快快答应的！"约好日后回复结果，经宗便退出了池亭。

蹴鞠

　　宾客们仍在尽情地玩着蹴鞠。最后，主人侍从大纳言藤原成通给大伙儿亮了一手绝活儿，令众人瞪大了眼睛，看得如痴如醉。

　　成通是位稀世的蹴鞠名人，他曾经在清水寺的舞台上，一面展示蹴鞠秘技一面走过栏杆，从而成为坊间经久不衰的话题。据说他还曾许下千日蹴鞠之愿，下雨天他便在太极殿内，生病时则躺在床上——照样蹴鞠不止，总之，几乎是沉湎于此道而不能自拔。如此，也称得上是位意志力极强的风流才子了。

　　然而这一天，成通却当着众宾客的面，大声宣布道："老夫今年已五十有六，今日是我最后一次献技，从今日起，老夫再也不玩蹴鞠了！"

　　"怎么了？"他的知己们惊愕不已，纷纷询问缘由。

　　"嘿嘿，心有所思而已，以后你们就会知道的。"成通只是一语轻巧地转移话题，随后照例是酒宴，这一天的蹴鞠大会也成了成通的"蹴鞠告别会"。

　　酒酣耳热之际，人们还是不依不饶地追问他原委，究竟为什么要戒掉蹴鞠。

　　成通笑着，向宾客们稍许敞怀道出了自己的胸意："老夫沉迷蹴鞠之道已三十余年，最初十年只是觉得好玩而已，接下来的十年，则是将全部热情都倾注于声名和荣誉感，其后又十年老夫才悟出原来蹴鞠也有道，于是好玩变成了痛苦，荣誉感变成了困惑迷茫，技艺也开始停滞不前……近来总算达到了鞠球与自身合而为一的境界，飘飘翕忽，随心所欲。如此一来，即使没有了鞠球，也能以鞠球之心玩得风起云转、自由自在，如此一来反倒觉得一本正经玩鞠戏是种麻烦和累赘了。老夫曾听说，和歌之道、弓箭之道、管弦之道，等等，皆有彻悟的境界，若是能够到达彼境界，也算是打开了一条通往佛门的道路。呵呵，看来老夫也算接近那难得的机缘了，于是便想，顺着老夫凭愚诚一路走来的这条道路继续朝前走下去，直达彼岸，不亦乐乎。所以说，其实老夫并非从此告别鞠球，只不过是像所有凡夫俗子一样，想像鞠球一样尽享人世间的喜乐，长命百岁呀！"

眼酣神醉意朦胧，成通的一番话众人听了有的笑着打诨，有的抒发感慨，好像颇有同感似的，谁道七年之后保元之乱勃发，侍从大纳言成通竟当即断发出家，和西行去往了同一个世界。

成通与西行原本即是和歌歌友，这天"蹴鞠告别会"西行没有出现，其实西行此时已经在不停地劝说成通抛弃名誉和权势，早日踏入真正得享生命欢愉的极乐世界去，在西行赠与成通的和歌《山家集》中就收入了好几首这样内容的和歌便是一个明证。日后，人们回想起当日成通所说的话，才恍然大悟。

——眼下世间已然可见不同寻常的云岚雾霭，在时代的大风云到来之前，应当及早投身到真正的和平与大自然中去。

这是一派。当然也有相反的另一派：从暴风雨袭来之前的萍风中嗅到了名利的诱惑，于是主动追逐风云，接近暴风雨。

在历史的十字街头，怀揣各色念头的人们的种种彷徨和迷茫，在此刻全都显现出来了。

"葫芦花三位"经宗之流，正是后一种人。数日之后，他来到位于东三条的恶左府赖长的府邸，在那张拉长的面孔前，用沉静的语气滔滔不绝地游说起来。

"哦，多子，女御代啊？"果然不出所料，赖长听了之后装模作样的，似乎对此事毫无兴趣。

脸上堆着不冷不热的笑容，既不说好，也不说不好。

"哟，看上去话不对路啊。"经宗想着，赶紧转变话题。

可是话题转到别处，赖长却还是没有顺着话题接茬，只是不作声地一个劲儿端详着经宗的面孔，像是要努力揣摩出点什么东西来。

瞧这副模样，他心里依旧在琢磨着刚才那个话题。

"是吗？很急吗，需要马上给摄政大人答复吗？"

"这倒不敢说一定就要立马回复，不过，法皇陛下也在等这边的结果呢。"

"让我考虑考虑吧！"赖长先将这个话题撇到一边，随后又道，"这么大的事情，为什么摄政大人不亲自来见我跟我直接商量呢？真是搞不懂，我这个兄长心里到底打的什么主意！"

"哎呀——作为同胞手足，在下以为摄政大人一定也如左府大人所想的那样，不过毕竟身为摄政，忙啊！再说，以他摄政的身份同左府大人公事公办似的商量，倒不如先由像在下这样的人前来倾耳而听，再做安排的好，可见摄政大人思虑得极为周全呢。"

"我不知道他怎么思虑的，反正我就是讨厌像他那样做事不爽快！敞开心扉，打开天窗说亮话，直截了当地跟我说如何如何，想必我当场就会给他一个答复的。非要半间不界地差遣你来打探我的想法，真是没有意思啊！"

"是呀！所以请左府大人不要有任何顾虑，打开天窗说亮话，心里怎么想的就怎么说，在下一定负责原原本本地转告给摄政大人。"

"嗯，说出来也无妨，那我就说啦——"赖长向后绷起他那宽厚的胸脯，好像要将胸脯往前顶出去似的，"本来也不是非得直接回复，加之你又是宇治的老父稔熟之人，就由你转告给摄政大人吧！"

"多谢左府大人信任！"

"那就请你把我说的话转告给摄政大人，记住：一句话也不能走样哦！"

"这何需左府大人叮嘱？当然半点儿都不会走样！——左府大人究竟意下如何？抑或是有什么条件？"

"好！多子入选为女御代不是不可以，不过我只希望能给我一个明确的约定：天皇成人之后必须让她入主中宫，立为皇后！"

"这本来就是题中应有之事嘛！我一定转告摄政大人！"

"听清楚了吗？如果仅仅只是选为女御代，我不同意！如果能够保证将来立多子为皇后，那我没意见——就是这样，请你明明白白地转告！"赖长不放心似的又叮嘱了一遍。

接下来，经宗受到了盛大的款待。赖长自己喝得醉醺醺的，酒宴中间离席进入后室，看样子是要迫不及待地将此事告诉夫人幸子。整个府里透出一股喜庆的气氛，最后洋溢成丝竹管弦，声音传出东三条的这座府邸。然而经宗极想一睹芳容——哪怕只是远远一瞥也好——却始终不见多子人影，甚至连她颇为拿手的琵琶弹奏也无缘聆听。

尽管如此，经宗还是不辱使命大功告成。

听了赖长的要求，忠通一点儿也不惊讶。但毕竟兹事体大，忠通不能仅凭自己的判断来决定。他立即禀告法皇，出乎意料，法皇爽快地答应了。原来多子天生丽质，内修外宜，法皇早就有所耳闻了。

由是，女御代的事情便决定下来了。

带着成为皇后的约定——而她本人却并不知悉这一约定，多子成了一名宫中女子。

赖长的得意自然不在话下了，不仅是光彩盈门，而且从此家福万代。居住在宇治的忠通赖长兄弟二人的老父亲忠实也高兴万分，他在寄来的贺书中将此事称为"老来第一喜事"。

立后二花

这一年的秋末。忠通前往去年刚刚落成的法性寺参拜。

昔日藤原道长因修建法成寺而被世人誉为"法成寺关白"，忠通便仿效他，为祈祷藤原氏一族子子孙孙永世繁盛而建造了这座宏大的私寺，将其命名为法性寺，寺旁还有他的另外一处别墅，故此近来坊间很多人干脆称呼他为"法性寺大人"。

不意，鸟羽法皇也派了一名使者来到法性寺。

使者带来法皇的宣召，尽管天色已黑，但请即刻赶往院廷升殿。

——这时候宣召会有什么事？

忠通原本计划在别墅过夜，这么一来不得不改变预定，带领扈从、侍卫等一大队人马，举着松明火把，急急地驱车朝鸟羽院赶去。

已过初更，法皇命人迅即将忠通引至内殿，屏退左右，让忠通走近自己身边，近距离地交谈起来。

"有件棘手的事情：呈子，必须让呈子入主中宫，爱卿能否设法让诸公卿在朝议时同意这个提议？"

法皇的声音很细弱，不像平常那样，看得出他的内心也有点儿不知如何是好——因为法皇非常清楚：自己吩咐的这件事情实在太不好办！

忠通的眼神里也透着无法掩饰的困惑。为什么突然之间会这样？况且是自己将自己答应过的事情彻底推翻？忠通实在不明白。他的眼前，法皇的身影渐渐地与美福门院的身影重叠起来。

"陛下是说多子只作为女御代，而另外让权中纳言伊通的女儿呈子入主

199

中宫是吗？"

忠通生怕自己听错，赶紧再确认一遍。他只觉得口干舌燥，声音就像断断续续吐出来的细丝一样。

"嗯……"法皇面露难色点了点头。

然而，法皇毕竟身处绝对权威的位置，即使明明知道棘手难办，却丝毫也不认为是无法办到的。相反，他看到温厚的忠通陷入了沉默，立即用诘难的语气说道：

"应该总有办法的吧？不，请爱卿马上着手，凭爱卿的才智，朕相信一定是可以办得到的！"

忠通唯有伏地领命："那……臣这就去办。"

法皇此时又当起了谋士，看来他早已绞尽脑汁将事情的方方面面想了个透彻。

"朕如果没记错的话，爱卿的夫人应该算是呈子的叔母吧？"

"正是。"忠通一面应答，一面在心里想这一定也是从美福门院那里听来的。

"这不是很好吗？入主中宫之前，爱卿可先将她收为养女，摄政关白的女儿入主中宫就没有任何不妥了。"

深夜，忠通从鸟羽院退出，被手举松明火把的大队人马簇拥着，默默行走在没有月亮的漆黑的夜道上。车内，似乎头上的官帽太沉重了，将他的头深深地压在肩胛里。

对呈子简直爱到无以复加地步的美福门院——这个新帝近卫天皇的母后，集法皇宸宠与公卿百官的畏惧于一身，忠通从来没有像今夜这样感觉到她的存在是如此的巨大、眩目，令人害怕。

呈子是权中纳言藤原伊通的女儿，很小就被美福门院收留在自己身边，视如己出，对她怜爱有加，事实上就跟美福门院的养女没什么两样。

之前选赖长的养女为女御代，美福门院并没有任何不满。

但问题出在其后——美福门院很快听说了多子将来要入主中宫、被立为皇后的君臣秘密约定，于是忍不住喷斥法皇的轻率：

"难道我不是当今主上的生母吗？"她的语气非常强硬，"为什么这样大的事情竟然说也不跟我说一声！这不是其他小事，这是关系到主上一生幸福的选后啊，我可不能不闻不问！"

每次法皇和美福门院聚在一起，就少不了龃龉争执，法皇终于抵不过她的纠缠不休，改变了主意。谁叫她是主上的母亲呢？

其实，美福门院老早就暗自算计好了，要让呈子入主中宫，成为皇后。只不过天皇尚且年幼，而呈子今年已经十九妙龄，只好等待岁月快快过去，主上快快长大成人。

可如今却无法再等下去了，一个未曾想过的对手已然出现——其背景竟然是恶左府赖长以及老相国忠实，且已经和法皇之间有了秘密约定！她不能不奋然跃起，使出种种强硬的手法迫使法皇毁弃约定，撤回既有的想法。从她的立场来说，这绝非横插一杠，干预朝政，而只是在尽快、及时地挽回法皇的轻率，将他拉回到正确的轨道上。

或许她觉得，这并非办不到的事情。

法皇已经敕命摄政忠通，由他营办呈子入宫之事。赖长很快就得到了报告，他脸色遽变，勃然大怒，瞪大了眼睛斥问左右："这是真的？"

遣人再去打探，结果还是一样。

赖长陷入了深深的忧戚中。素以性格豪放闻名的他，此刻却紧锁双眉，使得眉宇间更显浓黑。

——假如外面所传是真的，呈子作为家兄忠通之女入主中宫，多子一下子就落在她之下了。家兄也真是，这种时候理应到我这儿来安慰安慰，兄弟俩一同分忧，可是连个人影也不见……

赖长心中的烦恼无法形容。

夜阑人静，赖长秉烛伏案，写就一封长长的奏书。赖长工文擅章，所以舞文弄笔是他最得意之事，这封奏书展示了他的学识，论理充分，引例广博。

概括起来，奏书的要点即是：

> 唯愿多子早日蒙幸受立后之宣，院宣既下，则无论谁人之女入内，皆非臣所敢忧。按旧记，援上东门院又或待贤门院先例，入内后不日即有立后之宣——此先日陛下经由摄政谕知臣之内许，并记于此。
>
> ……

法皇读着赖长的奏书，眼前登时浮现出恶左府那张脸，耳畔同时响起那出了名的可怕声音。赖长在宫中毫不客气地大声叱责下官，法皇也曾不止一次亲耳听到过。

于是法皇手书一封信赐予赖长，作为答奏。

……朕乃咨问摄政关白，忠通云：自朱雀天皇以来，非摄关家之女不得为后。故朕虽有此意，此亦无可奈何也。希爱卿见谅！

赖长见信登时怒上心头，整夜无法入眠，把自己关在卧室内对着黑夜愤愤地自问自答："再怎么样，这也太搪塞了吧！到底家兄忠通有没有说过这话？假如御书所说不假的话，那家兄岂不是在坑陷我吗？说不定所谓的内许根本就没有，若那样的话法皇的人格可太成问题了！两面二舌说阴阳话，怎么可以这样呢？就因为这样子，所以眼下政令、律治都乱得一塌糊涂！"

天刚亮，赖长便等不及了，他睡眼惺忪，将马夫、杂役等叫了起来，吩咐备好鞍子，"去宇治！"一队人出了东三条，快马加鞭向郊外驱驰而去。

宇治的老父居所他不知去过多少回了，但从没像今天这样轻车简从，并且天刚蒙蒙亮便只带着数名随从急急而往，连左大臣的家臣们都立即看出端倪，知道发生了大事。

父子同忧

忠实今年已经七十三岁了。虽然老早就已经辞官引退，如今僻居在位于宇治的平等院别墅，号称过着隐居生活，但依旧是藤原氏一族内首屈一指的长老，拥有不可小觑的势力。

忠实先是仕于白河法皇，因受白河谴责而一时退官，接着又受到鸟羽上皇的眷顾，但不知怎么的又渐渐被鸟羽法皇疏远。

尽管如此，忠实一门世世代代为皇室外戚，现在鸟羽法皇的皇后高阳院即是忠实的女儿。而忠实退官之前曾历任关白、内览[1]、太政大臣，位阶从

---

[1] 内览：日本古时由太政官呈送给天皇上皇的文书或天皇上皇裁下的文书先由摄政、关白等代为阅览的政务处理方式，后也指领有此种特殊权力的人，成为官职名，其地位相当于摄政和关白。

一品，享有可以牛车直入宫门的特殊待遇，可以说是位极人臣。老来僻居京城郊外，然而就像日暮时分的落日一样，其存在感虽然渐渐式微，但夕阳总是给人肃穆庄严的感觉。

忠实依旧风采不改，声音清朗，一副权贵长者的风度。

剃度出家之后，法名圆理，但世人一般或称呼其为相国大人，或以其居住地而称作宇治大人。

虽然访客络绎不绝，但他坚持每天记日记，从年轻的时候开始他就养成了这个习惯。

这就是藤原忠实其人。作为公卿贵族，他曾位居一人之下万人之上，享尽了荣华富贵，如今则怡然安享晚年。不过，他却有一个致命的软肋，便是宠爱子女，对于子女，和普通的父母一样怎么溺爱都觉得不够。

当然，这个子女仅限于恶左府赖长。

忠实有两个儿子，长子是摄政关白忠通，次子便是左大臣赖长。若论年龄，兄长忠通今年五十四岁，而弟弟赖长只有三十岁，相距甚远。不止如此，两人的模样也大相径庭，忠通面白脸圆，浑身肉滚滚的，赖长则是长脸瘦身，看上去瘦骨嶙峋——忠通像母亲，赖长则像父亲。或许因为赖长是家中幼子的缘故，忠实对赖长不是一般的疼爱。

世人说到恶左府，对其评价往往是：跟兄长完全不一样，忠通嘛，干脆就让他去种种草养养花好了，赖长才称得上是个血性男儿，要是假以时日，给他一个合适的位置，一定能比他的兄长做得更好。

换句话说，人们对恶左府的"恶"并非真正讨厌，骨子里还是欣赏他的气魄和手腕的。

此外，赖长精通经书，博学卓识，这也是他父亲引以为自豪的优点。

这父子二人意气相投，几乎没有一件事情对峙。但是父亲对长子忠通却完全是另一副态度，冷淡严苛。

世人对这兄弟二人的评价与父亲对两人的评价截然不同。忠通颇具人望，而赖长则与之不可同日而语。然而出人意料的是，忠实即使当着忠通的面也毫不客气地说道："赖长是个老实人，你呢，就一肚子坏水！"

曾经有一次在鸟羽院的公开场合，忠通身为摄政，自然坐上座，但是忠实却死活不肯屈居儿子下席。旁人还以为忠实是嫉妒忠通的显荣，其实他心里无时无刻不是从赖长的角度出发考虑问题。

宇治距离都城不远，可是只要半个月看不到赖长，忠实就要胡思乱想起来，是不是儿子感冒生病了？是不是饮酒过度伤了身子了？不管儿子已经年岁小了，作为老父却还是将他当作小孩子一般，总是含在口里，捧在手上。此刻看到赖长突然到访，忠实不禁诧异不已：

"出什么事情了，赖长？怎么车也不备，骑着马就匆匆赶来了。是不是一大早出去打猎，顺道过来看一看？"

"哪儿还有心思打猎呀！真是气人，赖长被人欺骗了！"

"谁？谁欺骗你？被骗了到底是指什么事情？"

"就是多子的事情，立后之事吹了！很快中纳言伊通的女儿呈子就要作为大哥忠通之女入宫了！"

"什么？忠通作为呈子的养父要把呈子弄进宫？这、这话是谁说的？"

"外头都在传，法皇也御笔给我写来亲书，要我见谅什么的，只有大哥忠通一句话不说，他对我这个弟弟装作什么也不知道！"

赖长将事情经过简洁了当地说了一遍。

赖长一面叙说，一面气得不行，眼中射出两道愤怒的光。平时他来到这里，总是不知不觉地流露出幼子的恃宠生娇劲儿，仿佛要从老父亲那嶙峋瘦骨中挤出最后一点爱的余火，把自己浸入盲目的溺爱之中似的。

"是吗？哦，这可是老夫也不会想到啊！"

忠实长叹一声，将霜眉下那对薄薄的眼皮闭合起来。可是，赖长那副垂头丧气的样子又让他猛地张开双臂，似乎躯体内又激发起了旺盛的生命力。

"你先沉住气，这事交给我了！我忠实还没有老，为了孩子，我还不能老！我这就去趟仙洞，当面向法皇奏上，一定要把是非黑白弄个清楚。不管是谁出的馊主意，统统将它彻底粉碎！赖长，今天我也骑一回马，你我父子二人并辔前往，赶快！"

当日，忠实与赖长便匆匆驰往京城。

"今天这件事情若是办不成，老夫便不回宇治！"

忠实向左右说出他悲壮的决心。虽说不是立马就能解决的，但是上京的当天他就心中有数了。

于是，他住进东三条赖长的府邸，一住就是十多天，期间频繁地前往鸟羽院谒见法皇，连续不断地上书奏请，要求无非就是：即刻降立后之宣于多子。

法皇深感困窘,甚至有几次显出狼狈的样子。为避免不快,法皇有时候故意避而不见,有时候则口头敷衍说立刻命少纳言局准备文书,但背后却是能拖就拖,一拖数日,直耍得忠实毛焦火辣的,心里恼恨不已。

就在这当口儿,一天,"葫芦花三位"经宗忽然来到东三条的赖长府邸,口称前来问候老相国。

"你看见了吧,经宗?"忠实正愁没地方发泄,见他送上门来,便将一肚子窝着的话劈头朝他甩去,"这京城难道是狐狸和貉子聚集之地吗?最近有人设计了一个奇怪的陷阱,想陷赖长于其中呢!莫非你也是貉子一丘的?"

"您这是哪儿的话?"经宗便将自己听到此事后的苦衷和盘托出,"本想马上过来问候相国大人的,怎奈府上戒备森严,在下心想被人瞧见我闯进左府大人府上似乎不妥,只好私底下先设法打探此事究竟出自谁人的谋策,待到有了眉目再来,也算多多少少能慰藉一下大人之愁虑呀……"

"嗯,还是像往常一样能说会道的。那么,你弄清楚了究竟是谁人的谋策?"

"此次事件并非出于法皇本人的意愿,也不是摄政大人希望弄成这样子的……说句实话,乃是出自美福门院一厢情愿的狭隘心理。"

"嗯,经宗,"忠实脸上的表情表明他有所认可,但依旧难以消除所有的不满,"你说忠通没有邪心,凭什么这样肯定呀?他要是没做亏心事的话,为什么自己老父都到跟前了,他却一次也不登门问候?我就觉得他可疑。他也是我儿子,我绝不是对他心怀成见,可确实有些事情让人无法理解啊!"

"哦不不!最近大人心痛不已,简直让人都不忍看在眼里啊!摄政大人觉得还是不给您病上添伤的好,所以只能暗地里偷偷伤心烦恼,知道的人都为他感到难过呢。"

"那倒是,在人面前做出一副伤心的样子博取别人同情,忠通一直就是这样的德行。你想想看,他跟赖长的立场刚好相反,他夫人不是相当于呈子的叔母吗?他老早就跟美福门院关系不一般啦!多子被选为女御代,约好将来入主中宫成为皇后这件事,传进美福门院耳朵里去的除了他还会有谁呢?"

经宗不作声了。他知道，这样下去会没完没了的，有心怀疑的话所有事情都是值得怀疑的。明明知道是因猜疑而产生的误解，但自己如果拼命为忠通辩解的话，反而会更加激起忠实的愤怒，甚至连自己也一并被怀疑上。与其这样，不如先探明一下忠通的心曲，设想劝说他驱车前来东三条与老父、兄弟一会，敞开心扉坦诚沟通，而自己所能做且不受误伤的便是从中搭线斡旋。

第二天，经宗便登门造访忠通。

忠通正心里不是滋味呢。他最无法忍受的就是父亲对赖长的偏爱和对自己冷淡严苛，加上弟弟赖长到处诽谤自己。不顾他人感受而只知道一意孤行，只知道谋求个人权势的亲骨肉——正因为是亲骨肉，就更让他感到难受，感到痛恨。他清楚自己理应去东三条看望上京的老父亲，但眼下却是这般情形，仿佛挣扎在感情的旋涡之中，令他痛苦不已。

经宗于是做了一回听众，一声不吱，只是听忠通将心中的牢骚发泄出来。温文尔雅的忠通说到最后，竟然老泪涟涟，经不住经宗的一通劝说，终于前往东三条赖长的府邸看望父亲忠实。

当晚，左大臣府邸里阖门悌睦，洋溢着罕见的亲情。

忠通带着清和平易的心情回到自己的府邸。

翌日，忠通依照向老父亲发誓所说的，登殿谒见鸟羽法皇，伏地奏请道："恳请陛下恩准老父忠实的不情之请。倘若不能见允，则臣势必成为悖逆父命的不孝之子、欺骗手足的不义之兄！想到骨肉相克，犹如夜半火烧它子，臣是整夜整夜睡不着觉啊！荣华富贵于臣如浮云，忠通什么都不想要，只要能遂了老父的心愿，必终生铭记不忘！"

说着说着，忠通抑制不住自己的感情，也顾不得当着君面，竟跪倒在地潸然泪下。

法皇自始至终闭口不语，蓦地将视线从忠通身上移开，默默站起身，仅在离席之际轻轻吐出五个字，随即便扬长而去：

"会有消息的……"

御所冰室

　　日子一天天过去，眼看一个月又过去了，可还是看不到事情逆转的端倪。

　　赖长的焦躁，看在盲目宠爱着他的老父眼里，着实为他难过。有着长期宫廷贵族生活体验的忠实心里很清楚，"照这样下去，好像事态不太妙呢。到了这当口儿，绝不能掉以轻心！"他这样激励赖长，同时也是说给自己听的。

　　他终于拿定主意，采取了一个大胆的行动：直接给美福门院上书。

　　皇太后照例只是隐在法皇身后的人，表面上与此事毫无瓜葛，可是接到忠实的上书，却逼得她不得不有所表示。

　　数日之后，答书下来了。法皇的答书同美福门院的答书同时下来了。并且内容也一模一样，只有极其简单的一句话："此事一任摄政处置。"

　　而差不多同一天，忠通却接到了由少纳言局转来的法皇秘信，信中写道："忠实父子之请宜多子立后之事，宜审先例，慎重勘考，万万不可轻率宣诏。"

　　忠实针对美福门院所施的最后一策，竟然招致了如此的相反结果。

　　"真吃不消了！"尝到败北滋味的忠实，终于吐出一声叹息，他已七十三岁，显得有些气息不调了，"老夫先返回宇治，再好好想想对策。"

　　到这分上，忠实仍旧没有对赖长说作罢。他悄悄躺进牛车轿厢内，像个病人似的蜷缩起衰老的身躯，一路摇摇晃晃返回了宇治。

　　没过多少日子，就传出呈子正式移籍成为摄政忠通的养女，当天就被授予从三品的消息。

　　左府赖长立即赶往宇治，愤然地将这个消息告诉了父亲。

　　"太宽纵了！父亲大人对哥哥太宽纵了！现在他的心思应该看明白了吧？前些天还假装好人地说什么整晚无法入眠啦，什么夹在三夹板中间的苦衷请理解啦，想不到他就是谋划着要拥立呈子、把多子立后之事彻底搅黄的幕后主谋！是我们的竞争对手！我们被他骗了一次又一次……真是满肚子坏水啊！"

"老夫已拿定主意。好吧，坚决跟他斗一斗！赖长啊，"忠实突然间扑簌簌地掉下眼泪来，他拉住赖长的手安慰道，"自打返回宇治，我为了你日夜向加茂、石清水、春日诸神祈祷，这几天做了好几次吉梦呢！你所祈愿的事情一定能成功，最后我们一定胜利！你不要太悲愤了。"

事实上，这天以后忠实也终日淹留在佛寺中，并且吩咐家人分头至包括供奉祖先守护神的寺院在内，加茂、春日、稻荷、梅宫、大原野、吉田、熊野、石山、六角堂、青莲、醍醐等各处寺院，进贡钱财，祈祷佑护，一心希望多子能早日被立后。

进入冬十二月，忠实又寒夜磨砚，提笔给法皇和美福门院上书。

忠实的文章竭力以情动人，夹着血泪，凄凄切切，读来仿佛在剜人肺腑似的，令人不忍卒读。他甚至写道：此番上奏之事倘若失败，左府赖长已发誓遁入空门，自绝于世，眼看年过七旬的老父将痛失爱儿，不由得一夜白发，若再等不到下宣，势必一天也无法活在世上……

然而法皇和美福门院的答书依旧只是："摄政忠通遍勘先例，未得之，朕亦不知如何裁之。"

时近岁暮。十二月的冬日很短，很快。

要是这样子下去，开年进入正月，公卿百官入宫中及新旧两院朝贺，则万事休矣。忠实胸中再次涌起一种悲壮之感，他召集了管家、家臣、杂役以及牧童等，呼呼啦啦一大帮子人，赶起牛车，径直奔鸟羽院而来。

到底是老牛拉车，呼哧呼哧吐着白花花的气息，早晨离开的宇治，等赶到三条东的法皇御居所，已是傍晚了。

仙洞的庭院里，地面全都冻结住了，天空飘落着大颗的霰粒，除了北面的篝火，大殿内灯影全无，只听得见飞溅的霰粒像雨点般地砸在屋庑上，将忠实的心敲打得好似冰刃一般。

从车上下来时，由于连日疲敝，忠实的身影竟显得有些踉跄。远处隐约传来侍卫们的呼喝声。打开格棂悬窗，拉开旁门，在一阵金属拉手的碰击声和手擎着灯火的人影陪伴下，忠实走过仙洞的穿廊，身影被吞没在重屋叠庐中。

"烦请奏上：老夫今夜无论如何务必要见陛下，务请赐见！"

忠实坐在像冰窟一般刺骨的御殿地上，不管藏人头[1]和当勤值班的侍卫

---

[1] 藏人头：日本古代宫廷事务管理机构、在天皇近旁掌管宫中杂务的藏人所的负责官职，位次于别当。

怎样劝说，头也不回，就是不肯挪身。

大殿四下里黑灯瞎火，连点烛光都没有，竹帘低垂，冬夜愈来愈深沉，也愈来愈寒冷。

看到忠实仿佛抱定一死的信念，在夜殿当勤值班的侍卫没有一个敢靠近他。

法皇始终没有现身。看得出法皇也颇觉为难，早已是入寝的时间了，可他心里一想到此刻坐在寒夜冰冷的大殿地上的人，哪里能够安然入梦呢！自己身边虽然有美福门院这样的美人，但外面那人毕竟是自己的结发皇后高阳院的父亲，也就是国舅大人啊。正因为如此，法皇对忠实也是毫无办法。

终于，法皇决定到外面见忠实一面。自然，美福门院也不忘在一旁小心翼翼地给法皇提醒着什么。

"啊……"忠实看到法皇，情不自禁老泪纵横，涕泗涟涟。

依旧是同样的要求，不过这次面对面的促膝谈判忠实确实是铁定了心：法皇难道真的决意抛弃朝廷的一大忠臣？难道真的决意逼老夫于死地？即便找不到先例，立多子为后究竟有何不可？

法皇看上去身心俱疲，既是体力难以撑持，更加之情理上先已输了一大截，此时再也无法坚持自己的立场，于是松口道："此事朕已经全权委任忠通营办了，朕这就遣人赶去忠通府邸，听听忠通的意见如何？"

当下唤来左中弁藤原朝隆，手书一封，就相关事情进行咨问。法皇不等朝隆赶回来回复，便在一众内卿近侍的簇拥下，连夜起驾前往竹田离宫去了——不消说，法皇是躲清静去了。

再说朝隆驱马直奔摄政府邸，猛拍门扉。忠通不知发生了什么事，带着一脸惊诧出来见朝隆，询问详细缘由。

"请摄政大人理解法皇的苦衷，现在就取决于大人的一句话了！"朝隆说道。

事情到了这般田地，忠通也别无他法，只好将法皇踢给自己的皮球再踢回去了："凡事未尝必须尽依先例，只要法皇恩允，此事亦无不可，忠通绝不敢有所怠慢，今日就召集朝议商讨降宣之事。"

朝隆等到忠通的答复，立即快马加鞭赶回仙洞回奏法皇，不料鸟羽法皇早已不在御居所了。于是他又趁着灰蒙蒙刚刚发白的晨曦，驱马直奔竹田的安乐寿院离宫，恰好法皇的车马吱吱呀呀地刚刚驶入门。

坐在舆车内的法皇听了使者带回来的忠通的答复，点点头，缓缓道："准！告诉摄政，朕准了。真是没办法！"声音中充满了无奈。

说句老实话，这就像父母面对孩子撒娇不止，执拗地要得到某件东西，而不得不松手给他一样。

朝隆于是第三次翻身上马，他要将法皇的敕命通知摄政，同时传达给左府赖长的府上。

这一夜，赖长在东三条的府邸里，自然也是一夜不眠。

同样夜不能寐的还有多子的生父德大寺公能一门。

狂喜不已的赖长亲自驱马来到德大寺公能府邸报喜，并邀上公能一同驱马前往仙洞法皇御居所。

忠实仍旧坐在殿上冰冷的地上。他已得到朝隆的朗报，不知是喜极而茫然，还是久坐腰腿瘫软的缘故，整夜未动，一直坐到天明。看到兴冲冲奔来的赖长和公能二人，忠实终于忍不住像段朽木似的仆倒在地，随后，三人相拥而泣，久久地拥在一起。

清晨的晴曦从四处透进来，照在三人身上，也照在这说不清道不明的无限的喜悦和惆怅之上。天亮了。

正月。藤原多子由女御代转为女御。

没多少时日，迎来了三月十四日。这已是春天了。

多子头戴华冠，被正式立为皇后。窈窕风姿之下，难掩几许天真烂漫，宛若一株含苞待放、惹人怜爱的花蕾，与年仅十二岁的近卫天皇并排端坐在大典的庆殿上，就像两个偶人，脸上漾着梦一般的神情接受群臣齐唱万岁的祝福。

四月，藤原呈子也成为女御。紧接着六月宫中宣下，立呈子为中宫。

忠实的儿女烦恼总算有了个圆满的结局，赖长也胜利了。除了忠通，这父子二人的高兴劲儿就不必说，一切都如愿了。

然而谁能料想到，父子兄弟骨肉之间的血战也以这一事件为导火线而变本加厉，甚至直接点燃了保元之乱的火种。后世评说，正是这一事件加速了藤原一族灭亡的进程。

暑伏

摄政忠通这几天或许是中暑的原因，食欲不振，心情也不佳，多数时间将自己关在桂川的别墅里，整个暑伏中几乎没怎么在仙洞露面。

而与此相反，左府赖长倒是劲头十足，公务非常勤奋。

不过赖长的勤奋却给别人带来极大的困惑，在仙洞勤务的内侍、官僚以及朝廷的公卿、役人们也不得不打起十二分精神来，哪怕一点点小事情也煞有介事地摆出一副手忙脚乱的样子。

赖长精神抖擞地从官厅的殿廊走过，不经意看见室内有下级官僚顶不住暑热而打哈欠，便立即将其上司叫来数落一通："你手下很多人好像夜晚睡眠不足啊，我不管他们赌博也好，跟女人厮混也好，可白天处理公务时的眼神必须精神饱满，充满干劲！晚上好好睡觉嘛！"

像这样带点讥讽揶揄的数落还算客气的。

碰到赖长心情不佳或者是太好的时候，他时常喜欢问别人："你读过经书吗？"

要是这样的话，谁也受不了，因为这往往会让人长时间无法脱身。

从汉土的故事，一直讲到王道政治的贤者或名臣的典故、治理百姓的要谛、吏事七则讲义，等等，只要卖弄起他肚子里装的学识来，可就没完没了了。

这时候的赖长，简直就像肚子里的学识装得太多有点胀得难受似的，非要想个办法消食，所以便不顾对象捉住一个是一个，被他捉住的人不啻是遭遇一场无妄之灾，只好自认倒霉。

即使这样，他的学识过多症似乎还是得不到矫治，因为他永远没有空腹感。于是他干脆每月一次邀集诸博学之士或后辈来东三条自己的府邸，开讲经书，炫耀汉学才识，论述最新的大陆学说，这成为了左大臣家的一个惯例。

某次讲经会开讲之前，赖长先开口寒暄："今天是十月二十一日，适逢文宣王孔子庆诞，所以今日之会实感荣幸之至呀！"

座中一名博士站起来发问道："敢问如何得知十月二十一日为孔子

庆诞？"

赖长似乎就等着这个问题，他于是引经据典地从《公羊传》、《穀梁传》说起，又对照周夏的历法，最后以数学方式得出结论，证明孔子庆诞确为十月二十一日，令在场的所有人都对其博学慨叹不已。

此外还有一则逸话。

这是数年以后的事情。朝廷议论改元，先由诸博士集思广益，拟定若干备选年号，从中挑选出"天寿"以为最佳，拿到赖长那里征求他的看法："这个如何？"

谁知赖长当即摇头，答道："不行，此乃异国于阗国使用过的年号。"

博士们凑在一起商议了半天，又问道："那'承宝'怎么样？"

"'承'字暗含勾断、届止之意，义、宝、位全都止了，太不吉利了！"

接着博士们又想出一案："应历。"

"这听上去好像在迎候新帝的感觉，还是不妥啊。"

商议出又一结果："天保。"

"你们将文字拆开来看看：一大人只十。万万用不得！"

诸博士抓耳挠腮地想到脑袋痛，最后诚惶诚恐地把"久寿"拿给赖长看，心想这回总该可以了吧。

赖长对此又少不得一句牢骚："'久'字与'柩'音近，不过用在年号上倒没有这个讲究。嗯，差不多吧。"

这才终于选定了"久寿"这个年号。

他还对卜卦占筮之术颇有研究，曾经被他说中过几次，或者说有人阿谀说是中了，于是越发自得起来。

就是这样一个赖长，今年暑伏期间突然不知倦息地精勤不息，日日忙于公务，令朝廷和院廷上下一片恐慌。公卿们个个像久旱的麦田似的，垂头丧气地互相发牢骚："这到底算是什么天变地灾呀？照这样下去，连休息都不让人休息，一个劲地暴晒下去谁吃得消啊？再不祈雨可怎么成啊？！"

"看样子这干旱还要持续下去呢！"公卿官僚们躲在恶左府看不见的地方议论纷纷。

"虽然没有大声说出来，可是赖长公心里那个高兴劲呀就不用说了！现在轮到他最得意了，立后之争还是他完胜了嘛！"

"是呀！当今主上的皇后可不就是左府大人的养女吗？大人虽然身居左大臣，但到底是国舅啊。看得出，他现在就是一副勤于国政、辅弼主上，霸气十足的样子呢。"

"可是幼主的辅弼不是明明还有摄政吗？"

"嗯，这下子他们兄弟俩的关系更加糟糕了！"

"摄政大人最近闭门不出大概也是因为这事吧？"

"那还用说！在立后的问题上，那个溺儿宠子的宇治老爹横插一杠子，使得他被弟弟赖长公反超。可是忠通公是摄政关白，依照职制他在赖长公之上呀，如此一来不是容易造成兄弟失和吗？"

"哥哥是摄政，弟弟是左大臣，做人做到这个分上，还有什么贪心不满足的呢？"

"你这是普通人的思维。欲望是没有极限的，一个欲望实现了，还会有下一个欲望，再加上两人向来互相猜忌更是火上浇油，我看他们两个是不会和和气气地同享荣华的。"

"真是叫人难以理解呀。"

"你得从他们的心理出发才能够理解呀，我等不在其位、不等同其身，怎么能理解那些不可思议的人的欲望呢。连年逾七旬的忠实公遇到名利还有盲目的宠爱这些事情，还不是暴露出跟凡人没啥两样的本性来了？"

"呵呵，这回宇治大人不知道还会做出什么事来啊？"

"你不知道？听说围绕摄政的位子有得一争呢。"

……

人言可畏，人言也是不负责任的。不过这句话永远不会错：无风不起浪，没有火哪里会生出烟来呢？

近来人们饶有兴致议论个不停的，莫过于宇治老相国忠实正在谋划着，要将摄政之位从忠通手上夺下让给赖长。如此一来，父子和兄弟关系自然都较之从前更加紧张。

个中理由，传言列出以下几条——

首先，摄政忠通先是在立后一事上落败，接着又许久在朝堂上不见身影；

其次，隐居在宇治的忠实此后动静愈加频繁，不时出入仙洞；

第三，法皇的看法有了很大变化，最近鸟羽法皇对赖长和忠实二人越来越信任和倚重；

第四，朝中诸官员的职位发生变动，眼见以赖长为中心的一门势力日见扩充，其中尤为明显的是源氏武士陆续得到重用，而武者所的平氏一门渐渐被排挤在外；

……

就在这个政情迷乱的七月，南都兴福寺的僧众又来凑热闹，再次以春日神木打头阵，蜂拥入京城，无理起哄闹事，数千名僧众屯聚于劝学院，不分昼夜，虎啸狼嚎。

由于平清盛被认为先前对付睿山僧众有所失当，故而此次由六条判官为义一族也就是源氏系的武士来应对。

赖长连日负责指挥下令，而忠实也从宇治赶来京城进行慰抚。父子同心同德，相互协力，很快便将局面收拾了，兴福寺僧众灰溜溜地逃回奈良。

"太好了！"法皇高兴地犒劳二人。

转眼到了八月初。左大臣德大寺实行被任命为新的太政大臣，内大臣源雅定升为右大臣，德大寺实能则递补为内大臣。

实行已经老迈，体衰力微，根本无法每日上朝，不过眼下让他做太政大臣却再好不过了。

"时运要降临赖长公了，如今朝廷一切大权都掌握在赖长公的手中。"

擅长明哲保身或者猎官的公卿们立即敏感地嗅到了某种空气，很快，他们便向恶左府赖长送上媚脸，不知不觉中，东三条赖长府邸前的车马开始明显增多了。

摄政之争

果然是心里暗存芥蒂。在立后问题上给忠通摆出八卦迷魂阵的，不是别人，正是法皇。想必回过头来反省之前的所作所为，法皇也会心感不安吧。

可是，某次忠实前往仙洞谒见法皇，法皇竟像没这回事一样说："朕本想亲往桂川的别墅探望病情，不过听使者说，好像看不出身体有什么不适。到底忠通有什么事情不称心，整日闭门不出啊？"

忠实暗暗揣摩法皇的心思，小心翼翼地答道："嗯，即使让我这个做父亲的说，忠通也是个怪人，只要有什么事情不遂他的心意，他就会不顾自己肩负的重任，这种任性的性格很小的时候就养成了。还有，他大概把太多的心思都放在了吟诗作歌上面，所以对政治就不怎么投入，虽然有时候偶尔也会提出些自己的见解，但稍有机会就忙中偷闲，沉浸在自己的风花雪月的世界里。眼下正值政局纷杂，他却一点儿也不替陛下分忧，成天无精打采的……唉，真让人头疼啊！"

"哦，是嘛？以前忠通虽然也热衷于风雅之道，可对政务热情却是一点也不减呐。"

"如果诸事顺遂了他的心意或许是这样，可一旦心情不佳，就会像现在这样别别扭扭的撂挑子呢……"

说到这儿，忠实忽然心想：此时不正是向法皇密奏的好机会吗？于是他稍微停顿了一下，随即眉头一挑，说道："忠实已经老朽，时日不多了，闭眼之前唯有一事时时挂念。其实之前也曾找过忠通数次，想征得他同意，可是他不肯听老父的意见呀。"

"哦，老相公，是什么事情？"

"老夫让他把摄政之位让给赖长——怎么说，赖长也是当今主上的岳义，而且事实上担着辅弼之责啊。"

"嗯……"

"再说，忠通近来很少登殿理事，以至公务延滞，因此主上身边诸事时常都是由赖长代为裁可。换句话说，摄政成了一个空名，这样下去有百害而无一利啊！所以老夫之前劝说他把摄政之位让给弟弟赖长，他自己只做个关白，说了至少有十次，可忠通就是听不进去。所以老夫想，可否请陛下召他来见，劝说他一番，想必忠通不敢违抗陛下之意吧。"

作为事实上裁断万机的最高责任者，像这样关乎国家万民的重大事情，法皇只有明察秋毫，仔细分辨，说一声"否"，事情也就过去了，最多只需一时的勇气，就绝不会招致后来的一波又一波、演变成社会动荡的大狂澜。

——可是，法皇竟然愚瞽至极（后世的史家叙至此段史事都不约而同地使用了"愚昧"、"愚瞽"等字眼。笔者走笔至此，亦情不自禁扼腕而叹，院政之弊、上皇法皇的一言堂政治的危害竟至于此）地答应了忠实的请求："唔……"

数日后，法皇召见忠通，将忠实的话又转述一遍。忠通立即什么都明白

215

了，他向法皇泣奏道：

"臣乃不幸之人。舍弟赖长的为人想必陛下十分清楚，但忠通从未向别人谈论过。如今蒙受圣谕，心里实在不是滋味啊。赖长才高学富，却骄横于世，目中无人，而臣微小浅学，自臣继承藤原氏宗祧担任族长以来，赖长便心中不平，他仗恃老父的溺爱，日夜算计着要从臣手中夺去威权。先前立后一事，陛下应该看得很清楚了吧？假使让赖长达成他的野心，势必将陷国家于危难之中，天下大乱——这就如洞若观火，再明显不过的了。故此，对于老父的要求，臣一直是听过就算，没有理会，即使丢掉官爵，臣也决不打算让出摄政之位！扶助幼主，此乃臣之职责所在，为此臣不辞以身殉责，即使被说成是不孝也不在乎！然而今日陛下既有此谕，臣只能说臣的性命就此到头了！"

忠通一面以袖拭泪，一面亦情亦理断断续续地说了一大通。

法皇听了，一时竟也无言以对，不知道说什么好。谁知第二天，忠通的话就被原原本本地传到了忠实耳朵里。

苦菊酒

法皇身边近来赖长派的人多了起来。

忠通在法皇面前哭诉的话很快便传进了忠实的耳朵里。

专程来告知的，就是"葫芦花三位"藤原经宗。经宗说着说着发觉忠实的脸色不对劲，暗想是不是说得过头了，于是赶快掉转话题，可是忠实的脸色依旧。

"经宗，这都是坊间的闲谈杂议吧？"忠实瞪起眼睛追问道。

"怎么可能？要是那种不负责任的闲谈杂议，在下怎敢转述给老相公听啊？"

听到经宗信誓旦旦，忠实似乎拿定了主意："再也不能容忍了！"

据当时人的日记记载，忠实"夜发宇治入京"，或许称不上连更晓夜，但至少是天黑便出发了。由此看来，这位老父亲还真是个急性子。

到了京城，进了东三条的赖长府邸，忠实立即召来源为义，吩咐道："你立刻召集你的人马，将这附近一带戒护起来！"

对源为义来说，相国大人一门是自己世世代代侍从的主家，自然没有二话可说，于是当下从六条的判官府衙发令，命手下的源氏武士将东三条周围各条道路里三层外三层统统戒护起来。

忠实将家臣、武士、仆人等召集在一起，向众人解释自己这样做的目的："忠通不孝由来已久，之前老夫一直强忍着屈从其下，近来为了国家百年昌盛，老夫不惜向他下跪恳请其将摄政之位让给赖长，劝说过不下十次，可他非但不听，甚至在法皇面前对老夫竭尽侮辱之辞。老夫已年逾七十，到了这般地步也实在难以再忍受下去了，今天就在这里当着大家的面宣布：自今日起，老夫与他断绝父子关系！"

情断义绝的宣言。

在场的人不禁吃惊：父子之间有什么不解之仇竟至于此呢？谁料忠实的怒气还不肯消，他继续宣告：

"摄政之位乃朝廷授之，老夫不能褫夺，但是族长之位原本就是老夫让给忠通的，不归敕宣管，老夫将自己给出去的东西再拿回来又有何不可？！"

随后，他亲自带领一众源氏武士前往劝学院内的族长官仓，将藤原氏族长所拥有并代代传袭的族长之印、朱器台盘[1]、文书等统统取走，将它交到赖长手中。

劝学院内不仅有学舍和图书寮，还有藤原氏一族的裁判所，加上社寺、庄园事务所等，俨然就是藤原氏族的政厅所在地。

族长是藤原氏全族的最高权威者，族长的指令被称为"劝学院政所下之文"，又叫"长者宣"，拥有类似朝廷通牒的威令。

承袭了族长之位的赖长的府邸门前，祝贺的宾客络绎不绝，一连十数日，东三条一带的路口车马如织，公卿贵族们争先恐后地前来道贺。就连法皇也派遣参议藤原教长带来赐书一封，对他继承族长之位表示祝福。书中写道："老相公之断甚宜，忠通之不孝不足云矣。"

赖长诚惶诚恐，回书法皇称"恐喜交集，善恶不解"，算是难得地做了一番自我反省。

法皇复又赐书给他道："否也。不孝者忠通也，公只是敬从老父而已。尊祖敬亲，乃长者所示风范也。"

---

[1] 朱器台盘：涂有朱漆的飨宴用器具，藤原氏的祖传重宝，自藤原冬嗣以来代代相传，被尊为神器。

——太好了，这下可好了。

因为这件事情的成功，一天到晚为了儿子烦恼的忠实总算松了口气，他满脸难掩喜色，又进一步宽慰赖长道："忠通丢了族长之位，想必茫然不知所措，如今他能够做的就只有蛰居家中了。瞧着吧，用不了多久，他就不得不辞去摄政之职。赖长啊，这摄政之位肯定就是你的了！"

再说忠通，他居住的五条坊门小路以及桂川的别墅门前都少有车马来往，甚至连主人的身影也难得一见。

九月九日重阳之宴，在宫中紫宸殿赐给群臣菊花酒是历年的惯例。重阳宴是五节会之一，因而这一天天皇、法皇、上皇、三公九卿以及所有允许登殿之人，只要不是重病缠身，全都上殿参列，不敢缺席。

忠通也衣冠整齐，容止端严地坐在摄政关白的位子上，神态自若。

——他未必会出席吧？

这么想着，赖长蓦地看到兄长的身影和他平静若水的侧脸，霎时脸色骤变，但他强作镇静，在摄政的次席挨着忠通坐了下来。

落座之后，朝上座作揖致意乃是席宴的礼节，但是赖长没有这样做。

周围人的眼睛都在盯着两人，一瞬间个个都屏住呼吸。全场陷入一片尴尬的静寂：究竟会怎么样？

只见忠通嘴角浮起一丝微笑，看了一眼身旁的赖长，随后平静地说道："左府大人，你我不过是凡夫对凡夫，难免有些私人恩怨，这且不说了，可再怎么也不可乱了宫廷的礼节呀！"

赖长听了登时怒目圆睁，嚷了起来："什么？你说谁是凡夫？难道说称呼别人为凡夫就合乎宫廷礼节了吗？！"

即使不是感情用事嗓门也要比别人高一倍的赖长，此刻气鼓鼓地一嚷，在座的人立即感到飘过来一阵冷飕飕的凉意，只觉得口干舌燥，心里直扑腾。

忠通仍旧面露微笑，没有说话，可是却掩饰不住嘴唇变得像青柿子肉一样，失去了颜色。

"知道这里是朝廷，在责备别人不懂礼节之前，先想一想自身的失礼之处吧！你身负摄政重任，却假装有病在身，不登朝堂，懈怠政务，作为天子的辅弼重臣，整个夏天政务如此繁忙，你又做了些什么？"

赖长炸雷一般的嗓门响彻整个殿上，震得屋宇仿佛都摇晃起来了。

忠通一双眸子呆呆地盯着赖长，主上、法皇、所有公卿也都提心吊胆地望着他，可赖长依旧不肯停息下来，继续怒号着，似乎不将心头的怒火彻底发泄完就不会停息。

"不就是因为如此，惹老父亲生气，才使得你连族长之位都保不住了？你如果懂得点儿羞耻的话，像今天这样的节日庆宴就不应该若无其事地参加了，不是吗？简直是厚颜无耻！连赖长我都觉得羞愧哪！如果明知这样我还故意向你一揖致礼，那不是羞辱你吗？所以我是出于一片好心哪！居然被你斥为乱了礼节，真是想不到啊，太意外了！哈哈，哈哈哈……"

幸好飨宴很快就正式开始了，钟鼓响起，舞蹈登场，庆宴总算顺顺当当地进行下去，可是这天发生的事情却在人们心中留下了深刻的印象，尤其是忠通几乎控制不住当场泣下的那一瞬的神情，直到第二天人们还是无法从脑海中拂去。

人们的同情之心自然落在忠通身上。可是，现实中法皇对赖长的信任却是日复一日地加深，关系越来越密切，自然人心也就朝赖长一边倾斜了。从朝廷方面讲，他是天子的岳丈、国舅，从藤原一族的立场讲，他是族长，何况又拥有仙洞最大的权势，眼看宇治老相国朝思暮想的地位和名望他全都要收入囊中了。

而与之相反，忠通却是越来越失意。

这一年的冬天，忠通就要为儿子基实举行元服仪式，原本仪式和大飨宴的费用已向诸地方的庄园摊派下去了，可是突然间丢掉了族长之位，各庄园居然不肯缴费用。

为此，原本打算热热闹闹举办的元服仪式不得不取消，给世间留下了笑柄。从此以后，忠通愈加消沉，先前死活不肯让出的摄政之位再也坚守不住，终于主动向朝廷提出辞去摄政之职，降格做了个关白。

幼帝一世

　　松杉暗山阴云低，
　　鸟雀喧林落日前。

官禄余身虽照世，

素承性闲无争权。

据传，这是失意的关白忠通闭门闲居桂川的别墅时所作的一首汉诗。

仁平元年[1]，近卫天皇十三岁了。

不知怎么回事，幼帝自去年开始患上了眼疾，眼睛老是莫名其妙地难受，于是便不停地用红绢擦拭眼睛。

忠通找到一名擅长眼科的中国大宋归化人[2]医生，命他给天皇诊治眼疾，自己也不时地入殿谒见天皇，好言宽慰。

每次见到幼帝，忠通总是情不自禁地想：宫禁深深，一年四季很少看到阳光，而万乘之君、至尊的天皇小小年纪就不得不在这样的环境中成长，真叫人心生怜悯哪！

虽然有皇后——绝世佳丽多子服侍身旁，还有风情万种的中宫呈子随侍，但毕竟只是个十三岁的少年，即使身边百花妖娆又"干卿何事"呢？

事实上以天皇的童心来讲，他所向往的无非是，冬天玩雪，春天对着百花吹吹口哨，夏日里变成太阳之子、河之子，或模仿河童嬉水，秋天则登上山冈，扯起嗓子叫喊几声，张大嘴巴尽情地呼吸大自然的空气。

忠通当然能推察出幼帝的心思。可牺牲掉个人的人生而人为地造出这样一个虚幻的偶像的又是谁呢？他是否能够意识到，自己不也是将自身荣华富贵全部寄托于这个尊贵而可怜的偶像，为此不惜手足相争、骨肉相残的卑鄙下流的小人中的一个吗？

他有时会从一个凡人的情感出发，喟叹一声：啊，贵如天子也像我辈一样不过是个可怜人哪！或许是因为失意之人的缘故，所以眼前的景象才会触动他的伤感，触动他的同情心。

然而，幼帝却不知不觉对忠通产生了爱戴和景仰，一遇事情，动辄召忠通入内咨询。

这年正月，这个稚童天真无邪的情感却惹下一件麻烦事。

元旦的朝觐仪式，不知为何天皇居然没有行幸。

---

1 仁平元年：即1151年。

2 归化人：指从古代中国大陆、朝鲜半岛前往日本后加入日本籍的人。

所谓"朝觐",原本是指诸侯拜谒天子,在日本古时特指新年伊始天子前往上皇、皇太后宫里探望父母。

这天,天皇差藏人头来到法皇御居所转告说:"朕不喜见到赖长,所以元旦朝觐式没有行幸前往,改为明日前往。然,若是赖长继续入宫参拜的话,明日朝觐也想取消。"

真是童心未泯,说话直来直去的,不知道委婉含蓄。

法皇大怒:"这一定是关白忠通唆使的!"当即修书一封派人送至宇治的忠实居所,信上只简单写着:"有大事,速来!"

忠实来京后,法皇带着前所未有的怒气对他说道:"今年自元旦起便有异常,这可是犯忌的呀!太不吉利了!真气人!"

"怎么了?"

"主上居然不肯朝觐行幸——是忠通教唆天皇不孝!事到如今,朕实在后悔,去年忠通辞去摄政的时候,为什么不一并停止他内览的资格呢,老相公?"

"这……"忠实浑身颤抖起来。

"自今日起委左大臣赖长以内览资格,凡宫中大小诸杂事一律先由左大臣裁夺,具体则出右人臣雅定负责执行——将此作为宣旨,即刻实行!"

这个专断的决定,就连法皇自己也生怕日后弄不好生出什么麻烦来,于是唤来大纳言三条公教,特意解释说明道:"左大臣内览之事,非因宇治老相公的恳请,是朕自己决定的。关白忠通竟然教唆天皇不孝,这便是朕憎恶他的理由。立刻照此宣旨,速告太政大臣!"

公教拜命退下。

太政大臣实行乃一老朽,不论平日还是祭日、宫中举行仪式之日,一概不登殿上朝,等于就是个摆设,实权全都掌握在左大臣手中。

如此一来,便成了赖长自己给自己降宣,任命自己为内览,等于右手书写宣命,转到左手接下而已。

对法皇来说,才入新年便遭遇不吉之象,触到了他的逆鳞。而对于赖长来说,这却好比一只吉祥鸟出其不意地落到冠顶,在初春婉转啼唱。

宣旨一下,朝廷内外无不愕然。

——瞧,一定是背地里又闹出什么事情来了。

人们纷纷猜测着。不管心里愿意不愿意，人们对于朝廷与仙洞之间、忠通与赖长之间的种种实在太敏感了。

恶左府赖长的盛运委实短暂。

这是因为强夺到手的人为的权力和声名原本就脆弱无比。或许用后世人的评语来说，不惜以牺牲骨肉为代价而夺取的地位和权力，自然会遭报应。——当然，这是后话了。

自幼帝朝觐欠礼的那一年仁平元年一月，仅仅过了五年，久寿二年（这期间又曾改元）——严格来说，仅仅只有四年半——赖长的全盛就画上了休止符。

久寿二年春开始，近卫天皇一直感觉不适，到了同年七月二十三日，便于清凉殿的厢房内驾崩，宝寿仅十七岁。

八月一日，近卫帝的遗骸被运到船冈山的山野中火葬，随后骨灰被移至鸟羽法皇的故乡安乐寿院以南的丘陵安葬。此时的赖长做梦也没有想到，这场大葬居然也将自己的骄纵傲慢与权力之冠一同埋葬了。

女人国

举国居丧的沈氛中，先帝近卫在秋天结束了其短命的一生，让许多人越发感觉到秋的悲凉，尤其是先帝的生父鸟羽法皇和生母美福门院，更是嘘唏嗟叹不止。

位于八条乌丸的后宫中，清一色都是女眷，闻听幼帝驾崩，翠帘深垂的各个殿室中登时传出阵阵哭泣声，从皇后、中宫、女官到杂役童仆，整个后宫乱成一团。哀哭声越过了绽着桐花的夯土院墙，周围的路人都能听到。

女眷和女官们含着眼泪，回想起往日幼帝那端然可爱的模样，互怜互慰。幼帝那忧郁的神情使他拥有一种难以叙说的俊美，对下人的体贴关怀，爱恋人、平易近人的天性——如今回想起来，这些似乎都隐隐预示了他夭折的天命。

三岁即位，被立为九五之尊，在位十四年间，究竟享受到了多少真正发自内心的快乐？身居那不分白昼黑夜都要点起灯火、宫禁森严的高墙之内，他一步也不能跨出外面，即使在朝堂之上、百官群臣面前，沉重的袍衣宝冠压得他透不过气来，也只得强忍，纹丝不动；春日里不能驾轻马舞动银鞭随性地在街道上款款而行，秋宵也不能邀月影共仰无垠的天空……

天子也是人之子。幼小的心灵，难免有时也会像凡人一样想见父母一面，或者自由自在地在母亲膝头和父亲肩头嬉耍，但他却没有这样的机会，他无法这样做。偶尔屈驾来到八条的后宫或是拜见鸟羽院，也只能在朝廷举行仪式的日子，并且只能短暂一见，随即是长长的一别。

——啊，人之子呀，既为人子，宁愿生于风雨交加的茅屋，也不愿生而为天子！

围绕在天子身边的女性们眼见帝位是怎么回事，后宫是怎么回事，嘴上虽然不说，但心里都这样寻思，她们无不为身为人之子的先帝的悲凉生涯扼腕叹息。

后宫的女官们尚且悲伤至此，幼帝的生母美福门院的悲伤就可想而知了，她娇艳的面容一夜之间骤然变得憔悴，只要无意中触到先帝的遗物，即刻忍不住泣不成声，侍女们也顾不上劝慰，只是一个劲地陪着一同撩起衣袖揾泪。

少纳言藤原信西的妻子纪伊局是女院身边的贴身近侍之一，先帝大殁之后，有一天夜里她凑近女院耳旁低声说道：

"宫中杂役千草女官告诉臣妾一桩吓人的事情：千草的父亲是在爱宕神社的别当身边做侍役的，据他讲，先帝夭逝绝不是天命，而是有人在暗中诅咒，存心要折先帝仙寿。从去年开始，一些不怀好意的修行者时常聚集在爱宕山后面的太郎坊天狗大殿里，坛前点着诅咒的香火，齐声唱诵咒诀，等到天一亮，又一下子消失得无影无踪，他亲眼看到过好几次，还听到咒诀中念到先帝的名字。千草的父亲吓破了胆，千叮咛万嘱咐要她不可对任何人说起。"

美福门院的嘴唇顿时失去血色，脸变得比白纸还要惨白，仿佛被钉住了似的，一动不动地听着纪伊局的嗫嗫轻语。

熊野巫女

早在近卫帝夭逝之前，美福门院的立场和心情就十分复杂。

她与崇德上皇之间，由于崇德的第一个皇子重仁被排挤掉而立了她与鸟羽法皇所生的近卫为皇太子并即位天皇，使得两人的关系就如下层社会的所谓"后母与继子"一样，冷淡别扭到了极点。这是其一。

此外，在近卫帝立后的问题上，原本她躲在幕后已经说服法皇挫败了左府赖长和宇治忠实的企图，改为将呈子入籍为忠通的养女然后立为皇后，谁料想，忠实和赖长父子死缠烂打就是不死心，硬是将败局生生扭转了过去，让她的希望彻底破灭，自此她心里便埋下了郁闷懊恼的种子。

——可恶的左府！

于是，女院对赖长的憎恨与日俱增，无法排解，甚至只要一听到法皇口中说出赖长的名字，她马上就会勃然变色。

与此相反，她对忠通则寄予了同情，不时派人前往忠通蛰居的桂川别墅表演歌舞，以排遣他的郁悒，忠通也时时派信使捎来书信问候。

通过忠通的书信，以及纪伊局等对宫中时局素来敏感的女官们的转述，美福门院即使远离朝廷，却始终在为爱儿近卫帝操心挂念，并且对天皇身边的事情了如指掌，哪怕是一场小小的感冒也不曾逃过她的耳朵。

赖长说过什么，他是怎样侮辱幼帝的，类似的种种耳风每天早晚都会传到乌丸八条的高墙内。而自从近卫帝患上眼疾之后，美福门院的心更是像针一样又细又敏感，忽喜忽悲，变得多愁善感，极其容易动感情。

在周遭全是女人的这种环境里成长，不养成好猜忌的性格才叫不可思议呢。人们往往将喜好猜忌别人、对别人燃起炽烈的憎恶之邪火归结为女性的令人困惑的性格弱点，其实不尽然，因为它不仅仅止于女性，也不仅仅止于个人，当时的社会激荡也往往利用它作为一种绝好的助演者或道具的角色，就像祭火节上用来燃起熊熊烈焰的火种一样。

僧侣、修行者、阴阳师、巫女、祈祷师、巫术、禁忌、卜筮、诅咒等，诸如此类的把戏多到不胜枚举，从凡夫俗子家到宫中仙洞，每个人生活的每个角落都充满了其影子，至多是形式有所不同罢了。生活空虚的贵族们，尤其是后宫的女院及女官们常常通过佛教参悟人生的真谛，在虔诚的合掌唱祷中勘破人生的无常、欲望的虚幻等，而那些迷信的助演者——僧侣、巫女、祈祷师等，便因而得以进出她们的居所。

纪伊局的喁喁低语，让美福门院露出了明显的慌乱，仿佛自身内心掩藏的某种东西，被人唤起了似的。她屏息静气地点着头，随即好像想起了什么，急忙吩咐道：

"纪伊，去叫常来的巫女夜须良进来，就是新熊野的那个巫女！"

"吐符降神"之类的活动，当时人们深信不疑。而熊野巫女的降神之术据称尤为灵验，以至人们都对其灵媒术怀有敬惧之心。

这年的冬天，甚至还传出这样的故事——

冬天，鸟羽法皇前往纪州熊野神社参拜，当晚寄宿于正殿的证诚殿内。夜阑人静之时，不知是谁从帐幔后面伸出一只雪白的手，并且不住地翻转手心手背。

——真奇怪！

法皇诧异不止，命人搜寻了一遍，帐幔后面却没发现任何人影，雪白的手也随即消失。

第二天，法皇召熊野首屈一指的巫女来降神。可折腾了老半天，神灵就是不肯化现。于是又召修行的老者八十人，一齐唱诵般若妙典，祈请之声响彻那智三山。巫女自己则五体投地，颧颊汗流不止，身体扭曲，痛苦万分的样子，总算神灵降现，对法皇说了这样一段话：

"君可知如今天下剧变，正如反掌——这个昨夜已告知。你圣运已尽，驾鹤西去之日不远矣，业报无多，百凡不及也。为了后生，你当勤行精进，以证菩提。"

这段故事想必是时人杜撰出来的，无非是想以此来抨辟当时社会已然显现动荡不安的乱世之象。不过，当时的诸多书籍以及公卿的日记中都有收录。

如此看起来，法皇在熊野被预告死期一事即便是伪托，社会烝民仍然愿意相信真有其事。

说到巫女，话题稍稍扯开了点，言归正题再接前叙——

美福门院认定近卫帝之死是因为遭人诅咒，立即想到了左道旁门惯习妖妄的巫女，于是当即命人召巫女前来，为先帝降神。

当年白河院曾经从熊野三山恭请法师神人入京、并专门为其在都城里建造了新熊野神社，如今新熊野神社里有一名叫夜须良的巫女，平日也经常出入美福门院的宫门。

再说这日夜须良被招来后，祈祷了好长一阵子，方才头发散乱，颤颤栗栗，当着愣愣怔怔的女院的面降神化为先帝近卫之灵对女院说道：

"朕为人所咒，施咒者在爱宕山之天狗像上钉入钉子，自彼时起朕即发眼疾……终致殒命。悲哉！"

说罢，夜须良"扑通"一声撞倒在地，昏厥了过去。

还有一人，虽没有昏厥，却只听得"哇——"的一声，紧接着呜呜咽咽地哭倒在地，全身战栗，哆嗦不止，用五色衣袖将脸孔遮住，黛眉紧锁，吓得不敢睁开眼睛看——此人便是美福门院。

纪伊局、土佐局还有其他女官们大吃一惊，霎时间慌乱成一团，又是端水，又是拿药，像是搬运重病人似的，七手八脚地将美福门院抱进了寝殿。

此后隔了不大一会儿工夫，巫女夜须良从西门退出仙洞，脸上一副若无其事的表情。

初秋的日头已经西落，街道被夕阳染成了一片血红色。

夜须良胸前挂着一个大包袱，里面是临走前纪伊局赠送给她的礼物，还有几位女官送她的一些吃剩的珍馐美肴，以及祈祷用的道具和巫婆装束等，装了满满一大包。她一走出大门，便美滋滋地打开包袱迫不及待往里面瞧，随后拣起一大块烧鸭塞入口中，一面大口嚼着一面往前走。

"去！走开！这畜生！"

她注意到闻香而至尾随身后的野犬，便从路上拾起小石子朝野犬扔去，扔出去的第二颗石子砸到了贴着路边迎面而来的一辆手推车的轮子上。

"哟，是夜须良啊？这是回家去吗？"

夜须良有点不好意思，停下来，两人亲热地聊了好一会儿，夜须良将包袱里吃的东西分给赶车的男人，作为回礼，男人让夜须良坐上手推车，一同往新熊野神社那片茂密的林子而去。

钉子

两年前，仁平三年的正月。

清盛的父亲刑部卿平忠盛平常连个微恙都不常有，可是自去年年末患上很重的伤风，卧床不起，捱至正月十五，竟然一命呜呼了，时年只有五十八岁。

有关忠盛死去前后的事情后文自会详述，此处只简单说一句：最近两三年间，忠盛不曾有什么特别值得一书的大动静。

说得准确一些，是因为这段时间正是赖长把持朝政的时期。

赖长以及身居宇治的忠实毫不隐讳地庇护源氏一族的武士，不仅如此，之前神轿事件之时还曾公然竭力主张处死清盛。就是这样一个赖长，一旦时机到来，登上了权力的巅峰，忠盛父子以及平氏一族自然不可能有展眉的日子。

国中若发生大的事件，大凡声势隆重的出兵命令，总是落到源为义的头上。

却说为义的幼子为朝，原本是个天不怕地不怕的祸坯子，后来被赶出京城，寄养在镇西的亲族家中。随着年龄渐长，为朝就如同猛虎啸吟下山、鸷兽驰骋旷野一般，愈加无法无天，横行乡郡，杀人放火，就连当地的官府也对他束手无策。此事传入京城，为义为此被革去官职，但为朝闻听父亲有难当即赶往京城自首，于是为义被免予追究，不仅重获官位，甚至步步高升，从六条判官如今擢升至左卫门尉，远比之前更加威风得意了。

八月，为义的长子下野守义朝奉院廷之宣开拔往信浓国讨伐叛贼源赖贤，武名传遍京城，并渐渐脱颖而出成为东国的源氏系武士诸党极具号召力的一面大旗。

这一切自然首先得归功于赖长的得势。赖长是源氏一族的保护伞，赖长对源氏一族格外关照扶持——栖蛰于乱石之下的平氏一门受到的待遇就像杂草一样，于是纷纷发出不平的声音。

"没什么大不了的，太阳西沉下去，月亮就会升起来，月亮隐没了，太阳就会升起来——明天的太阳不会就此沉没不出的！"

清盛却丝毫没有不平和抑郁。

唯一让清盛感到伤感的就是父亲的亡故，至今仍旧没有彻底抚平。斜眼大人的存在对清盛来说，就像房屋大大的屋脊，让他安心，无所畏惧。如今娶了妻子，生育了数个孩子，同时还要抚育父亲撇下的几个年幼的弟弟，让清盛领悟到许多过去不曾领悟的人生世理。失去了屋脊，身为一家之长，自己就得带领家人勇敢地去迎接风风雨雨。

"安艺大人，信西大人在少纳言局的北厢房里恭候，好像有什么紧急的事情。"

一日，信西的下官来请清盛前去商议事情。

在仙洞的一间密室中，清盛从信西那里接到一道意想不到的极其重大的密令。

"事情重大，且非常紧急，不过绝不能让接近赖长以及为义的那帮人觉察，等天黑后，你带人分散开悄悄上路。"

"大人请放心，清盛明白！"

清盛对此人始终怀有一恩之义，同时也钦佩他为人正直有德行。

即使是赖长那样骄矜不逊、狂狷跋扈的人，对于信西也自认输一筹，他不光是学识上高出赖长一等，最重要的是为人厚道，做事思虑缜密，在这方面赖长绝对不是敌手。

赖长天性骄横、固执，自恃出身名门而刚愎自用，却让人一眼就能看穿其用心，所以被称为"恶左府"。而信西的厉害之处却是让人感觉仿佛临井窥底一般，轻易看不到底，或者说他根本不容别人窥探其心底。

然而他又是非常靠得住的人。正因为如此，他才能在无论是谁都会感到如履薄冰的少纳言局一待就是好多年，而且一点儿也不张扬，默默地做好自己的事情，但却有意无意地给人一种强烈的感觉——我信西也不是好惹的哦！

信西的妻子纪伊局与清盛的妻子时子不知从什么时候起成了好朋友，而对清盛来说，得到了一位无论是官位还是学识都远远高于自己的知己，便是他这几年来身处寂寥和怀才不遇中的最大慰藉。

这天夜里。

京城郊外，大约四五十人的一群武士从嵯峨里出发，向西北方向的山中疾步而去。

不过一会儿，一行人登上爱宕五峰的一个山头，聚拢在一处，商议起什么来。随即，这群武士越过天台四坊、真言二坊等，一路上若干寺堂瞧也不瞧，直扑爱宕神社别当净明的私邸，拍响了门扉。

"我是鸟羽院武者所武士安艺守平清盛。有人来报称，此山后院太郎坊的天狗像上被人钉上咒符，目的是诅咒先帝夭寿，所以我等奉法皇之命前来验明虚实，请即刻带我等前去后院——倘若不然，或擅发什么无益之辞，即是犯了违敕大罪！"

霎时间，屋内一片哗然。很快净明出来了，他问清盛："既是奉敕前来，想必有宣旨，可否让贫僧拜见一眼？"

"这个自然。请法师下座！"

待净明在地上坐下，清盛打开宣旨。净明仔细看了，点点头："嗯，没错。既有宣旨在，贫僧不敢违命，这就去打开院扉。请随贫僧前往。"

于是山上僧人、杂役等举起松明火把簇拥着，净明走在最前面，一行人朝后院走去。

一片密密的杉树林中，相传建于文武天皇年间、用方方正正的角木垒成的屋子孤零零地伫立在前面，即使在白昼也显得幽暗冷寂，便是供奉太郎坊天狗的寺堂。

净明上前打开门，开锁的声音在黑夜中显得特别异样。

一簇簇的松明火把将屋子里照得通亮，摇曳的红光有种毛骨悚然的感觉。清盛站定，向眼前高大魁伟的天狗雕像望去——天狗的两眼上，果然钉着两颗钉子！

"啊？钉子？"

不光是清盛一人发出了惊呼。净明以及跟在他身后一同进来的山僧们，全都不禁失声惊呼起来。

清盛从信西那里得到命令，要他探悉虚实，因此对眼前这一景象并不觉得意外，不过他还是十分吃惊。原来诅咒真的会应验，太可怕了，看来万万不可小觑啊！清盛觉得仿佛有一道寒气自上而下穿过背脊，不由地微微颤抖了一下，为自己从小不信神灵而感到后怕。

"好，大伙儿都看到了。我等这就回去据实禀告！"

清盛略显慌乱地走出屋子，随后命令将堂扉贴上封印，不许人进出。

他将带来的武士大部分留下把守后院，自己则连夜赶回京城的法皇御所。信西听了回禀，以一种谁都没有见到过的表情，眼睛瞪得大大的，盯着清盛追问道："哦，是吗，果真看到了？"

法皇从前一晚起就急切地等待着结果。

当然不消说，促使法皇派武士前往探悉真相的，少不了是美福门院在背后的一番哭诉和撺掇。

其实法皇心里的悲痛一点儿也不逊于这个女人。整个秋天，身边的近侍们一次也没有见过法皇卷起帘子，展露出一丝笑意。

——是赖长和忠实父子二人在暗地里诅咒！古来我朝和异朝都不乏这样的先例，奸佞之臣觊觎帝位，什么歹毒的事情做不出来？真不知道那父子二人心里是怎么想的！

从美福门院口中说出来的这番话，才是诅咒赖长的最可怕的钉子。法皇理所当然被激怒了。更何况，此刻信西又前来禀告："爱宕山天狗像双目都被人钉入了诅咒的钉子之事，安艺守平清盛已经确认归来，一点儿不错，正是如此！"

法皇顿时火冒三丈，满肚子的怒火喷发而出，颤抖着嘴唇，什么狎黠小人啦，不忠之贼啦，不住地将赖长骂了个狗血喷头。

接下来便是紧急审议。第二天，自称是诅咒目击者的一名山僧和一名杂役被传见，他们作证说是赖长命一群修行者所为，可惜那些修行者是四处云游的行脚头陀僧，早已不知所踪。

其时正值朝廷在商议践祚之事，选哪个皇子继承天皇之位，事情迫在眉睫，不容再拖延下去了。而在此关键时刻，赖长却突然遭法皇疏远，连父亲忠实也被停了进宫登殿的资格。

有道是"槿花一日荣"，这真是突如其来的变故，父子二人不知就里，只是你看我我看你，茫然相对。

"到底是怎么回事？！"

一开始，还以为是发生了什么误会，没有太往心里去，心想法皇的怒气应该很快就会消解。后来得知事情真相，二人大吃一惊："这可越发奇怪了！我父子二人对爱宕山天狗像之事头一次听说，怎么可能去干那种事情？若不是不负责任的流言，就是谁在背后进谗言陷害我父子二人！苍天在上，朗日在下，我等诅咒先帝又能得着什么好处？我等怎么可能愚蠢到这般地步？"

于是急急忙忙修书一封，上奏法皇，欲为自己洗清嫌疑。

上书到了少纳言局，被信西退了回来："没有理由受理。"

父子二人像发了狂似的，拼命寻思着打破僵局的方法。

两辆牛车一前一后朝仙洞疾驰，可是被拒绝入宫，他们在门口同一帮下级官僚和杂役争吵了一通。

没办法，只得请守卫官吏入禀有要事奏报，却无人理睬。

父子二人只得灰溜溜地无功而返。

有一个人隔着殿廊的格子窗冷冷地注视着二人离去。倘使知道这个人是谁的话，想必赖长或忠实二人定会懊恼自己以往太小瞧他了：昏暗而又狭仄的少纳言局府衙里，有个人多年以来一直默默地窝在那里，毫不起眼，似乎安于现状似的，谁能料到他竟是自己的政敌——父子二人竟然都没有意识到。

然而，如果早一点想到这个人的妻子是美福门院身边的女官纪伊局，赖长肯定会对他严加戒备的。正是因为没有意识到这一点，才铸成了父子二人无可挽回的失败。

事到如今，即使意识到也已经悔之晚矣。

信西脸上露出一丝不易察觉的笑意：

——怎么样，爱宕天狗，哦不，应该是父子天狗，痛吧？左眼的钉子，右眼的钉子……可是谁又能想的到，那是我信西钉入的！

这会儿无声的默笑，等回到家里终于变成了与妻子纪伊局一块儿的放声朗笑。夫妻二人谈论起这个话题，信西不由地将妻子夸赞了一番：今日的这场胜利也有你这个助演者的功劳呀。

柳水御所

最近十四年来，有一个人几乎已经被世人彻底忘记了。这就是新院崇德上皇。

自从不情愿地被逼退位，住进三条西洞院的柳水御居所，过起仿佛被世人抛弃的冷清生活以来，殿上公卿也好，世间百姓也好，再也没人将他与时局联系到一起。

崇德自己也努力与国政拉开距离，避免被卷入其中。退位后，他身边只被允许保留极少数的近侍，包括随从九人和院司、召次[1]以及杂役等，平时只要车马出入御居所，或者接近有权势的朝臣，立刻就会招致父亲鸟羽法皇和继母美福门院的猜忌。

除此以外，退位后的数年间动不动就有人跑到仙洞法皇和女院面前去进谗言：

——新院好像心里非常不满呢！

---

1 召次：日本古代服侍于法皇、太上皇和皇后等院署的下级职员。

——至今不剃度出家，莫非心里还想着有朝一日复位？原本就是个才智过人之君，他的心思不可捉摸啊。

面对这些捕风捉影无中生有的臆测，幸好崇德没有失去理性，他只是平静地从柳水御所注视着外面发生的一切。

由于造访非但无益，还可能招致不必要的麻烦，因此渐渐地前来三条西洞院的访客几近绝迹。崇德不参加同政务有关的事情，即使是朝廷的各种仪式、四季行幸出游等也一概不参加，过起大门不出二门不迈的隐居般的生活。

仙洞就好像街道中一块真空地带似的，庭内的古树撑起郁郁葱葱的林荫，自二十三岁退位以来，到如今才年仅三十七岁，崇德的大好青春便在其中默默地消逝了。

尽管如此，毕竟才三十七岁，正值年富力壮，除了朝夕在供奉着护身佛的佛堂中诵经念佛、读书、作诗消磨时光以外，崇德也会眼望着屋外灿烂的阳光，油然生出几许郁然之情，甚至有时候不带随侍，独自一人漫步庭园，走到柳水旁，出其不意地对看水人叫道："呀，口渴了……快点，给朕打水！"

庭园中的清泉，据说早在平安京建都之前就有了，还是口名泉呢。在井口旁边不知从什么时候起植了许多柳树，因为御所内的生活用水以及饮用水都从这儿汲取，所以特意建了一座小屋，负责守护清泉的看水人就住在这所屋子里。

"哦！是陛下啊？"看水人见上皇莅临，有点儿惊慌，不过看起来此类事情以前也曾有过多次，于是一面应答道："是！小人这就献水给陛下。"一面急忙拿出簇新的素烧陶罐，从柳水中舀了满满一罐，跪伏在地，恭恭敬敬地端给上皇。

"啊，真甜！每次喝这水都感觉跟甘露一样！"崇德随和地将陶罐递还给看水人，随即在一旁的石头上坐下来。

看水人赶忙从屋子里拿来草垫："陛下受凉可不行啊！这儿有点脏。"他让上皇朝石头上方挪了挪。

"这儿很凉快嘛，有柳树的树荫在。"

"是的，这个夏天小人就是住在御所内最清凉的地方呢。"

"你很幸福呢。"

"是啊，托陛下的洪福，小人真的很幸福。"

"你什么时候开始来这儿的？"

"已经十四年了，一直负责看水的工作。"

"十四年？"

"是的，陛下从大内迁到这儿的时候，小人也辞去了大内的活儿，一起来到这儿服侍陛下。"

"以前在大内做什么活儿呀？"

"小人的父亲是五节所[1]的乐工，小人生于伶人之家，从小便由父亲教习笛子、篳篥等，十岁时成为内教所[2]的舞童，十四岁那年陛下登南殿御览时，小人还被选为《破阵乐》的乐手呢。不过，那都是过去的回忆了，那年的年末陛下就退位了。"

"如此说来，你的家族应该大有渊源，伶人之家本就不多，京城之内也就只有多家、丰原家、阿部家和山井家这四家了。"

"父亲便是阿部的弟子家，六品乐人阿部鸟彦便是家父。"

"你是？"

"哦，小人，"看水人诚惶诚恐，身子伏得更低了，"小人名叫麻鸟。"

崇德先前还很随意地跟这个看水人聊着家常，此时却蓦地凝视着看水人的背脊，脸上现出复杂的神情问道："为什么你抛弃家传的官职、离开父亲，却跑到这儿来当个无聊透顶的看水人？"

"不不！"麻鸟连连摇头，回答道，"小人听说水乃是生命之本，再说这儿是陛下生活的御所，在这儿守护清水绝非无聊透顶的活儿！陛下还是亲王的时候，父亲有幸为亲王启蒙过雅乐，皇太后待贤门院对父亲关爱有加；小人元服之时，家中清贫，皇太后将亲王的旧衣服赐给小人做贺礼，小人心想平时穿太可惜了，所以就当作元服仪式时的礼服，小人就是穿着陛下恩赐的礼服从一个幼稚小儿踏入成人之列的。小人一辈子都不会忘记的！"

"是吗，有过这样的事？"

"这种微不足道的事情陛下想必已经忘记了，不过父亲却一直不敢忘记，陛下退位的时候父亲就对小人说：麻鸟呀，主上如今不得不让位，做一

---

[1] 五节所：又称五节局，日本古代举行五节会等重大庆典时负责管理乐工、舞姬等役人的机构，一般设于大内常宁殿四周。

[2] 内教所：日本古代宫中教习和培养舞姬、舞童的专门机构。

个闲澹冷清的上皇，父亲无法辞去五节所的官职移籍院廷继续侍奉主上，可你只是一个内教所的学徒，你离开内教所毫无障碍，你就代替父亲陪伴不得志的主上一生吧！家传的官职另有人继承，父亲这管笛子你拿去吧。就这样，小人听从父亲之命从此成了这儿的看水人。"

不等麻鸟说完，崇德的双眼已经湿润了，就像每天早晚向皇祖的灵位礼拜时那样。不过他马上抬起头，面露微笑地问："那么，那笛子现在还在吗？"

"是。小人将以前皇太后赐给小人的亲王衣服制成笛袋，将父亲留下的这件遗物插在里面，像宝贝似的一直随身带着。"

"遗物？你父亲鸟彦不是还健在吗？"

"不，如今真的是遗物了，父亲已经不在人世了。父亲留下的遗言还说，让小人一直守护这清泉，直到这柳水泉涸水竭！"

"哦……"

崇德的语气中充满了怅然。自从母亲待贤门院死后，他便始终有种强烈的感觉，世间有形的东西实在太虚幻了。

他站起身来道："下次月圆的夜晚，一定要听听你吹笛子。嗯，心情真舒畅。麻鸟，朕下次还会来这儿的。"

说罢，崇德离开小屋，又朝庭园深处继续走去。

麻鸟目送着上皇的身影在林间渐渐隐没。平常根本不可能谒见的人，今天却出乎意料地跟自己闲聊起了家常，随后若无其事地离去，就像柳树与清风的相会一样，显得那样自然，毫不造作。这种极为自然的氛围令人身心愉悦。

临别之际，上皇说过等月圆之时还会再来，来听自己吹奏笛子，于是麻鸟怀着喜滋滋的心情，整个夏天每夜仰望着头顶的月亮渐渐圆润起来，就像小心翼翼呵护着一个少女日渐长大一样。

三条柳水的新院御居所门前，近来突然热闹起来。

路人纷纷睁大了眼睛："哎？这可难得。"

往日只停有麻雀和枯叶的大门，暮夜，忽然有贵人的舆轿悄悄来访，或者在早晨，吱呀吱呀的牛车疾疾驶入，这阵子竟然时常可以见到这样的光景。

将种种事情联系起来一想，原来个中自有道理。

进入盛夏，近卫天皇贵体欠安并且情况越来越严重，听到这个消息，人们忧心忡忡，焦虑难安，而三条柳水的这一光景就是从那以后开始出现的。

殿上诸公卿也开始私下议论："下一位天皇准定是小六条宫吧？"

小六条宫就是崇德的第一皇子重仁亲王。

当初崇德天皇之所以年仅二十三岁便被迫退位，根本原因是鸟羽法皇的宠姬美福门院暗地里向法皇力推自己所生的体仁亲王，这件事如今已经尽人皆知。

按照正常顺序，当时便应由皇太子重仁亲王继承帝统。可是面对鸟羽，父命加上法皇之威，非但崇德天皇自己的一生被幽闭被封杀，连皇太子重仁也被降格为亲王，直至今日。眼看重仁长大成人，崇德的仇恨却愈积愈深，始终无法消解。

——就算他对朕有多么大的憎恶，可是重仁毕竟是他的亲孙子啊！

每当说起这件事，崇德便常常忍不住对身边的近侍脱口说出心声。

现在近卫帝驾崩，崇德心里立刻便打起了算盘：按照皇统继承的顺位，加上之前那件事，无论怎么考虑，新帝除了小六条宫之外没别人了——这不仅是崇德这个做父亲的愿望，也是众口一词的人选。

眼下造访新院御所的车驾，全都是捕捉到这一风向而集聚来的月卿云客。庶民社会里有羞耻心一说，可是对这些公卿来说却似乎压根没有这回事，他们依旧仪容优雅，举止恭敬，谈笑风生，处之自若，昨天是昨天的风，今天则是今天的风，他们绝不会回过头来审视昨天和今天的自己，并因此而感到些许的羞愧。

——人心真是冷酷无情啊！

每当看到这些久违的面孔出现在自己眼前，崇德不禁感慨万分，不过还是由衷地感到几分高兴。于是，那些巧言令色之徒竞相在上皇面前谄附媚惑，哄得崇德心花怒放，他们也满怀喜悦，称心而归。

这些人当中，恶左府赖长也在其列。

不久之前还位极人臣不可一世的左大臣，从来没有车驾出入过新院御所，可眼下已经是三度造访了，其中一次是宇治的忠实陪同一起来的。

——往爱宕天狗的双眼钉钉子，暗地里诅咒先帝的家伙。

被贴上这样标签的父子二人，被鸟羽法皇和美福门院冷落一边，眼看从

235

法皇那里再赢得昨日的荣华权势已经毫无指望了，于是只得腆着脸皮来到崇德院面前，辩明自己的冤屈，同时将有关美福门院的传闻委婉地吹入向来讨厌她的新院耳朵里。

"近来宫中吉瑞呈现，陛下御所也是朗日昭昭，微臣等总算能够抬起头来仰望晴空了！"

似乎小六条宫即位已成既定事实一般，说得崇德心里好不高兴，连左大臣赖长还有隐居宇治的老相国忠实都这么说了，崇德也不知不觉被感染了，有点飘飘然了——这也不是毫无道理。十多年过去了，今秋的漠漠大空终于得见秋晴了！从此，崇德虽然不对旁人说起，但心里的喜悦和期待从他每日朝夕的气色上就已显露出来。这一高兴，便把夏天跟柳水看水人之间的月圆之夜的约定，忘记得一干二净了。

于是，看水人只有独自寂寞等待，一天二十四小时，他都待在庭园一隅的水边小屋里，眼巴巴地望着柳水出神。

"怎么回事呀？"他暗自寻思着。

——车马舆轿不断地进进出出，这究竟是吉事还是凶事？

对于上皇忘记和自己的约定，麻鸟压根没有怨恨。可是，今年的柳水较往年却略微有点浑浊。不知道这是不是大地震的前兆？抑或是什么凶事的暗示？

麻鸟整个心思都在上皇身上。对他来说，陛下就是自己爱恋的星辰，不管是高高在上从云中朝他眨眼，还是躲进远处的林间沉思，只要健健康康的就好，永远作为自己敬爱的对象——这既是自己每天的小小满足，也是自己日复一日的最大心愿。

野蔷薇

十月，后白河天皇践祚，隆重地举行了登基仪式。

"啊，四宫……"所有人的预计全部落了空。

鸟羽法皇的第四皇子雅仁亲王即位，对所有人来说都是出乎意料的。

一直到这天为止，所有人都认为"这下该轮到小六条宫了"，可是现在小六条宫的名字不知怎么被删抹掉了。

日本第七十七代天皇，一旦由一人决定了，就不容别人口中再出现其他名字，不过心存疑问却是别人的自由。

——这是为什么？

理所当然地，人们想知道这背后的宫廷秘斗。待最后得知此事定夺的过程中，美福门院的提议起了很大作用，于是众人恍然：

——哦，原来如此！

脸上的表情，有的似乎心领神会，有的则仍不得要领。

等到太极殿上盛仪开始，众人不管心里如何想，都异口同声共呼万岁，齐诵皇祚绵延。

仪式台两侧，右边是立花橘，左边是樱花，不知有没有人对此表现出一丝忧虞——那是人造的假花呀。反正群臣都衣冠楚楚，口呼万岁，同时为自己能够参列这样盛大的仪式而沾沾自喜。

美福门院的所作所为太有恃无恐了，法皇太爱捉弄人了，心理也太促狭了。

"为什么将重仁丢在一边，非要立雅仁为新帝？"崇德院这几日闷闷不乐，夜晚也睡不着。

当今的主上后白河天皇，其实是崇德上皇的亲弟弟，两人的生母都是已经死去的待贤门院，后白河天皇比崇德小八岁。父亲鸟羽法皇之后美福门院集专宠于己身，她与法皇所生的近卫还在帝位的时候，崇德和雅仁这对兄弟同天底下所有的继子一样，不受待见，默默地挨着凄苦的日子，事实上，世人很少知道他还有这个弟弟，就像根本不存在似的。

——为什么偏偏是这个弟弟？！

崇德瞪着一双愤怒的眼睛，心中火冒三丈，怎么也无法平息。

朕的儿重仁，也是前天皇的皇太子呀——为什么就合该如此被人无视？将天经地义的君主即位顺位丢之一边不顾，非要推弟弟雅仁即位，这美福门院究竟安的什么心？女人啊，为什么会这样任性、执念、歹毒呢？

崇德的心头仿佛被人狠狠地扎了一刀。

可是转念他又自我开解道：倘若是人之所为，实在令人气恼，但这一切恐是天意吧。假如是人之所为，莫非是因为朕自身无德的缘故？

崇德每天将大部分时间都花在拈花诵经上，试图从这无尽的烦恼中得到解脱。

唉，人心的趋背竟然是如此让人心寒。

昨天还甜言蜜语竭尽谄媚之能蜂拥而至的车驾客，今日却连看也不朝这门内看一眼。

唯一的例外，倒是左府赖长又来了。

"现今之世人们只知道阿谀奉承，一味的恭维，陛下大可不必往心里去。他日时遇再来，不用招呼，他们自会主动云集而来。时遇啊，只有等待时遇。"赖长宽慰道。

可是，赖长的话似乎反而不时地刺激着崇德。他对自身逆境的想法激发了上皇胸中的不平，就像在上皇的心头怒火上泼上一桶油。

时遇呀时遇，很不幸，赖长心中的时机不到一年居然就突然降临了。

翌年，保元元年[1]——这年的四月又改元。

前一年的夏七月，先帝近卫天皇驾崩，这年的夏七月二日，鸟羽法皇也一命归西了。

法皇的去世堪称重大变故。在世期间，他经历了几度天皇退位、新帝登基，也经历了激烈的世事推移，但始终执掌全局、总揽万机，退居仙洞而启开院政，二十七年来国家的君权一刻不曾旁落过。

就在法皇发丧之前的这天早上。

市井坊间已经传开了：听说差不多了吧，仙洞的主人就快不行了。

"法皇危笃……"

得到这一快报，纷纷赶往鸟羽法皇居住的离宫安乐寿院的车舆马乘不计其数，在道路上排成了长长的队列。

其中一辆牛车的行色尤显急骤，赶车的牛童、随从等全都神情惶惶。车帘内，则是脸上难掩悲痛的崇德上皇。

一直到昨夜为止，崇德还没有听到任何消息，今天一大早，鸟羽院的侍卫快马来报，这才得知情况不妙，于是连装束都没来得及更换，急急赶来安乐寿院探视——毕竟是父子一场啊。

离宫门外已经排满了牛车，大殿外也挤满了牛车和侍卫等，几乎没有一点儿空余之地。从离宫深处，透出一抹悲切的寂静，像一大摊墨汁似的，泼

---

[1] 保元元年：即1156年。保元是日本第七十七代天皇后白河天皇的年号。

在人们心头。没有一个人出来迎接崇德院的车驾。

"喂，有人吗？快点引上皇陛下入内！"

跟车的随从高声吆喝着，可无论是车马停放所还是一旁的侧殿内，都无人应声。

崇德上皇等不及了，自己抬手挑起帘子，朝着牛童的后背厉声嚷道："停车！停车！让朕下车！"

从离宫门进来时，金堂、三塔的祈祷钟声已经歇息，守候在外的各亲王、近臣以及各自的贴身随从等似乎一瞬间预感到了什么："啊，合眼了……""临终了！"紧接着，众人有的伏地，有的则拥向御堂，双手合十，口中默祷个不停。

——就这样咽气离开人世了？可悲呀，居然生前不能见上最后一面……

崇德院的胸中仿佛是被波涛猛烈地拍打着的岩壁，发出一阵阵痛苦的呻吟。不要说五脏六腑，整个身体就连十根手指都感觉到阵阵剧烈震颤的疼痛和悲凄，浑身的肌肤蓦地突起一粒粒小疙瘩，仿佛连毛孔都想发出痛苦的呐喊一般。

奔突的血液之下，崇德此刻抵死索求的不再是法皇，仅仅是父亲而已，自己也不再是上皇，而只是一个普通的儿子。

父亲临终，儿子悲天悯地前来奔丧。

同在一座都城，近在咫尺，可数十年来儿子从未亲热地称呼一声"父亲"，父亲也从未正眼瞧上一眼儿子——一对怨恨交加的父子此刻已阴阳两隔。

多年的积怨，多年的误解。

想必做父亲的，此刻也很想看一眼深自悔咎的儿子吧，抛却至高无上的君权地位，就像个普普通通的父亲一样，然后低垂两行热泪。

太想看一眼了，即使就一眼，在意识尚存的最后时刻。

——儿呀！父亲！

哪怕在内心能够无声地这样相互呼喊一声也好啊。

"说了快停车，还在磨磨蹭蹭做什么？快点在前面停下，快！"崇德再次厉声呵斥道。

听到上皇发怒，赶车的牛童和随从们只得不顾一切从人群中硬往里挤，朝车马停放所前挺进，结果不小心撞上了停在那里的另一辆车子，对方的车轮险些被撞坏。

"呵呵，这么野蛮哪！"

一旁发声的是武者所的平亲范。说时迟那时快，平亲范及家臣源勘解由等四五名武士一齐扑上前来，从左右两边将崇德上皇的车舆围住。

"唰"的一声，上皇身边的随从登时也如临大敌一般拉开了架势，同时气势汹汹地训斥道："不得无礼！没长眼睛吗？这是上皇陛下的御驾，你们也胆敢阻拦！"

谁料到这一番话却反而令对方越发气焰嚣张起来："噢，就因为是上皇陛下所以我等才奉命在这儿阻止，绝对不可随意入内！快快返回吧！"

"什么？这群狗仗人势的东西！你们疯了吗？"崇德不禁从车轿内探出身来骂道，"父亲法皇临终，朕急不可待前来，可非但无人出来辟路导引，还让武士阻拦朕！真是太过分了！你等究竟是奉了谁的命令，胆敢如此放肆？"

"下官等是奉了右少弁惟方[1]大人之命在此把守的。即便是上皇陛下，可武士有武士的职责所在，所以无法让陛下从这儿再往前一步！"

"你们究竟想干什么？！"

崇德气得浑身哆嗦，从车上跳了下来，武士们立即上前合力将他推上车。上皇院的随从们也不含糊，一拥扑上前，又是抡拳挥击又是飞腿踢蹬，与武士们扭打在一起。

冲突中，上皇搭靠的车帘被砸烂，上皇失去重心叫了一声摔出车辕，滚落在地。而散乱的竹帘刚好戳到亲范的眼睛，他的一只眼睛被戳瞎，顿时流了满脸的血。

不知怎么的，这件事情传来传去就有点变样了，法皇身边的侍卫绘声绘色地传说着崇德上皇举止狂暴：

"上皇把守卫的武士痛打了！"

"新院因为武士阻拦，动了怒，像发疯似的硬闯进来！"

刚刚咽气的法皇床侧，美福门院泣不成声地伏倒在地，乌黑的黑发和五彩衣裳散乱一地。法皇玉体上覆盖着厚厚的雪白的绢被。

隔壁房间、再隔壁房间里一直到走廊上，则跪满了数日间先后赶来的朝

---

[1] 惟方（1125—？）：藤原惟方，其母为二条天皇的乳母。

廷和院廷的诸公卿，个个默不作声，悲伤地低着头。他们当中有关白忠通、内大臣实能、右卫门督公能、头中将德大寺公亲[1]、中将源师仲[2]，以及其他的两廷重臣和近臣，总之凡是有头有脸的公卿官僚几乎全都到场了。

跪在少纳言信西旁边的右少弁藤原惟方腾地站起身来，急急地沿长廊奔去。

美福门院身边的女官丹波局与他擦身而过，慌忙对他说道："啊，请赶快出去看看吧，不得了了！"

惟方脚步一刻也没停，迈开大步向外冲去，来到大殿外的柱子尽头，正好与崇德迎面撞上。崇德脸色铁青，两眼瞪直，也不知道视线在往哪儿瞧，就像戴着一张假面具似的。衣袍的下摆被扯开了，头发披垂，遮住了眼睛。

"陛下万万不可进去！"

惟方张开双臂，向前挺出胸膛，挡在崇德前面，将他朝后顶去。

"切勿弄得大家难堪，还是请赶快回去吧！"

崇德哪里听得进去，一把拧住惟方的手腕将他推开，同时高声嚷道："闪开！朕只要看一眼！"

"不行！刚才已经说了不可以进去，难道陛下还不明白吗？"

"不……不明白！惟方，父君临终朕这个做儿子的赶来看最后一眼有什么不对的？你们这帮恶鬼，不要阻拦朕！闪开，退下！"

"这是法皇临终前的遗诫！"惟方提高了嗓门，竭力想将狂怒不止的崇德压服，"法皇的遗诫……无论如何，下官都不能让陛下进去！"

崇德不禁失声哭泣起来，一面哭一面仍用力架开惟方的胳膊，不肯死心。惟方则冷冷地招呼武士上前，自己借机脱身而出，但却一直看着众武士将嘤嘤啜泣呜咽不止的崇德上皇硬塞回业已破损的车轿内，方才返身回后殿去了。

就在这时——

紧邻离宫的金堂、弥陀堂、三塔、金刚心院等庄严伽监一齐腾起袅袅香烟，悲悲戚戚的梵钟响个不停，千余僧侣一齐默祷，向上天诸佛菩萨以及地上的万众宣告了鸟羽法皇升入他界。

---

[1] 德大寺公亲（1131—1159）：右大臣德大寺实能之子、公能之弟，官至三品参议。
[2] 源师仲（1116—1172）：后白河上皇的重臣。右卫门督、头中将、中将等皆为官职名。

二门对峙

忘记交代一句：法皇驾崩于七月二日，这是正史年表中的记载。

然而，年表纪事中同时记载道，鸟羽葬于纪伊郡竹田村安乐寿院的陵墓，也是在同一天，《百炼抄》及其他多种史书的记载也与此相同。这却有点儿奇怪。

在死者逝去的当日便立即埋葬，这对当时的市民百姓来说是不可想象的。皇室大葬，又何况是早已皈依佛教、被称为日本第一檀家的鸟羽法皇，怎么可能如此简略草草落葬呢？

细察起来，很可能法皇在此之前就已驾崩，抑或是由于种种原因先对外发丧，遗骸则暂且被安厝于安乐寿院的塔内，真正落葬是后来的事——究竟如何则不得而知了。

鸟羽驾崩的当晚。

短促的夏夜还来不及褪去黑幕，一个消息就像沧波似的由远及近传入了祈祷守灵的众人耳朵里："上皇新院似乎有谋反的动向！"也不知是谁先说起的。

——真的？不会吧。

——嗯，也不是绝对不可能，种种迹象早就有所显露了。

守灵的正殿、中堂、后殿顿时一片骚然，公卿百官的脸色比灵堂里的银烛还要惨白。夏夜的寒风扫遍每盏黯淡的灯、每间萧森的屋子，每个都感觉后脊背一阵冷飕飕的恐怖。

武者所也接到了急报："新院的田中殿从白天起就紧闭不开，入夜十点钟左右起好像在里面密谋什么事情！"

而另外的情报则称："京城内从白天起就有许多驮着武器的车马往来各街道路口，柳水的新院御所门外有一伙武士聚集在那里，马嘶不断，也不知道是哪里的人马。还有，城内百姓预感到马上就要出大事了，所以都将妻子家小等送往北山和东山避难，把家财往别处运，到了夜里城中就好像鬼城一样，连个人影子也看不到！"

守灵的百官听到报告，越发感到寒毛倒竖。

"哎哟，昨夜还在这儿的赖长公不知什么时候不见了！"

"左京大夫教长也消失不见了！"

"家弘卿和成雅卿也不见了……"

此外，"葫芦花三位"经宗也消失了。众人点了点人头，发现不见了的还有平时经常与忠实和恶左府搅在一起的那帮人，特别是与新院关系亲近的，或者是日常就心怀不满的人，此刻统统消失得一干二净。

"这下毫无疑问了！肯定是新院要谋反了！这可如何是好？"

守灵的公卿们登时陷入了沉寂，仿佛身陷暴风雨的中心似的，只觉得气氛空前的紧张。而这暴风雨既不是天上狂走的狂飙，也不是地下卷起的旋风，而是令人心战栗的魑魅鬼怪发出的厉风——除了躺在灵柩中的冰冷的躯体之外，没有一个人能够逃脱它的横扫。

安乐寿院位于京郊外的鸟羽，而崇德所居田中殿也属于同一地区的离宫的一部分。

虽说近在咫尺，可同在一片广宇之下，却交织着无言的敌视和猜疑，郁结蟠曲。

这是充满了不安的一日又一日。不论白昼与黑夜，门与门相对，表面平静下的惊慌与惊慌对峙着。一直到法皇的头七，新帝后白河天皇、美福门院以及关白忠通以下一众重臣全都没有离开过这里一步——不是不想离开，而是外面实在太危险了。

白天倒也罢了，一到夜晚，双方都毫无顾忌地派出放免密探，穿过各种空隙和伪装，试图渗透到对方境内。曾经有一次，美福门院的女官们发现临时便殿的屋后紧靠夯土墙的一棵榛树上，有可疑人物像猫头鹰似的蹲趴在树上，吓得乱成一团。前院的武士赶来，将榛树团团围住，七张弓一齐发射，将其射落在地，一看原来竟是金堂的臭和尚，经问问得知他每天晚上躲在树上偷窥女官们的浴室，众人一方面感到气愤，一方面则又觉得似乎另有蹊跷。于是从这一晚以后，榛树下也布置了武士巡逻守护。

"眼下此地人手不足，如此的话光是守护还忙不过来啊，必须想个办法。"少纳言信西向忠通建议道，"这种时候，该是向以前旧院蓄养的所有武家发出谕旨，召更多值得信赖的武士前来。"

"嗯，看来也只有这么办了。"

忠通身为关白，尤其是因为风言拥立新院崇德企图谋反的人是自己的亲弟弟赖长，所以倍感责任重大，看得出他这几日已经劳心焦思不胜其苦，可是却又茫茫然无计可施，每天只得勉强撑持着以显得方寸不乱。

"信西大人，究竟向哪几家武家下令好呢？"

"哦，关于这个的人选嘛，法皇驾崩前已经写下遗诫了。"

"旧院留有这样的遗诫，我倒是一点儿也不知道啊。"

"错不了，确实有的。"

"什么时候？现在在谁手中？"

"法皇生前，将它交由左大将公教和参议光赖保管，驾崩之后则由右少弁惟方掌管，一直秘不示人。原本是要等到在头七忌日才呈给女院过目的，但倘若向武家发谕旨，必须依照法皇的遗诫，你我等一同打开来看如何？"

"我当然没有意见。"

"那我这就同惟方商量，再听听女院的想法。"

于是，法皇驾崩后的第五日，几名宫内首脑同美福门院一道，围绕法皇的遗书紧急商议起来。

没有谁事先策划过，也不是早有此意，包括美福门院在内的这场碰头商议自然而然就演变成了一次军事会议。

法皇大概早已想到自己死后势必会发生兵乱，因而驾崩之前便在遗诫中写下源平两氏十名武士的名字，以防万一，召集其前来守护后白河天皇，并使美福门院免遭灾祸。

根据这份名单，有源氏的武士义朝、义康、赖政等，平氏武士则有信兼、维繁、助经等人。然而，众人立刻发现有一个人的名字应当出现却没有出现。

"为什么这上面没有安艺守平清盛的名字？"

信西脸上露出无法理解的神情，同时两眼盯着美福门院，好像要她做出解释似的。

"清盛的父亲忠盛以前曾经侍候过新院的一宫重仁亲王，而且忠盛的后妻也就是清盛的后母有子，曾经是一宫的乳母。法皇对这些细小的事情都没有忘记，一直记在心里呢。"美福门院解释道。随即她似乎突然想起信西的妻子纪伊局曾不止一次在她面前举荐清盛，于是又补充说，"法皇写这份遗诫的时候,本院就在他身旁,并且法皇事先还与本院商量过。故院是觉得清盛虽然身为平氏一大族,且执义忠勇,值得信赖,不过他的后母会不会对一宫有所偏向就不好说,所以才特意将他略去。不过,假使清盛没有二心的话,召他前来也无妨,本院记得法皇也曾说过万一有事时清盛是可以借重的。"

听了美福门院的解释,信西当即接口道:"清盛绝不会有二心。祇园的神轿事件,他被左府敌视,虽然后来故院对他的宠遇有所收敛,不过那都是因为受人谄嫉。眼下大事当前,像清盛这样的忠勇之将如果将他排除在外,绝对是很不利的——关白大人以为如何?"

"我一开始就没有打算将安艺守排除在外,再说我对他并不反感。"

"那就加上清盛吧?"

"好啊!"

于是众人决定加上清盛,依谕旨由宫内宣召的武士一共是十一名。

这十一名武士原本就是一族之长,各自拥有众多家臣和家丁,故此,全国各地领国的武士以及各自的支族亲族等,皆由这十一名代表出面召集,朝廷不直接对他们发号施令。

到了后天的头七忌日——七月八日,奉召前来的军兵已经陆续到达安乐寿院御所,门内门外挤满了人。

再看呈交的文状,到达武将计有下野守源义朝、陆奥判官源义康、周防判官源季实以及平维繁、新藤助经、平实俊等,全都率领着族内家臣家丁,高举大旗,各自为界,以防止充满血性的武士之间发生争执。

这其中有一名率领两百余骑武士,比其他人稍稍晚些到达的年轻武将,负责登录名籍的记录所书记员询问其名号,他回答道:

"下官是安艺守平清盛之次子、安艺判官平基盛,今年十七岁。家父清盛蒙赐谕旨,即向所领国中所有武士并素有旧缘的各国武士发檄,已召集大批人马随后即到,特遣下官先率领一队人马星夜赶来。"

再看他的装束:身披蓝白底缀黄色纹样的铠甲,背一袋黑羽的箭矢,手里握一张黑漆硬弓,头戴黑漆帽,兜鍪没有戴在头上,而是甩在背后——好一副初出茅庐、天真无邪的样子,却同时又显得英气十足。

"噢,清盛的儿子已经长成如此飒爽英姿的模样啦?"

人们纷纷向基盛投去赞赏的目光,人们心中浮现出他父亲以及他祖父忠盛的面影。与此同时,又不禁生出一丝伤感:不知不觉中岁月竟逝去得如此飞快啊!

漆黑之夜

"说是为法皇守灵,可是一面却在偷偷摸摸密谋,表面上满是悲伤,两眼却在不停地捉摸猜测别人的心底……什么千僧诵经、金堂庄严,全都是骗人的假象!幻觉!看着眼前这一片假惺惺的空泪,让人实在无法再待下去了!"恶左府赖长在心里愤然说道。

"突然有点急事,必须马上赶往宇治去。"安乐寿院守灵的第二天他便找借口中途溜了出来。坐在牛车轿厢中,他忍不住这样想。

在夜色的掩护下,赖长乘坐的牛车闪入了附近的田中殿。

他偷偷地拜谒新院,对崇德道:"连父子诀别都不被允许,找遍和、汉两国、历朝历代都没有这样的先例!陛下的悲痛臣非常理解,如今宫内表面上拥奉新帝,实际上都快成了女院和一帮佞臣的魔窟了。我朝已历数十代,还从未像现在这般坏人如此猖狂跋扈!"

崇德本来就强压着满肚子的怒火,正竹帘低垂,将自己关在屋子里生闷气哩。自己急急惶惶赶去想见法皇父亲最后一面,却被惟方的刻毒言语和武士们的暴力挡在门外,最终也没能得见临终一面,无奈只得驱车返回。想起那天的狼狈情形,崇德至今仍怒不可遏,不能平息。

此刻赖长这一番话就像一记耳光扇在他脸上,崇德似乎什么东西附身似的,两眼射出异样的光,噙着热泪对赖长道:"左府,左府,现在唯有爱卿你才是朕的依靠呀!"

随后,他仿佛要将满肚子的话一吐为快似的,继续说道:"回想起来,昔日天智、仁明、花山、三条诸先帝皆是以自身德行继承帝位,不受顺位束缚而践祚,并不受母后的个人爱憎以及奸佞之臣的意志所左右。朕虽无德,但身为先皇鸟羽的太子,也一度愧受帝位,后受上皇之尊号。去年近卫帝驾崩之后,照理应由本院的一宫重仁即天子之位,谁想竟让那个既不能文又不能武的四宫越过顺位,成了新帝。朕父子二人的人生皆被硬生生葬送掉,真是想起来就让人懊伤啊!鸟羽在世之时便也罢了,既然已经登仙,朕如今再登帝位，想来也不违背世人之心吧？爱卿你觉得如何？"

赖长闭目而思，脸上露出极其严峻的表情。

其实，该如何回答他早就成竹在胸。上皇只是个不知世事机微、不懂人心深处奥秘的人，他之所以会说出这样的话来，完全是赖长操控的结果。话虽出自上皇之口，但不过是借新院之口替赖长道出了胸中长久以来的野心罢了。

"天适其时啊！"赖长重重叹息一声，随后说道，"既然陛下已下决心，臣以为这便是天时到来。天予之而不取，反而会招致灾祸。再即位的先例，齐明、称德二帝前朝有之，陛下不必多虑。"

赖长对于自己的才略，是颇为自负的。

就军事来说，六韬三略他熟记于胸；若论实际的兵力，他手里掌握着源氏的顶梁柱源为义一族，因而他自信满满。

于是，当夜及翌日赖长与崇德就计划进行了一番密谋。而平日里受赖长拉拢怀有异心的诸公卿，也趁着黑夜天色未明，纷纷溜出安乐寿院，来到这儿聚集。车马等自然全都隐藏在庭院深处，门前则派武士巡察，并派出放免前往各处打探动静，收集情报，俨然已进入了前战。

然而，藏身在这里纠合诸国军士以及进行其余各种准备难免有所不便，于是赖长又转而前往宇治。

故法皇头七忌日这天，田中殿大门紧闭。安乐寿院这边则是在钟声中迎来天明，又在钟声中迎来日暮，整日传出安魂诵经声以及军马的喧闹声。细细想来，人的感情和所作所为二者之间似乎水火不相容，但却并行不悖地各归各照做不误。

"不管心里怎么想，今天的法事不来参拜无论如何也说不过去呀。"

随着日近黄昏，人们终于忍不住开始对新院责难起来。

左京大夫教长发觉今天的空气特别凝重，似乎有一桩大事件要发生。于是他造访内大臣德大寺实能的府邸，同自己的哥哥商量："看起来新院欲谋反是确凿无疑的了，事情已经到了万分紧急的地步了，真叫人手心里捏一把汗哪！究竟怎么办好？"

实能身居内府枢机，自然也早已体察到局势的微妙变化，但却深感无能为力，想不出什么好的措施来应对，便只得托病躲在家中不出。

可是，面对弟弟教长正经严肃的表情，实能又不好以实相告，于是随便敷衍道："若不是因为有病在身，我倒打算会一会新院，和陛下当面交换一下意见。可是身体不争气啊，真是急死人！"

"那我就以家兄的名义把这些话转告给新院陛下吧？"

"估计不会起什么作用吧。可是，我等也不能泰然处之，什么也不做啊。一旦兵火燃起，也会祸及自己。"

"还是谏奏一下的好。"

"可以劝陛下出家，若是肯出家，则不仅可保新院陛下安全无恙，我等做臣子的也可以放心松口气了。"

就这样，教长立即返回田中殿，一面值夜，一面留意观察崇德的脸色，可是却怎么也找不到合适的机会说出口。

就在这天夜里——七月九日夜。

崇德上皇的御驾悄悄起驾了。

车舆是前往白河的斋宫，也就是侍奉加茂神社的皇女的御居所。

教长大惊失色，于是不顾一切地拜伏于地谏奏道："故法皇的七七四十九日忌期未过，陛下擅离这里无缘无故地返回京城，世间将会怎样议论陛下？再说，本来已有种种流言和臆测说新院陛下欲谋夺天下，这种时候再……"

不等他将满肚子的话倾吐出来，崇德的脸上露出像剑刃一般阴冷的微笑，使劲摇了摇头：

"不！教长，朕之所以移驾前往白河，是因为朕的妃子兵卫佐局得到密报，恐有不测之灾降于朕，故为了躲避灾祸才离开这儿。难道不管朕有什么灾祸，你认为都不足为虑吗？！"

教长一时间无话可答。非但如此，他也被命令随侍车舆，不得擅离左右。

夜更深了。夜色中，殿内的一举一动越发显得张皇。新院身边的随从仆人等一个不剩，全都随行一同前往白河。殿内外不知什么时候起多出了许多全副武装的武士，个个身披战袍铠甲，黑压压地成群结队聚集在一起。看到崇德的车舆驶出田中殿，吱吱呀呀地朝黑暗中的夜道疾驰而去，武士们立刻一拥而上，前簇后拥地护卫着上皇匆匆离去。

再看侍奉左右的崇德近臣，除了左京大夫教长，还有右马权头藤原实清、山城前司源赖资、左卫门大夫平家弘及家弘之子光弘等人。从鸟羽离宫安乐寿院前往京城白河的路上，夜空中看不到一颗星星，加上禁止燃点松明火把，只听见硕大的车舆在暗夜中的摇晃声和无数刀枪盔甲以及物什的碰撞声，却伸手不见五指，车内车外只感觉天地漆黑一片。

地狱序曲

在崇德上皇暂离期间，也不知道奉了谁的命令，一队兵士闯入了位于柳水的三条御所，将闲寂的庭园糟蹋得狼藉不堪，寂寥的泉石上还有屋前精心耙制的白砂上满是马粪和脚印，让人瞧了心痛不已。

——这些人马到底是干什么的呢？

看水人阿部麻鸟每天从早到晚站在柳水畔，难过地注视着这些人的举动。

园内被糟蹋得不成样子倒还能够忍，可是这伙人还很好奇地穿着草鞋直接闯入殿内，肆无忌惮地在走廊上来回践踏，又威胁大膳寮的厨师拿出各种吃的来一饱口福，令人发指的是，从后院女官女眷们住的屋子里还时常发出凄惨的哭叫声。

种种恶行麻鸟都假装闭眼没看见，但是他没法装作不看见的是，这伙操着关东口音的兵士来到柳水边，就像野马似的脱光衣服，赤裸身子，或者用瓶子从溪中取水喝，或者掬水洗去脸上的污土浊汗，或者跳入水中洗澡，更有甚者，有的还在溪水附近就地小便！

看他们的样子，感觉真可怕。可是，再可怕麻鸟终于还是忍无可忍了——

"哦，求求你们了，请你们不要再用这儿的水了吧！"

"你说什么？！"

兵士们完全没有把他放在眼里。

"这是柳水，是都内首屈一指的名水，也是上皇陛下专用的水。那边有井，也有流水，所以，请你们使用那边的水好了！"

"说什么呢？喂，你是干什么的？"

"我是这儿的看水人。"

"看水人？"

"是的，我的职责就是保护这水的清净，哪怕搭上性命，我也要尽我的职责！"

"啊？哈哈，哈哈！哈哈，哈哈！"

兵士们笑弯了腰。他们感觉非常滑稽，在他们家乡坂东的山野中，水又算得了什么，有时候水多得汇成洪水，灌进田地甚至住家，让人厌恶还来不及呢。任是这水再清净，再凛冽，特意派个人住在这儿看水，太叫人弄不懂了，不是脑子进水又是什么？而一年到头站在水畔正儿八经看护水的人，也让人捉摸不透到底其心里是怎么想的。

"开什么玩笑？就算是在京城，只要下雨就会汇聚成河，就算是上皇专用的，我等又不是八大龙王[1]，喝一点难道会把这水喝干不成？"

"说这话简直是不知什么叫敬畏！你们到底是什么人？为什么闯入御所来把这儿弄得一团糟？"

"一团糟？我等把这儿弄得一团糟了吗？我等是奉了左大臣家的命令来守护这儿的，有什么事情你问左大臣去！"

"哦，是赖长公的命令呀？"

"什么赖长公赖短公的，我等一概不知。马上就要开战了，到时候哪还有什么御所啦、柳水的？我看你最好去谷仓里淘一淘，至少把肚子填饱也好呀！"

看来跟这伙人没办法好好沟通了。

照这样子，再说下去，对方肯定要动武了。看着对方个个手上握着长柄的大刀或是锐矛的长枪，麻鸟心里感到阵阵害怕，不得不眼睁睁地看着他们胡来。

接下来，这伙人的行为更加不可思议：像猴子似的爬到每棵大树上，缩起身子，举手遮在额头，不停地朝附近西洞院高松殿的方向张望，一发现什么动静，立即就有两三人快马加鞭地驰出后门，似乎是往哪里报告去了。

——这儿的溪水干涸之日就是我生命终结之时，我生命的意义就在于守护这儿的水，假如这儿变成了战场……

麻鸟倚靠在柳树上，陷入了沉思。他不由牵挂起上皇的安危来，可是自

---

[1] 八大龙王：指列于法华经会座上的八大护法神，包括难陀、跋难陀、娑伽罗、和修吉、德叉迦、阿那婆达多、摩那斯、优钵罗八龙王，属天龙八部中的龙众。

己的卑微之躯又能为他出一份什么力呢？于是情不自禁地流下两行热泪。仿佛是在慰藉他似的，夏日翠绿的柳条枝在微风的轻送下，一阵一阵地飘拂在他耳旁，好像有什么话要对他说。

　　新帝后白河天皇眼下移至姊小路西洞院的内里皇居[1]服丧。
　　爬上柳水御所的树上，遮眼远望，这儿的一举一动全都看得清清楚楚。
　　负责守护内里皇居的下野守源义朝的手下立刻将这一情况报告给义朝。义朝吩咐："只当作不知道，任由他们看好了！"
　　与此同时，义朝派人在柳水御所附近布下罗网，很快抓住了对方两名武士。据这二人招供，新院暂离期间进入御所的兵士是左府赖长亲自从东国自己的领地招募来的人马。此外二人还交代，赖长还从相模国请来一名叫阿阇梨胜的僧人，在东三条的府邸里秘密作法，对天皇施以巫蛊之术。
　　义朝当下率领一支人马将东三条的赖长府邸围住，在作法现场逮住一名怪僧，还收缴了一些文件作为证据，随后返回。
　　一时间闹得沸沸扬扬，坊间不消说，连田中殿也当天便听到了传闻。崇德深更半夜离开田中殿，趁黑赶往白河斋宫便是这天夜里。
　　崇德谋反的传闻由此被担住了确证。不能再坐以待毙了。翌日，也就是七月十日，美福门院从安乐寿院转移至八条乌丸御所，其余百官也纷纷离开离宫悄悄返京。
　　少纳言信西当天在高松殿的南庭召集众武士，宣读了诏书，然后下令："义朝与义康留在宫内守护主上。其余将士扼住各个关口，严防从诸国赶来拥戴新院之敌。凡是胆敢来应援新院、赖长的人马，一律将其讨灭！"
　　正是这道命令犹如给武士们张开的弓绷上了箭头，之前只知道自卫的武士，由此幡然而起，拏风跃云，演化成一场血溅旷野的恶战。除了东北的未开化之地、西海乱贼八荒之外，奈良、平安朝以来许久没有见识战乱的人们，终于同往日的清宁太平诀别了。
　　"哗——哗——哗——"
　　武士们情不自禁地响起一片发自本能地呼喝，齐齐响应道。
　　各路的分工情况是：栗田口由隐岐判官平维繁负责把守，淀川路由周防

---

[1] 内里皇居：又称里亭皇居，日本平安时代置于宫城外的皇居，原为皇居遭遇火灾或需要修缮等特殊时期暂居的临时皇居，后成为普通的府邸建筑。

判官源季实负责把守，大江山口由新藤助经负责把守，久久目路由平实俊负责把守。

清盛的次子安艺判官平基盛得到的命令是：

"即刻向宇治路进发！"

不知什么原因，父亲清盛直到这一天还没有在宫内露面，基盛有点担心。他率领着手下两百余骑人马朝宇治方向疾驰而去，途中路经六波罗对岸，远远可以望见自己的家，不过他却没有停留。基盛比哥哥重盛小一岁，今年才年方十七，还是个红颜美少年，不消说，这是他第一次出阵。

红旗下

原本陋僻的六波罗一带，如今已经不那么陋僻了。

清盛于此地兴建土木造起新居的那一年，正好是长子重盛出生之年。重盛今年已经十八岁了。

那时候往来人迹稀少，除了去鸟边野下葬的人或是清水寺的僧人，几乎没什么人路经这里。可自从五条大桥架起之后，景观为之一变，道路也拓宽了，路旁植下了行道树，湿地和沼泽被填埋了，有着长长的夯土墙和低矮门户的屋舍也渐渐多了起来。

这些屋舍大都是以清盛为中心而派生出来的平氏一族的住所。忠盛死后，清盛成为平氏的一族之长，加之又受到朝廷重用，家臣家丁们也随之渐渐增多，有的甚至也开始出仕为官，妻子眷族也越来越多，形成了六波罗一带的繁荣。

最终，这儿形成了可以与六条的源氏街平分秋色的平家町。不消说，清盛的府邸是其中最为广敞的。

原先的旧邸如今改作了长子重盛和老臣木工助家贞的住所，新的宅邸围成一大片，一直延伸至五条河边，里面新建了许多房子，还造起可以骑着马直接出入的两层高的大门。新邸里有广袤的庭院，散开分布着好几栋屋宇，寝殿与配殿等是分开的，因此让人一时间找不到主人的居室在哪里，女主人的居室又在何处。

可是这两天，如此广敞的府邸却被从近乡远国驱马而到的武士们挤得满满的，甚至连府邸外面都挤满了人。

人马实在无处安置了，便在附近的空地以及河滩的树荫下，临时插些马桩子，军马和马卒就地野营歇息。

这些人马中，既有为参加故法皇的葬礼而前来的，也有闻听朝廷有变而意气风发连夜赶来的。而清盛发檄文从自己所领之地招募来的人马从昨天起也陆续赶到，今天仍像潮水般地涌向这里，到达府邸门前报到。

正是这天，六波罗的人们刚巧远远望见清盛的次子基盛奉敕率领约两百骑兵士从高松殿出发，沿加茂川旁斜穿过京极原，准备经七条口往宇治方向进发。

"噢，那不是二公子吗？"

"基盛公子已经开拔了！"

虽然隔着大老远，但人们一眼便知道那行进着的是自己的人马，是平氏一族的军士。因为队列中大旗小旗全都是一色的红旗，在风中猎猎招展。

六波罗的府邸内、四周空地上也到处插的是红旗，于是这边的军士们跑上河堤，高高地招手，摇旗呐喊，送去一片欢呼声。远处的人马也一面发出呼喝声作回应，一面渐渐远去。

"咦，那是什么声音？"

清盛猛地环顾四下，问道。

正殿的外侧是一间木板隔成的厢房，与廊檐相连，并且通过狭长的游廊与各个房间相通。众武士听得清盛发问，纷纷跑来，七嘴八舌向清盛报告："刚才看到二公子了，他率领人马在河对岸经过，往宇治方向去了！"

清盛听后只淡淡地回了一句："哦，是吗？"

此刻，清盛身旁聚集着妻弟非藏人[1]时忠、二弟经盛、老臣筑后左卫门家贞（即从前的木工助家贞）和他儿子家长，以及伊势平氏的族人盛俊、贞能、盛国等心腹，他盯着时忠问道："这么说，大约是六百骑？"

时忠正在读着名簿，点数军士人数，见清盛问便答道："今日傍晚和明天早上还会有些人马陆续到达，目前总兵数一共是六百八十八骑。"

"你把其中的主将名字再念一遍。"

---

[1] 非藏人：日本古代藏人所下属的官职之一，位次于别当、藏人头、藏人，允许登殿，主要负责殿上各类杂务。

"大人一族，还有此时在场的我就省略不念了。——新兵卫尉家季、萨摩右马允、八幡美豆左近将监及其子太郎、次郎；泷口方面的武士有泷口家纲、家次、兼季、兼道；河内方面的武士有草刈部十郎、授源大夫；伊势古市方面的武士有伊藤武者景纲、伊藤五、伊藤六；还有伊贺的山田小三郎惟之、备前的难波三郎经房、备中的濑尾太郎兼康……"

时子的侍女从先前起就远远站在一边，像是有什么话要说似的，但一直绞着手不敢插嘴，终于觑了个空隙小心翼翼地上前说道："哦，夫人请大人赶快过去呢！"

"什么，夫人？有什么事？"

"说是二公子马上就要率领人马经过河对岸往宇治方向开拨了，所以请大人也一同上望楼去。"

"夫人这么说的？"

"是啊！夫人说公子第一次上阵，想让大人远远看一眼给他送行呢。"

"我可没有那闲工夫！你回去对夫人说：基盛可不是去宇治赏花去的。"

"是……"

"所以要做好心理准备，即使基盛只被送回来一颗头颅也不许号哭！你就这么告诉她！"

侍女好像自己挨了训斥似的，出了边门后用衣袖擦拭着眼角，一路低着头而去。

看着侍女离去，清盛用重重的语气像是自言自语又像是对在场众人说道："如今的女人一点儿也不懂，她们根本不知道战争是多么残酷的事情。西海和东国多少年来战乱不止，而都城这一带全然没有战争，所以才会这样。当然，我和我的儿子们也是有生以来头一次看到都城中起战乱，所以这次的形势不容乐观呀！"

霎时间，所有人都沉默了。之前，个个都只是抑制不住地兴奋，被周围的氛围所感染而意气风发，然而正像清盛所说的，这不是去赏花，而是奔赴战场！假如只梦想着在白刃、乱箭和战火之中收获自己的武士声名和实现人生腾达，那简直就是无可救药的蠢蛋了，想一想家乡、想一想自己的妻儿吧，再问问自己：我的人生究竟有没有悔憾？清盛的一席话，激起了大家的沉思。

一名侍童举着大蒲扇在清盛旁边替他扇着凉风。四下里唯有这微风在轻轻飘动。

清盛盘腿坐着。天生的怕热习性，使他根本穿不住铠甲，他捏住白色棉衬衣的下摆，和着侍童的大蒲扇不停地扇动，毫不介意将肚脐显露出来。

就是这样一个不拘小节的将军，对他身边有些人来说，他给人一种安心、靠得住的感觉，而另外一些人则觉得他实在粗鄙得让人摇头，忍不住想规劝甚至责怪他几句——妻子时子就是其中之一。

——就因为这样，你总是被那些殿上人误解，你看人家都说源为义、源义朝他们才是高贵优雅的公卿之身呢。现在孩子们也都开始出仕为官了，而你还老像在盐小路晃荡的伊势平太那个样子怎么行呢？

当然，能够如此直言不讳规劝他的，也只有妻子时子和清盛的继母池禅尼姑（忠盛的未亡人）。

清盛对于妻子和继母，广而言之，对于所有女性都显得很恭顺——除了刚才那种情形——在她们面前几乎只有唯唯诺诺的份儿，或许是因为从来没有将她们真正当回事。表面上应道：哦，是我错了，今后一定注意。可只要她们一转身，他才不会照着去做呢。

清盛今年三十九岁，正当男人年富力强之年。昔日木工助家贞时常裁心镂舌劝导他："要做一个顶天立地的男儿。"如今他的心中，除了野性和地下人的秉性，不知道还装填着什么。对未来的期望是什么？未来的理想又是什么？说实在的，清盛自己也不清楚。

此刻他眼前唯有一强烈的念头在燃烧：这是自己期盼已久的好时机，之前作为地下人苦苦忍耐了多少时候呀，只为了沐浴今日这和煦的春光。当然他非常清楚，这是必须将自己和妻儿等一门的性命以及平家的家世门第统统赌上才可能换取到的。正因为如此，接到谕旨的时候，他才没有即刻行动，而是派次子基盛率领两百余骑先赴朝命，自己则端坐不动。今天，七月十日，太阳已经朗朗地照耀在五条两岸的河滩上，他依旧没有起兵开拔的意思。

究竟是站在朝廷后白河天皇一边，还是追随新院崇德上皇？无论殿上的公卿百官，还是一般的地下武士，全都在为这个问题烦恼，不敢轻易决定自己的向背，不过清盛对此倒丝毫没有犹豫。

他从一开始就不打算追随新院崇德。

因为他早就看透，崇德谋反说穿了其实就是赖长谋划的结果。

赖长对清盛不抱什么期望，清盛也不指望从赖长那里得到任何益处，两人就像是冰和炭一样，根本无法同器。加上这两天外面还有传闻说，叔父右马助忠正已迫不及待地响应新院的征召。

可是，如果说站在朝廷一边，清盛却一直还没下定决心。

自己起兵或不起兵，影响到的不止是六波罗的平家一族，同时也决定着各地的族党及其家人的命运。只要走错一步，不计其数的无辜妻儿老小将被投入地狱。

清盛是在为这事而犹豫。

当然万全之策也有：只让基盛参战，自己则按兵不动，不管将来会发生什么情况，眼下以静观为妙。

然而，眼下正是绝好的机会——这一野心的直觉，比起理性的冷静来还是更具有魅力，这使他无法抵御。

——机不可失，时不再来，如今不正是机会来迎接我了吗？

在这事关重大的歧路前，清盛想起一件事情来。

那是前年，也就是父亲忠盛死后第二年的事情。他乘船从伊势阿浓津前往纪州熊野的途中，一条大鲈鱼忽然跃上清盛所乘之船，顿时所有人都瞪大了眼睛，一阵惊奇。

当地的向导一拍手，夸张地叫道："这可是吉瑞之兆啊！这预示安艺守大人将来定能当上宰相，平家永世荣华昌盛！"

随后，向导又举出中国古代周武王"白鱼入舟"的典故，说周武王为此大大地祭祀一番，日后果然平定天下，接着煞有介事说道："这是熊野权现的天神之佑呀！恭祝大人有此吉兆！"

清盛这个人向来讨厌迷信，所以才做出箭射日吉山王神轿的出格之事。不过，对于这段吉瑞之兆的说法，他还是愿意相信。

父亲忠盛病重时，因为周围有人议论是因为他不信神佛的缘故，于是为了祈祷父亲早日病好，他只好放弃己见，强逼着自己去请一众和尚抄写《大般若经》献给伯耆的大山寺，以表示自己的虔诚。

巧的是，此次旅行的目的原本就是前去熊野为逝去的父亲祈祷冥福，而途中竟偶遇这样的奇事，这让清盛心里着实高兴。

"好呀！如果真是吉瑞之鱼，我一人吃岂不是果报有余？我这就亲自去料理，大伙儿一块儿吃！"

于是他手持阔片刀，剖腹去骨，将鲈鱼收拾干净，充当了一回庖人。家臣们不停地手举酒杯，拍打着船舷，唱起祝歌，在伊势的滔滔大海上尽情喧闹。

可是自那以后，并没有特别的幸运降临。相反，在赖长等势力横行之下，持续数年的恶遇丝毫也不曾改变。

——鲈鱼吉瑞究竟是怎么回事？此番朝廷发旨征召，难道便是熊野权现的神意？

在清盛看来，此次谋乱虽说表面上是朝廷是天皇和与之对抗的上皇之间的战争，但实际上不过是谋臣与谋臣之间的一场较量，是野心与野心的一次激烈碰撞，绝对称不上是一场为天下皇道大义而战的战争。既然如此，我清盛利用这次大好机会实现自己的野心，又有何不可？

说到野心，清盛一直以来怀有两个理想或目标，一是要让六波罗的平家眷族像田里的芋头似的繁衍不绝，而自己作为一族之长自然有责任为他们的将来开拓出一片广阔的生存空间；二是一扫贵族独占的政治，取而代之的是构建起一套以地下人为核心力量、为地下人利益而存在的新的政治体制。

就清盛而言，他是出发点无疑是正确和美好的。至于晚年，登上人政人臣宝座、位极人臣的清盛似乎完全变成了另外的人，但壮年时的清盛，却真的怀有过这样美好的理想。

"到了！常陆介[1]赖盛大人率家臣六十余骑刚刚赶到！"

这天傍晚，灯火初明的时刻，门外一名武士向负责清点到达军士人数的时忠报告道。

——赖盛到了没到？

这是自昨天以来清盛一直十分挂念的一桩心事。

时忠接报，便立即赶来向清盛转告："令弟赖盛大人率人马到了！"

"到了？"

清盛正吃饭吃到一半，听到这个消息赶紧胡乱扒拉几口，将剩下的吃完，紧接着吩咐道："快让他进来！时忠，你出去迎接一下！"

---

[1] 介为地方行政长官，日本古代常陆、上总、上野三国由亲王担任国司，故不设守，而是由介负责日常政务。

赖盛是清盛的弟弟。按照顺序来排，清盛、经盛、教盛、家盛，再下面便是五子赖盛。

不过虽然是同父所生，但从赖盛往下兄弟之间却是异母，下面几个是继母有子所生，有子也就是一宫亲王原先的乳母，如今是池禅尼姑了。

赖盛今年二十岁，当然也在应征之列。可是继母池禅尼姑会不会无条件地同意他参加清盛一门的行动呢？清盛始终不敢确定。

假使继母池禅尼姑念在一宫的旧情分上，说动赖盛站到上皇一方，那清盛如果起兵响应征召，就不得不与赖盛为敌了。

从他的性格来说，这样做肯定会令他痛心不已。与叔父忠正敌对，则因为神轿事件之时，对方已经毅然地断绝了与平家父子的亲族关系，情绝义尽，没什么好为难的了。但赖盛却不一样，假如赖盛不肯追随自己而选择了上皇一方，那就意味着自己也要与继母为敌，已经是痛失良人的后妻再遭遇这样的场面，将是怎样的凄惨之状啊。

"哦，你来啦，赖盛？"清盛一看到赖盛，他的眉头立即舒展开了：赖盛整个人掩饰不住欣然的喜悦，非但没有一丝的踌躇和勉强，反而为自己的晚来而担心。

"真不好意思，我来晚了！不过可绝不是因为害怕哦。"赖盛殷勤地施礼，随后解释道。

"哪——里的话？你看我不也还没动身嘛。不过说实话，我有点担心母亲大人的想法，正盼着你来呢。对了，母亲大人怎么说？"

"嗯，别的什么也没说，只叮嘱我：要听从你大哥清盛的话！"

"那么，她觉得胜算在哪一边呢？"

"母亲大人一开始就哭了，说新院的企图是不可能达成的。"

"是吗？好！"

这一瞬间，清盛心里也已经拿定了主意。

继母池禅尼姑以前曾侍奉过一宫亲王很长时间，可以说，对于新院一方的内部情况了如指掌，既然她预见到新院方的失败，这个看法值得重视。

"时忠，命令兵士们吃饱肚子，睡个好觉，四更时分开拔！"

这天夜里，清盛也睡下了。不过刚刚夜半他便起身了。和经盛、教盛、赖盛几个弟弟还有儿子重盛等，用陶杯盛上酒相互碰击，喝起了出阵之前的神酒。妻子时子也穿上盛装，端着酒壶为大家斟酒，并帮着良人清盛穿戴好铠甲。

这是祖传的用虎皮镶嵌缀就的铠甲，他还是第一次穿起它。

这柄大刀也是第一次使用，是父亲忠盛传给他的"小乌造"[1]长刀。

佩上长刀，清盛下意识地看了一眼赖盛，只见赖盛腰间斜挂着一柄"拔丸"长刀。小乌和拔丸这两柄大刀都是平家世袭的宝物。

零余子

再来稍许回溯一下忠盛死去前后的事。

忠盛病殁，是在发生保元之乱的三年前的正月十五日，时年五十有八。

相对于短暂的生年，却留下了众多的子女。

光是男儿，即有七人。根据猜测，其中很可能也有女儿，但是却未见历史实证。

长子即清盛，次子经盛，三字教盛，四子家盛——以上都是忠盛与祇园女御所生，不过也有一说，认为教盛是忠盛与待贤门院的女官、藤家隆之女所生，此说却真伪难辨。

再往下，五子赖盛、六子忠重、七子忠度三人则是前面提到过的与后妻有子，即后来的池禅尼姑所生，这是查有实据的。

正如俗语所说："忠厚人子孙多"，斜眼伊势大人毫无疑问是个多子多福者。

从前年起忠盛开始病重卧床。坊间传说，清盛没钱抓药便亲自牵马上门苦苦哀求，医生才肯前来诊治。这显然是将清盛清贫如洗的二十来岁时的家境安在了忠盛病重时，有点牵强附会了。当时忠盛已担任刑部卿，清盛也被封为安艺守，家道应该说已经相当殷富了。

另一方面，由于娶了祇园女御这个恶妻，并且在贫穷中养育了多个孩子，可以说整个壮年期都是在艰难的家境中撑过来的，基于这段经历，所以后来的忠盛在理财方面还是很花费心思的。

忠盛的领国备后国经常有走私密运的大宋商船来往泊靠，很自然地，将

---

[1] 小乌造：日本古代制刀的样式之一，弯刀的先端部分为双面刃，平安时代成为流行的长刀样式。忠盛清盛父子所使用的这柄小乌造长刀为平氏祖传重宝。

异国商人携入的杂货百药等分散开运到都城，再暗中经他人之手转至更衣殿的御坪市[1]变卖的交易据说也不是没有。

不管表面上看起来是个厌嫌社交的乖僻男人，还是个洞察世事、无欲无求的刚直武士，忠盛对商品的价值、钱财的重要性还是很清楚的。此外，虽是一斜眼丑男，但这并不妨碍他同时又是一名风流才子，与宫内各局女官诗歌唱和、保持着密切的关系，并不时为人提供讲佛谈鬼时的艳名，忠盛死后，还有人为其编纂成《忠盛和歌集》——由此看来，他身上还真具备某种深渺旷达的东西。

或许他天生性格就如此，不过那个时代的武士大都是这种风情。自忠盛以后，几乎再没有这样的武士出现，皆因为被严格而无情地限制在武家规范之下，由不得武士自由舒展其个性的缘故。

眼看父亲病笃，已经回天乏术，经盛眼眶里噙满泪水向清盛恳求道："大哥，去叫母亲大人来吧？生离死别，就让他们见最后一面好吗？"

"母亲大人？你说的是哪个呀？"

清盛故意装糊涂反问道，当然他心里是再清楚不过的。

自从患病卧床不起，有子一刻不离尽心尽力侍候在父亲身边，经盛说的显然不是继母有子，而是兄弟四人的生身母亲祇园女御。

经盛低声啜泣着。虽然早已不是往昔那个爱淌鼻涕的伢仔，如今身为朝廷命官，也娶上了妻子，但这个弟弟的脾性依旧没有变得硬气起来。而清盛至今只要一想起生身之母，仍然不禁全身的血脉就会鼓动奔突起来，眼神立即变得可怕吓人。

"我们做儿子的这样想那样想，可最要紧的是病中的父亲大人的心情你有没有顾及？那种做母亲的，还是趁早彻底忘掉吧！"

"可没法忘记呀，"经盛的眼泪滚落下来，"父亲大人绝没有忘记，继母大人不在身边的时候，父亲大人曾悄悄问过我她怎么样了！"

"是吗？这是真的，经盛？"

"当然是真的。你想想，毕竟与父亲大人生养了我们四个孩子哪。"

"可是，这样不好吧，继母大人在呢！"

"每天清晨天刚亮，继母大人都要去清水寺为父亲大人祈祷，就趁这个时候。"

---

[1] 御坪市：日本古代宫中开设的供女官们采买物品的集市。

"可是，你知道先前那个母亲如今在哪儿、在做什么吗？我可是之后就连她是死是活也不知道。"

"大哥，只要你不动怒，明天早晨趁天没亮我一定可以把她带来。"

"这么说，你知道她在哪儿？是不是经常偷偷跟她会面？"

"你不说话是什么意思？她人到底在哪儿？离这儿远还是近哪？"

清盛的语气不知不觉变得激烈起来。这些年来，自己深恶痛绝的母亲居然还在与经盛背着别人耳目偷偷接触，他不觉满心恨怅，再加上往昔那种憎恶情绪暗暗作祟，恨不得抡起拳头朝弟弟涕泪满面的脸上揍去。

经盛一抱拳，差点给兄长下拜，他呜咽着央求道："就算是我终生的恳愿，大哥，求求你了！"

清盛不耐烦地吐出一句话："随你便！我不管了。看父亲大人的意思吧。"

夜色未尽，有子便起身，乘上轿舆前往清水寺去祈祷。自从良人病重以来，无论刮风落雪，这是她每日不曾落过的功课。

今天也不例外。她的轿舆沿着洒满银霜的小路走远了。

看到母亲离开，经盛立刻领着一名女子从微暗的边门角落闪进房间，来到父亲病榻前。

屋子里传出了哭泣声。没错，正是先前的母亲祇园女御的声音。

清盛睡在旁边隔开一间的厢房里，听到从病房传来嘤嘤不停的哭泣声，钻出被窝爬起床来。

——看来还是让他们见一面的好啊，她也是个不幸的人。对父亲而言，孩子们都已长大成人，他没有什么放心不下的，唯一牵挂的应该就是她了。看到她彷徨于凄凉的人生末路，感觉对不起已经逝去的白河上皇——想必数年来暗暗在烦扰折磨父亲的就是这个遗憾吧。但愿她能幸福地度过余生。

病房中断断续续地传出父亲的说话声。清盛不由得有点气恼，感觉仿佛唯有自己一个人被摒除在外似的。将死之人是不会说谎的，难道父亲真的在为漫长岁月的夫妇生离而忏悔吗？对这个不忠不贞的妻子忏悔？对这个抛夫弃子走出家门的女人忏悔？

万一有子返回来……

看得出两人都有顾忌。没过一会儿，祇园女御被经盛抱住肩头搀扶着离开病房，从后院返回去了。清盛赶忙绕过穿廊，透过篱墙，朝母亲的背影望去。

——哦，变了很多呀，她也老了。清盛霎时间忍不住掉下一串眼泪。

曾经那样美丽的母亲，在这个早上却跟篱墙边被霜冻打萎的花草没什么两样，虽然化着淡妆，但掩饰不住皮肤的苍白，脸颊衰弛，头发也失去了往日的光泽。

掐指一数，她今年也年届五十了。她如今是怎样生活的呢？清盛情不自禁换作了从病榻上面对她感慨万千的父亲的心情，从篱墙后面默默对经盛的体贴涌起由衷的谢意。

"母亲大人，请您披上斗篷吧。不要难过，这么难过万一弄坏了身子反倒不好了。我送您到大门外。请您披上斗篷，也免得被人瞧见。"

清盛看着经盛将祇园女御送出门，立即来到父亲的病房。他端详着父亲的脸，忽地冒出来一句话："父亲大人，您可以安心了吧？"

忠盛微微抬起眼皮，"是清盛呀。"

接下来是一阵沉默。

隔了一会儿，忠盛终于开口说道："那个，手匣……"他从手匣的最下面，取出一把扇子，默默地递给清盛。

"不要有任何怀疑，你绝对是白河上皇之子！这扇子上的和歌是当年父亲侍奉白河上皇御幸时上皇赐题的。现在，它当然归你了。"

这天，忠盛大概是意识到自己死期将临，给几个儿子都赠送了遗物。

给清盛的是祖上传下来的一领虎皮镶嵌缀成的铠甲，以及小乌造长刀。

而给有子所生的五子赖盛的则是祖传的另一柄拔丸长刀。

不消说，这表明忠盛对有子的体念。不管什么事情，不管到什么时候，父亲对妻子总是这样的体念。

有子是个贞淑的女人，七个儿子也都伺候在枕边，一门眷族全都赶到位于今出川的老宅，忠盛虽然走了，但是他的人生直到终结应该没有什么缺憾了。

父亲去世很长一段时间后，一日清盛忽然躲在无人的屋子里，打开了父亲遗留给他的那把古扇。

——御幸途中停车道旁，答白河圣上"汝家所宿零余子现如何"之问：

  春苗动新叶，冬实出肥壤。

  这几行字毫无疑问是父亲的笔迹。然而接下去两行无论墨色还是笔势，显然是别人添上去的：

  骚客偶遗零余子，山薯今属忠盛家。

  清盛将扇子悄悄拿给老爹家贞看。木工助家贞看过古扇后答道："假不了，这绝对是出自白河院的御笔！"

  按照扇子上的文字，清盛并非忠盛的亲生儿子，而是白河上皇的嫡子。可是清盛却没有一丝欣喜，准确地说他没有任何特别的感觉，这把古扇并没有给他心头灌进爱的暖流。长期以来的怀疑虽然释明了，但清盛反而因此从心底生出一抹淡淡的悔憾，他仍旧希望自己是忠盛的儿子。

  自那以后清盛便再也没有赏玩这把古扇，古扇也不知被他收进了哪个手匣里，渐渐地也就彻底忘记了。

白旗下

  不论是谁，人生一世或许都会遭遇一两次大难。

  六条堀川的源为义现在就陷入了这样的厄境。

  "人到了六十，还要面对如此境况，真叫我太为难了！"最近数日，他时常悲叹嘘唏，两鬓倏地一下子变得雪白。

  多年来对他恩顾有加的左大臣——恶左府赖长派人来向他通告："速速前来加入拥立新院阵营！"

  身在宇治的老相国忠实也几度派密使前来催促："速率一门做好护卫新院的作战准备！"

  说起来，左府赖长之所以敢于不惜以武力抗衡、拥立新院，肚里的如意算盘便是觉得以源为义为首的源氏一族武士原本就如自家的私人武装一样，可以按照自己的意志自由调遣，用为义作主力，再加上奈良的武装僧众和吉野的武装僧众，以及自己领国的部分地方武士等，正是这些势力才让他有了胆气，觉得自己断然不会失败。

源氏与藤原氏素有渊源，为义与藤原家的一族之长又是延续数代的主从关系，所以源为义实在无法拒绝赖长父子的催促。

可是与此同时，天皇也降旨给为义，命他"率义朝及一门守护大内，讨灭叛徒！"

朝廷的谕旨当然不可违，可源家与赖长家的关系也不是一朝一夕的呀。

为义的苦恼，即使是从旁人的立场来看也是显而易见。

"父亲大人，就算我等无法为您分忧解难，但至少父亲大人对我兄弟六人尽可以敞开心扉。我等已经拿定了主意：不论父亲大人如何决议，我兄弟六人坚决跟随父亲，绝不会离开您！"

为义几个儿子们明白父亲这回是遇到了天大的麻烦，于是全都来到父亲的一室，焦急万分地恳求道。他们的眼神里充满活力，显得血气方刚。

除了长兄下野守义朝不在，其余六个儿子全到场了：四子左卫门赖贤、五子扫部助[1]赖仲、六子"加茂六郎"赖宗、七子为成、八子"镇西八郎"为朝、九子为仲。

兄弟几个对大哥义朝的做法都表达出不满：

"虽说是奉了朝廷的敕命，可要站在主上一边，守护大内，至少也应该听听父亲大人的意见，并且跟我兄弟几人也打声招呼才是啊！"

"大哥不顾骨肉之情，也根本没考虑一族理当团结一致，他考虑的就只有自己的声名，只想一个人做好人，所以才会急不可待地跑去大内，显得在朝廷所有武臣中他是头一个！这不明摆着要父亲大人还有我们兄弟几个也学他，赶快响应朝廷的征召嘛。"

原来这义朝与下面几个弟弟本就是同父异母的兄弟，加上他又远赴他国十几年，兄弟之情自然淡漠得很。

义朝二十三岁那年离京去了镰仓，在东国亲族中已经生活了十六年，这其间，由于他武勇超人，在讨伐地方乱贼的战争中崭露头角，被亲族一致看好，认为是个大有前途的名门公子，于是年复一年，不是从属为义而是直接归至义朝麾下的亲族越来越多。

---

[1] 扫部助：日本古代官职名，扫部寮的次官。扫部寮属宫内省，主要职责是宫廷仪式运营、会场设施管理、仪式所用资材的调度以及宫内洒扫等。

这一点也是在京的弟弟们时常感觉不快的原因之一。

恶左府赖长在朝堂之上呼风唤雨的那段时间，曾以下野守源义朝取代平清盛，令其统领武者所。自那以后，义朝才重新回到京城常住。

事实上，受到赖长最大照顾的既不是父亲为义，更不是其弟弟们，而是义朝。然而义朝却对赖长的拉拢不予理睬，谕旨一下，他比谁都更加先一步站在天皇和朝廷一边。

或许从名分和后果两方面他都看得非常清楚，但正是这份洞悉时局的智识，以及平时盖过了父亲为义的声望、君临武者所的态度，总让几个弟弟们胸中似有块大石，无法释怀。

"父亲大人，父亲大人究竟、究竟怎么考虑的啊？"

"事已至此，不能再犹豫了！"

"前日、昨日还有今日，从诸国驱驰而来的兵马从六条宅邸一直排到堀川一带，挤得满满的，几乎连一匹马也插不进了。"

"有的已经等不及父亲大人出马，在跃跃欲试了，再这样下去说不定他们会受到坊间各种流言的蛊惑，做出无法控制的事情来呀！"

六个儿子轮番劝说，终于逼得为义不得不亮出自己心里的底牌来：

"你们不要急嘛，先安静下来！其实，老父的打算是既不响应新院的征召，也不听从朝廷的谕旨——这是老父反复考虑得出的最佳选择，也是对我六条源氏最为有利的武家之道。你等也再好好想想吧，六条源氏家还要保护这里里外外的妻女老小哪！就照直把我为义的意思告诉外面的兵士们，若是有人愿意参战，不论是鼎力守护大内还是襄助新院，悉听其便。"

接下去，父子间展开了一场激烈的争论。

"作为世代的武家，值此非常之际，岂能置身其外、蔽目不视呢？世人将会怎样嗤笑我们？所以断不可如此呀！再说，诸国的源氏亲族、源家的家臣家丁也绝不会甘于中立的呀！"

"即使我等宣明中立，可兵火还是会蔓延到这儿来的呀，假如兵火只在六条堀川一带向外延展自然是万事大吉，但谁能保证呢？我等放下弓箭、收起刀枪在一边旁观，可兵火干戈可不顾这些，杀红了眼的两军是不会唯独对这儿网开一面的。弄不好，新院一方会认为我等毫无信义，不配做武士，兴兵来讨伐，而朝廷大内方面则认为我等是违抗圣旨的胆小鬼，对我等埋下怨恨，最后两面不讨好，双方都来攻打我们，那时如何是好？"

"假如真的那样，到时候再倒向一边也为时已晚，各路人马将变成一盘散沙，无法约束，而且不管倒向哪边，都跟投降没什么两样啊！"

几个儿子不肯让步，跟父亲一条条分析起来。

"嗯，说得没错。有道理。"

为义一面听一面不住地点头。如此悲壮凄凉的下场，他不是没有预见到。此刻，他的眉头和脸颊上都深深印着抉择的痛苦。

"可是，你们想想看，假如加入新院一方，朝大内禁门弓箭相向，就要和自己的儿子义朝为敌；可如果加入朝廷一方，就成了主人家赖长公的叛贼，那个薄命的崇德上皇也会对我等兵戈相向。不管我们站在哪一方，都是地狱里的倒霉卒子。作为八幡太郎义家之孙，源家世代习武，靠弓箭刀枪闯天下，我为义从来没有有愧于祖先和武士称号，可是这次真的想放下弓箭，如果可以的话，我真想出家遁世，逃离这个扰人的人间。唉，再等一夜吧，让我再好好想一夜！"

父亲不光形容老悴，而是明显的憔神悴力。儿子们不忍心再逼迫他，于是尽管心中不满，也只好先退了出来。

这一日，朝廷再次发来谕旨，催促为义发兵。下野守义朝也派人送来书信一封。

为义让儿子们代他回复敕令，只说是"老来不适，诸事疲怠，前几日起便病卧在床"。至于长子义朝的书信，他只简单吩咐道："不用回复！"

可是过后拆开信来读罢，却忍不住老泪纵横。

义朝在信中阐明了自己的心迹，他认为自古朝廷无二君，不管崇德新院出于什么理由谋反，自己都会继续忠于后白河天皇，尽职尽责守护好禁门，其他的事情不会多加考虑。

接下去，义朝又写道——

"盼父亲大人和舍弟们尽快加入到朝廷一方。私情、小义及种种理由会令决意变得困难重重，但归根结底仍需以大道为念，舍小义而循大道。只要一想到同族、骨肉对战相残，义朝就感到悲戚无比。假如是因为新院方面的掣肘致使父亲大人不便发兵，义朝将派人马于深夜把守路口，亲迎父亲大人。不肖之子义朝如今最放心不下的，便是父亲大人的老衰之躯和作为武士的晚节，日思夜念，不得安寐。祈盼父亲大人跨出这困难的一步，让禁门军中看到父亲大人的旗帜，如此兄弟也能够更加团结一心，共渡国难，这是人生何等的喜悦和荣光啊！"

不长的书信，言辞恳切，情意绵绵。

——到底是吾的儿呀，简直就像是自己的分身一样。

为义的决议渐渐向义朝倾斜了。可是就在这天傍晚，左京大夫教长的车子又进了为义府邸。自从形势突变以来，教长这已是第四次前来六条堀川的源家了。

崇德的亲信教长，一见面便立即向为义诉苦道："哎呀，我可真是吃不消啦！如此辛苦的差使，在我长年的殿上生涯中这可是头一遭碰到哪。这是院宣。四度发敕文都未见动静，这是最后一遭了。为义大人，不知您决意如何呀？"

"无论多少遭结果都是一样啊：请教长大人回禀上皇和赖长公，为义已经是个老糊涂了，实在不堪重任哪。"

"为义大人的心思我能够理解，可是赖长公那边发火了：说为义凭什么至今还不肯爽快答应？这么多年来，老夫一直对源家庇护有加，图的又是什么？六条源氏一族到了这个节骨眼上居然敢背叛忠实和我赖长！他是不是盼着新院失败啊？！"

"即使这样，可我毕竟已是一老叟，不像儿子们那样，我已经不中用了呀！"

"不不！只要让天下武士知道左卫门尉源为义是站在我们一方的就可以了。马上就要出阵了，出阵前还要召开军事会议，白河北殿的新院等一众人都在静候为义大人出马呢。"

"唉，瞧我这个样子……"

为义无言以对，只好自言自语地喃喃道，随后睁着一双呆滞虚空的眼睛与教长对视了许久。

再说这个左京大夫教长，先前还曾跑去自己哥哥德大寺实能府邸商量对策，表示要劝谏新院，切勿妄生不逞之念。谁料想，在周围一片逞势妄行的氛围中，非但没能劝谏崇德，反而像是被卷入了湍急的旋涡似的，身不由己，还要摊上这份拉人下水的差使。

教长暗暗自责自己的前后矛盾，此时他一面步步紧逼力劝为义尽早出马，另一方面则巴不得自己能赶快从这场战祸中抽身逃脱。

"嗯，昨夜我做了一个梦。"

为义蓦地开口说道，他似乎为了让教长可以复命，便随口编造了一个借口。

"哦，做了个梦？"

"我源家有几领祖传的铠甲，分别是月数、日数、源太襁褓、八龙、泽泻、薄金、无盾、膝丸八领——梦中只见它们被狂风吹散，像碎布一样飞扬空中，把我一下子惊醒了。这分明是个噩梦，所以我今天还刚跟儿子们叮嘱过，最近这段时间一定要小心谨慎，千万不可造次。至于军事会议嘛，还是请别人参与谋划吧，兵革之事最忌讳凶谶，哪怕一点点也会带来不利的，为义身上有凶兆哪。"

"呵呵，为义大人身为武将岂会被噩梦和凶谶吓到？说起来有点可笑。凭这个理由，大人叫我如何复命呀？"

"真拿教长大人没办法，可我实在想不出还有其他答复啊！"

"反正我今晚不能空手而归。我也理解为义大人心中的烦恼，但还是希望天亮之前大人能下定决心……"

不知不觉，四下里天色已黑，二人在黑灯瞎火的客堂对坐了许久。

"烛火拿来了，可以开门进来吗？"

从悬窗的缝隙透入几缕亮光，听外面的声音应该是儿子。

——不是关照过谁也不要进来吗？

为义回道："进来！"只见进来的是今年年方十八、长得敦实魁伟的八子为朝。他从旁门走进来，来到客人和父亲中间，放下菊花灯台，随后便欲返身退下。

"等等！等一下，八郎！"

为义叫住了为朝，让他站立身旁，然后转向教长说道："这是我的第八子为朝，绰号'镇西八郎'，大人可能也听说过吧，从小顽劣，恶名远播，所以被赶到西国去待了好些年。为义虽儿子不少，但稍有武家才能的除了长子义朝，就是这八郎了，其他几个实在没什么能耐。义朝事先跟几个兄弟毫无商量，已经加入了朝廷一方，与新院和承蒙多年恩顾的赖长公为敌，我这个做父亲的没啥好辩解的，故想让八郎为朝代替不中用的老叟加入新院麾下，不知教长大人以为如何？八郎，你怎么样？"

"愿意听命！"

为朝将粗大的手掌支在地上，单腿下跪，抬起头望着教长和父亲。"能够替父出阵，为朝心甘情愿加入新院麾下！"

为朝的回答令为义和教长都稍觉意外，然而更加令他们大感意外的是，先前就弓身猫在窗外暗处以及帘子下偷偷听着屋内谈话的其他几个儿子，竟一齐推门而入，一字儿排开，单腿下跪，以手支在地上。

"父亲大人！让八郎一个人加入新院麾下出阵，这是何道理？"

"说我们几个毫无能耐，真太叫人意外了！"

"有没有能耐，让我四郎赖贤出阵试试看不就知道了？"

"加茂六郎赖宗决不会给父亲大人的名誉蒙羞！八郎要是参与，那赖宗无论如何也要参与！"

"还有我扫部助赖仲，让我也去吧！"

看到兄弟踊跃争先的这个场面，教长不禁哑然，为义也似乎突然间浑身充满了活力。儿子们一个个脸上展露出超越其年轻生命的坚强意志，为义怎么看都觉得看不够。

祖传铠甲

九条院的侍女常盘今年二十岁，她怀中抱着年满三岁的今若和今年刚刚出生的乙若。

常盘侍奉的主人九条院，就是去年夏七月年纪轻轻便早逝的近卫天皇的中宫藤原呈子。

藤原忠实和藤原赖长父子为了将自家的女儿立为皇后，死缠烂打地对故法皇紧逼不舍，与摄政忠通展开不依不饶的争斗，最终将出自己族的藤原多子送上了皇后宝座。那场惨烈的皇后之争中的另一个当事人呈子，就是如今的九条院。

世事无常。春光流转之倏疾，有时候简直令人目不暇接。

成为皇后的多子尚未邂逅女性的青春，便稀里糊涂地被封为太后，独守空闺，虽说没有削发为尼，但是从此将在被视作佛龛一般看不见春天的禁门之内，像座活的牌位一样，度过她漫长的余生。

而呈子也同样，自那以后就深居哀寂的内殿，整日对着无心的花草冷月追念可怜的先帝，萧寂索寞的滋味跟尼姑庵里没什么分别。

还是中宫的时候，身边侍候的女官仆人有许多，如今则大大减少，剩下没几个，不过常盘却是最早跟在身边的，所以呈子对她说："不管到何时，你都不要离开！假如乳儿想母亲哭闹了，就在这园内辟一间小屋，你和老母亲都搬来住就是了。"无论如何也不肯放她走。

常盘原本是呈子的父亲伊通大纳言在她被立为中宫时，从京城募集了千名童女，然后从中遴选出百人，再从百人中挑出来十名美少女，作为呈子的陪侍一同入宫的。这十名侍女中，数常盘的容姿、教养最出众。

其时常盘年仅十五岁。至今虽只服侍了短短五年，但是常盘温婉可人的性格和细致体贴的服侍，让她成为了呈子的贴心闺密。虽说是主仆关系，但是在感情上却是谁也离不开谁、谁也不想离开谁的亲密好友。

不知从什么时候开始，常盘有了意中情人。

这个避人耳目与她暗通款曲的男人就是下野守源义朝。等到如梅花微吐暗香一样被人嗅出些许蛛丝马迹的时候，常盘已经怀上了今若，于是回到园内小屋，安心在产帐里等待生产。今年春天，常盘又诞下乙若，二十岁便已是两个孩子的母亲。每次生产，就仿佛含苞怒放的鲜花适逢春雨似的滋润着她，使她越发水灵灵、娇滴滴的，更增添一份美艳。

呈子知道一切，她也容忍了这一切。不过，有一段时间她也非常担心，因为义朝是恶名远扬的恶左府赖长的心腹源为义的儿子，理所当然，在美福门院以及关白忠通这一派的眼中，他和他父亲是绝对不可掉以轻心的人物，时时遭受到严密的关注。

美福门院是将呈子从小抚育长大的养母，忠通则是让她立为中宫的最亲近的亲戚家。自从先帝驾崩、搬进冷寂清幽的九条院之后，呈子同居住在八条乌丸的美福门院来往得就更加频繁了。

鸟羽法皇一死，拥佑后白河天皇的美福门院及忠通等朝廷一方与拥立崇德上皇的赖长及其追随者们立即分为两大阵营。而呈子至今仍不敢将常侍自己左右的近侍常盘与义朝的关系向美福门院和忠通透露半点讯息，因为一旦说破，或者是常盘永远失去爱情，或者是被逐出后宫，总之等待她的都是痛苦的结局——呈子是再明白不过的了。

对于呈子的好心，常盘也十分清楚，自己是在血雨腥风中受庇护之身。这样的世道，一个弱小、年轻的女子独自抚育和保护两个小男孩——她与恋人的爱情结晶，这无疑是太令人惶恐不安了。和义朝的相会，也需躲避别人的视线，每个急切等待的长宵、每个恋恋难舍的霜晨，都仿佛是行走在锋利的刀刃上一样。

可是，这种战战兢兢的恐惧、世间人情的险恶愈是苛峻，就愈加期盼着相逢。

多少个夜晚，他们躲在常盘老母亲的屋子里，让家丁仆人在外面望风把门，两个人泪眼相对，享受短暂的欢聚时刻；多少个清晨，常盘目送着恋人越过植满朴树的九条院后门，将多情的残月抛在身后……因战祸而世道迷乱时期的爱情也仿佛患上了热病一样，几乎不得不冒着生命危险。

"不要哭，虽然马上就要开仗了，但我是不会丢下你的，我绝不能让你和这两个天真可爱的孩子落入敌人手中！"

一天深夜，义朝笑着对常盘说。他一面用手指将常盘湿漉漉的头发一缕缕地向耳根后面拢，一面在她的耳旁低声细语。

"你不要对任何人说，一旦开战，我会毫不犹豫地率领武者所所有武士拼死护卫朝廷大内，左大臣家虽说于我源家有恩，但我这个下野守是朝廷任命的，我可不是他们的私人武装。再说恶左府这个人靠不住，不管父亲和几个弟弟们怎么说，我作为一名朝廷的武臣，决不做拥戴新院与朝廷抗衡的事情。常盘，这件事我敢向你发誓，不论是你服侍的主人九条院，还是美福门院，或者是关白忠通大人，我都不会退后半步的！你应该从心底为我感到自豪：我的良人义朝是第一个站出来护卫朝廷的卫士！"

说到这里，义朝双手捧住常盘的脸，将微含笑意的嘴唇紧紧贴在她的嘴唇上。

常盘闭起双眼，眼睛里泛着喜悦的泪花。婴儿在她怀中熟睡，两个年轻的父母顾不上婴儿，沉浸于醉人的热泪和乳香中，享受着这一刻官能诱惑带来的头晕目眩的幸福，仿佛游弋在现实世界之外。

市井百姓眼看战争的迹象越来越明显，已经开始带上妻儿家财，着急忙慌地四处奔逃了。可是听说下野守源义朝是第一个挺身站出来护卫朝廷的武士，与其说是恐惧和悲壮，常盘更加觉得欢欣，这个男人没有背叛自己。

男人的军旗是对自己的爱情证明。

——两人的爱情终于可以堂堂正正地公开了，我可以在任何人面前都大胆宣布：我的良人就是源义朝！

第一个知道的自然是常盘的主人九条院。呈子如今也终于可以在常盘面前谈论外面关于她恋人的传闻了。

"八条乌丸的女院也为你感到高兴哪！她还一个劲儿地夸赞义朝呢，说他比之前耳闻的还要优秀，是个忠心耿耿的武士，是个值得信赖的人呢！"

常盘好像自己被人夸赞一样，心里灌满了蜜糖，甜滋滋的。

外面复杂纷乱，所以没事最好不要外出——这天义朝特意叮嘱常盘。可是，她太想将自己的喜悦心情同老母亲一起分享，于是干完各种事情趁手头空闲，傍晚时分套上斗篷便赶往离九条院不远的家中。

几簇还未开花的胡枝子，透过丝柏做成的栅栏门将枝条伸到了外面。没等进屋，常盘就听到屋里的孩子声音——

"呃，你就是常盘对吗？"

正在此时身后传来一声招呼。常盘一只手搭在木门上，听到招呼，下意识地躲闪到门的一侧。

"是谁？"她小心翼翼地反问道。

她面前站着一个身披铠甲的武士。

"我是下野守大人派来的。"

"哦，是义朝大人。你是义朝大人的手下？"

"没错。我受大人之命前来转告，京城内说不定明天起就要变成战场了，所以请常盘先到乡下什么地方躲一躲吧。"

"啊？我正想今天晚上和老母亲商量一下这件事呢。"

"孩子们都还好吧？"

"哎，两人都健健康康的。"

"大的那个……几岁了？"

"三岁。小的才几个月，还在吃奶呢。大人忙于军务，还在想着孩子们的事情啊？"

"那当然啦，"武士语气稍显含糊，又接着问，"孩子叫什么名字？"

"大的叫今若，今年刚出生的小的那个……"

常盘说到这儿，忽然脑子里一激灵，她停住了，重新打量着义朝的手下。对方口中叽里咕噜吐出几个意义不明的词，然后便像阵风似的一溜烟跑了。

"这是怎么回事？莫名其妙！"

恰好一前一后，这时候又蜂拥跑来十来名武士，他们才真的是义朝派来的家丁，他们奉了义朝的命令，帮助常盘今夜就带着老母和幼子前往嵯峨山中去避战祸。于是常盘立即回到屋中，开始收拾一些必备物品。

先前那个男人到底是谁？义朝的家丁们也不知道，常盘更是一头雾水，一点儿也猜不出来。

为义的家丁、放免小头目花泽孙六，这天深夜返回到位于六条的为义府邸。他向为义报告了刚刚打探到的关于常盘和两个孩子以及今夜可能外出避难等情报。

已是夜深人静，府邸内井水的声音在轻轻敲打着夜的寂静。但在另一间屋子里，崇德的近臣左京大夫教长仍然端坐堂中，不肯离去，后面的大屋子、厢房以及儿子们住的房间也是灯火煌煌，几乎府内每一处都还亮着灯。

从马厩内的马槽不时传出声响，进出武器仓库的家丁们尽管放轻了脚步，但足音依旧跫然可闻——这一切，似乎都预示着事态不寻常。

为义依旧紧锁着眉头，陷入沉思。孙六看着主人，忍不住单刀直入地问道："大人您决定出马了吗？到该下决断的时候了。"

为义面露些许凄惨的神色，然而脸上的皱纹却似乎又在透着笑意，两种错综复杂的情感交织在一起，忽然变成一个高亢的声音，直冲房顶：

"已经决定了！孙六，不用再说了。要和年轻的儿子们生离死别，这些都不是我考虑的，至于天道大义之类也根本没有多想，其实我只是在想，也该让大好年华的他们上阵锻炼锻炼了。他们在新院的使者教长大人面前彻底表达了自己的愿望，我不可能压制他们，只能任由他们走自己选择的路！哈哈，哈哈……"

"那就公子们参与新院一方吗？"

"不！我这六旬之身的老家伙一个人留在这儿有什么意思？我已经告诉了教长大人，既然新院几次三番降旨于我，固辞不从岂不是莫大的失礼？不管怎么样，为义唯有拜领院旨，不辜负上皇圣意，这才是武士之道呀！"

"太好了！这么说，大人也要出马了？"

"是的，我决定出马。这就是武家的宿命啊。暴风雨来了，你想躲却无处可躲，也不应该有躲避的念头。听了你刚才的报告，现在义朝的决心我也非常清楚了，你就是叫他躲开他也不会撤离大内，叫他来他也不会加入新院阵营的。"

"我想是我也会这样做的！"

"好！这样不是很好吗？去追求自己认准的人生方向。六个兄弟原本不是一母所生，本来就没指望将他们像捆柴火一样扎成一束，就随他们去吧！孙六，去库房把祖传的宝物八领铠甲统统拿出来！"

看来为义这些天的苦恼也终于放下了。这一夜，为义已经清清楚楚地想好了自己人生的最后结局。

为义将儿子们叫到左京大夫教长所在的客堂，起誓加入新院一方，甘愿为新院效命，随后向每人分发一领祖传的铠甲，唯独八郎为朝没有合适的铠甲，因为所有铠甲对他魁伟的身躯来说都太小了。

为义自己从剩余的铠甲中选了一领薄金穿在身上。还剩下源太襁褓和膝丸两领铠甲，为义吩咐孙六："这是源家代代传给嫡子的宝物，趁天色未明，快马给下野守义朝送去！"

"长宵一明，父子为敌；铠甲赠儿，却怜椿心。"

关于这段情节，《保元物语》中如此写道。

想人间，父子感情之缪辘，皇道理义之纠结，已经感天动地了，却还要令父子对垒战场，这究竟是何道理啊？难道是对宇宙天地视而不见的某种魔怪在作祟？

新平家物语

保元之卷◎

宇治关

源为义率领六个儿子及一族武士明确加盟新院一方，是十日深夜。

平清盛率众从六波罗出发，前往守护朝廷大内，也是在同一天。

不光是武士们，所有的公卿朝臣不论内心愿意不愿意，必须选择一方，表明自己的向背。事实上，几乎所有的人都在十日这天对自己的去向做出了决定。

距离法皇驾崩才仅仅过去七天，朝廷竟然发生如此巨变，毫无疑问，霎时间众人仓皇失措，狼狈至极之态，一如字面所形容。

自然，托病不出、闭门观望者还是有的，不管是朝廷还是新院哪个阵营都见不到他们的身影，春宫大夫藤原宗能[1]、内大臣德大寺实能等便是这类人。

实能的亲弟左京大夫教长奉了新院崇德之命，成功地劝说为义父子加盟上皇一方，当夜回到白河北殿复命，之后便趁乱溜出京城出家了。"葫芦花三位"经宗则随赖长一同前往宇治，可是离开宇治之后，不要说新院仙洞内，整个京城也没有人再见过他的人影。

对这种说不准什么时候就改换门庭另投主人的骑墙派，朝廷和上皇双方都发出告示，命令其即刻登殿或登院——

---

1 藤原宗能（1085—1170）：曾担任堀河、鸟羽两代天皇的藏人。春宫大夫为官职名，为掌管皇太子家政事务的专门机构春宫坊之长。

"擅离职局且不申明所在者，事后必严加惩罚！"

尽管如此，仍有不少公卿官人既不露面也不递交书面说明。

这些人，平日里就信奉做一天和尚撞一天钟的处世哲学，公务全凭个人感情处理，收集了一箩筐各种材料，专门进谗献媚，巴结权威，也许他们是无意识的，但恰恰是他们无意中孕育了战祸的苗子。然而一旦事态急转，眼看就要进入战争状态，所有人分裂成两派阵营，除了敌我以外再看不到其他人影的时候，他们未免始料不及，狼狈到了极点，甚至连选择其中一方阵营的智慧也荡然无存。

于是他们托病、装傻，伪装自己，暗地里却在拼命寻找安全之地，试图将自己置身于战祸以外。可是偌大一个京城，已经没有为旁观者专享的安全地带了。而要离京前往山野僻壤，非但得下决心终生抛掉仕途和家财，并且他们心里非常清楚，他们将面临无家可归、无粮可食的悲惨结局。事实上，只要一离开京城，无数啸聚山林的绿林强盗正等着难民和这帮失意的官人及其家族自动送上门来，弄不好就送其上三途[1]了。他们虽然身在京城但早就听到过这些传闻，那凶残之状简直令人不寒而栗。

就这样，空气中已经充满了临战之前的火药味。十日夜，两军虽尚未突入交战，但实际上同一天的后半夜，天色微明之际，在京城郊外却已经爆发了一场小规模的厮杀，这既是保元之乱的前哨战，同时也引得城内的冲突一举大爆发。

将从各处赶来加盟新院一方的地方武装统统遏阻！

接到命令，十日清早清盛的次子基盛率人马赶往宇治关，在大和街道的各个通关要津设置关卡，阻断道路，中午时分起便开始盘查来往行人。

如此一来，正打算上京城的人自然全被挡在城外，准备从京城内逃往乡下避难的官人及衙役等也统统被拦下，不得不原路返回，并且被送上一通揶揄："这种时候，弃家而走，这是要上哪儿去呀？假使还一个劲地花前月下、兰集雅宴，莫非不知道羞耻二字？"

昨天之前还是卑微的地下人，今日却口才也跟以往大不同了，这当然是因为有腰间的长刀和宽刃大刀壮胆的缘故。来往行人个个唯唯诺诺，依照吩

---

[1] 三途：亦称三恶道，佛教语，指作为罪孽报应而往的三个世界，即火途（地狱道）、刀途（饿鬼道）、血途（畜生道）。

咐的去做。知道了武力之威，不仅在语言上，甚至连脸上的表情、肢体的动作等全都下意识地发生了改变，尤其是平日被人蔑视的车夫、平礼的底层小人物，更是陶醉在权力带来的快感中，突然之间产生了仿佛自己高于所有人之上的错觉。

"哟哟哟，那是谁呀？"

"是谁？好像贵人的牛车。"

"太好了！贵人的牛车肯定随从也多，千万不要大意哦！"

只见前方来了两辆车，一辆是贴有竹箔的牛车，另一辆则是有着镀金把手、镶有镀金饰物的漂亮牛车。车前车后，簇拥着二十来个随从和杂役，慢慢悠悠地朝关卡走来。

"停车停车！喂，快停下！"兵士们哇啦哇啦地堵住了去路。

这条道路的重要性自不在话下，在此设关卡的目的就是伏击先前已离开宇治、准备再次回京的赖长，如果碰巧的话，说不定还能抓到他。

"哇，莫不是恶左府？"此时基盛和手下一阵欣喜，有种猎物落入罗网的感觉。然而一查，来人却是前任山城守藤原重纲和给料官营业宣二人。

这二人倒确实是去了宇治的忠实别墅，不过却与军事行动毫无关系，只是一般的朝廷公务往来。两个人出示了相应的文书，对于文官的吏务一窍不通的武士们哪里看得明白，于是也不好予以深究，便将二人放行了。

谁料想，这却是赖长使的障眼法。他自己早于昨天夜里离开宇治，乘坐用蔺草与麻丝编制的席子遮蔽得严严实实的轿子从醍醐路进入京城，躲进了崇德所在的白河离宫北殿。

可笑两个官人一点儿也不知道自己成了危险的障眼工具，等入夜来到白河北殿时却发现，附近各个路口、各禁门一直到内庭全都驻满了披挂甲胄的兵士和军马。二人有些稀里糊涂，向人一打听，才得知今夜就有可能开战，顿时面无血色，连声嘟囔道："太可怕了！这下我们成了魔鬼刀俎上的鱼肉了！"吓得浑身打战，竟哭了起来。

再说基盛和手下，以为好不容易逮住一个大家伙，结果还不得不放行，之后就几乎再没有行人通过，众人闲得有点发慌，便给马喂起饲料，兵士们也就地以干粮填肚子。

大和道路被夕阳染得彤红的时候，从远处又过来一彪人马，约有马卒十骑、步卒三十余人，排成队列，急匆匆地朝关卡行来。

兵士们立即爬起来，拉开架势迎在路上，基盛一马当先上前几步盘问道："前面来者是何处人马？欲往哪里去？"

对方十名武士齐刷刷地勒住马首，停了下来，后面的兵士隔着数步距离也随之止步。只见最前面正中一名壮年武士，头戴盔、全身披挂黑革铠甲，金刚怒目，朝基盛施了一礼答道："我们是近国[1]的武士，闻听京中有异变，却不知详情，故上京来一探究竟。你是何人？为什么阻挡我等去路？"

基盛提高嗓门道："法皇驾崩后，各地武士擅自闯入京城者不在少数，圣上发旨加强各处关卡，故奉命在此盘查——唯有宣旨的使者或是加盟朝廷的，才可放行通过，如若不是，一律不得从此地通过。本官乃桓武大帝之后裔、刑部忠盛之孙、清盛之次子，安艺判官平基盛，今年十七岁！"

对方听了，也报出家世姓名："呵呵！我也不是无名之鼠辈：我乃清和天皇之后胤、大和守源赖亲的后裔源亲弘之子源亲治，人称宇野七郎。我久居大和国乡间，还从未在世间扬名立身。我明明白白告诉你吧，此番是响应左大臣大人召唤，入京加盟新院阵营的。源氏武人从来不事二君，既然已决定加入新院一方，即便有圣上宣旨我等也不会响应加入朝廷一方的！"

这源亲治倒是磊落得很，不仅报上自己的姓名家系，连自己的主张、向背也毫不隐瞒，公然表明敌对的立场。

一瞬间，基盛和手下兵士立即张开弓，瞄向对方。

随着嗖嗖几声响，箭矢一齐飞向对方。自然，箭矢也从对方队列中朝这边射了过来。

箭矢的数量是与兵士人数成比例的。兵士少的一方自然设法以白刃战的方式应付不利局面，站在最前列的宇野七郎以下十骑武士当即抢身上前，用头盔朝对方的马首一通猛击，霎时间便击倒了数匹马，随后提着长刀和宽刃大刀直冲入人群。伤痛的惊马四处乱窜，马蹄所到之处，土块、野草在空中狂舞，烟尘滚滚，恰好成了十名武士最好的掩护，只见他们像一团团烟雾似的，朝基盛手下兵士扑来，手脚并用，又是踢又是砍，不一会儿已经砍翻了好几个。随后冲上来的步卒也大都是山野间长大的勇猛之士，身手矫健，拳脚了得。

基盛一方吃了败仗，只得将手下聚拢到法性寺以北的一桥一带，先稳住

---

[1] 依照日本古代律令制，以京都为中心将诸领国分为近国、中国、远国三类，近国即京都附近各国，相当于京畿。

阵脚再做打算。

吴将与越将

　　基盛手下的兵士中，既有出身京畿的杂兵弱兵，也有来自伊势、伊贺的剽悍武士。

　　基盛站在一处高丘上，振臂呼喊道："敌兵只有一小撮，还不到四五十骑，我们五六个对付他一个，一定要将他们统统拿下，作为进献给朝廷的初战之礼！伊势、伊贺的男儿们，给我上！"

　　这些武士，素来具有浓重的乡土意识和乡土荣誉感，自报家名的同时必定连带乡里一同报出，乡党之间互相竞争，一人的耻辱便被视为整个乡间的耻辱。

　　"不能输给这些源氏乡巴佬！"

　　出身伊势、伊贺的武士们立即率先冲出，与敌方奋战。毕竟己方有两百余人，在数量上占有优势，转瞬间便扭转颓势，反将宇野源氏一族包围了起来。"宇野七郎"源亲治一直奋力战至最后，可还是被基盛手下兵士的带钩长矛钩住，落下马来，众人随即一拥而上，将他生擒。

　　亲治手下兵士被活捉的有十六名，除了少数几个逃走之外，其余的不是战死，便是重伤动弹不得。

　　基盛将亲治及其手下用绳子缚住，趁天黑解往京城，随后便立即返回宇治。在他返回之前，朝廷特意为他举行了一个简单的授官仪式。原来天皇也听说了他的事情，大为高兴，便授予基盛从四品下的位阶。

　　基盛的父亲清盛率领一族武士参战是在这天夜里天将亮的时分。早已等候在大内的诸路人马一见到他，士气顿时万丈高，同时争先恐后地向他道贺：

　　"二公子基盛大人在宇治路生擒了宇野源亲治及其手下兵士十数人，夺得了开战头一功！"

　　做父亲的自然别提有多高兴了，清盛掩饰不住脸上的笑意。他为自己晚到向诸将致了歉，随后又至东门的临时营寨，拜访下野守源义朝。

　　"哟，是安艺守大人呀？"

"下野守大人，好久不见！"

两人一见面，互相寒暄道。

最近三四年，义朝自被擢升为武者院北面和西面两军侍卫的统领，与清盛几乎没打过几次照面，像这样亲切地在一起说话，大概十多年没有过了，两人的眸子里不约而同地映出了往昔的情形。

那是鸟羽僧正亡故的时候，秋天京城郊外的道旁，参加完葬礼返京途中不期而遇，经同行的佐藤义清介绍，清盛才第一次得知眼前这位便是六条判官源为义的公子。当时，义朝曾说起不久将前往镰仓住上一阵子。如今，同行的佐藤义清已经出家为僧，改名为西行法师，以歌为友，在大自然以及不停的旅行中探求着生命的意义。

整整十六年了，回想起来，十六年中身边有的人已经诀别人世，有的人下一代已茁壮长成，国都也发生了天翻地覆的大变化，所有的一切既像逝去的回忆那样遥远，又仿佛就发生在昨天。

而今天，他们结为生死同盟，成为宫阙之下同一个阵营里的友军。

二人年纪也相仿。源家与平家就门第家世而言虽有吴越之异，但二人都生于武士世家，且为嫡长男，如今都义无反顾地走上战场，他们的共通之处无疑就是对时局敏锐的洞察力，不过说到各自的抱负和未来的理想，或许就南橘北枳，迥然不同了。

"'安艺守大人到底怎么样啊？'大伙儿都在议论纷纷，猜测大人的去就，说实话义朝也在替大人担心，不过现在看到您的身影义朝也就安心了，兵士们的士气也高涨了许多呢。"

"实在过意不去。我让犬子基盛先率一部分人马赶来，自己则因还要协调各路人马，故此来晚了，还望大人见宥！"

"不过，二公子在宇治路这么快就建立了功名，大人想必也很高兴吧！"

"哎呀呀，多谢大人夸赞。让孩子们抢了头功，做父亲的还真有点难为情。"

"哪里哪里，让人羡慕还来不及哪！"忽然，义朝语气非常沮丧地说道，"哪像义朝这样，父亲和弟弟们全都跑到敌方去了，一家父子数人分裂成两个阵营……唉！"

清盛登时满脸笑意全消。听到基盛初战告捷，自己便有点飘飘然了，说老实话，在义朝面前自己总有一种炫耀的心理在作怪。

义朝的父亲为义带领一个儿子及手下于昨夜加盟设在白河北殿的崇德上皇阵营，这个消息刚刚从诸将那里听说。对清盛来说，同样面临亲族间两下分张各投其主的不幸，或拥戴天皇，或拥戴上皇，但远远不及源为义父子这样令人唏嘘。

或许是全身披挂了甲胄的缘故，彼此都像变了个人似的，清盛一时间竟想不出什么宽慰的话来。

"哦，告辞了，我先走一步。"

在这种场合，清盛显得特别笨嘴笨舌的，极不善于转换话题，却将自己的真实情感压在心底，这样尴尬的场面让他实在待不下去，于是眼珠子转了几转，急匆匆地告辞而去。

义朝目送着他的背影，心里非常不是滋味，只觉得对方好像是个无情的、完全陌路的人一样。

第二天清晨，后白河天皇忽然下令将御居所移至东三条仙洞。

作为临时大内的高松殿因为众多兵士进入而显得非常局促逼仄，并且非常不便，于是经商议便决定起驾移殿。

天皇身着长裾的便服，坐进手抬的轿子里，随身携着神玺、宝剑等皇家宝物。

随同的贵族公卿有：关白藤原忠通、内大臣德大寺实能、左卫门督近卫基实[1]、右卫门督德大寺公能、头中将德大寺公亲、左中将光忠、藏人右少弁藤原资长、右少将德大寺实定[2]、少纳言藤原信西、春宫学士俊宪、治部大辅源雅赖、大外记[3]师业等，单是公卿朝臣就浩浩荡荡排了一长溜儿。

武将则以义朝、清盛二人为主将，再加上兵库头源赖政[4]等已故法皇遗书中指名的十一武士，以及各自的家臣兵士和从诸国招募而来的地方武士，京城里还是头一次接纳这么多的兵马。

东三条仙洞既是皇居，也成了三军的营阵。

兵马配属、诸门守备以及兵粮的调度大体完成后，十一日这天也差不多

---

1 近卫基实（1143—1166）：又名藤原基实，藤原忠通之子、平清盛之婿。
2 德大寺实定（1139—1192）：右大臣德大寺公能之子。
3 藏人右少弁、治部大辅、大外记等均为官职名。
4 源赖政（1104—1180）：武将，平治之乱后作为源氏长老在中央政界占有一席之地。

已经过去了。

大将义朝被叫住独自留在内殿的堂下。堂上正在进行军事会议，因为商议来商议去毫无结果，少纳言信西便来咨询义朝的意见。

义朝头戴黑漆帽，身着直垂便服，衣服外罩着昨夜父亲为义差人送来的源太襁褓铠甲。他面向天皇，诚惶诚恐地回答道："下官所忧虑的，倒不是新院方正面之敌，而是从奈良、吉野、十津河等地向京城进发的武装僧团，根据情报，已有数千名僧众响应赖长公的招募，正在向宇治方向集结。以藤原氏长老与春日神社非同一般的关系来推断，这并非不可能，宇治的忠实老相国和赖长公也正是因为有此强悍的后援，所以才有恃无恐，强行与朝廷作战的。"

"嗯，有道理。"

信西在堂下的大殿里席地而坐，不住地点头，同时揣摩着堂上玉帘后面天皇的反应。列坐两旁的公卿似乎也都在入神地听着义朝的分析。

"倘若茫昧惘惑弄不清敌方的虚实，完全有可能会错失战机，反而被敌人乘虚而入。下官以为，奈良和吉野的僧人武装一旦明日入京，我方将处于腹背受敌的境地，连十分之一的取胜机会也没有，所以胜机就在今夜至明天天亮之间。如果我们今夜实行突袭，既可攻打新院方面一个出其不意，也可使从奈良、吉野赶来的后援变得毫无意义——除此以外，别无良策。"

"所言甚妙！"

信西随着天皇的赞许连连点头称是，随后说道："若论诗歌管弦、风花雪月，确是公卿所擅长的，可说到军事作战，我们可就一窍不通了，所以作战之事就全权拜托义朝大人指挥！"

"好！那大内就交由清盛大人护卫，义朝率人马突入敌阵，天亮之前胜负就可见分晓了！"

"不不！如果这样的话，清盛肯定不会答应，还是你们全力以赴，一同向敌阵突击。"

"这正是义朝所期望的。不过，此战天运如何，尚不得而知。"

"只要义朝大人能平定凶徒，解除主上之忧，朝廷定有恩赏，并且保证准许大人登殿。"

"大人说什么呢？对即将出阵上战场的武士居然用明天的许诺来吊胃口？既然蒙主上恩赏，还不如现在就恩准义朝登殿，也算我这辈子永生不忘的记忆吧！"

众公卿正在惊愕义朝居然说出这样的话来，只见义朝笑着走过众人，腾腾腾几步跨上玉阶，登上殿在天皇斜对面坐了下来，脸上的表情仿佛在得意扬扬地对众公卿说道："如此怎么样啊？"

——虽说是阵前大将，但毕竟是个粗野的地下人呀！

在场公卿有的皱起眉头，心里暗暗蔑视地骂道。可是，当文臣将自己的命运完全托付给武将的时候，不止是义朝，也不仅仅限于此时此刻，两者的位置便会发生微妙变化，朝着一个均衡的方向倾斜，甚至来个互换也是极其自然的结果。而义朝毫不掩饰地将其付诸行动，只能说明他是个性情率直的人。

众人忌惮天皇的反应，个个神情紧张。孰料天皇心情很好，看到眼前的情形反倒笑起来了——或许他已经从美福门院那里听闻了关于九条院内的恋爱故事。事实上，大凡隐约知道九条院的侍女与义朝地下恋情的人，此刻全都同天皇一样，脸上露出会心的笑容。

就这样，朝廷方面已经决定于当夜发起奇袭，白河北殿这边却仅有恶左府赖长一人绷紧了神经，而诸路人马的士气以及作战方针等还没有彻底拧成一股绳。

披甲插曲

位于东山群峰之一的大文字山山麓向加茂川延展的空阔地带，便是白河离宫，是白河天皇时期营造的。

因为许久无人常住，加上这儿紧挨着法胜寺、尊胜寺等六大寺院辖有的幽邃寺领，这片空阔的闲地久而久之回复野生状态，几乎变成了一片荒地，平时若是站在方圆凌跨数个町的离宫夯土围墙外，除了怪鸟鸣叫和扑翅展腾、远处林泉的淙淙流淌声，听不到其他动静。

可就在几天前，这里的北殿——位于南殿西北方向的一郭——忽然被一伙自称是新院势力的人马占据了，幽静的离宫登时喧闹起来，人声鼓噪，旗帜飘扬，不仅四门，连树林枝头都插满了红的白的旗帜。

也不知道奉了谁的指令，也不知道经过谁的许可，反正后面的人马看到铺天盖地的旗帜便不由分说地蜂拥而至。再看各路人马，非但服饰和装备不统一，连讲的语言也大相径庭，既有关东方言，也有美浓尾张一带的方言，更夹杂着山阴方言，甚至连讲木曾方言的也不少。

不过各人所说的意思倒是基本上差不多：

"这些年来，参加过各种各样的混战从未败过，不过还从来没有机会在京城内试一试身手。"

"实在是千载难遇呀！"

"没错，在这样难得的历史风云中我等怎能不留下一笔哪！"

这些相互伐善夸嘴大吹法螺的兵士，就是些企图浑水摸鱼捞取个人名利的投机分子。

世上竟有这么多人期盼天下大乱。

这些狂徒有的是响应赖长的邀召前来，当然还有些是不邀自来，但无一例外，都是试图借赖长的大野心一逞个人的小野心才麇集在一起。

崇德原本躲在加茂的斋宫里，等赖长从宇治脱身走小路返京，便带着一众近臣公卿迁往白河北殿，并将自己的御居所定在了北殿内最高大巍峨的一座殿室。

赖长招来右马助平忠正，吩咐道："新院已经亲自驾临阵中，可是各路人马好像太混乱了。你得分别部署、宣布军纪，先把兵士的秩序整顿好！"

自这天起，白河离宫总算较前几日清静了些，这已经是十日午后了。

第二天，十一日深夜，源为义带领六个儿子并率两百余名家臣兵丁赶到。

"为义大人来了！"

听到众将士的喧嚷声，崇德紧锁的眉头登时舒展开来，赖长心里也别提多得意了。

为义跪地拜谒新院，六个儿子紧随身后。或许是心理作用，为义的脸上难掩衰相，竟然毫无生气。然而崇德还是满心喜悦，当即将美浓青柳庄和近江伊庭庄两处庄园赏赐给为义。

飞马赶来的兵士、快马加鞭驰出的兵士、侦察打探消息的兵士，始终络绎不绝。到十一日这天，已然进入了交战状态。

"昨夜宇野七郎一族从大和奥郡经宇治路赶往这里的途中，被清盛的次子基盛率兵阻住，七郎及手下共十七人被生擒！"

听闻这个消息，个个都感觉到兵火距离自己越来越近了，无论殿上的公卿还是地下的武士们，这天的脸色全都陡然一变。赖长那张长长的马脸上更是表情僵硬，心里放不下到达的兵马人数。

除了宇野七郎，原本约好前来的武士还有不少没有赶到。不过尽管如此，赖长依旧坚信，奈良和吉野的武装僧团共计两三千人很快就将入京，到那时与手头的兵马形成呼应，朝廷方面的人马立刻将陷入腹背受敌的境地——这个事先设想好的计划他始终没有改变。

十一日入夜，忽然传来阵阵惊呼：

"啊！火光！是三条那一带！"

惊慌与不安中，赖长走出殿室，站在檐廊上朝夜空眺望。

从加茂川对岸的街市那儿，先是腾起一股股微弱的火光，后来变成了一片熊熊的火焰，半爿夜空仿佛成了一幅焰火镂刻的泥金画。

——如果说是武装僧团从背后进攻似乎早了点吧？

前去打探消息的快马从各个宫门驰返，几方面的消息综合起来得出结论：是位于三条柳水的崇德上皇御所忽然遭到朝廷方面一队人马的突袭，御所内埋伏的新院方面的人马被团团围住了。

"立刻派援兵前往，将柳水御所的人马解救出来！"

赖长走下檐廊，高声命令道。然而源为义和右马助平忠正都在一旁竭力劝说，对岸是敌方阵地，深入敌阵实在不是高明之举。

架不住二位主将的反对，赖长只得作罢。

然而，为义和忠正二人对赖长不懂装懂的门外汉军事部署的戒备却未放松。二人猜测，这个擅长诡计的赖长除了柳水御所，可能在街市的其他地方也埋伏了人马，预备在奈良和吉野的僧兵入京时从内起事，在大内周围制造混乱，干扰注意力，以收到里应外合的奇效。

赖长平时就被人称为"狰猛的恶左府"，自铁了心准备起事以来，他更是显出其精明狡黠的特性，从宇治脱身进京也是指使别人乘坐牛车大摇大摆从正道闯关入京，自己则乘坐轿子从小路偷偷溜进城。这种奇策非常符合赖长擅长计谋的性格。

进入白河离宫北殿时，还发生了这样一段插曲。

他弄来许多制作精美的铠甲，想让崇德上皇穿上，自己也在白色狩衣外面披了一领粉红缀的铠甲，然后对身旁的公卿、殿上人们吩咐道：

"诸位也丢弃掉长袖官服，披上铠甲，武装起来！"

众人根本不懂得如何披挂铠甲，加上时值七月酷暑，穿上铠甲后简直就无法动弹，因此个个脸上显出困惑的神情。赖长恰是最好的例子，只见他早已满头满脸全是汗，脸憋得通红，铠甲穿在身上总觉得委琐别扭，完全没有武士那副利落精悍的劲头。

在场的文官大概有近江中将源成雅、左京大夫教长、四品少纳言藤原成隆、前山城国司源赖资、前美浓国司源泰成、备后守藤原俊通、皇后宫权大夫源师光、右马权头藤原实清、式部大辅藤原盛宪、藏人大夫藤原经宪、皇后宫亮藤原宪亲、能登守藤原家长、信浓守藤原行通、左卫门佐宗康、勘解由次官助宪、桃园藏人源赖纲、下野判官代平正弘及其子左卫门大夫家弘、右卫门大夫赖弘、大炊助度弘、右兵卫尉时弘、文章生安弘、中宫侍长光弘等一班人，可谓辰宿焕焉，群星璀璨——当然还有其他人，个个依序而列。

赖长的命令，人们不敢违抗。

这时，站在最末尾的文章生安弘忽然远远地看着赖长发问道："呃，我等自然没有什么大问题，可是左府大人硬要上皇陛下也披铠甲，是不是有点儿不妥啊？"

现场气氛一下子凝住了，崇德的脸色唰地一变，赖长更不用说了。

所谓文章生，那可是劝学院的特等生，既从朝廷领受学费，又受到氏族长老的特别庇护，每年仅有极少数的青年才俊方能通过秀才考试被授予这样的称号。不用说，文章生即是出类拔萃的公卿书生的同义词。

——年纪轻轻的黄毛小儿，竟敢在这种场合发什么议论？！

赖长心中怒气陡生，眼睛里射出两道凶光。

可是安弘站在末座，似乎没有看到赖长的目光，依旧镇定地继续说道："据末学所知，远古及神武东征[1]的事情暂且不论，自天皇以德政一统大和以来，还从未听说有天皇披挂甲胄的先例。以武勇霸力君临帝座那是异朝帝王的所为，我九重皇尊历来以仁爱之心感化臣民，甲胄玉体之形象不要说没有史实先例，就是图画中也是没有的啊！"

听了这名年轻书生的话，众人纷纷点头："是啊！""说得没错。"

---

[1] 神武东征：神武是日本《古事记》和《日本书纪》记载的日本第一代天皇。自九州日向出发东征，平定了大和，公元前660年于橿原宫即位。

中将源成雅和皇后宫权大夫源师光也感觉有了底气，壮起胆子表示赞同安弘之议。

结果，崇德终究没有披挂甲胄，而是在绢衫之外套上了正式的礼服。赖长自己也因为穿着太痛苦，不得不脱掉全副铠甲，只在身上套了具护胸铠甲。其余公卿也都只穿戴护胸铠甲，只能算是半武装，这也不是为了上阵作战，只为防备流矢而已。

一众公卿之中唯独一人例外，就是左京大夫教长，前面提到，他说服为义父子加入到上皇阵营之后，便寻机溜出京城出家为僧了，所以他连护胸铠甲也没有穿戴。

源为朝

赖长自始至终陪在上皇身边侍坐。虽然身在殿上，他满肚子的才略却似乎按捺不住，时不时地要发几句议论，或是做出些具体的作战指示——

"敌人阵营还没有什么动静。等他们渡过河来，就会阵脚自乱，毕竟对方是劳师袭远嘛。"

"较之正面诸门，看起来敌人不可能攻来的后路更要倍加小心！黑谷、神乐岗、莲华藏院一带派出兵士警戒了吗？"

"战斗有序、破、急之分，眼下还只是序战阶段。交战的急风骤雨到来之前，诸位不必紧张，完全可以放心地睡上一大觉。兵马也要给他们充分的时间交互休息，诸位也可以以手为枕轮流休息一下哦。"

话虽这么说，赖长自己却一刻也没有休憩，越是夜深，他的神经越是绷得紧紧的，从他脸上就可以看出来。最后实在坐不住了，便亲自上各处去转转，视察备战情况。

面向正面的大路，有两座高大的宫门。

东面的大门靠近粟田山脚下，并通往冈崎道，由右马助平忠正率领家臣兵丁共三百余骑把守，另有多田藏人的一百多骑兵作为预备。

西面的大门靠近加茂川，这里的守卫是六条判官源为义父子，麾下也有大约三百骑兵马。此外，为义的一个儿子为朝率领百余骑兵马扼守在西河原门一带，这儿面对河滩，是一处不常使用的偏远小门，城墙和周围建筑都较低矮简陋,对于防守一方来说是个不甚有利的关口,为朝却自告奋勇领兵来守。

北面的春日表口则由左卫门大夫平家弘父子率兵防守,兵马约两百骑。

看了一遭,赖长心头不禁涌上一抹凄凉,同时也有些不满。原以为至少会有数千骑兵马加入到上皇一方,不想实际上只有一千六七百骑,这些就是上皇阵营的全部兵马了。

不过,为义父子的加入却仿佛令上皇阵营陡增了百万兵马一般,军纪和士气也一下子有了明显的好转。尤其是"镇西八郎"为朝和他麾下二十八名勇猛无比的武士的加入,对提振士气所起到的作用更是巨大,因为为朝的威名早已声震遐迩。

虽说年仅十八,却长得虎背熊腰,身长六尺,一件藏青色底子、上绣狮子头的直垂便服,外罩一领白丝锦缎连缀的粗片铠甲,一柄长刀斜插在熊皮刀鞘里,兜鍪则让手下人提着。当为朝这副装束前来时,一下子令所有殿上公卿们的目光根本顾不上看为义和他的其他几个儿子了。

"这个为朝到底什么样?"

"那就是威名四方的为朝吗?"

人们纷纷踮起脚尖、伸长了脖颈,争相一睹为朝的风采,所有视线全部落在了为朝一个人身上,同时互相交流着关于他的传闻。

赖长此刻也想起了为朝的身世——十三岁时,曾被父亲和哥哥们视为棘手的累赘而被赶到乡下,由九州的亲戚家抚养长大,后来竟将称霸九州的菊池帮、原田帮等流氓帮派全部收服,归自己统领,至十七岁时已经参加过大小数十次武装械斗,横扫九国,自称"筑紫[1]总追捕使",统霸一方,令当地的官府也深感头痛。

——对了,倒不妨听听他的意见吧。

赖长想到这里,立即命人将为朝召至殿下,叫他不要有任何顾虑,只管将心里的想法说出来。

为朝答道:"要想取胜敌人,唯有夜袭。今夜表面上好像平安无事,但其实这种平静反而让人觉得非常可疑。"

"哈哈哈……"赖长大笑起来,"夜袭之计谁都想得到,想必敌方也会

---

[1] 筑紫:日本古代对九州一带的总称。

有所防备的。"

"或许敌人也想得到,可假使我方从三面向大内放火,另外留一面埋伏下弓箭手以箭迎敌,这样的话,敌人若想躲避火攻就会被弓箭射死,若想逃避箭矢就会被大火烧死。我方兵马不足,就不能只倚靠地势之利应战死守,唯有借助火攻才是弥补兵寡之短而发挥奇袭之强的最好战术。"

"倘使遇见你大哥义朝,你准备怎么对付他?"

"我只要一箭射中他的帽盔,他也只能落荒而逃了。"

"还有安艺守清盛……"

"对清盛这样的武士,软绵绵的箭矢只能被他踩在脚下,根本伤不到他。不过我们只要冒着火焰冲近主上,将主上迎至我方阵营来,任他清盛或义朝再勇猛,也只能不战而败。眼下正是机会,就在今晚!趁黑夜天还没亮,就是绝好的机会呀!"

为朝一个劲地向赖长建议夜袭,催促他赶快下决断。

可赖长的心里另有指望,他仍旧将重点放在奈良的援军上,暗暗算计着援军何时到达。身在宇治的父亲忠实白天曾数次派快马来报,说是兴福寺的玄实法师已率领八百僧众启程,加上吉野、十津河的僧兵,共计两千多人马今夜就可到达宇治,如此算来,最迟明天中午以前就可冲入京城。

待为朝的话音刚落,赖长立即接口道:"嗯,是个好主意……"他苦笑着点点头,"不过夜袭这种小伎俩,可不像你带着十人二十人进行的私斗,这可是数千人马对决的大战,绝对不会奏效的。没错,你在九州时名震四方,但这一仗毕竟是天皇和上皇之间的殊死战斗,源、平两家动员了所有的武士互相对阵,各为其主,可以说是孤注一掷的决战,所以像你刚才那样不成熟的意见,我看对取胜是没有任何意义的。"

说是听取别人的意见,可结果却要别人听从自己的意见,这便是赖长的脾性。

为朝绷紧了脸,一语不发,回到自己的阵地,枕着盾牌,怀抱着四更夜的星影沉沉睡去。

加茂川浊水记

"敌人来夜袭了!"

"天皇方面的人马已经越过河向这边逼近了!"

一瞬间,杂乱的叫嚣声四起,是在这一夜的四更天、将近十二日寅时(黎明四点)时分。

登时,殿上一片慌乱,止也止不住。

在沸天震地、屋动山摇般的巨响中还夹杂着匆匆的脚步声。敌军的夜袭立即让人联想到火攻。赖长从新院所住的大楼宇中退出来,在寝殿与内殿相接处支起一座帷幕,以此作为自己的居所。

"为义在哪儿?忠正在哪儿?"

随即他又跑到寝殿外的栏杆处,大声招呼着各将领的名字,并急速地向他们发出指令,或是吩咐他们应该注意哪些事情。蓦地,他忽然命令左右:"快去叫为朝来!就是筑紫的那个八郎!"

为朝一路跑着来到赖长面前,跪拜在地:"大人有何吩咐?"

赖长脸色有点儿尴尬,不过眼下情势急迫也顾不得那么多了。他大大地赞赏了一番为朝,并告诉他,自己准备向上皇奏请授予为朝六品的藏人官职。

为朝一听,腾地站起身来道:"这是什么话?为朝先前所建议的不就是这个嘛?就是夜袭呀!"他一面在地上跺脚,一面语气骂骂咧咧地望着四周道:"敌人已经快要杀到眼前了,还在跟我说升官什么的,到底应该说不合时宜呢,还是说混账呢,真叫我不知道说什么好!为朝对藏人不藏人的小恩小惠一点儿也没兴趣,还是向来的'镇西八郎'听着最舒服!"

说罢,他头也不回,朝阵中疾驰而去。

官军——朝廷方面的先锋梯队是下野守源义朝率领的人马,约有一千余骑,正从河对岸向河这边的二条开始渡河,而此时比睿山至东山一线的群峰山巅,清晨的太阳刚好升起来。

敌人位于正东方,而自己顶着太阳光进军对己方非常不利,于是义朝临时挥兵南下绕至三条,从那里渡河,向河东岸攻过来。

毫无疑问，当时的加茂川河宽要比现今的宽上一倍还有余。此外，白河和瓜生川的河水也奔放地在田野和山林间穿过，加茂川的主流岔分成数股又汇合为一股，汇合之后又再度分流，河床及河中小洲上也生长着茂密的芦苇和杂草，至少在那时尚保留着古代神河的风貌。

顺便一提，如果要想在现今的京都地图上找寻保元古战场，京都大学医学部所属医院以南至春日大街为界、丸太町最东头一直到平安神宫一带应该就是白河离宫南殿与北殿的遗迹所在，而自夷川桥至三条大桥之间便是两军最初交战的地点——基本不会差太多。

话说回来。上皇方面的兵士们躲在夯土墙后面，弓弩排成一列，就等候着进攻方的兵马冲上来。可是进到箭矢的有效距离，官军便只闻吆喝声，却不再冒冒失失地往前进。

"不要随便放箭！冲出去，乘势将敌人击溃！"

为义命令兵士打开南、西两处宫门，自己便准备纵马跃起，八郎为朝在一旁叫道："先锋合该是我！"说着就要抢在父亲前面向外冲去。

四子赖贤也叫起来："八郎，你可是抢了我的风头了！先锋还是让我来吧！"瞧他的架势，好像要跟谁干架似的。

为朝一听，立即拱手相让："真是麻烦！你们谁愿意抢先锋谁就去吧，我到我自己守卫的战场去！"说罢，策马向西面河滩方向驰去。

却说赖贤所骑之马转瞬之间便驰出去一大截，渐渐远离了己方人马，逼近敌方阵前。只听他一声大喝，划破了黎明前的黑暗："前面来的是源氏还是平家？快报上名来！站在你面前跟你喊话的是六条为义四子、左卫门尉源赖贤！"他先把自己的名字报了出来。

白河之水在这儿岔分成几股细流。细流对面一员敌将立于马上，应声回道："某乃下野守义朝大人的随从，相模国出身、刑部丞须藤俊通之子泷口俊纲，奉命为平叛先锋！"

不等他说完，赖贤便呵斥道："什么？不过是个家臣呀！我射你毫无意义，要射就射你家大将下野守！"

随着嗖嗖的箭哨声，赖贤张弓先放出一箭，紧接着迅速地再施一箭，两支箭奔着义朝的方向疾飞而去，不偏不倚射倒了义朝身旁的两名随从。

赖贤得意地拨转马头，朝己方阵中驱驰，就在此时，俊纲从他身后射出的箭赶到，正好插在了兜鍪后侧的护头与护颈连接处。赖贤毫不理会，回到阵中，赢得了一片欢呼。

"这个四郎，真是个不知天高地厚的狂妄之徒！"

义朝眼见两名随从被飞矢射倒，登时勃然大怒："这几个被父亲唆使着加入新院阵营的弟弟，一定要让他们知道点厉害！"

他一拍马准备去追赖贤，旁边的镰田次郎正清一把勒住马嚼子，劝阻道："大人且慢！现在不是主将亲自出马的时机，待百骑、千骑将敌人围住，乱成一团，在战场胜败的关键时刻再出阵也不迟呀，现在何必着急呢！"

随即命令麾下人马逼上前去，对对方形成包围之势。

再说安艺守清盛率领八百余骑兵马沿着二条河的河滩行进，来到上游处，距离下游方向的白河北殿已经越来越近。

在此处摆下阵势拒敌的正是镇西八郎源为朝的一彪人马。

夜色还未彻底褪尽，河滩边雾气尚浓，两军既不能弯弓互射，又无法展开近身肉搏战。随着两军渐行渐近，雾色稍稍散去，互相间开始清楚地看见敌方的阵势，此时两军开始隔空互相发出阵阵呐喊，仿佛是生命在鼓动，又或者只是一种无意识的恐惧的呼叫。

"呀　　喔！"

这边的兵士高声呐喊着，那边的兵士也高声回应，"呀——喔！"双方的呐喊声渐渐接近，双方的队伍也渐渐迫近，而呐喊声则渐次变成了"嗷——嗷——"的短促亢奋的咆哮，就好像原始密林中发出的那种异样的吠叫声。

两军尚未交阵、还没有刀光剑影迸发出来，却已经听得见血腥的咆哮。倘若有人冷静地听到这种骇人的咆哮，一定会禁不住掩起耳朵，下意识地哭泣吧。

因为，敌人阵中也有"自己"。起初是满怀憎恨，但渐渐地却发觉憎恨不起来了，因为对方阵中是自己的分身——同一个父亲、同族的母亲、拥有同一个家、从呱呱坠地起便共同拥有同一个太阳同一轮月亮、血脉相通的亲人，只是此刻却分列于两阵而已，有拥戴朝廷一方的，也有站在新院一方的，可以称作敌人，同时又是亲人。

描述保元之乱实在是件令人踌躇的事情。从那个时代起一直到九百多年后的今日，它总让人不由自主地神伤。笔者非但无法精彩地描绘出那场战争，反而情不自禁地扼腕叹息。

战争是幼稚的。有人将战争当作游戏，甚至试图将其艺术化，然而撇开战争的规模和形式不论，战争的内容——它给人民带来痛苦——却是古今并无差异，如果说有什么不同，今日的战争只不过是在往昔战争的基础上越来越扩大，越来越深刻，越来越依赖科学的发展而有所进步，从而演化成今日的战争形态，它虽然不是人类发展的全部，但至少是人类发展一个不可分割的侧面。

从这个意义上讲，古代的战争充满了稚气，甚至不像是人类之间的战争。尽管如此，战争仍然在武器、服饰等方面倾注了艺术追求，阵前看重的是人的廉耻，一心要体现出某种精神性的东西，以求不同于动物的争斗。

但即使从这个角度来审视这场将无数的人分成敌我两个阵营混战一气的保元之乱，仍然使人不得不发出这样的慨叹：这场战争恰恰违背了人的本性，是不折不扣的残酷、令人伤感、充满血腥的战争，以致我都不忍去描述它。

看看以下几位主要人物互为敌我，互相苛峭、互相征伐、互相杀戮，想必读者也会像笔者一样蒙上眼睛，为我民族历史上曾经的一页而嗟叹：

朝廷方面		新院方面
后白河天皇	（兄弟）	崇德上皇
关白忠通	（兄弟）	左大臣赖长
关白忠通	（父子）	前相国忠实
源义朝	（父子）	源为义
源义朝	（兄弟）	赖贤、为朝等六人
安艺守平清盛	（叔侄）	右马头平忠正

此外，还有各人的妻子、母亲、姊妹的良人等，算起来简直数量庞大，如此读者可以简单地想象一下，这难道不是自己与自己在作战吗？况且上述还是仅仅列举事件的主脑或主将，如果算上主从关系，不管情愿不情愿，身不由己被卷入对立之中的兵士们，更是无法计数。他们彼此原本没有仇隙，却不得不逼着自己去仇恨对方，假使不这样，自己就会被讨灭。这些连姓名也不被人所知悉的武士、杂兵，他们的境遇才真正是悲凄无比。

奔湍飞沫

隔着晨雾，两军的呐喊声越来越接近，可是在没有彻底看清楚敌人的面目之前，谁也不敢贸然再进一步。

这时候，清盛手下八百余骑中大约五十名兵士，像碎片云一样游离了大队，悄悄向敌阵驰去。

一队人马驰近为朝守卫的西河原门正面，故意炫耀似的一字儿排开，向对方展示抖擞的气势。从阵中走出三名像是部将的武士，"嘚嘚"地策马上前，其中一人高声吆喝道："守卫宫门的是谁？是源氏人还是平家人？快把姓名报来！某乃安艺守清盛大人的部将、伊势古市人，名叫伊藤景纲！"

另外二人也在旁自报家名："某乃伊藤五！""我是伊藤六！"

声音飘至河汊上空，听到的却只有河水的奔湍声，假使不扯开嗓子使劲喊，根本传不到敌方的耳朵里。

可是对方立马回应过来的声音却压倒了加茂川的喧嚣，这边听得清清楚楚，并且充满了年轻的张力。

"呵呵，不怕你等见笑，就连你们主人清盛尚且不知道够不够资格做我的对手，你们几个又算什么东西？敢于放此狂言的，也只有我了——我虽是在筑紫长大的乡巴佬，可我也是八幡大人之孙、六条源氏为义之子，响当当的镇西八郎为朝便是我！我的箭不会射向伊势平氏的乡下武士，你们都给我退回去！快叫清盛出来与我会一会！"

"说什么呢？既然受命为先锋，岂有不战而退的道理？且有幸遇上大名鼎鼎的筑紫贵公子，那就更加不敢后退了！我等下人的箭到底射不射得中公子，先领教一下再说！"

话音刚落，三人拔箭一齐射向对方。

说时迟那时快，为朝也张弓回射了一支箭。只听见这箭发出一种异样的声音，即使是这几个久经战阵、谙熟射技的武将也感到疑惑，不知道究竟空中飞来的是何怪器。

这支箭穿透了伊藤六的胸膛，然后扎入了伊藤五的左臂护臂铠甲。

骑手坠落的空马嘶叫着腾跳着，连带旁边的两匹马也一同狂暴起来。

为了避免先锋部将成为敌人的活靶子，后面的兵士一窝蜂向前压上，排成一列，布成射箭之阵，而对方也早已排好阵，双方呼呼地箭来矢往，搅起阵阵风。

那个时代的战斗大致分成两个阶段展开，先是远矢对远矢的射战，随后渐渐接近，最终演变成短兵相交的白刃战。不论是射战还是白刃战，两军都先由主将或具备代表资格的主要选手上前互通姓名，捉对厮杀，从而拉开序战大幕，随后便是麾下全体兵士的对战，此时往往变成一场昏天黑地的混战。

自从征夷大将军源赖义率领兵马远赴陆奥镇压阿伊努人之乱的前九年之役以及后三年之役以来，歼敌之后仿效夷地之风割下敌兵首级凯旋还师便成为武门的一种风习。

而当时战争所使用的主要武器不外乎弓、大刀、长刀、矛等兵器。

根据《太平记》[1]关于建武二年[2]三井寺战役的记述，其中已有对枪的描述，于是有人以此为定说，认为枪这种兵器最早起于南北朝。然而在"奥州注进状[3]"等文书资料中，却发现已有"枪伤"字样，稍加考证便不难得出如下结论，即后者的出现更早，可以认为源平时代枪这种兵器已经被较为广泛地使用了。此外，扎、刺等动作原本就是自原始狩猎时代流传下来的遗习，并非后人的发明，因此古代的矛和后世枪，使用方法相同，是一种既可单手握持近距离刺杀对手，又可以向较远处的敌人投掷的兵器。

但不管怎样说，平安末期源平时代初期，火兵器还没有出现的时代，最具杀伤力的兵器当数弓箭，弓箭堪称是唯一的远距离武器，只要有一名百发百中的神射手勇立阵前，必然会给己方战友带来极大鼓舞，而敌方兵士定会阵脚大乱，骑兵步兵一齐撒腿逃之夭夭。

八郎源为朝虽年纪轻轻，那个早晨将人数远远多于己方的清盛军冲荡得溃不成阵，正是因为时代的局限恰好为他创造了战无不胜的条件。光是那张唯有他自己才拉得满的超弩级强弓所发出的异样的呼啸声，就足以让敌兵吓得魂飞魄散，在他射程之内的敌兵身影，几乎全似被秋风卷起的树叶一般，被一支支箭射得飘飘摇摇。

---

1 《太平记》：日本军记物语，主要描写日本南北朝时期的治乱兴亡。
2 建武二年：即1335年。建武是日本第九十六代天皇后醍醐天皇的年号。
3 注进状：日本中世纪时下级向上级呈送的一种文书样式，详细记述某事的缘由、现状、调查结果等，相当于专题报告。

仿佛从地心发出的巨响，阵阵杂乱的马蹄声也传到了清盛的耳朵里，胯下的战马竖起鬃毛，不住地喷着响鼻，显得十分骇惧。

"怎么回事？发生了什么事？"清盛急不可待地询问左右部将。

眼看着己方人马军心动摇，相互拥挤着东逃西窜，清盛拼了全身气力才好不容易地扯着缰绳，勒住胯下战马。这时候，从前面跑过来两骑部将，一面跑一面高声叫道："不好啦！伊藤六被射杀了！是被敌方的八郎公子一箭射死的。此地危险，大人也会被他射中的，还是赶快跑出箭矢射程以外吧！"

"喔，是景纲和伊藤五啊，为义的八子为朝有什么好怕的？！"

"不是啊，大人，你且亲眼看一看这支箭，想必也会吃惊的！"伊藤五说着，拔下扎在左臂护臂铠甲上的箭镞，递向清盛。

清盛一看，这可真是支非同一般的箭：只见箭身用大约三年粗的竹子削成，前端镶嵌着一个像凿子一样锋利的箭镞，箭尾则是山鸡的羽毛制成。

"呵呵，这箭果然厉害！连鬼神也能射死，难怪兵士们要惊恐，怪不得他们。"

清盛不禁咂舌感叹。紧接着，他吩咐道："我们并非说一定要攻陷这座宫门，只是顺势一路攻到此处而已，既然这儿有强敌把守，进攻不利，就转攻北门！快，往北门去！"

随着清盛一声命令，兵士们即刻后撤，掉转方向，朝北面的春日表门驰去。

清盛之子重盛听到命令，却大为诧异："什么？避开为朝的弓箭，转往北门？真叫人不可思议，不可思议！我等奉了敕命前来攻城，怎么可以这样？"

他纠集了身旁的二三十骑，摆成一团阵势，一同向敌方发起进攻。

清盛在后面见了，慌忙命令左右："赶快阻止他们！把重盛给我带回来！不顾一切硬往为朝的箭矢冲去，不过是匹夫之勇！要是为此丢掉性命，岂不是蠢吗？太不值了！"清盛的语气里充满了愤怒，就像呵斥不听话的孩童玩危险的游戏一样。

重盛这天穿了一袭红色织锦的武士服，外披一领慈姑叶花纹铠甲，箭壶里插着二十四支箭，清新飒爽的英姿特别显眼，即使身在远处也极容易成为敌人的活靶子。作为父亲，清盛心里太清楚缺少战场经验的重盛迎着为朝的箭矢冲锋向前的后果了，所以才命令手下阻止他这样做。可是重盛哪肯理会，他在马上仍一个劲儿骂骂咧咧地埋怨父亲胆小卑怯，仍想一意孤行，幸好被上来阻止的武士围住动弹不得，急得他差点哭出来。

这时候，重盛手下一名叫山田三郎伊行的伊贺武士，自告奋勇地说道："既然这样，三郎就只带弓箭代公子前去和筑紫的八郎公子比试比试！"说罢，便从队伍中跃身而出，拍马冲向敌阵。

众人在他身后大声叫道："别干愚事！弄不好只会徒留笑柄，快回来，不要去！不要去！"

这山田三郎看来是个生性鲁莽的武士，他回过头来对众人说道："我不想叫你们跟我一起冲，你们不必随我来，我自己一个人去便是。我就是想证明一下！"他只带了另外两个徒步武士一同趟过河朝对岸冲去。

再说为朝见已将清盛的人马击退，便收兵返回，退回河原门，紧闭宫门。

忽然城外一骑武士飞驰前来，对着宫门高声叫阵："里面有没有敢出来应战的武将？若有便依武士之仪先自报家名。某是堀河帝在位时平正盛大人征讨对马守源义亲时战功赫赫、天下无人不晓的伊贺平氏一族山田庄司之孙、三郎伊行。今日某只想会一会八郎公子，八郎公子赶快出来！"

为朝乘上马，踱出城外，望着三郎微笑着道："难得看到有人自动窜出来，呵呵，我喜欢，就算是阵前增加点余兴吧，你来得正好！八郎为朝在此，饶你先射，看你能不能一箭射中我，第二箭就不客气由我为朝射你了！"

话音刚落，三郎伊行便射出一箭，射穿了为朝护腿甲的左半边。为朝不慌不忙，看着对方手忙脚乱地搭箭张弓准备射第二箭，他右手一松，引弓而发，箭矢"嗖"的一声疾飞出去，从三郎胯下战马的前鞍桥插入，一直贯通至后鞍桥。三郎应声趴倒在马背上，整个盆部被射穿，身体晃了两下，从马背上倒撞落地。

徒步的兵士赶忙拥上前，抢下主人的尸体扛到肩头上，脚不沾地飞也似的逃回己方营阵。而那匹没了骑手的战马，浑身血淋淋的，口中吐沫，在河滩上漫无目的地狂奔着。

兄弟对阵

一匹空马向率兵逼近的源义朝的阵地狂奔而来。

无人控制的奔马是战场上的大忌。一匹战马发狂，登时会感染成百上千匹战马一同躁狂起来，令军中阵脚不战自乱。

"捉住它！捉住它！快掣住马缰绳！"

步兵们张开双手，一面追一面将它团团合围起来，终于抓住了悍马的嚼子将它制服。朝马鞍上一瞧，不禁心惊肉跳，只见鞍子上满是污血，后鞍桥上扎着一支前所未见的粗大箭矢。

"哇！这是箭头吗？能够射出如此粗大箭头的弓，是什么样的强弓啊？！"

"噢，这一定是八郎公子射出的箭！就是这样嗖地向敌人射出的，所以才成为一时的话题。"

部将镰田次郎正清来到义朝面前，将箭镞递到他手上说道："大人请看这支箭。以往也曾耳闻，谁想到这箭的力道真的如此厉害！"

义朝一点儿也不以为然，他觉得正清的恐惧有点好笑："什么呀，筋骨还未长结实的为朝哪里来这么大气力，挽得动这样的强弓？依我看，这一定是敌人故意做出来的，好拿来吓唬我们。正清，你把人马分一半带上，去和为朝交一交手！"

镰田正清得令即率领两百余名兵士前去攻打河原门。来到宫门下，他一马当先，"某乃下野守家臣、相模武士镰田次郎正清……"按照当时的风习先报上自己的乡土出身、官职、姓名等。对面的为朝听了，驱马驰上前，大声喝道："哼哼，不过是我源家一个家臣！正清，你来做什么？难道想成为我八郎之箭的靶子吗？！"

正清感觉到一种说不出的威慑，他故意提高嗓门给自己鼓劲："就算昨日之前你还是主人家的公子，可今天却是八逆[1]之徒，正清的箭是奉了敕命的！小的们，将这些叛逆之辈给我统统拿下！"

说罢他射出一箭，返身就策马退回己方阵营。

---

1 八逆：日本古代《大宝律令》所规定的八种大逆不道之重罪。

射出的箭扎在为朝的帽盔下垂的护颈带上。为朝拔出箭镞丢在地上，恨恨地骂道："正清，你胡说八道！若是如此，我定要亲手生擒你，让你好生记得我！"

骂罢，他猛地拍马跃向敌人营阵。

为朝麾下，有不少异常武勇的武士，自九州时候起便跟随他扫荡天下，比如号称手起箭挡的九郎家季、恶七别当、擅长徒手擒敌的与二及其弟与三郎、飞器三町的喜平次、强弩手新三郎、驰马跑起来比箭还快的源太、松浦左中次、吉田兵卫、打手纪八和打手四郎等。

从这些人的诨名绰号就可以知道，他们平时就是乡里村间的无赖，趁着天下汹汹，政象蠢蠢，便麇沸蚁动，操起武器摇身一变成了时代的风云儿。当然这种情形不止为朝所在的九州一处是这样，关东亦如此，其他各地乡村僻壤也一样，这全是因为数个世纪以来地方政治的紊乱及其病入膏肓的政治生态造成的结果。

这些人，只要棍棒枪矛等握在手上，自然而然就显露出如驰骋荒原的豺狼天生所具有的威猛气概来。此时只见他们口中发出兴奋的呼喝，紧随为朝向前猛冲过来。镰田正清和他率领的一百多人对于他们来说，是再好不过的猎物了。片刻之间，血溅肉飞，同时响起阵阵刀刃交错的铮铮声和奋力肉搏的沉闷的呐喊声。捉对、格杀、砍下对方的头颅，两军兵马人人都以割下敌人的首级为最高荣誉，要将自己的英名铭刻在敌人的首级上。

"呀，打他不过！"

正清一看情势不妙，便奋力杀出重围落荒而逃。

为朝见对手跑了，大喝一声："往哪里逃！"便挟着硬弓，甩开双臂，从后面追上去。

"公子！公子！不要再往前追了！"一名部将在背后高声叫道。

为朝蓦地想起年迈的老父亲，于是登时停住脚步，返身不再继续追。

义朝正在远处观察前面的混战情形，立即把泷口俊纲、海老名源八、秦野次郎、刑部丞须藤等几个相模出身的武士叫到跟前，吩咐他们道："为朝是在筑紫长大的，擅长舟战和远射，但是马上的武功却不敌关东武士。你们随我一同冲上去，尽量靠近他，施展马上功夫击败他！"说罢，他自己策马当先向为朝追去。

此役的战场在宝庄严院的西侧后面不远处。

太阳已经升至竿头高，避栖在夏日树荫里的鸣蝉似乎对地面的恶战毫无兴趣，正扯开了嗓子一个劲儿地嘶叫。

"滚回去！滚回去！"为朝勒住马首，将团团围在四下里的敌兵一个个踹开。

哄然退散开去的敌兵身后，孤身一骑，骑在一匹漆黑战马上的武士仍不依不饶地向他逼近。

马背上的武士看衣着就知道是名大将。只见对方头戴一顶镜形头盔，身上披挂一领源太襁褓铠甲——不用问，来的正是义朝，为朝的大哥。

"下野守源义朝奉敕命来此！无视朝威，在这儿舞刀弄枪之贼，到底是何人？倘若是同氏一族，就趁早散了阵势，各自跑路！某乃是为了你的身家性命着想才这样奉劝你，还不好自为之！"

为朝从头盔下方目不转睛地远远斜眼望着义朝，回应道："若问我是谁，我这就告诉你！我父便是六条源氏源为义大人，奉院宣为我方大将军扶新院陛下，我乃随父亲一同参战、誓与父亲生死与共的镇西八郎为朝，我可不是那种忘了自己的亲生父亲是谁，只知追逐名利的猪狗一般的不孝之子！我虽为幼子，但既然领命在此拒敌，就绝不会让敌人的一条狗从这儿通过！"

"这可是你说的？"

"没错，我是说了。我早就想亲口告诉你，这话憋在心里，我的胸膛就快要燃烧了！"

"不逞之徒！身为幼弟，难道还想对你大哥射箭？难道你想置朝命于不顾？好好想一想吧，假如你还懂得一点儿为士之大义和为人之道，就赶快丢掉弓箭，在大哥马前向大哥真心认错！"

"呵呵！朝大哥射箭或许是不应该，可是要我向领受院宣的父亲引弓射箭，难道就是你所说的为人之道吗？！"

这一天，宝庄严院西侧之役比任何一处的战斗都更加激烈和残酷。

战场是一块被蜿蜒的寺院围墙夹围而成的狭长地带，一侧是成排的树木。隔着大路，对面就是旷邈的荒野，白河支流弯弯曲曲淙淙流过，荒野尽头是七胜寺乌压压一片伽蓝堂塔，再远处还可以望见大文字山、如意山等巍峨峙立——堪称是个绝佳的野外战场。

两军在这儿陷入了混战，叠马架尸，血流成河，战至中午时分仍不肯分兵退却，一直到太阳西斜，恶战仍在持续。

在成群的关东武士搅起的尘土隙缝间，大哥义朝的身影不止一次从为朝眼前闪过。义朝身材魁梧，加之身披源家祖传的源太襁褓铠甲，非常容易辨认。

好几次，为朝搭箭引弓，瞄准了义朝，差点儿一箭射过去。

可是转而却又想，身为世代武士之家，为何此次竟要面临如此悲壮的场面？莫非父亲和大哥之间有什么默契？父亲仕于蜀，儿子却为吴臣，这类例子在古代中国各朝是常有之事。一旦吴国战败，儿子便可以投靠父亲，而若是蜀国战败，则父亲转过来投靠儿子——这种默契，在父亲为义和大哥义朝之间恐怕也会有那么一点点吧？

——不行不行！兄弟亲族之间相互搏命残杀，我怎么能干这种事情呢？即使对源家的家臣家丁也下不了手啊！

为朝非但没有向义朝射出一支箭，就是身处敌方的旧时家臣、武士，只要他们没有窜到眼前来，他都一概不朝他们发箭。因为他心里清楚，如果射出去，必定一箭毙命，他射过多少次了，对自己的箭术自然是信心满满。

然而义朝麾下却有不少武猛之士对他的箭毫无畏惧。别当斋藤实盛、金子十郎、片桐小八郎、大庭景义景亲兄弟、丰岛四郎、秩父行成等就是如此，他们不停地自报家名、捉对厮杀，在为朝阵中横冲直撞，如入无人之境，眼看自己的人马已经乱作一团。

尤其是来自武藏、时年三十一岁的斋藤实盛更是武功了得，几乎没人能抵得住他，为朝的心腹之一恶七别当就横死他的刀下，被他砍掉了脑袋。而自称镰仓权五郎后裔大庭景义、景亲兄弟也一连斩了为朝好几名手下。为朝最引为自豪的心腹猛将二十九人中，已经阵亡了二十三名，其余几个也都负伤在身。

义朝这边死伤也不少，共折损五十三名作战勇猛的将士，另有七八十人身负重伤。

战场可谓是尸山血河。白河支流的河水也渐渐变成了猩红色。

然而依照关东武士的惯习：父亲死了，儿子从尸体上跨过去继续战斗；兄弟死了，哥哥越过尸体为弟复仇，前仆后继，尸体叠在一起，后面的人仍然不肯后退，誓将战斗进行到底。

为朝眼见己方人马已现败色，于是心一横，恨恨地叫道："好，现在我要用我的箭亲手射杀敌方指挥大将义朝！喜平次，喜平次，你看到敌方士气受挫，立刻率人冲上去彻底荡平他们！"

他拉开那张比他五指一握还要粗的强弓，一使劲，将弓拉得满满的。

"哦，不要紧吧？万一……"

"你说什么？我对自己的箭术一点儿都不怀疑！"

为朝瞄准的是义朝帽盔上的那颗星。

隔着远远的距离，加上不时有黄尘和枪戟飘闪而过，难免有所影响。为朝定了定神，深吸一口气，随后稳稳地将箭射出去。再看那支箭的落点，恰好射中了义朝帽盔前面的那颗星——当真和星星一般大小，将帽星削了去，随后借着余势重重地扎在身后不远处宝庄严院前的门柱上。

义朝情知是弟弟射来的箭，登时真的火了，虽说是在战场上，不过此时升腾起的感情却是战场以外的东西。"八郎！八郎！"他一抖缰绳，冲到为朝近前，就像小时候兄弟打架似的毫不留情地训斥道："这就是你引以为自豪的箭术吗？这功夫太差劲了吧！就这点本事也配称得上'镇西第一'吗？"

"哈哈，你我虽互为敌我，但其实我还是把你当大哥看待，所以才故意瞄准你帽盔上的星而射。假如你高兴的话，要不要我再射第二箭？"为朝也来了气，一面说一面从箭壶里又拔出一支箭。

站在义朝旁边的深巢七郎见此情形，唯恐主人有什么闪失，于是横提大刀，拍马向前腾跃几步，抡起大片刀朝为朝胯下的马腿砍过去。

——扑哧！随着一记沉闷的声响，深巢七郎所在的地方，血与土一齐喷溅起来——他的咽喉被一支粗粗的箭射穿，然后穿过后颈扎进地面。

敌我双方的主将相峙于咫尺，自然两军上下也全都憋足了劲，做殊死一搏，一时间，整个河汉地带仿佛成了一个盛装血浆的大盆。为朝的股肱部将高间三郎兄弟便是死于这场惨烈的激战，此外，与二与三郎兄弟、松浦次郎等自九州时候起就追随为朝纵横四方的主要幕僚，也人都在此役中或被刺，或被劈，或被斩，横七竖八地仆倒在地。

兵马之差过于悬殊。在人数上，义朝方占有绝对的优势，加之麾下号称"武藏七党"的村山帮、儿玉帮、足立帮、丰岛帮等几大帮派的武士，生来就擅长骑战，任是为朝再力大无比，射艺了得，也无力挽回战败的颓势。

303

距离天黑还有不少时候,太阳却莫名其妙变得昏暗阴沉下来。原来是漫天的黑烟腾起而上,遮天蔽日的缘故。只见袅袅黑烟之中,古铜色的太阳高挂西天,显得特别的大。

在此之前,义朝已经派了一匹快马从战场疾驰入宫,给少纳言信西送去一封书信,恳请朝廷颁敕准允他的建议:

倘若战斗挨至天黑,宇治方面的敌人援兵一到,胜败就无法预测了,至少,战局将会变得十分艰难,战火也势必扩至洛内全土!

要想尽快结束战斗,除了对敌人困据的白河旧离宫一带实行火攻以外,别无良策。唯这一带附近有法胜寺等七堂伽蓝宝舍众多,既心存敬畏,更怀几多憾惜。为不使洛中成为焦土,不使百姓无辜失所,特上奏企仰圣裁,倘否则义朝将率兵士一仍奋战,倘蒙敕许即谋火攻以速决快胜。

天皇看了义朝的奏请,觉得他身为大将军,不仅作战神勇,而且态度谦虚,毕恭毕敬,于是一高兴不经殿上商议便直接准许了。

义朝立即命部下选择白河北殿的一上风处,从距离它最近的中纳言中御门家成宅邸点起火来。

恰好西风正烈,又逢一连数日无雨,空气干燥,顿时火借风势蔓延开去,火势迅即窜至白河南殿的车棚及下人居住的长条状连排大屋,不多时,白河北殿几栋屋宇也冒出了滚滚浓烟。

"糟糕!为朝最惧怕的根本不是关东武士,就是这该死的火!火德君星啊!大哥呀,你可算是深谙用兵之道啊!"

为朝这下子彻底陷入绝境,几乎是毁灭性的失败。他立在满是血浆的泥地上,望着炎炎烈焰上下翻滚的天空,自言自语说道,随后露出凄惨的笑,"虽有心与敌人死战到底,可到底也为老父亲担忧啊!罢罢,眼下还是先杀出重围退回去吧!"

他将残余的部下招呼到身边,合成一股兵力,奋力突围,且战且退,身后是如疾风狂雨般的飞矢紧追不舍。对方兵士见为朝等人逃脱,便得意扬扬地一边口中骂骂咧咧,一边还有些兵士不依不饶地追击上来。

为朝拨转马首,朝身后的敌兵喝道:"真讨厌,你们这些东国兵!"

喝罢，从箭壶里拔出一支平常轻易不用的鸣镝来，张弓搭箭。

一般战场上使用的箭叫作征矢，而这鸣镝又叫哨箭，箭镞状似芜菁，并且较普通的箭镞粗大许多，中心掏空开有一孔，引弓而射便会发出异样的鸣叫声，多用于仪式，在战场上一般用作开战信号，主要是带有威吓的成分。

武士的箭壶里，除了征矢以外，必定另携两支鸣镝，插在一起，以备特殊场合之需。顺带插一句，后世弓箭名手那须与一于屋岛浦百步之外射中扇面时所使用的，就是这种鸣镝。

再说这鸣镝。——只见为朝搭上箭，使出全部的臂力将弓拉满，随后轻轻一放，接连射出两支鸣镝。鸣镝疾速飞进，在关东武士的头顶上发出可怕的声响，再看那些关东武士，一个个惊得缩起脖颈，难掩恐惧之色。

"哈哈哈！哈哈，哈哈——"

为朝丢下一串诮笑，转身驱马离去。

却说除了为朝，源为义带领另外五个儿子及众将士从未明起便坚守着南表门和西表门两座宫门，尽管父子团结一心，奋勇杀敌，但始终是陷于被动挨打的苦战。

守卫冈崎口东门的右马助平忠正同样败得一塌糊涂。

北面的春日表门更是数度被攻破，救应的人马数度驰援，好不容易才夺回宫门，负责守卫的主将左卫门大夫平家弘早已斗志全无。

正是雪上加霜，祸不单行，随着猎猎遒风，焰火越过宫门和夯土墙，一直烧到了离宫内的树林枝梢。

可怜白河离宫这座远近闻名的名苑，其宏大的清雅建筑很快便被裹在了通红的火舌和浓浓的黑烟之中，而已然清楚地知道战败现实的人们，不住地发出绝望的哀号和怒吼，也都被这无情的大火所吞噬。

陛下与麻鸟

——完了！再怎么着这大火可是敌不过呀！

往诸宫门进逼而来的敌兵的呐喊声，以及飞矢的呼啸声，让人不由不联想到疾风骤雨。

到处弥漫着绝望。颓废气馁仿佛激涌的海浪一样，互相叠加，互相助推，越来越难以收拾。

混乱很快波及殿上。

"性命要紧！保住性命要紧！快！"

"请陛下赶快撤离！转移到别处去吧！"

"敌人很快就要蜂拥而入了！即使这儿不被敌兵攻破，也会被焰火吞没掉的，还是快点走吧！"

崇德上皇身边的公卿们张皇失措，仿佛被骤雨打掉、被狂风吹散的落叶一样，一点点聚集到崇德周围。

崇德两眼直直地望着天花板，一副失神落魄的样子。好像他现在才刚明白：战争原来竟是这样子，战败之后竟是这般的光景。

这时候，春日表门被攻破、急杵捣心似的逃回来的左卫门大夫平家弘和他的儿子中宫侍长光弘闯了进来，催促崇德道："现在走的话，还可以从南殿旁边的小杂门脱出！事不宜迟，请陛下快快动身！"

崇德站起身，可是脑子里却一片空白，根本不知道怎么办才好。而他之前一直倚为主心骨的赖长此刻早已面色如土，全然没了以往的威严，束手无策，身子不由自主地打着晃，一个劲儿地央求家弘父子："家弘，家弘，救命啊！"

大殿一角的栏杆喷出火舌，并且发出"噼里啪啦"的声音，黑色的热风由上而下往地面上蹿，往人们的脚边蹿，在场的武士、公卿，甚至连战马都被烟火呛得头晕眼花。

崇德在众人的搀扶和推抬下总算伏上马背，可刚刚趴上去，御马竟狂躁不安起来，又是紧张地昂首嘶鸣，又是蹬蹄尥蹶子，崇德骑不惯马，拽不住缰绳，险些被掀下马来。

就在此时，藏人信实腾身跃到御马背上，坐在崇德后面，紧紧抱住崇德，同时控制住马儿。与此同时，少纳言藤原成隆也跃上左府赖长的马背，保护着赖长。

其余众人也乱纷纷地跟随在后面，一起向南殿方向驰去。

此时，已经不仅仅是白河北殿的栋栋建筑物，连御苑内的树木也都蹿出一团团火花，并发出阵阵"噼里啪啦"的声响，在猛烈的旋风掀搅下，眼前的物什和地上的人马等，全都不由自主地飘浮起来，就好像一片片烧成灰烬从屋顶上剥落的柏树皮茸一样。

崇德逃往了北白河。跟随其后的公卿百官有的骑马有的徒步，歪歪扭扭地拖拉了好长一段队列。

赖长夹在逃散的队伍中刚从小杂门脱身，忽然在马上从喉咙里发出一个很奇怪的声音，似乎像牙齿咬了自己的舌头似的。

"哦，左丞相，你怎么了，不要紧吧？"成隆朝赖长的脸觑探着问道。

怎料赖长手里掣着缰绳从马鞍上一头栽下，从后面紧紧抱着赖长腰的成隆也随之一同滚落在地。

"啊！是流矢！流矢射中了喉咙！"

"赖长大人被流矢射中了！"

近旁的人发出惊愕的叫声，纷纷拥到赖长身边。

只见一支箭从赖长的左耳下方刺入一直穿透咽喉。赖长脸上露出异常痛苦的表情，口中却发不出呻吟，身上青白两色的官服被鲜血染成了暗红色。

"快点将箭拔出来吧？不拔掉箭，伤口也没法处理呀！"

众人七嘴八舌地嚷叫着，可是看到赖长那副痛苦得变了形的脸孔，却谁也不敢出手去拔。

图书寮长官俊成也挤到赖长身边，他对众人说道："眼下不是吵嚷的时候，若是被敌人发现了，连我等自身也性命难保了！"

说罢，他伸手拔去扎入赖长脖颈的箭镞，迅速将伤口简单包扎了一下，让式部盛宪和藏人经宪等人将赖长扛上肩，先逃至粟田口附近的一户民家躲了起来。等到天黑，又在附近找到一辆被人丢弃在路旁的牛车，将赖长扶上车，趁夜逃至嵯峨的一间古寺停下脚。

崇德逃入东山群峰。

"这座山是？"他问左右。

"陛下，这是如意山。"一名武士在身后答道。

如意山、大文字山、瓜生山等，曾经都是非常熟悉和亲切的群峰，一年四季，坐在书桌前，手拄着脸颊，不知道远眺过多少回，覆盖着白雪的冬日清晨以及弯月像只簪子斜插头顶的秋夜，其姿容显得格外风雅，然而事实上却是如此险峭，地表竟如此荒凉萧森。崇德第一次知道，原来山上崖边还长满了山白竹。

到了山中，马和牛车全都派不上用处。

从离宫逃离时所乘坐的牛车和马匹在山脚全部丢弃了，随从的近臣武将源为义、平忠正、武者所的季能等人也跟随在后，陆陆续续爬上山来。左卫门大夫家弘和光弘父子二人一个搀着崇德的手，一个托着崇德的腰，一步一歇地往山上攀爬。

　　"从山脚上来还没有登上多远呢。"

　　"在此小憩片刻吧！只要敌人没追上来就没事啊。"

　　"喔，小心脚下滑！请陛下抓住灌木枝朝前走。"

　　"向前一步，太好了！再向前一步！"

　　两人不停鼓励，上皇则是一面依倚着一面央告求歇，都已是大汗淋漓，气喘吁吁，脚下步子也歪歪斜斜的。

　　崇德上皇的这双尊足，连宫内庭苑草地上的露水都没有踩过，哪里受得了这般跋山涉水的劳苦，脚底下已满是血泡，腿上身上脸上也被芒茅等灌木刺枝割伤，而前面仍然是荆棘丛生，避也避不过。

　　"啊！……啊啊，真难受！朕已经……走不动了！"

　　崇德摇晃着身子一屁股坐在了地上。

　　"陛下，怎么了？"

　　"……家弘！"

　　"是！陛下，家弘在此，您不必担心，右马助忠正和六条为义大人等也都在呢，他们殿军押队在后，就在不远处，马上就上来了。"

　　"不……不！"崇德苍白的脸左右摆动，用手指了指自己燥干的嘴唇。"怎么不明白？家弘……水！朕想喝水！"

　　"噢，水呀！"家弘真起身朝四下张望着，同时吩咐道，"光弘，有没有水？快叫人去附近找找看有没有水，陛下想喝水！"

　　然而这是徒劳的。要想找水，除非掉转方向朝下往山谷或是山背的岩石底部去才有可能，而此刻一众人正攀缘在险峭的山梁中部，加上最近十多天没下过一场雨，哪儿能找得到水呢？

　　随行的近臣们此时才深刻体会到，哪怕只是一滴水，在眼下这种时候也比黄金甚至手中的权力更珍贵。众人无可奈何，只能摇着头皮，束手无策。

　　此时，只听得从队伍的最末尾传来一声让人心花怒放的叫声，那声音因激动而变了调——

　　"有水！水……上皇陛下要喝的水，小人一直带在身上！"

众人无不露出惊诧的目光。

只见一人拨开脚下的刺芒和茅草，快步来到上皇面前。仔细一瞧，原来是崇德先前所居三条西洞院御所的看水人，负责看护柳水的阿部麻鸟。

"水在这儿呢，这是柳水御所御井的清水……"

麻鸟跪伏在地，从腰间解下一只青色竹筒，双手捧着，诚惶诚恐地呈给上皇。

崇德好像非常吃惊，大汗、喘息、脚底的血泡一瞬间全都忘记了，他瞪大了眼睛道："喔，你不是看水的麻鸟吗？"

麻鸟低下头，强忍住呜咽，只听见鼻腔内至咽喉发出"咕噜咕噜"奇怪的声音，额头在颤抖着，后脖颈的汗毛看上去似乎都在哭泣。

"麻鸟。"崇德深情地又唤了一声。

"是……是，小人正是麻鸟。"

——啊，上皇陛下没有忘记，他还记得我的名字。

仅此而已，就足以让麻鸟心中漾起无限的感激。

"陛下请喝吧，喝了水好解渴。因为装在竹筒里，所以有一点点竹子的香甜味，不过，还是陛下十四年来一直爱喝的柳水！"

"你怎么会想到将井水带来这儿的？"

"唉，说起来就像是一场梦：现在来说那就是前天的夜里，朝廷兵马突然将西洞院御所团团包围，同里面的武士发生了激战……"

"噢，应该就是那天从北殿望见的深夜火光……"

"麻鸟心里想，尽管陛下不在，但这柳水依旧是小人付出生命也必须保护的宝贝，所以一直守在那间看水的小屋里，可那一夜，火势很快就蔓延到整个御所，小屋里也待不下去了……"

山色空蒙，天际依旧残挂着些许微明，随从们担心敌人追上来，个个提心吊胆的，麻鸟见状连忙三言两语一口气将事情经过讲了个大概——西洞院御所被焚之后，眼见火势渐收，麻鸟突然想到了什么，于是砍了一段青竹，制成竹水筒，怀着静穆之心用它盛了一筒柳井的水，挂在腰间，然后冒火离开了御所。

他的心愿是，一定要将这上皇爱喝的水带到别处，留个纪念。

"新院谋反"的消息麻鸟很快就知道了。

留守御所的武士、附近村庄的百姓，争先恐后地躲避逃难，他却迟迟不肯离开看水的小屋一步。本来，宫廷权臣之间的争斗内情他是一无所知的，但只要一想到上皇的立场和将来的前途，他便感觉心里难受得要命——那个善良的陛下，待人亲切和蔼的陛下，对下人也不存一丝隔阂、以慈爱之心一视同仁的陛下，为什么会成为战争的主谋者？想到这儿，麻鸟忍不住狠狠地跺脚，替上皇陛下感到锥心般的悔痛。

——不管陛下去了哪里，总有一天，也会遭遇像这儿一样趁火打劫的境况，那时陛下一定会想起柳水，在看不到尽头的无为、无聊的日子里，对柳水的眷恋就会越来越深，想必也会深感悔痛吧。在陛下想念和平的日子渴望喝水的时候，不经意间奉上这随时带在身上的甘甜的柳水，一定能够为陛下带来意想不到的安慰。

麻鸟早已决意把自己的一生奉献给崇德上皇，甘愿伴其终老，因此他离开离宫后，并没有跑远，而是躲进白河北殿附近的杂草丛中，远远地注视着御所内的混战。没过多久，离宫失守，麻鸟看到一群公卿模样的人像是上皇的近侍，还跟着不少武士和随从往如意山方向逃去，便混杂其中，一路跟随而来。

听着麻鸟的述说，崇德的脸颊上不知不觉滚下两行泪珠。

环视四下，随身的侍从只剩下零零落落的几个。

这些人当中，身为公卿的多是位居高位者，而武士则多为大将、部将等首领。其余不少本应随侍在侧的宠臣眼看战事不利，便像萧萧落木似的离散而去，不见了踪影。

——相较之下，这名卑微无名的下人却……

崇德对麻鸟这份心迹、这份忠诚竟不禁生出些许怀疑，仿佛不可捉摸，因为他觉得正常人不会有这样的心理。

忠诚也好，正直也罢，或者说爱的奉献，这些人类的高贵精神平常崇德也饱听在耳，公卿显官们不绝于口，时常挂在嘴上，自己也对之深信不疑，才有今日之举，招致现在的结果，走到山穷水尽这一步。但麻鸟既非贵族，又不是武士，身份低下，为什么倒会有如此这般的真心？官位和荣爵，他都不需要，压根儿就没指望得到什么回报——这个卑微得几乎为人不齿的下人，竟然有着如此美丽的心灵，崇德感到难以理解。

真心磊落似日月皎然，崇德随即便被麻鸟纯真而值得敬仰的心迹所感动。正是在这种粗朴素心的野民身上，找不到两面三刀的虚伪矫饰，也看不到贵族显官的种种丑陋，它就像一朵清纯的精神之花，在万紫千红的四季中悄然绽放——虽然来得有些迟晚，崇德毕竟在这样的情境之下真切地领悟到了。

"再加一把劲，上到山头的后面去吧！这一带还不能放松，万一被敌兵发现就糟了！"

周围的近侍和武士们故意装作自言自语地说道，其实是想催促上皇。崇德点了点头，对麻鸟道："麻鸟！将柳水给朕喝一口，不能辜负你的一片诚意呀。"

"小的实在是诚惶诚恐，陛下您请！"

"你亲手递过来！过来，再近点呀！"

崇德接过了麻鸟递上的竹筒，将干渴的嘴唇凑在竹筒口边，闭起眼睛咕咚咕咚喝起来，一面喝，一面大口喘气，好像在品味什么醇美的琼浆玉液似的，然后再猛汲几口。

"啊——那种感觉又回来了！真像甘露一样美啊！"崇德将竹筒递还给麻鸟，"还剩下一点儿，太珍贵了，千万不要丢掉，替朕好好保管着！"

墨鸦之眼

山上进入了夜晚。

然而，山上并不是安谧的。夜色并没有给人带来静谧和安全。

不消说，朝廷方面追击的兵士正分成好几路，从山脚向山上搜索而来，他们拨开树枝和草丛，仔仔细细地探寻着崇德上皇的蛛丝马迹。

"不行了，朕不能再走了！即使被敌人抓捕了去也罢，反正朕是一步也走不动，爬也爬不动了！各位爱卿尽可自寻出路，不要顾朕，跑得远远的，找安全的地方去吧！"

风吹草动，身后的树木发出沙沙的声响，一路被紧追不舍，弄得人心里惶恐不安，加上整夜在如意山中转来转去，趔趄张皇，崇德已经极度疲劳，他一屁股坐在沾满露水的野草上，呼呼地喘着大气，说什么也不肯动弹了。

随行众人一齐哭了起来，啜泣着。

"臣等怎么能只想着自身的安全而将陛下丢弃在山路旁不顾呢？"众人

异口同声道。这倒不是虚伪，而是出于真情，尤其为义、忠正等武将，更是显得情绪激昂。

为义流着泪劝说道："陛下，请您将就忍过这几天吧，让陛下您蒙受苦难，饱尝流亡之艰辛，臣等实在心如刀割般难受啊！可是，只要再稍稍坚持一下，等过了近江路，臣等自有挽回之策。"

源为义所想的挽回之策是，从东侧越过比睿山，再渡过湖，到达近江国境内，就能够纠集起近江的源氏以及甲贺、铃鹿一带的豪族，退守至濑田大桥一带，再与朝廷兵马一决高下。万一这一计策行不通，再远还可奔赴关东，扼住足柄、爱鹰等险峻关隘，相模、武藏一带多的是源氏亲族，只要以上皇的名义颁下院宣，关东武士立刻就会加入到上皇的麾下来。

即使一战、二战达不成目的，背后还有陆奥为腹地，绝对不至于到山穷水尽的地步，假以时日，觑得良机，终有一朝仍可以重返京城。

为义早已设想好了进退自如不止一步的后策。为义这个想法其实在北殿战败之前就已想到，并且悄悄地献计于左府赖长，谁料赖长却根本没听进去。

——事到如今，依旧不迟。

为义对此深信不疑。于是他佝偻着一把老身骨，情凄意切地向崇德进言。然而此时的崇德心里却开始对这场战事产生了悔意，对今后的事情已不抱任何期望。这是生命因精神和肉体两方面遭受到无情打击而产生的真实感受。

一群人像无头苍蝇似的彷徨在深山野岭间，丢弃了战马，四肢无力，像棉花一样瘫软，身后还不时有敌兵飞矢追来，要多危险有多危险。如此，倒不如分散开来，各人自顾自逃散求生，兴许还能够躲过敌人的耳目。

"朕只需家弘和光弘留在身边就可，等待天明，不管何处先找个安全之处栖身再说。"

听崇德这么说，众人也实在无法违逆上皇的主意，只得就此一别。张皇的分别简直就像诀别，众人无不如断肠般心痛，有的武士甚至放声号啕大哭，有的公卿则扑前发疯似的紧紧扯住上皇的衣袂。不过，事既至此，再心酸也无济于事，这一点大家心里都明白，要分散最好趁天色未明。于是纷纷向上皇道别，五人一组十人一群地没入黑暗中，各自逃散。

源为义率领一队人马，右马助平忠正也带领一群兵士，分别朝山科、比睿山方面而去。

说不清什么原因,被众人孤零零弃下寂然一身的崇德此时反而觉得一阵轻松。

"家弘!"

"臣在!"

"光弘也在吗?"

"臣也在呢。"

"哦,只有你二位爱卿留下来了呀?真是命运蹇舛呀,你们将要为朕一人而殉身……"

"陛下千万不要这样说,能够陪伴陛下继续走下去,这是臣等的福分!"

"唉,累坏了!真想躺下来啊,朕实在坚持不住了。"

"哦,这儿是樵夫砍柴之路,说不定敌人也会沿着这条小道寻来,还是到那边的山谷背面,容臣等拣拾些柴草弄处临时休憩之所吧。陛下,请再稍稍坚持一下!"

就在此时,本以为人都已走光了的草丛中忽然有个人站起身发话道:

"小人身份卑微,不敢存非分之想,不过如蒙陛下恩允,小人愿意一路背着陛下行走,往山谷去的道路很危险啊!"

"呀!是麻鸟!你怎么没走?"

"回陛下,如果陛下愿意就伏在小人背上吧,下人有的是脚劲!"

"你为什么不自己逃散?"

"不!麻鸟决不离开陛下半步,决不会抛下陛下自顾自逃命的,陛下就恩准小人留下陪您吧,哪怕就几天也行啊。"

麻鸟说罢弯腰走到崇德面前,随后背过身去。

四面群山仿佛入眠了,厚重的夜雾降落下来。极目望向远处,仍旧可以看见古都的天空一片通红,那是地上燃烧不止的炎炎火焰,仿佛烟花似的直冲霄汉,照得方圆几十里天地明晃晃的。

将近拂晓时分,不知去了哪里的麻鸟又出其不意地回来了。原来他转过一座山峰找到一座僧庵,可怜兮兮地讨了些吃的东西来。

崇德仍旧酣睡不醒,就像个死人一样。这儿是山谷间一处峭崖的背面,利用稠密的树林铺上柴草搭就的临时草屋，树叶从屋顶落下，掉在崇德身上，便服的衣袖上还留有昨天被战火延烧的痕迹。

"虽说弄了点吃的，可又不能生火烧煮。眼下虽说天还没亮，但是头顶上分明传来像是敌人的声音呢。"家弘一脸整夜没睡的神情，继续说道，"新院早已有心出家为僧，可是在这荒僻的山上，不要说剃度，就是剃个头也没办法做到啊。看看哪里能找到一顶轿子，哪怕是法师乘坐的破旧轿子也好，有了轿子，让新院乘坐，就可以找地方去投奔了。"

麻鸟和光弘二人又下山去，最后总算抬着一顶两面和轿顶用蔺草糊扎的旧轿子回来，也不知是从什么地方搜来的，兴许是放在人家房前屋檐下的。

这天，崇德坐着这顶破旧轿子从山上悄悄来到山下的街市。

家弘和光弘都丢了武器，撩起衣袖，卷起裤脚，扮作大户人家的下人。二人一前一后抬着轿子在前面走，后面一人随行，路上三人不时停下换换肩。

——倘使被敌兵拦下，朕就不下轿，索性自戕在轿内算了！

崇德默默地不出声，但眉宇间透露出心底的决意。家弘与光弘两人抬着轿子，心里同样忐忑不安。

提心吊胆、如履薄冰兴许刻画的便是此时此刻的心情吧。

不过来到街市上，几个人紧绷的神经反倒解放了，这儿与山风、草木都令人胆战心惊的山中毕竟不一样。

大概是听说战事已结束，外出避难的百姓纷纷挑着包袱行囊，扶老携幼从山里或是城外陆陆续续返回家中。崇德的轿子夹于其间，倒也蛮像那么回事，不一会儿，几个人的情绪便舒泰了许多。

只是家弘也好光弘也好，抬轿子这样的活儿对他们来说简直就是苦役，走了没多久，脸上已经挂满了尘土和汗水，两眼也感觉发黑。

"这到底是要上哪家府邸啊？"

两人摇摇晃晃、步履踉跄，漫无目的地在街上转悠。

"到阿波局那里去！"崇德在轿内低声吩咐。

阿波局是崇德的一个妃子，住在二条大宫那一带。来到阿波局府邸一瞧，大门紧闭，后面住处的旁门拉门等也全都关得死死的，不像是有人居住生活。

"那就上左京大夫教长府邸！"

按照崇德的吩咐，又抬着轿子直奔三条坊，没想到这儿同样空无一人。

原来教长在战事爆发前寻着机会离开了白河北殿，随后出家为僧，现在谁都说不清他的下落。

上皇院有个女官少辅内侍，崇德此时想到了她，于是又来到少辅内侍家门前，拍了拍门，却无人应答，只看到一只小猫蹲在篱笆墙下面。

东寻西找，试着走了一家又一家，无一例外都是如此情形。

路上偶尔见到几户有人进进出出的宅第，又听到屋内人声鼎沸，然而都是敌方的府邸，那是在举杯庆贺胜利呢。

"莫非连一处容朕暂栖之所都没有吗？"崇德急得眼泪差点都要掉落下来，"与其被敌人捉住，或者受此艰辛，还不如……"他不禁想到了死。

"不不！不用绝望，臣想到一户人家可以前去！"

天色渐暗之后，家弘又换肩抬起轿子，他的脚步已经歪歪斜斜。他在前领路，一行人来到一座破旧的小寺，名叫知足院。寺院的老僧是家弘一名随从的亲戚，他煮了点粟米粥，让崇德喝下去。

当晚，崇德就在这位无名僧的主持下，在昏暗的灯光下和蚊子的一片嗡嗡声中接受剃度，成为一名僧人，时年三十七岁。看着正值壮年的上皇，在经历了种种磨难之后，终于皈依佛门，随行的三个人都忍不住泪水涟涟。

翌日。经过一晚的思考，崇德今日决定转赴仁和寺。

仁和寺的门主觉性法王乃鸟羽的五宫亲王，也就是崇德的亲弟弟。

"虽是如此，如今他却不会轻易让朕进门的，你等一切不必顾忌，只管往里闯就是！"崇德闭着眼睛，嘱咐家弘道。

果不其然，他们被院内的僧人冷冷地回绝了。

一行人不管不顾，硬闯了进去，来到别院。门主并不在寺内，兄弟二人没有见上面。崇德此时心中早已没有丝毫怨恨，反倒显得极其淡然平静，似乎终于找到了等待最后命运降临的处所。

"我等是与朝廷作对的谋反之臣，待在陛下身边反倒会给陛下添麻烦。既然已经陪伴陛下找到了想走的路……"

出于这样的考虑，家弘和光弘父子与崇德道过别，趁夜离开了仁和寺，二人混迹于修验道[1]信者中间，远走高飞到别国他境。

---

1 修验道：又称修验宗，在高山中修行，以体验、领会咒力为目的的一种宗教，由密教与日本固有的山岳信仰、神道等结合而成。

随后，麻鸟也悄然离开。

——麻鸟能上哪儿去呢？

崇德对麻鸟的下落甚是挂念，他眼前总是闪现出麻鸟那副朴实的模样。

在他身为天皇和上皇的近二十年间，可以说阅人无数，接触过多少有权有势的人物，然而在朴实的外表下还有着一颗纯朴真诚之心的仅有麻鸟一人而已！想到这里，崇德不禁感慨万千。

匿伏于仁和寺杳无人迹的后院，萧寂清冷度日的这些天，对崇德来说，除了昏昏而睡之外，也是他重新认识周围的人，理性地思考人间社会的绝好机会。

尽管如此，还不能说他的一生已经得到清算。剃度出家、静待惩罚降身的他，朝廷究竟会给予他什么样的严厉处断？现在还是个未知数。即使在这场战争中取得胜利，胜利者内部势必也会产生新的矛盾，对于上皇新院该如何惩罚，各色人等出于各自的考虑和打算在商议过程中一定会竭力抗争，其实就是换种形式，互相进行殊死斗争而已。

随着白河北殿被毁于战火，京城内到处都有屋宇馆舍被官军付之一炬，那些都是参与崇德谋反的公卿显贵们的府邸。首先被火烧的自然是左府赖长的三条亭府邸以及壬生别墅，其余被视为余党逆贼的诸卿的家也难逃此劫，一处不剩统统烧了个精光。

熊熊烈焰，整整烧了四天四夜，将京城的天空映得通红。

战后第二天，傍晚起天空飘起了零星小雨，翌日仍旧阴雨霏霏。

夜色中，桂川上一个小河汊的入河口，一条装柴火的小船正等待着风雨洗礼。

小船上擩满柴火，上面还用苫布盖着，好歹遮蔽住夜来风雨。蹲在船底的几个人影，个个浑身都湿透了，却不敢露出脸来。

时不时地，还传出几声呻吟。

躺在船底负了伤的人，便是之前的左大臣、藤原家的族长赖长。他身边，只有俊成、经宪等四五个人小心看护着。

"还没到啊？宇治……宇治还没到吗？"

赖长痛苦地挤出一句话。此刻他最急切的愿望，就是赶快逃往老父忠实在宇治的家。

躲过岸上人们的视线，避开来往交汇的舟船，小船终于向宇治川方向驶去。河上来来往往渔船桅杆上伫立的墨鸦（鱼鹰）锐利的目光，不时朝这边射来，不知为什么这目光也令船上的人心里发凉。

雨势渐歇，天空中透出微弱的光，照得河面上仿佛青虹溶入河水一般晶亮。

除了响起左大臣的呻吟声，苫布下悄无声息，毫无动静。而袅袅升腾的一股艾灸气味，则让人想到，是俊成和经宪等人正按着赖长的肥大身躯在为他做灸治。

般若野

对身负重伤者施行艾灸，是当时非常普遍然而略显原始的一种外科治疗手段。其做法是用艾条薰灸伤口四周，据说这样可以止住出血，而且促进筋肉生长。加之眼下正值夏天，时日挨多了，伤口处很快就会爬满蛆虫，所以侍者们只能不停地给赖长做艾灸，同时，又在心里默默祈祷：

——但愿能够坚持到宁治，坚持到与老父亲见最后一面吧！

艾灸的灼热唤醒了赖长的意识，也唤回了全身的痛苦。赖长扭动着巨大的身躯，像个孩子般哭诉道："噢！……痛、痛啊！别给我艾灸了，就让我死掉算了，不要灸治了！"

兴许是艾灸起了作用，先前伤势笃重，连一碗水都难以下咽，现在非但能够开口说话，到了宇治，精神看上去还不错。

可是到了宇治却不见忠实的人影。四处一打听，乡人们却纷纷在传：忠实正在利诱南都的僧团，请他们出兵突入京城，以便里应外合一举控制朝廷，谁料想，这时却传来崇德的人马早早败北的消息，只好全家老老小小慌里慌张地逃往奈良兴福寺的禅定院去避祸。

俊成、经宪等人无奈，只得雇人将柴舟里的赖长扶下船，换乘一顶小轿子，再走陆路赶往奈良。

这天是十四日的上午。

夜半三更，一众人气喘吁吁地终于行到奈良。

拖着疲惫不堪的身子来到禅定院门前，放下轿子，一屁股坐在石阶上，

317

重重喘出一大口粗气:"啊——"已经瘫软如泥了。

离天亮还有些时候,春日野的原始森林和猿泽池的池水被夏夜的薄雾笼罩着沉睡。一度出动准备赶往京城的僧人们也不知道躲到哪里去了,寺院内除了石径旁灯笼的光亮,一点火光、一个人影也看不到。这般静寂,仿佛京城的战事与这儿压根没有关系似的。

然而——

俊成和经宪二人刚试探着敲了敲门,里面立刻传出人声。原来,蹑足潜踪在禅定院内的人们,并没有像此刻静寂的天地一样进入了沉沉的梦乡。

有武士从门内探出身子来张望,接着僧人也出现了,全都身披铠甲,手里提着大刀。一看便知是整晚没睡,在门后负责站岗警戒。

二人赶紧上前告知来意,霎时间,门内一阵骚然,人们的情绪似乎有些动摇,等到平静下来,却只有俊成一人被允许进到门里。

忠实没有躺下。瞧他的样子,也不是这会儿才起身急急穿戴好装束出来的。

俊成心情早已大乱,来到忠实面前一下子就匐倒在地,隔了片刻才缓过神,将护送赖长一路辗转寻到这里的经过详细叙述了一遍。

关于战事失利吃了败仗,忠实比俊成知道得还要详细。可是这位曾经那样盲目溺爱赖长的老父亲,面对俊成,却并没有说出"你们终于来了!老夫也很想见到他!"这样的话。

雪白的鬓发上又增添了几分霜白,略显稀疏的须髯微微颤动着,脸上毫无表情,活脱脱像一副了无生气的假面具。

良久,忠实才开口说道:"俊成哎,你好好想一想:作为一族之长,竟然同天皇和朝廷兵戈相向,以致兵败身死,和这样的倒霉蛋见面于我老夫有何益处?俊成啊,拜托了,就烦劳你帮个忙,带他另外找个谁也看不见他人影、谁也听不到他声音的地方去吧!"

说到这里,忠实猛地咳嗽起来,口中似乎还喷吐出一汪血。他俯下身,情不自禁地哭泣起来,双肩剧烈地抖动不止,给人感觉好像五体的骨骼全都要散了架似的。

隔壁屋子里,听动静似乎是随忠实一同来此避难的赖长的妻儿、亲属及家人等,也一个个都没入睡,正竖起耳朵屏息静听这边的对话——话及此,隔壁也一齐呜呜咽咽地涕泣起来。

忠实这番话，听上去绝情绝义，毫无慈悲心肠，却分明饱含了一个老人痛不欲生的生离死别之情。试想，倘使忠实允许赖长进入这个门，则毫无疑问赖长的妻儿亲属以及众多家人也将被问以同罪，他是想牺牲赖长一人，来尽力挽救赖长妻儿家人的性命。

"那就容下官告辞。我想，这可能也是我们的最后一面了！"

俊成仿佛从泪缸里抬起头来一样，满脸是泪，他站起身，垂头丧气地退了出去。

门外，破旧的轿子仍一动未动地停在原处，轿顶已经沾了些许露水。

俊成凑近轿子里呻吟不止苦苦等候的赖长耳旁，一五一十将忠实的话和他的苦心转告赖长。

"父……父、父亲大人！"

轿子猛地晃动了一下。赖长挣扎着撑起身子，嘴里叽里咕噜不知道吐出几句什么话，或许是向父亲和家人表示悔意，又或者是情感的最后一次迸发，他想将心中的郁结和无力的呐喊掷向远方的天空。

与此同时，轿子又向相反方向晃动了一下，随即归于宁静，轿子里仿佛古井深底似的，一片寂静。

"左大臣！赖长大人！"

俊成和经宪一左一右扶着轿子哭叫着，可里面没有任何回应。

赖长咬断了舌根，自尽而亡。破旧的轿子于是变成了悲壮的棺柩。曾经执着于权力、声名和荣耀的争夺，以至于落得郁郁寡欢下场的左大臣藤原赖长，最终真正到手的，大概只有这副棺柩吧。

——趁天还没亮……

俊成等人心想道，于是赶忙趁夜下了奈良坂，朝般若野方向急急赶去。

来到般若野，在野地里掘了一个大坑，眼看四下无人便连人带轿将赖长的尸体埋入坑中。俊成割下自己的头发，一同丢进坑内，经宪和其他人也仿效他，纷纷割发弃之。因为往后的命运他们谁也不清楚，只是觉得剃发出家，寻得沙门庇护可能是最好的选择。

随后，几个人各怀心事分道扬镳。

街市倏然恢复了以往的样子。

不过，对追随崇德谋反而逃亡的人的追捕却是异常的严厉。京城内仍旧处在戒严令之下，五畿七道的关口依然是官兵层层把守，令经过的行商旅人心里惶惶然。

这段时间，街市上到处都在风播着各式传言。

——听说，只要自首就可以得到朝廷赦免。

——不不，那些有头有脸的大人物是不可能被赦免的，不过朝廷说不定会尽量将重罪减为轻罪。

——新院已经出家为僧了，恶左府赖长也中箭殒命，剩下的依我看都是些不得不顺从他们的小喽啰而已。

——真希望不要再以血还血、以牙还牙了！

……

虽然没有高悬布告牌，这些出处不明的议论无非只是一些人的风闻和猜测，但是这些经由风信越播越远的传言，却也让潜藏在各处的逃亡者们心头燃起一丝希望：

——如果能够保住性命，总比这样整日东躲西藏好吧？

于是，便有一些人陆陆续续从各处浮出来，向官府提出自首。

左京大夫教长和近江中将成雅二人已经出家并潜藏在城外太秦，接到二人愿意自首的通报，朝廷立即派周防判官季实率领人马前往拿捕。四位成隆和右马权头实清则是在净土谷的藏身之处被拿捕，皇后宫权大夫师光、备后守俊通、能登守家长等人也先后自首。

看护赖长走完最后人生的藏人经宪也同其兄长盛宪在大和被官府拿捕。

已经死去的左大臣赖长的妻子一方的亲戚以及追随其起事的泷口一带的武士，几乎每天都有数十人被拿获，扭送进卫府的监舍。

进到卫府监舍，水激、火烙等残暴苛酷的拷问是家常便饭，刑吏的叱责声、罪犯的悲鸣声，不时传到夯土墙的外面。

右少弁惟方被任命为战犯审判长，大外记师业则担任判官，二人每天提审罪犯，并且依据口供制成篇幅庞大得惊人的"新院及其党羽谋反卷宗"。

对于谋反者的追究还不止于此次参与起事作战的人，之前从近卫帝驾崩一直到美福门院的诅咒事件全都被兜底翻出来，已经过去多年的当事人一一被重新梳洗一遍。自然的，很快引起了一场大恐慌，然而具有讽刺意味的是，这恐慌首先来自朝廷内部——许多如今巧妙地跻身于胜利者阵营中的人，过往的言行纷纷被大白于天下，原来竟是脚踩两只船的两面派、投机分子，在尔虞我诈的权势争斗中取得成功，却摆出一副若无其事的嘴脸——这场清肃就是要将这些陈年旧事抖出来，撕下这类人的伪装。

不过，所谓追及，事实上并非真正的追究。

说到底这只是一种战后的论功行赏，一种利益再分配，为了有个冠冕堂皇的理由，而将此作为褒赏惩纠的材料。

主导这场策划周密、执行起来又峻烈无情的拨乱反正运动的朝廷新主官是谁呢？这个人便是很久以来一直伛着身子低头伏在少纳言局的案桌上，无声无息、向来不张扬、默默地履行着平庸职责的少纳言信西。

可以说，在别人眼里他就是个典型的官僚形象。

在这以前，信西在本职工作以外从不轻易崭露头角，尤其是恶左府赖长当道之时，他更是表现得无言又无能，几乎连赖长视野的角落都进不去。

就是这个信西，却以这场兵乱为契机，终于可以在庙堂之上高视阔步了，特别是在战后处理的问题上，施展起他强有力的行政刚腕。追剿崇德残余势力的执拗劲，充分体现了他的性格，而街头巷尾风传的赦免自首者的传言，其实也是出自信西的计谋。

朝廷关于褒赏的廷议，信西也拥有极大的发言权，甚至有人说，最后颁发的朝命就是以他的意见作为基准的。

根据廷议结果，下野守源义朝被赐予登殿资格，同时授左马头官职；安艺守平清盛则加封播磨一国，称名也由安艺守变成了播磨守。两相比较，旁人都认为二人的赏赐差距悬殊。

"要论起来左马寮的头那可是荣耀得很，作为一介武人能得到如此高的官职，真是不多见哪！不过，清盛大人受封播磨守，你怎么看？"

"那简直不能比啊。"

"不能比？但再怎么说，马寮的头还不是整天和马匹打交道？可人家清盛大人本来就已经有了安艺国，这次又加上播磨国，要论实际财富价值，到底孰轻孰重呢？"

"只能说是：义朝大人得到的是荣耀之名，而清盛大人得到的是财富之实。"

"就是嘛，本来就是一块濒临濑户内海的好地方，加上又是他老爹忠盛大人之前的领国，平家一族和平家子弟聚集之地——会不会是清盛大人早就暗地里向信西大人请求将播磨封给他的呀?"

"也说不定喔,就凭那两家关系亲密的样子。"

……

颁布恩赏,引发偏袒、不公平的议论总是难免的,不过此次信西与清盛两人之间的关系尤其被人关注,周围人现在终于开始意识到,这二人似乎还不止是一般的关系亲密。

唉,多么迟钝的众愚之目啊。

其实信西很早就有心要将武士势力掌握在自己手中,而清盛为使家门兴隆,也期望着与庙堂之上的权势人物达成某种默契。两家的夫人彼此互有好感,过从甚密,渐渐地便开始在背地里替各自的良人沟通助力,以完成野心与野心的交易,只不过,世间当时并没有注意到。

如今,基于二者的默契,两人的好时光终于到来了。清盛之所以甘愿让义朝赢得虚名,自己则不声不响攫取实利,正是因为他心中藏着一个远大的梦想,"荣耀之花,到那时候想要什么花就会有什么花!"而对于他的平生大梦,后来人们才一步步看清,此时却谁都没有意识到。

穷鸟

虽然战事已经结束,可清盛却根本没有时间解甲而寝。十六日,他率领三百余名兵士翻越如意山,疾赴大津、坂本一带。

"接到密报:为义及其子现藏匿于三井寺,正准备渡湖往东海道逃窜,命你即刻前往拿捕!"

清盛正是奉了朝廷之命前去捕人的。孰料这却是个假消息。

清盛的手下在三井寺搜查了一番,并没有发现任何可疑迹象。清盛将人马分成两拨,分别在大津町和琵琶湖畔的一个渔村访察侦寻,也没有找到一丝线索。

于是清盛下令:"将泉辻给我一户一户仔仔细细全部搜个遍!"

然而,这一带村墟是睿山无动寺的领地,山寺法师避人耳目与童女稚姑狎戏的"茶屋"散布各处,专门迎来送往游客纵横于湖上舟船的娼女也随处可见,突然一队兵马来势汹汹地杀入其间,不啻像捅了个大马蜂窝似的,登时激起一片骚然。

兵士们堵住村口道路，挨家挨户开始盘查。趁这个时候，清盛将村里的老者和娼家的老鸨唤来，亲自打探：

"有没有看到或者听说什么可疑的人物来过？"

一名老妇答道："也不知道是不是为义大人，倒是听一个渔师说起，天亮前确实有一伙武士——大概六七个人——乘船自大津西浦渡湖往东面的近江方向去了，那个渔师还说了，看见他们个个全副武装，身上穿着铠甲。"

清盛正想再刨根问底追问下去，忽然听得一阵急促而慌乱的钟声响起，紧接着，从村口边传来一片闹闹哄哄的呐喊声。

原来是无动寺的僧众见官军竟不经允许闯进自己的领地，这还了得，认定是不法侵入，便全副武装地从四面八方杀将过来，嘴里还震天价响地呼喝着："以暴制暴！以牙还牙！"

清盛手下的兵士已经绷紧弓弦，嗖嗖地以箭应战了，而僧众自然也不含糊，挥着舞弄熟稔的阔刃大刀，直冲入官军阵中。

这伙僧众的野性远非一般武士所能相比，既有久经战阵的娴熟武艺，又有着强健的体魄，其中几个堪称有万夫不当之勇，眼见己方兵士有几个已经应声被砍翻在地。

且不论是非如何，看到眼前的情形，清盛也按捺不住了，他纵马跃起，毫无怯意地朝敌群冲了过去。来到近前，他张开双臂瞄准一名威猛无比的大法师便搭上了箭。

说时迟那时快，对面的大法师却举起双手，面带笑意开口向清盛道："喔哟，这不是六波罗的清盛大人吗？大人且慢动手，若是播磨守大人，我等可不想与你为敌。"

"什么？！不想与我为敌？你是谁？"

"横川无动寺的实相坊。"

"呃呃……"

"已经是八九年前的事情了，大人或许早忘记了——说起来，那是久安三年夏天的六月，我睿山山门的僧众抬着神轿准备闯入京城示威施压，正欲入京，在祇园前却有一位甲胄武士孤身一人巍然立于僧众面前，挡住了去路，那位武士一箭射中了神圣不容轻慢的神轿！——大人还记得这位武士吗？"

"怎么会忘记？那人便是我播磨守平清盛呀！"

"大人那一箭，令我山门威严扫地，众僧都恨得咬牙切齿，发誓要杀死清盛报这一箭之仇！不过，山门之内也有两三个人却不这样认为，他们觉得清盛大人不愧为当代难得一见的顶天立地的男子汉，故而一直在山上目送着你的背影远去……他们便是贫僧实相坊，还有止观院的如空坊以及西塔的乘圆坊等人。"

"哦，后来呢？"

"当下我等便说起：假如有机会，务必与大人面对面好好叙谈一番，说不定自会结下成佛之缘。"

"不胜荣幸，想必一定会有机会的。"

"不过，不知大人今日带兵前来是何贵干呀？"

"并无恶意，不过是奉了朝廷之命前来拿捕源为义等人，却不想势成骑虎，弄得杂乱无章，一塌糊涂。"

"既然如此，今日请先退去，我们来日再会。"

"呃，退回？这可是让我没面子啊，不过今日之事确实是我手下的不是。"

清盛再无二话，爽快地命令兵士撤退。

可是部下那些武士却觉得事关武士的颜面，窝了一肚子火，于是撤退途中放火点着了西浦的普通民家，一方面是被无动寺的僧众阻住前进不得愤愤不满，另一方面则是因为让为义逃脱而泄愤。然而后来才得知，所谓为义一伙人逃往东近江的传闻其实是误传，那人根本就不是为义。

动乱之世，不时惨遭无妄之灾，品着苦涩的泪水沉入梦乡的永远都是那些什么也不知道的无辜渔民或普通百姓。

首要分子一个也没有抓捕到，也没有一个自首。

追随崇德反叛的公卿显官大都被拿捕、投入监狱，没有逃出抓捕的大网，可是最具危害性的源氏的六条为义和平氏的右马助忠正两名武将却至今杳无音信。

二十日黄昏。

今天说什么也得卸下铠甲，洗掉十天来的满身污垢，然后倒头美美地睡上一觉——清盛忽然涌起一个强烈的欲望，于是返回了六波罗的私邸。

"啊，播磨大人，等一等！播磨大人！"

刚走过五条河，猛地有个僧人从桥垛昏暗的树荫下出其不意地窜到清盛的坐骑旁边。

明明还是夏天，这僧人却用布蒙住大半张脸，只露出两只眼睛，头上还扣了顶斗笠。

身上是破烂的袈裟，手里拄着一根拐杖。

僧人扔掉手中的拐杖，紧紧抓住清盛箍着甲胄的大腿："啊，是老夫呀，播磨大人，太想念您了，播磨大人，想您呀！"

清盛心里咯噔一下，泛起某种直觉。他立即向嚷嚷成一团的随从们吩咐道："等等，别动手！我看他不像个暴徒。"

可是，他一时又不知道该和这位僧人说些什么，踌躇了片刻，便对随从道："哦，你们先回避一下，到那边的树荫下休息一会儿吧！"

看到随从们走远了，僧人一把抓住坐骑的马镫，贴靠在马身上，潸然泪下，同时哽咽着泣诉道："大侄子啊，是我呀，我是你叔父忠正啊！救救我！求你了，看在骨肉至亲的分上……老夫此来是专门求你通融的，播磨大人，哦不，我朝思夜念的侄子呀，求你无论如何救我一命吧！"

"住口！请你马上离开这里，清盛可没有什么叔父！你也没有我这么个侄子！"

"你、你说什么哪？你父亲——刑部卿忠盛大人的亲弟弟可不就是我忠正吗？"

"你说的那个忠正大人，不是早在久安三年夏天，清盛一箭射中了山门的神轿引起轩然大波之时，因为害怕跟自己扯上关系而亲口说过跟清盛一族断绝任何关系了吗？"

"那、那是多少年前的陈年旧事了呀。"

"那时也好，现在也好，皆如日食月食，谁人看不见？请你有点儿羞耻心吧！羞耻，懂吗？"

"是我的不是……受了恶左府赖长的蛊惑，竟参与了新院一方的谋反行为，这是我忠正的终生大错。至于断绝关系那句话，我忠正以手拄地向你谢罪！"

"不必！你今天向我谢罪，清盛是不会接受的，因为你是朝廷和国家的罪人！你是逆反之徒的主谋者之一！"

"区区五尺之躯，竟然没有一个地方能容得下吗？难道你就要看着叔父被抓、被杀死吗？！"

"想乞求活命就向朝廷去乞求吧！不用找清盛，清盛只有抓捕之责在身，我会用绳索捆住你，将你送交给朝廷的！"

"你太无情了！啊——"

"赶快从我面前消失！随你逃往哪里都行，只要不在清盛眼前就好，否则我就会用绳索将你捆起来！"

"不不，自从老夫藏身在净土谷以来，没有吃过一点儿像样的东西，好不容易躲过各个道口的严厉盘查，半走半爬、跌跌撞撞才摸到这里来。我知道，只要我离开这儿，立马就会被别处的官军抓捕。噢，真叫人绝望！播磨大人，还不如你杀了我吧，将我的首级割去吧！"

"要清盛杀了你，不如你自己自首如何？如果不想自首，还可以自杀呀，倒也不失武士风度！"

"不！老夫不想自首，也不想自杀！就是因为想到还有个血肉相连的侄子，相信人间还有真情在，所以才来找你求你的，假如连你这个唯一的侄子也要弃我于不顾，那天地之间还有谁可以倚靠？倒不如听由自己的侄子裁决，这是我真心希望的，真的是我真心所望！播磨大人，快点动手吧，杀了我吧！"

糟了糟了！清盛对这个叔父真的是束手无策。

忠正是看着那个拖鼻涕的清盛一点点长大的，对贫穷、放荡不羁的青年时代的清盛再熟知不过了。不消说，对于清盛在情感方面尤为脆弱的性格特点更了然于胸，即便此刻这样子紧逼不舍，清盛绝不可能真的动手杀死自己，从清盛踟蹰犯难的神情中忠正早已看透了这一点。毕竟是只久经世故的老狐狸，在忠正狙狯的眼里，像清盛这样子的小一辈只能算是刚刚步入成人世界，与自己比起来，还嫩得很。

用眼泪和甜言蜜语打动清盛，通过他向朝廷乞求法外开恩，只要罪减一等，就有可能保留一条活命——这只穷途末路之鸟，经验和见识使其变得老奸巨猾，早就算好了这一步，故此才会冒险来找清盛。

而清盛不幸被忠正选中，他恰好正是这样的人，从这个角度来说，忠正倒不像穷鸟，清盛反而却成了只走投无路的穷鸟。

当晚，清盛还是将忠正隐藏在了六波罗私邸的一室里。

翌日侵晚，清盛悄悄前往姊小路西洞院，造访了信西府邸。

自开战以来，日夜精神抖擞情绪高昂的清盛，此刻却显得无精打采，他低着头走进后面的客殿。直到主人信西出现，他一直愣愣怔怔地坐在那里，两眼盯着客殿里的灯烛，像在思考什么棘手的问题，又仿佛被沉重的心理负担压得透不过气来似的。

黑业赤心

主人信西满脸通红，清盛更是喝得满脸红透红透的。

两人酒量都不算大，但适逢信西的夫人纪伊局向美福门院请了几天假回到家来，于是信西提议："为官军得胜祝贺祝贺吧！"便痛快地畅饮起来。

说是喝酒，但难免酒酣耳热之际脱口说起一些机密的事情，因此除了妻子纪伊局，信西将其他女佣、下人等全都支开，不让他们待在屋内。时间尚早，也没有吩咐管弦丝竹伺候，两个人借着酒劲，亲密无间地说着话，进一步加强了相互间的默契。

"当然杀掉！必须将他杀掉！似你这样优柔寡断，如何治理天下呀？"

信西一遍又一遍苦口婆心劝说道，口吻与其说是叱责，俨然是在激励陷入苦恼的清盛。

"忠正大人是你叔父，顾忌到这层血缘关系所以你才苦恼，可你记不记得，忠正不是早就同你们断绝关系了吗？"

"是呀，他是害怕神轿事件牵连到他——从那天起，我们就形同陌路，完全没有一点儿关系了！"

"既然如此，就不存在什么叔父不叔父了。"

"可……毕竟血脉还是相通的呀。"

"什么？血脉？"信西用一双醉眼盯着清盛的醉眼，说道，"据信西所知，你真正的生父并不是忠盛大人，而是白河法皇吧？"

"不错，父亲大人临终前也明白无误地告诉了我，并赠我一柄扇子，上面有法皇的御题字为证。可是，法皇只是生下清盛，对我犹如对待零余子一样随意放置，而忠盛大人则对我比生身父亲还要关心疼爱，他对清盛有大爱呀，清盛一辈子也不会忘记的！忠正大人却是如此慈爱的父亲的亲弟弟，想到这一点，清盛实在无法以绳捆之，将他斩首正法呀！"

"呵呵呵……哎呀呀，清盛大人哪，你实在过于善良了！纪伊，你听见了吗，你猜猜清盛大人为什么而苦恼？"信西笑个不停，转头问一旁的妻子。

"没有听见啊——播磨大人因为事情而心神不宁呀？"

"噢，你听着：今晚播磨大人不知道为什么无精打采地前来造访，我问他有什么心烦的事情，他竟然不惜将自己的军功一笔勾销，也打算救右马助忠正一条活命。"

"哦……那，看起来忠正大人仗着叔侄这层关系躲进了六波罗清盛大人的府邸了？"

"他将他藏起来了，结果想不出好办法救他，就跑到我信西这儿来，想让我去跟朝廷通融通融，这不，让我说了一通！——你觉得如何呀？"

"这个嘛，我也说不好……"

"哎——你虽是女流之辈，可之前为了达成美福门院的心愿，促使鸟羽法皇立下那样的遗诏，你不是也在背后下了不少工夫，而且确实成功了吗？如今身为平家一族之长、武者统领的播磨大人做事如此妇人心肠，你尽可以笑话他。"

说到这里清盛赶忙插话："哦不不！让夫人见笑简直令清盛羞愧得没有立锥之地了！刚才不是已经说了吗，我已经下决心了！"

"可是，看你这副样子，好像还在犹豫，还有点难舍难割的。你脸上是醉了，可心底里还没有醉。"

"我真是个凡夫俗子，碰到大事情自己就是没法轻易下决断呀。"

"《观无量寿经》你读过吗？《观无量寿经》里说过，劫初[1]之时，天下有一万八千个弑父的恶王，却没有一个弑母之子。为什么？因为有无数个异朝的恶王都在觊觎着要篡夺王位。可你不一样，忠正是大逆之贼，而你，则是执行君命的朝臣，你杀他算不上黑业[2]，倒是忠义之举。何况你早就跟他断绝了关系——再说事实上你们之间根本没有血缘关系！"

"清盛明白了，我一定动手，再不会犹豫了。"

"千万不要犯糊涂哟！你杀不杀忠正，只是你一个人的烦恼，但你若是

---

1 劫初：佛教用语，成劫之初，指此世形成之初。
2 黑业：佛教用语，意为恶业、罪孽。

帮助他逃往别处，一旦纠集起各地方的平氏武士，缓过劲来重新形成一股不可小觑的势力，对你来说可是一大祸害啊！"

"我的确考虑不周……好，只要朝廷诏命下来，我立即执行！"

"对嘛，越快越好！万一遭搜捕的右马助忠正就藏匿在六波罗府邸内这个消息为世间所知，就不光是你播磨大人一人之祸，还会牵连到平氏一族的！"

"清盛错了！现在想起来，我真的是……"

清盛终于拿定主意，离开了姊小路西洞院的信西府邸。跨上马，被夏日的夜风一吹，身子反倒摇摇晃晃，一股恶醉涌上头来。不是因为肚子里灌下去的酒一股脑儿反上来，其实是因为他脑子里浮现出明天那一幕——叔父忠正将被执行斩首，这让他无论如何无法豁然，无法轻松，心里快快不悦。

忠正早上很晚才睁开眼睛。

清盛将他安置在仆人起居的一栋长屋内，里面虽说徒有四壁、光线昏暗，但并没有怠慢他。清盛命人端来了药汤，还让他饱饱地喝了几大碗粥。忠正心想这条性命总算是捡回来了，于是放心地熟睡过去。

早饭也感觉特别得香。

忠正想起了儿子们。长子新院藏人长盛、次子忠纲、三子正纲，都在乱战之中失散了，不知道他们现在是已经被拿捕，还是已战死，又或者正躲藏在某个地方。

忠正正想着——

"右马助忠正大人在吗？"一名武士闯了进来。

忠正吓了一跳。凝视对方，大约三十四五岁，生得是面目清秀，一副机灵模样，心想一定与自己有着某种血缘关系，不过却似乎与清盛并不相像。

"在、在！你是？"忠正勉强摆出一丝威严，反问道。

"非藏人时忠。"

"噢，是播磨大人的妻弟呀。多亏播磨大人顾念叔侄之情，收留老夫在此一宿，还请你转告他，就说老夫谢他了！"

"不客气。浮生若休，休最要紧。如果你想剃须理发什么的，就请等一等吧，一会儿会满足你的。"

"等等！你的意思是……要将老夫转移到别处？"

"是的，不过还要再等一下，现在我只是来用绳索捆绑你的！"

"啊，绳索？是谁的命令？"

"这还用问？当然是播磨大人的命令。"

"不可能！你去把播磨大人叫来！不是这样的，不是这样的！"

"播磨大人来也是一样。今日一早，朝廷之命已经宣达，命令申时之前将右马助忠正斩首！你的命运已经定下来了！"

"这……"忠正惊得往后一仰，"太荒唐了，不可能的！"

觑准忠正直起身子的一瞬间，时忠一个箭步冲上去准备反剪他的双手，将他捆起来。正在这时，就听得屋内地板发出一阵响声，两人撕扭着同时摔倒在地。

听到动静，立刻有七八个武士从屋外蜂拥赶到，毫不费力将忠正捆绑了起来。

"老夫要找侄子！去将老夫的侄子播磨叫到这儿来！他怎么可以欺骗糊弄我这个可怜的老者！"忠正扯开嗓子叫个不停。

然而外面的门被钉死了，并且有兵士站岗监视，时忠则快步离去。

清盛从一早开始便蜷缩在一间屋子里，屈膝而坐。昨夜信西的话，想必在他的脑子里不知道翻来覆去咀嚼了多少遍，可是脑子仍旧昏昏沉沉的，提不起精神。

"大哥！我来了。"

"哦，是时忠啊。他说什么了？"

"啰里啰唆嚷嚷了老半天，跟他的年纪真不相称，临死了还那么不干脆！"

"唉，你不要这样说——真不该对他心生同情之心，倒不如一开始就用绳索把他捆了，我的罪还轻一些。"

"什么话呀？罪人是右马助，不管是轻还是重，罪责绝不在大哥身上。"

"今早朝廷送来的敕命你看了？"

"看了——申时以前于六条河河滩行刑。"

"不光是忠正。夜里朝廷又派人来宣昭，为免去心头之患，将从其他地方抓捕到的忠正的儿子长盛、忠纲、正纲三人也一并斩首于河滩！——信西大人也够狠毒的。"

330

"什么嘛。开战之时，不是杀得地上血浆积了厚厚的一层吗？这又算得了什么。"

"开战时是开战时，那不一样。"

"这也是战争，申时，六条河河滩！为什么大哥觉得有所不同呢？"

"噢，是吗？嗯……"时忠的单纯，比起信西细入毫芒地讲大道理，更能够让清盛的心情略微轻松一些，虽然决断仍是艰难的，但至少杂念被梳理干净了。

"睡觉！我睡个午觉！离申时还有的是时间。时忠，替我把那个手匣拿过来当枕头垫垫。"清盛躺倒下来。

透过屋檐，仰头望着夏日的天空，一团团云彩疾速掠过太阳，忽儿使得万里蓝天变成乌黑，忽儿又划出一片灿烂的晴空，使得地面黑白交替，忽闪忽闪的。

雷云

河堤上，挤满了从四面八方拥来的人群，好似乱哄哄的蜂屯蚁聚一般。这些人都是来围观斩首的。

这条河川一带，朝廷经常于此斩首罪犯，百姓早已不觉得稀罕了，几乎每隔一两天就会有那么一次。尽管如此，每逢斩首罪犯，百姓还是乐意拥来围观。为了显示刑罚的用意，起到杀鸡给猴看的作用，官府役人、刑场监斩的兵士等对这些围观的百姓从来不加驱赶。

"好像要下雨了……"

人群一面担心着天气，一面照样朝前挤，人越聚越多。人们挤在六条河滩的一角，远远望着黑白的大幔似乎马上就要撕裂、马上就要炸响，却仍不肯离去，甚至零星的雨点开始"吧嗒吧嗒"落下，人群依旧没有散开。

地上互相隔开一段距离铺着三块乱蓬蓬的草席，三个年轻人端端正正地分坐其上。

作为监斩人，朝廷卫府右少弁惟方的手下及狱吏等也到场了，他们在提前做着准备，就等清盛将忠正从六波罗带到此地行刑。

忽然，人群骚动起来：原来是清盛一行到了，正翻身下马朝河滩这边走来。惟方的手下们立即上前与清盛打招呼,而这时右马助忠正则由非藏人时忠用绳索捆着,在众多武士的看护下,被押至河滩边一块空着的草席,强按着坐在上面。

"啊,父亲大人!父亲大人!"

长盛、忠纲、正纲等先前已坐在草席上的三个儿子腾地跳起身,想往忠正那边挪。可是每个人都被用绳索拴在身后的木桩上,长盛等三人一挣,便将自己弄得摔倒在地。

"不要吵!你我父子几人只能认命了!"

毕竟身为父亲,看到几个儿子如此,忠正反过来劝慰他们。

"虽然心中不无悔恨,不过为父的还是很高兴,能在这里和你们几个相聚,真是没有想到啊,到底是父子缘深哪!长盛、忠纲,还有正纲,你们都听好了!"忠正声嘶力竭地叫道。

离开六波罗的时候,忠正一路上狂喝不止,以至嗓子都嘶哑了,这会儿声音听上去有点含混不清。

"三人都听好了:我等父子虽武运不济,今日在此行将被斩首,可没有一个堕落到清盛那样忘恩负义的畜生的地步!我等拥戴新院并非逆罪,无可非议,新院的恩宠永生都不会忘记。你们看看清盛,当年的穷小子平太,如今的清盛,所谓忘恩负义说的就是他这种人!我们应当为自己感到骄傲,我们没有在世上留下耻辱!"

清盛坐在马扎凳上,一语不发。忠正乜斜着眼睛瞪视着他。

面对这个行将被处死者,清盛实在没有勇气与其四目相对。他的脸色变得苍白。

"清盛,你是个心狠手辣的无情鬼!"这下子,非但视线,而且舌锋也向他直击而来。

"平太,你若是长耳朵了就竖起来听一听:昔日忠盛大人连碗稗米饭也吃不上的时候,好几次差你到堀川我家来借钱,全靠我接济的你们,难道你都忘了?"

"数九寒天,穿件破烂的旧衣,哭着鼻子跑到忠正门前,像个讨饭的似的人是谁呀?忠正看着可怜给几口冷饭,扑簌扑簌掉着眼泪吃个满饱才回家的那个饿死鬼,如今竟成了播磨守清盛大人,真是笑死人!这些且不说,竟然欺骗自小有恩于自己的叔父,你良心何在呀?莫非想用叔父的首级向朝廷邀功，换取自己的飞黄腾达？你这样做，还算是人吗？"

"这难道不是比畜生还不如？平太，你若是有什么屁想放，倒是放呀！"

"没有啊？谅你也没有！忠正对你一家有大恩大德，是你老子忠盛的亲弟弟！你想斩我？罢罢，或许是前世注定的吧，你想斩就斩吧，来啊！老夫绝不称名念佛，老夫要念着忠盛大人的名字受死！好了，爽爽快快开斩吧！来啊，平太！"

他的声音里透着一股逼人的阴气，口中甚至仿佛要喷出一团火焰来。

恰在此时，乌云密布，天地间一瞬变得昏黑晦塞。

远处响起阵阵雷鸣，暴雨来临之际的冷风激起飞沫、卷起沙土，自海峡朝这儿驱驰而来，将天地间的帷幕一点点掀翻。

雷云翻卷，暴雨袭来，日晷上的投影也消失了。

那些早已习惯了行刑的官府役人、监斩官等，先前还竖起寒毛呆呆地站立原地听着忠正喋喋不休的数落和诅咒，忽然感觉脸颊上有雨点打到，于是一齐回过神来催促起清盛："申时到了！播磨大人，快点动手吧，不然就过申时了！"

"噢　　"清盛梦游般地说道。

他使出张满强弩的浑身气力勉强让自己站立起来。

清盛一站起来，忠正的视线立刻随之向上抬起。清盛移步走到旁边，忠正的视线又跟着转到旁边。

"时忠！举刀！"

"开始吗？"时忠叉开两腿，稳稳地站定，刚举起大刀旋即又放了下来，目光朝清盛铁青的脸上瞅过去，那眼神似乎在问："从谁开始？"

"从最边上开始！"清盛用手一指吩咐道。

听到这声命令，长盛立即向清盛转过脸来，死死盯住他。清盛下意识地别转脸去，大声喝道："时忠，你害怕了吗？赶快动手！"

"我怕？"

随着时忠的话音，一声奇怪的声音传入人们耳中，是鲜血迸射和刀刃震动在空气中汇合而成的颤音，听起来就好像一块湿抹布甩在什么东西上发出的声音。

"啊！长盛，你先走了？"

忠正发出一声惨叫。话音刚落，旁边忠纲、正纲所在的地方又传来两声同样的响声。

"忠纲！正纲！"

一个响雷在头顶上炸开。

人们已经分不出究竟是云端发出的声响，还是地上发出的声响。

忠正的叫声影响到了时忠，手里举着大刀的时忠，没能向第四颗人头砍下去。

时忠霎时间目光变得虚无而呆滞，低头在地上抓来转去，仿佛要寻回自己的魂魄似的。

"喂！怎么了，时忠？在做什么？"

"水！让我喝口水再接着斩。突然一下子感到眼睛发眩，真奇怪，手也使不出劲来……"

"你这是晕血了，真丢人。行了，我自己动手！"

清盛有点生气了。他大步走到忠正坐的草席旁。

忠正仰头望着天。清盛双眼毫无畏惧地直视着他。

此刻他内心的情感，突破了平日的界限。一旦突破这个界限，眼前只看见一片白茫茫虚无的空间，脑袋也从内部冷下来——这种冷冽，或许是达到热度的极限而表现出来的一种无知觉吧。清盛忽然像变了个人似的，心里暗暗笑着，目光向下平静地与忠正的视线对峙。

清盛高高举起刀，对忠正道："右马助大人，还有什么想说的吗？你的这颗首级，清盛受领了！"

"哼！你动得了手就来吧！"忠正强硬地回应道。

正常应该是伸长了脖子引颈受刀，忠正却相反，他将胸高高挺起，那架势倒不如说是一种抗拒：不要斩我！

"要说有什么不称心的事情，莫过于老夫竟然会死在你手里！说起来，自打你还穿开裆裤的时候起，我对你平太清盛就瞧不顺眼。唉，这也算是宿命吧！"

"没错，清盛自从少年记事之日起直到今天，全天下还没有一个人像你这样让我如此讨厌哪！"

"你我叔侄二人就像雪和墨一样生就合不到一块儿。现在我败了，死在你这个可笑至极的侄子手里，岂是懊悔二字能够表达的呀！"

"你懊悔了吧？告诉你，这是战争！"

"不！是轮回。平太，下一个就轮到你自己了！"

"可惜你等不到那一天了……准备好了吗？"

"别急！平太，老夫还有一句话想告诉你。"

"哼！还有什么说的？"

"你呀，别说还真像，和尚之种是无可争辩的了！"

"什、什么？！你说我像谁？"

"像你父亲啊。"

"不管像或是不像，除了忠盛大人，清盛没有其他父亲！"

"不，你有！老夫曾从兄长的未亡人祇园女御那儿听到过她的忏悔，你并不是我兄长忠盛大人之子，也不是白河法皇的血胤，你其实是祇园女御和她的秘密情人——那个八坂和尚的儿子！"

"胡、胡说八道！去死吧你！"

清盛猛地将手中大刀一挥，朝后一用力，随着一道白光闪过，"扑哧"一声，尚在喋喋不休的忠正的头颅被砍飞。

清盛手里提着大刀，茫然地在那里伫立了许久。刀刃被血染得鲜红鲜红。

一道闪电在眸底划过。雷声隆隆。苍冥令人骇惧地震怒了。脚底，仿佛有某种东西一阵阵向上涌来，将他从茫然自失中唤醒：

"混账！真是混账！"

"他疯了！畜生！"

"禽兽！"

这不是雷鸣，这分明是人群中发出的声音，是庶民的鄙视。与此同时，不知从哪里刮来的小石子像雨点般在清盛周遭噼里啪啦地飞落下来。

清盛没有躲避，石子毫不留情地砸在他身上，虽然身上穿着铠甲，但是脸上和手上已经渗出血来。

人群中一齐发出怒号，使得一时间听不太清楚究竟在呼喝什么，但是很容易想象得到，无非是叱责清盛亲手杀死自己的叔父，甚至连叔父的三个儿子也不放过，一并处斩，故而愤慨地齐声发出声讨。这种人们不愿意看到的一幕惨剧，竟生生在眼皮底下发生了，也难怪民众抑制不住憎恶之情，整个

335

河滩就像口沸腾的大锅，骂声一片。

清盛手下兵士迅即举着刀逼向四面人群，人群顿时向四处狂奔逃散，只剩清盛一个人呆呆地站在四具尸体旁，活像一根木桩子。

哗哗的暴雨一个劲地朝他凶猛地拍打。

青白色的电光仿佛要将东山之塔一劈两半。电光之中，清盛依旧伫立在那儿。手里拎着大刀，全身被雨水打得湿淋淋的，茫然伫立在那里。

"大人……大人！"

"官厅的役人们都返回了。"

"那些看热闹的百姓也全都走光了！"

"总算毫无意外，行刑顺利结束了。"

"大人，我们回去吧！"

手下兵士心神不定地围拢在清盛身旁，催促他赶快返回。清盛这才慢吞吞地迈开步子往河堤走去。他抬起头望着狂风骤雨过去之后的旷野，口中默默地似乎念念有词。过了一会儿，他轻声唤道：

"时忠！时忠！"

声音十分平静，与平常的他并无二致。时忠及其他手下也登时舒眉展颜。

这时候，黄昏的天际弯起一道彩虹。时忠等一众人仿佛从噩梦中醒来，牵起马儿，一字儿列队在清盛面前。

清盛扯住马嚼子拉过坐骑，回头又吩咐时忠："你带五六个手下留下，将四人的尸体好生运送到鸟边野的火葬场去，我今晚要在家里为他们守灵，殡礼就拜托你了！"

当天晚上，少纳言信西见到了翘足而待的忠正的首级。

右少弁惟方的手下很快便从六条河滩边将四只首级匣一字儿排开摆在客堂的灯火下："执行完毕！"

随后，信西仔细听取了手下关于忠正在六条河滩临刑前的最后情状以及清盛的表现等报告，不由感慨道："都说人之将死，其言也善，看来也有例外，像忠正这样一直到死还邪执督妄的人少归少终究还是有的啊！——不过话说回来，没想到清盛还真是个胆小的人，像他那样子之前开战时居然会不顾一切地冲向白河北殿呢！"

信西说着，发出一阵大笑，其间还以手击膝，心情似乎很愉快。

翌日。信西将义朝招至高松殿的一室，像平常一样用又低又细的声音说道："左马头大人，播磨大人昨日已将叔父忠正的首级砍了下来，献给朝廷，其竭诚克忠之志和磊磊明明之心真令人钦佩呀！不过，追随新院的谋反人之一、较之忠正官职更高、且率一门六子一同参与叛乱的大将军六条为义，不知道对其下落的搜寻进行得如何呀？"

话说得十分和缓，语气也十分诚恳，可是义朝却登时像心里扎了一支箭似的，脸色也刹那间陡变。

"哦，正在锐意四处搜寻。不过，直到现在还是没有一点儿线索。"

"当然啦，又是开战又是追捕，连着忙不停，个中辛苦朝廷也是明白的。"

"下官一定继续努力，哪怕拔光地上的野草也誓将他们抓捕归案！"

"嗯，有什么问题吗？"

"不，没有！"

义朝俯着头面孔朝下回答道。信西向上翻着眼珠，间或偷偷向下瞥一眼义朝，继续慢腾腾地说道："将军此战军功卓著，真令人羡慕啊，今后还望加倍努力，可不要让播磨守大人一个人高踞雀枝、独占风骚呀，相信将军必会以实际行动向朝廷证明你的忠诚！"

信西肚子里的算盘其实昭然若揭：就像清盛对待他叔父那样，希望义朝也能尽快捉住父亲为义等人，交由朝廷法办——当然是要他们的首级。

面对这样的怂恿或者说逼迫，义朝心里如何能够平静呢？

这天，义朝原本说好了上常盘家，去看望战后刚刚从乡下避难归来的常盘和孩子。他心情烦闷，步履沉重，整整一天心里说不出是啥滋味。不过，他还是绕了个弯拍马往常盘家门前走去，打算稍坐片刻。

志贺寺忏悔

从白河村一连翻越多座山头，走小路抄近道直插琵琶湖边，被百姓俗称为"翻越志贺山"。远在景行天皇[1]定都于志贺一带的时代这里曾有过一条古

1　景行天皇：传说中的日本第十二代天皇。

道，如今早已成了废道。

志贺寺便位于这群山连峰之中。大约十来名武士曾经在这里藏匿了三天三夜。这群武士正是源为义和他的六个儿子以及手下花泽孙六等人。

多亏看护寺院的守堂人发善心，一众人不仅有的吃，有的睡，还将身上的箭伤和刀伤也进行了处理和包扎。为了逃奔东国，他们还动足脑筋，四处寻找船只以便东渡琵琶湖。

这些日子，正巧为义的老毛病神经痛又发作了，只得整天躺在这座荒寺的一间屋子里，不能动弹。

今天，孙六和为义的四子赖贤照例又外出寻找船只。他们去的是大津。八郎为朝与其他负责守卫的人分别把守各处要害，白天黑夜都不敢松懈，警惕地盯着来往路人。身体虚弱的为义则独自一人躺在山寺内，回首自己六十年来的生涯，不禁感慨万千。虽然身为一介武人，但也并非全无平常人的情感，包括空寂、悔悟等，或者可以说，武士的喜怒哀乐等往往来得更加深沉。

——昔日，志贺寺上人眉垂八字霜，手执一寻杖……

为义冷不丁想起自己曾经读过的一本插图话本小说，依稀唤起了对这位上人的记忆。

即便年齿渐增，见识益丰，谁敢说人性就不会迷茫？驱役人性迷茫的种种诱惑，直到化为白骨那一天也不会消失。为义对阐述这个道理的其中一则故事感触良深，故而记忆深刻，即使不能逐字逐句背诵，但内容依旧能暗记个大概：

昔日志贺寺上人乃学问高深、修行圆满的圣才，誓愿永出三界火宅，往生九品净土，笑富贵如梦中之快乐，嗤色欲为凡迷之愚。

上人居柴庵，与闲云为邻，时往湖畔，作水想观[1]。某日，住在京极的一位御息所[2]志贺花园赏花归京时途经此地，于车内向外观赏景致，上人见了竟双目发怔，心中瞀惑难已，虽强自忍住不敢造次往御车凑去，魂儿却早已被掳了去。

自此以后，举凡暮山云、窗外月之类，皆成为妄念之炽炎，炙烤得上人

---

[1] 水想观：佛教净土宗修持法之一，为十六观的第二观。
[2] 御息所：对皇太子妃、亲王妃或者女御、更衣等侍奉天皇且赐别殿的地位较高的宫女的尊称。

心神不宁，寝食难安，勤行[1]称名[2]时别无观想，满脑子皆是那位御息所佳人的影子。

如此下去，来世往生极乐净土是无指望了，即是今生只恐鬼也难成。上人心想，自己临终之前无论如何也要将心中爱慕向意中之人作一表白，于是上人以病弱之躯拄杖前往京极御息所，站在御息所蹴鞠的庭园旁的树下，竟两日两夜不忍离去。

路人皆以为是乞食者抑或修行者。御息所却隔帘而望，认得是志贺花园归途中所遇之圣人，心想圣人为我而来，倘若驱之恐罪及来世，便欲以片言只语稍加劝慰，便悄悄使人召上人入内。上人隔帘跪于殿下，并不发话，只是潸然泪下。

御息所为其毫无虚饰之情感动，于是从御帘内稍露玉手，为上人拭去泪水。

上人执玉手贴于颊，浑身震颤欲绝，如幻如梦，哽咽道："今生呀！今生呀！来世绝不拼舍！"

将自己置身于空想与现实之中，忘记逆境，追逐快乐。

眼下的为义正与此相似。身为逃犯，拖着病体躺在昔日志贺寺上人居住过的这所荒败的山寺内，为义自我安慰起来：像那样的硕学高士尚且如此，何况一介武人的凡夫俗子呢。

上人的"老来之恋"对于在武者之道上陷入迷茫绝境的自己来说，也不啻是一种皈依之途。无论上人也好自己也罢，只是因为某种机运，才将那至死也无法根除的人间凡欲之火重新点燃而已。

假如自己果真没有一丝名利欲念，就决不会以风烛残年之身参与到这场战争的赌博中去，虽然口称信义忠诚，但内心深处不可否认，自己也无法舍弃名利之欲。想到这里，为义不禁感到一阵羞赧。

为义共育有四十二个子女，自然不是同一个夫人所生。

一夫多妻在当时俨然成为一种习俗，而非为义的行为逸于常规。镰仓、美浓、住吉等地，为义在京城内外拥有多名外妾，而他则一心幻想着给每一个子女都能留下一国半郡的财产。除此以外，将陆奥守的官职谋到手更是自

---

1 勤行：佛教语，指在规定时间内诵经、念佛、拜佛、烧香等。
2 称名：即念佛，口诵"南无阿弥陀佛"等佛名。

己冀望多年的心愿。与志贺寺上人的"老来之恋"相较，尽管形式有异，然而在他身上也绝对有那种凡俗之欲。

"我们给了渔师一点小利，船只的事情终于办妥了！"四郎赖贤和花泽孙六喜滋滋地赶回来，向为义报告道。

十七日深夜，一众人悄悄离开志贺寺，蹑手蹑脚地向湖畔出发。不知道为什么，并没有看见约定在此等候的小舟。

赖贤与对方说好的地点是唐崎的松林一带，于是众人盯着黑漆漆的湖面四下寻找。正心急火燎地寻觅，忽听得黑暗中响起一阵急促的马蹄声和嘈杂的人声，还有无数松明火光，正朝这边逼近。

` "呀！不好，我们被算计了！"为朝第一个反应过来，立即提醒父兄们。

"孙六，你扶着父亲大人赶快往东坂本山方向逃离！我等在此迎击追赶之敌，随后与你们汇合！"

情势紧急，此时根本没时间仔细商量拒敌之策了。花泽孙六将为义的胳膊搭上自己的肩颈，背起为义，疾步而去。

事后回想起来，恰是这天白天，清盛及其手下在附近挨家挨户一处不漏地搜索，渔夫害怕不敢前来也就可以理解了。

孙六来到东坂本山，向神官五郎大夫说明实情，在寺内躲了一晚，仍觉得不安全，次日又背着为义在荆棘丛中拨开一条小道转到睿山，躲进了西塔的黑谷。

"铃鹿关和不破关等都为官军严密把守，加上老夫这样的病体，即使到得东国，再想揭起反旗恐怕也无能为力了，不如剃度出家，然后通过义朝自首请降吧！"

为义左思右想，想出了一个方案，对孙六说了，于是当下就在西塔月轮房得度，出家遁入空门。

赖贤、为成、赖仲等几个相继找寻到这儿，第二天，八郎为朝也来此汇合了。

几个人看到父亲身着袈裟，一个个都沮丧地哭了出来："我们也没什么信心，没什么乐趣了！"

"不！你们几个不可能永远窝在父亲的巢里，你们是朝气蓬勃的鸟儿，各怀大志，未来的天地还宽广得很！"为义竭力安慰着，可是一想到自己作为父亲，在这最后的关头，除了这几句空洞的话之外，竟再也没有可以留给他们的，不由痛心自责，潸然落泪。

为义已经事先给嫡子义朝写了一封信，并交给花泽孙六，令他作为使者前往京城。

孙六回来了。

思忖着应该是吉报，一问，孙六兴冲冲回答："左马头大人读了信十分高兴！"

为义还想仔细打听义朝的日常起居，孙六答道："小的去了左马头大人的府邸，大人不在。小的忽然灵机一动，便去常盘御前[1]住的地方看看，可巧大人在那里，身上铠甲也未解，正将年幼的孩子们抱在膝上玩耍呢。"

"嗯，真想抱一抱孙子啊！想必义朝也知道做父亲的心思了，毕竟他和常盘之间已经有了两个孩子。"

"哦，常盘御前的肚子里好像又有了！所以左马头大人对常盘御前也显得格外的关切呢。"

"是吗，是吗？常盘是个性情不错的女子，他可真幸福啊。"

此话倒不是反语，既非出自讥讽，也没有一丝憎恶，而是充满了父爱的自然流露。然而，围在为义身旁的义朝的几个弟弟听上去不知是什么滋味，每个人的脸上都面无表情。

接下来，为义拆开义朝的返信默默读起来：

"镇日伫候音尘，始知归着，不胜唏嘘。若肯归至加茂，儿定率人前往亲迎，切勿多虑，义朝甘愿将前日军功一笔勾销，亦当向朝廷斡旋求情……"

于公来说，义朝是奉朝廷的敕命追捕父亲兄弟的敌首，但这封信却只有私家之情——儿子给父亲的信，父亲默读儿子的信，故而又绝不仅仅只是普通的片纸点墨。

然而，兄弟几个，包括赖贤、为成等却对父亲欲离别自己、投至大哥义朝的军门下去自首投降大为不满，脸上全无一点儿喜色。八郎为朝更是强抑不住，冲口说道："父亲大人！这件事情就不能再重新考虑一下吗？虽然不

---

[1] 御前：日本古代称呼第三者时加在名字后面表示对主君、贵人、贵夫人等的尊称，也可作代词用于当面尊称。

知道大哥是怎样想的，但这么做无疑是再危险不过的了，实在叫人担心，所以千万不可呀！"

"八郎，不要这么说。义朝的本意绝不想要阴谋算计我等，他一定心里非常苦闷。老父通过他自首投降亦非惜命保身，实是想让他作为大哥向朝廷恳求赦免弟弟们呀，这也是解开义朝自身苦恼的唯一方法啊。"

"不对！不对！"为朝不停地使劲摇头，试图说服这样做是不可取的，"要我说，这实在是父亲大人自作多情了！身为兄长，不让父亲大人蒙罪是天经地义的呀，不然的话，即便日后换取到飞黄腾达必也寝食难安！但是反过来讲，父亲大人您看看其他人的例子，新院难道不是主君的亲哥哥吗？可朝廷就没有对他惩罚？还有，左府赖长大人是关白忠通大人的亲弟弟，可即使亲兄弟也没有得到赦免呀！"

为义点着头。看来他对为朝说的这番话颇为赞同，但他仍旧不想改变主意，他又寻找了另一个理由。

"可是，嗯……我已经派孙六为使者去见过义朝，京城方面也已经知道我为义藏身此处，"随后又补充道，"既然退一步逃至东国再起已经无望，不如朝前一步将此身托付给命运，正大光明地进京自首，或许还能求得一条生路，除此以外别无良策呀——即使只有一丝的希望！"

第二天，为义拿定主意，只带了花泽孙六一人从睿山前往加茂去自首请降。

——即使我等还能平平安安活长久，恐怕这也是父子最后一别了！毕竟前去的是充满危险的虎穴啊！

几个儿子紧随不舍，一路相送，送了一程又一程，一里又一里。

搭在孙六的肩膀踉跄而行的为义，数次隔着肩膀朝身后挥手道："你们几个别送了！前面就是村落，人多眼杂，就送到此吧！回吧，回吧，这么送下去总也没完没了了……"

每次他挥手道别，身后的儿子们便一阵啜泣。

赖贤和为成停下脚步，用衣袖遮挡着泪面；为朝则抬头仰望天空，抽泣不止……

父与子

加茂的树林旁，专程来接为义的轿子早已在此迎候。

黄昏时分，为义坐在轿上进入义朝的家门。这儿既是日思夜想的儿子的家，又是敌将的营阵。

为义被人轻轻搀扶至一间隐秘的内室，三名女佣负责照料他，又是沐浴，又是梳发，又是更衣，随后还拿来食物和药，真可谓无微不至。

为义睡得很熟。昨夜没有被蚊虫叮咬，也没有担心野兽侵袭，因为这儿是自己儿子的家呀——清晨，为义望着窗外的朝阳轻轻发出感慨。

白天，为义与义朝终于相见。屏退其他人，只有父子二人相对。

离别仅仅只有大约半个月，可是却仿佛已经相隔了十年一般。

为义泪流满面，义朝同样满脸是泪，两人一时间竟想不起说什么。

骨肉之情真是种奇怪的感情。倘若相互憎恨，则憎之切恨之深绝非他人堪比，人与人之间再强烈的仇恨、再根深蒂固的宿怨都比不上亲骨肉间的宿怨和仇恨。是因为其对象既是他人，又不纯粹是他人，某种程度上就交融在自己的血脉之中？是因为人类自我厌恶自我仇恨？还是因为至爱的反作用？谁也解释不清楚。故此，人很容易盲目地陷于这种骨肉间的情仇纠结，几乎无时无刻不上演着骨肉相残的惨剧，这或许正是人类仍未彻底摆脱兽类的原始本能而传承下来的可怕遗习吧？

相反骨肉相亲，却又可以亲密到合而为一的无间地步，只需一滴眼泪，即使中间隔着冰河也足以被融化。

"父亲大人！原谅我，义朝未遵父亲的心愿，犯了忤逆之罪……"

"罪？义朝啊，你父亲我才是犯下大逆之罪的朝廷的罪魁啊，我不配做你的父亲，你就将我当一个罪人对待吧！"

"父亲大人，您这么说，义朝简直心如刀割啊！"

"不不，义朝，我已经这把年纪了，我早已想好了。只是想求你放过赖贤、赖仲、为朝他们几个，还有那些无辜的妇女和幼儿。为义甘愿以一身换得朝廷对他们的宽恕！"

"您说什么呀！义朝情愿舍弃军功，也要设法求朝廷留父亲大人一命！"

"可是，朝廷里那么多人，人心叵测啊，千万不要将你自己搭进去！你是源家长子，只要你能出人头地，源家就会声名不绝！"

为义一个劲儿地劝说义朝，希望他不要勉为其难，即使到了这个分上，仍难舍做父亲的苦心——就像开战前夕，为义命人悄悄将家传的铠甲"源太襁褓"给义朝送去时一样，没有丝毫改变。

这天夜里，义朝躲在一辆牛车里，悄悄来到少纳言信西的府邸。不料没见到人。听信西的家人说，信西这段时间非常忙，估计今晚又要在宫中过夜了。

第二天再去，所幸这次信西刚好在家。可是刚听义朝讲述了个大概，便面无表情冷冷地道："什么？你想求朝廷留为义一条活命？兹事体大，信西说了可不算啊！再说，此事在私邸里说会给我带来麻烦的呀，请你还是上朝廷去向诸卿求情吧！"

说起来，就在数日前，信西还曾一个劲儿地督励义朝，如今向他求情，不啻是自讨没趣，更可能招致其震怒。

然而义朝却不肯放弃。他听说中院中将雅定是个极富人情味的公卿，担任右大臣，朝廷中官僚对其甚是遵服，最要紧的是深得新帝后白河天皇的信任。

义朝往访雅定的私邸，畅叙一夜，将自己心中的苦恼和盘托出，全告诉了他。

雅定也是名歌人，同西行等人素有交往，一照面便给人一种和善的感觉，当时的话本小说中称他是"少有的温情主义者"。

"哦，大人的心情我十分理解，不过现如今宫中就如同世间一样，各种各样的人都有，人心险恶，您的恳愿经朝廷商议能否同意我还真的不确定，不过我一定会尽力而为的。"听了义朝的讲述，雅定爽快地答应道。

第二天的朝议，"左马头义朝大人有个请求，"雅定果然将此事端出，"欲以其军功相抵，只求朝廷留父亲为义一条活命，诸卿以为如何？"雅定将事由提起，一面关注着天皇和公卿们的反应，一面竭力争取众人的赞同。"此事绝非出于个人私情……"他先表明自己的立场。

至于赦免理由，自然也是摆得上台面的：

"我朝自弘仁元年[1]左兵卫督仲成怙势骄狂,离反昭穆,而使天下大乱,被问以死罪以来,帝王二十六代、业祚三百四十七年,其间死刑一次也未实行过。死刑业已免除四个世纪,如今又何必忙着恢复呢?古人曾云:杀一人,则杀又生杀,百杀亦不足矣。"

接下来,雅定又为源为义辩护起来:"为义之所以加入新院阵营,完全是出于报恩。再说,他已是个年逾六旬、久病缠身的老将军。其祖父八幡太郎义家为朝廷奔波,远征陆奥边地,为天皇和朝廷立下过大功啊!至今坂东地方追慕其余风的武士仍大有人在,假如定其死罪,势必招致这些武士的仇恨,激反他们。伤人者,人恒伤之——这会让本已险恶的世道更加险恶,这样的政治雅定觉得是一种悲哀,也令人恐怖。仁与爱,这难道不正是我朝统治的根本精神吗?"

说到这里,座中一人发出朗朗笑声,是少纳言信西。

"昨日是昨日,今天是今天,政治这样的大事归根结底是注重当今。雅定大人所言极是,只可惜雅定大人对于今日世态并不了解啊。"

信西的舌锋之犀利,连之前的恶左府赖长跟他比起来也稍逊一筹,何况如今的信西在拥有辩才之外还握有莫大的权力,其做派跟昔日的赖长几乎一模一样。对于雅定的揭议和辩解,信西一上来便猛烈反对。

"假如宽宥为义,则对新院又将如何处置?再说,假使免去为义死罪,流放边地,只恐他会聚集同类,他日一旦有机会又会图谋不轨。既然播磨守清盛大人已经将他叔父斩首,断绝了祸根,为什么偏偏要对为义、义朝父子网开一面,特别处置呢?这样做岂不是很不公平?"

信西一面反驳,一面看着雅定不住地发出嘿嘿冷笑。他心里非常清楚:雅定是受了义朝之托才在朝议中提出此事的。

"据检非违使暗中侦察得知,左马头义朝大人将父亲为义私自藏匿于家中。若情况真是如此,那就严重了,实属违反敕命的大罪,绝不能轻饶,信西正打算提请朝议同意命其他武将立即率兵讨伐义朝将其拿捕,谁想中院雅定大人却还在这儿为其说好话!"信西突然抛出一记杀手锏。

时势激变本是天之常势。有时候,败战则天下暴民丛生,胜战则催生出朝中霸者来。经过此次动乱,信西的权势已经到了登峰造极的地步,每次朝议,这种无所忌惮的权势越来越表面化,越来越嚣张,凭一个雅定如何能说

---

[1] 弘仁元年:即810年。弘仁是第五十二代天皇嵯峨天皇的年号。

得过他？

再说雅定回到家，悄悄差人将义朝唤来，将朝议情况告诉了他，随后嘱咐道："万一弄不好，信西真的会命武士朝你的府邸杀去，将大人一块儿拿下！"

义朝内心异常苦恼。事情至此，他追悔莫及。为什么不论是胜还是败，自己都不能和父亲还有兄弟们共处同一个阵营，一起太太平平地安享天命呢？

义朝的心腹家臣镰田正清和波多野次郎很快觉察到了主人的苦恼。——应该说，不少家丁和手下都觉察到了。

这些赌上性命和气运参战的武士们心里颇不平静。依照当时的惯习，敕命大过亲情，因而父子兄弟残杀是常有的事情，倘若主人不肯这么做，他们这些身为家臣家丁的武士非但之前的战功一笔勾销，甚至可能背上逆贼之名，成为朝廷诛杀的对象，又如何是好？

这天主从相对无言，默默地过去了，第二天依旧，经过两夜到了第三天，义朝终于将心腹中的心腹镰田正清和波多野次郎叫到屋子里，悄悄吩咐了什么事情。看起来，义朝实在难以亲自处理这件事情。

"世间真是无情啊，左马头大人废寝忘食、绞尽脑汁想救老太爷一命，可是……朝廷内反对的声音不少，还有人存心要置您于死地。没办法，大人只好请老太爷先去东山深处的草庵里躲藏一阵子，正好将养将养身子。"

镰田正清和波多野次郎来到为义暂时栖身的屋子，如此告知。

轿子已经遵照吩咐抬到屋外草坪上，二人不停催促着："我等二人一路护送老太爷前往。"

为义起身，准备登轿，行前又恋恋不舍地转向义朝的屋子，抱手称谢道："都说儿是父母心头肉，父母最值得拥有的宝就是儿，你若不是这样的儿，为什么还要如此绞尽脑汁救老父啊，甚至不惜搭上自己的前程？你的恩情，老父至死不会忘记的！"说着，从眼眶里滚落两行泪水。

抬着为义的轿子，黄昏时分出了后门，很快便消失在昏暗的街道上。

明明说是往东山去，可是轿子行走的方向却好像有点儿不对劲，出了京城，经西朱雀沿着七条河一直来到一片黑漆漆的荒原。

前面停放着一辆空的牛车，十多名家丁早已等候在此。为义可是这辈子还没乘坐过牛车。

镰田正清用手肘轻轻捅了一下波多野次郎。波多野次郎脸上露出怪异的神情，摇着手低声道："还是你动手吧！我、我不行！"

正清磨磨蹭蹭一副犹豫不决的样子，脚下已经来到牛车跟前，对抬轿的家丁下令："喂，停下！"他走近轿子，隔着轿帘恭恭敬敬地说道："老太爷，已经出京城了！前面路途尚遥远，请转乘牛车吧！"说着话，手上却紧握大刀柄举向空中，半边身体略微后倾，单候着为义下轿子。

这时候，波多野次郎从后面碎步走近正清，拉住半举的手，"正清！你过来一下！"将他拉到十来步开外的地方。"喂！这样子暗害可不成！不能搞暗害！再怎么说，他也是主人的父亲，是老太爷啊！怎么可以这样做?！"

"那你说怎么办？"

"不如就照实说，再给他点时间念佛祈祷。虽说在这荒郊野外结束掉一生，至少我们对六条源氏的老太爷也得有应有的礼节呀，你说是不是？"

"说得没错，可是，那样的话实在下不了手啊！要不你来吧？"

"想都别想！我是绝对下不去手的，还是你自己动手！"

两人推推搡搡、争执了一会儿，最后还是正清来到为义面前，跪伏于地，将实情告诉了他。

"是吗？"为义非但没有一丝慌乱，反倒很乐意接受这样的结局。

待他下了轿子，端端正正坐直了身子，却问道："为什么义朝不跟老夫明说呢？我知道有点儿难以启齿，可作为一个儿子，跟父亲不应该是这样的！"说到这里，他加重了语气，霎时间泪流满面。

"作为父亲，就这么一点点微不足道的爱，难道义朝是这样看父亲的吗，觉得父亲的心胸就那么狭隘？义朝啊，你从小就失去母亲，是在父亲的膝头长大的，几十年来只有父亲一直陪伴你，可、可是，你怎么就不明白父亲的心呢？"

不知道什么时候，身边除了草穗在摆动，伏击在旁准备暗中动手的武士及抬轿的家丁等一个个忍不住啜泣起来，喉咙里发出像虫鸣般的呜咽声。

"义朝呀，真遗憾哪！虽说人间无常，可你我毕竟是最亲近最亲的亲人！你不是我的儿吗？我不是你的父亲吗？为什么你不肯对我完全敞开心扉呢？为义从来不曾抛却对你的父爱呀。假如实在不得已，为义也会坦然接受的，父子无拘无束地彻夜促膝欢谈，然后做今生之别，那样不好吗？"

为义立起身，脸上没有了泪水，仿佛一生的眼泪都已经淌干。他合上掌，小声祈祷着。待心绪平静下来之后，安详地开口道：

"正清，动手吧！"声音仿佛拂过裂裟袖子的那阵轻风。

左马头义朝终于将父亲的首级献给了朝廷。

尽管没有在大庭广众之下斩首，但庶民百姓得知事情真相后却齐声非难，较之清盛在六条河滩受石块袭击时骂得更加激烈、更加狠毒。

随后，四郎左卫门赖贤以及赖仲、为宗、为成等几个也被官军捕获，并先后被处决。只有八郎为朝一人逃脱，为朝放出大话道："老爹和哥哥们真傻啊！什么大哥，不过就是公卿们豢养的一条狗罢了。想捉住我，哈哈，我八郎随便走到哪儿都是我的天地！"他单骑一人逃往西国去了。可是没多久，为朝还是被捉住，押回京城，两臂的筋被挑断，然后流放至伊豆大岛。

大闹信西府

也不知是谁，在战死者们捐躯的桥堍以及路旁供上了鲜花，点燃线香，垒起一簇簇石堆，其后，越来越多的人到这些地方为那些身份不明、无亲人吊丧的亡灵祈冥福。

他们都是与战争毫无关系的地下人。有背负着婴儿的老婆婆，有从市场回家途中的主妇，有兵乱一结束便匆匆上街重拾生计卖土陶器皿的小贩、卖鲜花的女子，还有牵着牛的男人，路过的和尚尼姑等，纷纷停下脚步，合掌祈祷一番。

说是无缘，但此时这些牺牲长眠的无名兵丁在他们眼前所浮现出来的身影，或许就像他们的远亲或邻居，与其生活密切相关。

"这是可怜的战死者与可怜的人们在相互悯伤，让人看到了人性之善，善哉善哉！"

在一处被烧毁的废墟旁，一名身材魁梧的男子停下来，对着路旁供奉的香火，怃然低声自言自语道。

这是个年纪约莫四十岁的游方僧，身上背一只带腿方形木匣，头戴一顶大斗笠，毛茸茸的手上箍着两串念珠，手拄一根竹拐杖；头发既不梳束，也不削剪，一副蓬头样子；脸上沾满尘污，标准的垢面——整个就是活脱脱的"蓬头垢面"；身穿破衣，脚登泥草鞋。唯有一副坚毅威武的豪杰神情，却是睿山和南都的众僧所不具备的。

"唉，西洞院的西角被烧毁了，三条东的府邸还有壬生别墅全都成了一片荒野，啊！柳水御所也……"

僧人似乎感慨万千，他不停地念佛祈祷，不光是念佛，并且用洪亮的声音朗声诵唱着"南无阿弥陀佛！南无阿弥陀佛！"沿着街道昂首而过。

"瞧呀！又来了，那个嗓音洪亮的和尚！"

"又是昨天那个栗子头和尚！"

"那栗子脑袋真叫大，简直就是魔栗！"

"喂！和尚，和尚，去哪儿呀？"

街上的孩童已经认得他了。而他好像并不讨厌孩子们，只见他从乱蓬蓬的胡须中张大了猩红的嘴巴。

"栗子头和尚，我要吃零嘴！"

"给我点饼干吧！"

"给点钱也行啊！"

孩童们见他好欺负，便跟在后面起哄着一路追来。

他挥着手，甩开大步转过街角。

不多时，僧人来到姊小路上的一个大门前。这里是少纳言藤原信西的府邸。僧人停住脚步，离开街道立定在门前，捻着数珠，口中念念有词，随后大步流星地穿过撑柱大门，对旁边的车栅马厩瞧也不瞧，径直闯入中门，冲着正房大声喊道："叨扰了！叨扰了！喂，有人吗？贫僧乃是住洛北栂尾山、露衣风心一沙门，名叫文觉——昨日、前日前来叨扰的也是贫僧，今日务必同信西入道大人一晤，好好叙谈叙谈，还请管事的代为通报一声！"

府邸内虽门庭宏阔，可也经不住他这般大嗓门吼，至少在对屋内都听得清清楚楚。

下人们登时一阵慌乱，有的急急朝后面屋子跑去，有的则疾步从屋内朝大门方向跑来。终于，三名身份较低的侍卫和一名老家臣来到前面，礼数周全且客客气气地应答僧人："实在是不凑巧，我家主人昨夜朝议耽搁到很晚，故夜宿宫中，没有回府来，什么时候退朝尚不得而知。近来公务繁忙，主人就是长着三头六臂也分身乏术啊！"

"哈哈哈！贫僧来此途中顺道去兵卫府转了一遭，打听了一番，信西大人昨晚酉时就出了皇嘉门——卫府的记事簿上明明这样记着，这会儿不可能不在府中啊！信西大人不是忙于治世安邦吗？那就没理由这样避着文觉嘛，贫僧又不是无事前来闲谈的，我只是想与大人同忧共虑，向大人献言而已呀。恳请几位快快替贫僧通报一下吧！"

"好说好说，改日定当向主人禀报。"

"不是改日！贫僧这就要拜见信西大人！刚才所说明显是撒谎对付文觉，不过贫僧并不计较，只请快快上后面通报一声便可。"

"可是今天……"

"不，一定要今天！不是明天！多耽搁一天，就又会多几人丢掉性命啊。治平之事，其要就在于只争朝夕。倘若再不替贫僧通报，贫僧可真的要发火了！"

文觉说到这里，脸上并无气恼之色，只是卸下身上背的木匣，一屁股坐了下来。

后面的泉亭里此时正有访客。看样子是十分熟稔的客人，主人信西和妻子纪伊局都陪坐在旁。宾主传杯弄盏喝着酒，厨房的庖人则站立一旁挥刀解鱼，将整条的时令鲤鱼清洗干净，切成薄薄的生鱼片，再摆放成鱼的形状，以飨宾主。

"喊，真讨厌！"

信西生怕扫了客人的兴头，咂了咂舌，"我去看看就来！"其子名叫长宪的当即站起身来。

信西在儿子耳边轻声吩咐道："是那个叫文觉的讨厌和尚，他还给朝廷投书献过言。你出去，跟他好生说话，将他赶走了事！"

长宪答应一声，便往门口方向走去。过了车栅马厩，来到中门上房，居高临下看着文觉道："文觉便是法师您吗？实在不凑巧，家父此刻正在和重要客人说话。法师您给朝廷的献言书家父已经看了，您看今天是不是请先回去吧？"

"你是什么人？"

"我是这家的三公子。"

"恕贫僧失礼，跟你说你也不会明白的，快把信西大人叫出来！"

"法师此话可是不合礼数呀。"

"不，贫僧并没有失礼！贫僧欲拜访信西大人，费了整整三天工夫，他从里面出来见贫僧一面费什么事？再说，贫僧并非为私事而来，实是为国家分忧哪，照理信西大人当惜寸阴洗耳恭听贫僧献言才合乎礼法呀！"

"像法师这样的访客不在少数，只恐家父对那些所谓的忧国之谈听得都快耳朵生茧了吧。"

"你住口！小崽子！贫僧并不是喝醉了酒来闯这权贵之门的！每日每夜，从官厅牢舍中被拖出来押至河滩边斩首的人已经多达数十人了！"

"法师请安静，这样子会打扰客人的！"

"是吗？那里面的信西大人也能够听见了？那好，贫僧就站在这儿说话，里面客人还在的话不妨也一块儿听听吧！"

文觉挺直了胸膛，开始大声高呼。数年来自隐于那智的荒山野岭，每日在山风和飞瀑中声嘶力竭地诵读经文，至今仍坚忍修行不止，早已练就出洪亮的大嗓门，只要稍稍运点气力，声音足以绕梁震宇，穿透几重屋壁，让府内人听见他说话根本不是桩难事。

"这家的主人，听好了：千万不要忽视百姓的街谈巷议，权当是上苍借着百姓的口说出来的！听说是信西大人乱后主导了对战犯的处刑斩首，弄得跟六道鬼界的地狱景象没什么差别：让侄子去斩杀叔父，让兄弟互相杀戮，让儿子割下父亲的首级……即使是猫狗一样的畜生也不至于做出这种事情来吧？！"

"贫僧还听说，每日朝议，只要信西大人开口发话，必定就会对人定刑、剥夺他们的性命；就算逼迫义朝将自己生身父亲的首级交给朝廷、且对手足兄弟大开杀戒这些都不说，可你还要命人追杀为义的老妻，将她投入池中，并且将好几个年幼的孩童排列在道旁，将他们一个个刺死……这种残酷无情的行径，百姓谁人不恨得咬牙切齿？"

长宪和一干侍卫家丁全都被文觉震住了，就像呆呆地伫立在飞瀑前面一样，谁也发不出一个字来反驳。

"最让人无法忍受的是，这一切你竟然都是假借天皇的威德来做的，颁告敕命，命令武士去执行，将朝廷变成了鬼畜怨府和人间怨谤之地。身为臣子，岂不是大大的不忠？自弘仁元年以来，历经二十六代帝王、三百四十七年，我朝未颁宣过一次死刑，而京城太平从无兵乱，皇室待民如子，以仁爱之心祈盼万世和平。如今，这一切可都要一去而不返了，太遗憾了！"

文觉摘下手腕上的数珠，攥在右手心，右手紧紧握成一个拳头，使劲挥舞着。数珠随着拳头呼呼生风，而文觉的一番慷慨陈词更是颇具叱咤风云的气概。

容易被自己感动、激励，并且一旦激发起强烈的情感便无法停歇下来，这便是他与生俱来的性情，碰到爱情问题是这样，关乎国政时局时同样如此。眼看他将两眼瞪得大大的，仿佛恨不得将眼眶撕裂一般，太阳穴处的血管则可怕地暴了出来。

昔日，当他还是玩命三郎远藤盛远的时候，爱上了别人的妻子袈裟，结果糊里糊涂割下心上人的首级，其后出家为僧，十余年来一直在那智飞瀑下革面洗心，但依旧难改武士盛远的脾性。

悲恋的旧伤已渐渐愈合，他斩断俗世的七情六欲，先后往熊野道场以及南都、睿山各处名山古刹，向德高望重的法师乞教求法。夜晚，他挑着一盏孤灯，潜心研读《大藏经》等经书，修念佛三昧，恭迎自己内心深处的佛性，登莲台而证真乘，渐成佛果。然而，生就极富人间本性的文觉，此时其人间本性仍远远强于一般人，这却是他始终无法摆脱的。

对此文觉自己也甚感厌恶，而当他目睹了睿山、圆城寺、奈良、熊野等既成贵族宗教内部的腐败现实之后，更加厌恶不止，于是发誓创建独具一格的天台新教。高雄道栂尾山的大山深处，昔日鸟羽僧正居住过的古庵已经朽败，文觉便向九条家恳请，将它顶下来，重新支起柱子，用桧树皮铺覆屋顶，近来便住进了这里。

先前的兵乱以及其后极不人道的战后虐政，文觉看在眼里，听在耳里，心中翻江腾海似的难受，终于忍不住走出大山。他并非愚蠢到不知道哲理性的佛智其实无力改变社会现实，佛的光芒也无力影响到政治及战争的狂潮，只不过眼见人间堕落、骨肉相残、百姓涂炭，自己再也无法独居深山，守着孤高的古庵整日念佛诵经，以他的天性他实在坐不住了。

文觉正在中门外扯开嗓子怒吼之际，大门外又来了一拨客人，只见两辆牛车停在门口，从车上下来两个年轻的贵族。

"怎么回事呀？"

"好像是个长得五大三粗的和尚在里面闹事呢。"

这二人，一个是"葫芦花三位"藤原经宗，另一个是权中纳言藤原信赖[1]，都是出身名门的公卿。

二人站在门外踌躇，"又不好返回去"，于是便躲在中门外的篱笆墙下，等着文觉离去。

有一阵子下落不明的经宗，兵乱之后不知从哪里又冒了出来，又是悄悄地接近关白藤原忠通，又是不时来信西府邸造访，装模作样地一同祝捷，凭借着圆滑机灵的本事，四处奔走钻营。他本是个不知廉耻之徒，又无气节，然而却擅长世事俗谈，有那么一点儿小聪明，待人接物非常得体，不但让对方觉得充满意趣，而且从不得罪人。

"信西大人近来可是炙手可热的大人物哟，将来国政准定得由他来左右。虽然开头不容易，但有机会你一定要跟他认识认识，套套近乎。"

之前经宗就拍胸脯为他们牵线，今天便不厌其劳特意领着信赖前来拜访信西，信西也答应见面，为此今天连朝也不上了，专门在家等候二人到来。

"这可够麻烦的，这个臭要饭的和尚，好像全无离去的意思嘛。"经宗皱着眉咂着嘴道。他正想命一同来的随从将文觉赶走，这时候门内传出激烈的声音，似乎府内的人与文觉越吵越凶。

"滚回去！马上给我滚回去！要我说，你这都是一派胡言，再不识抬举胡说的话，我就叫武士来收拾你了！"信西的儿子长宪终于不堪忍受，态度来了个一百八十度的大转弯。

紧接着，又传出一阵哈哈大笑声。发笑的是文觉。与此同时，信西的武士家丁们则蜂拥聚集上来。

眼看气氛变得紧张起来，文觉却一步也没有后退，摊开两手，乜斜着眼前越聚越多的武士和家丁不紧不慢说道："等一等，等等再出手，贫僧可不是好惹的哦！贫僧最讨厌动武了，何况你们这些尘芥根本就不入贫僧的眼，要不然的话贫僧只怕自己会变得不受控制，不成模样！你们先别急着动手，贫僧还有一句话对里面说——"

文觉怒睁双目，镇得这些武士和家丁没有一个敢靠上前，随后又用先前的大嗓门吼道："信西入道，你好好静下心来听文觉说——从今天起，立刻废止死刑、拷问，再不要搞什么恐怖政治了！即使是对待敌人，也要心怀仁恕，倘若不这样，那么果报很快就会回到你自己身上！不要觉得你今天有权

---

[1] 藤原信赖（1133—1160）：鸟羽院近臣藤原忠隆之子、后白河天皇宠臣。

有势可以一手遮天了,如果天下百姓嗟怨,所有郁怒都指向你一人,你还有什么富贵显荣?劫火[1]顿烧,你又何来安身之所?九族悲叫之声萦绕屋宇的日子相信不远了!假如明天、后天你还要继续那惨不忍睹的酷刑,那么文觉一定亲手将你捉上劫火之车,押往六条河滩去!听清楚了吗,信西!"

话音刚落,身后一名武士用大刀柄朝文觉的腰间猛戳了一记:"臭和尚,你敢诽谤敕命!"

文觉所有注意力都集中在了里面,冷不防吃了这一记,不由"啊"地叫了声,随即一个踉跄。其他人见状,立刻一哄而上,先前对文觉还有所忌惮,此时像猛犬般扑到文觉身上,扳手的扳手,抱腿的抱腿,凭借人多势众的数量和重量将文觉按倒在地。

文觉一声不响,除了用手挡在脾腹部,甚至反抗也不反抗,或许是剧烈的疼痛使得他头晕目眩了。他此刻只能蜷在堆成山一般的众人身底下,吃力地喘着气。

可是,眼看众人七手八脚准备将自己捆绑起来,文觉心想这可不妙,不能让他们剥夺了行动的自由。

"贫僧要起身啦!"他大喝一声。

仿佛一个人高马大的壮汉抖落身上的豆荚挺身站立起来一般,压在他身上的人竟然毫不费事地被弹开了。

"往哪里跑?!"

前面一群人截住去路。信西家的下人、车夫等全都闻声出动了。

向外面跑不脱,文觉干脆腾身一跳往里面闯进去,窜到了回廊上。陡然失去方向的下人们赶忙返身来围堵,口中齐齐叫着:"这臭和尚准是叛贼的同党,千万别让他闯到里面去!"

文觉倚仗地势之利,双手各撂倒两个,顺手将他们从栏杆处抛下。对方一拥而上,文觉则手脚并用,又是脚踢,又是拽着头使劲往旁边的柱子上猛击。

屏风被撞倒,拉门被撕破,到处是刺耳的物什破碎声,仿佛响雷划过似的。女童的哭泣声更增添了几分狼狈凄惨。

文觉又出现在中门上房外。他背起木匣,拿起竹拐杖,疾步朝大门飞身跃去——他意识尚清醒,知道自己开始变得可怕起来,故而赶快离去为妙。

---

[1] 劫火:佛教语,指世界毁灭之时(坏劫)发生的、烧毁整个世界的大火。

"往哪里跑？！"

谁料，从中门后面闪出一柄大刀，径直朝他砍来。文觉腾身躲过，继续冲向眼前无数的大刀、长刀丛，觑准了大门往外跑。

丝柏编就的网状栅栏旁，绽放着一簇睡莲。那是一只青铜制的大莲花叶盘，盛满了水，水面上浮着满满的睡莲。

文觉见此丢掉竹拐杖，抢步上前，双手抱住青铜盘，盘里的水立即溢了出来。这一举动实在古怪得出人意料，武士及家丁们全都愣了神，文觉趁着这个空当一串碎步冲到了刀丛前，使出全身气力，将青铜盘甩了出去。

顿时，花、泥、水，还有青铜盘稀里哗啦地发出一阵震耳欲聋的声响，泥水和睡莲花茎劈头淋在武士及下人的头上，这些人纷纷像蛤蟆似的四下逃散，文觉见了拍手哈哈大笑。

随着悠扬的笑声，文觉晃晃悠悠地穿过撑柱大门，不见了。

葫芦花经宗和信赖二人蜷身蹲在矮树丛下，眼里满是惊恐，目送着文觉从容离去。

叶盏

只要被搜缉捉拿到，照例被斩首——其后仍旧没有收敛。据称，因此次兵乱而被处以死罪的公卿武士总共已不下下百人。

就连殁于奈良般若野、被草草埋葬在野岗的前左大臣赖长，也被朝廷命泷口武士派人专程去将死尸挖出，以便确认其生死。

——假使现在我还是北面之侍盛远的话，骨骸必定也被挖出来曝尸于市，要不就是被拉去河滩斩首了。回想起来，袈裟御前对我来说真是不可思议的菩萨化身哪。哦，袈裟呀……

文觉至今仍不能彻底放下那段恋情。

邪恶之恋已然斩断，心头的伤痛也渐渐痊愈，并且已经尽肉体和精神所能承受的最大限度偿赎了罪过，如今，袈裟菩萨已经成了他内心的本尊神。

今晚，他打算独自去六条河滩点上一堆火，照亮八月的夏夜。哦，不是一个人，是和袈裟同去。

佛门弟子自然是随弥陀同行的，他则是与袈裟同行。袈裟即弥陀。故

355

而，他从来也不觉得孤寂。

——不错，就趁天还没亮吧。

文觉拿起一支笔。

他要在河滩的每颗小石子上都写下"南无阿弥陀佛"，为处斩于这里的死者做施饿鬼法事。将写有佛名的上万颗小石子堆在河岸边的路旁，行人经过这里，一定会捡起石子口中念佛，然后投石入水，也算是为死者做祈祷吧。

自己独自念佛，只能限于自己一个人修行，所以文觉希望百姓能与自己一起念佛，表达哀思，祈祷死者冥福。

今晚是第三天了。近一段时间，他白天无法前往，因为听说信西已经命令手下搜寻抓捕自己，即使不这样，在人来人往的京城他也不敢大意。

写着写着，他有时会情不自禁地写下昔日的亡友的名字。那个人还好吧？他如今还活在世上吗？加茂川的潺潺水声似乎一成不变，可是，仅这十多年来人世间的沧海桑田……哦，轮回呀！世上凡是有形之物都逃不脱荣枯盛衰的命运，摆脱轮回才是至高无上的修行呐。

——还剩了些，明天晚上继续写吧。

文觉收起笔砚，装进木匣，掬起一捧河水洗了把脸，站起身准备离去，忽然发现身后跟着一个人影。夜色渐明。他走上河堤，那个人影也跟着移上来。

文觉返身看了一眼，是个面容龌龊的小个儿男子。

——哦，是官府的放免吧？

文觉心下思忖，刚想举步离开，不想小个儿男子却朝他靠拢上来。

"多谢了！不光是这河滩上的，可怜天底下那么多死去的人想必都能得到超度，都可以瞑目了吧。真得谢谢法师您！您辛苦了！"

小个儿男子不停地向文觉道谢，同时显出恋慕的样子，拉住了文觉的法衣袖子——瞧他的模样，像是发自真心的感谢。

"你是这里的人？"

"不是。"

"为什么要谢贫僧？"

"因为法师您也替我表达了同样的思念。天底下，没有比遇到一个跟自己有同样思念的人更加令人高兴的了。"

"哦,是吗?这样说来,你是被判死罪的新院的仆人?"

"这个……也差不多吧。"

"贫僧看你心无邪念,你不想布施贫僧吗?"

"太不凑巧了,我身上没有一件值钱的东西,除了性命,法师您要什么我都可以给您。"

"呵呵呵,什么都肯给呀……"

文觉借着清晨的朝日,重新上下打量着这个小个儿男子。嗯,大概是个乞丐,身上穿着件不像便服也不像裙裤的破衫,头上没戴帽子,沾满尘土,脚下连双草鞋也没有。

"倒真让贫僧不好意思开口。"

"哦不,您不妨说说看,假使能让法师心满意足,就是我今天最大的快乐!"

"是嘛,也没什么大不了的,只是想请你施一碗饭给贫僧,贫僧昨天的晚饭都没吃呢。"

"哦,饭……"小个儿男子脸上露出十分犯难的神情,有点不好意思地解释道,"其实,兵乱之后我自己也是吃没什么吃的,睡没地方睡,过着吃了上顿不知下顿的日子啊,每天靠着乞讨才苟活下来。不过法师您等着,我一定会想办法给您准备一顿好吃的,只要让我到三条柳水废墟那儿,去到御所那口古井旁……"

文觉忽然后悔了。他赶忙阻止,可是小个儿男子已经兴奋地拐过街道走远了。

这段时间,文觉不能返回栂尾山,于是连找个睡觉的地方都成了件烦心事。想到被毁的柳水御所一带倒是个合适的落脚处,于是过去一瞧,只见遍地是瓦砾和烧焦的树木,横七竖八地倒在一起,昔日的名园池泉上,也漂浮着木板等,甚至还有死去的小鸟。

可是唯独柳水周围却被什么人拾掇得干干净净,井口上还盖着木板,以防止树叶飘落井中。

收拾得如此整洁,以至文觉不敢擅自搬动,生怕糟蹋了这位收拾者的苦心。他走向不远处,这儿仍旧保持着原先的模样,有一间用烧焦的木板围起来的小破屋,大概是哪个流浪者的栖身之所。文觉也不多管,卸下木匣,倒头躺在草垫上，呼呼大睡起来，随着鼾声渐起，不知不觉沉入了梦乡。

"法师！法师！"

忽然有人将他摇醒。文觉睁开眼睛，只见太阳已经升到半空。先前遇见的那个小个儿男子正恭恭敬敬地对自己稽首叩拜，口中说道："法师，请您用膳！请吧！"面前用残破的木板权当饭桌，上面用橡树叶和桐树叶作盘盏，米饭、咸鱼、腌菜、豆酱等，好几种食物一字儿排开。

文觉看看恭敬的男子，又看看眼前的东西，不禁心生感慨，眼窝子发热。

"这……这些都是你一家家乞讨，从各处收拢来的吧？"

"实不相瞒，正是。不过，这儿的每一粒米、每一筷腌菜都是干干净净的，绝没有不洁之物。那些住在穷街陋巷的百姓，自己都吃不饱肚子，却各家省下一口分给我，就凑了这么多好东西。我是个不懂得读经念佛的穷乞丐，只会在每户人家门前合掌乞讨，乞得这些东西若是能充作法师您这样佛身的口中粮，也算表了我的感激之情，还有赐我这些食物的人们的报谢之心。法师，请您用膳吧！"

文觉好像一尊不倒翁似的，紧闭双唇，半晌没有说话——他实在说不出话来。

隔了许久，他才仿佛终于下了决心，将手伸向筷子："那贫僧就不客气喽，多谢多谢！"

"您请吧！"

"你一定也还没吃吧？不对，你肯定没吃！你也一块儿吃吧！"

男子摇摇头。文觉自然坚持不让，于是男子终于也举起筷子，两人就像两只小鸟啄食一样，节奏和谐地咀嚼起来。

"麻鸟——看水人麻鸟！"

一名女童手里提着只小桶站在柳井旁招呼道，看样子是废墟附近哪户人家的女仆。

"噢，是蓬子呀，是打水吗？"

"是的，又来麻烦你从井中打水了。别的地方不管去到哪里，都不肯给我，就因为我是常盘御前家的人，有的人路过院子还朝围墙里扔石子呢！"

"你等一下，我就来帮你打水！"麻鸟说着赶忙朝那里跑去。

由于兵乱，好多地方的水井都废了不能用，兵士们不是往里面乱扔杂物，就是干脆将死尸丢入井中，说起来都让人觉得恶心。女童的主人家应该也是这种情况，所以不得不向别人家讨水。

文觉无意中听到"常盘御前"几个字。提起常盘御前，不消说，她就是源义朝的恋人，坊间几乎无人不晓。庶民百姓对义朝全无好感，甚至巴不得朝他吐上几口唾沫——他献出自己父亲的首级，斩杀了数个弟弟，换来的只是一个左马头官职。可是，眼前这个无辜的一无所知的女童竟也遭到众人厌憎，连一小桶水都不肯施善于她，真叫人生怜。

文觉坐在破木屋里，出神地望着麻鸟打水的身影。

松明长列

彼此境遇相似，都是衣食无着，人生漂泊，于是从这一天起文觉搬来这儿与麻鸟同住。正如佛家语，同宿一树之荫，同掬一井之水，那是前世有缘啊。

月光下，两个有着同样坎坷命运的天涯沦落人，膝盖挨着膝盖呆呆地坐在地上，在这荒芜京城之中的一块废墟上，一面忧感着这个世界的明天，一面默默地相依相守，这情景似乎正象征了这个了无管弦的秋日荒都。

白天，麻鸟出去乞讨，到了晚上文觉外出转悠。

这天晚上，文觉携着一壶酒回来了，较往日略早。他告诉麻鸟，自己已决定去熊野，并打算在那智山中隐居一段时日，因此今夜从一间熟稔的寺院讨得一点酒，要与麻鸟换盏共饮，以为分别纪念。

"喝吧！是你给予了我如此珍贵的恩惠，就冲着你这份情意、这份恩惠，文觉也必须更加坚定自己的道心呀。今晚轮到文觉来侍奉你了，来来来，让文觉给你斟上！"

"不敢当，不敢当！怎么敢劳法师您给我倒酒呢？"

麻鸟听说文觉要离开，脸上不禁露出难舍的神情。好久没有沾酒了，他端起酒，一杯又一杯地同文觉干杯，不觉已醉意朦胧。

"我喝醉了。真痛快呀！文觉法师，下次我们再见面的时候，一定不是这满眼狼藉的废墟了，让我们从容悠闲地聆听您谈谈佛法吧。"

"哦不不！文觉在你面前没资格说法论道啊。你之前一直守护着柳水，在曾经侍奉过的新院面临生死存亡的最后关头,你仍不离不弃陪伴在他身旁,哪怕这一辈子都默默地侍奉他你也心甘情愿——听你说起这些,文觉真是感觉欣慰呀,不,是钦佩!这世上还有像你这样的人,真乃幸事啊!"

"哪里的话!像我这种鲁钝之人除了这个也没什么可为这个世界做的了,虽然从父亲那里学会了雅乐,可世道如此动荡不太平,我根本无心去摆弄啊!"

"世道虽说动荡,可公卿之家还有朝廷很快又会夜夜笙歌管弦的,只要得到权门赏识,即使做一名伶人也可以过上富庶安乐的日子。"

"可我压根儿不想被权门豢养,我讨厌权门!假如抚笙弄笛能够让别人得到娱乐,自己也从心底里感到快乐的话,伶人也不失为一种不错的职业,可是殿上公卿贵族们的宴乐,几乎从来就没有过真正的欢乐,表面上是欢宴,其实背后互相嫉妒、互相仇视,杯盏之间少不了各种阴谋——每次看到这些,都让我感觉卑鄙和可怜!"

"说得好,伶人永远是不会酣醉的旁观者,即使参加宴乐的人全都酩酊大醉,伶人乐工也依旧保持着那份冷静啊。"

"五节会或者其他朝廷的重要仪式另当别论,可是宴乐,我死去的父亲就经常不满发牢骚,觉得自己生于艺术世家、把艺术当作自己的生命一样对待,为什么非得要为那些不懂欣赏艺术的公卿贵族伴奏取悦呢?"

"所以你情愿在柳水守护这一方水的纯净,一辈子生活在平凡之中,对吗?文觉也有同感哪,平凡归平凡,但假如能够助你拥有的艺术一臂之力那就好了!"

"殿上使用的乐器拿到百姓生活的街上来也毫无趣味,只要我们动动脑筋,说不定可以想出些能使大众愉悦的好东西来呢。"

"用你的笛子吹一曲给文觉听听,怎么样?"

"这个可实在没办法满足您,因为这笛子上承载了我太多的回忆,一拿起它我就会情不自禁泪流满面,难为法师您准备了这美酒,我不想弄得醉意顿消,还留下些伤感哪!"

麻鸟显然是想起了御所未被毁坏之前新院曾经与他许下的约定,如今这儿却已是人去楼空。

文觉见此,便不敢再强求。

虽然没有笛声,但废墟中四周的枯树秋草中依然响着奇妙的乐声,是金铃子、纺织娘、金琵琶还有其他叫不出名字的秋虫，用它们自然的乐器竞相啼鸣，在秋夜月下演奏着和谐的大合唱。

玲珑的月亮，高高悬在头顶。

"战乱是不是就此结束了啊？"

"不，不会结束的。"

"还会有战乱吗？"麻鸟打了个寒战。

"只要人与人仍旧像现在这样，不肯彻底抛弃私欲和猜疑的话，"文觉继续说道，"儿子猜疑父亲，父亲不相信儿子，兄弟叔侄间谁也不知道哪一天就会变成仇敌，连主从之间、朋友之间也得互相备戒，不敢掉以轻心——如果继续这样子，即使不发生刀枪弩箭的战乱，世道还不是像座地狱一样？此次战乱，其实是地狱之火对人间的一次大喷发啊！"

"战乱看起来好像停歇了……"

"不，这只是暂时的休整，是在孕育更大的战乱！信西入道苛酷无情的政策早晚会招致下一场战乱。你瞧着吧，都城越来越成了邪教歪道、牛鬼蛇神的乐园！真可悲呀！"

"祸胎就只是少纳言一个人吗？"

"这祸胎又深又远，不光是信西一个人，文觉心中也有，你的心中也有。"

"啊，我……和您也有？"

"麻鸟，你想：所谓的人，不就是一群困兽吗？比方说你我伴着和乐正在欢享酒宴，突然有人穿着满是污泥的鞋子冲进来，把这儿弄得杯盘狼藉一团糟，你也会忍不住发怒吧？这支笛子对你有着特别的意义，假如有人抢走了它，你一定会拼命也要将它夺回来是不是？再有你我都是孑然一身，所以没有那种对妻子的爱啦情啦的麻烦事，假如有妻子，就可能陷入盲目的爱的旋涡中，结果谁也保不准你会想什么、做什么——即使没有这种羁绊，人内心的七情六欲尚且不由控制地天马行空呢。所以佛祖释迦牟尼说，人皆具有善心恶心两面，忽而变成菩萨忽而变成恶魔，一日之中竟能变化往复数百遍，何况这世界既有饱食终日的贵族，也有无以果腹的乞丐，各种各样的人汇集在一起，稍稍一件小事情就可能引发一场喋血成河的恶斗啊！"

"照这么说来，人性皆恶，世上就没有一个性本善的人了吗？"

"嗯，倘若每个人都能做到敬畏自我，那天下就太平了。但文觉以为，这是不可能的，因为人们动辄就会失去理性。"

"您是说不应该使用暴力？"

"当然不应该！对人类来说，世上最恶的东西莫过于权力，没有任何一样东西比权力更加恶、更加毒，谁要是胆敢一尝其毒，必定激起天下大乱，或者自己领受其乱的报应。远的不说，就拿曾经是位高权重的主上宠臣宇治的恶左府父子来讲，便是如此。无论是姿色艳丽的妃嫔，还是出身高贵的贵族，只要身陷权力的陷阱中，哪怕三岁的幼帝也可以将其拉来做自己争权夺利的傀儡。就连号称赎救世人的山门僧团和市井商人们、江口的妓女之流、身无分文的乞丐身上也充斥着权力和名利之欲，你说人是多么麻烦的动物呀！"

原本说好是为麻鸟而共酌的，不知不觉，变成了文觉一人独斟独饮，独自发起他那人间性恶论的牢骚来。

麻鸟听着听着渐渐失去了兴致，因为他觉得自己身上没有文觉所说的那些丑恶本性，反而是文觉那臕肥体壮的躯体内和心里潜藏着比常人更多一倍的恶性，所以刚才那通牢骚越听越像是文觉的苦闷自白。

终于两人倒头躺下。

一觉起来，文觉夜半三更就上路了。

还像往常那样，他身背一个木匣，手拄一根竹拐杖，从三条河滩那里涉过浅水，身影很快便消失在对岸的黑夜中。麻鸟目送着他直到看不见，然后才返身回到栖身的那片废墟。

就在此时，麻鸟看见从乌丸六角的街角一直到壬生大路有一长列燃着熊熊烈焰的松明火把以及黑压压的人马。

麻鸟吓了一跳，慌忙闪身躲进小屋的暗处，屏息静气。人虽然躺倒了，可是说什么也睡不着，心头掠过一抹莫名的不安。

麻鸟无时无刻不为新院的命运担忧。每天上街乞讨，他也不忘竖起耳朵留意各种传闻。坊间到处在流传，赖长、为义、忠正等新院方的主要追随者先后被处刑，看来朝廷很快也将对新院崇德上皇下手了。

然而新院已经在仁和寺剃发入道，表示了恭顺之意，朝廷应该不会严加追究吧？再说，站在主上后白河天皇的立场上说，毕竟是自己的亲哥哥呀。

不过，人们也在纷纷猜测：朝廷不可能长此以往任其羁留仁和寺，说不定会命其移往京城之外的其他寺院，然后将新院幽居软禁起来。当然，朝议极为缄秘，密不透风，有关新院的处置至今也没有一个确凿的说法。

——莫非？

麻鸟想到这里，霎时腾地翻身起来，呆呆地盯着头顶的晓星。

——那长长的松明队列会不会是往仁和寺去的？

他赶紧三步并作两步，急急地朝壬生大路跑去，抄近道穿过劝学院后面的小巷子来到安井太子道，便看见先前那支熊熊火焰组成的队伍正像条百足蜈蚣似的，歪歪扭扭地在田间小路上向双冈方向蠕动。

流人船

之前一天，藏人左少弁资长来到仁和寺，向崇德透露了朝廷对他的处置，随即返回："臣接到谕旨，命陛下明二十三日即迁往赞岐国。只有今夜一宵的时间准备，倘若陛下还有什么放心不下的事情需要办，可得赶快，迎驾的队伍明早便到。"

自兵乱以后，崇德便日日思过，单等朝廷降罪，然而听到这则敕命仍然感到非常震惊。

"将朕流放至远隔大海的边地？流放？"他似乎有点儿不相信，自言自语地念念叨叨重复了好几遍，脸上毫无血色，一直到敕使离去，仍然一副失魂落魄的样子，显得十分沮丧。

幽居在寺中的日子，朝廷只准许三名女官随侍在侧。三人听到这个消息后，便聚集在一起，相互抱头，不顾一切失声痛哭起来。

"真可怜，说句实话，真的是太可怜了，居然这样狠毒地对待新院……"话中难掩心里的愤恨。

"这绝对不是个英明的考虑！到底是谁如此执着地仇视新院呀？"

"再怎么说，之前也是万乘之尊啊，直到现在也还是上皇嘛，竟然跟罪犯同等处置，加以流放！"

"而且还是主上的亲哥哥！"

"他们到底是鬼还是魔？现在的朝廷里，没有一个会洒几滴眼泪、有一份同情心的!"

……

任她们哭还是骂,除了三名女官以及独处一室的崇德,这儿只有冰冷的四壁。

带着哭肿的眼皮子,女官们准备好膳食,点起烛火,进劝崇德用膳。然而崇德毫无食欲。

"被押往赞岐之前,朕想会一会花藏院的僧正。"他吩咐道。

在仁和寺的安排下,入夜花藏院的僧正便悄悄潜入,同崇德进行了一场密谈。

事到如今,崇德心里唯一的牵挂就是一宫,也就是儿子重仁亲王的前途,他想将重仁托付给僧正,在其身边长大成人后再出家为僧。

花藏院僧正忌惮朝廷的态度,固辞不允,但最终经不住崇德的再三恳求,只得答应下来。随后,僧正眼泪汪汪地沿着黑漆漆的走廊离开。

身边没有任何人伺候。三名女官一面难过,一面开始收拾随身的物品。夜似乎尚漏尽更阑,就听得寺门外已是人喧马闹。

"啊,是迎驾的兵马吧?"

"好像是的。"

朝大门外张望,只见门前一片赤红,仿佛从地狱的阎罗殿前来迓迎一般,松明的油烟袅袅腾腾,武士及杂役们嘈嘈嚷嚷,牛车吱吱呀呀,马儿嘚嘚嘶嘶,一派骚然混乱。

门被打开,寺内响起僧人杂沓的脚步声,各处点起幽暗的烛光。这时,两名武将来到崇德住的院落,高声喝道:"我二人乃奉了朝廷之命,负责沿路翼卫的押送官,美浓前国司藤原保成和式部大夫佐渡重成。陛下虽贵为新院,但如今却是敕勘的囚人之身,故恕我二人非但不能对陛下使用敬语,倘有什么不逞之举必当依职严责。陛下若准备停当了,就快点乘上那边的槛车吧!"

崇德在几个武士的引导下朝等候在那里的牛车走去。大概是看到槛车四周有许许多多身披甲胄的兵士、模样怪异的刑吏、诸卫府的役人等,冷不丁竟突发起脑缺血来,只见他口中低低地发出一声"啊",随即身体摇摇晃晃,差点一头栽倒。

"啊!危险!"女官们发出惊叫,慌忙从后面将他扶稳。

崇德被人抱上牛拉的槛车，几名女官则乘坐另外的牛车。

昔日行幸出巡，总是公卿百官整整齐齐地列于庭前，左右是骑马的随从，甚至御辇经过的途辙上都铺有晶莹的碎玉……截然不同的境遇竟发生在同一个主君身上！

夜幕退去，东方现出了鱼肚白。这天清晨，站在山门旁或路边目睹了眼前这幕情形的僧人、御室一带的百姓以及从其他街坊赶来的男女老幼无不垂泪，他们默默地目送这支队伍行进离去。人们既是在为新院的不幸发乎内心地同情并落泪，也似乎在为世事的变幻无常而哽咽，又仿佛是在为自己人生的困苦穷乏和疲敝绝望而哭泣。

麻鸟也在夹道的人群中。他的双唇不住地在颤抖。新院乘坐的槛车不同于普通牛车，没有垂帘，并且像囚笼一样四面用木板钉住，他看不见新院的身影。

人群散去了，只有麻鸟一个人孤零零地伫立在原处。过了许久，他才挪动身子，疾步追上押后队伍末尾的护卫兵士，一直、一直紧随不舍。

队伍特意没有入都城，只拣郊外幽偏的道路行走，从花园沿御室川、西七条出罗生门。由于脚下道路崎岖，槛车一路摇晃不止。

车内连褥子也没有，只草草铺着张草席，新院坐在车上，忽而前冲后仰，忽而撞头磕脸，却也只得强忍着。

不过从某种意义上讲，这样颠簸翻腾，对于他这个刚刚踏上流徙之途的人来说，未尝不是件好事。唯有如此，才能激发起他坦然笑迎命运，坚忍地活下去的念头。

"喔，这不是往鸟羽安乐寿院的路吗？护卫的官人，重成！保成！"崇德凑近极小的孔隙，从槛车里向外急切地喊道。"赶车的，快停下！稍许停一下车啊！"

护送的武士和杂役们只管唠着闲话，泥泞中不时随意地挥起鞭子朝牛屁股抽上一记，根本没有理会崇德的叫声。

"呀！听见钟声了，马上就要从鸟羽殿前经过了，保成！重成！就算是朕这辈子最后的恳愿了，请将车停下来吧！"

崇德在槛车里狠命摇打起来，这下总算惊动了护卫，牛车停了下来。重成和保成二人随即驱马赶了过来。

"什么事情？"二人骑在马上问。

崇德垂下两行泪，隔着槛车说道："这儿不是故去的鸟羽法皇的墓所安乐寿院吗？朕只有一个愿望求你们，发发慈悲吧，就片刻也成，让朕从槛车上下去一小会儿吧！"

"你觉得怎么样？"二人相互打量着对方，却不答话。

崇德从槛车的孔隙露出小半边脸，继续恳求着："若此时错过了，只恐今生再无叩拜父皇之日了！夏天法皇临终之际，朕驱驰而往，本欲见上最后一面，不想被人阻拦未能得愿，实在是一大不幸！求你们了，求你们了，只消一会儿就可，让朕进去拜谒一下御墓所吧！"说着，崇德不禁声泪俱下。

然而护送的武士及杂役们心中害怕，怎敢违抗朝廷旨意。再说，假如耽搁了敕宣的规定时间，上面究责起来谁也担不起呀。崇德听到车外交头接耳的议论，便再次恳求，只要将槛车驱至近前，哪怕就在车内叩拜也行。

武士及杂役们商议了一下，决定假称绕近道，押送槛车从西门入京，再经南门出城，途中在靠近法皇墓所的地方将槛车停下，从车辕上解下牛，又打开槛车的入口，将槛车正面对着墓所。

崇德在车上伏首叩拜。

自降生到世上，这对父子便有一种奇异的宿命，更何堪身处帝王之家。

此刻，崇德心里说不出的羞愧——这算是君临人间万民的父子吗？法皇父亲之灵游离安乐寿院，却不得升入安谧恬适的天堂，而作为您的儿子我竟引发战争，使得古都几成焦土一片，如今落得个身困罗刹之车，被流放至天荒地远的海国的下场！啊，父皇，请您原谅不孝之子崇德的罪孽吧！

回想起自幼以来的种种遭遇，崇德卒然对饱受其戏弄的命运涌起阵阵愤怒、悔悟……本能与理智交汇在一起，混茫不分，身为人之子无法挣脱、无法理清的种种复杂情感，霎时间化为苦涩的泪水，纵情溢淌。

——如今懊恼、忏悔都已无济于事，一切都不可能重新来过了，唯有诚心诚意地祈祝您冥福千万……

称名念佛似乎真的能将点化枯木成欣荣的妙音传入凡心，使人沉心静气，趋于平定，诵念了数十遍、数百遍佛之后，四周的松风轻柔地拂过耳畔、脑后、身体，渐渐地崇德感觉自己的心情略略轻松了些。

他睁开眼睛，仰望御陵，但见万株赤松沐浴在摇曳的清晨阳光之中，三重宝塔仿佛一个摆脱了永劫尘界的超人，无声屹立着，筑巢在厢庑间直栏横槛的叫不出名字的鸟儿，壮禽乳雏一同绕着宝塔自在地翩翩舞翅翱翔。崇德看得出了神。大概此时他心里不禁生出一丝羡慕，情愿来世也变成一只鸟儿吧。

伏见、淀一带当年还是人迹罕至的荒僻之地，海潮从难波滩拍涌上岸，方圆一片都是旷阔而杂乱的河滩。

桂川流入此处，加茂川也一路奔腾到此，形成一片片浅滩、一个个长满芦苇的岛洲，河道岸线弯弯曲曲，俨然保留着昔日水乡的古貌。

"怎么这么慢啊？规定的时限早就过了！"

河滩旁停靠着三艘船，一群武士从今天一大早便在此等候了。他们就是奉了朝廷的告示，特意从赞岐乘船前来交接流放犯人的赞岐国司藤原季行一行人。

"噢，来了来了！"一名武士叫道。

"哪里来了？根本没见到影子呀！"

"我看到好些农夫还有渔夫都伸长了脖子，好像在拼命往前拥呢！"

过了一会儿，崇德及女侍们乘坐的牛车在大群兵士的护卫下，终于来到近前。

作为接交方的首领，季行一步上前，操着满口的四国腔毫不客气地数落道："比朝廷的告示晚了一个多时辰！接下来的海上旅途都得算好了海潮、风向和风级才能航行，如此耽搁叫我们如何做事？好了，快点儿把流人转移到那边的船上去吧！"

崇德与三名女侍都在原地转转悠悠，迟疑着不肯登船，而武士及船夫们已经在风中吼着号子，扯开船帆，把起舵，准备起航了，不时还夹杂着几声怒喝。

这时候，国司季行与负责押送的重成不知怎么起了争执。

"什么？上上下下竟然有三白来号兵士护送？"

"没错，毕竟不同于一般的护送犯人哪！"

"可是也太多了吧？不就只有新院一人和三名女官吗？"

"不管怎么说，总得将他们顺利送到呀。船来了几艘？"

"你看见了，一艘船流人乘坐，还有两艘是护卫武士乘坐的，一共就三艘，无论如何这三百人也装不下啊！二十来人没问题，其他的真的没办法了,绝对乘不下!"

看来双方在人员的估算上有出入,朝廷的告示过于简略了。

无奈,护送的兵士只得减少至二十余名,重成和保成二人不得不在此与崇德道别,后面的事情便都交给季行了。

崇德心里越发不安,然而从此以后只得将自己的命运交付给地方的一国之司了。他向重成、保成二人俯首致礼,谢道:"今晓至此,二人之情朕永生不敢忘怀,谢谢二位的关照!"

二人只觉得浑身臊得发慌,同时更惊讶不已:谁能想到,如此尊贵之躯竟然率直得如同赤子一般。

从离开仁和寺起,直到安乐寿院,这一路上都没能给予人性化的关照,即使心里有心照顾,却因为惧怕朝廷怪罪而不敢,而新院却仍由衷地表示出感谢,完全没有一点儿虚假之情。此时,想必赞岐国司以及这群四国的野蛮武夫也感到了同样的羞愧。

重成和保成忘记了眼前这个人是囚犯、流人,情不自禁伏地叩首而拜道:"我等乃愚鲁之人,一路上对陛下想必薄情不周,还望万谅!我二人就在此同陛下道别,余下的旅途随从之长兵卫能宗会一路相随至赞岐,倘若有什么事情陛下可随时吩咐能宗。"

"哦不不,朕只是随这一苇小舟流放远国的罪人之身,岂敢还有什么吩咐。"

"那么,陛下有什么话想传给京城的谁吗?"

"本以为光弘法师会来送送朕的,不想一路上找了又找都没有看到他的身影。二位倘若遇见他父子,请代朕传个话,就说朕一切无恙,已经渡海往赞岐去了。"

啊,左卫门大夫家弘与光弘父子二人此前已被拿捕并处以斩刑,早已不在人世了,新院陛下还不知道呢!二人只觉得心里像被什么东西堵住一般,只得低头允诺:"明白了,若是遇见一定转告!"

前往赞岐的人群在国司季行的率领下分别登上两艘船,并不断招呼岸上的人们赶快登船。

三名女侍先自上船,崇德则由重成搀扶着登上船。舱底铺着粗糙的草席,几只木枕,还乱七八糟堆着像是武士杂役们用的褥子之类的寝具,箱屋形的船舱两侧各开有一个一尺见方的小窗,船舱里面又暗又脏,一股带着潮气的臭味扑鼻而来，昏暗中似乎还可以看见有虫子在爬动。

"遵敕命，船形屋的窗子必须锁上！——好了，马上解缆开船！"另外两条船已经驶离岸边，季行站在船头厉声吆喝着。

正在这时，船上忽然一阵骚动。原来一名武士在船舻的小屋与褥子之间发现蜷缩着一个身材矮小的男人，当即将其拖了出来，往其脸上身上一打量，不由地来了气："喂，你这个臭要饭的！干嘛钻到这儿来，想给我们找麻烦是不是？难道你是河童[1]？唔，看来你像是河童，河童，就请你回到河里去吧！"说罢将他从船舷推下了河。

另外两艘船上伸出许多张脸朝这边张望，然后都哈哈笑了。

入水声和飞沫惊动了崇德。他将脸凑近那扇小窗，看到眼前的水面上冒出一串串白色气泡，同时发出像煮开水般的"咕嘟咕嘟"声，白色气泡中居然露出麻鸟的脸孔，麻鸟只有手和脸露出水面，嘴里好像不停地呼叫。他不停地叫着，却已被激流冲出老远。

松风传笺

那个年代，从京都至赞岐的水上之旅是多么遥远、多么愁寂、多么艰险，今人是无法想象的。

沿着淀川挂帆直下，舟行一半，看见两岸的鸟饲、江口等游妓聚集的村落，登时引起舟中人的旅愁，风急处心中隐隐发酸。船驶离河口用来做航标的木桩，远远望见波涛中的须磨浦及淡路的点点岛影，距离家乡已是百里之遥了。

崇德被关在流人船的舱底，心里明白此生或许再也回不到京城了。小船摇摇晃晃，舱外昼夜都有粗蛮的武士把守，令崇德愈加惶恐不安。以往连宫苑之外都从不轻易踏出一步，更不要说远行海上了，此时他胸中被一种隔绝于世的绝望感和流放者的寂寥感咬噬着、折磨着。

根据史书记载，崇德上皇经赞岐直岛到达松山津，一路上几乎昼夜未眠。想象一下，除了两扇小窗透进些许光线外，舱内一片黑暗，早晚由看

---

1 河童：日本民间想象中的一种水中妖怪，据说是水神沦落而成。全身呈蓝色童身，童花发型的头上顶一个盛水的碟子，水尽则神通尽失。

守武士塞进来两顿食物，但崇德一口未入。此外，内急也不知道是如何解决的。

赞岐松山津在今天的绫歌郡坂出港一带。

流人船于八月十五日到达这里，国司季行将崇德一行移交给了部下阿野高远。

高远被人称作"官府的野大夫"，是个为人淳朴的地方小吏。对于这位命运多舛的旧天皇（如今称作"赞岐院"）的到来，他由衷地感到高兴，并且给予了崇德各方面的关照。

不过毕竟是流人之身，崇德与佐局以及另外两名女侍一同被暂时安置在松山村白峰下的长明寺中，开始了漫长而无尽的流放岁月。

　　幽幽思故都
　　洪波相隔千万里
　　遥寄寂寞心

这是崇德于流放地所作的和歌中的一首。

说到和歌，由于崇德被流放是极其秘密的，况且行动极为匆促，离京之际许多人都没能前来相送，事后留下无尽的遗憾。其中就有西行法师——先前上皇院的北面之侍佐藤义清。

无人知道，当西行得知在和歌中时常流露出悲天悯人情怀的新院被称为"谋反的幕后主使者"，最终成为可怜的囚人，他心里是什么样的滋味。遗憾，抑或哀怜痛恻？时势与人心之所向，早晚终会演变成此乱——在他决意出家的时候，他便预见到了。

——假使身边有一个辅弼良臣，也不至于此啊！难道真的就一个良臣也没有吗？

西行的慨叹，也是所有人的慨叹。然而，真正堪称辅弼良臣的人早就对庙堂敬而远之，就如西行、隐居大原的寂然（藤原为业）以及其他为数不少的人那样，将自己的余生托付于山野了。

——竟然连一面都没能见上，真是遗憾哪！有什么办法能够暗中向新院送去一声问候呢？

西行动足了脑筋，费尽心思，最后化名兼阿阇梨，寄了一阕和歌往崇德的流放地。本来这也属于严加禁止的，所幸"野大夫"高远颇通人情，终于经女侍之手交到了崇德手中。

西行的和歌这样写道：

　　澹澹斯世影
　　澄月如初来相照
　　此身应无恨

崇德在松山津白峰下的长明寺生活了大约三年。平治元年，流放地迁至国司衙门所在的鼓冈，监视也比以前更加严密了。

之前的长明寺不过是暂时的流放之所，而鼓冈则是永久流放地，新建有一座专门的牢舍。背靠高山，木栅围绕，进出只有一扇木门。院前有座水池，水池后面便是用带皮的松木建造的木板屋，当地人称呼它为"木丸御所"。屋子造得不算精致，不过其地形和围栅足可囚禁人一辈子。

崇德被迁来此地，便对佐局说："这下没指望了，这里的房屋建造得活像是朕的墓所！"

在白峰时，倘使朝廷发生政变，崇德仍有可能被接返京城，他心中还隐隐抱有一缕希望，可是如今，这最后的一缕希望也被击破了，崇德真的陷入了绝望。

果然，自迁来这里，便再也听不到京城方面的消息，他被禁止与外界的一切接触，书信往复就更不用说了。

《保元拾遗》中对此有所记述：

　　此处距海二时辰、距陆地二时辰，既无田畴更无土民之家……于小山怀筑土，中建一屋、一门，自外锁闭。
　　御膳之外无人进出，凡有事悉经守护兵士申陈目代[1]。

这段时间，崇德的健康状况变得十分糟糕，气色时常很差，整日幽闭在阴湿的矮小简陋的屋子里，不见阳光，使得他的皮肤比蜡烛还惨白，眼窝也凹陷下去，活脱脱一个望乡鬼的模样。有天黄昏，一名侍女手举盛着鱼油的

---

[1]　目代：日本平安至镰仓时代作为国司的代理人前往当地主持事务的官府役人。

灯烛走近摆满佛经的案桌时，在透入屋子的海风中，冷不丁觑见崇德的身影，不禁吓了一跳。

"现今是秋还是冬啊？"崇德问道。

这时候，他的眼睛里充满了某种执迷。这是张神魂荡飏的脸。大概他是想起了京城的秋天，想起了冬天的宫廷生活，同时陷入深深的懊恼之中——难道就在这里终老此生吗？

真想回京啊！趁此有生之年，无论如何也要回去啊！由秋冬天候自然联想到冷酷薄情的京城中人，不由得在心里将这世间狠狠诅咒了一通。

这期间佐局尝试通过各种关系，向仁和寺的法亲王以及关白家恳求赦免崇德，然而却毫无音讯从京城传来。

佐局思忖着要让崇德的心境平和下来。潜心于和歌？可是现如今哪里有心思吟咏大自然和人生的喜悦呢。于是她想到，只有砥志研思佛道才是使他排遣心中苦闷的唯一手段。

"是呀，你提醒得好。忘记它，忘记它……"

崇德仿佛猛然醒悟，决意从妄念之中挣脱出来，随后噙着惭愧的眼泪自己数落自己道："真可怜！"

从此，他每天一心不乱地诵读经文，在海风和松风的陪伴下过起宁静的日子来。

自从意识深处的菩提心被激发起来后，崇德开始潜心抄写佛家五部大乘经，每日亹亹穆穆，不敢懈怠。

面对浩繁的佛教经典，崇德边诵读边抄写，一笔一画，心无旁骛。在日复一日虔诚抄写的过程中，心境变得平和，各种怨恨、妄念、执着渐渐离他而去。

流放生活的大部分时间便是这样度过的。不知不觉，心境澹宁，往昔的气色也得以恢复，废寝忘食地坐在孤灯下抄写经书，成为每日不间断的功课，一抄便是数年。

不消说，崇德其实是借着寂寞清苦的抄经在忏悔，为自己一时的妄念给世人带来灾祸而赎罪，以求来世证得菩提——也恐是在步向令人怜嗟的最终归宿吧。

这年秋天。深夜，清朗济楚的月亮照在木丸御所之上。

今晚崇德又在聚精会神地抄写经典，忽然，他搁下笔，招呼女侍："佐局！佐局！"

"陛下准备就寝了吗？"佐局问道。可是崇德却摇摇头："初更时也听到，这会儿好像又听到了，应该不是朕的心理作用吧？你听那悠扬隽婉的笛声，听到了吗？"

佐局竖起耳朵仔细辨听。没错，外面确实传来阵阵笛声，并且笛声似乎越来越近。

"会是谁呀，整晚整晚地吹着笛子围着这流放地转悠？到底是什么人呢？"

"嗯，真让人感觉意趣深远啊！"

"要不出去问一问吧？想必那人也是看到屋子里的灯烛，心有所寄，才引得他吹笛子的吧？这木屋的看守人应该不会有这份风雅。"佐局依照崇德的吩咐走出门去。

木屋外就是看守住的小屋。佐局拍打小屋的门，将事由如实告知，希望博得对方的同情。

看守毕竟与国司及目代不一样，为人质朴，也颇有同情心，只要不离新院太近，时间又不长，何况已是深更半夜，乐得睁一只眼闭一只眼。当下，当值看守便应允了。

很快，一个手持横笛的年轻朝圣者在看守的带引下来到木屋前。

"小人法名莲誉，之所以出家朝圣，就是为了远渡赞岐到此，亲眼看一看陛下平安无恙，用这支横笛献上一曲以为慰藉。小的出家之前俗名叫阿部麻鸟，出生于伶人之家，后有幸侍奉新院陛下，在柳水御所担任过多年的看水人。"

"啊，"佐局听说过麻鸟的故事，闻听此言不由吃了一惊，慌忙回到屋子里一五一十地禀报给崇德。

"麻鸟？啊！他说他叫麻鸟？"崇德一下子冲过灯烛，箭步来到木屋外的外檐下，随后一屁股坐在地上。

外檐的前面和左右两面都是水池，与看守住的小屋用一座土桥连接。看守事先关照不得越过桥，于是麻鸟隔着池子在草丛上伏地而拜。

水池这边的人影和水池对面的人影，长久地沉默着，都没有说一句话。似雨点般"吧嗒吧嗒"砸在草丛上繁密交响的，不止是夜蛩的夜吟。

373

崇德想起来了。自己的命运遽转之前，在柳水御所古井旁的小屋，与麻鸟相约的那件事情——下次月圆的夜晚，一定要听你吹笛子。

麻鸟一定时时刻刻都在期盼着，等待践行这个约定的那一天到来。他越海跋涉，找到崇德的流放之所，冒了多大的风险，又经历了多少的艰辛啊。

崇德忆起了如意山中的那一幕，止不住热泪双垂。他没有说出口，但心里却在自我痛悔：真是个让人肃然起敬的人啊！如此心地善良的人为什么自己身在帝位时没有发现，没有让他得享王者的恩慈呢？

同样，不远数百里克服万难来到这儿，终于得遂宿愿的麻鸟，隔着水池，借着月光和水面的倒影看清了对面的人影，霎时间也是热泪流淌，"陛下平安无恙就好！草野之人的一片寸心也算尽到了……"感慨的话到了嘴边却说不出来。

麻鸟拿起横笛，吹了起来。笛声的传达超过了言语的交流，从心底漾出，融入另一颗心中。连看守这样感情粗疏的乡下武士也听得落泪了，相拥在屋内暗处的佐局等几个女侍本来感情就脆弱，此时已经哭得稀里哗啦，崇德为之动容就更不必提了。

待到斜汉横空星斗稀，人影、灯影、笛声都已不再，只有松风拍打着紧闭的木板套窗，发出"嘎哒嘎哒"的声响。一步一回首的麻鸟，不知道什么时候也已经离去。

流放八年，追慕崇德而从京城一路行来，终于见到他一面的，唯有麻鸟一人。

白峰纪行

经过三年多，沥尽心血，五部大乘经的抄写终告完成。

崇德心里也很自然地生出一个愿望：

——这是朕真诚悔过、虔心赎罪，花费了一千一百日劳形苦心，一面祈誓菩提一面抄写而成的，放在这流放之所任其朽蠹或失落未免太可惜了，但愿能供奉于法螺和钟声绵绵不绝的庄严妙境……若得以同先父鸟羽法皇长眠之地安乐寿院的泥土共奉一处，则不啻是此生直至后世永表忏悔之意，朕也可以稍许安下心了。

出于这样的考虑，他写了一份长长的恳愿书，连同工工整整抄写而就的经籍，通过目代呈交给国司，再由国司送往京城。崇德的亲弟弟仁和寺的法亲王等一批同情者为了求得朝廷准允，暗地里也做了不少疏通。

谁料，左等右盼返回来的敕令却是"主上不予恩允"，同时还给法亲王发去诰书，称"赞岐院罪责深重，即令手迹等亦难置于都城附近……"随后，凝聚了崇德多年心血的抄写经籍也被悉数退回。

经籍送往京城时，崇德特意在卷末题写和歌一首：

滨海有千鸟
磔磔声远达京畿
身在松山啊

这首和歌阐释了崇德的心志，但是可惜似乎根本就没有引起注意，更不用说斟酌了，连真心忏悔的一点儿象征都不被允许入京，崇德便只能做个望乡之鬼，死于囚屋中了。

多么无情，多么冷漠，多么残酷啊。

"遗憾哪！"崇德不由自主地脸都变形了。

或许是因为受到这个巨大打击，崇德几近发狂，这从他扭曲的面容就可看出。

"既然如此，那就下辈子仍旧做敌人好了！好呀，来吧来吧！"

崇德张目决眦，朝着空中怒吼着，随后眼睛定定地瞪着墙壁，仿佛看见什么人似的，怒气冲冲说道："好啊，倘使想将朕永世打入魔道那就打好了！朕就用这经文回施于魔道，做个魔缘之鬼魂，早晚报了这怨仇！"

佐局和另外两名女侍既害怕又觉得他可怜，在左右两旁竭力宽慰，可崇德根本听不进去，反而声音越来越吓人：

"你等都听好了！朕本来是痛悔前非，才发菩提之心以求正觉，苦心劳形抄写了五部大乘经，岂料京城尺地竟不见容，朕该怎么办？当然只有将经书丢入魔界，朕就做个日本的大恶魔给你们瞧瞧！"

说到这里，他一把推开涕泣不止的女侍，扯断了数珠绳，将数珠狠狠向前扔去。

似乎还不解气，他又继续自言自语道："等着瞧吧！朕若是成了大魔王，早晚夺了王位使其成为地下贱民，让贱民做王，将这个国家搅得永世不得安宁！"

后来，人们传说崇德还咬断舌头，用鲜血在经书上写下血书一行，以为誓言。

自打这天起，崇德头不梳须不理，指甲也不修剪，身上穿的深褐色法衣也不替换，不分白天黑夜整日朝着京城的方向恶狠狠地发毒咒，祈祷自己成为大魔王，好将京城那伙佞邪之辈统统收拾掉。

朝廷闻听崇德的健康状况堪虞，急忙派左卫门尉平康赖前往流放地诊查究竟。

康赖假称探视问候来到崇德的居室，战战兢兢地隔着纸糊的拉门往里张望，只见崇德身穿一件深褐色的破袈裟，披头散发，手指甲长得吓人，整个人的模样不堪入目。忽然，崇德凹陷的双眼叭地瞪大了，转头看着他大声喝道："谁？！是康赖吗？"

康赖蜷缩在外不敢作声，结果什么话也顾不得同崇德说，浑身打着寒战，灰溜溜地跑了回去。

"赞岐院虽说还活着，但是那样子简直就像只天狗！"

后来京城中四处流传着这样的描述，想必是从康赖或其随从口中说出来的。

没过多久，崇德终于在流放所遗下皮包骨头的尸骸，永远告别了这个世界。

这是长宽二年[1]八月二十六日，崇德被流放的第八个年头，时年四十六岁。

朝廷既没有发敕书，也没派出任何敕使，就在白峰山脚下一隅，将崇德的尸骸化为一团烟霏草草入葬了，谁也不知道。

人间有种种不幸，但像崇德这样被流放至赞岐终其一生的悲剧，仍实属不多见。

一度位居天皇，贵为金枝玉叶之胄，然而其生命的终结却比乞丐还要可怜、凄惨、非人道且无可救赎，就像一堆乖戾的垃圾、一抔秕糠、一团渣滓一样，遗留于历史之中。

崇德驾崩的消息为一般百姓知悉之后，不管是世道糜乱，还是皇室不

---

[1] 长宽二年：即1164年。长宽是日本第七十八代天皇二条天皇的年号。

豫、龙体欠安，抑或天变地异，人们动不动就说"这一定是赞岐院的怨念所致"、"那准是因为赞岐院在作祟"，将其视为万恶之端，恐骇不已。

保元之乱后过了两年，京城又勃发平治之乱，虽说此时崇德仍在世，但是人们仍然将其归因于崇德，说什么："还不是因为赞岐院的生灵[1]在作祟才造成这样的嘛！都是他在暗中诅咒呀。"

自那以后，人们对于赞岐院的记忆总是伴随着某种妖妄的氛围。世人心里已经植下了晦暗、悲戚和恐惧，从而更加深了庶民的人间厌恶思想以及现世地狱观。

仁安三年[2]。初冬。

白峰下的崇德墓地前，伫立着一位云游僧。他便是秋天从京城出发走遍四国的西行法师。

西行法师在其《云游纪行》中有如下记载：

寻至白峰，但见茂密松林之中有一木桩。此御院之墓耶？乃怆然伤怀，抑郁不已，神智几失。

昔日之状犹在眼前，清凉紫宸之间，数百公卿权贵环绕；后宫后坊之台，三千翠娥美钗争宠，一朝入得御眦，辄千幸万幸，岂是今日之可较耶？

泣绪若丝而菩提之心愈坚。一国之君，万乘之主，竟至如斯！紫宫蒿屋无止境，高位重权非吾愿，唯行泊云游终天涯，求得佛果圆满方是宗。

纵为紫宸君，一从瑶台翻玉床，直令天下怜！

西行法师纪行中有关白峰的文字还有许多。想必其时，他跪拜在松树落叶之上，让自己的思绪在世事推移、人物春秋间任情驰荡，直至冬日西沉。

回想当年，当他还是意气风发的院武者所北面之侍佐藤义清的时候，正如他自己所说，"犹在眼前"的新院在他脑子里是一位年轻又美貌的圣子，至高无上的崇德天皇。

---

1 生灵：日本人认为缠住别人作祟的活人的灵魂为生灵，与"死灵"相对。
2 仁安三年：即1168年。日本第七十九代天皇六条天皇的年号。

西行眼前浮起无数的幻影。作为一名北面武士，他对于宫秘也是约略知道一些的。崇德之所以被赋有如此悲凄的宿命，若往更早追溯，其实围绕着崇德的生母璋子（待贤门院）、白河与鸟羽两院之间所产生的猜忌和恩怨，才是最大的祸因。

而美福门院的女性特有的强烈偏执，对于那些权力欲的俘虏来说，又是极容易被利用被操纵的一道祸门。遥想当初，不由令人阵阵发寒，不忍回首。

在邪臣策士眼里，到处是阴谋的温床，到处是不可不利用的机会。

——太令人痛心了！他是时代的牺牲品啊。正由于自身意志薄弱，因此，所有那些人为的荣华必然会产生出来的恶因恶果都加到了他一人身上了，成为那个世道、那个时代的牺牲品……

沿着日暮的小径，西行拖着萧索凄楚的孤影往白峰山下走去。

今夜的栖身之所还毫无着落，能不能得到一碗粥的施舍也不清楚。然而，西行心中没有一丝不安。近来世间广泛流传着崇德临终前所发的诅咒："朕若是成了大魔王，早晚夺了王位使其成为地下贱民，让贱民做王，将这个国家搅得永世不得安宁！"世人都为之恐慌，西行却没有这份忧惧。他脑子里推敲着吟咏野菊的和歌，心里想到明天旅途上的红叶，昏暗的野径登时也变得令人愉悦了。

江口游女

平治元年冬十一月末。

寒意逼人。淀川的十里芦荡都已枯萎，放眼望去，只见腾着霞雾的寒水和铅灰色的天空，眼看着要下雪了，太阳的光环也蜷缩起来了，仿佛费了老大劲才从中天挤出来一般。

河西岸，有三骑人马急急地从京城往难波津方向赶着路。年纪二十四五岁或者二十六七岁，总之马上乘的都是飒爽俊楚的武士。

"喂，次郎！别不知道装知道哦，真的是往那边跑吗？"

"放心吧！刚才经过的不是天王山下山崎的那片树林带嘛，从这儿一路到芥川，只要沿着山脚走就是了。"

"哈哈，哈哈！次郎好像对这一带十分熟悉。"一骑疾驰在头里，另两骑略略拉开一点距离跟在后头，马上的武士正拿前面的人打着趣。

"次郎说是头一次来这儿，可实际上他对这条道儿早就熟门熟路了！"

"也是啊。今天早上说好要来这儿，也是次郎的主意呢。"

那个叫次郎的年轻人一面策马疾驰，一面回过身朝两个朋友反戈一击："胡说！足立藤太——平日里老说想去江口玩，还说想跟江口的妓女共度良宵呢！做梦梦话都说出来的，不是你自己吗？"

"那是金子十郎喔！要论女色之道，比起我来，十郎早就是武藏七党中数一数二的家伙了！"

"什么？藤太！说你浑你还真是浑哪。"

"哈哈哈，你二人就互相狗咬狗去吧，次郎独自在一边凉快喽！"

"小心凉快过了头，就像这阴惨惨的天一样，最好没等我们到江口，雪就下下来才好哪。"

"那有什么，有雪才风流嘛。"

这三名武士，看样子也像经过这里的京城人一样，十有八九是赶往鸟饲、江口等地的青楼去逍遥买春的。不过说是京城人，但这三人毫无疑问却是东国的武士。一口关东腔且不说了，就是驾驭马儿的那架势也显得特别轻松利落，一路上驱驰而来，动作优美，骑术精湛，别有一股他国武士所没有的自在劲儿。

回想起来，三年前源义朝率兵攻打白河北殿的时候，队伍中就有不少像金子十郎、足立藤太这样的东国兵士，这也是义朝麾下兵士个个像武勇善战的阿修罗，致使当日战场惨烈无比的一大原因。

不过，那个排行老二被称作次郎的熊谷直美却是个例外。当时，直美从武藏国长驱奔赴战场，却在路上耽搁了些时日，结果没赶上保元之战。

战后，大将源义朝下令，凡在地方上没有家室及政务之累的青年都必须上京，于是熊谷直美也被当地选送入京，后来担任了大内的左马寮，一直到现在。

保元二年、三年这段时间里，直美目睹和亲历了许多事情。

首先是皇居营造工事完成，天皇从临时的大内迁回至皇居。太政大臣以下，左大臣、右大臣等内阁重臣大规模更迭，新的政令频频颁告。一些废除多时的旧式内宴也陆续恢复，宫中的雅乐部和舞姬养成所等重新昭苏，宫苑甚至还举办相扑大会，皇室成员亲临观赏。

表面上看，一派安宁太平的景象，可是不知为什么，后白河天皇却突然间禅让，随即二条天皇即位，年号也改为平治元年。

今年以来，宫内的勤务十分繁忙，直到十一月下旬，朝廷既无定例活动，也没有外出行幸的仪仗安排，左右卫府啦、左右马寮的役人们这才得了数日的清闲，于是，几个来自东国的同乡好友便相约道："去江口吧，既可以和妓女们玩一玩，我们男人也可以畅叙一番啊。"于是这三名武士一身远行装束，乘兴一路驰来。

一般人都是乘船从淀川顺流直下，这三人一来听说妓女喜欢讲个情调，二来关东武士原本擅长骑马，就像法师爱穿高足木屐一样，因而快马加鞭更符合关东武士的性格。他们将这视为武士的风雅。

不知道应该称作河，还是江，抑或是海，当时的难波津（即如今的大阪）毫不夸张地说，放眼望去唯见平沙细浪，近处远处，大大小小的渔村升起的烟气从芦苇丛上袅袅腾凌。

浩渺的淀川一路上析分成数条支流，奔湍入海，比如安治川、神崎川等。江口、鸟饲、神崎等游女集聚的村落便都集中于淀川岸边靠近入海处的河口。

从山阳道、西海道、南海道等地往来京城的船舶几乎没有不经此地的，远离故乡的旅客各随其好将船停于神崎、蟹岛、江口、鸟饲沿岸的灯火中，消解一夜的乡愁再踏上旅途。甚至有的人忘却了故乡，将数年积攒起来的家财一掷散尽，然后浪迹天涯，四处漂泊。

帝京的人们到此冶游大凡乘船而来，自然是有其道理的。春天，杨柳岸，桃花墙，娼家的门楼或亭台沿着河岸一字儿排开，从舟中便可饱览；冬天，千鸟在水面翩翩于飞，游女们泛棹驾舟靠近过来，殷勤揽客——乘坐在船上望着此情此景，喜欢哪个女郎？今晚客宿谁家？会有什么样的鸳梦在等待自己？作为一种前戏在狎玩之前就可以慢慢寻味，然后兴致勃勃地在兰灯玉杯前欢娱一番，那是何等雅致风流啊。倘若不这样，欢娱的世界就会让人觉得兴味索然，毫无情趣。草率地对待上天赋予人生的享乐价值而不懂得最大限度地品尝它，都邑人会从心底里发出蔑视的。

然而，熊谷次郎、足立藤太、金子十郎之辈哪里有闲情逸致去玩味这些个呀。

"噢，这儿就是江口啊？"

"比刚才经过的鸟饲可热闹多啦。"

"不去管它了，找一户人家进去吧？看看哪家姑娘有可能不错。"

三人勒住马嚼子，放慢了步子，一路打量一路缓缓走着。

这儿的娼家情状各异。有两三户门口悬着怪里怪气的布帘，后面屋子感觉仄狭得就像蜗居，从小小的竹窗里探出一张苍白的脸，看上去好似一枝插在垃圾堆上的葫芦花；也有的妓女干脆坐在炉灶前，手里持一杆竹制吹火管在吹灶生火。

"这就是江口的妓女？"

假使全都是这种简陋的小木屋，三人一定会感觉非常失望。幸好再往前走，集落越来越热闹，街道两旁的住居也越来越漂亮、艳丽，从宅子里面透出几许妖冶的色彩，有的还颇具风雅。越过寒菊装点的竹篱往里面张望，还可以看见头戴菅茅和竹篾编成的高顶斗笠、身披斗篷的妓女，正领着客人弃舟登岸的光景。几户人家楼上传出琴筝之声。脂粉的香气顺着路边小水沟的淌水扑入鼻孔。

"这家怎么样？"

掌灯时分，三人在一家门前勒停了马蹄。这是户幽雅娴静的民宅，乍看上去还以为是座别墅呢。

穿过门廊，隔着一片草坪，里面有数间屋子。三人进入的是间枕着淀川、用精雕细刻的栏杆围出一个廊檐的屋子。从这儿可以听到河面上千鸟的啼鸣，看到空中飘雪的景致，令几人非常中意。

"哦，酒菜是上来了，可怎么没看到女人？"

"你不邀人家，人家可不会来哟。"

"怎么好像是到一个穷酸公卿的家里做客似的，端酒上来的女童、下人等都是一本正经的，叫人都不敢跟她们打趣。"

"看样子我们进错人家了，不如找家可以热闹点的才好呢。"

"那有什么，想热闹就热闹呗。进了娼家，装模作样弄那些个周规折矩的也是白费！"

"又没有妓女，就我们三个有什么好热闹的？"

"行了，你们稍等片刻，我去问问明白。"足立藤太说罢走出屋子。过了一会儿，他折回来了："来了来了，马上就到！"

"来了？太好了！"

"听说妓女们都在这隔壁的禅尼家，那儿叫作妓院。"

"禅尼就是老鸨吧？"

"应该是的。人家还说了，这家有个规矩：凡是不正经的客人一律不让妓女过来待客。看来人家觉得我们还像是京城的上等人呢。"

"我看不妙，先别高兴得太早。"

"你先别发牢骚嘛，妓女没来之前谁知道怎么回事呢。"

该来的终于到了。

三名游女一色的装束，身穿小褂，外罩一件唐绫衣裳，系一条蜀锦细腰带。

眉毛被修去，画以两道柳黛，头发乌黑顺滑——显然，她们身上分明有着模仿宫廷贵妇人习惯的印记，可再看她们的衣袂、梳子、钿钗、裙带等，又不可否认，无处不带有异国宋朝的风情。这一切意味着，她们的常客中不乏与大陆宋船密切往来、频繁交易的海商以及海盗等。而今宵的关东武士似乎被这些舶来奢侈品的绚烂晃得眼花目眩了，更不用说她们的体温和举手投足间从身上散发出来的诱人香气，早已迷得三人心荡神驰，这香气不同于京城公卿贵族掩在衣袖内的隐隐约约的淡香，而是极为强烈、极为奔放的浓郁之香，仿佛沉香、麝香等香气犹如灿烂的春日之花般毫不顾忌地绽放出来似的。

"你们叫什么名字呀？"

隔了半晌，三人中最年长的金子十郎总算回过神来，问几个姑娘。三名妓女微启涂着金花虫一样闪光色的樱唇，依次答道：

"我叫千载。""孔雀。""我叫小观音。"

三人本打算玩一夜就返京的，不想这一待就是三天。

小观音喜欢上了操着一口关东腔、却十足的京城容止气度的熊谷次郎直美，次郎对小观音也是一见钟情。

另外两个同伴白天要么沉溺于美酒，要么玩双六玩到生厌，再不就是鼓捣琵琶，或在屋子里招集妓女们尽情嬉闹，而次郎和小观音关在自己屋子里连门也不出。

"你不喝点吗，小观音？"

"我想喝您的——"

"不行，我喝醉了。"次郎以手当枕，团身而卧，他眼睛向上盯着小观音白皙的下巴问道："你是什么时候来江口的？"

"三年前。"

"哦，那就是保元之战那年，你的家也被烧毁了吧？"

"是的，家都烧光了，"小观音垂下了眼睛，"父亲死了，其他亲人也都离散了。"

"为什么？"

"这话我只敢对您一个人讲：父亲加入了新院陛下一方的阵营，后来是被斩首于六条河滩的。"

"这样说来，你还是公卿之家的小姐喽？像你这样一个不幸的人，我不知底细地还让你陪我狎玩，真是罪过啊！既然在六条河滩被斩首，倘若你父亲还活在世上的话，想必也是个相当了不起的人物！"

"您千万别这样说。保元之后，流落到江口、神崎一带的人远不止我一个，还有的人门第更加高贵、家世更加显赫呢。"

"嗯，那么多名声显赫的公卿和将军被斩首，真是太岂有此理了。他们家眷中的年轻女人也只好随波逐流屈从于悲惨的命运了，毕竟不是所有人都会出家为尼的。"

"除去那种落魄下场以外，还有的比如我们，慢慢对游女这个行当产生兴趣，就像妈妈——这是我们对这家的禅尼主人的称呼——那样子，干脆就在这儿长住下来了。所以说，笼统称江口、神崎，其实游女也有各色各样的，每个人各有各的故事，不能一概而论呢。"

小观音还给次郎讲了许多江口游女与颇有名头的公卿贵族之间的情感故事，以及这个行当里流传的种种趣话，次郎听得津津有味，然后仿佛有生以来头一遭生出这样的感慨：

——原来游女是这么回事呀。

次郎出生的家乡武藏野的宿驿[1]也有卖笑的妓女。他还曾听人说过，投宿在足柄山的小木屋时，从十三四岁的小姑娘，一直到五十来岁的半老徐娘，脸上涂抹着厚厚的用粳米淀粉制成的脂粉，站在旅客窗外，执

---

[1] 宿驿：日本古代和中世纪以驿传和旅行者住宿为主要目的的居民点。

拗地招徕生意，哪怕远处山中传来野狼的号叫，窗前月影倾仄，却依旧不肯离去。

次郎还从小观音口中第一次知道了游女与那些低等卖笑妓女是截然不同的，比方说，入选《万叶集》的和歌作者中，赫然就有蒲生娘子、筑紫娘子等好几位游女的名字。

据说，昔日宇多天皇[1]移辇至鸟饲的离宫避暑时，也曾邀集附近众多游女，毫无拘束地与她们畅玩一通。

有一次，其中一个名叫白女的游女特别能歌善咏，引起宇多天皇注意，询问之下，才知道她是藤原朝纲的妹妹。

藤原朝纲是当时的一代文学大家，村上天皇谈起小野道风和藤原朝纲二人时如此评价说："朝纲之书法不及道风，亦如道风之文章不及朝纲也。"由此可见其文学造诣精深。

身为这样一个文学家的妹妹，加之其父亲藤原玉渊也是一时的和歌名家，却不知什么原因，白女最终还是成了一名游女。

宇多天皇不禁心生怜悯，于是赏赐她许多东西和钱财，还都之日还特意嘱咐住在附近的源清平道："替朕好好照顾白女，她今后的生活就交由你负责了！"

不仅仅是与帝王，这一带的游女与大臣官人们之间的艳闻数不胜数。

小野宫[2]曾与江口一个名叫香炉的游女交好，有一次二条关白[3]从住吉返京偶然路经这里与香炉私会，以后关系越来越密切，结果两个男人之间的妒情演变成为政争，在京城喜欢议论是非的消息灵通人士中流传甚广，以致游女香炉一时间声名藉甚。

关白藤原道长爱上游女普贤，他的儿子赖通则与游女中君熟稔。晚年的赖通在一次参拜高野山归京途中，乘船从江口路过，此时的中君已经是个老练的老鸨，为了盛情接待昔日的老相好赖通一行，她率领江口、鸟饲、神崎等地的游女分乘十几艘小船排成一列，每艘船上各置伞幄，华盖恢张，楫棹相连，在河上恭迎，当日的豪奢壮美渲染得淀川也为之变色。

---

[1] 宇多天皇（867—931）：日本第五十九代天皇，887—897年在位。

[2] 小野宫：即藤原实资（957-1046），日本平安时代公卿，藤原北家嫡流小野宫流的族长，任右大臣。

[3] 二条关白：即藤原师通（1062-1099），藤原忠实之父、赖长之祖父。

还有长元[1]年间，上东门院[2]移辇参拜石清水八幡宫，宫中女官浩浩荡荡随同前往，江口的游女听说了互相激励道："不能让都邑的贵妇人小瞧了我们。"于是衣裳花枝招展，粉黛精心点妆，撑起长柄的油纸伞，分乘几十艘小舟，一江春水一江花似的溯河而上。而宫中妃嫔们同样不甘示弱，她们称："倘使被江口、神崎的游女们看低了，简直就是后宫的耻辱！"便竭尽倩妆韶妙之能，碧草春池，小叶风娇，乘坐着青雀舫，洒然而至。双方在河上不期而遇，宫廷之女性美与民间之游女美孰优孰劣，女人之间竞美斗艳的心理一触而发，远远压过那船舷相摩、短兵交接的架势。这种前所未有的壮观场面也只有在这儿才能一睹其盛。

在听了这儿的来历以及关于游女气质格调的介绍后，熊谷次郎有点不解地问小观音："到这儿来玩乐的京城公卿贵族和公子哥儿多的是，为什么对我这样土里土气的关东武者还如此殷勤招待呢？"

小观音笑着回答道："那些明明是男人却还要化妆染齿的大臣或朝廷官人已经让我们生厌了，根本引不起我们的兴趣，跟他们在一起时，会有种说不出的焦虑，真的叫人难以忍受。比较起来，我觉得笑起来像波涛汹涌的大海一样直来直去性格爽朗的商人，还有像您这样的年轻人才算是真正的男人，这可不是我一个人的感受喔，也说不清楚为什么……"

绝色禅尼

"明天回京去吧！"这天晚上，三人在一起商议道。

"反正今天是最后一晚，我们预备好好玩个痛快，不过不会影响到别人恋爱的——次郎，你就跟你的小观音缠缠绵绵地道别吧！"

被足立藤太和金子十郎这么一说，次郎也不好意思再自顾自躲进房间陪小观音，便和小观音二人一起加入到其他酒席中，互相招呼，酣饮一番。其他游女都来拿二人取乐，不过他们仍然很高兴，次郎和小观音来者不拒，喝了一杯又一杯，好像巴不得让人家都知道两人恋爱似的，结果醉得不轻。

---

[1] 长元：日本第六十八代天皇后一条天皇的年号。
[2] 上东门院（988-1074）：藤原道长之女，一条天皇的皇后，第六十八代天皇后一条天皇及第六十九代天皇后朱雀天皇的生母。

藤太和十郎一副好酒量,两人连日来玩得不亦乐乎,可是依旧不显疲态。江口的游女们也是好生了得,乍看上去娇艳优雅,却仿佛能吸尽百川一般,端起酒杯一口便底朝天,单是"厉害"二字根本不足以形容。

舞罢唱歌,唱罢又舞,游女中既有擅鼓者也有善吹笛者,一名游女模仿巫女手摇铃铛,假装宣陈神谕,大受欢迎。还有一人表演根据催马乐[1]改编的动作滑稽淫猥的舞蹈,引得满座哄堂大笑。一打听,这名游女的母亲之前曾是侍奉过待贤门院的宫中女官,其父因为诅咒美福门院事件受到牵连,被放逐至遥远的海岛,她独自流浪多年,最后沦落成为江口的一名游女。

同情之余,又有些诧异,诧异过后仍旧是深深的同情。

"什么?你说关东武士一无所长?你把腰带解下,借你腰带一用!"

腰带打成一个套,十郎和藤太面对面站定,玩起了互相勒脖子的游戏,只见两人脸孔憋得通红,眼珠子像要冒出来似的,滑稽的模样惹得众游女哈哈笑个不停。

玩兴正浓,游女们忽然被人叫走一个,接着又是两个,不知不觉,所有人都起身走掉了,只剩下一名哈欠连连的女童和一脸无趣的酌酒女。

"真是扫兴!到底怎么回事呀?"

"又不是见到鬼怪了,怎么连招呼都不打一声就全跑了呢?次郎,你的小观音也走掉了啊!"

"说是这户人家顶顶要紧的客人来了,所以都悄悄离开了。"

"这不是疾雨摧娇花嘛。如此重要的客人,究竟是什么人?"

跨出廊檐,透过院子里的树木缝隙瞧过去,正看见一艘像是联结贵人游船与河岸的屋形画舫靠上了岸。

人影及油烛急促地来来往往,终于,一名身着神官服的贵公子在十几个随从的簇拥下从船上下来,接着便在阵阵娇声软语中走进宅子。

岂止是一般的扫兴。三人大感不平。这太没劲了!酒也冷了,游女们也一个个都散去,好不容易觑见小观音又露了面,她把次郎拉到一个暗处,低声不知道在嘀咕什么。

"次郎!到底是怎么回事?"

"我刚刚就在问小观音呢,小观音只是哭哭啼啼的,一个劲地和我说对不起。"

---

[1] 催马乐:日本平安时代流行的歌谣,将民谣等编成雅乐风格的曲子。

"喂喂，没人问你们两人之间婆婆妈妈的事啊！"

"她说了，刚才乘船从京城来的那个客人可不是一般的花花公子或是大财主，他和这家的主人、那个禅尼还是母子关系呢！"

"谁管他母子不母子的！我们毕竟是客人呀！"

"唉，别发火嘛，发火也不顶事。"

"你有小观音跟你哭哭啼啼的，当然无所谓了，我们可太扫兴了！"

"你这一根筋的倔脾气可不像武士啊。你听我跟你详细解释嘛——刚才来的这一群主从，是六波罗府的人，近日大宰大弐[1]清盛大人将率领一门家臣等前往纪州熊野参拜，途中预备在这儿停宿一晚，这些人就是提前几天专门来此安排驿舍以及做各种准备的。"

"噢，是六波罗府派来打前站的，"十郎和藤太一下子清醒了，脸上的浪荡子神情倏然消失，"早前只是有传闻，这下看来清盛大人熊野参拜的日期已经定下来了。"

"这么说，我们几个还待在这儿干吗？万一左马头义朝大人吩咐下来……"

"是啊，得赶快回营去，等待命令！"

"那就赶快动身吧，现在就走，连夜赶回去！"

三人拿定主意，当即回到各自房间，匆匆忙忙收拾行装。

"马在哪里？我们几个骑来的马呢？"

"这就叫人去牵来。不好意思，这会儿姑娘们都忙着。几位大人，请不要生气！"这家的下人赶紧上前赔笑脸。

"说什么呢？！我们突然有急事得回去，不是因为发火才走的。马厩在哪儿？我们直接去马厩上马走也成啊。"

"这边，我来领几位过去。"

只有小观音一人，手里举着涂有蜡的纸捻儿做成的纸烛出门相送，身后的屋子里，刚才从船上登岸的六波罗府的那群家丁随从们已经占据了各个房间以及廊檐，大声吆喝着，喧闹着，一片骚然。

小观音在前头领路，三人穿过草坪，拉开大木门，来到外面。只见还有一道柴垣横在眼前，柴垣那边是另一户人家了，两户人家的篱笆围墙之间便是马厩。

---

[1] 大弐：次官，日本古代大宰府的首席副长官，大宰权帅不在时代理执行公务。

387

"请下次再来哦,不要忘记我。"小观音道。

藤太和十郎一齐取笑起来:"下次就是次郎一个人来了,对不对?"

两人各自解开自己的马缰绳,将马牵出马厩,站在马鞍边笑着——岂料,次郎却不见了人影。四下里张望了一遭,原来次郎站在透着灯火的隔壁人家的篱笆墙外,正出神地朝里偷觑。

"那是隔壁人家吧?"

"嗯,那儿就是我们住的妓院。"

"次郎这个讨厌的家伙,在偷看人家姑娘呢。小观音,你不生气?"

"没什么好生气的。那间是我们称为妈妈的禅尼的茶室,我们姑娘住的房间在靠草坪这边呢。"小观音用手指了指。

就在这时,藤太将手里的缰绳交给十郎,蹑手蹑脚地跑过去,同次郎一起朝院里窥觑起来。

虽然是冬天,但是围着帘子的小屋一角却敞着一扇窗户。一名艳丽无比的女子——大概就是禅尼吧——端坐在屋内。年纪无法判断。不过,既是出家之身,估计已是五十多岁的老婆子。然而肤色依旧白皙,脸颊上的肉也丝毫没有衰弛的迹象,看上去依然年轻。柳眉描着浅黛,头上裹着一方白绢的头巾,翠白相映,衬出一股高雅的气质。身着一袭似黄莺般褐中带绿的茶绿色法衣,愈加显得气度不凡。

隔着灯烛,有一人恭恭敬敬地正与禅尼说着话,此人次郎在京城见过无数次,藤太也是一见便立时想起来这是谁了——他就是大弐清盛的亲弟弟、保元之乱后被授予从五品的卫门府金吾[1]平经盛。

藤太与十郎你看看我,我看看你,面面相觑,什么话也说不出。

这天晚上,三人急急沿着五天前来的道路往京城方向疾驰而归。

"到这儿啦。"来到先前差点迷路的芥川林带附近,才停下来稍事歇息。

三人松了缰绳,话题便集中到了临行之前所目睹的那件不可思议的事情上,绞尽脑汁试图想清楚。

"清盛大人的弟弟经盛作为熊野参拜打前站到的这儿,这倒没什么奇怪

---

[1] 金吾:官职名,即执金吾之略,原为中国汉朝负责宫门警备及护卫天子的武官,日本沿此唐名用作对卫门督、卫门佐的称呼。

的，可那家妓院的主人，那个禅尼到底是什么人呢？"

十郎没有亲眼看见，所以他不想往里钻牛角尖，他只是担心三人在此放松玩乐了五天五晚，保不准什么时候不小心说过什么不该说的话，尤其是据说那个老婆子跟六波罗府还有密切的关系，更加让人后怕。

"哎，这个不用担心。"次郎似乎很有把握。

"次郎，你是不是从小观音那里听到点什么？你说得这么肯定，可是理由呢，你倒说说看有什么理由。"

"其实，我也半信半疑……"

"我就说嘛！你一定在枕头边听小观音跟你讲了些什么。"

"听是听说过，不过小观音说的是——她说这家的禅尼以前是京城的白拍子，还受到过白河法皇的恩宠，名字叫什么祇园女御……"

"祇园女御？嗯，好像听说过这个人。"

"后来，白河法皇将她赐给平忠盛，做了平忠盛的妻子，两人生下了如今的大弍清盛大人和经盛。小观音还说了，我们这儿也只有两三个人知道这件秘密，所以只能告诉您一个人，您可千万不能说出去呀。我还跟她发誓说绝对不会说出去的。"

"这下糟糕了！"

十郎和藤太不约而同地抬手在马鞍子上捶了一拳。

"下次绝不能同次郎再一起来江口了，没想到你和小观音已经到了这个程度啦。不过，小观音所说看起来是真的，如果是游女在枕头边随便说着玩的话，这件事情也太大了，有谁敢瞎说！"

"事情听上去了不得，不过这世上也不是不可能。别的且不说，我等的主人家不就是吗？几年前，被左马头大人叫回身边来的三公子赖朝，他的生身母亲听说也是美浓青墓的游女呢！"

"想起来了，六波罗清盛大人以前也有传闻，说他亲生父亲到底是谁的。"

"反正不管怎么样，玩得真痛快，这次江口之行！"

"嗯，可是回去以后又会怎么样呢？"

"谁知道明天的云会往哪边飘？我等又不是将军，不可能预见到今后的事情。不过，清盛大人熊野之行是真是假，左马头大人老早就在悄悄侦刺了。说起这个，大人不是还特意叮嘱过，只要清盛大人离开六波罗，就命我等即刻返营吗？"

"喔，下雪珠了。快甩上一鞭，也好让身子暖和点吧！"

只隔了少倾，道路及枯干的田野就变成了白茫茫一片，三个人的身影渐渐消失在天地一色的雪白之中。

深草谋议

"葫芦花三位"藤原经宗今天又来到位于深草的别墅，造访权中纳言藤原信赖。虽然二人的交情已是尽人皆知，不过，毕竟造访过于频繁了，于是对外便宣称是"切磋蹴鞠技艺"。

自从鞠苑翘楚成通避世隐居之后，经宗也可以跻身高手之列了。不过，他的处世以及社交才能，远远超过了其蹴鞠技艺，因此朝廷中就有人私下道："千万别成为葫芦花大人的鞠哦。"

保元之乱中，他那堪称精明到家的表里两面做派至今还为人们所牢记，所以这句话显然是在相互提醒，不要像那时的宇治大人和恶左府被玩弄于股掌一样，稀里糊涂入了经宗的圈套呀。

可不知为什么，对他深信不疑的人仍然时时不绝，真不可思议。

比如蹴鞠的玩伴中，他在后白河上皇那儿便宠遇有加，二条天皇对其也印象很好。而作为朋友，则权中纳言信赖对他的认同超过任何其他人，不管有什么牢骚或是秘密，在他面前都毫不隐瞒。

"葫芦花大人哟，伏见大人和越后大人是怎么回事啊？"

"应该马上就到了吧，不会不来的，我想只不过是为了避人耳目，才特意错开时间的。对了，你联络的惟方大人呢？"

"我那个叔父呀，别提了，昨晚还说得好好的，说一定来一定来，可到了白天又说自己肩负检非违使别当的要职，分身乏术！"

"那我们再玩一个时辰怎么样？"

"哎呀，蹴鞠已经玩得累了，太累了，待会儿商量大事脑子就一团糟了！"

从刚才起，两人在庭院的蹴鞠场里玩得酣畅高兴，轻快的蹴鞠声在冬日的空庭中回荡，但玩着玩着，便在一旁遮阳树下的马扎上落座，开始窃窃私议起来。

蹴鞠也好，和歌雅集也罢，各种各样繁多的名目不过是掩人耳目的伪装。在出入深草别墅的这群年轻公卿之间，有一个不敢对人公开的秘密。

——最近两三年，少纳言信西的独断和越权行径已经到了忍无可忍的地步，倘若现在不将这个祸胎除掉，只怕将来就无法去除了。信西之所以敢如此大逞虎威，完全是倚仗着大弐清盛大人手中的武力，两人是一丘之貉！我等必须团结一心，共商计策，推翻这两个大奸臣！

他们经常谈论着这样的话题，而这幅狂妄的阴谋图卷便是以信赖为中心进行描绘的。

在最初的商议中，计划等一两年才付诸行动。然而进入十一月下旬，却传来消息，说六波罗清盛将于近日前往熊野参拜。

"清盛不在京城之时，正是我等付诸行动绝无仅有的好时机，就是等上一两年恐怕也不可能再有如此好的机会了！真是天助我也！"这伙人按捺不住喜形于色。

昨天碰过头，今天再碰头，信赖与经宗三天两头在深草别墅里进行着不可告人的谋议。自然，还有其他朋党也频繁地来往于这儿。

从一介低级儒官公卿，摇身一变遽然登上了朝廷权力之巅，少纳言信西自然有不少政敌。不过，多少年来一直韬光养晦，耐着性子假装无能无为，老老实实待在少纳言局一隅的他，一旦自信满满地展露出"乃公不出，其如苍生何"的抱负，便如同换了个人似的，他信奉快刀斩乱麻，可是其能力和政治手腕却似乎有点"斩"过了头。

先是称心如愿地处理了保元之乱的善后事宜，接着完成了大内营造工事，此外，从地方税制改革、复古礼制、在京城内禁止携带武器行走，一直到拔擢人才、大臣更迭、赏罚分配，等等，完全出自信西之意的政令不胜枚举，虽雷厉风行，可是却招致反对声一片，如同决了堤的河水一般涌来，随后便开始有人非难，指责信西独裁。

不知道究竟独裁者招致政乱，还是政乱缔造出独裁者，反正，一个保元之前不曾有过的霸权人物，就像因地壳异变一夜间隆起一座大山似的，信西倏忽间便树立起一个新的政权，并开始了一系列的"猛药疗法"。

新院崇德遭流放。为义、正忠等被斩首。追随崇德的近百名公卿武将被拿捕、处斩。——这些毫无寸情铢义的处置方案，据说全都出自他的主意。

当时，隐居栂尾山的文觉眼见恐怖政治横行，便闯进信西入道府邸打算向他进言，结果信西避而不见，文觉只得在府内大声疾呼，上演了一幕大闹信西府邸的好戏。

信西生就不是那种会因为别人胁迫而改变自己主张的男人。

其后，他的手段越发辛辣狠毒。庙堂之上，谁是自己的敌人，谁是自己的支持者，他分得清清楚楚。对于政敌，只能是政敌，他不惜与之正面对立，一副不使对手彻底屈服誓不罢休的气概。

不消说，尽管占得天时之利，但是单靠自己的文治手腕依然无法施展抱负，信西之所以自信满满，倚仗的当然是武力，他在暗地里早已同平氏的族长清盛携起手来。两人之间结谊已久，信西的妻子纪伊局与清盛的妻子时子的交情也深如当初。保元之乱后的论功行赏，恰如其分地体现了这种友谊——厚平氏的清盛而薄源氏的义朝。

当时，就有不少人觉得与义朝被封左马头比较起来，清盛的播磨守更加惠而有实，而在这之后，清盛更是升至大宰大弐（大宰府次官）。除了清盛，如今六波罗一门如经盛、赖盛、教盛等全都晋官加爵，捞到了一官半职。

与此相对照，感到秋风萧寥、令人颓丧的则是源氏那帮武士。这也是义朝的心事一桩。对信西所施行政策的不满，与对六波罗一族的对立感，自保元年之后便在以义朝为首的源氏武士中间蔓延开来，深深沁入骨髓。

就这样，深草信赖一派的反信西计划与义朝一党的不平之感，完全是基于两个不同的立场、两种完全对立的感情而萌发的地火。

起初，保元之乱刚刚结束，经宗的想法是：看起来，只有斡旋搭桥设法使信赖和信西结成亲密无间的关系，才能为自己赢得将来的保障，天下之势，眼看就全在信西入道的政腕之间了！

凭借着一流的机敏和预见力，当时经宗竭力促成信赖与信西联手，并且不辞辛劳甘当牵线人。谁想信西对于年纪轻轻的信赖根本就不放在眼里，压根儿就没有将其引为知己的意思。

信赖的家世可是仅次于摄关之家的名门，他本人又是后白河上皇尤为器重的宠臣——经宗不遗余力地向信西荐举信赖，信西只是不痛不痒地打哈哈："哦，是吗？这么说，他是伊予守忠隆大人的公子啊，怪不得很像呀。听说你二人都是蹴鞠高手，后白河上皇也是一得闲便热衷蹴鞠，上皇的安全可就拜托啦。蹴鞠对健康很有益处，日后信西若是政务抽得出空闲的话，也想请二位指教指教呢。哈哈，哈哈！"

不管经宗如何诱引，信西就是不往政治的话题上去，只字不提。不过，经宗领着信赖往访信西、力促二人接近还是起到了不小的作用，本来信赖只是个皇后宫权大夫，这之后又获任了右卫门督，这可是个要职。

"这个信西果然是个通情达理的人物。"信赖一下子对信西好感大增。

俗话说，人心不足蛇吞象。人的欲望是无止境的。后来，信赖有了新的野心：我要当近卫大将！他觉得信西对自己并无恶感，这个希望应该不难实现。于是，找机会便直接向上皇提出了恳求。

后白河上皇自然宠爱信赖，便就此事询问信西。

信西面露极不痛快的神情，回禀道："随意叙位[1]除目[2]乃是国乱无象的祸端，信赖大人虽为上皇宠爱之臣，可毕竟只有二十七八岁，现在的官位已经有点过分了，近卫大将更是不可想象！况且若是秀出班行、出类拔萃的人物倒也还罢了，像他那种既无文才又无武能的黄毛乳儿……"

后来，不知道是谁将此话传给了信赖，信赖大怒，从此对信西深恶痛绝。

事实上，信赖的愤懑是从意识到信西骨子里对自己极为蔑视开始的。然而，他自知实力不逮，终究不敢公然与之争霸，只能私下消极反抗或者发发牢骚、说说信西的坏话而已。

上皇那边后来也不了了之。信赖顿觉失望，于是将自己闭门关在深草别墅里，也不愿说明什么理由。

"竟是那样的人啊，如今这些任性的公子哥儿——真是个经不起挫折的近卫大将啊！"事后，信赖听说信西在御前曾如此笑着调侃自己。

他感觉受到了侮辱。他咬住嘴唇，恨恨地吐出一句："走着瞧吧！早晚会有一天……"报复之心在他心里扎了根。

后来他才知道，为信西所不容的不平之人除了自己，还有许许多多，远远超出想象，他才略感宽慰。这伙不平分子纷纷往信赖的心头之火上添薪浇

---

[1] 叙位：对官员授予位阶以示官职序列。
[2] 除目："除"指新任命官职，"目"指新官登记造册，意即除大臣以外的百官任命仪式。

油:"只要信赖大人起事,我等绝不后退,身家性命在所不惜!世间对于信西的怨憎之声早已充斥大街小巷了!"

不平之徒聚集到一起,"讨灭信西"的理由不一而足。信赖忽然忆起随经宗第一次去拜访信西府邸那日,只身矗立在中门外怒声抨击信西恶政的那个文觉法师。

——没错,那就是大街小巷百姓的声音。是上苍借着百姓的口说出来的。自己只要振臂一呼,整个世间都会支持我的!

渐渐地,信赖将发自私情的动机与天下大义名分结合到一起,使得一开始便注定是狂妄的错觉越发坚定:藤原一族俊杰辈出,人才济济,可眼下能挺身而出剪除朝廷大奸、肃正时弊者,舍我其谁呀!

这期间,信赖与源义朝不知不觉成为同病知己,一块儿密会数次,缔结了共同对付信西的盟约。自然,从中牵线的也是"葫芦花三位"经宗。源氏一族的郁郁不得志加上自身遭受的不公正待遇,令义朝满心愤懑,而在深草这儿,他与信赖为首的不平分子们已经彻底形成了同盟。

信赖开始得意起来。自己与对手一样,如今背后也有了武力。信西有平氏之辈倚靠,自己则有源氏义朝一族可以打撑。"哼,六波罗、姊小路那些个家伙,有什么了不起的!"——他甚至发出了这样的豪言壮语。

朱鼻大人

暮日变成了暗红色。蹴鞠场上又多了五六个人的身影。

信赖、经宗以外,越后中将藤原成亲[1]、"伏见源"中纳言源师仲、兵部权大辅藤原家赖[2]等人也陆续加入进来。

倘若不经意,乍一看还以为他们是在树荫下切磋蹴鞠技艺,然而几个人的眼神以及窃窃低语声,分明伏藏着一种不同寻常的氛围,预示这个黄昏有重要事情发生。

"哦,这么说来,清盛的熊野之行确定是在十二月四日吗?"

"是从出入六波罗府的人那儿得来的情报,肯定不会错!"

---

1 藤原成亲(1138-1177):藤原家成(中御门家成)之子,其妹为藤原信赖之妻。
2 藤原家赖(生卒年不详):藤原忠隆之子、藤原信赖的同母弟弟。

此刻，中将成亲领着前伊予国司信员作为证人来向信赖当面报告。

"四日？这样说来没有几天了呀。"

心头一阵寒风紧，每个人都不禁打了个寒战，当直面一场大冒险的时候谁都会心惊胆战。然而平日的诺言和豪语摆在那儿，事既至此，已经容不得模棱两可、三心二意了。

"原先估计清盛如果成行至少也得明年春天，没想到突然提前到年内了，这样一来我们的步骤也得加快了。不管怎么样，先进到屋子里，再定下心来慢慢商议吧！"

信赖在头里引路，几个人随后来到对面一间屋子，穿廊的出入口以及屋子的旁门被紧闭住，开始了密议。

隔了一会儿，下人端来了烛台以及食物和酒，这些都由在穿廊上担任戒备的两三名心腹家丁传入室内，下人和女仆不允许再往前走一步。

掌灯时分，信赖的叔父藤原惟方也加入了密议。

惟方便是鸟羽法皇于安乐寿院驾崩，崇德上皇驱车前往想见父亲最后一面时，峻拒不允，并且无情地将气得发疯、当场痛泣不止的崇德赶了回去的那个人。从他的立场来讲，那完全是按照美福门院与信西的指示行事的，而并非自己的主意，但是后来所有的毁谤全都冲他一个人而来："毫无慈悲心肠的惟方！""冷血动物！"这让他始料未及，加上之后信西对他极为冷淡疏远，因而他在内心中对信西非常不满。

不仅如此，兵乱后他又被排挤出了朝廷的枢机，只落得个检非违使别当这样不轻不重的外官。种种积郁，使得他最终与信赖结成同盟，并坚信这个宏愿定能实现。

这晚的密议从惟方露面之后，益发变得急迫了。他的职掌，用今天的话来说，相当于京洛的警察总监，负责平定叛乱的首脑竟然是叛乱的主谋者之一。所有人都确信不疑，惟方再加上义朝，只要源氏的兵力全部动员起来，行动是不可能失败的。

——何况清盛不在京城，只要抓住这个机会出其不意……

坊间都说，朱鼻大人是近来的暴发户。

在五条坊门（市场口）拥有轩敞的店铺，还建有数栋库房，雇佣了许多男女店员，专门经营来自各国的棉布、绢、丝、染草、梳子、铅粉、香油、

395

等等，生意做得颇有规模。尤其值得一提的，这儿还是朝廷和女院们的御用铺子。

朱鼻当然是他的绰号，据说，其真名应该叫作五条的伴卜。可是他脸孔正中间的这个玩意儿就像《万叶集》打油诗中写道的"朱鼻麻吕"一样，赫赤赤的一坨，并且鼻尖由于幼时疱疹溃破而略微有些歪斜塌扁，故而得了这样一个诨名。照理对于一个中年男人，这可是一个致命缺陷，不过就他而言，非但不致命，却幸亏如此才稍许有了几分可爱的感觉。假使有人不中意他这个烂草莓似的鼻子，那假使这个鼻子一本正经道貌岸然地安在那里的话，想必他那张脸凶得才叫吓人呢！由此说来，他的红鼻子还大有"一俊遮百丑"的功效呢。

几乎没什么人称呼他的真名"伴卜大人"，同为商人，圈子内也都只管他叫"朱鼻大人"，有时候省略一个字，便呼作"朱大人"。以致人们都以为"五条的朱良伴卜"就是他的本名呢。

"伴卜，生意一向很兴隆嘛！"

"哦，这不是经宗大人吗？逛逛早市看热闹啊？"

"不不，昨晚在深草信赖大人家照例举行了个唱歌大会……"

"哦，才回家呀。"

"我看你早上好像挺忙的，可不可以进去坐一会儿，我想下马跟你说个事儿。"

"哟，您还客气什么呀？快请进！"

穿过店堂宽敞的泥土间，来到后院，经过马厩、库房，两人径直朝起居生活的正房所在的内院走去。

"您其实直接从院门进来就行啊。"

"院门还关闭着呢。"

"噢，那可真是粗心大意啦。喂，有客人来喽，是经宗大人来了！"朱鼻一面朝内屋里的妻子吆喝告知，一面领着客人走向院子南面一排洒满冬日阳光的披屋中的一间。

"还是民家的房屋真不赖啊，亮亮堂堂的。"

"哪里哪里，怎么能跟大人们的邸宅相比呀！"

"哎，这你可说错了。越是讲究古例啦，体面啦，格式啦什么的，接触的阳光就越来越少，生活就搞得越复杂。朝廷大内还有女院们的那些深幽的房子，大白天还得使用灯烛呢。所以你们也不要赚太多的钱，把房子搞得那么大、那么邪乎喔。"

"哎呀呀，我们光在这五条市坊中都算不上大商人呢，就指着今后再做得像模像样一些呢。大人不必替小的担心，还望大人多多关照，让小的赚点小钱才是啊！"

"坊间谁不在传，说你自保元之后发了不少财哪。"

"真这么说吗？哎呀，其实才不是那么回事呢！"

"哈哈哈！伴卜，我又不问你借钱，你用不着像蝾螺似地拼命捂紧盖子，一毛不拔呀！"

"哎——别人不说，倘使真的大人吩咐的话，小的就是舍出全部身家也在所不惜！"

"这话不是在给我戴高帽子吧？"

"哪里，谁叫大人是恩人呢。"

这时，朱鼻的妻子化完妆，走出屋子来同经宗打招呼。她年纪比朱鼻小二十多岁，才嫁给朱鼻没多长时间。

"这么冷的天，大人出门可真早啊！"

"哦，梅野啊，怎么样，两人过得好吗？"

"嘻嘻嘻……大人您一向还好吧？"

梅野的双颊涂得像两朵红梅一样。朱鼻两眼直直地看着自己的娇妻，随后吩咐道："有什么新奇的点心没？还有，给我们端两碗紫苏饮！"

"是。"梅野恭敬地答应后离去。

据说她原是断了继承人的山阴中纳言家的孙女，去年嫁给朱鼻为妻，正是经宗斡旋张罗的，因为她自小就在经宗的府里做女佣。

朱鼻宣称自己的祖先原先也属公卿，只不过后来家道败落，才被褫革了氏名。

大约十年之前，朱鼻是藏人所的一名衙役。仁平元年六月，大内发生火灾，由于火势凶猛，蔓延很快，近卫天皇只身一人跑到南殿一隅躲避，近卫司以及近侍那帮人个个慌里慌张只顾着大声嚷叫，没有一个人听到陛下的声音跑去解救。

朱鼻虽只是一介衙役，平时根本不敢靠近天皇，但此时眼见情势危急，冲上前去背起陛下避开火势，随后又扶天皇乘上玉辇逃出南殿。

后来，近卫天皇对关白忠通说起："他虽为下人，却是个做事果敢的人哪！"

从那时起，朱鼻便进入了忠通的视线。

还有一次，石清水八幡宫举行敕祭，近卫帝欣然行幸前往，岂料随行的乐人乘坐的船在淀川倾覆，所幸无人溺亡，不过大多数乐人装束尽湿，无法演奏，扈从们急得团团转却也无可奈何。就在此时，朱鼻取出事先准备的备用装束给大家替换上，才有惊无险地完成了神乐的演奏。

由于这种种故事，使得朱鼻深得上司欣赏，但是在同僚中却饱受嫉妒。加上尽管有上面的关照，但毕竟只是一介低微的衙役，他虽然熬到了平礼的小头头，再往上却登龙无门。朱鼻明白自己到死也不可能跻身朝臣之列，哪怕是最底层的朝臣，于是辞去了藏人所的差事，在市场盘下一间店面，做起了商人，利用之前侍奉宫中的关系，在朝廷尤其是女院中间很是玩得转。

经宗第一次见到朱鼻是在关白忠通的桂川府邸，听忠通说起他，经宗觉得有点意思，于是也开始留意起他。

旁人总喜欢带着戏弄的意味"朱鼻大人、朱鼻大人"地拿他打趣，顺便在他这里买点东西，其实朱鼻不光人勤勉，脑子也非常机敏，他最大的特点是不管别人说什么，他都笑呵呵地好言相对，笑脸相迎。经宗曾把他叫来自己家中招待，很快便发现，他不仅十分伶俐，还跟自己一样，憨态背后包藏着一颗极大的野心。

保元之后，因为战后复兴的需要，朝廷以及公卿之家急需采办各种物资，为此，经宗暗地里替朱鼻做了不少疏通，帮他揽到许多生意。

翌年大内开始营造工事，经宗又款待内匠寮[1]和内藏寮[2]诸吏员，让他们从朱鼻手上进货，朱鼻终成富家大室，这才拥有了五条坊如今这般高华显赫的门面。

生意做得风生水起，便有了家室的需求。朱鼻心里暗藏着一个理想，即使是破落人家之后也行，但必须娶一位上流公卿的女儿做妻子。这倒并非出

---

[1] 内匠寮：中务省下属官厅之一，主要负责宫中及朝廷土木建筑、造园、殿舍修缮、器物营造等，后一部分织匠等并入内藏寮。

[2] 内藏寮：中务省下属官厅之一，主要负责宫中金银宝器管理、节庆膳宴提供、祭祀奉币、各地贡物接收及管理等。

于"贱流慕良妇，贵人爱贱婢"的心理，朱鼻的理想可不止于此。他长年在宫中侍御，冷眼旁观，对穷奢极欲的贵族生活自然产生一种憧憬，因而胸中埋下了宏愿：一定要在有生之年，过上像他们一样的生活。为此，娶个名门之女为妻，将来若高兴买他个空洞、无实际意义的家世门第时兴许用得着。

经宗的媒合恰好遂了朱鼻的心愿，让他娶到了理想的妻子。因而对朱鼻来说，经宗称得上是自家的大恩人。当然，朱鼻早已算计到：这份大恩早晚会让自己付出高昂代价的。——果然来了，今早一落座，朱鼻心里就涌起这样的预感。

"刚才大人您只开了个头没往下说，不知是否有事要吩咐小的？只要大人一声吩咐，哪怕奉身以谢，小的也绝不含糊！大人不必迟疑，到底有何吩咐呀？"

"嗯，伴卜呀，说有事其实也不是钱财的事，我不会问你借钱的。相反，我来是跟你商谈件事情，好让你再狠狠赚上一笔！"

"喔——眼看年关将近，有这样的好事，会不会美得过头了吧？"

"怎么会美过头呢。不过，要是我说了，被你回绝，我经宗可就没面子啦，你肯发誓一定答应吗？"

"小的绝不会拒绝！不知是什么绝密的事情？"

"嗯，伴卜，你先把那扇屏风门关上，不要让人闯进来好吗？"

经宗终于将自己一伙的密谋向朱鼻透露了少许，因为他看穿了朱鼻是个充满野心的家伙。"事情成了，你想要什么我都可以给你！"他盯着朱鼻的眼睛说道。

昨天夜里，深草密谋，几个公卿的意见倒是取得了一致，不过为难的是如何与源义朝进行沟通联络。在这紧要关头，必须十万火急地将谋划好的秘策及时告诉义朝，并且加紧联络，协同行动。

使者这个差事危险极大，因文书往来方面的破绽而导致大事功亏一篑的例子实在太多了。而源氏一族的首领直接面会信赖或惟方等人，则势必立刻就会惹起注意。

六波罗的清盛也好，姊小路的信西也罢，从来就没有将信赖、惟方等视为满足现状之辈，他们深晓不平之徒们心怀不平，故此一直没有放松过对其监视和刺探。即使在朝中或官衙遇见义朝，信赖和惟方也竭力避免交谈，不消说，义朝也是故意装出一副冷淡的样子。

399

可眼下，机会却突如其来摆到了眼前！

虽然已不是一朝一夕的结盟，想必义朝早已做好随时起事的准备，但毕竟得再当面确认一下义朝的决心，同时，有关时日、兵备、战法等大大小小之事也有必要一一落实，检查有无遗漏，约定行动一致。

"伴卜，能将你家借我们用一阵子吗？我不想自作聪明地跑到郊外去碰头，你这儿夹在喧闹的市场中间，人多眼杂，反而比其他任何地方都来得安全。再说，所有人要来也是乔装打扮后才过来……"

经宗开口商谈的事情仅此而已。

"保元之后，这两三年对武器的管制很严，就连我们手头上像铠甲之类像模像样的装备也没有，所以只要你能想法搞到武器，多多益善！当然，这事得悄悄地去做。"

经宗一直待到中午时分才离去。

当时的生活习俗，除了早晚两餐，中午是不进食的。可经不住梅野亲手做的美味菜肴，主人朱鼻还打开了号称是在大宰府交易集市上从西国商人那里买来的出自中国宋朝的美酒，于是经宗忍不住端起了酒杯，喝到微醺，然后道别从后面院门离开。

来时乘坐的牛车，隐在河堤旁的树荫下，似乎等主人等得不耐烦了，牛儿在冬日的煦阳下打起了盹，牧童也躺在草上睡着了。

从这里朝河对岸的下游远眺，便可以看见六波罗一族的建筑。近来，随着大兴土木、不断扩大殿舍庭园，六波罗府邸已经扩充到了加茂川岸边。

熊野之行

大宰大弐清盛时常叹息："好久没去熊野参拜啦，再不去可实在是罪过了，今年无论如何得去一次了！"

此外，若遇到吉庆的事情，清盛则喜欢开玩笑道："鲈鱼！鲈鱼跃上船了！"

那还是清盛年轻之时，父亲忠盛辞世不久，如何带领清贫的平氏一族走出困境，对其时的清盛来说仍前途未明。就在前往熊野参拜的途中，路经伊势，乘船渡过阿浓津海的时候，一条硕大的鲈鱼出人意料地跃起跳入船舱。

当时，陪同的熊野向导夸张地叫道："这可是吉瑞之兆啊！这预示安艺守大人将来定能当上宰相，平家永世荣华昌盛！"这句话清盛始终牢记在心头。

其后没多久，清盛被任命为安艺守；保元之乱中因建有战功，受到少纳言信西赏识，又兼任了播磨守，直至大宰府大弍，几乎年年加官晋爵。

而这段时间里，妻子时子又诞下数子，长子重盛已经长成须眉壮丁了，几个弟弟及家中老臣心腹也一个个拥有了自己的邸宅，博得一官半职，如今的六波罗一带萦回缭绕着朝气蓬勃、生龙活虎的气运。不能不说是鲈鱼的吉瑞得到了应验。

"可是，自那以后我们一直都没去熊野参拜，说不定会受到熊野权现的惩罚呢！"

一次继母池禅尼姑来串门的时候，清盛半开玩笑半认真地说。池禅尼姑马上接口道："你太没有信仰神佛之心了！人若是随便拿神佛开玩笑的话，迟早会有报应的，不信你等着瞧吧。你父亲忠盛大人至少还具有风雅之心，你连这个都没有！如今你身为一族之长，假如还像以前一样不懂得做人要庄重些，诸事不上心怎么行呢！"

在清盛心里，继母是个令其畏惧的人。虽说清盛替她在京城北郊置了处舒适的居所，尽心供养孝顺，当然也有敬而远之的意思，可她不时来六波罗走动，而且想来即来。昔日侍御宫中时就享有才媛之名，嫁入平家后举止贞淑，堪称贤妻良母，忠盛死后她又严守贞洁，一丝不苟。对清盛来说，他不知道如何与这样的妇人打交道，她就像个难以接近的外人。然而她却是继母，清盛在她面前毕恭毕敬聆听训诫的时候，就像是一个不肖子似的，一句话也不敢回嘴争辩，因为她动不动就搬出"逝去的忠盛大人"来，这简直就像是咒文，清盛唯有俯首帖耳的份儿。

不光是清盛，妻子时子在池禅尼姑面前也是战战兢兢。只有一个人受到她的赞许，那就是孙儿重盛，重盛时刻谨遵祖母的修身教诲，从来不曾疏忽，他的性格也不像清盛，为人严谨而耿直，并且对祖母和善礼貌，他似乎生来就是为了讨祖母的欢心。

"无论如何，还是得去熊野参拜啊！把重盛也带着一块儿去。你要将这些年来对神佛的失敬好好忏悔一下，平家一族才能重新得到神佛的佑护呀。"池禅尼姑热心地建议前往熊野参拜，这一点倒是与清盛不谋而合，只不过，清盛因忙于白河千体阿弥堂的创建，在落成之前，怎么也脱不开身。

从秋至冬，淹浸在公务中的清盛一直都没能觅得空闲，这全是拜了信西威惠大行，百废咸举所赐，信西在政治上不断推行新制度，而每有重大事情也总是找清盛商谈，似乎离不开清盛武力后盾的支持，而清盛也从信西那里学到了政治的种种妙谛，感受到了权术的无穷魅力。

眼看进入十二月，诸般事情应可告一段落了，清盛于是找机会说起熊野参拜之事，信西大为赞成，还嗔怪清盛为什么不早说呢，并派人给清盛送来许多饯别礼物。

就这样，出行的日子终于定下来，清盛派弟弟经盛提前几日出发打前站，安排沿途止宿及舟船等事宜。清盛将手头事情处理完毕，又将自己不在期间的注意事项一一做了吩咐，便带领儿子重盛、平家的老臣筑后守家贞以及族中五十余人，浩浩荡荡离开了六波罗。

挑选的起程吉日，是平治元年十二月四日。

数艘大船沿着淀川扬帆直下，第一晚便定好在江口停宿。

熊野之旅有陆路和海路两条路线可以选择，旅人众多时一般是走海路，先在淀川的入海口换乘大船，从海上航行至和歌浦再登岸。

提前几日出发的经盛先至江口住宿一晚，接着再前行将沿途的大小琐事全都安排停当后又折返江口，迎候大哥清盛一行人的到来。

四日黄昏，清盛船行至江口。

随行旅人五十多位，住宿只得分在好几家，清盛与重盛也不在同一旅馆。虽说来到了脂粉之里、妓乐之乡，但夜晚倒也没有纵情声色，因为是参拜之旅，一路上自然得净身慎行，等到返途时再尽情玩个痛快，饱餐朔食一番旅途风情——这也是当时的一种俗例。

清盛到达当晚，终究没人敢打破这参拜之行第一夜的禁忌，加之正是岁尾年终，家家户户灯火萧寥，一片森寂。

"大人，恕我打扰您休息了。"

"哦，是老爹呀。什么事？"

"令弟经盛大人说有件事情想和您商量，所以特意让我来……"

筑后守家贞恭恭敬敬地跪在门口，偷觑着清盛的脸色，说话有点吞吞吐吐。

木工助家贞是六波罗平家家臣中资格最老的一位，虽然已封官筑后守，不过清盛仍旧用以前的称呼亲昵地称他为"老爹"。如今，家贞眉毛头发全白了，倒真成了名副其实的"老爹"，却仍不失一名老武士的森凛气度。

"外面很冷啊，快把门关上，进来坐吧！"

"哦，罪过罪过！"

家贞这才上前到主人面前坐下。大概猜想清盛的心情还不算坏，于是便将经盛托付的事情用平淡的语气、毫无感情地一五一十道出。

年届八旬的老人说出来的干巴巴的话，听起来就像一具假面人偶在发声一样，既无一般人顿挫的语调，也没有抑扬的情感。毕竟，这是一位对所谓的人间种种和世间万象看得太多、经历得太多的老者，表里、虚实、真假之类的什么没见识过？到了这把年纪，冷眼洞观人事就犹如习睹蝴蝶蝇虻的草木世界一样，已臻至淡泊之境。

然而，清盛还是被他的一番话惊住了。

——今夜栖宿这户人家的主人，在江口这一带被尊为"澪禅尼"，尽管这里的人对其过去不甚了了，可她正是昔日由京城的白拍子一跃成为白河法皇的宠姬，后来又下赐给忠盛为妻、生育了数个儿子的那个女人，那个祇园女御！

待片刻愤激的感情稍稍平静下来，只见清盛的脸色变得像玄冰一般冷峻，凉气逼人。

他感觉自己被弟弟经盛蒙骗了。

母亲！昔日，抛弃了逆境中的良人和贫苦的孩子，不知羞耻地解婚离家而去的母亲！念念不舍自己的美貌、气质，时时贪恋公卿之家的虚荣和享乐，是她自己抛弃了当时穷困如草芥般的平家。清盛早就已经对她不再有丝毫的母子之情，甚至不再视她为自己的母亲了。

可是经盛却不然。

经盛似乎一直没有忘掉她这个生身母亲。

父亲临终之时，经盛就瞒着继母悄悄地不知从何处领了她来，在病榻前同父亲见了最后一面。在那以后，肯定还背着继母池禅尼和自己，偷偷地经常与她会面。

"老爹，你去跟经盛说……"

"是！"

403

"经盛有没有这样一个母亲我不知道,但我清盛可没有这样的母亲!我不想见她,也没有任何见她的理由!就这样对经盛说!"

"您不高兴?"

"没什么高兴不高兴的!老爹,我的心你应该最了解,以前那些事情你比谁都清楚。"

"没错,我非常理解。"

"既然知道,为什么还替他传这种话?旅途第一夜就搞得这样扫兴!"

"这个老爹也知道,可是令弟觉得,从人情上来讲,熊野参拜途中顺道看一眼老衰孤独的老母亲,也算是对死去的父亲尽一份孝心,老爹想他说的没错……"

"住口!不要说了!我说过了,我没有这样的老母亲!真搞不懂他在想什么。谁知道哪儿冒出来的什么亲戚,经盛若是想见,想尽孝,就让他自己去见好了!我要睡了,真困!喂,卧室在哪边?"

刚才还躲在身后打着瞌睡的侍童,听到清盛的问话,倏地醒来,瞪着一双惊惧的眼睛,随后一手举起纸烛,一手拉开卧室的移门。

值夜警卫的家丁都已经回到各自房间睡下,这个时候,清盛也应当早就入眠了。可是,却有个人影蹑手蹑脚从卧室溜了出去。"咦,是上茅房吧?"仍未歇息的老臣家贞掩身在墙脚,暗中关切地注视着。

清盛没有打算去茅房。他步出厢房,朝四下张望了一阵,将手伸到了旁门的门搭扣上。看样子是要出门。

看到清盛的举止实在诡异,家贞忍不住出了声。清盛回头看到黑暗中的家贞不禁吃了一惊,怔怔地盯着家贞看。隔了一会儿,才若无其事地露出白森森的牙齿笑起来。

"你还在呢,老爹?"

"大人,夜里这么冷还要去院子里?"

"哦,大概是旅途第一晚的缘故,睡不着,折腾了半天也没睡着。其实……老爹,我想通了……你明白吗?"

"明白什么?"

"傍晚的时候经盛让你来跟我说起的澪禅尼的事呀。"

"噢,那大人要见她吗?"

"嗯，这个嘛，"清盛赧愧地手不停地抚摩着后颈。"仔细想想，她也差不多有六十了吧，连我都马上就要满四十二了——假如老是揪住过去的事情不放，像这样同住在一个屋檐下却打个照面都不肯，绝情而去，也显得我心眼太小了。所以我想通了，不想让自己将来留下遗憾。"

"噢，大人终于想清楚了！"

"老爹，你也觉得我应该这样做吧？"

"老爹自然是希望大人这样做，我想死去的宽仁大度的老将军一定也是这样希望的。"

"是呀，父亲忠盛大人可不像我这般小肚鸡肠。父亲临终前数日，经盛曾领着她来到病榻前看望父亲大人，我寻思父亲会对这个不忠不贞的前妻说些什么，于是屏息静气躲在隔壁的屋子里偷听……"

"那天的事我知道。"

"老爹，其实我背地里忍不住哭了，父亲大人真是太仁爱啦。'你要好好活下去，一定要幸福噢'——自己身为良人，受尽了那个女人的折磨虐待，可我却听到他对那个女人这样说。"

"在老将军眼里，即使这样的女人也是值得怜悯的，在解婚前那些漫长的日子里，他也是怀着这样的心胸……"

"我肯定是学不来父亲大人的样子，不过我也人到中年了，不管以前怎么样，毕竟我清盛是从她肚子里生下来的呀。所以我想通了，我就去看望她一眼，也算成全一下经盛的孝心吧。老爹，你带我去吧！"

这天夜里，清盛终于见到了离散许久、如今已是妓院老板娘的澪禅尼，而经盛则是从傍晚时分便来到这儿了。

出乎清盛的预料，她身上丝毫看不出贫悭清寂的样子，倒似乎对现在的境遇感觉很幸福，屋内的陈设和装饰也处处彰显出她随性和闲适的生活。

"大弍大人！"她这样称呼清盛，"经盛还有点难为情，所以不敢上我们这儿来玩呢，您年轻的时候就见识过六条洞院小巷后面的游女了，假如高兴不妨到江口来散散财吧。倘使来的话，我家的姑娘就请随便招呼，孔雀啦、小观音啦、津君啦、恋濑啦、千载啦，等等，我这妓院里漂亮姑娘有的是！要不是您一行人要去熊野，我这儿就整栋楼都点上灯火，让江口的游女排成一排，好好给你们欣赏欣赏呢！"

这就是她——要在以前，就是母亲？

405

谆谆嘱咐经盛，将清盛安排住在自己家，然后想对清盛说的似乎全部就只有这些话。

她说话的时候脸上没有流露出丝毫的拘板，也没有刻意掩饰廉耻的样子，相反，谈吐极为自然亢爽，好像很是得意扬扬。

现世报

清盛有点不知所措了。他望着昔日母亲的脸——只是出神地望着。

她一点儿也看不出已是年近六旬的老妪。在她身上，至今仍保持着令白河法皇着迷的祇园女御时代的那分姿色，父亲忠盛或许就是因为这个才长年濡忍，心甘情愿一如既往地爱着这个不忠不贞的妻子吧。——清盛不禁胡思乱想起来。

"你们来就太好了！这去嘛因为还要去熊野参拜所以得净身慎行，回来的时候请千万多留宿两三晚，好好玩个痛快，也让江口这地界热闹起来。说实话，冬天来这儿的像样客人很少呢。"

她肯定不是故意装出来的。她利口喋喋，但对于昔日之事、母子之情、看到儿子成长的喜悦以及对忠盛的思念等，却只字未吐。看起来，似乎她已经将自己的过去和前身都彻底洗掉，随着卸妆下来的脂粉以及洗脚水等一同冲入下水阴沟了。

——可不是嘛，她真个幸福的人呢。

清盛暗暗嘲笑自己太愚拙。他只是嘲笑自己，对她却没有少许的怒气。她不过是个个性天真的人，不管身为法皇的宠姬也好，还是身为清贫穷困的平氏之妻也好，她永远是她，她依从着自己的天性而生存。

有一种山野之花，不管人如何照看呵护，它就是不习惯人工的庭院。而有些人却偏偏爱这种具有原始本性的野花野草，甘心被它们蛊诱诓惑。人间也与此类似，有一种生就天性是娼妇型的女人，白河法皇便是邂逅了一个典型的野花型的女人，然而娼妇的行止毕竟是娼妇型的，于是法皇将自己的过失转嫁给臣子忠盛，这才有了典型的武家臣子与典型的娼妇之间一段夫妻姻缘，随后，两人诞下薯蓣一般串串后代，经盛、教盛、家盛，当然也包括自己——清盛。

——嗯，幸亏今日会她一面，自己做得没错。

清盛对她的恨意已荡然无存。

细细想来，一切都不是她的过错。她自从白拍子时代起，就是在极为自然的土壤中自然绽放，而厌倦了宫苑夭桃的法皇信手采摘路边的野花，则是所有悲剧之因。由于这个一时之过，才有后来的我等兄弟几个，如今我若是终生抱恨，执着于过往的不愉快经历，不知道天下其他母亲会怎么想，至少对于她来说很不公平——清盛终于想明白了。

——真是个性情中人哪……

清盛在心中默默念叨着。他对澪禅尼有了全新的认识——她不过就是生存得极为自然、极为安乐，适性而忘忧罢了，多少年来，自己却一直胡思乱想，岂不是自寻烦恼？

"母亲大人——哦不，主人家，难道就光说话，连酒也不端上来吗？何必等到熊野归来，现在就喝，畅畅快快地喝！"

"不要紧吧？噢，太好了。来人呀，快来人！"

她一拍手，从通向妓院的游廊拾着碎步跑过来一个女童，她对女童吩咐了几句。

女童离去之后，小观音和孔雀进来了，隔不多久千载也来了，屋里多了许多灯烛，将四面障壁照得靡曼富丽。很快，酒肴送了进来。

"主人家，妓院姑娘就这几个啊？"

"还有，多的是！"

"反正图个热闹嘛，把她们全都叫来吧！经盛！"

"在！"

"你没在这儿玩过吗？"

"没有。"

经盛一脸为难。他望望大哥，又望望母亲，似乎又闪回到儿时那般，自己一时拿不定主意不知道怎么做才好。

"这里是妓院！坐在你面前的，只有妓院的主人家，你不要做出这种为难的样子好不好！"

清盛一仰脖连着喝干了三杯，又给弟弟斟上酒："你也喝呀！"

"我……等从熊野回来再喝吧。"

"哈哈，哈哈！你是不敢跟我这个破了净身慎行规矩的大哥一起喝呀。没什么好担心的，别怕，经盛！我们这是在向死去的父亲忠盛大人尽孝心！"

"怎么说？"

"还不明白？难道你忘了吗？父亲大人临终前最担心什么，不就是希望她今后余生能过得幸福？"

"是啊。"

"所以说嘛，那就让我们告慰父亲大人在天之灵，母亲大人现在真的过得很好。至于熊野权现，谅他也不敢不接纳清盛这份孝心，假使要承受惩罚，就由我清盛来承受，不会让你承受的。来吧，喝呀！玩呀！"

须臾间，令人诧异的景象发生了：十几名江口游女一字儿排开，竞相争艳，一展娇倩。

清盛手持大杯，朝一只只纤手挨次碰过去，在白嫩嫩的手和杯子之间浮沉、流荡，真个好似曲水流觞。"六波罗大人真有趣！"姑娘们齐声给他灌起迷汤来。屋内登时沸腾起一阵阵娇笑和戏言，脂粉香气加上钿簪的闪熠，清盛很快喝醉了，满脸酡红。

"打鼓！打鼓！谁来献上一舞？"

他昏昏沉沉地嚷道，舌头开始不听使唤了。

"六波罗大人命令我们献舞呢！快点舞起来呀！唱起来呀！"

游女们欢闹起来，仿佛早已等不及似的，撩起衣裳纷纷起立站到屋子中央。跳起舞来，宴席便显得逼狭了，于是将屏风和用来隔断房间的帷幕统统除掉，将两间屋子打通成一间。琴搬来了，羯鼓拿来了，笛子也从笛袋中取了出来。

妓院与这个屋子不在同一幢屋，中间用游廊相连接。不一会儿，一名身着直垂礼服、头戴黑漆帽、腰间挂一柄黄金细长刀的白拍子，从游廊那边款款走了进来。

和着俗歌俗曲的调子，她手里的扇子翩翩舞向空中。脚线、腰线、肩线，全身的婀娜线条与音乐融为一体，曲线之中有音乐，音乐之中有线条，堪称完美无缺。清盛举着杯子，怔怔地盯着她，眼睛一眨也不眨。

他的双眸却根本不在乎舞蹈的线条、舞蹈的音乐，那些玩意儿与他毫无关系，他只是一个劲儿地盯着金丝黑漆帽下描着深深黛眉的舞者的那张脸。

清盛开始焦灼不安，以致身体也扭动起来，因为她的视线似乎完全沉浸在舞蹈中，依着舞蹈一举一落，却压根儿不朝自己这边瞧上一眼。——这舞蹈怎么这么长呢？这鼓声笛声真烦人呢，就不能快点停下来吗？就不能让自己与这名舞者单独说上几句话？——清盛脸上写满了这种焦灼之情。

舞蹈终于结束了，曲子也停息下来。

她的身影就像倏地沉入地面一样，舞毕向客人行一礼，随即众多游女便蜂拥至清盛面前，忙不迭地往他杯里斟酒。

"吵死了！你们都到一边去！叫刚才跳舞的那个姑娘过来！"

清盛用端着酒杯的胳膊肘子左右来回搡，使劲推开眼前的游女们，口中不停地招呼："过来！过来！"好像除了刚才那个舞者，他不想任何人为自己斟酒。

然而，那舞者一跳完舞便快步往游廊走去，很快消失在隔壁妓院后面。清盛命其他游女去叫了几次，她始终没有再出现。最后，去找的姑娘都不耐烦了，回道："妙君不知道躲到哪儿去了，整个妓院都找不见呢！"

清盛不由得怒气冲冲，这种醉态在他身上是很少见的。他将手里的酒杯重重放下，对着澪禅尼发作起来："什么？妙君？她在这儿的名字叫妙君？可是，以前寄养在中御门家的时候，她不是叫琉璃子吗？刚才那个姑娘肯定是琉璃子！喂，为什么把她藏起来？！"

澪禅尼也已酩酊大醉，她身子软软地伏在案几上，已经没有了先前的端庄模样。听到清盛的诘责，她似乎觉得非常滑稽："呵呵呵！大弐大人还没有忘记她呀，这样难以忘怀，您是不是爱上她啦？"

"你太过分了！你这个坏女人！"

"啊啦！为什么这样说？"

"你愿意堕落，那是你的自由，可是，你居然把那样……那样纯洁的琉璃子也拖到污泥浊水里来了！"

"那个姑娘本来就是寄养在中御门家的，跟没爹的孩子一样，是我把她培养大的，我教她舞蹈，教她丝管，让她可以像模像样地在这世上生存，这有什么不对的？"

"不可以！"清盛霎时间脸上露出极度厌恶的表情，使劲摇着头："琉璃子只要受到良好教育，一定能够嫁个好人家，成为一个贤妻良母，叫是却染上了你的毒习！不，是你把她变成了娼妇！"

"大弐大人，您跟忠盛大人还真有几分像呢！有什么不可以的，管她成了游女还是成了什么的？——大弐大人这会儿如此的懊恼，当初我和琉璃子都在中御门府的时候，您为什么不大胆地去爱呢？自己没有那份勇气，还有什么好说的……呵呵呵，不过如今也不晚哪，等大人从熊野返回时再好好重温当年吧，我已经叮嘱她了，让她等着您！"

接下来，老禅尼和清盛二人又说又笑，又笑又哭，一问一答说着旁人谁也听不明白的话，还不时地交杯弄盏。

在这样的气氛中，清盛彻底醉了，醉成烂泥一摊，老禅尼也将头枕在清盛的大腿上，醉醺醺地昏睡过去。

天没亮之前，经盛和家贞抱着烂醉的清盛回到卧室。

翌日一早，清盛睁开眼睛，发现自己就像什么事情都没发生过一样，在自己屋子里睡得死死的。

"大人醒了？给您漱口水。"

侍童的招呼也与平常毫无二致。

清盛站在洗手处的窗前，掬了捧水洗了脸，顺便整理了一下头发。

虽说已是腊月，但早晨的阳光仍让人感觉十分温暖。从这里可以看到淀川河上的景象，听到热闹的桨声和船歌。那是等候自己出发的待命的船夫吧。清盛满满地吸入一大口早晨的新鲜空气吞至下腹，让自己的精气神儿重拾严正，接着，为后面熊野之行的平安暗暗祈祷。

他匆匆吃了早餐。

随行的主要家臣、心腹等相继前来行礼问安，儿子重盛也来了，恭恭敬敬礼毕，随后侍立一旁。重盛看到父亲脸上的神情似乎有点不大自然。不过，诸臣们始终围绕着旅途话题，说着各色各样的趣事和琐事，以此来舒缓主人的心情。清盛一面有一搭没一搭地应和着，一面心里在暗暗思忖：

——还好，昨夜的事情好像没人晓得。

不过，自我宽慰的同时或许还包含了些许苦涩的自嘲。

事先调度停当的三艘大船早已停候在入海口处。河道不深，大船进不来，因此一行人五六个一拨分数次乘小舟划至大船再登船。这天早上的江口岸边，呈现出冬天里少有的热闹气氛，人山人海，旗幡彩绚。

"经盛，六波罗就拜托你了！"清盛登船之前吩咐弟弟道。

按照计划，经盛只陪同到这儿，接下来即返回京城。

"大哥放心吧！祝你们海路一帆风顺，平安到达！"

"噢还有，你帮我转告时子，就说我很好，让她放心。别忘了跟孩子们也说一声！"

清盛登上船，他的身影在沧波映照下，显得尤为浏亮。

驶离河岸，从船上可以清晰地看到岸上的人群。他看到了澪禅尼的身影，在她身边，则是身披斗篷、头戴高顶斗笠、丝滑的黑发飘搭在肩头的游女们，仿佛一丛花儿在怒放。

数不清的扇子甩动着、舞动着，争相吸引他的视线，向他道别。然而，清盛从船上睁大了眼睛回首寻索，却始终没有看到他想看到的那柄扇子、那只手。

——莫非昨天夜里我认错人了？

清盛不由得心生疑窦。

行了一日又一日。

大船在和歌浦靠岸，弃了船，又换乘马连日赶路，主臣、随行骑从加上驮了缀连成一长列，浩浩荡荡一路行进，眼看安抵熊野山已经计日可期了。这天，一行人来到了一个叫作切部的预定旅宿地。

准确的日子是十二月十三日，正午时分。

从帝京骑快马星夜赶来的六波罗府邸的使者在这儿追上了清盛等一行人。

"不得了啦！京师发生了大骚乱，比保元之乱还要厉害哪！"使者气喘吁吁地报告道。

"什么？京师发生骚乱？是什么人反叛？"

所有人都霎时间脸色陡变，一瞬间，惊愕掠过每个人的脑际，人们惊慌失措地互相议论。

这儿远离京城，一行人又没有携带武器铠甲等，事情偏巧在这个时候发生。清盛心里不由一惊：糟糕！他忍不住寻思道：难道真是果报，是熊野权现对自己的惩罚吗？

411

重庆出版社·日本历史小说馆
了解日本的最佳文学读本

《宫本武藏》（已出）
吉川英治　著

日本"百万读者之国民作家"吉川英治历经二十余载的经典力作，宫本武藏——金庸、古龙最推崇的剑道宗师。

小说以日本德川初期的历史为背景，描述了日本家喻户晓的一代剑圣宫本武藏凭着坚忍不拔的毅志，手提孤剑，漂泊天涯，寻求"剑禅合一"之真谛的曲折历程。

全球销量总计超过两亿册。现代人追求人生真道、挑战自我、超越困境的必读书！

《织田信长》（已出）
山冈庄八　著

他，是日本历史上最令人折服的武将，日本战国时期开创统一大局的杰出统帅。有人说他"先破坏再建设"，是"风云儿""革命家"；也有人因他"烧庙杀僧"称他为"第六天魔王"。

日本畅销巨著《德川家康》作者山冈庄八，以文学化的传奇之笔，再现了织田信长从统一尾张到重立将军、控制京畿，最后在事业顶峰遭到部将背叛，梦断本能寺的悲壮一生和狂傲盖世的独特个性。连续再版七十余年，销量超过1000万册。

《丰臣秀吉》（已出）
山冈庄八　著

他，出身寒微，离家流浪、三餐不继之时，却夸口要夺取天下，拯救万民。

他从牵马的低微仆从起家，最终官至"一人之下，万人之上"的"太阁"。

日本畅销巨著《德川家康》作者山冈庄八，以文学化的传奇之笔，再现了丰臣秀吉从一介平民到登上权力巅峰，纵横乱世，波澜起伏的一生。

《武田信玄》（已出）

新田次郎　著

　　狂飙的日本战国时代，二十岁的少年英豪武田信玄，在家老和百姓的支持下，兵不血刃地放逐了暴虐无道的父亲。年轻的脉搏，充满欲望与野心。自立为甲斐国主的他，努力开疆阔土，往复争战。他的军旗上写着孙子的名言："疾如风，徐如林，侵略如火，不动如山。"旌旗所指，战无不胜。

　　信玄一生快意恩仇，却在最终的胜利即将唾手可得时，无端地被病魔击倒，只能遗憾地将目光望向咫尺的京都。

《上杉谦信》（已出）

海音寺潮五郎　著

　　他，虽生于越后国守护代的尊贵之家，却自幼饱受颠沛流离之苦。他，天生一副磊落胸怀，吸引了一批豪杰谋士和他一起打天下，并与一代豪杰武田信玄爆发了日本战国史上最悲壮的战争川中岛之战。他，就是日本历史上少见的军事天才，人称"越后之龙"的上杉谦信。

　　日本历史小说巨匠海音寺潮五郎以恢弘而不失温婉的文学笔触，勾勒了一代战国名将的传奇人生，文笔洗练，刻画人物细致，战争场面大气。

《丰臣家族》（已出）

司马辽太郎　著

　　司马辽太郎最优秀的中篇小说。日本战国是成王败寇、英雄辈出的时代。在一次次力量与智慧的角逐中，丰臣秀吉纵横捭阖，力克群雄，从社会底层脱颖而出，登上权力的顶峰，终结了百余年的动乱，统一了日本。但掌权之后如何维护权力，并永世不坠，秀吉却一筹莫展。司马辽太郎以神来之笔，勾勒出一幅权力风暴核心勾心斗角的群像图，将丰臣秀吉及其家族的传奇历史变得生动鲜活。

《源义经》（已出）

司马辽太郎　著

源义经是日本家喻户晓、最具人气的英雄人物，曾协助其兄源赖朝获得了对整个日本的统治权。

源义经极为坎坷的身世、极高成就的武学、过人的战略机智、场场必胜的战绩及悲凉的人生结局，令闻者无不叹息。

司马辽太郎以文学化的传奇之笔，生动地再现了源义经短暂而华丽的一生，文笔优美，故事精妙，有"司马氏平家物语"之称。

《德川家康》（已出）

司马辽太郎　著

他最大的特点，被人们总结为"忍耐"。也许为了能够与众多天才交战，这个既无创造力，又无卓越天资的普通人，只能以"忍耐"来磨炼自己、提升自己。

他，倾心于模仿他人的长处，将武田的兵法、信长的果断和秀吉的策略揽于一身。他，以正直和忠诚征服了信长和秀吉，可秀吉一死，他却骤变为谲诈多端的首领。可见其正直和忠诚绝非真心为之，不过是掩盖锋芒的处事之术。

《傀儡之城》（已出）

和田龙　著

《傀儡之城》是时下日本最热门的历史小说，也是最具代表性的日本战国时期草根英雄史，迄今为止，累计销售390 000册，名列日本文艺类十大畅销书第五位，日本第六届书店图书奖第二名。著名漫画家花咲昭正将其改编成漫画。

小说描写丰臣秀吉进攻北条氏之际，石田三成率领两万人的大军包围忍城，守城的成田长亲虽被视为傀儡，却率领两千名族人殊死战斗，最终以少胜多。

《忍者之国》（已出）

和田龙　著

时值战国，织田信长的势力如日中天。伊贺国以拥有武艺高强的忍者而闻名，其统治者十二豪族为了提高本国的知名度，使伊贺忍者的订单和报酬更多，设下连环计谋，诱引织田信长之子信雄攻打伊贺。

十二豪族自信最高境界的忍术是对于人心的透彻分析，然而，事情的发展却出乎他们的意料……

《关原之战》（已出）

司马辽太郎　著

关原之战是德川家康夺取天下最重要的一次战役。

本书认真详尽地从这场大战的起因写到终结，通过对人物行为与心理的细致描写，全景展现了关原之战决战前与决战时复杂的政治与军事状况，刻画了个性丰满的各类登场人物。石田三成与德川家康的性情碰撞，岛左近与本多正信的谋略相当……两大阵营间虚虚实实的交战，令读者读来热血沸腾。

《鞑靼风云录》（已出）

司马辽太郎　著

司马辽太郎长篇小说创作的巅峰收官之作。生于日本平户的武士桂庄助，奉主人之命，将从海上漂流来的满族公主艾比娅送回国。桂庄助随后被任命为日本差官，和清朝的上层有了密切接触，目睹或亲历了一系列历史事件。

司马氏以桂庄助的所见所闻为基础，运用自己多年来积累的知识，又加之对满蒙文化和汉文化的遐想，以前所未有的新颖角度——从一个普通日本人的视角，解读了明末清初的中国历史大变局。

《三国》（共五部）（已出）
吉川英治　著

《三国》是吉川英治最耀眼的巅峰杰作，也是日本历史小说中空前的典范大作。

作者用颇具个性的现代手法对中国古典名著《三国演义》进行了全新演绎，简化了战争场面，巧妙地加入原著中所没有的精彩对白，着墨重点在刘、关、张、曹等经典人物的颠覆重塑和故事情节的丰富变幻，在忠于原著的基础上极大成功地脱胎换骨，将乱世群雄以天地为舞台而上演的一出逐鹿天下的人间大戏气势磅礴地书写出来。

《丰臣秀吉：新书太阁记》（已出）
吉川英治　著

他，出身寒微，个性却奔放不羁，幼年凭借敏锐的眼光，选择奇才织田信长作为自己的主君。在信长统一天下的第一战"进攻美浓"中，他独排众议，担当重任，深得信长器重。此后，追随织田信长南征北战，战功卓著。本能寺之变，信长死于非命，他果断决议，迅捷为主君复仇，力挽狂澜。

日本文学巨擘吉川英治以温婉之笔，鲜活再现在乱世中崛起，历经坎坷迈向权力巅峰的至情至性的丰臣秀吉。

《源赖朝》（已出）
吉川英治　著

他，是源氏领袖义朝最钟爱的嫡子。十三岁第一次随父出战，便遭遇灭顶惨败。短短数十日，父兄被杀，己身被囚，人生从云端跌落谷底。

依凭伪饰的天真，他博得仇敌平清盛的同情，最终免于一死，被流放至偏僻的伊豆国蛭小岛，遍尝孤寂与冷眼。

忍辱负重二十年，终于如猛虎出柙。一之谷之战、屋岛之战、坛浦海战，三战击溃平家势力，建立镰仓幕府，开启新的时代。

《新平家物语（壹）》
（已出）

吉川英治　著

吉川英治举世无双的杰作中的杰作，构思长达三年。以华丽的笔触，对日本古典文学双璧之一的《平家物语》进行了改写，讲述了平氏和源氏两大武士集团为夺取天下而展开的政治、军事斗争。在《周刊朝日》上连载长达七年，使其发行量陡涨五倍，突破百万份。

《私本太平记》（即出）　　吉川英治　著

吉川英治最后的长篇巨作。以冷静的现代笔触，精妙地改写了日本古代战争题材小说的集大成之作《太平记》，讲述了日本南北朝五十年的动乱历史。